Legado

Nora Roberts, la autora número 1 en ventas de *The New York Times* y «la escritora favorita de América», como la describió la revista *The New Yorker*, comentó en una ocasión: «Yo no escribo sobre cenicientas que esperan sentadas a que venga a salvarlas su príncipe azul. Ellas se bastan y se sobran para salir adelante solas. El "príncipe" es como la paga extra, un complemento, algo más..., pero no la única respuesta a sus problemas». Más de quinientos millones de ejemplares impresos de sus libros avalan la complicidad que Nora Roberts consigue establecer con mujeres de todo el mundo.

Su éxito es incuestionable; quienes la leen una vez repiten. Sabe hablar a las mujeres de hoy sobre sí mismas y sus historias llegan a un público femenino muy amplio porque son mucho más que novelas románticas. Nora Roberts ha escrito más de 215 libros que se han publicado en 34 países. Se venden unas 27 novelas suyas cada minuto y 60 han llegado al codiciado número 1 de *The New York Times* en la primera semana de ventas.

Para más información, visita la página web de la autora:
www.noraroberts.com

También puedes seguir a Nora Roberts en Facebook o en Instagram:

Nora Roberts

noraroberts author

Biblioteca

NORA ROBERTS

Legado

Traducción de
Noemí Jiménez Furquet

DEBOLS!LLO

Papel certificado por el Forest Stewardship Council®

Título original: *Legacy*

Primera edición en Debolsillo: julio de 2023

© 2021, Nora Roberts
© 2022, 2023, Penguin Random House Grupo Editorial, S. A. U.
Travessera de Gràcia, 47-49. 08021 Barcelona
© 2022, Noemí Jiménez Furquet, por la traducción
Diseño de la cubierta: Penguin Random House Grupo Editorial / Begoña Berruezo
Imagen de la cubierta: Lidia Vilamajó, a partir de las fotografías de © Arcangel Images / Shutterstock

Printed in Spain – Impreso en España

ISBN: 978-84-663-6323-5
Depósito legal: B-9.508-2023

Maquetación: Miguel Ángel Pascual
Impreso en Black Print CPI Ibérica
Sant Andreu de la Barca (Barcelona)

P 3 6 3 2 3 5

Para mis hijos, para sus hijos
y para todos los que vendrán después

PRIMERA PARTE

Ambición

Hacer el bien es la finalidad verdadera
y legal de las aspiraciones.

Francis Bacon

1

La primera vez que Adrian Rizzo vio a su padre, este intentó matarla.

Con siete años, su mundo era sobre todo mudanza. La mayor parte del tiempo vivía con su madre (y con Mimi, que cuidaba de ambas) en Nueva York, pero a veces se quedaban unas semanas en Los Ángeles, en Chicago o en Miami. En verano pasaba al menos dos semanas en casa de sus abuelos, en Maryland. Eso, en su opinión, era lo más divertido, porque tenían perros y un jardín grandísimo en el que jugar y un neumático que era un columpio.

Cuando vivían en Manhattan iba al colegio, que no estaba mal. También iba a clases de baile y hacía gimnasia artística, que estaba mucho mejor. Cuando viajaban por el trabajo de su madre, Mimi le daba clase en casa, porque tenía que educarse. Mimi incluía en la educación aprender sobre el lugar en el que se encontraran. Como pasaron un mes entero en Washington D. C., parte de sus clases consistieron en visitar los monumentos, hacer una excursión guiada a la Casa Blanca e ir al museo Smithsonian.

A veces trabajaba con su madre y eso le gustaba un montón. Siempre que iba a salir en alguno de sus vídeos de fitness tenía que aprender una rutina, como bailes de cardio o posturas de yoga. Le gustaba aprender; le gustaba bailar. A los cinco años había hecho un vídeo entero con ella, dirigido a niños y familias; uno de yoga, porque, después de todo, ella era el bebé de Bebé

Yoga, la empresa de su madre. Se sintió orgullosa e ilusionada cuando esta le dijo que harían otro. Tal vez cuando cumpliera los diez, para centrarse en ese grupo de edad.

Su madre lo sabía todo sobre grupos de edad, sectores demográficos y cosas de esas; Adrian la oía hablar de ello con su mánager y sus productores. Su madre también sabía mogollón sobre fitness, y sobre la conexión cuerpo-mente, y sobre nutrición y meditación, y todo tipo de cosas así. No sabía cocinar, no como Popi y Nonna, que tenían un restaurante. Y tampoco le gustaba jugar a juegos, como a Mimi; estaba ocupadísima labrándose una carrera. Tenía un montón de reuniones, ensayos, sesiones de planificación, apariciones públicas y entrevistas.

Ya a los siete años, Adrian entendía que Lina Rizzo no sabía gran cosa sobre ser madre. Sin embargo, no le importaba que jugara con sus productos de maquillaje, siempre y cuando luego lo pusiera todo de vuelta en su sitio. Y nunca se enfadaba si cometía errores mientras trabajaban en alguna rutina.

Lo mejor de este viaje en concreto era que, en vez de volar de vuelta a Nueva York cuando su madre acabara el vídeo y todas las entrevistas y reuniones, irían en coche a visitar a sus abuelos y pasarían un fin de semana largo. Su plan era convencerla de quedarse una semana, pero por el momento seguía sentada en el suelo, viendo desde el umbral cómo preparaba una nueva rutina.

Lina había elegido esa casa para pasar el mes porque tenía un gimnasio con las paredes forradas de espejos, algo tan esencial para ella como el número de dormitorios. Hacía sentadillas, zancadas, *burpees*... Adrian se sabía todos los nombres. Y Lina hablaba con el espejo (sus espectadores), dando instrucciones y ánimo.

De vez en cuando decía una palabrota y volvía a empezar. Adrian la veía guapa, como una princesa sudorosa, aunque no iba maquillada, porque no había gente ni cámaras. Tenía los ojos verdes como Nonna y una piel como si tomara siempre el sol, aunque no era algo que hiciese. Su pelo, recogido en ese momento con un coletero, era como las castañas calentitas y olorosas que vienen en una bolsa y se compran en Navidad.

Era alta, aunque no tanto como Popi, y Adrian esperaba serlo también cuando creciera. Llevaba unos pantalones minúsculos y ceñidos y sujetador deportivo, aunque no se ponía nada tan llamativo en los vídeos ni en sus apariciones porque decía que no era elegante. Como la había criado con conciencia de su salud física y mental, Adrian sabía que su madre estaba firme, en forma y fabulosa.

Mientras farfullaba para sí, Lina fue a tomar algunas notas de lo que Adrian sabía que sería la descripción del vídeo. Este iba a incluir tres segmentos: cardio, entrenamiento de fuerza y yoga; cada uno de treinta minutos, con una sección exprés de quince minutos extra de todo el cuerpo. Cuando Lina cogió una toalla para enjugarse la cara, se topó con su hija.

—¡Caray, Adrian! Menudo susto me has dado. No sabía que estabas ahí. ¿Dónde está Mimi?

—En la cocina. Vamos a cenar pollo con arroz y espárragos.

—Genial. ¿Por qué no vas a echarle una mano? Necesito una ducha.

—¿Por qué estás enfadada?

—No estoy enfadada.

—Estabas enfadada mientras hablabas por teléfono con Harry. Le gritaste que tú no habías hablado con nadie, y menos con un reportero de la prensa sensacionalista, y entonces dijiste una palabrota.

Lina se quitó el coletero de un tirón, como hacía cuando le dolía la cabeza.

—No deberías escuchar las conversaciones ajenas.

—No la escuché, la oí. ¿Estás enfadada con Harry?

A Adrian le gustaba mucho el publicista de su madre. Le pasaba bolsitas de M&M's o Skittles y le contaba chistes divertidísimos.

—No, no estoy enfadada con Harry. Ve a ayudar a Mimi. Dile que bajaré en una media hora.

Sí que estaba enfadada, pensó Adrian mientras su madre se alejaba. Puede que no con Harry, pero con alguien, porque había cometido un montón de errores mientras practicaba y había dicho un montón de palabrotas. Su madre casi nunca cometía errores. O tal vez solo le dolía la cabeza. Mimi decía que a veces a la gente le duele la cabeza de tantas preocupaciones.

Adrian se levantó, pero, como ayudar a hacer la cena era un rollo, entró en el gimnasio. Se quedó parada delante de los espejos, una niña alta para su edad, con el pelo rizado (negro como había sido el de su abuelo) y que se le escapaba de un coletero verde. Sus ojos tenían demasiado dorado como para considerarse verdes de verdad como los de su madre, pero aún esperaba que cambiasen.

Adoptó una pose, con su pantalón corto rosa y su camiseta de flores. Encendió la música en su cabeza y empezó a bailar. Le encantaban las clases de baile y la gimnasia cuando estaban en Nueva York, pero en ese momento no se imaginaba recibiendo una clase, sino dándola.

Giró, dio una patada al aire, hizo una paloma y el espagat. Luego un paso cruzado, salsa, ¡un salto! Se lo iba inventando por el camino. Se divirtió durante veinte minutos. Los últimos veinte minutos de inocencia en su vida.

Entonces alguien llamó al timbre de la puerta delantera. Y empezó a empujarla. Era un sonido airado, un sonido que jamás olvidaría. Ella no tenía permiso para abrir la puerta, pero eso no significaba que no pudiera ir a ver. Así que salió por el cuarto de estar hasta el recibidor entretanto Mimi llegaba desde la cocina. Se limpiaba las manos en un paño rojo chillón mientras caminaba a toda prisa.

—¡Madre del amor hermoso! Ni que hubiera un incendio. —Se volvió hacia Adrian y puso los ojos en blanco antes de remeterse la punta del paño por la cinturilla de los tejanos—. ¡Un poquito de calma, por Dios!

Para ser una mujer menuda tenía una voz potente. Adrian sabía que Mimi era de la edad de su madre porque habían ido juntas a la universidad.

—Pero ¿qué pasa? —exclamó antes de girar el pestillo y abrir la puerta.

Desde donde estaba, Adrian vio cómo la expresión de Mimi pasaba de la irritación (como cuando Adrian no recogía su cuarto) al miedo. Y todo sucedió rapidísimo. Mimi trató de volver a cerrar la puerta, pero el hombre la abrió de un empujón y la empujó también a ella. Era grande, mucho más grande que Mimi. Llevaba un poco de barba con alguna cana, y luego más en el pelo, como alas plateadas sobre un fondo dorado, pero tenía la cara coloradísima, como si hubiera estado corriendo. El susto inicial al ver a aquel hombretón empujar a Mimi dejó a Adrian petrificada.

—¿Dónde coño está?

—No está. Y no puedes irrumpir aquí sin más. Fuera. Lárgate, Jon, o llamo a la policía.

—Puta mentirosa. —Agarró a Mimi del brazo y la zarandeó—. ¿Dónde está? ¿Se cree que puede sacar la lengua a pasear y arruinarme la vida?

—Quítame las manos de encima. Estás borracho.

Cuando trató de zafarse, la abofeteó. El sonido reverberó como un disparo en la cabeza de Adrian, que se levantó de un salto.

—¡No le pegues! ¡Déjala en paz!

—Adrian, vete arriba. Vete arriba ahora mismo.

Pero Adrian cerró los puños, enfadada.

—¡Que se vaya!

—¿Por esto? —El hombre señaló a Adrian con una mueca de desprecio—. ¿Por esto me arruina la puta vida? Pues no me parece gran cosa. Ha debido de andar zorreando por ahí y ahora quiere cargarme a mí a la bastarda. Pues que le den por culo. Que le den.

—Adrian, arriba. —Mimi se volvió hacia ella y Adrian no vio enfado, como el que ella sentía. Vio miedo—. ¡Ahora!

—Así que la muy zorra está arriba, ¿eh? Mentirosa. Esto es lo que yo les hago a las mentirosas.

Esta vez no la abofeteó, sino que la golpeó en la cara con el puño una vez, y otra más. Cuando Mimi se desplomó, a Adrian se le contagió su miedo. Ayuda. Necesitaba ayuda. No obstante, él la atrapó en mitad de las escaleras y le echó la cabeza hacia atrás al tirar con fuerza de la coleta de pelo rizado. Adrian chilló, chilló llamando a su madre.

—Venga, llama a tu mamaíta. —Cuando la abofeteó, la cara le ardió como si fuera de fuego—. Queremos hablar con tu mamaíta.

En el momento en el que la arrastraba escaleras arriba, Lina salió del dormitorio envuelta en un albornoz, con el pelo aún mojado de la ducha.

—Adrian Rizzo, pero ¿qué...? —Se detuvo y se quedó inmóvil en cuanto su mirada se cruzó con la del hombre—. Suéltala, Jon. Deja que se vaya para que podamos hablar.

—Bastante has hablado ya. Me has arruinado la vida, palurda de mierda.

—Yo no he hablado con ese reportero ni con nadie más sobre ti. Yo no soy la fuente de ese artículo.

—¡Mentirosa! —gritó antes de volver a tirarle del pelo a Adrian, tan fuerte que le pareció que estuviera en llamas.

Lina avanzó con cautela un par de pasos.

—Deja que se vaya y lo solucionaremos. Puedo arreglarlo.

—Demasiado tarde, imbécil. La universidad me ha suspendido esta misma mañana. Mi mujer está abochornada. Mis hijos, y no me creo ni por un puto minuto que esta mierda de niña sea mía, están llorando. Has vuelto aquí, a mi ciudad, para esto.

—No, Jon. He venido a trabajar. Yo no he hablado con ese reportero. Han pasado más de siete años, ¿por qué iba a hacerlo ahora? ¿Eh? ¿Por qué? Estás haciendo daño a mi hija. Deja de hacerle daño a mi hija.

—Ha pegado a Mimi. —Adrian sentía el aroma del champú y el gel de ducha de su madre, la sutil dulzura de la flor de azahar. Y el hedor de aquel hombre desconocido, a sudor y a bourbon—. Le pegó en la cara y se cayó.

—¿Qué has...? —Lina apartó los ojos de Jon y miró por encima de la barandilla que recorría la segunda planta. Vio a Mimi, agazapada tras un sofá con el rostro ensangrentado, antes de volverse a él—. Tienes que parar antes de que alguien acabe mal, Jon. Deja que...

—Yo sí que estoy mal, ¡maldita zorra! —Su voz sonaba caliente y roja, como su cara, como el fuego que le quemaba a Adrian el cuero cabelludo.

—Siento mucho lo que ha sucedido, pero…

—¡Mi familia está mal! ¿Quieres ver cómo alguien acaba mal? Empecemos por tu bastarda.

Entonces la lanzó. Durante un instante breve y terrorífico, Adrian tuvo la sensación de que volaba hasta que chocó con el borde del peldaño superior. El fuego que sentía en la cabeza le estalló en la muñeca, en la mano, le subió como una llamarada por el brazo. Luego se golpeó la cabeza contra la madera, pero no veía sino a su madre y al hombre que se abalanzaba sobre ella.

La golpeaba y la golpeaba, pero su madre le devolvía los golpes y le daba patadas. Y hacían unos ruidos terribles, tan terribles que Adrian quería taparse las orejas, pero no podía moverse, lo único que hacía era temblar, desmadejada sobre los peldaños. Aun cuando su madre le gritó que corriera, no pudo.

El hombre le había rodeado el cuello con las manos y la sacudía, pero su madre le pegó en la cara, igual que él le había hecho a Mimi. Había sangre. Sangre que cubría a su madre y al hombre. Se aferraban el uno al otro, casi en un abrazo, pero duro y vil. Entonces su madre le pisó el pie y le propinó un rodillazo. Cuando el hombre dio un paso atrás, tambaleante, lo empujó. Chocó con la barandilla. Y luego voló.

Adrian vio cómo agitaba los brazos al caer. Lo vio estrellarse sobre la mesa en la que su madre ponía flores y velas. Oyó aquellos terribles sonidos. Vio que le salía sangre de la cabeza, de las orejas, de la nariz. Vio… Entonces su madre la incorporó, la giró y le apretó la cara contra su pecho.

—No mires, Adrian. Ya está.

—Me duele.

—Lo sé. —Lina le sujetó la muñeca—. Yo lo solucionaré. Mimi. Ay, Mimi.

—La policía está en camino. —Con un ojo hinchado, medio cerrado, amoratado ya, Mimi subió vacilante las escaleras, se sentó y las rodeó con los brazos—. Ya viene la ayuda.

Por encima de la cabeza de Adrian, Mimi formó dos palabras con los labios: «Está muerto».

Adrian no olvidaría nunca el dolor ni los ojos azules del sanitario que le estabilizó la fractura en tallo verde de la muñeca. Además, su voz la tranquilizó cuando le apuntó a los ojos con una lucecita y le preguntó cuántos dedos veía. Tampoco olvidaría a los policías, los primeros que llegaron después de que las sirenas dejaran de ulular. Llevaban uniforme de color azul oscuro.

Pero casi todo parecía borroso y distante, incluso mientras sucedía. Se apiñaron en el cuarto de estar de la segunda planta, que daba al jardín trasero y a su pequeño estanque con peces. Los policías de uniforme hablaban sobre todo con su madre, porque a Mimi se la habían llevado al hospital. Su madre les dijo el nombre del hombre, Jonathan Bennett, y que enseñaba Literatura Inglesa en la Universidad de Georgetown. O eso era lo que hacía cuando ella lo conoció. Su madre contó lo que había sucedido, o al menos empezó a contarlo.

Entonces entraron un hombre y una mujer. El hombre era altísimo y llevaba una corbata marrón. Tenía la piel de un marrón más oscuro y los dientes muy blancos. La mujer era pelirroja, llevaba el pelo muy corto y tenía pecas por toda la cara. Llevaban una placa, como en las series de la tele.

—Señora Rizzo, soy la detective Riley y este es mi compañero, el detective Cannon —dijo antes de volver a engancharse la placa al cinturón—. Sé que esto no es fácil, pero tenemos que hacerles algunas preguntas a usted y a su hija. —Entonces sonrió a Adrian—. Tú eres Adrian, ¿verdad?

Cuando asintió, Riley volvió a mirar a Lina.

—¿Le importa si Adrian me enseña su cuarto y nos quedamos allí charlando mientras usted habla con el detective Cannon?

—¿Tardarán menos así? Se han llevado a mi amiga, la niñera de mi hija, al hospital. Tiene la nariz rota y una conmoción cerebral. Y Adrian tiene lo que el paramédico cree que es una fractura en tallo verde en la muñeca izquierda, y también se golpeó la cabeza.

—Usted tampoco tiene muy buena pinta —comentó Cannon, pero Lina se encogió de hombros. Al hacerlo, se le formó una mueca de dolor.

—Las costillas magulladas curarán, y también la cara. Me pegó sobre todo en la cara.

—Podemos llevarlas al hospital ahora y hablar una vez que las haya visto un médico.

—Prefiero ir cuando… cuando hayan terminado abajo.

—Lo entiendo. —Riley volvió a mirar a Adrian—. ¿Te parece si hablamos en tu cuarto, Adrian?

—Vale. —Al levantarse, se sujetó el brazo entablillado al pecho—. No dejaré que metan a mi madre en la cárcel.

—No seas boba, Adrian.

Sin hacerle caso, la niña miró a Riley a los ojos. Eran verdes, pero de un tono más claro que el de su madre.

—No los dejaré.

—Entendido. Solo vamos a hablar, ¿vale? ¿Tu cuarto está aquí arriba?

—La segunda puerta a la derecha —respondió Lina—. Ve, Adrian, ve con la detective Riley. Luego iremos a ver a Mimi. Todo va a salir bien.

Adrian condujo a Riley hasta el cuarto. La detective volvió a sonreír al ver la decoración en suaves tonos rosas y verdes primaverales. En la cama reposaba un enorme perro de peluche.

—Qué habitación tan chula. Y qué ordenada.

—Tuve que hacerlo esta mañana si quería ir a ver los cerezos en flor y comer *sundaes* con sirope. —Se le formó una mueca similar a la de su madre—. No diga nada de los *sundaes*; se suponía que íbamos a tomar yogur helado.

—Será nuestro secreto. ¿Tu madre es muy estricta con lo que coméis?

—A veces. Casi siempre. —En sus ojos asomaron las lágrimas—. ¿Mimi se va a morir, igual que ese hombre?

—Tiene algunas lesiones, pero nada grave. Y sé que van a tratarla muy bien. ¿Qué te parece si nos sentamos con este muchachote? —Riley dio una palmadita en un lado de la cama y acarició al perro de peluche—. ¿Cómo se llama?

—Barkley. Harry me lo regaló por Navidad. Ahora mismo no podemos tener un perro de verdad porque vivimos en Nueva York y viajamos demasiado.

—Parece un perro estupendo. ¿Puedes contarnos a Barkley y a mí lo que ha sucedido?

Le salió de sopetón, como el agua de una presa que se hubiera roto:

—El hombre vino a la puerta. Llamaba y llamaba, así que salí a ver. A mí no me dejan abrir la puerta, así que esperé a que llegase Mimi. Salió de la cocina y abrió la puerta. Entonces intentó cerrarla de nuevo, muy muy rápido, pero él la empujó y empujó a Mimi. Casi la tiró al suelo.

—¿Lo conocías?

—No, pero Mimi sí, porque lo llamó Jon y le dijo que se fuera. Estaba furioso y no dejaba de gritar y de decir palabrotas. Se supone que yo no puedo decirlas.

—No importa. —Riley seguía acariciando a Barkley como si fuera un perro de verdad—. Me las imagino.

—Quería ver a mi madre, pero Mimi dijo que no estaba, aunque sí que estaba. Estaba arriba, duchándose. Y él seguía gritando y le dio un tortazo. Le pegó. Se supone que no hay que pegar. Pegar está mal.

—Estuvo mal que lo hiciera.

—Yo le grité que la soltase porque la había agarrado de los hombros y le estaba haciendo daño. Y entonces me miró, porque hasta ese momento no me había visto, pero me miró y me dio miedo cómo me miraba. Pero estaba haciéndole daño a Mimi, y me puse furiosa. Mimi me dijo que me fuera arriba, pero es que le estaba haciendo daño. Entonces él... le pegó con el puño.

Adrian cerró la mano buena formando un puño mientras las lágrimas le rodaban por las mejillas.

—Y había sangre y se cayó, y yo eché a correr. Iba corriendo a buscar a mi madre, pero él me agarró. Me tiró del pelo, muy

muy fuerte, y me fue arrastrando escaleras arriba y yo no dejaba de chillar llamando a mi madre.

—¿Quieres que paremos, tesoro? Podemos esperar un poco y luego sigues.

—No. No. Mamá salió y lo vio. Y empezó a decirle y a decirle que me soltara, pero él nada. Repetía una y otra vez que le había arruinado la vida, pero con un montón de palabrotas. De las malas de verdad, y ella no paraba de decir que no había dicho nada y que lo arreglaría, pero él no me soltaba. Me hacía mucho daño. Me llamaba unas cosas feísimas y entonces... entonces me lanzó.

—¿Te lanzó?

—A las escaleras. Me lanzó a las escaleras y me di un golpe, y la muñeca me empezó a arder, y me di en la cabeza, pero no me caí mucho. Solo un par de peldaños, creo. Entonces mi madre le gritó y corrió hacia él y se pelearon. Él le pegó en la cara y la agarró así con las manos... —Le mostró con mímica cómo la estrangulaba—. Yo no me podía mover y él siguió pegándole en la cara, pero ella también le pegó, muy muy fuerte, y le dio una patada y siguieron peleando, y entonces... se cayó por la barandilla. Ella lo empujó para apartarlo, para correr hacia mí. Tenía la cara llena de sangre y lo empujó y él se cayó por la barandilla. Fue culpa de él.

—Ya veo.

—Mimi se arrastró por las escaleras mientras mamá me abrazaba y dijo que la ayuda no tardaría en llegar. Todo el mundo estaba cubierto de sangre. Nadie me había pegado antes de él. Odio que fuera mi padre.

—¿Cómo sabes que lo era?

—Por lo que gritaba y lo que me llamaba. No soy tonta. Y da clases en la facultad a la que iba mi madre, y ella me ha contado que conoció a mi padre en la facultad. Así que...

—Adrian se encogió de hombros—. Eso es todo. Pegó a todo el mundo, olía mal y trató de tirarme por las escaleras. Se cayó porque era malo.

Riley la rodeó con un brazo y pensó: «Eso mismo diría yo».

Mimi pasó la noche en el hospital. Lina compró flores en la tienda de regalos (lo único que podía hacer) y se las llevó a la habitación. A Adrian le hicieron la primera radiografía de su vida y le pondrían la primera escayola de su vida una vez le bajara la hinchazón.

En vez de hacer la cena que Mimi tenía prevista, Lina encargó una pizza. Bien sabía Dios que la niña se la merecía. Igual que ella se merecía una copa bien grande de vino. Se sirvió una y, mientras Adrian comía, se saltó su regla de siempre y se sirvió una segunda. Tenía un millón de llamadas que hacer, pero podían esperar. Absolutamente todo iba a tener que esperar a que se sintiera un poco más calmada.

Cenaron en el jardín trasero, con sus árboles frondosos y su valla de protección visual. O Adrian cenó y Lina le dio un par de mordisquitos a un pedazo de pizza entre sorbo y sorbo de vino. Tal vez hiciera un poco de fresco para cenar en el exterior y fuera un poco tarde para que Adrian se atiborrase a pizza, pero un día horrible era un día horrible. Esperaba que su hija lograra dormir, aunque tenía que admitir que no era muy buena con el ritual nocturno. De eso se encargaba Mimi. Tal vez un baño de burbujas, siempre y cuando no se mojara la férula temporal. Pensar en ello, y en que todo podía haber sido mucho peor, le dio ganas de volver a rellenar la copa. Sin embargo, resistió la tentación. Lina dominaba la autodisciplina.

—¿Cómo es que ese era mi padre?

Lina levantó la vista y vio aquellos ojos dorados y verdes clavados en ella.

—Porque alguna vez fui joven y estúpida. Lo siento. Podría decir que ojalá no hubiera sucedido, pero entonces tú no estarías aquí, ¿verdad? El pasado no se puede arreglar, solo podemos arreglar el presente y el futuro.

—¿Era más amable cuando eras joven y estúpida?

Lina soltó una carcajada y las costillas se le quejaron amargamente. ¿Cuánto podía contarle a una niña de siete años?

—Pensaba que lo era.

—¿Te pegó alguna vez más?

—Una vez. Solo una vez y, después, nunca más volví a verlo. Si un hombre te pega una vez, es probable que vuelva a hacerlo de nuevo.

—Una vez me dijiste que querías a mi padre, pero que las cosas no habían funcionado y que él no nos quería, así que ya no importaba.

—Creí que lo quería. Eso es lo que tenía que haberte dicho. Solo tenía veinte años, Adrian. Él era mayor, atractivo, encantador e inteligente. Un profesor joven. Me enamoré de quien creía que era. Pero dejó de importar.

—¿Por qué estaba tan enfadado hoy?

—Porque alguien, un reportero, lo descubrió y escribió un artículo. No sé cómo, no sé quién se lo dijo; yo no fui.

—Tú no fuiste porque dejó de importar.

—Justo.

Lina volvió a preguntarse cuánto debía contarle. Dadas las circunstancias, tal vez todo.

—Estaba casado, Adrian. Tenía mujer y dos hijos. Yo no lo sabía. Es decir, me mintió y me dijo que estaba divorciándose. Yo lo creí. —¿De verdad lo había creído? En ese momento le costaba rememorarlo—. Puede que solo quisiera creerlo, pero el caso es que lo creí. Tenía un apartamentito cerca de la facultad, así que pensé que estaba soltero. Más tarde me enteré de que no era la única a quien había mentido. Cuando descubrí la verdad, corté con él. Tampoco le importó demasiado. —No era del todo verdad, pensó. Había gritado, amenazado, empujado—. Entonces me di cuenta de que estaba embarazada. Después, mucho después, pensé que tenía que decírselo. Ahí es cuando me pegó. No estaba borracho como hoy. —Había estado bebiendo, recordó, pero no estaba borracho. No como ese día—. Le dije que ni quería ni necesitaba nada de él, que no me rebajaría a contarle a nadie que era el padre biológico. Y me marché. —Lina se saltó las amenazas, las exigencias de que se librara del bebé y el resto de las cosas desagradables.

23

No tenía sentido mencionarlo—. Terminé el curso, me gradué y me fui a casa. Popi y Nonna me ayudaron. El resto ya lo sabes: empecé a dar clases y a grabar vídeos cuando estaba embarazada de ti, primero para futuras mamás y luego para mamás y bebés.

—Bebé Yoga.

—Eso es.

—Pero siempre fue malo. ¿Eso significa que yo también lo seré?

Joder, qué mal se le daba lo de la maternidad. Hizo un esfuerzo por pensar qué es lo que diría su propia madre.

—¿Tú crees que eres mala?

—A veces me pongo furiosa.

—Y que lo digas. —Pero Lina sonrió—. Ser malo es una elección, creo, y tú no has elegido ser mala. Además, él tenía razón, no os parecéis. Eres una Rizzo de pura cepa.

Lina extendió el brazo por encima de la mesa y le asió la mano buena a Adrian. Tal vez su manera de hablar fuera demasiado adulta, pero no sabía hacerlo de otra manera.

—Él no importa, Adrian, a menos que dejemos que importe. Así que no vamos a dejar que importe.

—¿Vas a tener que ir a la cárcel?

—Tú no los vas a dejar, ¿recuerdas? —respondió Lina, levantando la copa hacia ella. Al ver la cara de miedo de la niña, le apretó la mano—. Es broma, es broma. No, Adrian. La policía vio lo que había sucedido. Le dijiste la verdad a la detective, ¿no?

—Sí, te lo prometo.

—Y yo también. Y Mimi. Así que olvídalo. Lo que va a pasar es que, como se publicó aquel artículo y luego ha sucedido esto, habrá más artículos. Dentro de nada voy a hablar con Harry y él me ayudará a lidiar con ello.

—¿Podemos ir de todas formas donde Popi y Nonna?

—Sí. En cuanto Mimi esté mejor, te pongan la escayola definitiva y solucione un par de cosas, iremos a su casa.

—¿Podemos ir enseguida? ¿Enseguida de verdad?

—En cuanto podamos. Quizás tardemos unos días.

—Eso es enseguida. Allí todo estará bien.

Lina pensó que las cosas tardarían mucho en volver a estar bien. Pero prefirió acabarse el vino.

—Desde luego.

2

La carrera profesional de Lina había surgido a raíz de su embarazo imprevisto. En cuestión de meses, pasó de ser estudiante universitaria y entrenadora personal/instructora de fitness para grupos a tiempo parcial a dedicarse al mundillo de los vídeos de ejercicios. La semilla tardó un tiempo en germinar, pero con determinación, persistencia y buena cabeza para los negocios acabó por florecer.

Durante los meses previos a que Jon Bennett se colase en la casa de Georgetown, su carrera había prosperado y las ventas de Bebé Yoga (vídeos, DVD, apariciones personales, un libro y otro que estaba por llegar) generaban más de dos millones de dólares de beneficios.

Era una mujer atractiva y avispada, por lo que empezó con intervenciones sobre todo en programas de televisión matutinos y luego con apariciones en programas nocturnos. Escribía artículos para revistas de fitness y los complementaba con sesiones de fotos. Era una mujer joven y atractiva con un cuerpo esbelto y musculoso que sabía cómo sacarles partido a ambas cosas. Incluso consiguió un par de cameos en varias series. Le gustaba estar bajo los focos y no se avergonzaba ni de ello ni de su ambición. Creía firmemente en su producto (salud, fitness y equilibrio) y creía firmemente que era la mejor persona para promocionarlo.

Trabajar mucho no era un problema para Lina. Se crecía con ello, con los viajes, con la agenda apretada y con la planificación de más trabajo. Tenía en marcha una línea de ropa de deporte y, en colaboración con un médico nutricionista, había empezado a plantearse el lanzamiento de suplementos. Entonces mató al hombre que, sin querer, había cambiado el rumbo de su vida.

Defensa propia. La policía no tardó en concluir que había actuado en su propia defensa y en defensa de su hija y de su amiga. Y, de algún modo terrible, la publicidad incrementó las ventas, la fama y las ofertas. No tardó en decidir que iba a subirse a ese tren.

Una semana después de que sucediera lo peor, viajó de Georgetown al interior de Maryland con idea de aprovechar al máximo las circunstancias. Llevaba unas gafas de sol enormes, pues ni siquiera sus dotes de maquilladora podían ocultar los moratones. Todavía le dolían las costillas, pero modificó una tabla de ejercicios y añadió meditación extra. A Mimi aún le dolía la cabeza de vez en cuando, pero la nariz rota se le estaba curando y el ojo morado se estaba poniendo de un amarillo enfermizo. A Adrian le molestaba la escayola, pero le gustaba que se la firmaran. Dentro de otras dos semanas, según el médico, volverían a hacerle una radiografía. Podría haber sido peor. Lina no dejaba de repetirse que podría haber sido peor.

Como Harry le había comprado a Adrian una nueva Game Boy, se entretenía sola en el asiento trasero del coche. Lina contemplaba las sombras de las montañas de Maryland, el contraste del pálido lavanda con el cielo azulón. Lina había deseado escapar de ellos, del silencio y de la lentitud exasperante; prefería el movimiento, el bullicio, la gente, las noches fuera. Aún lo prefería. No estaba hecha para las ciudades pequeñas y la vida en el campo. Bien sabía Dios que jamás había querido preparar albóndigas, salsa para pizza o regentar un restaurante, fuera su legado familiar o no. Anhelaba el gentío, la ciudad y, sí, también los focos. A falta de considerarlo su casa, veía Nueva York como su base de operaciones. Su hogar era, y siempre sería, el lugar donde tuviera trabajo y acción.

Cuando finalmente giró para tomar la I-70, el tráfico desapareció y la carretera comenzó a serpentear entre colinas, campos verdes y algunas casas y granjas diseminadas. Bueno, pensó, tal vez volviera al hogar, pero, desde luego, no iba a quedarse. Aquello no era para Lina Theresa Rizzo.

—¡Casi hemos llegado! —La voz de Adrian sonó alborozada en el asiento trasero—. ¡Mirad! ¡Vacas! ¡Caballos! Ojalá Popi y Nonna tuvieran caballos. O gallinas. Molaría tener gallinas.

Adrian abrió la ventanilla y sacó la cabeza, como un cachorrillo feliz. Sus rizos negros danzaban al viento. Y, Lina lo sabía, acabarían enredados como un nido de ratas y llenos de nudos. Entonces llegó el chorro de preguntas. «¿Queda mucho? ¿Me dejarás subirme al columpio? ¿Nonna tendrá limonada? ¿Podré jugar con los perros?». Y esto. Y aquello. Y lo de más allá. Lina dejó que Mimi lidiara con las preguntas. Ella tendría otras que responder en breve.

Dejaron a un lado la granja rojiza en cuyo pajar había perdido la virginidad poco antes de cumplir los diecisiete. Con el hijo de un ganadero, recordó. *Quarterback* del equipo de fútbol. Matt Weaver. Guapo, fuerte, amable, pero no pesado. En cierto modo se habían querido, como uno quiere cuando no ha cumplido los diecisiete. Quería casarse con ella, algún día, pero ella tenía otros planes. Había oído que se había casado, que tenía un hijo o dos y que seguía trabajando en la granja con su padre. «Bien por él», pensó, y lo pensaba de verdad. Pero no era para ella, jamás lo sería.

Volvió a girar, alejándose de la pequeña localidad de Traveler's Creek, en cuya diminuta plaza se alzaba el restaurante italiano de los Rizzo, como una institución, desde hacía dos generaciones. Sus propios abuelos, quienes lo habían fundado, al final aceptaron que necesitaban un clima más cálido. Pero ¿no habían ido y habían montado un nuevo Rizzo's en Outer Banks? Lo llevaban en la sangre, decían; pero por algún motivo, y por suerte, a ella ese gen la había saltado.

Siguió en paralelo al cauce del arroyo y se acercó a uno de los tres puentes cubiertos que atraían a fotógrafos, turistas y novios a la zona. Suponía que resultaba pintoresco allí plantado, sobre la suave loma en la curva del arroyo. Como siempre, Mimi y Adrian soltaron un «¡Uuuy!» al pasar bajo aquel tejado azul en punta, entre paredes del típico color rojo de los graneros.

Volvió a girar sin prestar atención a Adrian, que botaba como una pelota de goma sobre el asiento trasero, y accedió a una carreterita zigzagueante, cruzó el segundo puente sobre el arroyo que daba nombre a Traveler's Creek, «el arroyo del viajero», y ascendió hacia el caserón de la colina.

Los perros, un gran perro mestizo amarillo y un sabueso pequeño y de largas orejas, llegaron corriendo.

—¡Ahí están Tom y Jerry! ¡Ey! ¡Hola, chicos, hola!

—No te quites el cinturón hasta que hayamos parado, Adrian.

—¡Mamá! —Hizo lo que le decía, pero siguió botando en el asiento—. ¡Son Nonna y Popi!

Dom y Sophia habían salido, cogidos de la mano, al enorme porche que rodeaba la casa. Sophia, con el rostro enmarcado por rizos castaños, superaba el metro setenta y cinco con sus zapatillas rosas; aun así, su marido, con casi dos metros, le sacaba la cabeza.

Fuertes y en forma, a la sombra del porche de la segunda planta, los dos aparentaban diez años menos. ¿Cuántos tenían ya? Su madre debía de rondar los sesenta y siete o sesenta y ocho; su padre, unos cuatro más, pensó Lina. Se habían enamorado en el instituto y llevaban casados casi cincuenta años. Habían soportado la pérdida de un hijo que no había vivido más de cuarenta y ocho horas, tres abortos y el corazón roto cuando los médicos les dijeron que ya no podrían tener descendencia. Hasta que, ¡sorpresa! Cuando ambos ya pasaban de los cuarenta, llegó Lina Theresa.

Aparcó bajo una amplia cochera abierta, junto a una camioneta rojo chillón y un robusto todoterreno negro. Sabía que la niña de los ojos de su madre, el elegante descapotable de color turquesa, tenía un lugar de honor en el garaje aparte. Apenas había pisado el freno cuando Adrian se apeó de un salto.

—¡Nonna! ¡Popi! ¡Hola, chicos, hola!

Cuando abrazó a los perros, Tom se pegó a ella y Jerry empezó a menear el rabo y a darle lametones. Luego corrió hacia su abuelo, que la esperaba con los brazos abiertos.

—Sé que crees que estoy cometiendo un error —le dijo Lina a Mimi—, pero mírala. Ahora mismo, esto es lo mejor para ella.

—Una niña necesita a su madre —le respondió esta antes de bajarse del coche, ponerse una sonrisa en la cara y echar a andar hacia el porche.

—Por Dios, ni que fuera a meterla en un cesto y a abandonarla entre los juncos. No es más que un verano, joder.

Sophia bajó los escalones del porche y recibió a Lina a mitad de camino. Le cogió la cara con una mano y, sin mediar palabra, simplemente la abrazó. Nada de lo sucedido aquella horrible semana estuvo tan cerca de hacer que se derrumbara como ese abrazo.

—No puedo, mamá. No quiero que Adrian me vea llorar.

—Las lágrimas sinceras no son motivo de vergüenza.

—Ya hemos tenido bastantes por un tiempo —respondió, zafándose—. Se te ve bien.

—No puedo decir lo mismo de ti.

—Tendrías que haber visto cómo quedó el otro —respondió esbozando una sonrisa.

Sophia dejó escapar una breve carcajada.

—Esa es mi Lina. Venid, vamos a sentarnos en el porche, que hace buenísimo. Vendréis con hambre. Tenemos comida.

Tal vez fuera la sangre italiana, tal vez los genes de restauradores. En cualquier caso, los padres de Lina daban por sentado que todo el que llegaba a su casa debía tener hambre.

Los adultos se sentaron alrededor de la mesa redonda del porche, mientras que Adrian jugaba con los perros en el jardín delantero. Había pan y queso, aperitivos, aceitunas y una jarra entera de la limonada que Adrian tanto esperaba.

Aunque apenas habían rebasado el mediodía, había vino. La media copa que Lina se permitía la ayudó a desprenderse de la tensión del viaje. No hablaron de lo que había sucedido, ni cuando Adrian llegó corriendo a sentarse, brevemente, en el regazo de Dom para enseñarle su nueva Game Boy, ni mientras bebía limonada y charlaba sobre los perros.

Qué paciente era su padre, pensó Lina. Siempre tan paciente con los niños, tan bueno. Y tan guapo con el cabello blanco como la nieve, con las patas de gallo que le rodeaban los ojos marrones dorados. Toda su vida había pensado que su madre y él formaban la pareja perfecta: altos, guapos, delgados y perfectamente en sintonía. Mientras que ella siempre se había sentido una nota discordante. Porque lo era, ¿no? Siempre desentonaba: en la familia, en casa, en esa localidad que los lugareños llamaban The Creek. Así que se había ido con la música a otra parte.

Adrian se rio cuando, después de que sus abuelos le firmaran diligentes la escayola, su abuela le dibujó a los perros y añadió el nombre.

—Vuestras habitaciones están listas —dijo Sophia—. Vamos a subiros las maletas para que podáis deshacerlas y descansar si queréis.

—Yo tengo que ir al restaurante —añadió Dom—, pero estaré de vuelta para cenar.

—La verdad es que Adrian lleva días hablando del columpio. Mimi, ¿por qué no la acompañas al jardín trasero para que juegue un rato?

—Claro. —Mimi se levantó y, aunque le lanzó a Lina una mirada de desaprobación, llamó a Adrian con tono alegre—. ¡Vamos al columpio!

—¡Sí! ¡Vamos, chicos!

Dom esperó a que Adrian, seguida de Mimi, rodeara la casa.

—¿Qué sucede?

—Mimi y yo no vamos a quedarnos. Tengo que volver a Nueva York, acabar el proyecto que empecé en D. C. No me es posible acabarlo aquí, así que… Espero que no os importe quedaros con Adrian.

—Lina. —Sophia extendió el brazo por encima de la mesa y tomó la mano de su hija—. Como mínimo necesitarás unos días para descansar, para recuperarte, para ayudar a Adrian a que se sienta segura de nuevo.

—No tengo tiempo para descansar y recuperarme, ¿y dónde iba a sentirse Adrian más segura que aquí?

—¿Sin su madre?

Lina se volvió hacia su padre.

—Os tendrá a vosotros dos. Tengo que adelantarme a esta historia. No puedo permitir que acabe con mi carrera y con mi negocio, así que tengo que anticiparme y hacerme con las riendas de la situación.

—Ese hombre podría haberos matado. A ti, a Adrian y a Mimi.

—Ya lo sé, papá, créeme. Estaba allí. Ella va a estar feliz; le encanta estar aquí. Es lo único de lo que habla desde hace días. He traído su historial para que pueda ir al médico aquí a que le hagan la próxima radiografía. El médico de D. C. cree que dentro de una semana o dos podrá pasar a una férula de quita y pon. Es una lesión bastante común y leve, así que…

—¡Leve!

Cuando su padre explotó, Lina lo detuvo levantando las dos manos.

—Trató de arrojarla escaleras abajo y no logré llegar a tiempo. No pude impedírselo. Si no hubiera sido tan imbécil y no hubiera estado borracho como una cuba, lo habría conseguido y Adrian se habría roto el cuello en vez de la muñeca. Créeme, jamás lo olvidaré.

—Dom —murmuró Sophia, al tiempo que le daba una palmadita en la mano—. ¿Cuánto tiempo quieres que se quede con nosotros?

—Todo el verano. Mirad, sé que es mucho tiempo y sé que es mucho pedir.

—Nos encantará tenerla en casa —se limitó a afirmar Sophia—, pero te equivocas al hacer esto. Te equivocas al dejarla en un momento así, Lina. Aunque nos encargaremos de que esté a salvo y feliz.

—Os lo agradezco. Prácticamente ha terminado el curso, pero Mimi tiene un par de ejercicios más para ella e instrucciones para vosotros. Para cuando empiece el nuevo, ella y yo, las dos, lo habremos dejado atrás.

Sus padres se quedaron mirándola un instante, sin articular palabra. Los ojos castaños dorados de su padre y los verdes de su madre le hicieron pensar hasta qué punto su hija era una mezcla de aquellas dos personas.

—¿Adrian sabe que la vas a dejar aquí? —preguntó Dom—, ¿que vuelves a Nueva York sin ella?

—No le había contado nada porque quería preguntaros primero. —Lina se puso en pie—. Voy a decírselo. Mimi y yo tenemos que ponernos en camino enseguida. —Se detuvo—. Sé que os he decepcionado... otra vez, pero creo que esto es lo mejor para todos. Necesito tiempo para centrarme y no podría dedicarle la atención que ahora mismo precisa. Además, si está aquí, con vosotros, no hay opción a que ningún reportero le haga fotos y plante su cara en alguna revista de cotilleos.

—Pero tú vas a hacer publicidad con ello —le recordó Dom.

—Del tipo que puedo controlar, sí. ¿Sabes, papá? Hay un montón de hombres que no son como tú. No son amables y amorosos, y hay un montón de mujeres que acaban con moratones en la cara. —Se dio un toquecito con el dedo bajo el ojo—. Hay un montón de niños que acaban con el brazo escayolado. Así que puedes estar segurísimo de que voy a hablar sobre el tema si tengo la oportunidad de hacerlo.

Se alejó a grandes zancadas, furiosa porque creía que tenía razón. Y frustrada porque sospechaba que no la tenía.

Una hora más tarde, Adrian veía desde el porche cómo su madre y Mimi se alejaban en el coche.

—Ese hombre hizo daño a todo el mundo por mi culpa, así que ahora mi madre no me quiere cerca.

Dom se inclinó y, a pesar de su considerable altura, le posó las manos suavemente sobre los hombros y se agachó hasta que su nieta lo miró a los ojos.

—Eso no es verdad. Nada de esto es culpa tuya y tu madre te ha dejado quedarte con nosotros porque va a estar muy ocupada.

—Siempre lo está. De todos modos, es Mimi la que me cuida.

—Todos pensábamos que te gustaría pasar el verano con nosotros. —Sophia le acarició el cabello—. Si no estás contenta, dentro de una semana, por ejemplo, Popi y yo te llevaremos a Nueva York.

—¿Me llevaríais?

—Pues claro. Pero durante una semana vamos a poder disfrutar de nuestra nieta favorita. Tendremos a nuestra *gioia*. A nuestra alegría.

Adrian esbozó una sonrisa.

—Soy vuestra única nieta.

—Pero sigues siendo nuestra favorita. Y si sigues contenta, Popi puede enseñarte a hacer raviolis y yo puedo enseñarte a hacer tiramisú.

—Pero tendrás que contribuir con algunas tareas en casa. —Dom le dio un toquecito con el dedo en la nariz—. Dar de comer a los perros, ayudar en el jardín...

—Ya sabes que me gusta hacerlo cuando vengo de visita. Eso no son tareas.

—El trabajo, aunque nos guste, sigue siendo trabajo.

—¿Puedo ir al restaurante y ver cómo lanzas la masa de pizza por el aire?

—Este verano te enseñaré a hacerlo. Podemos empezar cuando te quiten la escayola. Ahora tengo que ir para allá, así que lávate las manos si quieres venirte conmigo.

—¡Genial!

Cuando entró corriendo en la casa, Dom se irguió y suspiró.

—Los niños se adaptan a todo. Va a estar bien.

—Sí, pero Lina se lo va a perder y es un tiempo que nunca podrá recuperar. En fin. —Sophia le dio una palmadita a Dom en la mejilla—. No le compres demasiados dulces.

—Le compraré los justos.

Raylan Wells hacía los deberes sentado a una mesa para dos de Rizzo's. Menudo rollo. En su opinión, todas las tareas que tenía que hacer en casa ya eran deberes, así que ¿por qué las del cole no podían quedarse en el cole? A los diez años, a menudo se sentía confundido y atacado por el mundo adulto y las reglas que les imponían a los niños.

Había acabado los de mates, que le parecían fáciles porque las matemáticas eran lógicas. No como otro montón de cosas. Por ejemplo, responder a un puñado de preguntas sobre la Guerra Civil. Claro, vivían más o menos cerca de Antietam y todo eso, y lo de la batalla molaba, pero había sido hacía muchísimo tiempo. Los unionistas ganaron y los confederados perdieron. Como decía Stan Lee, y Stan Lee era un genio: «No hay más que hablar». Así que Raylan respondió una pregunta, luego dibujó un rato, respondió otra y fantaseó con una batalla épica entre Spiderman y el Doctor Octopus.

Como había llegado lo que su madre llamaba «la hora del bajón» (después de la comida y antes de la cena), la mayoría de los clientes eran chavales de instituto que iban a la parte trasera a jugar a las recreativas y tal vez pillar un pedazo de pizza o una Coca-Cola. Él no podía echar ni un centavo hasta que no acabase aquellos estúpidos deberes. Órdenes de mamá.

Atravesó con la mirada el comedor casi vacío, más allá del mostrador, hasta la enorme cocina abierta donde trabajaba. Seis meses antes, solo cocinaba en casa. Pero eso era antes de que su padre se fuera. Ahora su madre cocinaba allí porque necesitaban pagar facturas y demás. Llevaba el enorme mandil rojo del restaurante con la inscripción Rizzo's en el delantero y el pelo recogido bajo el mismo ridículo gorrito blanco que se ponían todos los cocineros y el personal de cocina.

Había dicho que le gustaba trabajar allí y Raylan creía que decía la verdad, porque parecía contenta cuando trajinaba entre aquellos fogones gigantescos, pero sobre todo porque se daba cuenta cuando no le decía la verdad. Por ejemplo, cuando les había dicho a su hermana y a él que todo estaba bajo control, pero sus ojos contaban otra cosa.

Al principio había pasado miedo, pero había dicho que no ocurría nada. Al principio Maya había llorado, pero solo tenía siete años y era una chica. Al final lo había superado, más o menos.

Raylan suponía que se había convertido en el hombre de la casa, pero pronto aprendió que eso no significaba que pudiera saltarse los deberes o quedarse despierto hasta tarde los días de cole. Así que respondió a otra de las estúpidas preguntas sobre la Guerra Civil.

Maya tenía permiso para ir a casa de su amiga Cassie a hacer los deberes juntas. Y tampoco es que le pusieran demasiados. Pero ¿a él? Permiso denegado. Quizás porque él y su mejor amigo y sus otros dos mejores amigos se habían tirado el día anterior echando unas canastas y pasando el rato en vez de hacer los deberes. Y el anterior también.

El Doctor Octopus no tenía nada que hacer frente a Furia Materna, así que ahora tenía que presentarse en Rizzo's después de clase en vez de ir donde Mick, Nate o Spencer. No habría sido tan terrible si Mick, Nate o Spencer hubieran podido ir con él a Rizzo's. Pero en sus madres también se había desatado la furia.

Cuando vio entrar al señor Rizzo, a Raylan se le pasó parte del enfado. Cuando el señor Rizzo iba a la cocina, lanzaba masas de pizza. La madre de Raylan y otros cocineros también sabían, pero el señor Rizzo podía hacer virguerías: la lanzaba hacia arriba, le daba vueltas, la volvía a coger por detrás de la espalda... Y, cuando no tenían demasiada gente, le dejaba probar a Raylan y también prepararse su pizza personalizada con todos los ingredientes que quisiera, y gratis.

No prestó demasiada atención a quien entró con el señor Rizzo, porque era una chica. Pero llevaba el brazo escayolado y eso la hacía una pizca más interesante. Se fue inventando posibles motivos para que estuviera escayolada mientras acababa la última pregunta de los malditos deberes. Se había caído a un pozo, o de un árbol, o por una ventana durante un incendio en su casa.

Una vez respondida la última pregunta (¡por fin!), se puso con el último ejercicio. Primero había hecho los de mates porque eran fáciles. Luego los de historia porque eran un rollo. Y para el final había dejado la tarea de usar en una oración las palabras que habían aprendido a deletrear esa semana, porque era divertido. Las palabras le gustaban aún más que las matemáticas y casi tanto como dibujar.

1. «*Peatón*». El coche de los atracadores atropelló al peatón mientras se daba a la fuga.
2. «*Inigualable*». Cuando los alienígenas del planeta Zork invadieron la Tierra, el mundo solo contaba para su protección con el único e inigualable Spiderman.
3. «*Extirpar*». El malvado científico secuestró a un montón de gente y comenzó a extirparles los órganos para sus locos experimentos.

Acabó la última de las diez palabras con su madre sentada a la mesa con él.

—Ya he terminado los estúpidos deberes.

Como ya había concluido su turno, Jan se había quitado el mandil y el gorrito. Después de que su marido se fuera, se había cortado el pelo y sentía que el *pixie* le quedaba bien. Además, casi no necesitaba peinarlo. A Raylan también le hacía falta un corte de pelo. El cabello de su hijo, que antaño era rubio girasol, empezaba a asemejarse a su propio tono, miel oscuro. Se le hacía mayor, pensó mientras le pedía que le enseñase los deberes. Raylan puso en blanco sus preciosos ojos verde botella (tenía los ojos de su padre) y empujó la carpeta por la mesa para acercársela.

Qué mayor, reflexionó, con ese pelo que ya no era fino como el de los bebés ni rubio como el algodón de azúcar, sino grueso y algo ondulado. Su cara había perdido la redondez de los niños pequeños (¿adónde se había ido el tiempo?) y se había afinado con las facciones definidas que lo acompañarían en la edad adulta. Había pasado de ser mono a ser guapo delante de sus ojos. Comprobó los deberes porque, aunque pudiera atisbar en el niño al hombre en el que se convertiría algún día, al niño le gustaba remolonear. Leyó las frases y suspiró.

—Con «juramento»: «El Caballero Oscuro prestó el juramento de proteger la ciudad de todo tormento hasta el último aliento».

Raylan no pudo evitar sonreír.

—Mola.

—¿Cómo es posible que alguien tan inteligente invierta tanto tiempo y esfuerzo en evitar unos deberes que dejaría hechos en menos de una hora?

—Porque los deberes son un rollo.

—Lo son —convino—, pero es tu trabajo. Y hoy lo has hecho muy bien.

—Entonces, ¿puedo ir a jugar donde Mick?

—Para lo bien que se te dan las matemáticas, te está costando contar los días que tiene la semana. Estás castigado hasta el sábado. Y si vuelves a saltarte los deberes...

—Me quedo sin salir dos semanas —concluyó con tono más apenado que molesto—. Pero ¿qué voy a hacer ahora? Me quedan horas.

—No te preocupes, corazón —le dijo al tiempo que le devolvía la carpeta—. Tengo un montón de cosas que puedes hacer.

—Tareas. —Ahora sí que estaba molesto—. Encima de que he hecho todos los deberes.

—Ay, ¿es que quieres un premio por hacer lo que tienes que hacer? ¡Lo tengo! —Juntó las manos con una sonrisa de oreja a oreja y los ojos chispeantes—. ¿Qué tal si te lleno de besos toda la cara? —Se inclinó hacia él—. Te voy a llenar la cara de besos ahora mismo, delante de todo el mundo. Muac, muac.

Raylan se encogió, pero no pudo evitar sonreír.

—¡Corta el rollo!

—No te vas a avergonzar de unos buenos besos, bien ruidosos, por toda la cara, ¿eh, mi niñito precioso?

—Qué rara eres, mamá.

—Se me ha pegado de ti. Venga, vamos a buscar a tu hermana y a casa.

Raylan metió la carpeta en la mochila ya llena. La gente había empezado a llegar al restaurante para tomar una cerveza o una copa de vino, o para cenar temprano con amigos. El señor Rizzo se había puesto el gorrito y el mandil, y estaba haciendo malabares con una masa de pizza. La niña se había sentado en un taburete alto delante del mostrador y aplaudía.

—¡Adiós, señor Rizzo!

Este atrapó la masa, le dio vueltas y le guiñó un ojo.

—*Ciao*, Raylan. Cuídame a tu madre.

—Sí, señor.

Salieron al porche cubierto de la parte delantera, donde varias personas ya bebían y comían sentadas a las mesas. La fragancia que desprendían las macetas de flores se mezclaba con el aroma de los calamares fritos, la salsa picante y el pan tostado. El ayuntamiento había dispuesto grandes jardineras de hormigón con flores a lo largo de la plaza y algunos de los negocios tenían macetas o cestos colgantes.

Mientras esperaban a que el semáforo del cruce se pusiera verde, Jan tuvo que reprimir el impulso de agarrar a su hijo de la mano. Diez años, se recordó. No iba a querer darle la mano a su madre para cruzar la calle.

—¿Quién era la niña que estaba con el señor Rizzo?

—¿Qué? Ah, es su nieta, Adrian. Va a quedarse con ellos todo el verano.

—¿Y cómo es que lleva una escayola?

—Se hizo daño en la muñeca.

—¿Cómo? —preguntó mientras cruzaban.

—Se cayó.

Jan notó que Raylan se había quedado mirándola mientras caminaban a lo largo del bloque.

—¿Qué pasa?

—Has puesto esa cara.

—¿Qué cara?

—La cara que pones cuando no quieres decir algo malo.

Suponía que debía de poner cara rara. Y suponía que en un pueblo del tamaño de Traveler's Creek, de cuyo tejido los Rizzo eran parte integrante, Raylan, con su oído finísimo, acabaría enterándose de todos modos.

—Se lo hizo su padre.

—¿En serio?

Su padre había dicho y hecho un montón de cosas malas, pero jamás les había machacado la muñeca ni a Maya ni a él.

—Espero que respetes la privacidad del señor y la señora Rizzo, Raylan. Y como voy a llevar a Maya a su casa para ver si se hacen amigas, porque Adrian y ella tienen la misma edad, no quiero que le digas nada a tu hermana. Si Adrian quiere contárselo a Maya o a quien sea, es cosa suya.

—Vale, pero, ¡guau, su padre le rompió el brazo!

—La muñeca, pero tanto da.

—¿Está en la cárcel?

—No. Murió.

—¡Jolines! —Asombrado y algo emocionado, empezó a dar saltitos—. ¿Lo mató ella o algo así, para defenderse?

—No. No seas tonto. No es más que una niña que ha pasado por una experiencia terrible. No quiero que la atosigues a preguntas.

Llegaron a la casa de Cassie, justo enfrente de la suya. Habían podido conservar la casa porque los Rizzo le habían dado trabajo a su madre después de que su padre los abandonara y se llevase casi todo el dinero del banco. Esa era una de las peores cosas que había hecho. Después, Raylan había oído llorar a su madre cuando creía que estaba dormido, pero eso había sido antes de que consiguiera el trabajo.

Jamás haría ni diría nada que hiciera daño al señor o a la señora Rizzo. Pero de repente la niña le parecía mucho más interesante.

3

Todo en aquel verano cambió cuando Adrian conoció a Maya. Su mundo se amplió con fiestas de pijamas, citas para jugar y secretos compartidos. Por primera vez en su vida, tenía una mejor amiga de verdad. Adrian le enseñó yoga y pasos de baile (y casi a hacer una paloma) y Maya le enseñó a hacer girar el bastón de animadora y a jugar a los dados.

Tenía un perro llamado Jimbo, que podía caminar sobre las patas traseras, y una gata llamada Señorita Priss, a la que le gustaban los mimos. Tenía un hermano que se llamaba Raylan, pero lo único que hacía era jugar a videojuegos, leer cómics y andar por ahí con sus amigos, así que no lo veía mucho. Pero tenía los ojos verdes. Más verdes y más oscuros que los de su madre y los de su abuela. Como si estuvieran cargadísimos de verde. Maya decía que era un cabezabuque, pero Adrian no tenía pruebas reales de que lo fuese, dado que las evitaba. Y le gustaban muchísimo sus ojos. Aun así, le hizo preguntarse cómo sería tener un hermano o una hermana. Una hermana sería mejor, evidentemente, pero tener a alguien más o menos de su edad en casa debía de ser divertido.

La madre de Maya era majísima. Nonna decía que era una joya y Popi decía que era una buena cocinera y una excelente trabajadora. A veces, cuando a la señora Wells le tocaba trabajar, Maya iba a su casa y se quedaba todo el día, y, si lo pedían con tiempo, algunas de las otras chicas también iban.

Una vez que le retiraron la escayola, tuvo que llevar una férula durante tres semanas más, pero podía quitársela si quería darse un baño de burbujas o si la invitaban a nadar a la piscina del jardín trasero de Cassie, la amiga de Maya.

Un día de junio subió a la planta de arriba con ella para coger todo lo necesario para el té que iban a celebrar fuera, a la sombra de un gran árbol. Se detuvieron delante de la puerta abierta del cuarto de Raylan. Hasta entonces, siempre la había tenido cerrada y con un gran cartel de PROHIBIDO ENTRAR.

—Se supone que no podemos entrar sin permiso —le dijo Maya, que ese día llevaba el cabello, dorado como el sol, recogido con trenzas de raíz porque era el día libre de su madre y había tenido tiempo para hacérselas. Apoyó la mano en la cadera del modo que solía hacerlo y puso los ojos en blanco—. Como que iba a querer yo entrar. Está desordenado y huele fatal.

Adrian no olía nada desde el umbral, pero era cierto que estaba desordenado. La cama estaba sin hacer siquiera un poco. Había ropa y zapatos desperdigados por el suelo, además de figuras de acción. Pero lo que le llamó la atención fueron las paredes. Raylan las había cubierto de dibujos. Superhéroes, batallas con monstruos o supervillanos, naves espaciales, extrañas edificaciones, bosques lúgubres…

—¿Ha dibujado todo eso él?

—Sí, se pasa el día dibujando. Lo hace bien, pero son siempre unas cosas tontísimas. Nunca dibuja nada bonito, salvo una vez para mamá por el Día de la Madre. Le dibujó un ramo de flores y lo coloreó y todo. Mamá lloró, pero porque le gustó.

Adrian no creía que los dibujos fueran tontos, algunos daban miedo, pero no era tontos. Aun así, no lo dijo, porque Maya era su mejor amiga.

En el momento en el que asomaba un poquito más la cabeza, Raylan apareció por las escaleras. Se quedó inmóvil un instante, con los ojos entrecerrados. Luego se abalanzó sobre la puerta y se colocó en el umbral, bloqueándola.

—No tenéis permiso para entrar en mi cuarto.

—No íbamos a entrar, caraculo. Nadie quiere entrar en tu apestosa habitación. —Maya inspiró con exageración y se dio una palmada con la mano en la cadera.

—La puerta estaba abierta —terció Adrian antes de que Raylan contraatacase—. No hemos entrado, de verdad. Solo estaba mirando los dibujos. Son buenísimos. Me gusta especialmente el del Iron Man. Este —añadió adoptando una pose como si volara, con el brazo extendido y el puño cerrado.

Los ojos enfurecidos de Raylan se clavaron en los suyos. Ella se retrajo por instinto cuando la muñeca le percutió con un dolor fantasma.

Él vio cómo se cubría la muñeca entablillada con la otra mano y recordó lo de su padre. Cualquiera tendría miedo si su propio padre le hubiera roto algo. Así que se encogió de hombros, como si no le importara. Aunque tal vez estuviera algo impresionado por que supiera quién era el Iron Man.

—No está mal. Solo practicaba. Puedo hacerlo mejor.

—El de Spiderman y Doc Ock también es muy chulo.

Vale. Puede que más que «algo impresionado». Las otras tontas de las amigas de Maya no sabían distinguir al Doctor Octopus del Duende Verde.

—Sí, supongo. —Como pensó que ya era bastante conversación con una chica, se volvió a su hermana con una mueca de desdén—. Fuera de aquí.

Sin más, entró en su cuarto y cerró la puerta. Maya sonrió, divertida.

—¿Ves? Un caraculo —dijo, cogiéndole la mano a Adrian antes de ir a su habitación por los útiles para la merienda.

Aquella noche, antes de irse a la cama, Adrian agarró papel y lápiz e intentó dibujar a su superheroína favorita: la Viuda Negra. Todos sus trazos parecían masas amorfas unidas con rayas y otras masas aún más amorfas. Decepcionada, volvió a lo que solía dibujar: una casita, árboles, flores y un sol enorme y redondo. Ni siquiera ese dibujo era bueno; ninguno de sus dibujos lo era, aunque Nonna siempre fijaba alguno al frigorífico. No se le daba bien dibujar. Tampoco se le daba especialmente bien cocinar ni hornear, aunque Nonna y Popi decían que aprendía rápido. ¿Qué se le daba bien? Cuando necesitaba confort hacía yoga, aunque debía tener cuidado para no apoyar demasiado peso en la muñeca.

Cuando acabó su ritual nocturno, se lavó los dientes y se puso el pijama. Estaba a punto de salir para decirle a su abuelo que estaba lista para irse a la cama (a su abuela esa noche le tocaba trabajar en Rizzo's) cuando Dom llamó a la puerta abierta.

—Mira a mi niña. Toda limpia y reluciente, lista para irse a la cama. Y mira esto —continuó, fijándose en el dibujo—. Esto tiene que estar en nuestra galería de arte.

—Es un dibujo infantil.

—El arte está en el ojo del que mira, y a mí me gusta.

—Raylan, el hermano de Maya, sí que sabe dibujar.

—Eso es cierto. Tiene mucho talento. —Se quedó mirándole la cara enfurruñada—. Pero nunca lo he visto caminar sobre las manos.

—Se supone que aún no debo hacerlo.

—Pero pronto podrás de nuevo. —Le dio un beso en la coronilla y un empujoncito en dirección a la cama—. Tapaos bien Barkley y tú para que podamos leer otro capítulo de *Matilda*. Mi niña lee mejor que la mayoría de los adolescentes.

—Mente activa, cuerpo activo —respondió Adrian, acurrucándose con su perro de peluche. Cuando Dom se rio y se sentó en el borde de la cama con el libro, se ovilló junto a él. Olía al césped que había cortado antes de cenar—. ¿Crees que mamá me echa de menos?

—Claro que sí, ¿no te llama todas las semanas para ver cómo estás y qué andas haciendo?

Ojalá llamara más, pensó Adrian, aunque normalmente no le preguntase qué andaba haciendo.

—Creo que mañana te enseñaré a preparar pasta, y tú también puedes enseñarme alguna cosa.

—¿El qué?

—Una de esas rutinas de ejercicios que te inventas. —Le dio un toquecito en la nariz—. Mente activa, cuerpo activo.

A Adrian le pareció una idea excelente.

—¡Genial! Puedo inventarme una nueva para ti.

—Que no sea demasiado difícil. Soy nuevo en esto. Por ahora, léeme un poco.

Cuando Adrian echó la vista atrás, se dio cuenta de que aquel verano había sido idílico. Un descanso tal de la realidad, la responsabilidad y la rutina que no volvería a disfrutar jamás. Largos y cálidos días de sol con limonada en el porche y la alegría de los perros en el jardín. La emoción de una súbita tormenta en la que el aire se volvía de plata y los árboles se cimbreaban y danzaban. Amigas con las que jugar y reír. Unos abuelos sanos, enérgicos y atentos que la habían convertido, por ese breve instante, en el centro de su mundo.

Aprendió buenas técnicas de cocina, algunas de las cuales la acompañarían el resto de su vida. Descubrió lo divertido que era recoger hierbas aromáticas y verduras frescas que crecían en el extremo del jardín y cómo sonreía su abuela cuando su abuelo le llevaba un ramillete de flores silvestres.

Aquel verano aprendió lo que realmente significaba formar parte de una familia y de una comunidad. Jamás lo olvidaría y lo añoraría con frecuencia.

Pero los días pasaron. El desfile y los fuegos artificiales del Cuatro de Julio. La noche húmeda y cálida, llena de luces de colores y multitud de sonidos, cuando la feria llegó al pueblo. Atrapó libélulas para volverlas a soltar, observó a los colibríes, comió polos de cereza en el gran porche que rodeaba la casa en días tan tranquilos que hasta se oían los gorgoritos del arroyo.

Entonces todo el mundo empezó a hablar de la ropa y del material para la vuelta al cole. Sus amigas no paraban de preguntarse por los profesores que tendrían y enseñaban sus nuevas mochilas y carpetas. Y el verano, a pesar del calor, de la luz, de los días largos, llegó presto a su final. Adrian trató en vano de no llorar cuando su abuela la ayudó a hacer la maleta.

—Venga, cariño. —Sophia la abrazó—. No te vas para siempre. Volverás de visita.

—No es lo mismo.

—Pero será especial. Sabes que has echado de menos a tu madre y a Mimi.

—Pero ahora voy a echaros de menos a ti y a Popi, y a Maya y a Cassie y a la señora Wells. ¿Por qué siempre tengo que echar de menos a alguien?

—Es duro, lo sé, porque Popi y yo también te vamos a echar de menos.

—Ojalá pudiéramos vivir aquí. —Podría vivir en aquella enorme casa, en el bonito cuarto desde el que podía salir directamente al porche y ver a los perros, los jardines, las montañas—. Si viviéramos aquí, no tendría que echar de menos a nadie.

Después de acariciarle la espalda un momento, Sophia se apartó para meter un par de tejanos en la maleta.

—Esta no es la casa de tu madre, mi amor.

—Lo era. Nació aquí y aquí fue al colegio y todo.

—Pero ya no es su hogar. Cada persona tiene que encontrar su propio hogar.

—¿Y si yo quisiera que este fuera el mío? ¿Por qué no puedo tener lo que quiero?

Sophia miró aquel rostro dulce y rebelde, y el corazón se le rompió un poquito. Sonaba igual que su madre.

—Cuando tengas edad suficiente, tal vez quieras que este sea tu hogar. O puede que quieras que sea Nueva York o cualquier otro lugar. Eso lo decidirás tú.

—Los niños nunca pueden decidir nada de nada.

—Por eso las personas que los quieren hacen todo lo que pueden por tomar las mejores decisiones por ellos hasta que estén listos para hacerlo solos. Tu madre hace todo lo que puede, Adrian. Te lo prometo, hace todo lo que puede.

—Si tú le dijeras que podría quedarme a vivir aquí, tal vez diría que sí.

Sophia sintió cómo el corazón se le rompía un poco más.

—Eso no sería justo ni para ti ni para tu madre. —Se sentó en el borde de la cama y cogió entre las manos el rostro lleno de lágrimas de Adrian—. Las dos os necesitáis. Espera, espera —dijo cuando vio que negaba con la cabeza—. Sabes que siempre digo la verdad, ¿no?

—Creo que sí. Sí.

—Pues lo que te voy a decir ahora es la verdad. Las dos os necesitáis. Puede que ahora mismo no te lo parezca porque estás triste y enfadada, pero es así.

—¿Es que Popi y tú no me necesitáis?

—Ay, madre, pues claro que sí. —Atrajo a Adrian hacia sí y la envolvió en un fuerte abrazo—. *Gioia mia*. Por eso vas a escribirme cartas y yo te voy a contestar.

—¿Cartas? Nunca he escrito ninguna.

—Pues ahora vas a hacerlo. De hecho, te voy a dar papel de carta para que empieces. Tengo unos muy bonitos en mi escritorio. Voy a por ellos y así te los guardas.

—¿Y me escribirás cartas solo para mí?

—Solo para ti. Y una vez a la semana nos llamarás por teléfono y hablaremos.

—¿Me lo prometes?

—Te lo prometo —dijo Sophia antes de entrelazar el meñique con el de Adrian y provocarle así una sonrisa.

La niña no lloró al ver aparecer el coche, una limusina grande y de brillante color negro, pero se aferró a la mano de su abuelo. Este se la apretó.

—¡Mira qué coche más elegante! Anda que no te lo vas a pasar bien yendo en él como toda una señora. Venga. —Volvió a apretarle la mano—. Ve a darle un abrazo a tu madre.

El chófer llevaba traje y corbata, y fue el primero en bajarse para abrir la puerta del pasajero. Su madre se apeó. Calzaba unas bonitas sandalias plateadas y Adrian vio que se había pintado las uñas de los pies del mismo rosa fuerte que la camisa que llevaba. Mimi se bajó del otro lado, con una enorme sonrisa en la cara a pesar de tener los ojos empañados.

Aunque aún no había cumplido los ocho años, Adrian sabía que no estaba bien querer correr primero hacia a Mimi. Así que atravesó el jardín caminando hasta llegar a su madre. Esta se agachó para darle un abrazo.

—Creo que estás más alta. —Cuando se incorporó, Lina le pasó la mano por la coleta rizada. Y frunció el entrecejo como solía hacer cuando algo no le gustaba—. Desde luego, has tomado mucho el sol.

—Me puse protector solar. Popi y Nonna se aseguraron de ello.

—Bien. Eso está bien.

—¿Y el mío dónde está? —preguntó Mimi, abriendo los brazos. Esta vez Adrian sí echó a correr—. ¡Ay, cómo te he echado de menos! —La levantó del suelo, le besó las mejillas y la estrechó aún con más fuerza—. Estás más alta y tienes la piel toda dorada y hueles a sol.

Todos intercambiaron abrazos, pero Lina dijo que no podían quedarse a tomar nada.

—Hemos volado desde Chicago. El día ya ha sido muy largo y por la mañana tengo una entrevista en el *Today Show*. Muchas gracias por cuidar de Adrian.

—Ha sido un placer. —Sophia le tomó las dos manos a Adrian y se las besó—. Un auténtico placer. Voy a echar mucho de menos tu cara bonita.

—¡Nonna! —Adrian la rodeó con los brazos.

Dom la cogió en volandas, la hizo girar y luego la abrazó.

—Pórtate bien con tu madre —le dijo antes de darle un beso en el cuello y volver a bajarla al suelo.

También tenía que abrazar a Tom y Jerry, y lloró un poco con el rostro enterrado en su pelaje.

—Vamos, Adrian, ni que no fueras a volver a verlos. Antes de que te des cuenta será otra vez verano.

—Podríais venir por Navidad —dijo Sophia.

—Ya veremos. —Besó en la mejilla a su madre y luego a su padre—. Gracias. Me ha ahorrado un montón de estrés saber que estaba lejos de… de todo. Siento no poder quedarme más, pero mañana tengo que estar en el estudio a las seis de la mañana.

Volvió la vista a Mimi, que ya había montado a Adrian en la limusina y trataba de distraerla enseñándole cómo funcionaban las luces.

—Esto le ha venido bien. Le ha venido bien a todo el mundo.

—Venid por Navidad. —Sophia le agarró la mano a su hija—. O por Acción de Gracias.

—Lo intentaré. Cuidaos mucho.

Lina se montó en la limusina, cerró la puerta y le ordenó a Adrian que se pusiera el cinturón de seguridad. Esta, sin hacerle caso, se arrodilló en el asiento trasero para ver por la ventanilla cómo sus abuelos se despedían con la mano delante de la enorme casa de piedra, los perros a sus pies.

—Adrian, siéntate para que Mimi pueda ponerte el cinturón. —Mientras hablaba y la limusina atravesaba el puente cubierto, el teléfono móvil le empezó a sonar. Echó un vistazo a la pantalla—. Tengo que contestar. —Se alejó hasta la otra punta del asiento—. ¿Dígame? Hola, Meredith.

—Tenemos agua con gas y zumo —le dijo Mimi a Adrian con tono jovial mientras le abrochaba el cinturón—, frutos rojos y esos aperitivos vegetarianos que te gustan. Celebraremos un pícnic a bordo.

—Está bien. —Adrian abrió la cartera que sus abuelos le habían comprado y sacó la Game Boy—. No tengo hambre.

Nueva York

Desde aquel verano de su infancia, Adrian cultivó la costumbre de escribir cartas. Llamaba a sus abuelos al menos una vez a la semana y les enviaba algún que otro mensaje de móvil o correo electrónico, pero la carta semanal se convirtió en una tradición.

Aprovechando el calor y la brisa de aquella mañana de septiembre, se sentó en la terraza de la azotea del ático de tres plantas que su madre tenía en el Upper East Side para escribirles sobre la primera semana del curso. Podría haber escrito la carta con el ordenador y enviársela impresa, pero para ella eso no era distinto de mandar un mensaje de correo electrónico. Era el acto de escribir lo que convertía las cartas en algo personal. Con Maya se intercambiaba mensajes de texto, y frecuentes, e incluso le enviaba de vez en cuando alguna tarjeta a mano.

Ya no tenía niñera: Mimi se había enamorado de Issac, se había casado y tenía dos hijos. Además, dentro de seis semanas Adrian cumpliría diecisiete años. Mimi seguía trabajando para Lina, pero como asistente administrativa, ayudándola a organizar citas y preparando con Harry actos y entrevistas.

La carrera de su madre se había disparado gracias a los libros y los DVD, los espectáculos de fitness, las charlas motivacionales y las apariciones en televisión (se había interpretado a sí misma en un episodio de *Ley y orden: Unidad de Víctimas Especiales*).

La marca Bebé Yoga brillaba como el oro. Siempre en Forma, su gimnasio insignia en Manhattan, contaba con filiales por todo el país. La línea de ropa de deporte, la de alimentación saludable, los aceites esenciales, las velas, las lociones y la marca para equipamiento de gimnasio habían conseguido en poco más de una década convertir lo que había sido una empresa unipersonal en un negocio de más de mil millones de dólares y alcance nacional.

Bebé Yoga financiaba campamentos para niños desfavorecidos y realizaba importantes donativos para albergues para mujeres, de modo que Adrian no podía afirmar que su madre no devolviera parte de lo que había obtenido. Pero la mayoría de los días, al salir de clase, Adrian llegaba a una casa vacía. Había bromeado con Maya con que tenía una relación más estrecha con el portero que con su madre. Cuando más contacto tenían, en su opinión, era básicamente las semanas en las que colaboraban en su DVD anual de ejercicios para madres e hijas.

Pero esa era su vida y ya había decidido qué hacer con el resto de ella cuando pudiera tomar sus propias decisiones. Acababa de tomar una de las primeras y en ese momento, disfrutando sentada de la cálida brisa, esperaba las consecuencias. No tardaron en llegar.

Oyó cómo a sus espaldas se abrían las puertas correderas de cristal hasta chocar con un golpe sordo en los topes.

—Adrian, por el amor de Dios, ¿qué estás haciendo? ¡Aún no has empezado a hacer la maleta! Salimos dentro de una hora.

—Tú sales dentro de una hora —corrigió a su madre antes de seguir escribiendo—. Yo no tengo que hacer ninguna maleta porque no voy.

—No seas cría. Tengo muchísimo que hacer mañana en Los Ángeles. Vete a hacer la maleta.

Adrian dejó el bolígrafo en la mesa y se giró en la silla para mirar a su madre a los ojos.

—No. Yo no voy. No voy a dejar que me arrastres por todo el país durante las próximas dos semanas y media. No voy a vivir en habitaciones de hotel y hacer los ejercicios de clase online. Voy a quedarme aquí y voy a ir a ese maldito instituto privado en el que me metiste después de comprar este apartamento la primavera pasada.

—Vas a hacer exactamente lo que yo diga. Aún eres una niña, así que…

—Acabas de decirme que no sea cría. Elige, mamá. Tengo dieciséis años, cumpliré diecisiete en unas semanas. No llevo ni tres en este nuevo instituto, en el que no tengo amigos. No voy a pasarme la mayor parte del día sentada yo sola en una habitación de hotel o en un estudio de televisión o en algún centro de convenciones. Eso mismo lo puedo hacer aquí después de clase.

—No eres lo bastante mayor como para quedarte aquí sola.

—¿Pero sí soy lo bastante mayor como para estar sola en otra ciudad mientras tú andas firmando tu nuevo libro o DVD, dando entrevistas o asistiendo a actos?

—Allí no estarás sola. —Nerviosa y confundida, Lina se dejó caer sobre una silla—. Me tendrás a un mensaje o una llamada de distancia.

—Y como Mimi no va a ir contigo porque tiene dos hijos a los que no quiere dejar solos dos semanas, también la tendré a una llamada de distancia. Pero soy capaz de cuidar de mí misma. Por si no te habías dado cuenta, ya llevo haciéndolo un tiempo.

—Me he asegurado de que tuvieras todo lo que quisieras o necesitases. No me hables en ese tono, Adrian. —Los nervios y la confusión se convirtieron en enfado e indignación—. Estás recibiendo la mejor educación que nadie pudiera desear, una educación que te va a permitir entrar en la universidad que elijas. Tienes una casa preciosa y segura. He trabajado, y mucho, para darte todo eso.

Adrian se quedó mirando a su madre fijamente.

—Has trabajado, y mucho, porque eres una mujer ambiciosa con una pasión genuina. No te lo echo en cara. Estaba feliz en el colegio público. Allí tenía amigos. Ahora voy a intentar ser feliz y hacer amigos en donde me has metido. No voy a poder hacerlo si desaparezco dos semanas.

—Si crees que voy a dejar a una adolescente sola en Nueva York para que pueda montar fiestas y saltarse clases y salir por ahí a cualquier hora, te equivocas.

Adrian se cruzó de brazos y se inclinó hacia delante por encima de la mesa.

—¿Fiestas? ¿Con quién? No bebo, no fumo, no me drogo. El año pasado estuve cerca de tener novio, pero ahora tengo que empezar de cero. ¿Saltarme clases? Llevo en el cuadro de honor desde los diez años. Y si quisiera salir por ahí a cualquier hora, podría hacerlo cuando estás aquí. Tampoco te ibas a enterar. —Adrian levantó las manos—. Mírame. Soy tan responsable que me aburro hasta a mí misma. No me ha quedado otro remedio que serlo. Tú predicas sobre el equilibrio, pues, bueno, yo voy a practicarlo. No voy a dejar que me vuelvas a sacar de mi rutina. Me niego.

—Si tan empeñada estás en no venir, veré si tus abuelos pueden quedarse contigo un par de semanas.

—Me encantaría ir a visitarlos, pero voy a quedarme aquí. Voy a ir al instituto aquí. Si no confías en mí, pídele a Mimi que venga a controlarme todos los días. Soborna a alguno de los porteros para que te informe de mis entradas y salidas; no me importa. Voy a levantarme por la mañana e ir a clase. Voy a volver a casa por la tarde y hacer los deberes. Voy a entrenar aquí mismo, en ese bonito gimnasio que has montado en casa. Voy a prepararme algo para comer o encargar comida. Mi objetivo no son las fiestas, el sexo y beber hasta caerme de culo. Mi objetivo es empezar el curso con normalidad. Y ya.

Lina se levantó, caminó hasta la pared y contempló la vista del East River.

—Hablas como si… He hecho todo lo que puedo por ti, Adrian.

—Lo sé. —A su memoria volvieron las palabras que su abuela había pronunciado aquel lejano verano: «Tu madre hace todo lo que puede, Adrian»—. Lo sé —repitió—. Tienes que confiar en que no haré nada que te avergüence. Y si no, piensa que nunca querría disgustar o decepcionar a Popi y a Nonna. Lo único que quiero es ir al dichoso instituto.

Lina cerró los ojos. Podría obligarla, era su responsabilidad. Pero ¿a costa de qué? ¿Y qué traería de bueno?

—No quiero que vuelvas a casa más tarde de las nueve ni que te alejes del barrio a menos que sea para ir a casa de Mimi en Brooklyn.

—Si fuera al cine el viernes o el sábado por la noche, me retrasaría hasta las diez.

—Vale, pero en ese caso tendrás que decírnoslo a Mimi o a mí. No quiero que entre nadie en casa mientras no estoy, salvo Mimi y su familia. O Harry. Se viene conmigo, pero puede que vuelva en avión a pasar algún día.

—No busco compañía. Busco estabilidad.

—Uno de nosotros, Harry, Mimi o yo, te llamará cada noche. No te diré cuándo.

—¿Para comprobar que estoy en casa?

—Hay una diferencia entre confiar en que serás responsable y jugármela.

—Me parece bien.

La brisa le revolvió a Lina la melena castaña tostada.

—Yo… creía que disfrutabas con los viajes.

—Con algunos. A veces.

—Si cambias de idea, me encargaré de que puedas ir a casa de Mimi o de los abuelos, o de que vueles adonde me encuentre en ese momento.

Como sabía que su madre haría cualquiera de esas cosas y sin demasiados reproches, algo en el interior de Adrian se ablandó.

—Gracias, pero voy a estar bien. Voy a estar ocupada con las clases y voy a estar buscando universidad. Además, tengo un proyecto que quiero poner en marcha.

—¿Qué proyecto?

—Tengo que darle un par de vueltas más —repuso Adrian, que a los dieciséis años sabía cómo eludir una respuesta como si nada. También sabía cómo desviar la atención—. Además, tengo que comprar una bolsa de dos kilos de M&M's, diez litros de Coca-Cola y cinco o seis bolsas de patatas fritas. Ya sabes, artículos de primera necesidad.

Lina esbozó una sonrisa.

—Si creyera que lo dices en serio, puede que te noquease y te arrastrase conmigo. El coche está a punto de llegar. Confío en ti, Adrian.

—Puedes hacerlo.

Su madre se inclinó y le besó la coronilla.

—Será tarde cuando aterrice en Los Ángeles, así que no te llamaré. Te mandaré un mensaje.

—Vale. Que tengas buen viaje y que se dé bien la gira.

Lina asintió y regresó al interior del apartamento. Algo se le removió en el pecho al volverse y ver que Adrian había vuelto a coger el bolígrafo. Seguía escribiendo como si fuera una tarde cualquiera. Mientras bajaba las escaleras que llevaban a la siguiente planta, sacó el teléfono y llamó a Mimi.

—Hola, ¿ya estás en camino?

—Salgo dentro de un minuto. Escucha, Adrian va a quedarse aquí.

—¿Cómo?

—Sus argumentos me han convencido. Sé que no es lo que harías tú, pero probablemente también te habrías pensado lo de comprometerte con una gira nacional a las tres semanas de empezar el curso escolar. Y encima en un instituto nuevo. Yo no lo hice. Espera un minuto. —Llamó a recepción con el teléfono fijo del apartamento—. Hola, Ben, soy Lina Rizzo.

¿Podrías mandar alguien al apartamento a recoger mis maletas? Gracias.

»Mimi, tengo que confiar en ella. Nunca me ha dado motivos para no hacerlo. Y, caray, es más fuerte de lo que creía, así que bien por ella, ¿no? Pero ¿podrías llamarla luego y ver qué tal está?

—Por supuesto. Si quiere quedarse aquí mientras tú estás fuera, podemos organizarnos.

—Se ha empeñado en quedarse sola; si cambia de idea, supongo que te lo dirá, pero ahora mismo no hay manera.

—¿De tal palo, tal astilla?

—¿Eso crees?

Lina se paró delante de un espejo y se miró la cara y el pelo. Puede que se parecieran, sí. Veía mucho de sí misma en su hija. Pero el resto…, tal vez no había prestado suficiente atención.

—En cualquier caso, va a estar bien. Simplemente llámala o mándale un mensaje de vez en cuando.

—Ningún problema. Estaré en contacto con ella y contigo. Lo siento, Lina —añadió cuando empezaron a oírse gritos por el teléfono—; al parecer, Jacob ha decidido matar a su hermana otra vez. Tengo que dejarte, pero que tengas buen viaje. Y no te preocupes.

—Gracias. Hablamos en breve.

Cuando sonó el timbre, caminó hasta la puerta y se olvidó de todo. Tenía cosas que preparar en el avión y una agenda apretadísima ante sí.

4

Sola en Nueva York, Adrian siguió su rutina diaria. Se levantó cuando sonó la alarma e hizo su yoga matutino. Se duchó, dominó su cabello (cosa nada sencilla) y se aplicó un mínimo de maquillaje (lo suyo con el maquillaje siempre había sido una historia de amor).

Se puso el odiado uniforme del instituto: pantalón y americana azul marino, camisa blanca. Cada día, al vestirse, se prometía que jamás volvería a llevar voluntariamente una americana azul marino después de la graduación. Se preparó un desayuno a base de macedonia de frutas y yogur griego, una tostada de pan de diez semillas y zumo. Y, como Mimi le había inculcado el hábito, fregó los platos e hizo la cama.

Un rápido vistazo a la previsión meteorológica en el teléfono le prometió sol y calor casi todo el tiempo, así que no se molestó en coger un abrigo. Se echó la mochila al hombro y tomó el ascensor privado del apartamento. Haciendo tan bueno, no podía quejarse de las cinco manzanas que tenía que recorrer hasta llegar al instituto. Aprovechó el trayecto para repasar su plan, su desviación de la rutina. La única regla que le habían impuesto y que tenía previsto saltarse. Cuando le sonó el teléfono, miró a la pantalla.

—Hola, Mimi.

—Solo estoy cumpliendo con mi deber.

—Cuando te pregunte, puedes decirle a mamá que cuando me llamaste iba camino del instituto. Por supuesto, en vez de ir allí, voy a coger un tren hasta Jersey Shore para tomar el sol un rato; luego voy a usar mi carnet falso para comprarme unas cervezas y voy a practicar sexo a tope con desconocidos en un motel de mala muerte.

—Buen plan, pero creo que esa parte no la incluiré en mi informe. Sé que estás bien, cariño, pero llamar para comprobarlo es la forma amorosa y apropiada de proceder.

—Lo entiendo.

—¿Quieres venir a casa el fin de semana?

—Gracias, pero estoy bien. Si dejo de estarlo, me tendrás en la puerta.

—Si necesitas cualquier cosa, llámame.

—Lo haré. Vamos hablando.

Acabada la conversación, se guardó el teléfono. Si su idea inicial no funcionaba, tenía un plan alternativo. Pero había estado investigando y creía que el plan A tenía verdadero potencial.

Se prendió la identificación en la americana mientras subía los escaloncitos de piedra que daban al elegante edificio de arenisca rojiza que acogía a jóvenes de entre quince y dieciocho años, siempre que fueran lo bastante ricos y lo bastante inteligentes. Accedió al interior y atravesó el arco de seguridad. El silencioso y reluciente suelo de madera, así como los prístinos muros, contrastaban con el barullo, el movimiento y el aspecto algo deslucido de su antiguo instituto. Lo echaba de menos. Todo.

Dos años, se recordó al tiempo que dejaba a la izquierda la amplia entrada que conducía al vestíbulo. Dos años más y podría tomar sus propias decisiones. Ese mismo día iba a anticiparse y probar.

En el tercer año de instituto, la mayoría de los alumnos ya habían formado sus propias tribus. Aceptar a la chica nueva necesitaba tiempo y ella no llevaba ni tres semanas allí. Sabía que las tribus ya establecidas la observaban, la evaluaban, la tanteaban. Aunque nunca había sido tímida, Adrian también se tomó su tiempo.

Los deportistas podrían ser una opción para los próximos dos años. No es que los deportes de equipo fueran lo suyo, pero sí la gimnasia. Juntarse con las fashionistas podía ser divertido, pues le encantaba la moda (otro motivo para odiar el uniforme). Los fiesteros no la interesaban ni más ni menos que los cerebritos, tan serios que infundían miedo. Como de costumbre, el grupo en su conjunto contaba con algún esnob, algún abusón… y a menudo se mezclaban. Los frikis, como siempre y en todo lugar, eran mortales para la vida social. Pero, para su proyecto, eran justo lo que necesitaba. Durante el descanso del almuerzo tomó la decisión que, casi con toda seguridad, acabaría con sus opciones de pertenecer a la jerarquía social.

Una vez en el comedor, Adrian pasó con su bandeja (ensalada verde con pollo a la plancha, fruta del tiempo y agua con gas) junto a los deportistas, dejó a un lado a las fashionistas y se acercó al nivel más bajo del escalafón: la mesa de los frikis. Notó cómo se acallaban algunas de las conversaciones, así como alguna risita disimulada, cuando se detuvo junto a la mesa de la indignidad y sus tres ocupantes.

Como ya había hecho los deberes, leyendo números anteriores del periódico del instituto y examinando el anuario del curso anterior, se dirigió a Hector Sung. Asiático, más flaco que un perchero, gafas de montura negra que escondían unos ojos castaño oscuro; unos ojos que parpadearon al mirarla cuando ya estaba mordiendo un pedazo de pizza vegetariana.

—¿Os importa si me siento aquí?

—Eeeh —respondió él.

Adrian se limitó a sonreír y sentarse enfrente.

—Soy Adrian Rizzo.

—Vale. Hola.

La chica sentada al lado, con la piel del color de la crema de caramelo y la cabeza llena de fabulosas trencitas, puso en blanco sus ojazos negros.

—Este es Hector Sung y cree que aquí no se sienta nadie más que nosotros. Yo soy Teesha Kirk. —Apuntó con el pulgar, en el que llevaba un grueso anillo de plata, al chaval con el rostro colorado y sentado tímidamente al lado de Adrian—. El pelirrojo es Loren Moorhead... Tercero. Tienes unos cinco coma tres segundos para marcharte antes de que te contagiemos la «frikitis» y quedes condenada al ostracismo para siempre.

Adrian también había hecho los deberes con respecto a Teesha, que habría acabado con los cerebritos si no hubiera sido por su frikismo. Prefería los torneos de *Dragones y mazmorras* o los maratones de *Doctor Who* a las reuniones de la Sociedad Honorífica Nacional o del Programa Nacional de Becas al Mérito.

—Bueno —respondió Adrian, encogiéndose de hombros antes de añadir un chorrito de limón a la ensalada y darle un bocado con delicadeza—. Imagino que ya es demasiado tarde. Así que encantada de conoceros, Hector, Teesha y Loren. El caso, Hector, es que tengo una proposición para ti.

La pizza se le cayó al plato con un ruido húmedo.

—¿Una qué?

—Una propuesta de negocio. Necesito un videógrafo y, como sé que el tema te interesa, he pensado que podrías ayudarme con un proyecto.

—¿Para el instituto? —preguntó mientras su mirada oscilaba entre sus dos amigos.

—No. Quiero hacer una serie de siete vídeos de quince minutos. Uno por cada día de la semana. Algunos llevarán voz superpuesta; otros, audio en tiempo real. Tenía pensado usar un trípode y una cámara y hacerlo sola. Pero no es la imagen que busco.

Cuando por fin le devolvió la mirada, vio interés en sus ojos.

—¿Qué tipo de vídeos?

—Fitness. Yoga, cardio, entrenamiento de fuerza y demás. Para subirlos a YouTube.

—A lo mejor te estás quedando con nosotros.

Adrian se volvió a Loren. El pelo, pelirrojísimo y muy muy corto, enmarcaba un rostro blanco como la leche y salpicado de pecas. Tenía los ojos azul claro y sus buenos siete u ocho kilos de más. Pensó que, si quería, podría ayudarlo a perderlos.

—¿Para qué? Necesito a alguien que grabe mis segmentos y le pagaré cincuenta dólares por cada uno. Trescientos cincuenta por los siete. Imagino que podríamos negociar, dentro de lo razonable.

—Me lo pensaré. ¿Cuándo quieres empezar?

—El sábado por la mañana, al amanecer. Quiero grabar al amanecer y al atardecer. Tengo una terraza enorme que podría valer para esto.

—Probablemente necesitaría asistentes.

Adrian siguió comiendo ensalada mientras reflexionaba.

—Setenta y cinco por segmento. Divídelo como quieras.

—¿A qué hora amanece? —se preguntó Loren.

Antes de que Adrian pudiera responder, porque lo había consultado, Teesha contestó:

—El sábado el sol saldrá a las 6.27 y se pondrá a las 19.20. Horario de verano del este de América del Norte.

—No preguntes —sugirió Loren—. Simplemente sabe estas cosas.

—Genial. Tendrías que llegar con tiempo para montar y lo que sea que tengas que hacer. Aquí está mi dirección y el borrador que he creado, el guion básico. —Adrian se sacó del bolsillo una memoria USB y la dejó al lado de la bandeja de Hector—. Échale un vistazo, piénsatelo y ya me dices.

—Tu madre es la dueña de Bebé Yoga, ¿verdad? —preguntó Teesha.

—Sí.

—¿Y cómo es que no te lo hace su gente? Tiene su propia productora.

—Porque esto es para mí. Es algo mío. Así que, si aceptas el encargo, me encargaré de que te den permiso para subir a casa. Es probable que tardemos todo el fin de semana. Puede que más. No sé cuánto tiempo de posproducción necesitarás para acabar, para poder subirlo.

—Le echaré un vistazo y te daré una respuesta mañana. —Hector esbozó una leve sonrisa—. Ahora sí que te has cavado tu propia tumba en el instituto. Espero que te merezca la pena.

—Yo también.

Adrian pasó el resto del día tratando de hacer caso omiso de las sonrisas burlonas, los comentarios maliciosos y las risitas disimuladas. Cuando salió de clase, Hector y su pequeña tribu la siguieron.

—Eh, oye. He tenido un rato para echar un vistazo a tu guion. Parece viable.

—Genial.

—De todas formas, antes de comprometerme quiero ver el espacio para asegurarme de que funcionará para lo que quieres.

—Te lo puedo enseñar ahora si tienes tiempo. Vivo a unas pocas manzanas de aquí.

—Ahora está bien.

—Vamos todos —le dijo Teesha.

—Vale.

—Así que... —Hector se subió las gafas mientras caminaba a su lado—. Durante el descanso he estado viendo un par de vídeos de tu madre. Sus valores de producción son una pasada, ¿vale? Yo tengo buen equipo, pero no voy a ser capaz de igualar lo que ella consigue en el estudio.

—No quiero hacer lo que ella. Quiero algo mío.

—He estado buscando información sobre ella y sobre ti.

Adrian miró a Loren por detrás del hombro. El friki del cuerpo de debate, recordó. Al que siempre elegían el último cuando había que formar equipos en Educación Física y el primero en presentarse voluntario a monitor de pasillo.

—¿Y?

—La gente siempre anda ideando estafas y similares, así que quería echar un vistazo. Tu madre se cargó a tu padre.

No era la primera vez que alguien la pinchaba con el tema, pero Adrian tenía que admitir que nadie había sido tan directo.

—No era mi padre, solo mi progenitor biológico. Y en aquel momento intentaba matarme.

—¿Y eso?

—Porque era malvado, estaba borracho y puede que loco. No lo sé. Fue la primera y la última vez que lo vi. Y como ya hace casi diez años, tampoco es que sea relevante para nada de esto.

—Por Dios, Loren, corta. —Teesha le propinó un buen codazo—. ¿Tu tío no está en la cárcel por tráfico de información privilegiada?

—Bueno, sí, pero eso al menos es un delito de guante blanco, no...

—Y eso lo dice el blanco más blanco en la historia de los blancos —replicó Teesha—. La familia de Loren es la más anglosajona, blanca y protestante de todas las familias anglosajonas, blancas y protestantes del mundo. Tres generaciones de carísimos abogados de clase alta.

—Por eso le gusta discutir —dijo Adrian.

—Ahí lo tienes. Si tú dices que arriba, él va a decir que abajo y se va a pasar una hora dándote la tabarra.

—Arriba o abajo depende del lugar desde donde se mire.

Teesha volvió a propinarle un codazo antes de volverse a Adrian.

—No lo tientes.

—Bueno, desde aquí abajo, lo único que podemos hacer es entrar y subir. Hola, George.

El portero sonrió con franqueza a Adrian mientras le abría la puerta.

—¿Qué tal en el instituto hoy?

—Como siempre. Este es Hector. Y estos son Teesha y Loren. Van a venir de visita de vez en cuando.

—Tomo nota. Que tengáis todos un buen día.

Mientras atravesaban el aromático vestíbulo con sus tienditas exclusivas, Adrian extrajo la llave electrónica. Dejaron atrás varios ascensores hasta llegar a uno en el que ponía: PRIVADO. ÁTICO A.

—Si al final venís el sábado, daré vuestros nombres a los de seguridad y en recepción. Me llamarán y os mandaré el ascensor para que subáis.

—¿A qué altura vives? —preguntó Loren mientras montaban en el ascensor.

—En la planta cuarenta y ocho. Es la última.

—Oh-oh —murmuró Teesha al tiempo que Loren palidecía—. A este no le gustan nada las alturas.

Como aquel dato no había aparecido cuando lo investigaba, se volvió a él con auténtica compasión.

—Lo siento. No tienes por qué salir a la terraza.

—No pasa nada. —Se metió las manos en los bolsillos—. De verdad. Estoy bien. Bien.

«Todo lo contrario», pensó Adrian, que empezaba a ver cómo le rodaba una gota de sudor por la sien derecha. Pero no dijo nada. A nadie le gustaba que lo avergonzasen.

—Bueno, de todas formas, el sábado cogeréis el otro ascensor, que os llevará a la puerta de la planta principal. Para venir por aquí hace falta la llave electrónica y luego el código de la alarma.

—Qué lujo. —Teesha alzó las cejas, divertida.

—A mi madre le gusta el lujo —respondió Adrian, encogiéndose de hombros.

La puerta del ascensor se abrió directamente ante el gimnasio de Lina. Una estantería de mancuernas se extendía a lo largo de una pared forrada de espejos, flanqueada por otros armarios y anaqueles con balones suizos, esterillas y bloques de yoga, bandas elásticas, combas, balones medicinales y pesas rusas.

Una enorme pantalla plana, dispuesta por encima de la repisa de una chimenea de gas alargada, dominaba la pared. En la pequeña cocina abierta del rincón había una nevera para vinos llena de bebidas energéticas. Un armario con los frentes de cristal exhibía botellas de agua de Bebé Yoga. Un panel de puertas de cristal se abría a la enorme terraza y, más allá, a la ciudad.

—¿Nada de máquinas? —preguntó Teesha mientras deambulaba por la zona.

—En el mundo de mi madre, tu cuerpo es la máquina.

—Bueno, las complejidades orgánicas son distintas de las mecánicas.

—Terminator presentaba tanto complejidades orgánicas como mecánicas —puntualizó Loren.

—Estamos a años de Skynet —repuso Teesha—. De todas formas, entiendo que quiere decir que uno usa el cuerpo, el peso corporal, para estar en forma y demás.

Adrian esperó un instante.

—Bueno. Si a alguien le hace falta, hay un cuarto de baño a la izquierda de la cocina. —Abrió una de las puertas de cristal—. Aquí es donde quiero hacer los vídeos.

—Alucinante —dijo Hector al salir—, alucinante. Tendremos que mover los muebles para tener espacio suficiente. —Volvió la vista al jacuzzi, que ronroneaba bajo su cubierta en lo alto de una plataforma—. Y apagar esto. Algunos de los ruidos de la ciudad llegan hasta aquí arriba, pero añadirán carácter al vídeo. Enfocando hacia aquí, tendrás el río de fondo.

—Y el amanecer —añadió Adrian—. Para los vídeos del atardecer, miraremos al otro lado. Se verán el edificio Chrysler y el Empire State. No estoy segura de qué será lo mejor para el final de la mañana o la media tarde. Quiero distintos ángulos.

—Sí, sí. Tal vez pueda pedirle a mi padre algún equipo de los suyos para reflejar la luz. Puede que me deje usar su cámara buena.

—El padre de Hector es cineasta —dijo Loren desde el interior del umbral, donde se había detenido. Y donde se había quedado—. Participa en *Línea azul*, el programa sobre policías. Bueno, ¿hay algo de beber además de las movidas esas sanas? ¿Refrescos, por ejemplo?

—En esta casa están prohibidos, pero compraré algunos para el sábado. En la cocina de la planta principal hay zumo.

—Sobreviviré.

—Bueno, pues... —Hector volvió a dar una vuelta por la terraza, estudiando los ángulos—. ¿Podemos ensayar, quizás un segmento, para hacernos una idea?

—Claro, pero tengo que cambiarme. No puedo hacer ejercicio así.

—Os propongo una cosa —dijo Teesha—. Hector y yo podemos mover los muebles. Loren puede salir a comprar unas Coca-Colas.

—Si quieres, hay una tienda nada más salir del vestíbulo de abajo. —Adrian fue hasta su mochila, hurgó en el interior y sacó diez dólares—. Invito yo.

—Genial.

Para cuando Adrian se había puesto los pantalones de yoga y una camiseta, Hector y Teesha habían arrastrado dos mesas, dos sofás y una butaca al otro extremo de la terraza. Adrian sacó una esterilla de yoga y la extendió mirando al sudoeste.

—El otro día probé esta posición y deberías ser capaz de sacarme a mí, el río y el amanecer.

—Voy a grabar con la cámara del móvil para probar. Es verdad que la luz será distinta y todo eso, pero podemos comprobar tiempos y encuadres, y así podré planificarme mejor.

—Estupendo —respondió Adrian antes de volver la vista al ascensor que se abría. Loren dejó la llave electrónica encima de la mochila y esta sobre la encimera de la cocina.

—He pillado Coca-Colas, patatas y movidas varias.

Adrian pensó en su madre y no pudo sino reír.

—Esta será la primera vez que algo de eso entra en esta casa desde que nos mudamos.

—Pero, tía, ¿qué coméis?

—¿Te refieres a snacks? —Adrian sonrió a Loren mientras este repartía las Coca-Colas—. Fruta, verdura cruda, humus, almendras; se admiten chips de batata al horno de vez en cuando. No está tan mal. Estoy acostumbrada.

—Tu madre es superestricta.

—La nutrición y el fitness son su religión. Y predica con el ejemplo, así que tampoco se le puede echar nada en cara. En fin. —Se colocó en el borde delantero de la esterilla—. Como os dije, quiero hacer el vídeo sin voz y luego superponérsela.

—Quince minutos, ¿no? —Teesha sacó el teléfono—. Lo cronometraré.

Adrian había practicado la rutina innumerables veces y la había ido adaptando hasta sentir que cumplía sus objetivos: un saludo al sol del amanecer suave y, en fin, bonito.

Se dejó llevar. Como estaba acostumbrada a las cámaras de cuando grababa vídeos con su madre, Hector y los demás no la distrajeron. Cuando terminó con la *savasana*, añadió el audio.

—Ahora voy a explicaros esta parte, para que no penséis que me he quedado dormida. La voz superpuesta indicará cómo respirar, cómo vaciar la mente, cómo dejar que el cuerpo fluya, relajándolo desde los dedos de los pies, pasando por los tobillos y las piernas, hasta el extremo superior del cuerpo, cómo visualizar una luz o colores suaves al inhalar y expulsar la oscuridad y el estrés al exhalar.

—Te quedan unos noventa segundos —le dijo Teesha.

—Está bien. Diré que la *savasana* se puede prolongar cuanto se quiera y luego… —Se estiró, con los brazos extendidos por encima de la cabeza antes de girarse a un lado y encoger las rodillas. Con movimientos fluidos, se incorporó hasta quedar sentada con las piernas cruzadas en el centro de la esterilla—. Posición de meditación —dijo, colocando la palma de la mano derecha sobre la izquierda con los pulgares tocándose—. Inspira, espira, bla, bla, bla. —Cruzó los brazos sobre el pecho y se inclinó hacia delante—. Doy las gracias por participar y llegar al final de la práctica, y luego… —Volvió a sentarse, unió las palmas a la altura del pecho e inclinó la cabeza en una reverencia—. Namasté. Eso es todo.

—Quince minutos y cuatro segundos. —Teesha asintió con los labios apretados—. Muy muy bien.

—Eres superflexible. —Loren había ido bordeando la terraza hasta sentarse en uno de los sofás, donde comía ruidosamente patatas fritas—. Yo ni siquiera llego a tocarme los pies.

—La flexibilidad es importante. La cuestión es que una persona flexible tiene que ir más lejos que una inflexible para obtener beneficio. —Volvió a pensar que podía ayudarlo—. Ponte en pie e intenta llegar hasta los dedos.

—Me da vergüenza.

—La única vergüenza es no intentarlo.

Loren le lanzó una mirada llena de dudas, pero dobló la cintura y bajó los brazos. Las puntas de los dedos de las manos quedaron a más de quince centímetros de las de los pies.

—¿Notas cómo te estiras?

—¡Joder, sí!

Adrian imitó su postura.

—Yo no noto nada hasta que no bajo del todo. —Se estiró, apoyó las palmas en el suelo y pegó la nariz a las rodillas—. Los dos obtenemos el mismo beneficio. Ponte en pie e inhala. No, cuando inhalas, estás inflando un globo. Llena los pulmones, saca tripa.

—No me hace falta, siempre la tengo fuera. —Loren se rio y los demás lo imitaron. Adrian solo sonrió.

—Tú inténtalo. Inhala, llena el globo. Ahora vas a desinflarlo y vas a meter la tripa, empujando hacia la columna, mientras te doblas y tratas de llegar a los pies.

Cuando lo intentó, Adrian asintió.

—Ya has bajado casi tres centímetros más. Es la respiración. Todo se basa en la respiración.

Al volverse, vio a Hector apoyado en la pared, observando la pantalla de la cámara.

—¿Qué tal?

—Está bien. Tengo que estudiármelo y mirar los encuadres. Puedo hablar con mi padre para que me deje usar parte de su equipo. Vas a necesitar que te graben el audio con un micro, y también una presentación o algo así, ¿no?

—Sí, he estado trabajando en ello. Ay, gracias. —Cogió la Coca-Cola que Teesha le tendía y bebió sin pensar. De repente se quedó parada y cerró los ojos—. Jo, esto está buenísimo.

—Me quedan unos veinte minutos antes de irme a casa. —Hector apagó el vídeo—. Quizás podríamos echar un vistazo a la intro y a las transiciones entre segmentos.

—Podemos hacer una lluvia de ideas mañana. —Loren intentó volver a tocarse los pies—. Durante la pausa del almuerzo, si es que no te importa arriesgarte a sentarte con nosotros dos días seguidos.

—Me arriesgaré.

Cuando se hubieron marchado, mientras Adrian tiraba a la basura las botellas de Coca-Cola vacías y las bolsas de patatas, se dio cuenta de que no solo había encontrado al equipo de producción para su nuevo proyecto. Había encontrado a su tribu.

Al día siguiente, compartieron ideas durante el almuerzo, ensayaron y afinaron los detalles después de clase. El viernes por la noche, encargaron pizza e hicieron acopio de bebidas. Adrian los ayudó a montar el material que Hector había llevado: el soporte de luces, las viseras y los filtros de color para las tomas nocturnas, el reflector, el paraguas para las tardes, el micrófono, los cables... Consiguieron montar un estudio improvisado con lo que Hector había pedido o tomado prestado.

Se hartaron a pizza en el comedor de la planta principal disfrutando de los éxitos de los ochenta de la lista de reproducción de Loren. Cuando sonó «Wake Me Up Before You Go-Go» de Wham!, Adrian no tuvo más remedio que preguntar:

—¿Por qué los ochenta?

—¿Por qué no?

—¿Porque aún faltaba para que naciéramos los cuatro?

—Eso es un «porque», no un «porque no» —respondió, apuntándola con el dedo—. Es historia. Historia de la música. Estoy pensando en hacer también una lista de los noventa. Ya sabes, para analizar el tejido social, que es donde se integra la música, durante la década en la que nacimos.

—Menuda frikada.

—Lo admito. —Le dio un mordisco a otro pedazo de pizza—. La música es lo mío, es mi ilusión.

—*Vivir de ilusión* —dijo Teesha entre bocado y bocado—, película de 1962, protagonizada por Robert Preston y Shirley Jones. Preston interpretó el mismo papel en *The Music Man*, el musical de Broadway de 1957 en el que se basa, con Barbara Cook en el papel de Marian.

—¿Cómo puedes saber eso? —preguntó Adrian, mirándola con asombro—. ¿Y por qué?

—Si lo lee, se le queda —respondió Hector.

—Ey, debería hacer una lista de reproducción de musicales de Broadway. Eso sí que sería una frikada.

—Tú dale, chaval. —Hector miró a su alrededor—. Este lugar es alucinante.

—Dijo el que vive una semana en una mansión y la otra en un ático similar a este —replicó Teesha antes de darle un trago a la Coca-Cola.

Hector se limitó a encogerse de hombros.

—Mis padres están divorciados, así que voy y vengo. Los padrastros no están mal, por el momento. Y tengo un hermanito de mi padre y una hermanita de mi madre. Son majos.

—Cuando era pequeña, quería tener hermanos. Luego lo superé, porque no va a pasar nunca. ¿Y tú? —Adrian se volvió a Teesha.

—Dos hermanos mayores y unos padres pegados como lapas. Mis hermanos están bien, casi siempre, salvo cuando me tocan las narices.

—Yo tengo una hermana. —Loren desprendió una loncha de *pepperoni* de la pizza y se la metió en la boca—. Diez años. De aquella, mis padres estuvieron separados unos meses, lo arreglaron, volvieron a juntarse y de ahí salió la princesa Rosalind. Es un poco niñata.

—¿Un poco? —dijo Teesha con una carcajada.

—Vale, es una niñata de tomo y lomo, pero es que está muy mimada, así que tampoco es culpa suya. A ti te ha tocado la lotería del hijo único —le dijo a Adrian—. Disfrutas de toda la atención.

—Toda la atención de mi madre está centrada en su carrera; a mí me tocan las sobras. Tampoco pasa nada —se apresuró a añadir—, así no la tengo todo el día encima. Y yo voy a tener mi propia carrera. Vosotros ya me estáis ayudando a empezar.

—Y cuando seas una estrella de YouTube… —Teesha suspiró con exageración—, nosotros seguiremos siendo tres frikis y tú te sentarás en la mesa de la gente popular.

—Ni de coña. Y dado que voy a seguir en la mesa de los frikis para siempre, me pido friki honoraria.

—Nada de honoraria, eres friki como el que más —repuso Hector—: Bebes zumo de zanahoria y comes muesli por iniciativa propia. Tu madre se ha ido un par de semanas y tú estás trabajando en vez de andar de farra. Eres la friki del fitness.

Nunca se había considerado una friki en absoluto, pero aquella noche, cuando acabó su práctica de yoga nocturno y se metió en la cama a las diez, se dio cuenta de que la palabra estaba bien empleada. Y no le importó lo más mínimo.

5

El sábado por la mañana, empezaron antes de que hubiera amanecido. Adrian había preparado lo que denominó un «servicio de bufé» con zumos, *bagels*, fruta fresca y, como se había enterado de que a sus tres amigos les gustaba el buen café, una cafetera de cápsulas con un surtido de variedades. Después tendría que esconderla en su cuarto, porque Lina había prohibido estrictamente el consumo de cafeína en casa.

Satisfecha con el primer segmento (la luz había sido perfecta), fue a cambiarse de ropa y tal vez de peinado antes de empezar el siguiente. Teesha fue con ella en calidad de asistente de vestuario. Si en algún momento le sorprendió que Adrian se desnudara sin inmutarse en cuanto se cerró la puerta del cuarto, trató de disimularlo.

—Iba a ver si me podía recoger el pelo, pero, a menos que lo rocíe con hormigón, es probable que no me dure sujeto los quince minutos de baile de cardio.

Teesha frunció los labios mientras Adrian se embutía en unas favorecedoras mallas a media pierna.

—¿Por qué no te haces unas trenzas a los lados y te las sujetas atrás?

—¿Trenzas? —Adrian se puso un sujetador deportivo azul a juego—. ¿Con este pelo?

—Eh, que yo tengo pelo afro. ¿Ves estas trenzas? Yo puedo peinarte. ¿Qué productos tienes?

Adrian se puso una camiseta rosa chillón encima del sujetador y, como la coreografía tenía influencias de hiphop, se anudó una sudadera de cuadros a la cintura y se calzó unas zapatillas de caña alta.

—Todos los imaginables, de pura angustia y desesperación.

—Siéntate, amiga. Lo tengo bajo control.

Y lo tenía. Adrian se miró al espejo, asombrada con los resultados.

—No me lo puedo creer. Es un milagro. Queda muy mono y, ya sabes, moderno pero discreto. Vas a tener que enseñarme.

—Claro. —Teesha le sonrió por el espejo—. ¿Sabes? Me gusta tener a otra chica en el club. Ahora estamos más equilibrados. Además, Rizz, tal vez podrías enseñarme un poco de yoga. Parece divertido.

—Porque lo es. Yo te enseñaré.

El segmento del baile de cardio también era divertido. Tardaron tres tomas en darlo por bueno; Loren dedicado al audio, Hector a la cámara y Teesha moviéndose entre los dos. Para cuando llegó la comida que habían encargado, tenían tres segmentos. Antes de parar para cenar grabaron otros dos y acabaron el día con el yoga a la puesta del sol.

—No creía que fuéramos a dejar tanto hecho en un solo día. Solo nos queda la sesión de entrenamiento de cuerpo completo, las voces superpuestas y la presentación. —Adrian se dejó caer en uno de los sofás de la terraza—. Puede que añada diez minutos extra de abdominales.

—Voy a hacer una copia —decidió Hector—. Quiero juguetear un poco.

—¿En qué sentido?

—Solo quiero probar un par de cosas. No pasa nada si no funciona, porque tenemos la copia maestra. ¿Qué os parece si mañana empezamos sobre las diez? Si vamos a este ritmo, acabaremos sobre la una o las dos. Un poco de producción, de edición, de esto y lo otro, y lo tendremos listo a finales de semana. Si necesitamos volver a grabar algo, podemos organizarnos, pero creo que vamos bien.

—Eso estaría genial.

Para cuando se fueron, después de haber acabado con todas las sobras de la comida y la cena, rondaba la medianoche. Adrian se estiró en la cama y sonrió a la oscuridad. Tenía amigos, tenía trabajo, tenía un camino que seguir y sabía exactamente adónde quería llegar.

Se pusieron manos a la obra; Adrian primero grabó la presentación, de forma que no estuviera sudada ni necesitase cambiarse de nuevo. Miraba directamente a cámara con la ciudad a sus espaldas.

—Hola, soy Adrian Rizzo y esto es *Es la hora*.

Enseguida entró en calor, presentando cada segmento, subrayando que eran de quince minutos y que se podía hacer uno solo o varios combinados.

—Se te da muy bien —le dijo Hector—. A veces acompaño a mi padre cuando graba. Los actores nunca, o casi nunca, consiguen grabar en una sola toma.

—He practicado. Un montón.

—Ha estado fenomenal. Pero repitamos la toma, por precaución. Y podrías moverte más. Yo te seguiré.

Terminaron de grabar a mediodía. Tuvieron que volver a colocar los muebles en su sitio antes de retirarse al lugar más silencioso del ático: el vestidor de su madre.

—Guau. —Con los ojos como platos, Teesha deambulaba por el cuarto, implacablemente ordenado—. Tu madre tiene algunas prendas flipantes. Yo que pensaba que mi madre tenía trapitos, pero la tuya le da sopas con honda. Aquí debe de haber como… —Recorrió el cuarto con la mirada—. Como cien pares de zapatos. Veintiséis pares de zapatillas. Qué colores más chulos.

—Antes, cuando grababa un vídeo o aparecía en algún programa, le daban la ropa de deporte y las zapatillas. Luego salían en los créditos del DVD y ella se las quedaba. Ahora tiene su propia línea.

Y ella también tendría la suya, pensó Adrian. Algún día. Se colocó de pie en el centro del cuarto, Hector abrió el ordenador portátil sobre un estante delante de ella y dejó el primer segmento de yoga listo para la reproducción.

—El micrófono cuenta con un filtro antichasquidos —le dijo Hector mientras lo fijaba al pie—. Así no habrá problemas con las pes y esas movidas. Mi padre me lo ha prestado. Y los auriculares. Que todo el mundo se los ponga y mantenga silencio absoluto. Quien tenga ganas de tirarse un pedo, que se lo aguante. Loren se encargará del sonido. Él comienza a grabar, yo te doy la señal, pongo en marcha el vídeo y tú empiezas a hablar.

—Hecho.

Adrian se puso los auriculares y respiró hondo, con calma. Cuando Hector levantó el dedo en el aire y la apuntó, empezó a hablar.

—Saludo al sol matutino. Colócate en el extremo delantero de la esterilla.

Cuando acabó con un «namasté», Hector esperó un momento antes de darle la señal de corte a Loren.

—¡Perfecto, joder! Dime que lo has grabado todo, Loren, porque ha estado que te mueres.

—A mí me suena bien. Aquí hay mucho silencio, así, entre las cuatro paredes y Adrian ha sonado…, tu voz era muy relajante.

—Entonces el plan ha funcionado. Podemos seguir y hacer el del atardecer, ya que estamos.

—¡Guay! —le dijo Hector antes de ponerse a ello.

Al acabar, Loren se quitó los auriculares y levantó los pulgares en señal de victoria.

—Tíos, ha quedado que te mueres.

—Tenemos que reproducirlos todos para asegurarnos de que todo ha funcionado como decía mi padre. Si la hemos pifiado con alguno, me dijo que lo llamara y que nos iría guiando.

—Parece majo —dijo ella.

—Sí, es buena gente.

—Vamos abajo. —Adrian respiró hondo e hizo rodar los hombros hacia atrás—. Nos sentamos, nos relajamos y lo comprobamos.

—Y pedimos pizza.

Adrian se volvió hacia Loren.

—Ya comimos pizza el viernes.

—¿Y? —preguntó Teesha, poniéndose en pie y ladeando la cabeza.

—Está bien, pediré pizza.

Había comprado Coca-Cola, aunque sabía que debería hacer desaparecer cualquier rastro de su presencia en el apartamento antes de que volviera su madre. Le preocupaba un poco estar desarrollando un hábito que luego no sería tan fácil de abandonar. No obstante, repantigada en el sofá junto a Teesha mientras Hector preparaba el vídeo, decidió que merecía la pena. Todo aquello merecía la pena.

—¿Estáis seguros de que suena bien? ¿No es aburrido?

—Suena tranquilo —respondió Teesha—. Transmite mucha calma, Rizz.

—Muy relajante —dijo Hector al mismo tiempo.

—¿Las instrucciones realmente funcionan? ¡Un momento! Vamos a comprobarlo. Teesha y Loren pueden seguirlas. Voy a traer un par de esterillas.

—¿Cómo? Yo no puedo hacer todo eso.

Adrian atravesó a Loren con la mirada mientras corría escaleras arriba.

—¿Cómo lo sabes? Yo te enseñaré cómo adaptar los ejercicios. Luego, Hector y yo podemos hacer el segmento de la puesta de sol.

Hector abrió la boca para protestar, pero Adrian ya estaba en la tercera planta.

—Yo no puedo hacer todo eso —repitió Loren mientras su mirada oscilaba entre sus dos amigos—. Terminaré vomitando o rompiendo algo.

—No seas tonto. —Teesha se puso en pie en cuanto Adrian bajó con las dos esterillas.

—Esto es justo lo que hace falta para ver si funciona, probar los elementos. Se me tenía que haber ocurrido antes. Salgamos a la terraza: aire fresco y espacio de sobra.

—Me apunto. —Teesha caminó con decisión y abrió las puertas que conducían a la terraza de la planta principal—. Venga, Loren. No seas cagueta.

—Si vomito, no es culpa mía. Y con la altura podría darme vértigo.

—*Vértigo*, 1958. El clásico de Alfred Hitchcock protagonizado por Jimmy Stewart y Kim Novak. —Teesha se encogió de hombros—. Lo vi en la tele.

Loren no vomitó, pero se quejó bastante. Y se puso rojo como un tomate en cada ocasión que Adrian se acercó y le corrigió la postura poniéndole las manos en las caderas o los hombros.

—Funciona —le murmuró Adrian a Hector—. Se nota que funciona. Aunque no tienen ninguna experiencia, son capaces de seguir las instrucciones. Solo necesitan ayuda con la alineación; tienen que practicar. Pero el yoga es así. Es cuestión de seguir practicando, así que… ¡Pizza! Voy a por ella.

Encantada, Adrian agarró el dinero que había dejado en la mesa del interior y fue bailando hasta la puerta. Cuando la abrió, se quedó de piedra.

—¿Conque noche de pizza?

Harry Reese, el director de publicidad de Lina, sostenía dos cajas de pizza. Tenía la ceja izquierda enarcada, como era su costumbre cuando se divertía o se ponía sarcástico, o las dos cosas. Como siempre, lucía pulcro y elegante con sus tejanos negros, cazadora de cuero negra, camiseta gris claro y botines negros.

—Harry. No creí que volverías hasta…

—¿Hasta que estuvieras fuera de peligro? —preguntó, con la cabeza ladeada.

—No. No. Y no estamos de fiesta. Estamos trabajando.

—Claro, claro —respondió al tiempo que accedía al recibidor. Uno ochenta de apostura, con su cabello castaño perfectamente peinado, sus inteligentes ojos marrones y una cara de la que su abuela llegó a decir que la habían esculpido unos elfos mágicos y de lo más diestros.

—¡Es cierto! Puedes comprobarlo. —Le quitó las cajas de pizza—. Estos son mis amigos y colaboradores.

Adrian apuntó hacia las puertas de cristal, al otro lado de las cuales aún se veía a Teesha y a Loren tratando de hacer los ejercicios del segmento mientras Hector sonreía malicioso. También vio, al igual que Harry, las botellas de Coca-Cola, la bolsa de patatas fritas, varios pares de zapatillas y una sudadera desperdigados por toda la zona.

—¿Mi madre te ha mandado para controlarme?

—No. He vuelto para un par de días porque Lina tenía esta tarde y todo el día de mañana libres y yo quería hacer un par de cosas. Y también quería ver a Marsh. Me he topado con el tipo de las pizzas abajo. Ya están pagadas.

—Gracias.

Marshall Tucker y Harry llevaban juntos tres años y, aunque Adrian los adoraba, maldijo su llegada en ese preciso instante.

—¿Vas a presentarme a tus amigos?

—Claro. Escucha, Harry...

—No voy a echarte la bronca por haber invitado a unos amigos a casa, a menos que descubra que andas organizando orgías sin haberme invitado.

—Qué más quisiera. Estamos trabajando, te lo juro. Tenía un proyecto y me han ayudado a ponerlo en marcha.

Puede que se acercase a las puertas con un nudo en el estómago, pero hizo todo lo posible por irradiar confianza cuando las abrió de par en par.

—Eh, chavales, un momento. Este es Harry. Es el director de publicidad de mi madre.

Harry pensó que podrían haber parecido más culpables, pero les habría costado.

—¿Cómo estáis? Yoga en la terraza y pizza para compensar. No suena nada mal.

—Harry, estos son Hector, Teesha y Loren. Vamos juntos al instituto.

Así que ya había hecho amigos, algo positivo en opinión de Harry, como ya había discutido con Lina cuando esta decidió volver a cambiarla de centro antes del tercer curso.

—Estamos grabando un vídeo —continuó Adrian—. Hector es el cámara; su padre nos ha prestado algo de material.

—Ah, ¿sí? —Harry se acercó al ordenador portátil—. ¿Qué tipo de vídeo?

—Un vídeo con siete segmentos de fitness. Vamos a subirlo a YouTube.

—¿Para clase?

—No, no es para clase.

—¿Eso quiere decir que puedo parar? —Loren se pasó la mano por el pelo—. Empiezo a estar sudoroso.

Harry rodeó la mesa para echar un vistazo a la pantalla de ordenador en la que Adrian, con el vídeo en pausa, estaba en pleno guerrero II mientras, a sus espaldas, el sol salía por encima del río.

—Guau, esa luz es buenísima.

—Este es el primer segmento de quince minutos: el saludo al sol matutino. Ahora mismo estamos probándolo.

—No paréis por mí. ¿Hector?

Este, que había tenido cuidado de no abrir la boca, se subió las gafas nariz arriba y asintió.

—Sí, señor.

—Por Dios, no me hables de usted y dale a «Reproducir».

—Eeeh, claro.

«... continúa mirándote la mano derecha y gírala, con la palma hacia arriba. Ahora, sin dejar de mirarte la palma, levanta el brazo derecho y baja el izquierdo deslizándolo por la pierna izquierda hasta llegar a la postura del guerrero invertido...».

—Voy a tomarme una Coca-Cola. ¿Alguien más quiere una? Teesha miró a Loren con los ojos como platos.

—¡Chisss!

—¿Qué pasa? Tengo sed.

—¿Hay bastantes para el resto de la clase? —preguntó Harry sin dejar de mirar a Adrian en la pantalla—. No me importaría beberme una. Y la pizza huele bien. Un pedazo es el precio de mi silencio.

—Voy a por platos y demás —se ofreció Teesha.

—Gracias, Harry —añadió Adrian.

—Chisss —dijo haciendo un gesto de silencio. Siguió viendo un minuto del vídeo antes de pausarlo. Luego se volvió nuevamente a Hector—. ¿Esto lo has grabado tú?

—Sí, señor. Quiero decir, sí, Harry.

—¿Cuántos años tienes?

—Eeeh, diecisiete.

—¿Qué eres? ¿Un puto niño prodigio?

Hector encogió los hombros y los dejó caer.

—¿Siete segmentos, Ads?

—Sí, pensé que siete para…

—¿Cuántos tienes terminados?

—Siete.

—La madre que me parió. Enséñame otro.

—Este es un baile de cardio. El ejercicio va en compases de ocho pulsos que se suman y se repiten hasta completar la coreografía, que se repite tres veces. La música es de dominio público. No está mal, era solo para llevar el ritmo.

Mientras veía los primeros minutos, aceptó el vaso de Coca-Cola que le trajo Teesha.

—Te has cambiado la ropa y el pelo, chica lista. Y el encuadre de la ciudad es distinto, muy bien. La luz y el sonido también están bien. Tienes presencia y talento, Adrian, aunque los has tenido de siempre. —Pausó el vídeo y se recostó en la silla—. No vas a subirlos a YouTube.

—¡Harry!

—No vas a subirlos ahí cuando tu madre tiene una productora.

—Esto es mío. Lo hemos hecho nosotros. No ella.

Harry bebió lentamente mientras estudiaba su semblante terco.

—Tú tienes un producto; ella, los medios para comercializarlo y que destaque. Si el resto es tan bueno como lo que he visto, voy a defenderte. Si no, harás que sea igual de bueno, y entonces te defenderé. ¿Cómo lo vas a llamar?

—*Es la hora*, y la empresa es Nueva Generación. Mi empresa, cuando la monte.

—Voy a ayudarte a montarla —le dijo con una sonrisa—. No seas tonta y aprovecha lo que tienes a mano, Ads. El agente de tu madre, su empresa bien establecida, yo. Nueva Generación suena bien y, por el momento, la productora puede funcionar bajo el paraguas de Bebé Yoga. Haz unos DVD, Adrian. El agente, los abogados, tu madre y tú discutiréis los detalles y el contrato. Te pagarán un adelanto y un porcentaje sobre las ventas. Te corresponde la mayor parte de los beneficios y me voy a encargar de que los obtengas, no te preocupes. En esto estoy de tu parte.

—Siempre estás de mi parte.

—Eso es verdad. —Extendió el brazo para atraerla adonde estaba sentado—. Sabes que puedes confiar en mí, yo te protegeré.

—Y confío en ti.

—Entonces, escucha a papaíto. Deja que le enseñe todo esto a tu madre… una vez que lo haya visto yo.

Adrian cavilaba, intentaba sopesar los pros y los contras. Realmente quería que fuera algo solo suyo, pero…

—Vosotros también tenéis voz y voto, chavales. Lo hemos hecho juntos.

—Sí, pero es tu proyecto —le recordó Hector.

—Lo de los DVD estaría genial, venderlos y tal. —Cuando Hector se quedó mirándolo con sorpresa, se apresuró a añadir—: Lo único que digo es que YouTube está guay, sí, pero en conjunto…

—¿Teesha?

Esta levantó los hombros.

—Hector tiene razón, es decisión tuya. Hemos hecho un buen trabajo. En plan bueno de verdad.

Adrian caminó hasta la pared, se quedó parada, regresó.

—Supón que hacemos lo que dices. Supón que mamá acepta producirlo y lanzarlo. En el DVD figuraría mi productora, bajo el paraguas de mamá, como dices. Yo aparecería como productora ejecutiva y coreógrafa.

—Me parece justo.

—Hector aparecería como productor y cámara. Loren, como productor y responsable de sonido; Teesha, como productora e iluminación. Y sacarán el mínimo del gremio por cada título.

—¿Qué gremio? —preguntó Loren, pero Hector lo hizo callar con la mano.

—Y un cinco por ciento de los beneficios por reproducción en televisión y demás. Cada uno.

—Siendo realistas, creo que el agente va a decir que un dos por ciento.

—Lo negociaremos. Si es que llegamos a ello.

—Los DVD del estilo se venden por unos… Por la duración, será una caja de dos discos. —Teesha ladeó la cabeza y miró al cielo—. Unos 22,95 dólares.

—Ya tiene la marca —señaló Harry—. La caja de dos discos la pondremos a unos 29,99 dólares.

—Vale. Digamos que entre lo que Adrian ha invertido, el coste de producción y fabricación, la caja y la cubierta, el descuento de proveedor, los costes de marketing, etcétera, pongamos que son 10,50 dólares netos, pero hasta que lo investigue no es más que un suponer. A un dos por ciento, serían veintiún céntimos por cabeza por cada venta, además del salario mínimo del gremio. Tal vez vendamos cien mil copias. Eso serían veintiún mil dólares. Por cabeza.

—¿Con el respaldo de Bebé Yoga, la marca Rizzo y el nuevo enfoque? —Harry observaba a Teesha mientras hablaba—. Calcularíamos un millón en ventas.

La adolescente se quedó mirándolo.

—Un dos por ciento está bien.

—¿Sois todos niños prodigio?

—Somos frikis —le respondió Hector.

—Muy bien, frikis, vamos a comernos la pizza y a ver qué tenéis por aquí.

Cuando acabaron, cuando de las pizzas no quedaba sino un bonito recuerdo, Harry se recostó en la silla.

—Bueno, niños y niñas. En mi humilde opinión, aquí tenemos algo muy especial. Hector, ¿puedes grabármelo en un DVD?

—Claro. También puedo enviarte el archivo por e-mail.

—Las dos cosas. El lunes por la tarde vuelo a Denver porque he quedado con Lina. Se lo enseñaré y le haré la presentación. —Se levantó y se puso a hacer círculos con los hombros mientras caminaba por la terraza—. Ya no nos da tiempo a producirlo, promocionarlo y distribuirlo para las fiestas, pero podemos aprovechar el pico de culpabilidad de enero para generar interés por el ejercicio y ventas. —Se dio la vuelta—. Mis queridos frikis, si aún no les habéis contado a vuestros padres lo que habéis estado haciendo, es el momento. Tienen que daros permiso para firmar contratos. —Se metió la mano en el bolsillo, sacó su tarjetero de plata y dejó algunas tarjetas sobre la mesa—. Si tienen cualquier duda, pueden ponerse en contacto conmigo. Hector, puedes enviarme el archivo a la dirección de e-mail que aparece en la tarjeta. Y preparaos. Esto va a ir rápido.

Hector rotuló con cuidado el disco que acababa de copiar.

—Mi padre ya lo sabe. Bueno, salvo lo de hoy. Y ya sabes que trabaja en el mundillo y tal —dijo antes de guardar la copia en una funda y entregársela a Harry.

—Pues ya está. Tengo que irme a casa. Gracias por la pizza.

—La has pagado tú —señaló Adrian mientras se ponía en pie para acompañarlo a la puerta.

—Cierto. De nada. —Mientras caminaban, le pasó el brazo por los hombros—. ¿Mimi lo sabe?

—No.

—Díselo. Se pondrá de tu parte.

—Vale, pero Harry…

—Confía en mí. —Le besó la coronilla—. Estamos contigo.

Dos segundos después de que Adrian cerrase la puerta, la terraza prorrumpió en vítores. A continuación, se bailó con torpeza. No conocían a Lina Rizzo, pensó Adrian. Pero ¡qué demonios! Tenían a Harry de su parte. Hizo una paloma.

Unas treinta y seis horas más tarde y a diez mil metros del suelo, Lina examinaba los dos segmentos en el ordenador portátil de

Harry. Dio un sorbo a su agua con gas, sin hielo, mientras el avión volaba rumbo a Dallas.

—¿Siete como este?

—Efectivamente.

—Tendría que haber hecho seis segmentos de diez minutos para sumar una hora.

—Una caja de dos discos: la presentación, la intro y los tres primeros segmentos en el primero; los otros cuatro segmentos en el segundo. Dos horas justas. Quince minutos supone un mayor compromiso y si haces dos, tienes un entrenamiento de treinta minutos.

—¿Qué música es esa de la rutina de cardio? ¿Y esa ropa?

—Es hiphop, Lina. Tiene un aire fresco y enérgico; está muy bien. Es divertido y se ha vestido como corresponde.

Lina se limitó a menear la cabeza y a reproducir los siguientes dos segmentos. Harry, que la conocía bien, no dijo nada.

—¿Y tú no sabías nada de esto?

—No. Quería hacerlo sola. Ha mostrado iniciativa, creatividad y tesón. Ha encontrado a compañeros de clase con habilidad para ayudarla a llevarlo a cabo. Son buenos chavales.

—¿Has pasado, cuánto, un par de horas con ellos y ya lo sabes?

—Sí. También he hablado con sus padres, pero sí, está claro que son buenos chavales. E inteligentes, muy inteligentes —añadió—. Ha hecho amigos, Lina, y ha conseguido junto a ellos algo especial.

—Y ahora va y, sin decirme nada, hace esto a mis espaldas, cuando estaba fuera de la ciudad, y espera no solo que lo apruebe, sino que lo produzca.

—No, ella no lo espera. Lo espero yo. Puedes verlo como algo que ha hecho a tus espaldas o como algo que quiere hacer por sí misma. Para demostrarse que es capaz. Y, viendo el resultado, no puedes decir que no lo sea. Deberías estar orgullosa de ella.

Lina se quedó mirando el agua, luego bebió con lentitud.

—No estoy diciendo que no haya hecho un trabajo decente, pero…

—Para. —Harry levantó la mano—. No lo juzgues. Los dos sabemos que es un trabajo estupendo. Me vas a permitir que deje a un lado mi relación personal contigo y con Adrian y que te hable como tu director de publicidad. Si la ayudas a montar su empresa y produces este DVD doble, vas a ayudarla a impulsar su marca. Y vas a darle más lustre a la tuya.

—Un montón de adolescentes como productores.

—Ese es el gancho, Lina. —Harry sonrió de oreja a oreja—. Y sabes tan bien como yo que es un gancho de oro. Esa historia va a vender un montón de DVD. Podría venderte los motivos con los ojos cerrados.

—Es que tú podrías venderme la luna con esa labia.

—Es un don —repuso jovial—. Pero ¿esto? Esto es oro puro.

—No digo que no. Me lo pensaré. Deja que me mire el resto de los vídeos y ya veremos. —Tenía razón, pensó Lina. Sabía que tenía razón. Pero no quería rendirse demasiado rápido—. Si no te hubieras pasado por casa cuando volviste a Nueva York... Que, por cierto —añadió—, ¡cómo me ha fastidiado que te tomases esos dos días!

—Tenía una cita concertada y te avisé antes de que empezáramos la gira.

—Me dejaste tirada en Denver.

Harry sonrió, tal y como Lina pretendía.

—Era importante.

—Y, por lo que parece, también un secreto inconfesable.

—Ya no. —Harry exhaló con fuerza—. Marshall y yo tenemos una madre subrogada.

—¿Una madre subrogada? —El vaso de agua que se iba a llevar a los labios tintineó cuando lo soltó en la mesa—. ¿Vais a tener un bebé?

—Sí. Y antes de que empieces, habíamos decidido no decir nada hasta que estuviera embarazada de doce semanas. Es como un hito. Queremos una familia, Lina, así que buscamos una madre subrogada y el lunes por la mañana fuimos con ella a la revisión de las doce semanas. Y... oímos el corazón del bebé.

—Los ojos se le empañaron—. Oímos el corazón del bebé y...

—Harry tiró del maletín que llevaba a los pies, lo abrió y extrajo una ecografía—. Es nuestro bebé. Mío y de Marsh.

Lina se inclinó sobre la ecografía, la examinó y parpadeó para no ponerse también a llorar.

—No veo una mierda.

—¡Yo tampoco! —Soltando una carcajada teñida de lágrimas, le agarró la mano a Lina—. Pero ahí, en algún lugar, está mi hijo o hija. Y hacia el 16 de abril voy a ser padre. Marsh y yo vamos a ser papás.

—Vais a ser unos padres estupendos. Va a ser estupendo. —Llamó con un gesto al auxiliar de vuelo—. Champán, por favor.

—Quiero contárselo al mundo entero, pero tú eres la primera. —Le apretó la mano—. Hazme un regalo: produce el DVD de Adrian. No te arrepentirás.

—Qué listo, me lo pides ahora que estoy sensible. —Dejó escapar un suspiro—. Está bien.

Eso no quería decir que no tuviera nada que decirle a su hija: consejos y exigencias que esperaba que cumpliese. Cuando entró en el apartamento y le dio la propina al botones por haberle llevado las maletas hasta el dormitorio principal, lo único que quería era darse una larga ducha y dormir ocho horas, cosa imposible cuando estaba de gira.

Pero lo primero era lo primero. No podía evitar hacer las cosas por orden. Deshizo las maletas, separó la colada de las prendas para la tintorería y guardó los zapatos y la pequeña selección de joyas que se permitía llevar cuando estaba de viaje. Colgó las bufandas y los abrigos que necesitaba en las ciudades más frías. Bajó a la planta principal y se sirvió un vaso de agua con gas, al que añadió una rodaja de limón. Y, cuando oyó abrirse la puerta, pensó que la sincronización no podía ser mejor.

Al salir, vio a su hija vestida con el uniforme, un abrigo ligero, porque el tiempo empezaba a refrescar, y la mochila colgada de un hombro. Mostraba una expresión cautelosa.

—George me ha dicho que habías vuelto. Bienvenida a casa.

—Gracias.

Atravesaron la pieza hasta encontrarse e intercambiaron un par de leves besos en las mejillas.

—Sentémonos para hablar de ese proyecto tuyo.

—Hablé con Maddie y, dado que a ti te parece bien, está dispuesta a representarnos a mis amigos y a mí. Ha dicho que el contrato estará listo enseguida.

—Lo sé. —Lina se sentó e invitó a su hija a que hiciera lo mismo con un gesto—. Ya puedes darle las gracias a Harry por haberte allanado el camino.

—Y se las doy.

—Cosa que no habría sido necesaria si me lo hubieras consultado.

—Si te lo hubiera consultado, habría sido una colaboración. Quería hacerlo yo sola y lo hice. O lo hice con Hector, Teesha y Loren.

—A quienes no conozco y de los que sé poquísimo.

—¿Qué quieres saber… que no hayas investigado ya?

—Ya llegaremos a eso. Si querías llevar a cabo un proyecto como este, te podía haber guiado y te podía haber ofrecido un estudio y profesionales.

—Tu estudio, tus profesionales. Quería algo distinto y lo conseguí. El vídeo es bueno. Sé que es bueno. Puede que no tan elegante y pulido como habría resultado con tu estudio y tus profesionales, pero es bueno.

»Tú empezaste de cero —continuó Adrian antes de que Lina pudiera rechistar—. Sé que yo no. Sé que cuento con una ventaja que tú no tuviste gracias a que has construido algo importante. Sé que habrá quien diga que lo he tenido fácil para abrirme camino porque tú me has abierto la puerta y me has dado alas. Hasta cierto punto es verdad, pero al menos sabré que he podido hacerlo sola. Y sabré que también puedo construir algo sola.

—¿Cómo? ¿En una azotea con equipo prestado y tus compañeros de instituto?

—Es una forma de empezar. Voy a entrar en Columbia y me voy a graduar en Ciencias del Deporte con Administración de Empresas y Nutrición. Puedes estar segura de que no tengo intención de que me dejen embarazada y... —Adrian se detuvo en seco, sorprendida consigo misma, al tiempo que Lina se erguía en la silla, tensa—. Perdón, perdón, eso no ha estado bien; ha sido una falta de respeto. Me haces sentir como si tuviera que justificar todo lo que quiero o no quiero y todo lo que hago o dejo de hacer, pero lo siento.

Lina soltó el vaso, se levantó y caminó hasta las puertas de la terraza, que abrió para que entrase el aire.

—Te me pareces más de lo que crees. Y eso no es fácil. El vídeo es bueno; tienes talento, eso lo sabemos las dos. El concepto y la puesta en escena son... interesantes. Harry lo va a promocionar a bombo y platillo, tú le harás toda la publicidad que él se saque de la manga y yo, como es natural, lo apoyaré. Veremos adónde llega. —Se giró—. ¿Cuánto tiempo llevas trabajando en el proyecto?

—Entre la idea, las rutinas, los tiempos y el enfoque, unos seis meses, creo.

Lina asintió y regresó por su vaso.

—Bueno, veremos qué pasa. Ahora voy a ducharme. Podemos encargar algo para cenar.

—Si quieres, tenía previsto preparar curri de garbanzos. Pensé que estarías cansada del servicio de habitaciones y la comida de restaurante.

—Ahí tienes razón. Estaría bien.

Nueva Generación, en asociación con Bebé Yoga, lanzó *Es la hora* el 2 de enero. Adrian se pasó las vacaciones de invierno haciéndole publicidad y echó tanto de menos pasar las Navidades con sus abuelos que se prometió que nunca le volvería a suceder. Las ventas del primer mes demostraron que había elegido el buen camino y que debería seguir por él, por lo que empezó a planificar el siguiente proyecto.

En febrero recibió la primera amenaza de muerte. Lina estudió la hoja de papel blanco. La letra de imprenta, de trazo grueso y con tinta negra, formaba un poema:

Hay quien lleva rosas a la tumba,
esclavo de la lápida y el pesar.
Mas tú, sin flores ni losa alguna,
cuando te mate, sola estarás.

—Llegó con esto. —Con mano trémula, Adrian le entregó el sobre a su madre—. Estaba en el apartado de correos que tenemos para los mensajes de los fans del DVD. La recogí después de clase. No trae remite.

—No, claro que no.

—En el matasellos pone Columbus, Ohio. ¿Por qué iba a querer matarme nadie de Columbus, Ohio?

—No quiere. Solo quiere molestarte. Lo que me sorprende es que sea la primera carta de este tipo que recibes. Harry tiene un archivo con las mías.

—¿De amenazas? —La respuesta la impresionó casi tanto como el poema—. ¿Tenéis un archivo de amenazas?

Lina fue por una toalla. Estaba coreografiando una rutina cuando Adrian había entrado de sopetón en el gimnasio.

—Amenazas, insinuaciones sexuales igualmente molestas, mensajes desagradables sin más ni más… —Le devolvió la carta—. Métela en el sobre. Lo denunciaremos y haremos una copia; la policía se quedará con el original. Aunque te digo desde ya que no irá a ninguna parte. Lo archivaremos y punto, olvídate de ello.

—¿Olvidar que alguien ha dicho que me matará? ¿Por qué iba a querer nadie desearme la muerte?

—Adrian, mira. —Lina se echó la toalla al hombro y cogió la botella de agua—. Hay un montón de gente que está fatal de lo suyo. Están celosos, obsesionados, cabreados, descontentos. Tú eres joven, bonita y tienes éxito. Has salido en la tele y apareciste en la portada de *Seventeen* y *Shape*.

—Pero… Nunca me has contado que hayas recibido amenazas.

—¿Para qué? ¿Y para qué preocuparte por esta? Se la daremos a Harry y él se hará cargo.

—¿Me estás diciendo que las amenazas de muerte no son más que una consecuencia de todo esto?

Lina colgó la toalla y dejó la botella a un lado.

—Lo que te estoy diciendo es que no será la última que recibas y que tendrás que acostumbrarte. Llama a Harry. Él sabe qué hacer.

Antes de salir del gimnasio, Adrian se dio la vuelta y vio a su madre mirando de nuevo al espejo mientras retomaba una serie de *burpees*. Llamaría a Harry, pensó. Pero nunca jamás se acostumbraría.

6

Para compensar su ausencia durante las Navidades, en verano Adrian pasó dos semanas en casa de sus abuelos. Reconectó con Maya, disfrutó de la compañía de Tom y Jerry, ya ancianos, y pasó tiempo en el jardín y en la cocina con sus abuelos. Acogieron a sus tres amigos de Nueva York durante una semana para que pudieran grabar otro vídeo.

Siempre atesoraría el recuerdo de sus abuelos sentados en el gran porche, contemplando cómo montaba un segmento de yoga en el exterior. O el de bajar por la mañana a la cocina y encontrarse a su abuela tomando el café y charlando con Teesha.

Con el otoño regresaron las hojas amarillentas y las clases. Aunque Harry quería filtrar su correo, Adrian insistía en mirarlo ella. De vez en cuando recibía mensajes desagradables u obscenos, pero lo bueno compensaba con creces lo malo. No es que lo olvidara, pero prefería dejarlo de lado.

Foggy Bottom, Washington D. C.

Quien no lo olvidaba era su poeta. La joven siempre estaba presente en aquel cerebro paciente y airado. Pero aún había mucho tiempo, tiempo de sobra. Y también había otras, tantas otras que llegarían antes.

Ella era la culminación de un *crescendo*. Pero, para poder ascender, primero había que empezar. Eligió un nombre en una lista. Adrian Rizzo sería la última y Margaret West, la primera. Empezó por acecharla, seguirla, vigilarla, grabarla. ¡Qué emoción! ¿Quién iba a imaginar que la planificación podía resultar tan estimulante?

Lo mejor era llevar a cabo un plan bien organizado con un final sencillo y sin florituras. Unos simples paseos alrededor de la casa en silencio, horas al ordenador. Alguna que otra cena en un restaurante elegante, disfrutando de la comida mientras su presa comía, bebía y reía.

Mira cómo se mueve sin reparar en que su tiempo se agota, tictac, tictac, rumbo a su final. Cómo prueba una cucharadita del postre y pone los ojos en blanco del placer y se ríe con el hombre para el que tendrá la suerte de abrirse de piernas más tarde.

Divorciada y disponible, ¡esa era Maggie! Y cuando los planes terminaron por culminar, cómo notó el pulso en la sangre. Todo el tiempo, todo lo aprendido y todo lo practicado acabó por confluir.

Corta la alarma de la casa en silencio, ya dormida. Manipula el cerrojo de la puerta trasera, bajo la protección de las sombras. Otra sacudida de emoción al atravesar la casa y subir las escaleras casi volando. Tuerce y enfila hacia el cuarto donde se han apagado las últimas luces esa noche.

El dormitorio. Está dormida. Dormida como un angelito. Qué difícil es resistirse al impulso de despertarla, de enseñarle el arma, de decirle por qué. Dos manos que sujetan la pistola con firmeza. Un temblor, no de nervios, sino de emoción. De pura emoción.

La primera vez, con el silenciador, la pistola casi no hizo ruido. La segunda se oyó un poco más y la tercera, más aún. Un cuarto disparo, solo por el placer de disparar. Cómo saltó el cuerpo. Cómo reverberó en el cuarto oscuro el leve ruido que hizo.

Qué horror, dirían. ¡Asesinada en su propia cama! En un barrio tan bueno. ¡Y una mujer tan agradable! Pero en realidad no conocían a la zorra, ¿no?

Para despistar a la policía (imbéciles), robó algunos objetos. Recuerdos. La idea de hacer una fotografía del trabajo realizado se le ocurrió demasiado tarde, cuando ya se hallaba a varias manzanas de la casa en silencio.

La próxima vez. La próxima vez haría fotos con las que deleitarse.

Adrian publicó el segundo vídeo en enero, pero, como había insistido en aprender a conducir, fue hasta Maryland en el coche que se había comprado con los beneficios para pasar las Navidades en la casa de la colina. Había acordado hacer alguna conexión en remoto y alguna entrevista telefónica, pero pasaría las Navidades en Traveler's Creek. Lina pasó la mayor parte del mes, incluidas las fiestas, grabando en Aruba.

El segundo poema, igual que el primero, llegó en febrero, aunque esta vez el matasellos era de Memphis:

Te crees la élite, el no va más,
pero en el fondo no eres nadie.
Ya pagarás por vivir un fraude
y ese día de mi mano morirás.

Esa vez ni se molestó en contárselo a Lina; tal y como ella misma había dicho, ¿para qué? Hizo una copia para su archivo y le dio el original a Harry.

Se concentró en las clases y en el concepto de su próximo vídeo. También trató de no obsesionarse con Columbia cuando Teesha recibió su carta de admisión, Loren entró en Harvard y Hector en la Universidad de California en Los Ángeles. Por supuesto que tenía otras universidades, por si acaso. No era tonta. Pero quería entrar en Columbia. Y quería compartir cuarto con Teesha. Quería muchas cosas.

Cuando recibió el paquete de admisión de Columbia, bailó por las tres plantas del ático. Llamó a sus abuelos, escribió a sus amigos, escribió a Harry. Como su madre estaba en un acto en Las Vegas, Adrian hizo una copia de la carta de admisión y la dejó en su escritorio. Se despidió del instituto sin pena y comenzó lo que consideraba la siguiente etapa de su viaje.

Adrian se enfrentó a la universidad como un estratega, eligiendo las asignaturas optativas que creía que contribuirían a sus metas, volcando todas sus energías en aprender y sacar buenas notas, y aprovechando los veranos para grabar vídeos y pasar largas temporadas en Maryland.

Tenía planes, muchos planes, y para su cuarto año en Columbia muchos de ellos se estaban cumpliendo a la perfección. Compartía con Teesha un apartamento a poca distancia a pie del campus, cuyo alquiler sufragaban con los beneficios de los DVD anuales. Había empezado a colaborar con otro estudiante, que se estaba especializando en diseño de moda, para desarrollar su propia línea de prendas de fitness y gimnasia.

Mientras Teesha se enamoraba y desenamoraba, o como mínimo se encaprichaba y desencaprichaba, como si tal cosa, Adrian prefería no comprometerse. No tenía tiempo para el amor. El sexo no solo era más sencillo, sino que la satisfacción y la liberación que proporcionaba formaban parte de una vida saludable, siempre que se abordara de manera segura y sin exigencias.

La relación laboral con su madre, a pesar de la complejidad, impulsaba ambas marcas. La relación personal seguía siendo como Adrian la recordaba de siempre: distante pero cordial. Siempre y cuando ninguna de las dos enfadara a la otra.

Una tempestuosa noche de febrero, Adrian entró en el restaurante tratando de dejar de lado la ansiedad de lo que consideraba su antifelicitación de San Valentín de cada año. La de aquel, con matasellos de Boulder, era la sexta. El hecho de que no tuviera continuación, de que no fuera a más, era un flaco consuelo. Su constancia indicaba que se trataba de alguien contumaz y con una obsesión malsana. Había estado a punto de anular la cena con su agente y con Harry, pero se había obligado a salir de casa con el último poema pesándole como el plomo dentro del bolso.

Como siempre, llegó pronto, por lo que se planteó tomar algo en la barra para relajarse, en lugar de sentarse sola en la mesa del comedor. El murmullo y la energía de las conversaciones ayudaban. Dio su nombre en la recepción y se dirigió a la barra, con su madera oscura y su ladrillo visto. Cuando estaba a punto de agarrar un taburete, distinguió un rostro conocido en una de las mesas para dos.

Había visto a Raylan un puñado de veces desde que se fuera a la universidad en Savannah, pero, como Maya seguía poniéndola al día, sabía que había conseguido uno de los codiciados contratos de prácticas en Marvel Comics que permitían quedarse luego como artista en la sede de Nueva York. El chico que había llenado su dormitorio de dibujos había logrado lo que Adrian suponía que sería el trabajo de sus sueños. Y la rubia espectacular que lo acompañaba debía de ser la artista de la que se había enamorado en la universidad y con la que mantenía una relación a distancia mientras, igual que Adrian, acababa el último año de carrera.

Parecían tan absortos el uno en el otro que bien podrían haber estado en alguna playa desierta a la luz de la luna, por lo que Adrian dudó. Pero no podía fingir que no había visto al hermano de su amiga más antigua. Tenían pinta de artistas, pensó mientras caminaba hacia su mesa. Raylan, con el pelo del color de la miel tostada rozándole el cuello de la camisa; la mujer, cuyo nombre Adrian fue incapaz de recordar, con una trenza dorada cayéndole hasta la mitad de la espalda.

Mientras Adrian se acercaba, Raylan se quedó mirándola. Aquellos ojos verdes observaron el rostro con desconcierto hasta que al cabo la reconoció. Sintió un leve mareo, pero era la sensación que siempre le provocaban aquellos ojos.

—Pero bueno, Adrian.

—Hola, Raylan. Ya había oído que estabas trabajando en Nueva York.

—Pues sí. Lorilee Winthrop, te presento a Adrian Rizzo, una buena amiga de Maya. Adrian, esta es Lorilee, mi…

—Prometida. ¡Desde hoy! —Aun con toda la emoción, la voz de Lorilee evocaba magnolias, musgo español y té dulce y frío en el porche de una mansión del sur. Le tendió la mano, que lucía un hermoso diamante en el anular.

—Caray. —Sin darse cuenta, Adrian le tomó la mano y sintió su calor y su euforia—. Es precioso, enhorabuena. Jo, Raylan, enhorabuena. No me puedo creer que Maya no me haya escrito para contármelo.

—Todavía no se lo hemos dicho a nadie.

—Soy una bocazas. No puedo evitarlo.

—Hazme un favor, que no se entere Maya de que te lo he dicho a ti primero. Ya sabes —añadió Raylan—, hazte la sorprendida cuando te lo cuente.

—Lo haré. Considéralo mi regalo de compromiso.

—¿Quieres sentarte con nosotros? —La invitó Lorilee—. Maya me ha hablado mucho de ti y he conocido a tus abuelos. Son maravillosos, ¿verdad? Ay, y me encantan tus DVD. Y no puedo parar de hablar. Raylan, cariño, tráele una silla a Adrian.

—No, no, aunque os lo agradezco. He quedado con gente, pero he llegado pronto.

—Es verdad, que tú vives en Nueva York. Aún no me creo que vaya a mudarme aquí la primavera que viene.

Raylan miró a su prometida como si fuera la única mujer de este mundo, y de todos los demás. Adrian sintió un leve suspiro, una pequeña punzada en su fuero interno.

—Por si no te habías dado cuenta, Lorilee es del sur.

—¿En serio? Jamás lo habría adivinado —bromeó—. Y, por lo que tengo entendido, también eres artista.

—Lo intento. Aunque lo que realmente quiero es enseñar arte. Me encantan los niños. Raylan, cariño, habrá que tener una docena.

Este le sonrió. Adrian juraría que era capaz de contar las estrellas en el profundo mar verde de sus ojos.

—Tal vez media.

—Se diría que estáis negociando. —Adrian se rio y trató de imaginarse al niño que había conocido con media docena de hijos. Y, por extraño que pareciera, no le costó.

—Raylan, tu madre y Maya se van a poner como locas. Te adoran —le dijo a Lorilee.

—¡Ay! Qué bonito es lo que acabas de decirme.

—Es la verdad. Maya también me hablado mucho de ti y una de las cosas que me ha dicho es que eres demasiado buena para Raylan.

—Eso también es verdad —terció este—. Mientras que no sé dé cuenta de ello de ahora a junio del año que viene, cuando sea oficial, estaré a salvo.

—Qué tonto eres. —Lorilee se inclinó por encima de la mesa para darle un beso.

—Allí están mis acompañantes. Me alegro mucho de que nos hayamos encontrado. Y, diga lo que diga Maya, los dos hacéis una pareja perfecta. Enhorabuena una vez más.

—Ha sido un placer conocerte.

—Lo mismo digo.

Adrian se alejó y saludó a su agente y a Harry con un rápido abrazo. Antes de sentarse a la mesa, encargó una botella de champán para la de Raylan. La pareja perfecta, volvió a pensar, y se dio cuenta de que su felicidad era tan contagiosa que no había vuelto a pensar en el poema que llevaba en el bolso.

Tres días después, recibió una nota de agradecimiento con tulipanes pintados a mano en el anverso. Era de Lorilee.

Querida Adrian:

Muchas gracias por el champán. Fue todo un detalle, y no me lo esperaba para nada. Habría querido agradecértelo en persona, pero no quería interrumpir vuestra reunión.

Me alegro muchísimo de que nos conociéramos, y aún más de que fuese en el día más feliz de mi vida. Jean y Maya te quieren mucho, y yo las quiero a ellas. Eso quiere decir que, por lógica, también te quiero a ti. Espero que no te importe.

Voy a seguir haciendo tus ejercicios, que me van a ayudar a estar estupenda el día de la boda.

Gracias de nuevo,

LORILEE (¡la futura señora Wells!)

Aunque Adrian no se consideraba una persona sentimental, la tarjeta le pareció tan deliciosa que la guardó.

Después de graduarse en primavera, se lanzó de cabeza a un nuevo vídeo. Aunque había contratado a bailarines y entrenadores para que participasen en sus anteriores grabaciones, esta vez obligó a Teesha y a Loren.

—Voy a parecer idiota.

Con el pantalón de chándal y la camiseta de NG, Loren estaba distinto. Ya medía más de uno ochenta, había adelgazado y se había dejado crecer el cabello rojo fuego lo suficiente como para llevar lo que Teesha llamaba su «corte de abogado».

—Claro que no —le aseguró Adrian—. En los ensayos lo has hecho bien. Solo tienes que seguir mis instrucciones.

—Tus instrucciones no me van a ayudar a desarrollar un repentino sentido del ritmo. Te voy a fastidiar el baile de cardio. ¿Por qué baile latino, Ads? Con su movimiento de caderas y todas esas mierdas.

—Porque es divertido. —Le hincó un dedo en el estómago—. Y se te ve fenomenal. ¿Cuánto has perdido?

Loren puso los ojos en blanco.

—Once kilos después de ganar cinco el primer año y que empezaras a darme la tabarra a pesar de la distancia.

—A mí ni siquiera me dejó ganar esos cinco. ¿Hablas de distancia? —Teesha también puso los ojos en blanco—. Nada comparado con compartir cuarto con ella.

—Tienes muy buen aspecto.

Teesha meneó las caderas y se atusó la melena de ébano que llevaba desde que se deshizo de las trencitas.

—Por supuesto que lo tengo. Este conjunto me queda genial.

—Si casi no se ve —dijo Hector, que llegaba en ese momento. Teesha llevaba minipantalón negro, sujetador deportivo negro con ribetes rosa chicle y una sudadera de NG anudada a la cintura.

—Lo que no se luce se pudre.

—Ajá. —Hector, que llevaba perilla y coleta corta, se subió las gafas de montura metálica—. Habéis visto que hay palomas aquí, ¿no?

—Contribuyen a dar ambiente.

Adrian había elegido aquel viejo edificio, al que le faltaba el tejado en algunos puntos, justo por eso. Aún no había llegado a usar un estudio como tal ni un gimnasio elegante, y, por las reacciones recibidas, el público prefería ese tipo de escenarios menos trillados. Cuando se oyó el ulular de una sirena, no pudo sino sonreír.

—Un ambiente auténtico. Y en lugar de profesionales, tenemos a dos personas normales.

Salvo por el equipo de luz y sonido, y los asistentes de Hector. Aun así, en el fondo no era tan distinto de aquel fin de semana en una azotea que había afianzado su amistad y le había permitido hacer realidad sus sueños.

—Vale, empezamos con treinta y cuatro minutos de cardio bailando.

Llevaba pantalones cortos de color rosa chicle con un falso cinturón negro y sujetador de deporte con cuello *halter* rosa con ribetes negros. Se había dejado suelto el pelo, que llevaba cortado a la altura de los hombros, para que hiciera lo que quisiese durante la rutina.

Se colocó en su marca y esperó a que Hector, que hacía doblete dirigiendo, le diera la señal. Sonrió a la cámara que sostenía su amigo.

—Hola, soy Adrian Rizzo y te doy la bienvenida a *Por tu cuerpo*. En esta caja doble vamos a empezar con un baile de cardio divertido y estimulante, con sabor latino. Luego haremos una rutina de treinta minutos para el *core*, otros treinta minutos de entrenamiento de fuerza con mancuernas de peso ligero a medio y, de propina, treinta y cinco minutos de condicionamiento total que tocará cada músculo. Acabaremos con treinta y cinco minutos de yoga. Hoy estamos en Nueva York. —Levantó la vista hacia una paloma que volaba por encima—. Y nos acompaña parte de la fauna local, además de mis amigos: Teesha. —Esta saludó con ademán enérgico—. Y Loren. —Adrian se rio cuando este levantó la mano e imitó el saludo vulcaniano—. Recuerda que puedes hacer parte de este vídeo, invertir el orden o combinarlo como gustes. Hazlo como quieras, pero haz algo, porque ya sabes que es por tu cuerpo.

Funcionaba, podía sentirlo. Lo supo en cuanto oyó a Teesha reírse y a Loren contar los pasos en voz baja. Siguió funcionando durante la sesión de *core*, cuando Loren se desplomó en la esterilla y llamó a su mamá. Funcionó durante tres largos días que acabaron con pizza y vino en el suelo del apartamento que Adrian y Teesha compartían.

—Mis abdominales no paran de quejarse —afirmó Loren—. Los hemos despertado. —Le dio un enorme mordisco a la pizza—. Quieren volver a dormirse. Puede que para siempre. La próxima vez, yo me encargaré de la cámara y Hector puede acabar fundiéndose en un charquito de su propio sudor.

—Yo estoy hecho para estar detrás de las cámaras. —Hector tomó un sorbo de vino, que esperaba haber aprendido a apreciar—. Y, por cierto, voy a estar detrás de las cámaras en Irlanda del Norte los próximos dos meses.

Teesha se irguió como una flecha.

—¿Qué cámaras?

—Las de una serie de HBO. Voy a estar en el equipo que graba el material adicional, pero habré metido la cabeza. —Sonrió de oreja a oreja—. Hollywood, chavales. Bueno, en versión Irlanda del Norte.

—Pero qué grande, ¿no? —Loren lo apuntó con el dedo—. ¡Esto es muy grande!

—El paso es medianito, pero podría llevar a algo grande, sí. Así que más te vale no despedirme —dijo apuntando a su vez a Adrian.

—Jamás. ¡Joder, Hector Sung, qué pasada! ¿Cuándo te marchas?

—Empezamos la semana que viene, pero vuelo mañana para poder hacer algo de turismo. Deberíais venir a verme este verano.

—Claro, como si fuera coger el metro hasta Queens —repuso Teesha, meneando la cabeza—. Tengo el verano hasta arriba de clases, Hec. Voy a lanzarme de cabeza al máster.

—Y después va a ser mi asesora contable. Y cuando Loren acabe Derecho y apruebe el examen de acceso, será mi abogado. —Adrian levantó la copa a modo de brindis—. Así la pandilla seguirá junta.

Durante los siguientes meses, Adrian repartió su tiempo entre apariciones en medios, visitas a sus abuelos, la promoción de su nueva línea de ropa de deporte y un nuevo proyecto: un blog de fitness de periodicidad semanal, que incluiría una breve demostración en *streaming* de lo que denominó los «Cinco minutos de entrenamiento de la semana». Como podía retransmitirlo desde casi cualquier lugar, una vez que Hector le enseñó a hacerlo, a menudo incorporaba a alguien más: el propietario de la tienda de la esquina, un paseante cualquiera con su perro, un policía de calle (con quien, para satisfacción de ambos, acabó saliendo unos meses)...

Uno de sus favoritos, y uno que no se cansaría de ver una y otra vez en los años siguientes, estaba protagonizado por su abuela. Con medio metro de nieve fuera, la lumbre crepitando y el viejo caserón reluciente de decoración navideña, Adrian lo tenía todo preparado para grabar en la cocina.

—Solo tienes que pasártelo bien —le dijo a Sophia.

—La cocina es para cocinar, para reunirse, para comer.

Adrian ajustó la cámara.

—Cocinas, te reúnes, comes... y también te tienes que mover. —Satisfecha, se dio la vuelta y le sonrió a su abuela—. Estás preciosa. Qué digo: estás buenísima.

Sophia agitó la mano, quitándole importancia, antes de reírse y sacudirse la melena.

—Es la ropa, tu diseño.

—Bueno, la marca es mía. Pero lo que cuenta es quien lo lleva.

Adrian pensó que le sentaban bien la camiseta de tirantes con sostén incorporado verde bosque, las mallas cortas en verde, azul y rosa, y las zapatillas rosas.

—Has visto bastantes vídeos como para saber de qué va. Solo tienes que seguirme. Si tienes algo que decir, dilo. Es fácil, divertido y rápido.

—Ya me doy pena.

Mientras se reía, Adrian se metió la mano en el bolsillo y pulsó el botón del mando a distancia.

—Para los cinco minutos de esta semana, estoy con la maravillosa Sophia Rizzo o, como yo la llamo, Nonna. Nos encontramos en la cocina donde mi abuelo y ella cocinan como los ángeles de la gastronomía que son. Ahora mismo él está dándole a la masa de pizza en el restaurante del pueblo, en las montañas de Maryland. Así que Nonna y yo vamos a robarle cinco minutos a la preparación de delicias navideñas para mover ese cuerpo y subir las pulsaciones. ¿Estás lista, Nonna?

Sophia miró directamente a cámara.

—Yo no quería, pero es mi única nieta, así que…

—Empecemos marchando con las rodillas bien altas, que esas rodillas suban por encima de la cintura para trabajar los abdominales. Eso es, Nonna. Que nadie se niegue los dulces estas fiestas. Yo no voy a poder, imposible resistirse cuando los han preparado Dom y Sophia Rizzo. Así que, si cedes a la tentación, hazlo con moderación y no te olvides de moverte después.

—Solo por ti podría hacer algo así, para que luego la gente vea a esta pobre vieja.

—¿Cómo que vieja? Pero ¡si te sienta fenomenal! Y hablando de sentar, a por las sentadillas. Ya sabes cómo se hacen, Nonna. Pon en forma ese culito. Aprieta los glúteos.

A continuación pasó a las zancadas, consciente de las fingidas miradas asesinas que le lanzaba su abuela, y luego combinó los movimientos, marcando la cuenta atrás, para terminar haciendo círculos con la cadera y estiramientos.

—Pues ya está. Tómate cinco minutos entre tanto comprar, cocinar, envolver regalos y darte algún caprichito. Así, con suerte, estarás tan en forma como mi increíble abuelita. —Adrian rodeó a Sophia por la cintura con el brazo—. ¿No es maravillosa? ¿No soy una chica con suerte por heredar este ADN?

—Me está adulando porque todo es verdad. —Riendo, Sophia abrazó a Adrian y le besó la mejilla—. Venga, vamos a comernos una galleta.

—Vamos. —Adrian giró la cabeza y, con la mejilla pegada a la de su abuela, sonrió a la cámara—. ¡Feliz Navidad! Desde aquí os deseamos a todos las mejores fiestas. Y no lo olvides, mantente en forma, feliz y de fábula. ¡Nos vemos el año que viene!

Adrian pulsó el mando a distancia.

—¡Has estado perfecta! Quiero verlo ya. Ponlo.

—Por supuesto, pero con galletas.

—Y vino.

—Y vino. Te quiero muchísimo, Nonna.

Erie, Pensilvania

En una noche nubosa y fría de finales de diciembre, con la más ligera de las neviscas revoloteando como retazos de encaje, el poeta se acurrucaba en el asiento trasero de una berlina azul brillante. ¿La alarma del coche? ¿El cierre? Pan comido en cuanto uno investigaba.

Hacía mucho que no sentía esa emoción, pero había que elegir con cuidado. La pistola de nuevo, aunque otras habían probado el cuchillo o el bate. Pero nada como la pistola, el modo en el que revivía en la mano al hacer su trabajo. Era su favorita. Igual que lo era su presa.

¿Acaso no había demostrado ser una puta? ¿Acaso no estaba en ese preciso instante en un motel barato, dejando que se la follara alguien que no era su marido? Más le valía disfrutarlo, porque iba a ser la última vez que sintiera nada. No habrá «feliz Año Nuevo» para ti, zorra.

De negro riguroso, una sombra, invisible cuando la muy puta por fin abrió la puerta. La luz de la habitación se derramó sobre ella. Le lanzó un beso al adúltero asqueroso de dentro y luego caminó hasta el coche sin perder la sonrisa. Pulsó el mando para abrirlo, se deslizó tras el volante y volvió a cerrarlo. Vio por el espejo retrovisor cómo sus ojos se abrían como platos un instante, ese instante final, antes de que la bala se le incrustase en el cerebro.

Un segundo disparo, por precaución. Y luego la tradicional fotografía. Al cabo de un momento, un tranquilo paseo entre la nieve que danzaba en suaves remolinos hasta el vehículo aparcado a tres manzanas de allí.

Y un pensamiento que resonó brillante y claro: «Feliz Navidad a todos y a todos buenas noches».

En febrero, Adrian abrió el poema. Siempre le disgustaban, pero aquel la dejó sin aliento y la obligó a sentarse, temblorosa:

Tu último truco es una vieja de falso pelo rojo
que se pavonea y posa, y me da asco y dentera.
Cuidado con quien te juntas, ten mucho ojo.
O, igual que tú, también acabará bajo tierra.

Como siempre, lo denunció y, como siempre, hizo varias copias. Pero esta vez se puso en contacto con la policía de Traveler's Creek. También avisó a sus abuelos. Aunque le costó, acabó por convencerlos de poner un sistema de alarma en casa.

Habían pasado siete años, pensó mientras caminaba por el apartamento, deseosa de que Teesha regresara. ¿Qué tipo de persona escribía y enviaba a otra un poema enfermizo cada año durante siete? Alguien enfermo, igual que sus poemas. Alguien que, evidentemente, seguía su blog y su vida pública.

—Y un cobarde —musitó.

Que no se le olvidara. Era un cobarde que quería disgustarla y ponerla nerviosa. Aunque sabía que no debía darle esa satisfacción a quienquiera que fuese, no podía librarse de la inquietud ni la ansiedad. Caminó hasta la ventana y miró hacia fuera, vio la corriente de coches en movimiento y el paso apresurado de las personas que caminaban por la acera.

—¿Por qué no das la cara? —murmuró—. Allá donde estés, quienquiera que seas, da la cara y sal a que te vea.

Mientras los contemplaba, empezó a caer fina aguanieve y las luces se atenuaron. Entonces supo que lo único que podía hacer era esperar.

7

Adrian no se esperaba que la invitaran a la boda de Raylan y sintió de veras que le coincidiera con otro compromiso y no pudiera ir. Recordó aquella noche ventosa de hacía más de un año, cuando se había topado con él y con Lorilee mientras celebraban su compromiso. Y recordó la tarjeta tan dulce que ella le había escrito con los tulipanes pintados a mano.

En lugar de escribirle una sencilla nota de disculpa, se sentó y, siguiendo la tradición de su abuela, redactó una carta.

Lorilee:

Seguro que estás muy ocupada con los preparativos de la boda, pero quería enviarte unas letras para disculparme y hacerte saber que me habría encantado compartir un día tan especial contigo y con Raylan. Me temo que ese fin de semana tendré que estar en Chicago. Siento no poder asistir y os deseo a los dos todo lo mejor.

Cuando te conocí el año pasado, me llamó la atención lo buena pareja que hacíais. Sin duda, Maya me contará todos los maravillosos detalles de ese día y has de saber lo emocionada que está de ser tu dama de honor. Vas a entrar a formar parte de una familia maravillosa.

Por favor, felicita a Raylan de mi parte y guárdate mis mejores deseos para ti; estoy segura de que es así como se hace. En cualquier caso, sé que los dos seréis increíblemente felices juntos.

Disfrutad de cada momento.

Con todo el cariño,

ADRIAN

Cuando envió la nota, no tenía ni idea de que estaba dando comienzo a una correspondencia amistosa que duraría años.

Brooklyn, Nueva York

Aun cuando reinaba el caos, cosa que sucedía a menudo, a Raylan le encantaba su vida.

Lo más probable era que Lorilee y él siguieran de reformas en «la vivienda para reformar» que habían comprado en Brooklyn cuando sus hijos se graduaran en la universidad. Pero, pese a los numerosos inconvenientes, la vieja vivienda de dos plantas, con su fachada de ladrillo, su enorme ático, su sótano mohoso y sus escaleras chirriantes, era perfecta para ellos.

Tal vez habían estado locos al comprarla semanas antes de que naciera su primer hijo, pero ambos querían llevarlo a una casa, a un hogar. Y, en los cinco años siguientes, tal vez Raylan había invertido demasiado de su supuesto tiempo libre probando sus habilidades como carpintero, mejorando las de pintor o aprendiendo con Lorilee a instalar azulejos, pero no les importaba.

Los dos habían querido criar a su familia en una casa con jardín, con barrio, con carácter. Y como Bradley había nacido solo trece meses después del «Sí, quiero», se habían dejado llevar por el optimismo al comprar aquella vieja casa. Dos años después llegó Mariah. Habían acordado tomarse un pequeño descanso antes de volver a ampliar la familia, esperar a haber reformado un poco más la casa y a tener al menos algo ahorrado. Y a que la editorial de novela gráfica que Raylan había fundado con dos amigos saliera de los números rojos.

Con Bradley en el jardín de infancia y Mariah en la guardería, Lorilee dando Plástica en el instituto y, por fin, Triquetra Cómics en el buen camino, llegó el momento de ir por el hijo número tres.

Al volver a casa después de un día de conferencias, sesiones estratégicas, reuniones de programación y el placer de trabajar en su próxima novela gráfica, Raylan se topó con el caos acostumbrado. El perro (y lo del perro era culpa suya, porque había sido él quien había llevado un cachorro a casa el verano anterior) correteaba por el salón sin dejar de ladrar, entraba en el comedor (tirando una de las sillas), giraba hacia la cocina, donde Lorilee removía algo en una cazuela, y vuelta a empezar. Mariah, ataviada con uno de sus vestidos de princesa y una varita mágica en la mano, corría detrás de él. Entretanto, Bradley disparaba pelotas de espuma, apuntando a uno u otro indiscriminadamente.

—Ya llorarás cuando Jasper se coma una de las pelotas —advirtió Raylan a su hijo.

—Pero es que es muy divertido. —Bradley, con el cabello pajizo, los ojos azules y una sonrisa capaz de fundir el plomo, se abalanzó sobre las piernas de su padre—. ¿Podemos ir a por un helado a Carney's después de cenar? Por favor.

—Quizás. Guárdate esas pelotas, chaval. Créeme, es un consejo que algún día sabrás apreciar.

Bradley se aferró a la pierna de Raylan y este lo arrastró por el suelo, saludó a Jasper, que en ese momento empezó a dar saltos, y cogió en brazos a su mágica princesa.

—Voy a convertir a Jasper en un burro.

Todavía no era capaz de pronunciar las erres correctamente y eso a su padre le derretía el corazón. Le dio un beso en la nariz.

—En ese caso no podrá comer más que rábanos.

Con la bolsa de mensajero rebotándole en la cadera, la niña en brazos y el niño agarrado a la pierna, entró en la cocina a darle un beso a su mujer. Era un hombre larguirucho que en el instituto ya alcanzaba el metro ochenta y ocho, y había añadido otros dos centímetros en la universidad, por lo que hubo de agacharse para rozarle la mejilla con los labios. Luego olió el aire.

—Esta noche tocan espaguetis. Bien.

—Con ensalada de primero.

A los pies de Raylan, Bradley exclamó:

—¡Buuu!

Lorilee se limitó a mirar a su hijo.

—Si ciertas personas se comen toda la ensalada sin quejarse, podremos disfrutar de los espaguetis y luego ir dando un paseo hasta Carney's a por un helado.

—¡Bien! ¿De verdad? —Bradley cambió la pierna de Raylan por la de Lorilee—. ¿De verdad, mamá?

—Primero la ensalada y la pasta. —Lorilee meneó la cabeza mientras Bradley bailaba feliz y Mariah pugnaba por bajarse de los brazos y unirse a la danza—. ¿Qué tal tu día?

—Bien. Muy bien. ¿Y el tuyo?

—Excelente. Y, según mi calendario —dijo, acercándosele al oído y bajando la voz—, esta noche podría ser la noche en la que encargamos otro de estos pirados. Así que aún más excelente.

—Todavía mejor que el helado. —Le acarició la media melena rubio platino que se había cortado para ahorrarse tiempo y complicaciones. Le encantaba cómo le enmarcaba el rostro—. Tenemos una cita en el dormitorio justo después de los cuentos.

—Allí nos veremos. —Se apoyó en él mientras veía bailar a los niños—. Estamos haciendo un buen trabajo, Raylan.

Este le acarició la espalda, descendió hasta el trasero y volvió a ascender con la mano.

—Será un placer trabajar un poco más.

Después de cenar (y del correspondiente barullo), después del paseo y del helado, después del ritual nocturno de leer un cuento, metieron a los niños en la cama. En opinión de Raylan, estos siempre se guardaban alguna que otra pregunta para alargar la jornada: «¿Por qué no podemos ver las estrellas de día, aunque a veces se ve la luna?», «¿Por qué a ti te sale barba y a mamá no?», «¿Por qué los perros no pueden hablar como la gente?»...

Tardó un rato en asegurarse de que los dos niños estaban dormidos, como sabía que iba a tardar, de modo que nadie se diera cuenta ni los molestase cuando hiciera el amor con su madre.

—¿Te apetece un vino? Si nos sale bien, tendrás que dejarlo de nuevo. Así que aprovecha.

—Un poco, sí.

Raylan fue a por una copa. Aún había que quitar el papel pintado de las paredes del pasillo de la segunda planta. Habían dado prioridad a las habitaciones de los niños, la cocina y dos de los tres baños y medio.

Pensó que, si tenían suerte y llegaba otro hijo, tendrían que convertir otra de las cuatro habitaciones en el dormitorio del bebé, en lugar de reformar el suyo. Y eso significaría trasladar su estudio al desván. Lorilee ya tenía instalado su estudio de pintura, pero podrían dividir el espacio para que él también pudiera trabajar allí. Ya encontrarían la manera.

Cogió una botella de vino, la abrió y estaba a punto de sacar un par de copas cuando sonó el teléfono, que estaba en la encimera. En la pantalla aparecía el nombre de su madre.

—Hola, mamá. —Su amplia sonrisa se desvaneció y la voz delató una fuerte conmoción—. ¿Qué? No. ¿Cómo? ¿Cuándo? Pero…

Como no volvía al piso de arriba, Lorilee descendió y lo encontró sentado frente a la encimera, con la cabeza entre las manos.

—¿Estás bien? Raylan, ¿qué ha pasado?

En cuanto este levantó la cabeza, fue hacia él como una exhalación.

—Sophia Rizzo. Un accidente. Estaba… estaba con una amiga, volvían a casa del club de lectura. Había tormenta, la calzada resbalaba, otro conductor chocó con ellas… Su amiga está en el hospital, pero Sophia… ha muerto, Lorilee. Se ha ido.

—Dios mío, no. —Cuando ella lo atrajo y lo abrazó, estaba llorando—. Sophia, no. Ay, Raylan.

—No sé qué hacer. No puedo pensar. Era casi como mi abuela.

—Ya, ya, mi amor. —Lorilee le besó las mejillas. Luego sacó las copas, sirvió el vino—. Bebe un poco. Tu madre...

—Es la que me ha llamado.

—Lo estará pasando mal, y también Dom. Y Adrian y su madre, y, ay, madre mía, cariño, el pueblo entero. Habrá un funeral, un homenaje póstumo. Tenemos que ir. Podemos quedarnos unos días y echar una mano.

—Mamá dice que no sabe nada todavía sobre el funeral o la ceremonia, pero que me llamará mañana cuando se entere. Me ha dicho que Maya y Joe van a asistir. En cuanto tengan niñera para Collin van a ir a ayudarla a cerrar el restaurante y...

—Ay, el restaurante. Claro. Escucha, si les sirve de algo, puedes quedarte una semana o dos. Yo me traeré de vuelta a los niños.

—Todavía no sé qué hacer. Tengo que pensar. Ya veremos. No me lo creo, Lorilee. Siempre ha sido parte de mi vida.

—Ya lo sé, cariño. —Lo estrechó entre sus brazos, le acarició la espalda—. Ya veremos cómo podemos ayudar. —Le alzó el rostro y lo besó. Luego se sentó junto a él, frente a la encimera, con la mano entre las suyas—. Puedo pedirme permiso en el trabajo por emergencia familiar. Iré mañana y lo dejaré todo listo. A menos que quieras que partamos mañana.

—Yo... —Trató de aclarar sus ideas, pero aún oía las lágrimas en la voz de su madre—. No, imagino que será mejor organizar las cosas, dejar que los niños vayan al cole, esperar a que mamá vuelva a llamar. Los dos podemos dejar todo preparado en el trabajo y salir pasado mañana.

—A mí también me parece lo mejor. Puedo hacer la maleta en cuanto vuelva a casa.

«Muy bien, un plan», pensó. Funcionaba mejor cuando tenía un plan, cuando tenía un calendario. Cuando tenía un guion.

—Puedo salir antes para tenerlo todo listo a primera hora de la tarde.

—Piensa que tendrás que quedarte por lo menos una semana. No te preocupes por los niños y por mí —continuó antes de que Raylan pudiera objetar—. Cogeremos el tren de vuelta. Para ellos será una aventura. Tu madre te va a necesitar. Quería a Sophia más que a sí misma.

—¿Cómo se lo vamos a decir a los niños? —Raylan alcanzó la copa de vino, pero se quedó mirándola—. Son muy pequeños, Lorilee, y nunca han perdido a nadie tan cercano.

—Imagino que les diremos que Nonna se ha ido al cielo y que ahora es un ángel, y cuando nos pregunten por qué tendremos que decirles que no lo sabemos y que estamos tristes de que ya no esté con nosotros. —Lorilee cogió la copa de Raylan y le dio un sorbito—. Pero que seguirá en nuestros corazones para siempre. Creo que simplemente tendremos que darles todo nuestro amor, cariño, como hacemos siempre.

Acordaron no decirles nada por la mañana, sino que los llevarían al colegio con normalidad, para que no arrastraran la tristeza y las dudas durante todo el día. Tal vez los abrazara un poco más y con un poco más de fuerza antes de ayudar a Lorilee a abrocharles el cinturón de seguridad.

—Aprende algo, ¿eh? —le ordenó a Bradley.

—Si sigo aprendiendo cosas, lo sabré todo y ya no tendré que volver al colegio. Entonces podré ir contigo a trabajar y dibujaré cómics.

—¿Cuál es la raíz cuadrada de novecientos cuarenta y seis?

Bradley rompió a reír.

—¡No lo sé!

—¿Ves? Todavía no lo sabes todo. Aprende algo. Y tú también, princesa Mo. —Luego se volvió y estrechó a Lorilee entre sus brazos—. Gracias.

—¿Por?

—Por ser tú, por ser mía. Por ser.

—Ayyy, mi marido bonito. Nos vemos en nada. —Lo besó hasta que Bradley empezó a hacer ruidos de arcadas. Entonces se rio—. Te quiero.

—Te quiero.

Se puso al volante, se abrochó el cinturón y sonrió a Raylan.

—Estaré de vuelta a las cuatro. Antes, si me necesitas.

—Vamos hablando.

Raylan dio un paso atrás y todos se despidieron con la mano. Luego entró en la casa silenciosa, donde Jasper ya se había ovillado y estaba echándose la primera siesta de la mañana.

—Hoy vamos a salir pronto, amigo, y tú te vienes conmigo. Luego vas a disfrutar de unas pequeñas vacaciones en casa de Bick.

La amiga y socia de Raylan ya había aceptado quedarse con el perro el tiempo que hiciera falta. Lo único que tenía que hacer era llevarle la comida de Jasper, la cama, los premios y los juguetes. Era alucinante la de cosas que acumulaba un cachorro de labrador, pensó Raylan. Cogió una sudadera y se la puso por encima de la camiseta de Nadie, el personaje que había contribuido a que Triquetra despegara. Allí todos los días eran viernes informal.

Agarró la bolsa de mensajero que usaba como maletín y le puso la correa al perro, que estaba encantado. Normalmente, y en especial los días de primavera, recorrían en bici o a pie las diez manzanas que los separaban del viejo almacén donde Triquetra tenía su sede, pero ese día quería llevarse más trabajo por si prolongaba su estancia en Traveler's Creek. Así, le abrió a Jasper el portón trasero de su viejo Prius. Una vez al volante, abrió las ventanillas para que entrase el aire y el perro pudiera sacar la cabeza.

Mientras conducía, la cabeza se le fue llenando de las tareas que tendría que dejar hechas ya si acababa trabajando en remoto una o dos semanas. Las reuniones y sesiones podrían celebrarlas por teleconferencia. Cualquier trabajo que tuviera que ver para darle la aprobación podían enviárselo adjunto por correo electrónico. Desde luego, podía montar un espacio de trabajo temporal en su viejo dormitorio y así cumplir el plazo (diez días) que tenía para acabar de colorear la última novela gráfica de Nadie. Como iba sobrado de tiempo, se recordó, no iba a tener ningún problema. Normalmente se encargaba él mismo de la rotulación, pero, como ninguno de sus socios lo hacía, contaban con artistas entre el personal que se encargaban de ello. Si fuera necesario, por una vez dejaría que lo hicieran. Ya vería cómo se las apañaría llegado el momento.

Accedió al pequeño aparcamiento lateral del edificio cuadrado, de ladrillo y cinco plantas, con ventanas altas y alargadas, un viejo muelle de carga, amplias puertas de acero y una azotea en la que tenían lugar las fiestas después de trabajar durante el verano, alguna que otra pelea a gritos y las pausas para fumar de quienes se daban tal capricho. Antes de entrar, Raylan paseó al perro por entre los arbustos y la hierba que se extendían al final de la finca. Dejó que olisqueara e hiciera eso que los perros hacen fuera para que no la liara e hiciera eso que los perros no deben hacer dentro. Cogió las llaves, abrió la pesada puerta de acero y desactivó la alarma. Encendió las luces.

Las cinco plantas formaban un espacio diáfano, unidas por escaleras de acero a la vista y un par de montacargas. Habían convertido la planta en una suerte de enorme salón de juegos, cafetería y zona de descanso. A fin de cuentas, dos de los tres socios eran tíos. Y Bick, que era prácticamente uno más. Una mujer que los entendía. La zona de descanso estaba formada por muebles recuperados: sofás destartalados, gastadas mecedoras de cuadros, mesas fabricadas con cajas de leche… Habían hablado de sustituirlos ahora que se lo podían permitir. Pero los sentimientos ganaban cada vez que salía a relucir el tema.

Se habían hecho con dos de los mayores televisores de pantalla plana que el dinero podía comprar, diversas consolas de juegos, varias máquinas de *pinball* (que necesitaban reparaciones casi constantes) y alguna que otra vieja máquina recreativa. Estaban de acuerdo en que, en ocasiones, la mente y el cuerpo necesitaban jugar para dejar que las ideas fluyeran. Algún día, sus personajes protagonizarían algunos de los juegos. Ya les había sucedido con Nadie, con Reina Violeta y con Cuervo de Nieve. Pronto se sumarían otros. Raylan así lo creía, porque hacían lo que amaban, y lo que amaban lo hacían bien. Y cada nuevo empleado tenía que cumplir esas dos premisas.

Como llevaba al perro, se subió al montacargas en lugar de usar las escaleras. Jasper se pegó a él y no dejó de temblar mientras la cabina gemía y bufaba camino de la quinta planta. Había montado su oficina en la última planta porque nadie más quería tener que subir a diario hasta allí. La mayor parte del trabajo, la actividad y el ruido se producían debajo. No le importaba que le llegara el eco; de hecho, disfrutaba. Pero le gustaba ese espacio más solitario y las vistas desde los ventanales. Se veían el río y el perfil sur de Manhattan.

Como Nadie luchaba contra el crimen en la ciudad y su *alter ego*, Cameron Quincy, era informático, Raylan solía dibujar dicho perfil en sus distintos estados para inspirarse. Pero en ese momento solo podía pensar en que alguien a quien amaba ya no estaba en este mundo, en el pesar que le producía no haber ido a casa en semanas, no haberla visto, no haber hablado con ella. Ya no podría volver a hacerlo.

Llevaba una vida muy ajetreada, claro, y lo aceptaba. Pero tenía que encontrar más tiempo. Su hermana tenía un hijo a punto de cumplir los dos años y no lo había visto ni una sola vez desde las Navidades. No le había dado tiempo suficiente a su madre para pasarlo con los niños, ni a ellos para pasarlo con su abuela. Pero eso iba a cambiar.

Y Dom… ¿se quedaría solo en aquel caserón? Raylan haría un esfuerzo, un verdadero esfuerzo por devolverles tiempo a aquellos que tanto le habían dedicado a él.

El tiempo era importante, por lo que se sentó a la mesa de dibujo mientras el perro husmeaba la estancia, con su par de sillas con ruedas que chirriaban, la vieja nevera de piso de estudiantes llena de Coca-Cola y Gatorade, el enorme corcho en el que clavaba dibujos, notas y tramas, el espejo en el que ensayaba expresiones faciales… Las fotografías enmarcadas de su familia. Las figuras de acción y el ficus al que estaba matando lentamente en su maceta.

Tenía dos páginas abiertas en la mesa de dibujo, con todas las leyendas acabadas y algunas viñetas ya entintadas. Había escrito, revisado, corregido y completado el argumento, y había hecho lo mismo con todos los bocetos. Podía trabajar en digital, pero prefería hacerlo a mano. Igual que prefería ocuparse del entintado y el coloreado. Entendía que eso tendría que cambiar conforme creciera la empresa, pero se aferraría a ese placer todo lo que pudiera.

Mientras Jasper se acomodaba con su hueso de cuero y su gatito de peluche, Raylan agarró sus útiles y se sumergió en el trabajo. Parte de su cerebro oía cómo los demás comenzaban la jornada, las voces que ascendían por las escaleras abiertas, el tintineo de quienes subían por ellas. El olor del café y el del *bagel* que a alguien se le había quemado. Pero Nadie se encontraba en un aprieto, ya que la chica de la que se había enamorado estaba en peligro, peligro al que la había atraído el villano seductor, don Galán. Así pues, se sentó, trabajó, afinó y dio vida a las viñetas mientras la luz del sol penetraba por las ventanas.

El cabello rubio oscuro le caía por encima de las orejas. Lorilee decía que necesitaba un corte de pelo, pero le gustaba juguetear con sus mechones cuando estaban acurrucados en la cama. Esa mañana, con la cabeza en otra parte, se le había olvidado afeitarse y la barba de un día le cubría las mejillas chupadas. Los ojos, intensos, permanecían fijos sobre el dibujo, pero los labios empezaron a curvarse conforme veía cómo su personaje estrella adquiría profundidad.

No prestó demasiada atención cuando oyó el rápido traqueteo de alguien que corría escaleras arriba, pero Jasper ladró y se levantó un salto. Al alzar la vista distinguió a Bick, con las puntas rojizas de las largas rastas volando.

—Ey, Bick, gracias de nuevo por quedarte con Jasper. Voy a acabar el...

—Raylan. —La voz se le quebró y tuvo que inspirar hondo, temblorosa—. Hay un tiroteo en el instituto. El instituto de Lorilee.

Por un instante, su mente dejó de funcionar.

—¿Cómo?

—Jojo tenía la televisión puesta en la zona de descanso y ha saltado el informativo especial. Han acordonado el instituto. Salió un niño. Dice que hay al menos dos personas, dos atacantes, y que están disparando a la gente. Raylan...

Ya estaba en pie y corría hacia la puerta. Jasper trató de seguirlo, pero Bick lo agarró y lo sujetó.

—No, tú te quedas conmigo.

Raylan voló escaleras abajo y casi atropelló a Jonah, su otro socio, que lo esperaba abajo.

—Yo conduzco.

Raylan no discutió ni se detuvo. Se subió de un salto al Mini naranja.

—Deprisa.

—Estará bien. —El carácter normalmente impasible de Jonah no se vio alterado mientras ponía el coche en marcha atrás—. Es una mujer inteligente. Ha ensayado el protocolo una y otra vez.

Raylan apenas escuchaba sus palabras, ni siquiera oía sus desesperados pensamientos, solo notaba cómo los latidos del corazón le retumbaban en los oídos.

Con la capota del Mini bajada, el aire de la primavera soplaba a su alrededor. Tiernas hojas verdes brotaban de los árboles, las primeras flores se agitaban en una encantadora danza de color. Pero Raylan no notaba nada, no veía nada. Lo único que veía era la cara de Lorilee sonriéndole antes de marcharse con el coche.

—¿Qué hora es?

Se sorprendió al ver en su propio reloj que habían pasado tres horas desde que se sentó a trabajar. Eso quería decir que Lorilee estaría en el aula, dando clase antes del primer descanso para comer.

En el aula estaría a salvo. Raylan conocía el protocolo tan bien como ella, que le había explicado los pasos mientras se lamentaba de su necesidad. Había que cerrar con llave la puerta del aula, conducir a los niños hasta el cuarto de la limpieza y hacer que conservaran la calma y que no hablaran. Tenerlos allí resguardados y esperar a que llegase la policía.

En cuanto se le pasó el primer susto, sacó el teléfono móvil. Lorilee lo tendría silenciado durante las horas de clase, pero lo notaría vibrar. Cuando saltó el buzón de voz, con su alegre acento sureño, sintió cómo la bilis le subía a la garganta.

—No responde. No me responde.

—Es probable que se haya dejado el teléfono en la mesa. Casi hemos llegado, Raylan. Casi.

—En la mesa.

Se obligó a aceptar la explicación, aunque según el protocolo siempre debía tener algún modo de comunicarse con el exterior. Divisó las barricadas, los coches de policía, las ambulancias, los equipos de televisión, los padres desesperados, los cónyuges aterrorizados que se habían acercado allí, igual que él. Antes de que el coche se detuviera del todo, ya se había bajado.

El instituto, con su ladrillo rojo y el sol reflejándose en las ventanas, rodeado de verde primaveral, se encontraba a media manzana. Vio policías y, aun en la distancia, advirtió que una de las ventanas estaba hecha añicos.

—Mi mujer —consiguió decir mientras se agarraba a la valla del Departamento de Policía de Brooklyn—. Lorilee Wells, profesora de Plástica. Está dentro.

—Debemos pedirle que espere aquí, señor. —El oficial de uniforme hablaba con tono calmado y monótono—. Tenemos agentes en el edificio.

—¡Raylan!

La mente se le quedó en blanco un instante, mientras la mujer corría hacia él. Parecía que el cerebro alternase entre una terrible claridad y repentinos vacíos.

—Suzanne.

La conocía, por supuesto. Habían cenado en su casa, y ella y su marido (Bill, Bill McInerny, profesor de Matemáticas, gurú del ajedrez, forofo de los Yankees) habían cenado en la suya.

Aquella mujer, que olía a césped, a tierra y a mantillo, lo envolvió en sus brazos. Jardinera, recordó con el siguiente fogonazo de claridad. Una entusiasta jardinera que vivía prácticamente al lado del colegio, en una casa de inspiración ranchera con un enorme patio trasero.

—Raylan. Raylan, Dios mío. Hoy es mi día libre, estaba trabajando en el jardín. El tiroteo. —Cuando la mujer empezó a temblar, sintió cada uno de sus estremecimientos—. He oído el tiroteo. Pero no me imaginaba esto, es que ni me lo imaginaba. Jamás piensas que algo así pueda pasar aquí, a la vuelta de la esquina.

—¿Has hablado con Bill? ¿Has podido ponerte en contacto con él?

—Me ha mandado un mensaje. —Se echó atrás y se enjugó las lágrimas con la mano—. Me ha dicho que no me preocupe, que él y sus chicos están bien. Que me quiere, que no me preocupe. —Volvió a pasarse los dedos por los ojos, antes de bajarlos—. ¿Y Lorilee?

—No responde.

Sacó el teléfono para probar una vez más. Se oyeron nuevos disparos. Sonaban a petardos, fuegos artificiales y terror. Juraría que los tiros le atravesaban directamente el corazón, como puñetazos certeros, mortales. La gente a su alrededor chillaba, sollozaba, gritaba. Se aferraban a quien tenían al lado, igual que Suzanne se aferraba a él en ese momento. Notó la mano de Jonah agarrándole el hombro como un peso fantasma. Estaba allí, pero no estaba. Porque el mundo acababa de detenerse. En el vacío, lo único que oía era un terrible silencio.

Vio cómo la policía conducía al exterior a una fila de chicos, chicos con las manos en alto o sobre la cabeza. Chicos que lloraban, algunos con sangre en la ropa. Oyó cómo los padres gritaban nombres y sollozaban. Vio cómo los sanitarios entraban a toda prisa en el edificio.

Ruido, demasiado ruido que llenaba el vacío, como un rugido estentóreo en el interior de su cabeza. No era capaz de entender las palabras que se distinguían entre el fragor. Los atacantes habían caído. La situación estaba controlada. Varios muertos, varios heridos.

—¡Bill! —Suzanne se separó de Raylan, llorando y riendo—. Mira, es Bill. Es Bill.

Los padres estrechaban a sus hijos. Las parejas se fundían en un abrazo. Los paramédicos sacaban camillas y las ambulancias se alejaban ululando. Raylan seguía mirando las puertas por las que en cualquier momento saldría Lorilee. Por las que volvería a él.

—Señor Wells.

Conocía a la chiquilla, era una de las alumnas de Lorilee. Una o dos veces al año iba al instituto para hacer una demostración y hablar del camino que recorrían las novelas gráficas y los cómics desde el concepto hasta el producto acabado. Estaba muy pálida, la piel blanquísima contrastaba con las manchas rojas del llanto. Una mujer, su madre, supuso Raylan, la rodeaba con los brazos y lloraba también. Jamás sabría por qué su nombre surgió con tal claridad en su mente aturdida.

—Caroline, tú eres alumna de Lorilee. De la señora Wells. ¿Dónde…?

—Oímos los disparos. Estábamos en clase y oímos el tiroteo y… y las risas. Se reían mientras disparaban. La señora Wells dijo que fuéramos al cuarto de la limpieza, igual que en el protocolo. Que fuéramos rápido y en silencio. Y fue a cerrar con llave la puerta del aula.

—¿Ella sigue allí?

—La señora Wells fue a cerrar la puerta y entonces él se desplomó justo allí. Rob Keyler, yo lo conozco. Se desplomó y estaba sangrando y entonces ella, la señora Wells, empezó a tirar de él hacia dentro, para ayudarlo a que se metiera. Y entonces él… —Las lágrimas le rodaban por la cara, una cara jovencísima, todavía suave, todavía en pugna con un leve acné juvenil—. Era Jamie Hanson. También lo conozco. Era Jamie y llevaba un arma en la mano y entonces ella, la señora Wells, ella… ella… Ella se abalanzó sobre Rob. Yo lo vi. No habíamos cerrado la puerta del todo y entonces lo vi. Él…, señor Wells, señor Wells, él le disparó. Disparó a la señora Wells. —Desconsolada, se arrojó en brazos de Raylan—. Le disparó y le disparó, y luego se rio y se fue. Se fue tan campante.

Raylan no oyó nada más. No sintió nada más. Porque su mundo se había acabado un día de primavera, con un cielo tan azul que rompía el corazón.

8

La consideraron una heroína. El chico al que había protegido con su cuerpo pasó diez días en el hospital, pero sobrevivió. Ninguno de los alumnos que estaba con ella sufrió daños físicos. Los del corazón, la mente y el espíritu tardarían años en sanar. Si es que lo lograban.

Dos chavales, de dieciséis y diecisiete años, enfadados con el mundo y despreciando su propia vida, acabaron con la de otras seis personas un bello día de mayo. Cinco de ellas, sus compañeros. Hirieron a otras once. Las vidas que habían destrozado, los niños que perdieron a sus padres, a sus hermanos, su inocencia, las familias que siempre lo lamentarían eran muchas más. Ninguno de los dos sobrevivió al asalto.

Adrian encaraba su propio duelo cuando se sentó al escritorio de su abuela y escogió entre el papel de cartas que guardaba. Había mandado flores, pero las flores duraban poco. Una semana después del doble golpe mortal, escribió a Raylan.

Querido Raylan:

No hay palabras que describan lo mucho que siento lo sucedido. Sé que tu madre y tu hermana están contigo, y espero que su presencia te brinde algo de consuelo. También siento no haber podido asistir al funeral de Lorilee, pero por el momento no puedo dejar solo a mi abuelo.

Tu mujer era uno de los seres humanos más bellos que jamás haya encontrado. No la conocía mucho y, más que nada, por correspondencia, pero su alegría, su amabilidad y su amor por ti y por los niños eran más que evidentes. El mundo ha perdido un ángel.

Sé que suena vacío decir que me tienes a tu lado si hay algo que pueda hacer. Pero te lo digo de corazón. Para soportar este dolor, este espanto, me digo que Nonna y Lorilee están cuidando la una de la otra. Y de nosotros. De ti, de tus hijos y de mí.

Porque ellas eran así. Personas que dejaban un legado de bondad tras sí. Eso era exactamente lo que tu Lorilee y mi Nonna hacían.

Con mi más sentido pésame,

ADRIAN

Cogió la carta y la nota que su abuelo había escrito y salió al porche delantero, donde estaba sentado Dom.

—Vamos, Popi. Tengo que llevar estas cartas a la oficina de correos y luego podemos parar en el restaurante a ver cómo va.

El hombre le sonrió, pero negó con la cabeza.

—Hoy no, corazón. Tal vez mañana.

Decía lo mismo cada día. Adrian fue a sentarse un momento en la butaca que tenía al lado, la butaca de su abuela, y le cubrió la mano con la suya.

—Jan y Maya vuelven la semana que viene. Al menos ahora mismo ese es el plan.

—Pobre muchacho. Y pobres niños. Yo disfruté de una vida entera con Sophia. Él, apenas un instante. Jan debe quedarse todo el tiempo que haga falta.

—Lo sabe.

El anciano volteó la mano y le dio una palmadita a la de su nieta.

—Tienes que volver a hacer tu vida, Adrian.

—¿Me estás echando?

—Nunca. —Le apretó la mano—. Pero tienes que vivir tu vida.

—Ahora mismo tengo que hacer un par de recados. ¿Te apetece que te traiga un bocadillo de albóndigas para comer? Podemos compartirlo.

Aunque le había propuesto su favorito, el abuelo se limitó a darle otra palmadita con aire ausente.

—Lo que tú quieras me vale.

Eso también lo decía casi cada día. Adrian se puso en pie y le besó la mejilla.

—No tardaré más de una hora.

—Tómate tu tiempo.

Pero no se lo tomaría. Esos días no le gustaba dejarlo solo más de una hora. Lo veía demasiado frágil y apático. De camino al pueblo, volvió a plantearse todas las opciones y se dio cuenta de que tenía que elegir. Aunque, en realidad, siempre había sabido lo que elegiría.

Estacionó en el aparcamiento de Rizzo's y caminó desde allí hasta la estafeta, donde franqueó las cartas y abrió un apartado de correos. Para ello tuvo que mantener una breve conversación con la encargada, a quien se le saltaron las lágrimas cuando preguntó por Dom.

Luego regresó hasta la calle principal y entró en Sabores de la Granja a por una botella de leche y una docena de huevos… y otra conversación. Tampoco necesitaba recorrer la tienda entera después de toda la comida que la gente había llevado y seguía llevando a casa. Además, su abuelo no estaba comiendo como debería.

Cogió un frasco de jalea de frambuesa, con la esperanza de tentarlo con el opíparo desayuno que tenía previsto preparar la mañana siguiente. Añadió unas velas de soja con aroma a lavanda para que la ayudaran a calmar la mente durante la meditación matutina.

De regreso al coche mantuvo una nueva conversación delante del semáforo, mientras esperaba a que se pusiera en verde. Dejó los huevos y la leche en la neverita y guardó el resto antes de adentrarse en la vorágine de la hora del almuerzo en Rizzo's.

Entró por la puerta de atrás, pues no estaba segura de cuántas conversaciones más sería capaz de mantener. Olía a ajo, especias y vinagre. Se abrió paso hasta el comedor principal y la cocina abierta, rodeada del parloteo de los comensales, el tintineo de las vajillas y el golpeteo de los cuchillos sobre las tablas de cortar. El vapor ascendía de la salsa que se cocinaba a fuego lento en el fogón principal; la puerta del horno de ladrillo se abrió con un topetazo y uno de los cocineros extrajo un burbujeante pastel.

—Hola, Adrian. —Barry vertía salsa sobre otro pastel. Con ojos de lechuza, desgarbado y fiel, llevaba trabajando en Rizzo's desde que acabó el instituto. Cuatro años después, ayudaba a dirigir el restaurante mientras Jan, que a la sazón era la gerente, consolaba a su hijo y Dom pasaba el duelo—. ¿Qué tal todo? ¿Cómo está el jefe?

—Está bien. Voy a intentar subirle los ánimos con un bocadillo de albóndigas. Cuando puedas.

—Ningún problema. Sé exactamente cómo le gusta. Siéntate. ¿Quieres comer o beber algo?

—No, gracias. Solo voy a... —Estuvo a punto de decir que iba a tomar agua, pues seguía siendo su bebida habitual. Pero pensó que ella también se merecía un homenaje—. Voy a tomarme una Coca-Cola. Si no te importa, necesito usar la oficina unos minutos.

—Ningún problema —repitió—. Dile al señor Dom que por aquí lo echamos de menos.

—Lo haré —respondió Adrian antes de servirse del grifo un vaso de Coca-Cola con mucho hielo.

La oficina consistía en un cubículo al fondo del establecimiento, donde el lavavajillas funcionaba al pie del colosal fregadero, la enorme amasadora descansaba por el momento y uno de los cocineros sacaba provisiones del frigorífico. Adrian lo saludó con la mano antes de encerrarse en el interior. En mitad del relativo silencio se sentó al escritorio, se recostó en el respaldo y cerró los ojos unos minutos.

Cuando estaba haciendo algo, era capaz de obviar el dolor que le atravesaba el corazón. Cuando limpiaba la casa, aunque no había demasiado que limpiar. Cuando hacía ejercicio o cuando compraba productos básicos. Pero cada vez que paraba, aunque fuera solo un momento, el dolor casi le arrebataba la respiración.

La solución, se recordó, era seguir haciendo cosas. Imaginaba que la decisión que había tomado le aseguraría justamente eso. Y como sabía que era algo que debía hacer cara a cara, sacó la tableta y llamó a Teesha por FaceTime.

Esta apareció en pantalla, con sus cortas trencitas ondeando y el adorabilísimo Phineas, de veintidós meses de edad, apoyado en la cadera. La vida seguía, pensó Adrian. No se detenía ante nada.

Su vieja amiga, su asesora contable, su paño de lágrimas ya era madre. Se había enamorado, sin desenamorarse esta vez, de un cantautor de ojos sexis y suave sonrisa que la conquistó con música, con flores y con la paciencia de un héroe.

—Pero ¡¿quién es este niño tan guapo?!

El bebé chilló al ver a Adrian en pantalla y dio una palmada. Le gritó «¡Rizz!» y empezó a lanzarle besos.

—Hola, Phineas; hola, Phin; hola, mi amor. Supongo que todo eso que tiene en la cara será salsa de tomate y no la sangre de sus víctimas.

—Supones bien. Por esta vez. Acabamos de terminar de comer. Háblame mientras le doy un manguerazo. Monroe se ha encerrado a trabajar en su estudio. Pero no pasa nada. Le toca el turno de noche. ¿Cómo estás, Adrian? ¿Cómo está Popi? Ojalá hubiéramos podido quedarnos más.

—Vamos tirando. Pero estoy preocupada por él, Teesha.

—No me extraña. —Phineas protestó enérgicamente por que le lavara la cara y las manos—. Cállate, hombre, que casi hemos terminado. Decías que tu madre también se ha ido ya.

—Tenía varios actos. Se ha quedado tres días, y eso, para ella, es un mes en Traveler's Creek. Tampoco puedo echarle demasiado en cara, porque lo ha pasado mal. Sé que lo ha pasado mal.

—Todos echamos de menos a Nonna. Dame un minuto, Rizz. Voy a ponerle *Barrio Sésamo* a este y así podremos tener una conversación de adultas.

Mientras Adrian esperaba, oyó cómo Teesha le hablaba de Elmo a Phineas y este prorrumpía en una larga carcajada gutural. El sonido le subió los ánimos. Todo iba a salir bien.

—Ya está. Qué pasada. Este niño quiere más a Elmo de lo que yo quiero a mi nuevo portátil. Y ya sabes lo que adoro esa máquina.

—Lo sé.

—Y esto todavía no suena a conversación de adultas. Ayúdame.

—Me alegro un montón de que seas feliz, Teesha. Me alegro un montón de que tengas a Monroe y a Phineas y de que ellos te tengan a ti.

—La verdad es que estamos bastante bien. Hemos tenido muchísima suerte con el niño. Pero te echamos de menos.

—Y yo a vosotros. ¿Los dos seguís planteándoos trasladaros a las afueras, o a aquella casa de campo de vuestros sueños?

—Bueno, seguimos hablándolo, sí. Es decir, los dos hemos vivido siempre en la ciudad y nos va bien, ¿no? Pero… —Volvió la vista hacia donde se oía la voz chillona de Elmo y las carcajadas de Phineas—. Estaría genial tener una casa con jardín, puede que hasta un perro tontorrón. Un columpio, todas esas movidas. Me estoy domesticando, Adrian. Te lo repito, ayúdame.

—No cuando te sienta tan bien. Además, tengo algo que proponerte, y se divide en varias partes. La primera es un anuncio: voy a establecerme aquí.

—¿Cómo? ¿En serio? ¿Que te vas a quedar allí?

—Voy a pedirte que te encargues de que embalen todas mis cosas. Las cosas personales. Los muebles… puedes quedarte con lo que quieras o te sirva. Me imagino que el resto puede ir a un trastero hasta nueva orden. Aquí no lo necesito.

—Qué fuerte. Pero fuerte fuerte, más que Godzilla. ¿Cuándo lo has decidido?

—Creo que en cuanto llegué aquí, cuando vi a Popi. Él no puede vivir solo en esta casa tan grande, Teesh, y se moriría de pena si tuviera que dejarla. Me necesita a su lado, aunque jamás lo reconocerá. Y yo no necesito estar en Nueva York para trabajar. Ahí tengo suerte.

—Cierto, cierto, pero Nueva York ha sido tu base de operaciones desde que te lanzaste a la piscina.

—Para el trabajo, sí, pero esta es mi casa, mi verdadera casa, desde hace un montón. Podría usar la planta de abajo, introducir algunos cambios, meter algo de diseño y algo de tecnología para retransmitir las rutinas, para grabar los vídeos, para lo que haga falta. Y si tengo que subir a Nueva York, simplemente me cojo el coche o el tren. Aunque ahora mismo ni siquiera me sentiría cómoda haciéndolo.

—Lo entiendo. Desde un punto de vista práctico, te ahorrarás más de diez mil dólares al año en alquiler. Puedes dedicar un porcentaje de toda esa pasta a arreglar tu espacio de trabajo. Desde el punto de vista creativo, cambiarías los escenarios de Nueva York por los de Traveler's Creek, cosa que podríamos publicitar. Y desde el punto de vista personal, no tendrías que preocuparte día sí y día también por Popi porque estarías a su lado.

—Y por eso no solo eres mi amiga, también mi asesora contable.

—¿Y Popi qué ha dicho?

—Aún no se lo he contado. Lo haré en cuanto lo tenga seguro. ¿Qué va a hacer? ¿Echarme?

—Ahí tienes razón.

—Tú y yo podemos trabajar en remoto siempre que nos haga falta. A menos que... —En ese momento, Adrian adoptó su tono más persuasivo—. Por aquí hay algunas propiedades muy chulas, unas casitas preciosas en Traveler's Creek y alrededores, con jardines para perros tontorrones y niñitos encantadores.

—La madre que te parió, Adrian. —Teesha cerró los ojos cuando Phineas repitió a voz en grito lo que acababa de decir—. ¿Cuándo aprenderé? —murmuró—. Eso no es como mudarse a New Rochelle con los Petrie, Adrian. ¿Rob y Laura Petrie? —trató de explicar cuando su amiga la miró sin comprender—. Da igual.

—Sería mucho mejor. —Adrian sabía cómo apretar, cuándo apretar y cuándo dejar que algo se cocinara a fuego lento—. Tú solo piénsatelo. Y si la idea empieza a convencerte, podría pasarte otro cliente. Jan Wells es la gerente de Rizzo's. Nonna y Popi se encargaban de la contabilidad, pero era mi abuela quien lo hacía casi todo. No es que él no sepa, pero creo que necesitará ayuda. Y eso no es algo que yo pueda hacer.

—Rizz, quiero a tu abuelo como si fuera el mío. Sabes que voy a echar una mano en todo lo que pueda.

—Esperaba que dijeras eso. Hablaré con Popi. Jan vuelve en un par de días, y también hablaré con ella. Necesito esa cabeza brutal que tienes para los negocios.

—Podríamos bajar un par de días y dejar esa parte hecha. Voy a hablar con Monroe para ver cómo nos organizamos.

—Gracias. —Era el momento de rematar la jugada, pensó Adrian—. Ey, imagínate una casa preciosa con un jardín precioso. Con una oficina para ti que sea más grande que un armario. Y una sala de música de verdad para Monroe. Y un cuarto de juegos para Phineas… y para quien llegue después.

—Ahora estás intentando seducirme con metros cuadrados y una base imponible menor.

—Todo lo que puedo. Piénsatelo, habladlo. Yo ahora tengo que volver con Popi, pero me pondré en contacto con el casero para avisar de que me marcho.

—Yo me hago cargo. Y te buscaré un trastero también. Por ahora, quédate con los muebles. Puede que acabes usándolos aquí y allá.

—Tienes razón. Gracias, gracias de verdad. Dales un beso a tus chicos de mi parte. Seguimos hablando, ¿vale?

—Claro. Y, ¿Rizz? Este traslado es una buena idea. Y no solo para Popi. También para ti. Me parece una buena idea.

—Sí, a mí también. Te quiero mucho.

—Yo a ti también.

Adrian cerró la tableta y soltó un suspiro. Sí, todo iba a salir bien. Con algo de tiempo, algo de trabajo, algo de reflexión, todo acabaría saliendo bien. Cogió la Coca-Cola que había olvidado beber y salió al comedor. Esta vez se sentó en un taburete delante de la barra.

—Voy a prepararte ahora mismo el bocadillo. Quería asegurarme de que te llegase caliente a casa.

—Estás haciendo un gran trabajo, Barry, ayudando a que el negocio siga en marcha en estos momentos.

—Rizzo's es como mi casa. Siempre lo ha sido.

—Se nota. Oye, ¿tú no tenías una hermana menor?

—Tengo tres. ¿Por qué te crees que esta es mi casa?

Adrian se rio y le dio un trago a la Coca-Cola mientras Barry partía el largo bocadillo.

—La que está en la universidad estudia Diseño de Interiores, ¿verdad?

—Esa es Kayla. Sí, vuelve en una semana o dos. Acaba de terminar primero.

—Vale, lo que hablemos ahora es totalmente confidencial y no sale de aquí. ¿Es buena?

—A ver, desde luego, cree que la decoración de mi apartamento es una mierda. Tampoco se equivoca, pero así soy yo desde que la fastidié con Maxie. Hace un par de años redecoró su dormitorio y parece salido de una puñetera revista. Ha ganado un premio, así que buena es. Tiene ojo y todo ese rollo.

—Dile que me llame. Puede que tenga trabajo para ella.

—¿En serio? —preguntó mientras metía el bocadillo en el horno para que el provolone se deshiciera sobre las albóndigas con salsa—. ¿En Nueva York?

—No, aquí. Si quiere, podemos quedar para una asesoría y así vemos si las dos encajamos.

—Claro. Va a flipar. Se pone tus vídeos para hacer ejercicio.

—Ah, ¿sí? —Adrian sonrió y dio otro trago a la Coca-Cola—. Pues ya va sumando puntos.

Cuando Adrian llegó a casa, Dom seguía sentado en el porche. Se levantó cuando la vio sacar la bolsa de la compra y la neverita.

—Deja que te ayude.

—Ya puedo yo. Comamos fuera.

—Como quieras, tesoro.

—Fuera, desde luego. Con lo bonito que está. Vuelvo en un minuto.

A veces, pensó Adrian mientras atravesaba el caserón camino de la cocina, la opción correcta era la única opción.

Cortó el bocadillo, lo puso en platos bonitos con servilletas de tela y sirvió agua y vino. Para tentar a su abuelo, añadió a cada plato un puñado de sus patatas fritas con sal y vinagre favoritas (por un día, a la mierda la nutrición). Sacó la bandeja y dispuso todo en la larga mesa del porche.

—Vamos a comer, Popi. El restaurante iba bien cuando pasé por allí. —Adrian siguió hablando mientras su abuelo se levantaba y caminaba a paso lento hasta la mesa—. Barry estaba al mando y estaba haciendo un buen trabajo, pero me ha dicho que echa de menos verte por allí.

—Puede que vaya mañana.

Había dicho lo mismo el día anterior.

—Estaría genial. Jo, hace que no me comía un bocata de albóndigas…, ni se sabe. —Se inclinó sobre el plato y, al darle un mordisco, la salsa chorreó—. De verdad, esto tiene que ser ilegal en varios estados. Algún día tienes que darme la receta de la salsa secreta de los Rizzo.

—Sabes que lo haré —respondió Dom, sonriente, mientras picoteaba.

—¿Sabes? Hablé por FaceTime con Teesha, y con el maravilloso Phineas, mientras estaba en el restaurante. Te mandan recuerdos.

—Tiene un niño precioso. Y listo como un zorro. O más.

—Sí que lo es. Espero que los veamos mucho si consigo convencer a su madre y a Monroe para que se muden aquí.

—¿Cómo? ¿Aquí?

Y de repente, pensó Adrian, se había abierto un resquicio en la cortina que le velaba los ojos a su abuelo.

—Mmm. —Adrian mordió el bocadillo—. Sé que podemos trabajar en remoto sin problema, pero llevan hablando de trasladarse a una casa, en las afueras o incluso en el campo, desde que nació Phin. Así que ¿por qué no aquí? Y esa cabeza maravillosa que tiene para los negocios también podría ayudar en Rizzo's. Monroe puede trabajar en cualquier parte. —Tomó un sorbo de vino, sonrió y se encogió de hombros—. Como yo.

—No entiendo qué quieres decir.

Adrian hizo un nuevo ruido y se comió una patata.

—Jo, ya sé por qué intento no comer de estas. Mi cuerpo ahora llora por más. —Volvió a sonreír—. Ah, es que me mudo aquí, ¿no te lo había dicho? Ya he dado el aviso, o más bien lo ha dado Teesha, de que dejo el apartamento de Nueva York. Se va a encargar de que embalen mis cosas y me las traigan aquí. Otras van a ir a un trastero; también se está haciendo cargo. No sé qué sería de mí si no se ocupara de mis movidas.

—*Gioia*, tu vida está en Nueva York.

—Estaba en Nueva York porque era donde vivía mamá y donde empecé con todo. Pero mi hogar de siempre es este. Me gustaría tener mi vida donde tengo mi hogar.

Su abuelo apretó la mandíbula.

—Adrian, no vas a poner tu vida patas arriba por mí. No lo permitiré.

—Pues es una pena, porque ya es cosa hecha. —Se lamió la salsa del dedo como si nada—. Lo hago por ti, porque te quiero. Y lo hago por mí, porque es lo que quiero. Te adoro, abuelo. Y también adoro esta vieja casa. Adoro las vistas, los árboles, los jardines. Adoro el pueblo y pienso quedarme. Tú intenta impedírmelo.

Una lágrima le rodó por la mejilla al anciano.

—No quiero que…

—¿Es que no importa lo que quiera yo? —Adrian le cubrió una mano con la suya—. ¿No importa?

—Claro que importa. Claro.

—Pues esto es lo que quiero.

—¿Vivir en esta casa tan vieja, en las afueras de un pueblo con tres semáforos?

Adrian se comió otra patata.

—Sí. Eso es exactamente lo que quiero. Ah, y voy a quedarme con la parte de abajo.

—Yo...

—Derecho de ocupación. Necesito el espacio para montar mi zona de fitness y de vídeos. Para mi trabajo. Tiene una salida muy chula al jardín trasero, así que entra luz de sobra, y traeré un equipo para que se encargue de las cuestiones técnicas. Puede que contrate a la hermana pequeña de Barry para que me lo diseñe.

—Adrian, esta es una decisión importante. Deberías pensártelo con tiempo.

—Me lo he pensado y he sopesado los pros y los contras. Los pros ganan. Ya conoces a los Rizzo, Popi. Sabemos lo que queremos y trabajamos por conseguirlo. —Levantó la copa en un brindis—. Tendrás que acostumbrarte, compi. —Dejándola sobre la mesa, se puso en pie y estrechó a su abuelo, que seguía llorando—. Me necesitas —murmuró—, pero yo también te necesito. Vamos a hacerlo por los dos.

—Estaremos bien.

—Claro que sí. —Le tomó el rostro entre las manos y le dio un beso—. La abuela no esperaría nada menos de nosotros. Y ahora cómete ese maldito bocadillo, porque, si tú no lo haces, lo voy a hacer yo y luego pagaré las consecuencias.

—Vale, vale. Este Barry sabe cómo me gusta.

—Eso me dijo.

Cuando Adrian volvió a sentarse, su abuelo dio otro mordisco. Bebió un poco de vino y se aclaró la garganta.

—¿Realmente crees que puedes convencerlos para que se vengan aquí con ese niñito precioso suyo?

—Diría que todo apunta a que sí. —Sonriendo, hizo chocar su copa con la de su abuelo—. Ese columpio necesita un culo joven.

—Desde luego. Al principio lo único que quería era desaparecer. ¿Cómo iba a seguir yo si ella ya no estaba? Solo quería desaparecer.

A Adrian le ardían los ojos, las lágrimas pugnaban por salir.

—Lo sé.

—No me lo vas a permitir.

—No, no te lo voy a permitir.

Asintiendo, Dom la miró directamente a los ojos.

—¿Por qué no me cuentas lo que tienes pensado hacer en mi sótano? Nuestro sótano —se corrigió.

Dos días más tarde deambulaba por el espacio que tenía pensado transformar. Estudiaba las ideas, las imaginaba, las consideraba, las rechazaba. Antes de que ella naciera, habían construido una bodega, y se tenía que quedar, por supuesto. Al igual que el cuarto de los trastos. Tampoco haría falta tocar la habitación de los huéspedes ni el cuarto de baño.

Así, le quedaba toda la zona de estar, con su vieja barra de cócteles y su antigua chimenea de ladrillo. Todo ello se usaba sobre todo cuando daban grandes fiestas. Había muebles que mover o llevar a un trastero, pero el bar y la chimenea supondrían un fondo interesante.

Quería que pareciese lo que era, parte de una casa, pero que al mismo tiempo resultase eficiente, útil. Cogió la tableta y empezó a tomar notas que compartiría con Kayla cuando, con suerte, la joven diseñadora se reuniera con ella.

El tono de llamada de FaceTime la interrumpió y se quedó mirando la pantalla. Su madre jamás usaba esa aplicación. Adrian la aceptó. Lina apareció en pantalla perfectamente maquillada y con el pelo castaño peinado hacia atrás y recogido en una cola. Estaba trabajando, concluyó su hija.

—Hola, esto es nuevo.

—Tenemos que hablar y esta es la mejor forma. Acabo de leer tu blog.

—Ay, no sabía que tú…

—Adrian, no puedes enterrarte en vida en esa casa y en ese pueblo. Pero ¿qué tienes en la cabeza?

—Lo que tengo en la cabeza es que quiero, y necesito, estar aquí. En vez de verlo como enterrarme en vida, lo veo como una nueva oportunidad.

—Estás establecida en Nueva York y usas sus localizaciones en tus DVD; los vídeos en directo son parte de tu imagen de marca.

—Voy a cambiar mi imagen de marca.

Sin apartar los ojos de la pantalla, Lina hizo un ademán para que alguien la dejara tranquila.

—Mira, es admirable que te hayas planteado cambiar de vida para cuidar de tu abuelo.

—Admirable...

—Sí. Es un detalle bonito y admirable. No soy tonta, Adrian, y no estoy ciega a las circunstancias. Sé que no puede quedarse solo en esa casa. Había pensado en convencerlo de que se viniera a Nueva York, pero me di cuenta de que lo único que conseguiría es que los dos acabásemos frustrados. He estado entrevistando a cuidadoras con conocimientos de enfermería.

—¿Se lo has dicho a él?

—No, porque rechazaría la idea de plano. Pero en cuanto encuentre a alguien...

—Pues deja de buscar. —Adrian se sentó en el reposabrazos del sofá y se recordó que no tenía sentido enfadarse. Su madre tenía la costumbre de resolver con dinero cualquier problema o inconveniente. Aunque, visto por el lado positivo, había intentado hacer algo.

—No está enfermo, está de luto. No necesita una enfermera. Me necesita a mí. Y a mí me pasa lo mismo. Quiero estar aquí y no solo para cuidar de él. Quiero vivir en la casa familiar. ¿A ti qué más te da?

—No quiero ver cómo echas el freno a tu carrera cuando todavía estás acelerando. Tienes un don.

—Y voy a seguir usándolo.

—¿En un viejo caserón en las afueras de Villapaletos?

—Justo, y en el porche, en el patio trasero, en el parque y en la plaza del pueblo. Tengo un montón de ideas. Las dos partimos del mismo tipo de trabajo, mamá, pero nuestros caminos son distintos.

—Nueva Generación sigue estando bajo el paraguas de Bebé Yoga.

Adrian enarcó las cejas.

—Eso es verdad. Si mi traslado hace que te lo replantees, podemos pedirles a los abogados que negocien la separación de las marcas.

—No seas... —Lina se interrumpió y apartó un instante la mirada de la pantalla mientras Adrian la veía tratar de recomponerse—. Lo que intento decirte es que esto, además de una pasión y un modo de vida, es un negocio, y que en este negocio, además de innovar, tienes que ser práctica. Y no eres la única que está conmocionada. Era mi madre. —Lina respiró hondo y volvió a mirar la pantalla—. Era mi madre.

—Lo sé. Tienes razón. —Adrian veía que estaba sufriendo igual que sufría ella—. Y tendría que habértelo consultado, tanto a nivel personal como profesional. No se me ocurrió. De verdad que no, y lo siento. Te propongo una cosa. Dame un año y, si este traslado no funciona como creo que funcionará, reevaluaremos la situación.

—¿Por «reevaluar» te refieres a consultármelo a mí, a Harry y al resto del equipo?

—Sí.

—Está bien. —Lina volvió a apartar la mirada de la pantalla—. Que sí, que sí, ¡dos minutos! Yo quiero que tengas éxito, Adrian.

—Lo sé.

—Me tengo que marchar. Dile a papá..., dile que pronto lo llamaré.

—Lo haré.

Cuando acabó la videollamada, Adrian se dejó caer en el sofá. Había cometido un error, lo admitía, al no contarle a su madre lo que había decidido. Y, por más vueltas que le daba, no estaba segura de si lo había hecho adrede o si simplemente se le había olvidado.

En cualquier caso, ya estaba hecho. Y, una vez que todo estuviera en marcha, Lina y todos los demás verían que había tomado la decisión correcta en el momento oportuno. Así que más le valía empezar a demostrarlo.

Norte de California

Otro paseante más a quien le gustaba madrugar. Fundirse con el entorno había exigido habilidad, pero también había resultado divertido. El cañón se hacía eco del silencio y, en ocasiones, del chillido de un águila o un halcón. Depredadores, dignos de admiración.

Aquella que no viviría para volver a ver el alba salía a caminar dos veces por semana, tres si le daba tiempo, pero con esas dos era como un reloj. Era su momento de soledad, su momento de comunión con la naturaleza, su momento de poner otra vez cuerpo y alma en sintonía. O eso era lo que decía en Twitter.

La caza, la planificación en un lugar así había sido un absoluto placer. Viajar, algo tan intrínseco a la vida que llevaba, ofrecía numerosas oportunidades. Nuevos lugares, nuevos sonidos. Nuevas muertes.

Y ahí llegaba, como un reloj. Dando largas zancadas con sus botas de senderismo, la gorra rosa chillón en la cabeza con una coleta de pelo rubio de bote que salía por la abertura trasera. Gafas de sol, pantalón corto multibolsillos. Sola.

La cojera fingida, con un leve estremecimiento, atrajo su atención.

—¿Se encuentra bien?

Un gesto de la mano, una sonrisa de aguante, de dolor. Y una voz baja, sin aliento.

—Me he torcido el tobillo, nada más. Una tontería.

Otro paso, un traspiés. ¿Cómo no iba a acercarse a echarle una mano?

El cuchillo penetró limpiamente en la barriga. Su boca se abrió formando un círculo de asombro que podría haberse convertido en un grito, pero el cuchillo continuó haciendo aquellos gloriosos ruidos húmedos al entrar y salir una y otra vez. Cuando se desplomó, se le cayeron las gafas.

¡Recuerdos! Las gafas de sol, el reloj deportivo, la llave del coche y, por supuesto, la ya tradicional foto. Su sangre empapaba el suelo; el halcón la sobrevolaba en círculos y gañía.

Con una menos en su lista, se alejó del lugar. Y pensó en el nuevo poema que en ese momento iba camino de Adrian. Vuelta al trabajo. ¡A viajar!

Tres días después, Adrian volvió a ir de recados. Esta vez tenía que hacer una compra grande, pues Teesha y su familia iban a visitarlos. Recogió un fajo de cartas del nuevo apartado de correos que había indicado en el blog, la página web y las redes sociales, y se dirigió a la floristería a por flores frescas.

Dom la ayudó a colocar la compra; a Adrian le pareció buena señal. Comieron ensalada griega mientras ella le ponía al día de los cotilleos de los que se había enterado en el pueblo. Cuando su abuelo se rio, las lágrimas, esta vez de alegría, le formaron un nudo en la garganta.

No se puso a ordenar la correspondencia hasta última hora del día. Y vio de inmediato que su poeta la había encontrado:

¿Crees que puedes esconderte? ¿Crees que puedes huir?
No, querida, todavía no hemos terminado.
Durante todos estos años en mí has pensado
y, en cuanto veas mi rostro, dejarás de vivir.

Cuando Adrian vio que esta vez llegaba de Baltimore, pensó: «Demasiado cerca». Pero ya sabía que el matasellos no quería decir nada. Las cartas llevaban diez años llegando desde cualquier parte del país. Aunque siempre en febrero. Así que su traslado no solo había irritado a su madre. También había irritado a su poético acosador. Tendría que avisar a la policía del pueblo…, porque tenía que actuar con cabeza. Y también a Harry y, por mucho que le pesara, a su abuelo.

Para estar seguros, puesto que tenía que pensar también en Dom, tal vez debieran añadir algo más que un sistema de alarma. Ya tenía algunas ideas al respecto.

9

En el momento en el que Teesha aparcó el coche delante de la casa, Adrian salió corriendo por la puerta. Y descubrió con deleite que Dom la seguía de cerca. Estrechó a su amiga en un fuerte abrazo y apretó y apretó.

—¡Ya estás aquí! ¡Venga, pásame al chavalín! Hola, Monroe.

—Hola, guapetona.

Alto, delgado y absurdamente atractivo, se inclinó hacia la parte trasera para sacar a Phineas del asiento. El padre de Phin tenía la piel un par de tonos más oscura que su madre, rastas cortas, ojos sexis de chocolate y una perilla bien recortada que casaba con sus facciones angulosas. Adrian corrió a abrazarlo y coger al bebé al tiempo que Teesha soltaba de repente:

—¡Guau! ¿Qué es eso? ¿Un oso?

Adrian tomó a Phineas en brazos y empezó a besuquearlo por toda la cara, haciéndolo reír.

—Es una perra. Y es nuestra desde ayer.

—Me ca… chis en la mar salada, es enorme.

De forma instintiva dio un paso atrás cuando aquella montaña negra y peluda se le acercó.

—Es una terranova; eso es lo que nos dijeron en la protectora y el veterinario lo ha confirmado. Tiene unos nueve meses, así que aún tiene que crecer un poco. Y es mansa como un corderito.

—Yo, de corderitos, ni idea.

La perra se sentó a los pies de Teesha, la miró con ojos enternecedores y le tendió una pata.

—Tiene el adiestramiento básico, se sienta, da la patita, te trae la pelota… A esta raza se les dice «perros niñera» por lo pacientes y cuidadosos que son con los críos. —Mientras hablaba, Adrian acercó a Phineas, que no paraba de saltar y agitar los bracitos, a conocer a la perra.

—Adrian…

—¿Crees que cogería un perro que pudiera hacer daño a esta preciosidad? ¿O a nadie? Esta es Sadie y es un enorme y peludo montón de amor.

—Hola, «Sexy Sadie». —Sonriendo, Monroe se agachó y le acarició el lomo a la perra, que empezó a mover el rabo esperando más.

—Alguien se la encontró; creen que el propietario la dejó tirada como hace ese tipo de gente tan «inserte palabrota» cuando decide que ya no quiere perro. El caso es que la llevaron a la protectora el día antes de que fuéramos Popi y yo. Así que era el destino, ¿verdad, Popi?

—Amor a primera vista —concedió el anciano.

Adrian se acuclilló.

—Perrito, perrito. ¡Guau!

Phineas empezó a palmearle la cabeza a Sadie, gesto que la perra aceptó con tan buen talante como las caricias de Monroe. Cuando le lameteó la cara al niño, este estalló en carcajadas.

—Y también es lista. Busqué la raza en Google mientras estábamos en la protectora, en cuanto nos robó el corazón. Lista, fácil de adiestrar, cariñosa, mansa, paciente y le gustan especialmente los niños.

—Yo siempre he querido un perro.

—Sophia y yo hablábamos de coger otro perro después de que perdiéramos a Tom y a Jerry. Creo que nunca lo hicimos porque esperábamos a Sadie.

—Bueno, tantos años de espera han dado como resultado una gigantesca realidad. —Teesha acabó por posar una mano cautelosa en la cabeza de la perra.

—Vamos dentro a que os instaléis. —Dom le hizo cosquillas a Phineas en la barriga con un dedo—. Y a tomar un vino.

—Popi —dijo Monroe mientras abría el portón del maletero—, eso era justo lo que estaba esperando oír. No, no, ya me ocupo. Pero, si me sirves ese vino que decías, te lo agradeceré.

—Ya te echo una mano yo. —Después de darle otro sonoro beso a Phineas, Adrian se lo devolvió a Teesha. Pero este empezó a revolverse para que le dejara abrazar a la perra.

—¿Por qué no le echas una mano a Teesha con el niño —sugirió Adrian a su abuelo— y le das una de esas galletas que has estado horneando a escondidas de mí?

—No podemos tener a un chiquitín en casa sin galletas.

Adrian se acercó a las puertas del coche y agarró un par de maletas.

—Bueno… ¿Hay alguna posibilidad de convenceros a los dos de que os mudéis a la zona?

Monroe le sonrió.

—Teesha está acostumbrada a la ciudad. Y yo quería vivir en el campo, así que acordamos echar un vistazo a las afueras. Pero, ahora que tú estás aquí, creo que hay ciertas posibilidades.

—¿En serio? ¿En serio? ¿Os mudaríais aquí?

—Me gusta el silencio —respondió con su aire soñador—. Cuando hay silencio puedo oír la música. Teesha va a necesitar un sitio con vecinos —continuó mientras acarreaban las maletas hacia la casa— y tener tiendas y demás a un paso. Y además, habrá que pensar en buenos colegios y calles seguras.

—Os he elegido tres casas para empezar.

Monroe se quedó mirándola y meneó la cabeza.

—A ti no se te pone nada por delante, ¿eh, Rizz?

—Popi conoce a todo el mundo, incluido el mejor agente inmobiliario de la zona.

—Pues iremos viendo.

Adrian sabía que había elegido a la diseñadora perfecta cuando Kayla llegó a la reunión con la tableta llena de aplicaciones, una cinta métrica, un muestrario de colores y un montón de ideas. Alta y delgada, llevaba el pelo, con sus distintos tonos de rubio, recogido en trenzas de raíz e irradiaba entusiasmo.

—Menudo espacio, es estupendo. —Ya se había agachado para acariciar y darle mimos a Sadie—. Tiene mucha más luz natural de la que creía, y estaba preocupada por si los techos serían bajos, pero esto es una pasada. Estoy nerviosa. No quiero sonar boba, pero estoy nerviosa. Esta es mi primera asesoría de verdad. Los amigos y la familia no cuentan. Así que no quiero fastidiarla.

—Lo estás haciendo bien.

Kayla se irguió mientras Sadie, educada, se sentaba a los pies de Adrian.

—Quería decirte lo agradecida que estoy por que me hayas dado esta oportunidad. Bueno, es que ni siquiera tengo el título todavía.

—Yo no había acabado el instituto cuando grabé mi primer vídeo de fitness.

Los bonitos ojos de color avellana de Kayla se abrieron de par en par.

—Entonces, ¿es verdad? La gente cree que es una trola. Como una leyenda urbana.

—Verdad de la buena. Lo produjimos tres amigos y yo, y así empecé. Fue mi oportunidad. Tal vez, si conectamos, esta sea la tuya.

—Pero sin presión, ¿no? —Kayla abrazó la tableta y se rio—. Bueno, he estado investigando gimnasios en casa, pero en tus vídeos no hay andadores ni máquinas para circuitos; he visto unos cuantos, así que sé que usas un montón de localizaciones en exteriores además de lo que imagino que serán estudios.

—Justamente. El cuerpo es la máquina. Pero a veces la máquina necesita herramientas.

—Como pesas, balones suizos, esterillas de yoga y demás.

—Exacto. Así que necesito que queden expuestos de manera creativa. Te daré una lista de lo que uso con mayor frecuencia.

—Después de haber visto los vídeos y algunas entrevistas, me he hecho una idea de tu estilo, pero tal vez podrías contarme qué quieres conseguir aquí. Qué imagen buscas. Y espero de verdad que no quieras librarte ni de la barra ni de la chimenea. Son piezas chulísimas y dan un toque un poco retro y burgués.

Adrian le sonrió.

—Ya está, acabamos de tener la primera conexión.

Después de una hora y de volver a conectar varias veces, Kayla empezó a recoger sus útiles. Y Maya bajó por las escaleras con el rubísimo Collin agarrándole la mano con fuerza.

—Dom me ha dicho que bajara directamente. Hola, Kayla.

—Hola. Hola, Collin. Siento muchísimo lo de Lorilee, Maya. No la conocía muy bien, pero era muy simpática. De verdad que lo siento.

—Todos lo sentimos. Está siendo duro. —Respiró hondo mientras Collin miraba con los ojos como platos a Sadie, que agitaba el rabo—. Dom me ha dicho que te diga que se va un rato al restaurante.

—¿En serio? ¡Por fin! —Adrian lanzó los puños al aire y ejecutó un par de *fouettés*—. Es la primera vez que sale de casa. —Se llevó las manos a la cara y trató de reprimir las lágrimas—. Lo siento, Kayla.

—No, no, no lo sientas. —Con los ojos igualmente empañados, Kayla abrazó a Adrian con fuerza—. Voy a trabajar en un par de diseños y te escribo, ¿vale?

—Sí, bien. Gracias.

La joven salió por las puertas de cristal que conducían al jardín mientras Maya y Adrian se miraban con los ojos llorosos.

—Primero —comenzó Maya—, ¿qué tenemos aquí?

—Esta es Sadie y es tan dulce y mansa como grande. Le encantan los niños.

—¿Para desayunar?

—Esta mañana se comió media loncha de beicon que Phineas le dio antes de que pudiéramos impedírselo y la cogió con la delicadeza de una duquesa.

—¿Y le dejó los cinco dedos?

—De cada mano. Mírale la cara, Maya, mírale esos ojos. Mírale ese rabo. —Adrian se agachó y rodeó el lomo de la perra con el brazo—. Agáchate.

—Tampoco es que haya que bajar tanto.

Pero, cuando Maya lo hizo, Sadie prefirió olisquear tan contenta a Collin. Más precavido que Phineas, este se pegó a su madre. Luego le palmeó con cautela la cara a la perra.

—Da, da, da, da. Uuuu —dijo con una sonrisa.

—Acaba de darle su aprobación. Si no hubiera querido, habría dicho que no. Su primera palabra fue un firme «no». Sigue siendo su palabra favorita.

—Sé que no se acuerda de mí, pero vamos a solucionarlo enseguida.

—No me podía creer que fueras a mudarte aquí. —Los ojos de Maya volvieron a empañarse—. Cuánto me alegro de que vayas a mudarte aquí.

—Y yo. Maya, no quiero que empecemos a llorar otra vez, pero siento muchísimo lo de Lorilee. —Adrian tuvo que detenerse y respirar para reprimir las lágrimas—. Siento muchísimo no haber podido asistir al funeral y estar allí contigo y con tu madre, con Raylan y con sus hijos.

—Lo mismo digo —respondió Maya con voz trémula—. Me pasó lo mismo contigo y con Dom por lo de Sophia.

—¿Cómo está Raylan?

—Tirando. No sé cómo estaría si no fuera por los niños. Por el momento va a trabajar desde casa o a llevárselos a la oficina cuando no estén en el colegio. Ahora mismo se niega a buscar una niñera o un cuidador, y probablemente tenga razón. Pero antes o después… —Maya sonrió cuando Collin se bajó de sus brazos y se sentó en el suelo, y Sadie se tumbó para quedar a la misma altura que él—. Me dijo que le habías escrito. Significó mucho para él. Y ahora, antes de que las dos empecemos a llorar, y Collin ya ha tenido bastante por una temporada, cuéntame qué vas a hacer aquí abajo. Es un detallazo que hayas contado con Kayla.

—Joven, entusiasta y con una mirada fresca. Creo que fue una idea estupenda. Está pensando en pintar las paredes de un color neutro, cuando yo imaginaba que tiraría por colores vivos y llamativos. Pero dice que cree que podrían distraer demasiado en los vídeos y los directos.

—Perdona que te interrumpa. ¿Los entrenadores y los ejercicios que estás añadiendo online a *Hora de entrenar*? Una idea buenísima, Adrian.

—¿Te he contado lo difícil que fue convencer a mi madre de que se abriera al negocio del *streaming* y contratase a otros profesionales?

Maya sonrió.

—Puede que una o dos veces.

—«¿Para qué vamos a competir con nosotras mismas, con las ventas de los DVD?» —Adrian puso los ojos en blanco—. Lo aceptó a regañadientes cuando Teesha le mostró las cifras de miembros potenciales, oportunidades de marketing y promoción, y estimaciones de visitantes.

—Hablando de Teesha, ¿dónde está? Esperaba que Collin y Phineas pudieran jugar juntos.

—Volverán enseguida. Han ido a mirar casas.

—¿Casas?

—Estoy a punto de convencerlos…, bueno, de convencerla a ella, porque Monroe ya lo está, de que se muden aquí.

—¿Aquí? ¿En serio? Pero qué pasada, ¿no?

—Vamos fuera con mi cachorrona y tu hombrecito, y te lo cuento todo.

Antes de que Adrian se levantara, Maya extendió el brazo y le agarró la mano.

—Ahora vamos a poder hacer esto todo el rato. Odio el motivo, pero la verdad es que ahora mismo te necesito a mi lado.

—Y yo te necesito a ti. Así que cuéntame alguna novedad.

—De hecho, sí que tengo algo que contarte. —Ambas salieron, con Sadie pegada al costado de Adrian—. La señora Fricker se jubila.

—¿Y yo me lo he perdido? Estuve en el pueblo el otro día en busca de cotilleos y no me llegó la noticia.

—Tampoco ha ido pregonándolo. Ya sabes que llevo encargándome de Arte y Artesanía desde el instituto; ahora mismo, a tiempo parcial. La mujer espera que Joe y yo le compremos el negocio.

—¿Comprárselo? —Adrian se quedó parada—. ¿Os vais a quedar con la tienda de regalos? Sería genial.

—¿Tú crees? —Maya echó los hombros hacia delante y dejó a Collin en el suelo. Este dio algunos pasitos antes de tirarse en la hierba a jugar—. A ver, la tienda me encanta y desde luego conozco el negocio, pero ser propietaria no es lo mismo que atenderlo.

—Creo que lo harás genial. Cuando hace unos años el señor Fricker se puso enfermo, tú te hiciste cargo de todo: las compras, los escaparates, las nóminas, el día a día…

—Y fue duro. Y fue antes de tener al bebé. Si nos lanzamos a ello, voy a necesitar a alguien que se ocupe de las nóminas y la contabilidad, no son ni lo mío ni lo de Joe. Además, él tiene su trabajo.

Adrian levantó un dedo.

—¿Ves cómo se me ha iluminado una bombilla encima de la cabeza? Precisamente conozco a una excelente asesora contable que tal vez se mude a Traveler's Creek.

—¿Crees que no le importaría? Sería la respuesta a mis problemas. ¿Nos podremos permitir sus servicios? ¿Crees que podría hacer números y decirme si estoy loca por planteármelo siquiera?

—Te digo que sí a todo. Pero, antes que nada, lo más importante: ¿tú quieres hacerlo?

—Ese es el problema, que sí, que de verdad quiero hacerlo. Trato de convencerme de que no diez veces al día, pero al final resulta que sí que quiero. —Contempló a Collin mientras parecía mantener una conversación intensa con una brizna de hierba—. Siempre me ha encantado el sitio. Cuando estábamos en el instituto me decía que iba a mudarme a la gran ciudad, como tú, conseguir un trabajo de postín en el que llevase ropa fabulosa. Pero empecé a trabajar en Arte y Artesanía para ganarme unos dólares en verano y me encantó. Luego llegó Joe. Y luego Collin. Y esto es lo que quiero.

—Entonces, deja que Teesha le eche un vistazo y lánzate. Porque lo único de lo que uno se arrepiente es de no haber perseguido sus sueños. ¿Crees que me dejará que lo coja en brazos?

—Le gustan las chicas —respondió Maya—. Es más tímido con los chicos hasta que los conoce mejor.

—Soy una chica, así que… —Cogió al niño y giró con él en brazos, lo que lo hizo reír—. Oigo llegar un coche. Serán Teesha y familia o Popi. Vamos a ver.

—Tengo unos veinte minutos como mucho antes de volver a casa a que Collin coma y se eche la siesta. Si no, se pone insoportable.

—¿Con esta carita? —Adrian le dio un beso—. Jamás de los jamases.

—Vente unos días a vivir mi vida y verás.

Sadie se alejó de Adrian e incluso apretó el paso en cuanto vio a Phineas. Completamente confiada, Teesha dejó al niño en el suelo para que la perra y él pudieran disfrutar del amoroso reencuentro.

—¡Maya! Pero qué grande se ha puesto Collin. ¡Está precioso! Dámelo.

Teesha se lo quitó a Adrian de las manos y Monroe se inclinó y apoyó la barbilla en el hombro de su mujer.

—Chaval, eres tan bonito como un sol de verano.

Collin sonrió tímido y se revolvió.

—Vale, vale, ¿quién puede competir con otro niño y una perraza como una montaña?

Después de dejarlo en el suelo, Teesha abrazó a Maya. Lo que le murmurase al oído hizo que esta la estrechara con fuerza.

—Gracias. Y gracias a los dos por las flores. Eran preciosas y apreciamos el detalle. Ay, cuánto me alegro de veros. A todos. Mira a Phineas. Está hecho un hombrecito.

Sadie se estiró, visiblemente encantada, y los niños se le subieron encima.

—¡Y tú! —exclamó Teesha, apuntando a Adrian con un dedo—. Que sepas que te odio.

Riendo, Monroe pasó el brazo por los hombros de su mujer.

—La casa es de ensueño.

—Lo sabía. —Adrian se marcó un bailecito con las caderas—. Me apuesto algo a que es la azul de dos plantas, con el porche cubierto, el salón diáfano y el jardín precioso y vallado, de Mountain Laurel Lane.

—Es que te llamaría de todo, pero hay niños presentes. En la vida me habría imaginado viviendo en ningún lugar con un nombre como la calle del Laurel de Montaña.

—Hemos hecho una oferta —dijo Monroe con una sonrisa de oreja a oreja.

—Pero ¡¿qué me dices?! Estoy alucinada y... —Cuando las palabras le fallaron, Adrian hizo tres palomas seguidas.

—Qué chulita eres. Es una locura. —Teesha se llevó las manos a la cabeza y la sacudió adelante y atrás—. Sé que es una locura, pero quiero esa casa. Solo hemos visto dos. No llevamos mirando más que unas horas, un día y... ya era nuestra. —Miró por detrás del hombro y Monroe le asió la mano.

—Es que es perfecta para nosotros. Podemos ir andando a un restaurante, a tomar una copa, a comprar, y a la vez tenemos un jardín. Tenemos vecinos y un barrio agradable, pero con carácter.

—Tiene razón —suspiró Teesha—. Tiene razón y sigue siendo una locura. El caso es que quiero esa casa.

—Dos... No, tres contando a Monroe... Tres de mis mejores amigos van a por lo que quieren. Y, esperad, ¡yo también! Venid a cenar esta noche, Maya. Joe, Collin y tú. Esto hay que celebrarlo.

—Pero si ni siquiera se lo he comentado todavía a Teesha... Y Joe y yo tenemos que hablarlo un poco más.

—¿El qué? —preguntó esta.

—Maya va a quedarse con la mejor tienda del pueblo, pero necesita que les eches un vistazo a los números. Tráete la documentación esta noche. Les echarás un vistazo, ¿verdad, Teesh?

—Claro.

—Pues ya está. Venid a las cinco. Tendremos vino. Teesha echará cuentas y Sadie y yo cuidaremos de los niños.

—Qué mandona es —le dijo Teesha a Maya.

—Y que lo digas.

—Organizada, eficiente y orientada a los objetivos. Han sido unas semanas duras. —Adrian rodeó con un brazo la cintura de Teesha y con el otro, la de Maya—. Nuevos comienzos, nuevas aventuras e ir a por lo que queremos. Me parece todo perfecto.

—Veremos si los números nos parecen tan perfectos a Joe y a mí, y a ver qué dice Teesha. Pero lo que sí sé es que estará encantado de venir a cenar. Nadie rechaza una invitación a Casa Rizzo. Entretanto —dijo al tiempo que se agachaba para coger a Collin—, tengo que llevar a este elemento a casa. Nos vemos esta noche. Y gracias de antemano, Teesha.

—Números, negocios, estimaciones... eso es lo mío. —Después de despedirse de Maya con la mano, Teesha se volvió a Adrian—. ¿Qué tienda es, cuánto lleva abierta, por qué la venden los dueños y dónde se encuentra?

—Te responderé a todo eso y más en cuanto nos sentemos en el porche con una limonada.

Diez semanas después, Teesha vivía en Mountain Laurel Lane, Maya era propietaria de un negocio y Adrian se encontraba en su nuevo estudio con Kayla.

—Es perfecto. De verdad que es perfecto. Estaba nerviosa cuando me comentaste lo de blanquear ligeramente la chimenea, pero ahí también tenías razón. Suaviza el ladrillo.

—¿Te gusta? A mí me encanta. Quiero que te encante.

—Me encanta. Has tenido en cuenta lo que quería, o lo que creía que quería, y lo has mejorado. Lo de lijar el parqué de madera ha merecido la pena al cien por cien. Y lo de convertir la barra en un rincón para batidos y añadir esa bandeja con macetas de hierba de trigo apela al aspecto nutricional del fitness.

—Y sigue conservando un aire doméstico, cercano.

La buena luz natural hacía que el suelo de parqué brillase; un gran cesto de paja guardaba las coloridas esterillas de yoga, mientras que un viejo perchero servía para ordenar a la vista las bandas elásticas.

Había dispuesto baldas flotantes para los balones suizos, por lo que parecían la decoración de la pared. En lugar de un soporte normal para las mancuernas, Kayla había recuperado un viejo botellero.

—Me encanta cómo has aprovechado parte de lo que ya había, cosas de mis abuelos y de mis bisabuelos, como ese armario en el que ahora están guardadas las toallas, las cintas para el sudor y los bloques de yoga. Por no hablar de poner plantas y velas en aquel viejo banco. Es un gimnasio en casa en el que se nota la casa.

—Entonces, ¿esa pequeña zona para sentarse junto a la chimenea no es demasiado?

—No, y la voy a usar. Los colores también funcionan. Tenías razón con el verde salvia claro. Creía que iba a resultar demasiado grisáceo y aburrido, pero al ser tan suave hace que resalten los colores del material. Da igual desde qué ángulo grabe, va a quedar genial. —Sin darse cuenta, Adrian bajó la mano y le rascó la cabeza a Sadie, que se había sentado a su lado—. Ha sido un detalle por tu parte encontrar esas fotos familiares y mandarlas a enmarcar para ponerlas en la repisa.

—Siempre hablas del hogar, y ¿qué es un hogar sin la familia?

—Bueno, Kayla, tu primer encargo de diseño profesional lo has bordado. No será el último.

—¡Estoy contentísima! —Empezó a dar saltitos con sus deportivas de color lavanda—. Me habías dicho que no te importaba que hiciera fotos para usarlas en mi portafolios, ¿verdad?

—En absoluto. Y te escribiré la primera reseña.

—¡Ay, Dios mío!

—Y ya sé que tienes que volver pronto a la universidad, pero, si pudieras colar una nueva asesoría, mis amigos Teesha y Monroe necesitan un poco de ayuda con su nueva casa.

Kayla se quedó boquiabierta y con los ojos como platos.

—Estás de broma.

—Para nada. Le he dicho a Teesha que, si tenías tiempo, te dejarías caer por allí cuando acabases conmigo. Voy a darte la dirección. Vive en Mountain Laurel Lane.

—Sé que casa es. La conozco. Todo el mundo sabe que se han mudado a la zona. Es una casa genial. ¡Madre mía! ¡Voy ahora mismo para allá!

—Gracias, Kayla, por darme exactamente lo que necesitaba.

Adrian le tendió la mano, pero Kayla le dio un abrazo.

—No solo eres mi primera clienta. Vas a ser mi clienta favorita para siempre. ¡Chao, Sadie! —Echó a correr hacia las puertas de cristal, pero se detuvo y se quedó inmóvil un instante—. ¡Soy diseñadora de interiores!

Se alejó trotando, sin parar de reír.

Adrian sabía lo que se sentía al cumplir un sueño. Pensando precisamente en eso, cogió el móvil y envió un mensaje a Hector, Loren y Teesha:

Ey, gente, es hora de organizar nuestra primera producción en mi nuevo estudio. Que, por cierto, tiene pintaza. Ya tengo el tema y las rutinas están a punto de caramelo. Mi calendario está libre, así que decidme cuándo tenéis tiempo para grabar. Teesha, Kayla va de camino a tu casa. Y, chavales, vais a flipar cuando veáis la nueva casa de Teesha. Por no hablar de mi nuevo estudio. Hablamos.

Subió a todo correr los dos tramos de escaleras, encantada de que la casa estuviera vacía, ya que su abuelo había ido a trabajar. Estaba yendo cada día, pensó mientras entraba en el dormitorio para cambiarse. A veces solo una hora, pero a menudo toda la jornada.

El trabajo, pensó Adrian, y el amor que su abuelo sentía por lo que hacía le proporcionaban alegría y consuelo. A ella le sucedía lo mismo.

Después de ponerse ropa de deporte, volvió a bajar a su nuevo espacio. Abrió las puertas de cristal para que Sadie pudiera deambular según le apeteciera o necesitara. Puso música básica para mantener el ritmo y encendió el cronómetro. De cara a los espejos que cubrían la pared, se puso a trabajar.

Mientras ensayaba y perfeccionada el calentamiento, de repente se vio a sí misma cuando era niña, contemplando cómo ensayaba su madre. La casa de Georgetown, la pulcra sala con las paredes forradas de espejos y el reflejo de Lina. Cómo anhelaba su compañía. Cómo, sola de nuevo, se había puesto a bailar, figurándose que era una bailarina, una estrella de Broadway o precisamente aquello en lo que se había convertido. Alguien tan excepcional, tan buena en lo suyo, que su madre la miraría con el mismo anhelo que sentía ella.

Entonces había llegado aquel hombre, trayendo consigo miedo, sangre y dolor. Su rostro, del que recordaba cada detalle, engulló el resto de su recuerdo, por lo que tuvo que detener el cronómetro.

—No sirve de nada, no sirve de nada, no sirve de nada volver allí.

Cerró los ojos y respiró hondo. Ya ni siquiera los medios volvían a desenterrar aquella vieja historia. Era agua pasada. Agua pasada. No servía de nada. Se recordó que ya no solía experimentar momentos como aquel, en los que el miedo la atrapaba de nuevo, le daba frío y calor, y la dejaba sin aliento. Lo superaría. Ya lo había superado.

—Soy fuerte —le dijo a su reflejo—. No voy a dejar que me defina un único día horrible en toda mi vida.

Cuando estaba a punto de volver a encender el cronómetro, vio de reojo en el espejo a Sadie, tumbada a varios metros, observándola. Aguardando su compañía, pensó Adrian. En lugar de ponerlo en marcha, se dio la vuelta, se sentó en el suelo y se puso a acariciar a la perra, grande como un oso, que ronroneaba de placer. Era un sonido que siempre la hacía reír.

—Esto es para lo que he vuelto. Vamos fuera tú y yo a jugar un rato con la pelota.

Había que encontrar tiempo para las personas a quienes se quería, pensó mientras salía y cogía una gran pelota naranja, haciendo que los ojos de Sadie brillaran de alegría. Si su niñez le había enseñado algo, era que había que encontrar tiempo para la pasión y las responsabilidades. Y también para las personas a las que quería.

10

El verano en el que murió su esposa, Raylan lo pasó trabajando casi en exclusiva desde casa. Y casi siempre por la noche. Llevaba sin dormir bien desde la muerte de Lorilee, por lo que había convertido las noches en horario de trabajo y se limitaba a robar algún rato de sueño de madrugada. Se echaba alguna siesta cuando lo hacían los niños, si lo hacían.

Era incapaz de plantearse siquiera contratar una niñera, no se atrevía a incorporar un nuevo cambio drástico en la vida de sus hijos. Y no soportaba la idea de dejarlos con alguien más. Y como durante las primeras semanas Bradley solía despertarse llorando en mitad de la noche, dormir se había convertido en un lujo más que en una prioridad.

Jamás olvidaría la ayuda, el consuelo y la atención que les habían brindado su madre y su hermana, pero no podían quedarse para siempre. Raylan tenía responsabilidades, primero con sus hijos y luego con su trabajo. Y el trabajo no solo era el sostén de su familia, sino que permitía que su empresa fuera solvente y mantenía a unos empleados que contaban con que pagase sus nóminas.

En algunos momentos era capaz de perderse en el trabajo o en las necesidades de los niños. Hacer la colada, la compra, la comida. La atención que exigían, los paseos por el parque. Todo aquello que, sumado, intentaba dar sensación de seguridad y normalidad. Siempre se había preguntado cómo se las ingeniaban los padres solos. Descubrió que gran parte de la gestión implicaba desesperación y agotamiento, así como una total falta de atención a uno mismo.

Fue perdiendo peso, un kilo por aquí, otro por allá, hasta que pasó de estar delgado a quedarse flaco. Apenas se reconocía cuando se atisbaba en el espejo. Pero no tenía tiempo para hacer nada al respecto.

En otoño empezó a ir a la oficina después de dejar a los niños en el colegio y antes de volver a recogerlos. Desarrolló una rutina que incluía la visita de una limpiadora una vez a la semana para ocuparse de tareas que hasta entonces Lorilee y él siempre habían sido capaces de llevar a cabo.

En Navidad, cuando lo único que quería era encerrarse en un cuarto oscuro a llorar de nuevo la muerte de su esposa, se obligó a poner el árbol y las luces. Y se derrumbó, solo, por suerte, cuando empezó a colgar los calcetines y apareció el de Lorilee. El dolor simplemente lo inundó, una ola oscura y terrible que lo derribó. ¿Cómo iba a hacerlo? ¿Cómo podía superar nadie algo así?

Mientras se aferraba al calcetín, Jasper se acercó a él, se le subió al regazo y apoyó la cabeza en su hombro. Raylan atrajo hacia sí al perro y lo estrechó entre sus brazos hasta que pasó lo peor. Lo haría y lo superaría. Porque sus hijos estaban durmiendo en el piso de arriba y lo necesitaban.

Pero, en lugar de disfrutar de la mañana de Navidad en casa para luego ir a la de su madre a cenar y a pasar el día siguiente, celebraron la Navidad entre ellos la mañana de Nochebuena y luego bajaron en coche a Maryland. Les dijo a los niños que Santa Claus les había traído los regalos y llenado los calcetines antes de tiempo porque sabía que iban a ir a casa de la yaya. Porque Santa Claus lo sabía todo. «Nuevas tradiciones», se dijo. Tenía que crearlas para que las antiguas no lo rompieran en mil pedazos que luego no sería capaz de recomponer.

Así que pasaron el verano, el otoño y el invierno, y, cuando llegó el aniversario de la muerte de Lorilee, se sentó solo en la oscuridad, con los niños ya dormidos, y soñó con ella. Su mujer se le acomodó en el regazo como había hecho tantas otras veces en sus momentos de quietud y soledad. Raylan olió el suave aroma floral que usaba. Lo llenó como si fuera aire que respirar.

—Lo estás haciendo bien, tesoro.

—No quiero hacerlo bien. Te quiero a ti.

—Ya lo sé. Pero estoy aquí. Estoy en los niños. Y estoy ahí. —Le puso la mano sobre el corazón—. Solo tienes que seguir adelante. Sé que hoy es difícil, pero lo superarás y mañana será otro día.

—Quiero volver atrás. Quiero impedirte ir a trabajar ese día.

—No puedes. —Le besó la garganta—. Y si yo no hubiera ido, aquel chico estaría muerto. No digas que no te importa, porque no es verdad. Quién sabe en qué se convertirá, la de cosas maravillosas que puede conseguir.

—Vino a verme —murmuró Raylan— con sus padres. No quería hablar con ellos.

—Pero hablaste.

—Querían que supiera..., solo querían que supiera lo mucho que lo sentían y lo agradecidos que estaban. Yo no quería saber nada.

—Pero los escuchaste.

—Les dieron permiso para plantar un árbol en los terrenos del instituto. Un cerezo enano, de los ornamentales, que puede verse desde la ventana de tu aula. Querían que supiera que jamás te olvidarían.

—No podemos saber qué otras cosas buenas y bellas puede hacer con su vida. Y si yo no hubiera estado allí, tal vez quien me hubiera sustituido no habría podido poner a salvo a los demás chicos. No podemos saberlo, cariño, es imposible.

—Tampoco podemos saber qué habrías hecho tú con tu vida. Lo que habríamos hecho con la nuestra.

—Ay, Raylan, yo hice lo que tenía que hacer, e imagino que tenía que ser así. Lo sabes. Y ahora tú vas a hacer lo que hay que hacer. ¿Recuerdas lo que hablamos la noche antes de que sucediera, cómo les íbamos a contar a los niños lo de Sophia?

—Íbamos a decirles que se había convertido en un ángel y que los cuidaría a ellos y a otras personas que lo necesitasen.

—Nos pareció lo correcto porque eran muy pequeños. Pero tú también puedes pensar así en mí. Porque siempre estaré contigo, mi amor. Cuidando de ti y de nuestros hijos.

—Adrian me escribió. Me dijo que eras un ángel.

—Ahí lo tienes, ¿ves? —Lo besó con una dulzura y delicadeza enormes—. Te quiero, Raylan. Y es hora de que dejes marchar el dolor. No es lo mismo que dejarme marchar a mí, a los recuerdos, al amor. Deja marchar el dolor y conviértelo en algo distinto. Por mí, por nuestros hijos.

—No sé si podré.

—Yo sé que puedes. Sé que lo harás.

Volvió a besarlo y entonces Raylan se quedó solo en la oscuridad. Se puso en pie y encendió las luces de su oficina. Aunque era casi medianoche, se sentó a la mesa de dibujo. Comenzó a dibujarla, a su Lorilee. Primero la cara, tan expresiva: feliz, triste, enfadada, divertida, seductora, sorprendida. Luego el cuerpo, de frente, de perfil, de espaldas. Llenó hojas y hojas de papel de dibujo antes de añadir las alas. Las dibujó plegadas, desplegadas, volando, girando con ellas. Luchando con ellas.

Al principio la dibujó con un largo vestido blanco, pero supo de inmediato que era un error. Alas blancas, sí, enormes, bellas y, de alguna manera, feroces. Pero su atuendo tenía que ser más atrevido, más fuerte, más fiero que un blanco angelical.

Probó a dibujarla con un mono ceñido y botas ajustadas, se planteó ponerle una aureola, pero lo descartó por manido. Le acabó las mangas en punta por detrás de las manos, trazó una profunda uve en la parte delantera de las botas. Sencilla y potente, y, cuando echó mano a los lápices de colores, eligió el azul. Como sus ojos.

Había muerto salvando a otros, pensó, pero antes de su hora. Un error en el orden de las cosas. Así que… le daría cien años de vida humana, pero solo si seguía luchando por los demás, salvándolos, trabajando por el bien, por los inocentes.

Lee, se llamaría Lee Marley cuando tuviera forma humana: parte de su nombre de pila combinado con los de sus hijos. Ese sería su *alter ego*, una artista. Y cuando desplegara sus alas, cuando llegara el momento de proteger, se convertiría en Ángel Verdadero. Clavó el boceto en el corcho.

Antes de que sus hijos se despertasen por la mañana, ya había esbozado la historia de su origen. Había hecho lo que le había pedido, pensó. Había dejado marchar parte del dolor y lo había convertido en otra cosa.

Vistió a los niños, buscó las zapatillas rosas con brillantina que su hija tenía que llevar a la guardería y que no conseguía encontrar. Como eso le llevó bastante tiempo, preparó gofres congelados para desayunar, que fueron recibidos con regocijo. Los metió en el coche junto con el trabajo de la víspera, dejó a cada uno en su correspondiente parada y emprendió el camino a la oficina. Y, por primera vez en aquel año, lo hizo con verdadero propósito, con verdadera emoción.

Primero enganchó a Jonah.

—Joder, Raylan, tienes una pinta lamentable. ¿Y te has metido algo?

—No he dormido en toda la noche. Necesito reunirme contigo y con Bick.

—Acaba de subir. Mira, tenemos que hablar con Crystal de la rotulación de…

—Después.

Para ahorrar tiempo, arrastró a Jonah hasta el montacargas.

—Sé que ayer era un día difícil para ti, pero ¿de verdad te has empastillado o algo?

—Café, demasiado café.

Mientras el montacargas chirriaba en su ascenso, Raylan le mandó un mensaje a Bick: A mi oficina, ¡ya!

—Si casi no bebes café.

—Anoche sí. Tengo algo. —Se dio una palmadita en la bolsa de mensajero—. Necesito que lo veáis y me deis vuestra opinión sincera.

—Claro, colega. Pero tú no bebas más café. De todas formas, esta tarde tenemos reunión de socios. ¿Por qué no te echas una siesta y luego…?

—No. Ahora.

Volvió a agarrar a Jonah del brazo y tiró de él hasta llegar a la oficina. Abrió la bolsa, sacó los bocetos y empezó a clavarlos en el tablero. Sin mirar siquiera el trabajo que tenía a medias sobre el escritorio, fue dejando encima el esquema, capítulo a capítulo, de la historia del origen de su heroína.

—Es preciosa —dijo Jonah en voz baja—. Es Lorilee y es preciosa.

Raylan meneó la cabeza.

—Es Lee Marley en forma humana. Ángel Verdadero, guardiana de los inocentes.

—A ver, ¿dónde está el puto incendio? —exigió saber Bick mientras entraba en la oficina—. Tengo… Oh. —Se detuvo en seco y empezó a estudiar los bocetos—. Son fantásticos, chaval.

—Necesito que les echéis un vistazo y necesito que escuchéis el argumento. Luego me decís si os parece buena idea. No porque me tengáis pena, no porque también la quisierais, sino porque está bien. No; para seguir adelante con esto, tiene que estar mejor que bien. Si veis algún fallo, quiero saberlo. Si no funciona, necesito saberlo. Es su cara. Es su corazón. Así que necesito saberlo.

Jonah ya se había acercado hasta el tablero y había empezado a examinar el esquema.

—Ya sabes que va a funcionar. Ya sabes que está mejor que bien. Es un homenaje a Lorilee, claro, pero… —Se interrumpió cuando la voz le tembló—. Sigue tú —le farfulló a Bick—. Estoy leyendo.

—Puedo deciros hacia dónde va a ir —comenzó Raylan—. Ya tengo organizado el esquema en la cabeza.

Bick lo hizo callar moviendo un dedo.

—Silencio. Sácala de Brooklyn. Ponla en el SoHo. En un loft. Puede permitírselo porque trabaja en la galería de los bajos de su edificio.

—Vale. —Raylan asintió mientras lo iba pensando—. Vale, así se queda en Manhattan. Mejor.

—Aquí la pones a salvar a una mujer en un atraco. ¿Podría ser un niño como de unos diez años? Un niño de la calle. Es más conmovedor.

—Podría estar mejor. Me pondré con ello.

—Te voy a decir una cosa, cuando le aplican el código azul en la ambulancia y tratan de resucitarla mientras su espíritu va a lo que llamas «la zona intermedia»... Podría ser magia. Como llaman al momento en el que regresa y respira. Sí, podría ser magia. —Bick se volvió hacia Raylan—. ¿No va a resultar demasiado duro para ti escribir e ilustrar todo esto? ¿Traerla de vuelta?

—Va a ser un consuelo. —Ya lo era—. Va a ser convertir su pérdida en algo positivo. Pero solo si conseguimos que sea algo importante.

—Lo será. ¿Jonah?

Una vez recompuesto, sonrió.

—Por Ángel Verdadero. Larga vida a sus alas.

Ángel Verdadero salió cuando se cumplía el segundo aniversario de la muerte de Lorilee. Raylan la enfrentó con Aflictivo, un semidemonio que infectaba a huéspedes humanos haciendo que sus resentimientos y frustraciones normales se convirtieran en arrebatos de violencia. El trabajo tuvo a Raylan ocupado, centrado, y la acogida a su ángel por parte de los lectores lo animó y supuso un impulso para la empresa.

Pero, al llegar el verano y, con él, el fin del curso escolar, hubo de aceptar que necesitaba un cambio. Por sus hijos, por él y por la calidad de su trabajo.

Por fin se tomó las vacaciones largamente pospuestas, una semana en la playa solo con los niños. Dejando atrás hasta la idea de trabajar, se olvidó de las reglas para irse a la cama y levantarse, y el mundo se tornó castillos de arena y crema protectora contra el sol, perritos calientes en la parrilla y marisco en la playa. Por la noche, cuando no había sucumbido al coma inducido por el día de sol y playa como los niños, se sentaba en el balcón y contemplaba el manto de estrellas que cubría el mar oscuro.

Cuando soñó con ella, llevaba un maxivestido blanco salpicado de florecillas moradas. Lo recordaba, era uno de los últimos que había acabado por guardar en las cajas para donar. Se hallaba de pie junto a la barandilla, con la brisa marina revolviéndole el pelo y la luz de la luna bañándola entera.

—Siempre nos encantó venir aquí. Hablábamos de comprar una casita o un bungaló algún día. —Sonrió mirando a su alrededor—. Nunca llegamos a hacerlo.

—Hay demasiadas cosas que nunca llegamos a hacer.

—Ay, pero hicimos las importantes. Ahora mismo están durmiendo ahí dentro, perfectamente acurrucados tras pasar el día al sol, con Jasper montando guardia.

—Le gusta la playa tanto como a ellos. Ahora sí podría comprar una casa. Ángel Verdadero está dando mucha caña. Podría mirar en Cape May, que nos queda más cerca de casa, pero…

—Es difícil, incluso para un buen padre, ocuparse de todo.

—Tengo miedo de que algo se me olvide. Hornear dos docenas de magdalenas sin gluten para la clase de Bradley, asegurarme de que Mariah lleve la cinta para el pelo a juego con la ropa…, lo de esta niña con la moda es impresionante. ¿Cómo lo hacías?

—Cariño, te tenía a ti, así que, si a mí no me daba tiempo hacer las magdalenas, las comprabas tú en la panadería. Si yo no encontraba la cinta para el pelo, tú buscabas el pasador de flores que también le pegaba.

Lorilee se sentó a su lado, todo un consuelo, y cogió la copa de vino que él apenas había tocado.

—No es una vergüenza necesitar ayuda, Raylan.

—No es eso. Cada vez que me pongo a buscar niñera, siento que no es lo correcto. Para ellos. Para nosotros. No sé por qué, pero siento que no es lo correcto.

—Sí que sabes por qué. —Le dio una palmadita en la pierna mientras le tomaba un sorbo de su vino—. Igual que sabes lo que deberías hacer, lo que tienes que hacer y lo que, en tu corazón, quieres hacer.

—Pero siento que es dejarte atrás, que es darle la espalda a todo lo que teníamos, todo lo que construimos, todo lo que queríamos.

—Ay, Raylan, mi amor, fui yo quien te dejó atrás. No quería hacerlo, no era mi intención, pero te dejé. Ahora tienes que hacer lo correcto para nuestros hijos y para ti. —Después de dejar la copa de vino, le besó la mejilla—. Cuento con que lo harás.

Entonces se puso en pie, desplegó las alas blancas y se perdió volando en la noche.

Cuando volvieron a Brooklyn, Raylan organizó con todo el cuidado sendas citas a los niños para jugar y, a continuación y con mucha menos dificultad, una reunión de socios.

Dicha reunión implicaba usar la sala de conferencias de la tercera planta y pedir comida china para almorzar. Jonah, recién afeitado tras su experimento de dejarse crecer la barba durante el invierno, daba buena cuenta del pollo agridulce.

—Marta acaba de pasarme los informes de ventas de *Ángel* y de *Cuervo de Nieve*, y los pedidos en preventa del número de julio de *Reina Violeta*. Ahora mismo os los envío y los vemos aquí para que la comida nos siente aún mejor. Porque esto va viento en popa, colegas.

—Bueno es saberlo. —Bick manejaba con maestría los palillos mientras comía fideos—. Porque esta mañana he meado en un palito. Pats y yo vamos a tener una boca más que alimentar la primavera que viene.

—No jodas. —Jonah la señaló con el dedo mientras Raylan se ponía en pie de un salto, rodeaba la mesa y la abrazaba—. ¿Le habéis hecho un encarguito a la cigüeña?

—Afirmativo. Por ahora no vamos a decir nada y aún tenemos que ir a la clínica para hacerme la prueba oficial, pero quería que lo supierais.

—¿Cómo estás? —le preguntó Raylan—. ¿Cómo te encuentras?

—Por ahora, fenomenal. Que siga así. Y muy contenta. Loca de contenta. Mirad, no quiero decírselo a nadie más hasta que hayamos ido al médico, nos haya dado el visto bueno con todo y nos asegure que el niño va bien. Así que mantén la boca cerrada, Jonah.

Este se mostró ofendido.

—Ni que no supiera.

—Normalmente hay que cerrártela con grapas, pero esto es importante. No digas nada hasta que te dé luz verde.

—¿Y por qué no le das la tabarra a Raylan?

—Porque él no es un cotilla.

—¡¿Cotilla yo?! —Jonah resopló—. La verdad es que sí.

Bick rio y le propinó un puñetazo de broma en el hombro.

—No es mal sastre el que reconoce el paño.

—Es una noticia fantástica, Bick. Me alegro por ti y por Pats.

—Yo también me alegro por nosotras, Raylan. Ahora, volviendo a la reunión que habías convocado. ¿Era para contarnos cómo te han ido las vacaciones?

—Eso es muy fácil de resumir. Han sido perfectas. A los niños les han encantado. Aunque he de confesar que Bradley sigue obsesionado con el Caballero Oscuro.

—Vas a tener que hacer algo con ese crío —le dijo Jonah.

—Un icono es un icono. Pero tuve que tomar la difícil decisión de ayudarlo a recrear la Mansión Wayne en arena.

—¿Cómo? ¿Y qué pasa con el nido de Cuervo de Nieve? ¡Mola muchísimo más!

—Solo tiene siete años, Jonah. —Casi ocho, se percató Raylan con un escalofrío—. Dale tiempo. Y ahora, antes de ver las cifras y de ponernos con otras cuestiones, necesito preguntaros a los dos, como socios, no como amigos, si el hecho de que trabaje desde casa perjudica de alguna manera a la empresa, ya sea en producción, en creatividad o en la división de responsabilidades.

—Estabas trabajando desde casa cuando se te ocurrió la idea de Ángel Verdadero —le recordó Bick—. Eso es lo opuesto a perjudicar a la empresa.

—Ya nos hemos organizado para que trabajes en remoto el resto del verano, o la mayor parte de él —añadió Jonah—. Tenemos la tecnología, Ray. Claro que está genial cuando estamos todos en el mismo edificio y podemos hacer lluvia de ideas o tomar decisiones o discutir sobre ellas. Pero todo eso también lo podemos hacer, siempre que haga falta, por videoconferencia.

—¿Qué os parecería si no fuera solo durante el verano, las vacaciones escolares o cuando los niños están enfermos?

Bick se recostó en el asiento.

—¿Les ha pasado algo a los niños?

—No. Pero tengo la sensación de que tengo que hacerlo mejor. Ahora mismo no es suficiente. Ellos necesitan más. Necesitan una familia y una rutina más estable de la que les puedo dar yo solo. Lo he estado posponiendo, por mí, pero no puedo seguir haciéndolo. He decidido volver a casa, a Traveler's Creek.

—¿Cambias Brooklyn por el quinto coño? —preguntó Jonah, visiblemente estupefacto.

—Ya vine del quinto coño a Brooklyn. Su abuela vive allí y hasta ahora se han visto poco. Su tía y su tío, su primo. Es la familia. Y ya sé que todos están muy ocupados, pero estarán allí. Y nosotros también. No me hará falta enviarle a mi madre un vídeo del recital de baile de Mo ni del partido de la liguilla de Bradley. Podría asistir ella misma. Sé que, si hiciera falta, podrían sentarse a hacer los deberes en Rizzo's, como hacía yo.

—Parece una idea repentina, pero no lo es —dijo Bick.

«No —pensó Raylan—, no ha sido repentina en absoluto».

—Llevo pensándomelo un tiempo, pero posponiéndolo, porque vender la casa que compramos juntos, reformamos juntos, la casa a la que llevamos a los niños cuando nacieron, me parecía una traición.

—No lo es —murmuró Jonah—. No lo es.

—Te lo agradezco. Puedo coger el tren o subir en coche, quizás una vez al mes o lo que haga falta. Y no me preocuparía por los niños porque sabría que están con mi madre o mi hermana. Si no funciona, si afecta a la empresa, puedo salirme. Podéis comprar mi parte y…

—Calla esa bocaza —lo interrumpió Bick, clavándole un dedo.

—Lo mismo digo —añadió Jonah—. Este es nuestro bebé, de la cuna a la tumba. O es de los tres o de ninguno. Fuiste tú el que dijo: «Hagamos nuestros putos cómics, solo nuestros».

—En aquel momento estaba borracho.

—Bueno, una vez sobrios nos pusimos a hacer nuestros putos cómics. Puede que te traslades al culo del mundo, pero el trío sigue adelante.

—Joder, Jonah. —Bick se llevó la mano al corazón—. Estás hecho un poeta. ¿Y los niños, qué dicen? No nos habrías dicho nada si no hubieras hablado con ellos primero.

—Están a favor. Me ha sorprendido lo rápido que se han sumado. Aquí tienen amigos, el colegio, la casa. Pero están emocionados con la idea. Mo quiere una casa con una torre de princesa. Mucho me temo que Brad sigue emperrado con la Mansión Wayne.

—Hay que joderse. —Jonah se limitó a menear la cabeza con la mirada clavada en el pollo—. Ese crío me va a matar.

—Al principio viviremos con mi madre, o al menos acamparemos allí, porque llevará tiempo encontrar una casa y primero tengo que vaciar la de aquí, dejarla lista para venderla y sacarla al mercado.

—No lo hagas. —Bick, con los ojos como platos, se tapó la boca con la mano al instante.

—No puedo mantener dos casas. Nos va bien, pero no tanto.

—No, lo que quiero decir es que… ¿Qué te parecería si la compramos? Pats y yo. Ay, joder, acabo de decirlo.

—Pues dilo otra vez.

—Es una locura, ¿verdad? Pero, después de que meara en el palito y de que diéramos saltos por toda la vivienda, estuvimos hablando y dijimos que deberíamos comprar una casa que estuviera cerca de su trabajo y del mío, pero una casa, con jardín y en un vecindario apto para familias. Hostia puta, ¿y si te compramos la casa? ¿Sería horrible? ¿Te sentaría mal si alguien que conoces viviera allí? ¿Sería…?

El corazón de Raylan se colmó de felicidad.

—No se me ocurre nada mejor que esto. Mi casa no pasaría a unos desconocidos, sino a alguien de la familia.

—¿En serio? Ay, tío, joder. Tengo que hablar con ella. Ya sabes que le encanta tu casa, pero no puedo cerrar el trato sin más.

—Es el destino. —Jonah siguió comiendo pollo—. Siento un hormigueo en los huesos. Y ya sabéis que no me hormiguean los huesos si no es el destino.

—Voy a llamarla. ¿Estás seguro?

—Sí, estoy seguro. De hecho, creo que yo también siento un hormigueo en los huesos.

—Ey, tío, que lo del hormigueo es cosa mía. No puedes robarle a un colega su hormigueo.

—Voy a llamarla ahora mismo. —Bick se puso en pie de un salto antes de volver a dejarse caer—. No, primero hay que ver nuestros números. Una tiene que saber cuáles son los números antes de ir y comprarse una casa.

Jonah dio un trago a la botella de Mountain Dew y sonrió antes de girarse hacia el ordenador.

—Antes de enseñaros nada, empezaré por anunciaros que todos nos podemos permitir comprar una casa.

El día lo pedía, así que Adrian grabó los ejercicios para el blog en el patio, una sesión rápida y eficaz de yoga, que acabó con ella sentada con las piernas cruzadas sobre la esterilla y un brazo alrededor de Sadie, que se había acercado hasta ella.

—No lo olvides, el fitness es una silla y la flexibilidad, una de las patas más importantes. Encuentra tiempo para ejercitarla, encuentra tiempo para ti. Hasta la próxima. Sadie y yo deseamos que disfrutes del día.

Pulsó el botón del mando a distancia y besó a la perra.

—Y así damos por terminada la semana.

—Te ha quedado fenomenal.

Adrian giró la cabeza y vio a Dom.

—Ey, no sabía que ya estabas de vuelta. Tenías que haber salido. Ya sabes que a la gente le encanta verte en el blog.

—Mejor os dejo esas posturas de yoga a Sadie y a ti.

—En tal caso, taichí la semana que viene. Se te da bien.

—Tal vez. ¿Qué te parece si nos sentamos a la sombra, si no estás ocupada, y disfrutamos de este día de verano?

—No estoy ocupada. Ve a sentarte y prepararé un par de limonadas.

—Eso no estaría nada mal.

—Dame cinco minutos. Quédate con Popi, Sadie.

Cuando Dom fue a sentarse a la pequeña mesa del patio, Sadie se le acercó y le apoyó la cabezota en el muslo. Mientras acariciaba a la perra, el anciano se quedó mirando el jardín, rebosante de verano. Los tomates maduraban, las rosas florecían, el enorme arbusto de romero expelía su aroma... Se oía el zumbido de las abejas, el trino de los pájaros. Odiaba no poder faenar en el jardín tanto como antes, pero sabía que a Adrian no le importaba hacerse cargo.

—Nuestra Adrian se hace cargo de muchas cosas, Sadie.

La vio regresar de la cocina con una bandeja. La jarra y los vasos con hielo, el cuenquito de cerezas y las bandejas de fruta y queso. Se hacía cargo de mucho, volvió a pensar.

—¿Cómo van las cosas en Rizzo's?

—Algo lentas esta tarde. Hace un día tan bueno que la gente quiere salir y andar por ahí. Pero te traigo noticias.

—¿Chismes? —Adrian sacudió los hombros con expectación mientras vertía la limonada, que hizo que el hielo crujiera—. Me encantan los chismes.

—Más noticias que chismes, me temo, pero son buenas noticias. Jan me ha contado que Raylan y los niños vuelven al pueblo.

—¿En serio? —Adrian se metió una frambuesa en la boca—. Estará encantada.

—Encantada es poco.

—¿Y qué pasa con su trabajo, con su empresa?

—Trabajará desde aquí y subirá a Brooklyn cuando haga falta. Se quedarán con Jan hasta que encuentre una casa. Aunque yo creo que le gustaría que se quedaran con ella para siempre. —Dom le dio un sorbo a la limonada—. Sabe igual que la de tu abuela.

—La vi prepararla un montón de veces. Cosa que tú aún no me dejas hacer con tu salsa.

El anciano sonrió.

—Algún día.

—Eso ya me lo has dicho antes —repuso al tiempo que le lanzaba un arándano a Sadie, quien lo cazó al vuelo para alegría general.

—Hay algo de lo que quería hablarte.

—Ah, ¿sí?

—Sí, de la casa, del negocio. Hace mucho tiempo que introduje cambios en mi testamento…

—Ay, Popi.

El hombre la interrumpió meneando la cabeza.

—El hombre, o la mujer, que no pone sus asuntos en orden es egoísta y corto de miras. Quiero pensar que no soy ninguna de las dos cosas.

—No lo eres.

—Me di cuenta de que nunca había hablado de este tema contigo y que lo que he hecho tal vez sea más una carga que un regalo. Dejarte la casa y el negocio.

—Ay, Popi.

—No es solo que tu madre no necesite ninguno de los dos, es que tampoco los quiere. Este no es su hogar y no lo ha sido durante mucho tiempo. Nunca ha tenido un verdadero interés en el negocio. Ya tiene el suyo. Aunque, claro, tú también. Quiero que seas sincera conmigo porque esto es una responsabilidad, una responsabilidad sin fin. Tal vez quieras volver a Nueva York, tal vez no quieras pensar en quedarte con el negocio de otro.

—No me voy a ir a ningún sitio. Este es mi hogar. Ya lo sabes. Y Rizzo's no es solo un negocio, ni para ti ni para mí. Ni para The Creek.

Eso era justo lo que esperaba; aun así, le quitó un peso de encima.

—Muy bien. Sé que puedo confiarte ambos. Y en cuanto a lo que hay en la casa, te pediría que dejes que tu madre se quede con lo que quiera. Algunas de las joyas de su madre. A Sophia no le gustaban las moderneces, pero hay algunas piezas con valor sentimental. Y muebles, objetos. Lina debería quedarse con lo que signifique algo para ella.

—Ni lo dudes. Te lo prometo.

—Eres una buena chica. Siempre has sido un tesoro para mí, pero estos dos últimos años… no habría salido adelante sin ti. Ni sin ti —dijo al tiempo que le rascaba la cabeza a Sadie—, mi grandullona.

—Te queremos, Popi. Y ¿tener todo esto? —Extendió los brazos—. ¿Tenerte a ti? Tú me has dado raíces. Me has cambiado la vida por completo.

—Ver cómo esas raíces te han hecho crecer me llena de orgullo. —Dejó escapar un suspiro—. Y ahora que ya te lo he dicho, hagamos justo lo que mencionabas en tu grabación. Disfrutar del día.

SEGUNDA PARTE

Cambios

Todas las cosas cambian,
ninguna muere.

OVIDIO

11

No era tan sencillo como cargar el coche y poner rumbo al sur, ni tan simple, descubrió Raylan, como embalar todo. Primero había que escoger y cribar y decidir y organizar. Y dirigir a un par de niños para que hicieran lo mismo con sus pertenencias. ¿Cómo y cuándo habían acumulado tantos trastos?

Luego tuvo que ponerse con las cosas de bebé que Lorilee y él habían apartado pensando en que tendrían uno o dos hijos más. No le dolió tanto como esperaba, ya que podía dárselo todo (la cuna, la hamaquita, el cambiador, el columpio, los fulares portabebés y demás) a Bick. Lo que no les sirviera a ella y a Pats lo donaría. Y como tenía que admitir que, salvo su propia oficina, la mayoría de los muebles los había elegido su mujer, y como no sabía qué necesitaría o querría para la próxima casa, también les ofreció algunos.

Aun así, tardó lo suyo en clasificar y embalar ocho años de vida y todos los recuerdos asociados a una lámpara de noche o una batería de cocina, a los regalos de cumpleaños y Navidad, incluso a la alfombra del cuarto de estar, con una esquina mordisqueada por Jasper cuando era cachorro.

Alquiló un trastero, contrató a una empresa de mudanzas, canceló lo que había que cancelar, transfirió lo que había que transferir y se pasó tres semanas ocupadísimo.

Al amanecer del día de la mudanza, deambuló por la casa casi vacía, escuchando el eco de la vida que había llevado. Risas, muchísimas, pero lágrimas también. El llanto de un bebé en plena dentición a las dos de la madrugada, siestas en el sofá, el dedo del pie golpeado contra un mueble, la leche derramada, el café por la mañana, las luces enredadas del árbol de Navidad, los primeros pasitos de un niño... Sueños y esperanzas. ¿Cómo decirle adiós a todo aquello?

Con las manos en los bolsillos de los bermudas de deporte, regresó al cuarto de estar. Y descubrió a Bradley sentado en la escalera. El niño tenía una arruga de la sábana en la mejilla izquierda, el cabello claro revuelto, los ojazos azules todavía soñolientos. Y lo observaba.

—Hola, chaval.

—No estés triste.

Raylan caminó hasta la escalera, se sentó junto a su hijo y le pasó un brazo por los hombros. Con su pijama de Batman (¿qué se le iba a hacer?), Bradley aún olía a bosque.

—No estoy triste.

—Les he dicho adiós a mis amigos y a mi equipo, y a la señora Howley, del otro lado de la calle. Cuando me he despertado, le he dicho adiós a mi cuarto.

Raylan lo estrechó y le besó la coronilla.

—¿Estoy haciendo lo correcto, hijo?

—Mo está ilusionada, pero diga lo que diga no es más que un bebé. Yo quiero a la yaya, y a la tía Maya y al tío Joe, y Collin es raro, pero divertido. Me gusta la casa de la yaya y el sitio de pizzas donde trabaja. Y Ollie, el que vive al lado de la yaya, no está mal. Pero va a ser distinto, porque no es solo una visita.

—Sí, va a ser distinto.

—Cuando tengamos nuestra propia casa, ¿vendrá con nosotros?

A Raylan no le hizo falta preguntar quién.

—Ella está en ti y en Mo tanto como yo lo estoy. Adonde tú vayas, también irá ella.

Bradley apoyó la cabeza en su padre.

—Entonces, está bien. Pero cuando tengamos nuestra casa no va a ser rosa, ¿verdad? Da igual lo que diga.

Raylan entendió que se refería a Mariah.

—La casa no será rosa. Esto es un pacto entre caballeros. ¿Qué te parece si los caballeros desayunan Pop-Tarts antes de vestirse y despertar a Mariah? Luego podremos empezar la aventura.

—¡Pop-Tarts! ¿Podemos parar en el área que tiene el McDonald's y comprar Happy Meals para almorzar?

—Lo pondré en la agenda del viaje.

La agenda incluyó la ceremonia de entrega de llaves a Bick y Pats, la despedida de Jonah, que a su vez incluyó dos bolsas de chucherías, juegos y cómics para el viaje como para entretener a un autobús entero de niños durante cinco horas, pitadas con el claxon, despedidas con la mano y una parada técnica al cabo de menos de treinta minutos porque Mariah se hacía pis.

Aquella delicada danza, en la que Raylan deambulaba fuera del baño de señoras mientras se sentía como un pervertido, hubo de repetirse en la parada para comer, aunque nadie la necesitaba de verdad con todas las chucherías que habían comido, y a quince minutos del destino, cuando los dos niños tenían que hacer pis. Y, naturalmente, con cada parada técnica hubo que ponerle la correa a Jasper y darle una vuelta para que también hiciera sus necesidades.

Llegaron a Traveler's Creek con la vejiga vacía y hasta arriba de azúcar por las lombrices de gominola. Jan salió corriendo de la pulcra casita en la que llevaba más de treinta años viviendo con la trenza rebotándole en la espalda y los ojos brillantes de lágrimas de felicidad.

—¡Ya estáis aquí! ¡Bienvenidos a casa! Necesito abrazos. ¡Urgentemente!

Raylan se bajó del vehículo algo entumecido después de lo que se había convertido en un viaje de cinco horas y media, y algo eufórico por el azúcar. Jan, que ya estaba quitándole el arnés a Mariah, se volvió para darle un fuerte abrazo. Jasper salió de un salto y comenzó a correr en círculos por el jardín delantero como si hubiera sufrido un cautiverio de semanas.

—Tienes una cerveza fría esperándote —murmuró Jan—. Me apuesto algo a que te la has ganado.

—Pues sí, ahora mismo me la tomo. Mamá, gracias.

—No empieces.

Los niños no paraban de hablar y su abuela no paraba de responder con los sonidos correspondientes (asombro, incredulidad, deleite) mientras los conducía a casa.

—Vuestros cuartos ya están listos. Y os espera una sorpresa.

—¿Qué sorpresa? —inquirió Mariah—. ¿Qué es?

—Tendréis que descubrirlo vosotros.

Entre gritos y chillidos corrieron escaleras arriba con Jasper pisándoles los talones sin dejar de ladrar.

—¡Yaya! ¡Es una muñeca American Girl!

—¡Un batmóvil a control remoto! ¡Qué pasada!

—¿Un batmóvil? Así no contribuyes a mi causa. —Raylan rodeó a su madre con los brazos y apoyó la mejilla en su cabeza—. Ay, mamá.

—Ay, mi niño, mi chiquitín. Todo va a salir bien. Todo. Ya verás. —Se dio la vuelta y enfiló hacia la cocina con el brazo alrededor de su cintura—. Vamos a por esa cerveza. Si te parece, Maya y los suyos van a venir a cenar y vamos a preparar una barbacoa; pero si no te apetece, los aviso.

—No, será genial.

Jan le sacó la cerveza y se la abrió. Después de dársela, le acarició el cabello.

—Estás cansado. Necesitas afeitarte, cortarte ese pelo y dormir a pierna suelta.

—Han sido un par de semanas de locos.

—Pero ya estás aquí. Cuando hayas recuperado el aliento y te hayas bebido la cerveza, meteremos vuestras cosas para que podáis instalaros. Raylan, quiero que te quedes con el dormitorio grande.

—No voy a dormir en tu cama, y no hay más que hablar. Estaré bien en el sofá cama del cuarto de estar.

—¿Con los pies colgándote por el borde? —Jan se apoyó en la encimera de color blanco nieve—. Si dependiera de mí, mandaría reformar el sótano y te convencería para que los niños y tú os quedaseis hasta que se graduaran en la universidad. Pero como soy una mujer sensata, sé que necesitas tu propia casa.

—Si fuera por los niños, viviríamos en una mezcla de un castillo rosa y la Mansión Wayne.

—Ahí no sé si voy a poder ayudarte, pero hay una casa a la que creo que querrás echar un ojo.

—¿En serio?

—Me han dado un chivatazo… O, más bien, se lo han dado a Dom. Dos plantas, cuatro habitaciones, despacho en la primera planta, diez hectáreas de terreno. Alguien la compró para reformarla y está casi lista para salir al mercado.

—¿Casi?

—Ya te he dicho que es un chivatazo. Está en Mountain Laurel Lane.

—¿Estás de broma? Spencer vivía en Mountain Laurel Lane.

—Sus padres aún viven allí, un par de puertas más abajo. Es la casa de al lado de la de los amigos de Adrian Rizzo, Teesha y Monroe, y su hijo pequeño. Son gente agradable, serían buenos vecinos.

Raylan levantó la vista de la cerveza y le sonrió.

—Parece que es cosa hecha.

—Vas a querer mirar más de una casa, imagino, pero diría que esta cumple en varios puntos. Dom le dijo al propietario que conocía a alguien que querría echarle un vistazo directamente y me ha dado el nombre y el número para que llames.

—Entonces, lo haré. ¿Cómo está Dom?

—Está bien. Va algo más lento, pero está bien. Tener a su nieta con él le ha dado la vida. Igual que me la va a dar a mí teneros a ti y a los niños.

Estos llegaron corriendo y se abrazaron a las piernas de Jan, parloteando para darle las gracias. La mujer sonrió a Raylan.

—¿Ves? Me dan la vida.

Sacaron el equipaje, los juguetes de los niños, los equipos y el material de Raylan. Como era evidente que le gustaba, dejó que su madre ayudara a Mariah a colocar sus cosas en el viejo cuarto de Maya y a Bradley en el suyo mientras él hacía lo que podía para montarse su nido en el cuarto de estar de la primera planta.

Encajó como pudo un espacio de trabajo y dejó el resto de sus pertenencias en el armario del pasillo, que su madre ya había vaciado para él. La planta principal tenía un minúsculo cuarto de baño con una minúscula ducha esquinera con la que se apañaría sin problemas. Por el momento.

«Mountain Laurel Lane», pensó mientras se tumbaba un minuto en el sofá del cuarto de estar. Cuánto había corrido por aquella calle, aquellas aceras y aquellos jardines cuando era niño. Así que ¿por qué no?

Se despertó grogui, desorientado y rígido como una tabla. Y con su hermana de pie en el umbral con dos copas de vino y una sonrisa.

—Me has ahorrado tener que despertarte.

Raylan se sentó y se masajeó la nuca dolorida.

—Me cago en la leche, ¿cómo se me había podido olvidar lo incómodo que es este sofá cama?

—Estírate, soldado. Cenamos dentro de una hora; los niños, los tuyos y el mío, están fuera con el perro. Joe anda peleándose con mamá por el control de la parrilla.

—¿Qué hay de cena? —preguntó Raylan mientras se ponía en pie, echaba los hombros atrás y trataba de estirar la espalda.

—En honor a tu regreso, bistec, patatas asadas, maíz y verduras, tomates con *mozzarella* y tarta de cerezas.

—Suena fenomenal. —Sonrío—. Hola.

—Hola. —Se acercó a darle un abrazo y le tendió un vaso—. Vamos a dar un paseo, salimos por delante y volvemos por detrás. Así te vuelve a circular la sangre y nos ponemos al día antes de juntarnos con todos.

—No tenía intención de quedarme como un tronco y encasquetarle los niños a mamá.

—Está en la gloria y los niños también. Has hecho un buen trabajo, Raylan.

—Eso espero. —Cuando salieron por la puerta delantera, Raylan se detuvo a observar el vecindario en el que había crecido. Había algunos cambios, desde luego, pero no tantos, y la sensación de comodidad era la misma—. Me siento bien. No estaba seguro de que fuera a ser el caso. ¿Cómo va el negocio?

—También bien. Me encanta, y tampoco estaba segura de que fuera a ser el caso. Qué suerte hemos tenido, ¿no?

—El buen trabajo de mamá.

Rodearon las hortensias, preñadas de gruesos ramos de flores rosas.

—Tengo entendido que a lo mejor te instalas en Mountain Laurel Lane.

—Todavía no he visto la casa. Ni ninguna otra.

—Es una casa bonita, al menos desde fuera. Paul Wicker... iba contigo a clase.

—Motero, un tipo duro.

—Su hermano mayor, Mark, es constructor. Compró la casa para reformarla. Paul, que ya no es un tipo tan duro, trabaja para él. El caso es que te puedo hablar de los vecinos de al lado.

Se agacharon para pasar bajo las ramas de un arce rojo mientras daban la vuelta por el lateral de la casa.

—Son fantásticos. Monroe es cantautor y Teesha es la asesora contable de Adrian Rizzo. Su hijo, Phineas, es el mejor amigo de Collin, así que los conozco muy bien.

—Puede que llame mañana al hermano constructor del ex tipo duro Paul.

Maya hizo chocar su vaso con el de Raylan antes de darle un trago.

—¿Por qué no ahora?

Oyeron a sus hijos jugando en el mismo jardín trasero en el que antaño ellos luchaban contra supervillanos, lanzaban canastas o cortaban el césped. Tal vez una llamada le permitiera dar el siguiente paso para que sus hijos jugaran en su propio jardín.

—¿Por qué no?

El callejón humeaba, una olla de gumbo a fuego lento, aunque eran más de las dos de la madrugada. El contenedor apestaba a la comida del día. Aun así, siempre era la última en salir del bar, siempre por la puerta del callejón.

Era estúpido, sencillamente estúpido, que hiciera algo así una mujer instruida, con un título en Administración de Empresas y otro en Hostelería. Pero se creía que por mantenerse musculada y llevar un táser (y un cuchillo ilegal) podría enfrentarse a cualquier cosa. A esto no podría enfrentarse, ni a nada más después de esta noche.

Otra zorra, divorciada dos veces, con un ego tan monumental que le había puesto su nombre al bar. Stella's. Stella Clancy, que ya se había servido el último trago. Solo quedaba esperar, sudando bajo el mono desechable negro, a que saliera por la puerta y la cerrase con llave antes de encaminarse a su apartamento, a media manzana de distancia. Jamás llegaría a su destino. Moriría en el hedor del callejón, como se merecía.

Salió cerca de las tres, con el pelo teñido de rojo putón y corto, para que se le viese bien el tatuaje de la nuca. Allí fue donde primero golpeó la tubería. Cayó como un árbol, una mujer corpulenta con un top de tirantes finos y pantalones cortos que apenas le tapaban la entrepierna. Puta. No emitió ni un ruido. La sangre brotó en cuanto la tubería le golpeó la parte posterior del cráneo. La golpeó una y otra vez, destrozándole los huesos cuando ya había dejado de respirar.

¡Qué divertido! Sí, divertidísimo. Para, contrólate. Ya está hecho. Quítale el reloj, el anillo feo y chabacano, el bolso barato.

Sonríe, zorra. Hazle la foto. Guarda los recuerdos, quítate el mono lleno de sangre. Mételo con la tubería en una bolsa. Y la bolsa, al Mississippi. Luego busca un bar, tómate algo. Tal vez un cóctel, un huracán, como un verdadero turista, antes de volver a hacerte a la carretera.

El perro lo despertó temprano. Raylan calculó que el sofá cama le echaba unos treinta años encima mientras se levantaba con los huesos hechos polvo. Se puso unos bermudas de deporte y condujo a Jasper, que iba acelerado, hasta la cocina, donde sacó una Coca-Cola del frigorífico antes de abrirle la puerta trasera.

Jasper salió como un cohete. Envuelto por el brumoso calor matinal, Raylan se apoyó en el marco mientras el perro husmeaba por el jardín para decidir dónde hacer sus necesidades matutinas. Considerado y extrañamente tímido con la caca, cruzó la valla trasera y se fue detrás de una budelia. Acostumbrado a la rutina, Raylan esperó rodeado de silencio, tan distinto del ajetreo mañanero de Brooklyn.

Había hecho lo correcto. Las dudas que le quedaban sobre el traslado se habían disuelto la víspera, alrededor de la vieja mesa de pícnic (aunque recién pintada de azul claro) en la que sus hijos se atiborraban y parloteaban como cotorras puestas de cocaína, y en la que Joe, con sus gafas de John Lennon y su gorra de los Orioles de Baltimore, hacía trotar a Collin sobre la rodilla, sin parar mientes en su cara y sus manos manchadas de salsa. Mientras, su hermana departía con toda seriedad sobre moda con Mariah. Y a su madre parecía que le hubiera regalado el mundo.

Dio de comer al perro y puso la cafetera para ahorrarle el trabajo a Jan antes de desperezarse casi por completo en la ducha. Se obligó a afeitarse y, observándose, se planteó la terrorífica idea de arriesgarse a que le cortara el pelo un barbero desconocido. Aún podía aguantar un poco más. Para cuando se hubo vestido, su madre estaba en la cocina bebiendo café con Jasper tumbado a los pies.

—Qué gusto despertar y que el café ya esté hecho.

Raylan rodeó la encimera y la abrazó desde atrás.

—¿Los niños siguen dormidos?

—Los dejamos agotados. ¿Quieres desayunar?

—Anoche comí como para un par de días.

—No te vendría mal coger un par de kilos, flacucho.

«Probablemente», pensó. Había recuperado parte de lo que perdió el primer año tras la muerte de Lorilee, pero todavía no estaba en su peso ideal.

—Con tu comida, como no tenga cuidado, serán más de un par. Quizás podrías avisar del horario de trabajo que te toque, como hacíamos antes. Y así nos turnaríamos con las cenas. He mejorado mucho en la cocina.

—Tampoco es que pudieras empeorar gran cosa.

—Uy.

—Pegotes de pan con huevo. Flambeado de queso fundido.

—Mi obra experimental temprana.

—Dado que a los niños se los ve sanos y bien alimentados, entenderé que has pasado a una etapa artística posterior.

—Verás qué sorpresa. —Le besó la coronilla—. Voy a despertar a los lirones y a ponerlos en marcha si es que queremos llegar a la cita para ver la casa.

—Déjalos dormir un rato. Pueden venirse al restaurante conmigo.

—¿Quieres llevártelos al trabajo?

—A Maya y a ti os llevaba cuando hacía falta. Ya sabes cómo funciona.

Raylan se sentó a su lado un momento.

—Ayudábamos a poner las mesas y nos asegurábamos de que el personal que había cerrado el día anterior hubiera limpiado mesas y sillas; así nos ganábamos algunas monedas para las recreativas.

—Quien hace un trabajo recibe un sueldo.

—¿Estás segura?

—Yo, encantada, y tú deberías echar un vistazo sin ellos. Si te gusta, puedes pasar por el restaurante, recogerlos y llevarlos a que la vean; así observas su reacción.

—Es usted una mujer sensata, Jan Marie.

—Sí que lo soy. —Se levantó a rellenar la taza de café y estrujó el bote de nata para verter un chorrito—. ¿Y quién sabe mejor que yo lo que es cuidar de dos niños, a solas y con un trabajo a tiempo completo? Los Rizzo me ayudaron más de lo que jamás podré agradecerles.

—Lo sé.

—Y luego los vecinos, la comunidad. Ahora tú también los tienes ahí, y a mí, y a Maya y a Joe. Podemos turnarnos con algo más que las cenas, y lo haremos. Entretanto, tienes mucho más que hacer que encontrar una casa. Tienes que encontrar pediatra, dentista, matricularlos en el colegio, registrar a Jasper en un veterinario. Cortarte el pelo.

Raylan se pasó los dedos por el cabello.

—Todavía no voy a ir. Tengo que prepararme mentalmente para ello. Pero con lo demás voy a empezar hoy.

—Hay un dentista nuevo en el pueblo. Llevo yendo un año o cosa así y estoy contenta. Tiene la consulta justo enfrente de los bomberos, así que hay donde aparcar que no sea en la calle.

—Me has convencido. —Se pasó la lengua por los dientes—. Más o menos.

—En cuanto a cortarte el pelo, siempre puedes ir donde Bill.

—Allí te dejan calvo —repuso, dándole un toquecito con el dedo—. Ya sabes tú que te dejan calvo. Nunca me hiciste ir.

—Porque os adoraba a ti y a tus ricitos de oro.

Raylan puso los ojos en blanco.

—Entonces, te encantará el moño que me voy a poner en cuanto me crezca más.

Jan se rio y meneó la cabeza.

—Voy a subir a vestirme. Luego levantaré a los niños y les daré de desayunar.

Raylan había olvidado lo que era que alguien más se ocupara de algo tan básico.

—Si estás segura, me llevaré a Jasper conmigo. Tenemos tiempo y, si vamos andando, veré el vecindario mejor que si fuera en coche.

—Buena idea. Te diré que hay otra casa que ya está en el mercado. Se encuentra en la otra punta del pueblo, más cerca del colegio, así que podría venirte mejor. El jardín es más pequeño, pero al menos lo tiene. Y está sin reformar, así que es probable que sea más barata. Sólida, de ladrillo rojo, con un porche delantero decente, en Schoolhouse Drive.

—Bueno es saberlo.

—Tómate tu tiempo —dijo Jan, levantándose—. Te veremos en el restaurante cuando acabes.

Sí que se tomó su tiempo. Llamó al perro, cogió la correa. Sacó el recogedor y una bolsita recogecacas y se los metió en el bolsillo. Buscó las gafas de sol, se planteó ponerse la gorra de los Mets de Nueva York, luego pensó que estaba en territorio de los Orioles y la dejó.

La cabeza de Jasper zigzagueaba, derecha-izquierda, derecha-izquierda, movida por la fascinación por el entorno nuevo. Dado que no tenía prisa, Raylan permitía las numerosas pausas para que el perro olisquease con avidez y las ocasionales paradas para que levantase la pata izquierda y soltase un chorrito de pis que demostrara su hombría.

Se detuvo al doblar la esquina a una manzana de la calle principal, donde una mujer con sombrero de paja podaba las flores marchitas de un enorme rosal trepador. Los bermudas rosas que llevaba dejaban ver unas piernas escuálidas y blancas como un fantasma, cubiertas de una telaraña de venas azules.

La señora Pinsky, recordó. Le había cortado el césped cada semana durante tres veranos. Entre los trabajillos de jardinería y un trabajo a tiempo parcial en Rizzo's, había ahorrado lo suficiente para comprarse su primer coche, una tartana. A los quince años, le había parecido que la señora Pinsky tendría mil. Y allí seguía, decapitando las rosas.

—Hola, señora Pinsky.

Esta levantó la vista y, entrecerrando los ojos tras las gafas, se llevó una mano a la oreja, en la que llevaba un audífono.

—¿Qué?

—Soy Raylan Wells, señora Pinsky. El hijo de Jan Wells.

—¿Eres el hijo de Jan? —Se llevó la mano a la cadera—. ¿Has venido a visitar a tu madre?

—Vuelvo al pueblo.

—Ah, ¿sí? Andabas en no sé qué lugar dejado de la mano de Dios, ¿no?

—Sí, señora.

—Tu madre es una buena mujer.

—La mejor.

—Bueno es que lo sepas. Solías cortarme el césped. ¿Buscas trabajo?

—Eeeh, no, señora. Ya tengo trabajo.

—No encuentro a nadie que me corte este maldito césped por menos de un riñón y parte del otro.

Raylan rememoró cómo lo vigilaba con ojos de halcón, pero siempre le había pagado bien. Y normalmente añadía de propina un par de galletas y un vaso con alguna bebida fría.

—Yo se lo cortaré —se oyó decir justo antes de querer propinarse una patada en el culo.

La mujer le clavó una mirada seria.

—¿Cuánto me cobrarás?

—Se lo haré gratis.

—El buen trabajo ha de pagarse.

—Puede que me compre una casa en Mountain Laurel Lane. En tal caso, seríamos vecinos. Los vecinos están para ayudarse.

La mujer sonrió.

—Tu madre te ha educado bien. El cortacésped está detrás, en el cobertizo.

—Muy bien, señora. Ahora tengo que ir a ver esa casa. Tengo una cita. Me ocuparé en cuanto vuelva, si no le importa.

—Me parece bien. Te lo agradezco.

Al reanudar su camino, Raylan se prohibió volver a presentarse voluntario si se encontraba a algún conocido más. Ahora tendría que encontrar tiempo cada semana para cortarle el césped, cuando ya se había comprometido (en su fuero interno) a hacer lo mismo para su madre. Y tenía que comprarse una casa, trasladarse a ella y cortar ese césped.

—¿Por qué no me dijiste que me callara —le preguntó al perro— antes de que volviera a meterme en el negocio de la jardinería?

Cuando dobló la siguiente esquina para entrar en Mountain Laurel Lane, se quedó petrificado. No era la casa, pues era evidente que aquella no era la que iba a visitar, dado que había una mujer visiblemente embarazada en el umbral de la puerta delantera. Tampoco era la mujer de la puerta la que le había hecho detenerse, sino la que estaba de espaldas a él.

Una nube de cabello negro como la medianoche le descendía en tirabuzones más allá de los hombros. Alta y esbelta, llevaba unas mallas azules por las que unos adornos dorados subían serpenteantes como llamas. Un top (¿o era una camiseta de tirantes?) ceñido y de color azul dejaba a la vista unos brazos largos y bronceados. Las zapatillas azules lucían llamas en los laterales. No podía verle el rostro, pero tampoco lo necesitaba, aún no.

«Llama Cobalto —pensó—, semidemonio». Atrapada en la red de Aflictivo, atormentada por él. Su batalla con Ángel sería absolutamente épica. Y, al final, se convertirían en aliadas. El argumento simplemente brotó en su mente, como lava de un volcán. Porque eso era en lo que se convertiría, así sería como había obtenido sus poderes.

Su inspiración, aún de espaldas, bajó un peldaño. Y una montaña de pelaje negro llegó desde el último rincón del porche y se colocó a su lado. A sus pies, Jasper dejó escapar un sonido. No un gruñido ni un ladrido de advertencia, sino que, de algún modo, ahogó un grito. Luego se puso a temblar. Cuando Raylan bajó la vista y empezó a calmarlo, el perro saltó hacia delante. Con la inercia, Raylan trastabilló.

—¡Ey!

El grito y la embestida de hombre y perro hicieron que la mujer se girase. Se bajó las gafas de sol y rompió a reír.

—¿Raylan? ¡Raylan Wells!

«Adrian Rizzo», pensó mientras pugnaba por controlar al perro. Sí, su cara le serviría. Siempre había estado muy buena.

—Adrian, hola, lo siento. No sé qué le pasa. No muerde.

Jasper se tiró al suelo al final de las escaleras del porche y empezó a ascender a rastras hacia la montaña negra.

—Ella tampoco. —Adrian ladeó la cabeza y observó cómo Jasper se postraba a los pies de Sadie—. ¿Qué está haciendo?

—No lo sé.

—Creo que le está proponiendo matrimonio. —La otra mujer salió al porche. Llevaba las largas trencitas recogidas en la nuca y un niño de unos cuatro años con un brazo rodeándole una pierna y un martillo de plástico en la otra.

Sadie le puso una de las enormes patas en la cabeza a Jasper y miró de soslayo a Adrian.

—Creo que le está diciendo que se controle. Todavía no los han presentado. Esta es Sadie.

—Jasper. Corta, chaval. Te estás humillando.

—Estoy bastante segura de que tiene estrellitas en los ojos. Bienvenido a casa, Raylan.

—Gracias. Siento interrumpiros.

—No nos interrumpes. Había salido a correr un ratillo y he hecho una parada. Estos son Teesha Kirk y Phineas Grant. Teesha, Phineas, os presento a Raylan Wells.

—Un placer. —Teesha le sonrió—. Sé que Maya y Jan están encantadas de que hayas vuelto.

—Igual que nosotros. De hecho, voy a echar un vistazo a la casa de al lado.

—¡Ay, es una belleza! —exclamó Teesha volviendo la vista a la casa mientras Phineas se sentaba y empezaba a golpear unos clavos invisibles con su martillo.

—Tengo que acabar este trabajo —recalcó el niño.

—He estado fisgoneando lo suficiente —continuó Teesha—. Mark ha estado haciendo un trabajo estupendo. Tú tienes un par de niños, ¿verdad?

—Sí, de siete y cinco. Bueno, casi ocho y seis.

—Será genial tener niños en la puerta de al lado.

Phineas dejó de dar golpes.

—Tengo que hacer caca —dijo y se metió dentro de la casa.

—Perdona, tenemos que hacer caca. —Teesha corrió tras él.

—Bueno, pues ya está. —Riendo, Adrian bajó los peldaños—. Tengo que volver a casa, pero a mi abuelo le encantaría veros a ti y a los niños, y a tu enamoradizo perro.

—Nunca había hecho algo así. Pero es que tu perra es impresionante.

—Es «Sexy Sadie». Teesha tiene razón con la casa. Yo también la he visto y está fenomenal. Y los vecinos —apuntó con un gesto a la casa de Teesha, desde cuyo interior llegaba una música de piano— son los mejores.

—Eso me ha dicho Maya. Se te ve muy bien, Adrian. Que me alegro de verte, quiero decir.

—Lo mismo digo. —Se agachó y acarició a Jasper antes de ponerle la correa a la montaña perruna—. Estoy segura de que volveremos a vernos, Jasper. No se puede luchar contra el amor. ¡Vamos, Sadie!

La perra simplemente pasó por encima del anonadado Jasper, se recompuso y empezó a trotar al ritmo de la zancada larga y ágil de Adrian.

—Impresionante. —Raylan volvió la vista hacia Jasper, que en ese momento daba lástima—. Puede que sea mucha perra para ti, colega, pero el corazón no atiende a razones. Vamos a ver esa casa.

12

Después de visitar la casa, después de compartir algunos recuerdos extrañísimos del instituto con el antiguo tipo duro, después de hablar con su hermano el constructor mientras él y otro par de obreros acababan lo que llamaron «rematar flecos», Raylan tenía que reflexionar. Quedó en volver al cabo de una hora o así con los niños, lo que a Mark Wicker le pareció bien.

Paró en casa de la señora Pinsky y usó su viejísima máquina para cortarle el césped. Tenía que reconocer que su jardín le había parecido mil veces mayor cuando tenía quince años, así que no tardó mucho. Aun así, le costó lo suyo y aceptó agradecido el vaso alto de té helado que la anciana le ofreció, tan dulce que hasta le dolieron los dientes. La mujer le dijo que era un buen muchacho y había hecho un trabajo decente antes de volver a halagar a su madre por haberle enseñado buenos modales.

Llevó al perro a casa y dejó que se lamiese las heridas de su corazón lastimado en el jardín trasero mientras cogía el coche y recorría la corta distancia que lo separaba de Rizzo's. Los primeros clientes ya ocupaban las mesas y reservados mientras Jan trabajaba entre los fogones y Dom hacía malabares con las masas. Se lo veía más delgado y mayor que en Navidad, cuando Raylan lo había visto de pasada, pero no había perdido un ápice de habilidad en lo que a hacer girar masa de pizza se refería. Mariah, sentada en una mesa para dos con un libro para colorear y ceras de colores, lo miraba absolutamente arrobada.

—¡Hazlo otra vez, Popi! ¡Hazlo otra vez!

El anciano le guiñó un ojo mientras extendía la masa en un círculo perfecto sobre la encimera.

—Primero tengo que hacer esto. La gente quiere su empanada.

—¿Vas a hacerme una? La yaya dice que vamos a comer pizza en cuanto Bradley acabe de jugar en la parte trasera.

—Te voy a hacer una muy especial, de tu tamaño y digna de una princesa.

Mariah soltó un grito ahogado casi idéntico al de Jasper cuando vio por primera vez a Sadie justo antes de divisar a su padre.

—¡Papi! ¿Lo has oído? El señor Rizzo me va a hacer una pizza de princesa.

—Genial. ¿Cómo estás, Dom?

—No puedo quejarme, así que no me quejaré. Bienvenido a casa.

—Gracias. Me pregunto si la pizza de princesa puede esperar un poquito. Mo, voy a buscar a Bradley y nos vamos a ir juntos a ver la casa. Cuando hayamos terminado, volveremos a por la pizza.

—Pero quiero una pizza especial de princesa.

—Claro que sí. Me he cruzado con tu nieta y con ese mastodonte que dice que es una perra.

—Me lo ha comentado. —Dom añadió pepinillos, champiñones y aceitunas negras a la empanada—. Es una casa estupenda, con unos vecinos igualmente estupendos. Me alegro de que vayas a echarle un vistazo.

—¿Qué te ha parecido? —preguntó Jan.

—Lo mismo que ha dicho Dom, pero quiero que la vean los niños. Y aquí viene el máquina de los videojuegos. —Por la cara que traía Bradley, al máquina no le había ido demasiado bien.

—Necesito más monedas.

—Ya las conseguirás. Ahora mismo tenemos que ir a ver una casa.

—Pero vamos a comer pizza; lo ha dicho la yaya.

—A la vuelta comeremos pizza, pero el propietario de la casa nos está esperando.

—Me voy a morir de hambre.

Antes de que Raylan pudiera responder, Dom agarró unas lonchas de *pepperoni* y de queso y le llenó un táper.

—Así aguantarás. Cuando volváis, te haré una pizza especial.

Bradley, a quien le gustaba la información específica, lo miró de hito en hito.

—¿Qué tipo de pizza especial?

—La mía va a ser de princesa.

—¿La mía puede ser de Batman?

—Ve con tu padre, pórtate bien y de Batman será.

—¡Guay! Gracias, Popi. ¿Podemos irnos ya para volver cuanto antes?

—Sí, vámonos.

—No te preocupes por eso. —Jan le dio un empujoncito a Raylan mientras este empezaba a recoger las ceras de colores.

—Hemos hecho todo el trabajo —dijo Mariah cuando Raylan la cogió en brazos—, así que a mí me han dado un libro para colorear y a Bradley unas monedas. Popi ha dicho que somos buenos trabajadores.

—Me alegro.

Los llevó al coche y los subió a sus asientos.

—¿Dónde está Jasper? —Bradley se zampaba las lonchas de *pepperoni* como si fueran caramelos.

—Se ha quedado donde la yaya. Él ya ha visto la casa.

—¿Vamos a vivir allí? —quiso saber Mariah.

—Primero tenemos que verla.

—Me gusta vivir en casa de la yaya.

«Prueba a dormir en un sofá cama —pensó Raylan— y a ducharte en un cubículo».

—Queda cerca de casa de la yaya.

—¿Cómo de cerca?

Raylan contempló los ojos desconfiados de su hijo por el espejo retrovisor.

—Vas a ver. Mira, ahí está la casa de la yaya —dijo al pasar junto a ella. Luego giró a la derecha para salir de la calle principal, continuó y pasó por delante del jardín con el césped recién cortado de la señora Pinsky y torció a la derecha para acceder a Mountain Laurel Lane. Por último, giró a la izquierda para detenerse en la entrada de la casa.

—Así de cerca.

—No se parece en nada a nuestra antigua casa.

Las palabras de Bradley le fueron directas al corazón, sobre todo porque Raylan había pensado exactamente lo mismo.

—No, no se parece.

No tenía sus preciosos y desgastados ladrillos, sino planchas horizontales de madera, recién pintadas de gris ahumado en contraste con los postigos azul oscuro y los perfiles de un blanco inmaculado. Una calle tranquila, cosa importante, con un pequeño jardín delantero con césped que daba a una acera ancha. Las aceras anchas también eran importantes.

Había visto suficientes programas de decoración y reformas como para saber que los arbustos de base y el árbol que Mark había reconocido como un llamativo cornejo florido añadían encanto al aspecto exterior. La puerta delantera presentaba un panel lateral con vanos de cristal, mientras que la práctica puerta lateral, que daba a la casa de los vecinos que acababa de conocer, conducía al cuarto zapatero y de la colada. Eso era importante.

Cumplía todos sus criterios, pensó Raylan mientras sacaba a los niños del coche. Ya lo sabía. Igual que, por su propia experiencia con las reformas, sabía que la calidad del trabajo dentro y fuera de la casa era excelente. Pero no se parecía en nada a su casa de Brooklyn.

Mientras la contemplaba con los niños a su lado, la vecina lo saludó con la mano, salió de su casa y atravesó el jardín con su hijo caminando tras ella.

—Tengo las llaves. Mark me ha dicho que casi habían acabado, así que ha mandado a la cuadrilla a otra obra. Solo tenía que ponerlos en marcha, coger no sé qué y regresar. Pero no quería teneros esperando si llegabais antes que él.

—Gracias. Niños, esta es la señora Kirk.

Bradley abrió los ojos como platos.

—¿Como el capitán James Tiberius?

—Exactamente. Siempre he pensado que podría ser su tatara-tatarabuela o algo así.

Bradley abrió los ojos aún más.

—¿En serio?

—Eso me gusta pensar. Este es Phineas. Y este —dijo, dándose una palmadita en la barriga— aún no sabemos quién es. Si decidís vivir aquí, seremos vuestros vecinos.

—¿Puedo tocar al bebé?

Teesha bajó la vista y se quedó mirando a Mariah.

—¿A este? Claro.

Mariah posó la mano con mucho cuidado en la barriga.

—Mi seño también tenía un bebé dentro. Era muy grande. Decía que iba a salir en verano.

—Este tiene que crecer antes de salir en noviembre.

Phineas, más interesado en su congénere, le enseñó a Bradley su dinosaurio de plástico.

—Esto es un *T. rex*. Los tiranosaurios habrían comido gente, pero se extinguieron antes. Aunque sí que comían otros dinosaurios. Es mi favorito.

—Qué chulo. A mí me gustan los velocirráptores porque cazan en grupo.

—¡También tengo! Es probable que evolucionaran de los pájaros. ¿Quieres que te los enseñe?

—Quizás en otro momento, ahora tenemos que ir a ver la casa.

—Han estado dando muchos golpes y serrando. Yo también tengo un martillo y una sierra.

—No se calla ni debajo del agua —les advirtió Teesha antes de agarrar a su hijo de la mano—. Despídete de ellos, Phin.

—Vale. Hasta luego.

—Mark ha dicho que, si no llega a tiempo de verte, simplemente le dejes las llaves encima de la isla de la cocina —dijo Teesha mientras caminaba de vuelta a su casa—. Él tiene otro juego.

—Gracias. Venga, chavales, vamos dentro.

—Me gusta la señora con el bebé en la barriga. Tiene el pelo bonito.

—Sí, muy bonito.

Raylan decidió entrar por la puerta delantera, como los invitados, porque eso eran en ese momento.

Los suelos brillaban, eso no lo podía negar, y el brillo se extendía de la parte delantera a la trasera, a la cocina, a las amplias puertas de cristal que daban paso a un precioso jardín.

—Parece muy grande —decidió Bradley.

—Bueno, es diáfana y está vacía.

—Tiene una chimenea. Nosotros teníamos una chimenea. —Mariah caminó hasta ella—. Así, Santa Claus sabrá por dónde entrar.

Pero no era de ladrillo. Estaba alicatada con un sutil motivo blanco sobre blanco. Era de gas, no de leña. La repisa era delgada, no de las sólidas.

—¡Hay eco! —exclamó Bradley antes de gritar su propio nombre para divertirse.

Pero esos ecos no guardaban ningún recuerdo.

Su hijo corrió hacia la parte trasera y Mariah lo siguió. Pero no a la cocina, con sus armarios blancos, sus electrodomésticos de acero inoxidable, su encimera de piedra gris y su profundo fregadero rústico, sino a asomarse a las puertas de cristal.

—¡Jolines, menudo jardín! A Jasper le encantaría.

—¿No hay columpios? —La conmoción reverberó en la voz de Mariah—. ¿Cómo es posible?

—Aún no vive nadie aquí, boba. —Bradley la empujó—. Papá nos comprará columpios y cosas.

—Tú sí que eres bobo. —Mariah le devolvió el empujón—. ¿Qué es esta habitación? —Se acercó corriendo a un par de puertas dobles acristaladas que conducían a lo que sería el comedor—. ¿Este es nuestro cuarto de juegos?

—Hay una habitación extra, como una zona de juegos, en el piso de arriba.

Tenía que reconocer que tras esas puertas podía montar la oficina en casa perfecta. Había buena luz, vistas al jardín y espacio para todo lo que necesitara.

—Quiero verla. ¿Podemos subir?

—A eso hemos venido. Arriba también están los dormitorios.

Raylan se quedó parado un minuto mientras los niños echaban a correr escaleras arriba. Bajo dichas escaleras había un aseo, una zona de descanso o cuarto de estar a un lado de la cocina y, al otro, el cuarto zapatero y de la colada. El trastero, completamente impermeabilizado y listo para hacerle los acabados, tenía una caldera nueva y una buena zona de almacenamiento. Una buena casa, se repitió, con un precio perfectamente dentro de sus posibilidades.

Subió y llegó hasta donde resonaba el eco de las pisadas apresuradas y las voces de sus hijos. Con los ojos brillantes, Mariah corrió hasta él.

—¿Cuál va a ser mi habitación, papi? ¿Puedo elegir?

—Bueno, cuenta con un cuarto de baño compartido. Es esta. —Mientras la niña lo agarraba firmemente de la mano, la condujo hasta uno de los cuatro dormitorios—. ¿Ves? El cuarto de baño se abre a esta habitación y a la que está al otro lado. Tienen más o menos el mismo tamaño, así que…

—¡No puedo compartir un cuarto de baño así con un chico! ¡Los chicos huelen mal!

Su semblante horrorizado hizo que Raylan quisiera zampársela como un bollito.

—Hay otro dormitorio al final del pasillo, pero este es más grande, así que… —Raylan se interrumpió cuando la niña echó a correr para verlo por sí misma.

—¡Tiene un cuarto de baño para mí sola! ¡Mira, mira! ¡Ningún chico tendrá permiso para usarlo! ¡Con mi propia bañera y todo! ¿Puedo quedarme con esta habitación, por favor?

Bradley llegó corriendo.

—¡La zona de juegos es enorme! Y me pido el dormitorio con la chimenea y el cuarto de baño grande.

—Ese no te lo puedes pedir. Ese es el dormitorio principal. Para quedarte con el dormitorio principal tienes que pagar todas las facturas.

—Yo no puedo pagar facturas.

—Eso quiere decir que, si compramos la casa, puedes quedarte con uno de estos dos. Y con un cuarto de baño bastante grande para ti solo, ya que Mo prefiere la habitación de allí.

Bradley se puso a caminar con los labios apretados en un mohín y asintiendo con la cabeza.

—Está bien, creo. Entonces, quiero la habitación de aquí, porque está más lejos de ella.

El niño se dio la vuelta, sonriente, pero la sonrisa se desvaneció al ver a su padre.

—¿No te gusta la casa?

—¿Qué? No... Quiero decir, claro que me gusta.

—Tu cara dice que no.

Mariah llegó bailando.

—¿Podemos pintar mi bañera de rosa? ¿Qué pasa?

—A papá no le gusta la casa.

—¿Por qué no? Es bonita. Huele bien.

Raylan se dio cuenta de que la querían. Los niños querían aquella casa, aquel nuevo comienzo. Tendría que convertirla en un hogar. Tendría que dejar marchar el pasado y convertir aquella casa en un hogar.

—Vosotros, seres de mente débil, os habéis dejado engañar por mi gran capacidad de autodominio —les dijo Raylan—. Quería conocer vuestra opinión y no hacer uso del vasto poder de mi mente superior para influir en vuestros insignificantes cerebritos.

—Papá. —Bradley resopló y toda la tensión se desvaneció—. ¡Venga ya!

—¿Podemos quedárnosla? —Mariah le abrazó las piernas y alzó la cabeza, mirándolo—. ¿Podemos pintar la bañera de mi habitación de rosa?

—Sí y no. Podemos ponerte cortinas rosas y toallas rosas, pero no vamos a pintar la bañera.

—Pero Bradley nunca podrá hacer caca en mi cuarto de baño, nunca.

—Tengo mi propio cuarto de baño, más grande que el tuyo, y tú tampoco podrás hacer caca en él.

Ambos se enzarzaron en lanzarse insultos escatológicos. Raylan decidió que acababan de empezar a convertir la casa en un hogar.

Una vez cerrado el trato, con el papeleo y las cuestiones legales en marcha, Raylan empezó a contar los días que le quedaban durmiendo en el sofá cama y trabajando en un rincón o sobre la encimera de la cocina.

Pronto tendría que empezar con las compras para la vuelta al cole, por mucho que le pareciera imposible. Sin embargo, estaba decidido a posponer aquella pesadilla hasta el último momento posible.

Lo que sí tenía, a pesar de sus actuales condiciones de trabajo, era una trama potente con un personaje nuevo y fascinante que primero sería enemigo, siempre antagonista, y, con el tiempo, amigo de su Ángel. Tenía que agradecer y, de hecho, agradecía a su madre y a su hermana que lo hubieran ayudado a tener ocupados y entretenidos a los niños durante el verano. Y que se los quedaran una noche cuando viajó a la sede de la empresa para terminar de dar forma a la historia y al personaje junto a sus socios. Había pasado aquella noche en el desastroso piso de soltero de Jonah, pues aún no se atrevía a quedarse con Bick y Pats en su antigua casa.

Pero, antes de seguir adelante y ponerse manos a la obra con la novela, tenía que pedir permiso a su inspiración. Si ella no aceptaba, le cambiaría la apariencia física al personaje, pero no quería hacerlo. Todo funcionaba. Albergaba ciertas esperanzas, porque recordaba a la niña que había reconocido a Iron Man en el dibujo que colgaba en la pared de su cuarto.

Como llevaba bastante tiempo posponiéndolo y los niños iban a pasar la tarde con Maya y Collin, agarró el cuaderno de dibujo, cogió al perro y condujo hasta el caserón de la colina.

Siempre le había encantado aquella casa, sólida y atemporal, con el porche que la rodeaba por completo, los viejos y maravillosos árboles del lateral y la parte trasera. Y los hastiales que añadían un toquecito de misterio.

—Joder, Jasper, soy idiota. Puedo usarla. Si le subo el aire gótico me servirá como escondite de Llama. Habría que oscurecer la piedra, acercar más los árboles y añadir una torre. Sí, funcionaría.

Sin dejar de dibujar en su mente, caminó hasta la puerta delantera y llamó con la aldaba de bronce. Cambiaría la estrella por una gárgola. Una gárgola de sonrisa amenazante. Cuando nadie respondió, hizo lo que su hermana le había recomendado y dio la vuelta a la casa, añadiendo detalles a su boceto, hasta llegar a las puertas del patio de la planta inferior. Como estaban abiertas, fue a llamar a la jamba, pero se quedó petrificado con la mano en alto. De hecho, notó cómo se quedó con la boca abierta, incapaz de volver a cerrarla.

Adrian estaba en el centro de la habitación, mirando a una pared cubierta de espejos. Llevaba un minúsculo pantalón negro y un sujetador deportivo con finísimos tirantes que se entrecruzaban a la espalda. Se había recogido el pelo en un moño alto del que caían algunos rizos.

Apoyada en un pie descalzo, levantaba la pierna izquierda hasta apuntar al techo y formar una línea vertical. Tenía que ser anatómicamente imposible. A continuación, bajó la pierna y la estiró por detrás de ella; sin perder el equilibrio, se agarró los dedos de los pies y estiró el otro brazo mientras se inclinaba hacia delante y levantaba la pierna hasta formar un delicado arco.

Cuando la sangre volvió a circularle por el cerebro y se dio cuenta de que se estaba convirtiendo en un mirón, dio un paso atrás. Pero ella volvió la cabeza apenas unos centímetros y lo vio. En lugar de gritar y llamar a su monstruosa perra, sonrió y usó la mano que tenía extendida para hacerle un gesto de invitación. Raylan se asomó por el resquicio entre las puertas.

—Lo siento. Yo solo… No era mi intención interrumpirte.

—Casi he terminado. Necesitaba estirarme bien.

—Pero… —Se interrumpió en el momento en el que Jasper captó un olor, se coló por la puerta y corrió hacia su amor, que estaba tumbada delante de la chimenea—. Maldita sea, Jasper. Lo siento.

—No pasa nada.

Especialmente porque Jasper simplemente se había desplomado delante de Sadie, que no le hizo ni caso.

—Aún me falta el otro lado. ¿Venías a ver a Popi?

—La verdad es que no. —No podía apartar los ojos de ella—. ¿Cómo lo haces? ¿Cómo puede alguien hacer eso? ¿Es que no tienes articulaciones?

—Claro que las tengo. Están bien engrasadas. La flexibilidad es esencial para el fitness.

—Eso no es flexibilidad. Ni un muñeco de goma podría hacer eso.

—Ballet, genética, gimnasia, práctica… ¿Tú qué tal vas de flexibilidad?

—Nada que ver con eso. Pero es que yo soy del planeta Tierra y tú, desde luego, no. Lo cual me lleva a…

—Tócate los pies.

—¿Cómo?

—¿Puedes tocarte las puntas de los pies sin doblar las rodillas? A ver.

Raylan se sentía ridículo, pero también culpable por haber estado mirándola, así que se tocó las puntas de los pies.

—Bien. Hay potencial. ¿Haces ejercicio?

—Bueno…

—Ajá —dijo mientras ponía ambos pies en el suelo.

—Dos niños, un trabajo, una casa nueva, un perro, un sofá cama…

—Estás muy ocupado. —Al decirlo, sonrió—. ¿Y quién no? Todo el mundo está encantado de que compraras la casa de Mountain Laurel Lane. Una vez que te hayas establecido, idearemos unas tablas de ejercicios para ti. Treinta minutos al día. ¿Tienes pesas?

—No, yo…

—Yo te las conseguiré. Necesitas echar un poco de músculo.

Irritado, la miró de hito en hito.

—Vale.

—No es un insulto, es un comentario profesional. Cardio, *core*, entrenamiento de fuerza y de resistencia, flexibilidad. Todo el mundo lo necesita. Tienes unos niños preciosos.

Parte de la irritación se desvaneció.

—Sí que lo son, gracias.

—Son una mezcla de ti y de Lorilee, que me caía fenomenal. Y está claro, por las pocas veces que los he visto, que eres un padre estupendo.

—Me lo ponen más fácil de lo que parece. Cuestión de supervivencia.

—Parte de tu responsabilidad es estar sano para ellos.

Raylan no pudo evitar reírse.

—Creo que eso es jugar sucio.

—Sí que lo es, pero también es verdad. En cualquier caso, te prepararé un par de rutinas básicas. Y ahora, ¿qué querías?

—¿Esto mismo se lo haces a todo el mundo? ¿Les das el discursito de salud y forma física?

—No a todo el mundo, porque no todo el mundo está listo para oírlo. Maya es una de mis mejores amigas y quiero a Jan; están preocupadas por ti, y no es ningún secreto.

—No lo es, no.

No era algo que quisiera oír, así que empezó a recorrer el estudio con la vista.

—Menudo lugar te has montado, es serio, pero no intimida. Habría pensado… Pero mira qué dos.

Adrian volvió la vista y se encontró a Jasper, con los ojos cerrados, acurrucado junto a Sadie.

—Diría que sonríe como un bendito. Sadie le está dando una oportunidad. Y a ti también —le dijo a Raylan—. Si no le gustases, estaría justo aquí, vigilándote.

—Que siga así mucho tiempo. Porque tengo que pedirte permiso para una cosa.

—Ay, ¿deberíamos sentarnos?

—Puede que sí.

—Adelante. —Hizo un gesto hacia el sofá antes de ir a llenar dos botellas de agua de Nueva Generación. Le entregó una a Raylan antes de sentarse a su lado—. Esta es para ti. Te vendrá bien para mantenerte hidratado cuando hagas ejercicio.

—Muy bien. Entonces… El caso es que he estado trabajando en una nueva novela, con un nuevo personaje.

—Me encantó el debut de *Ángel Verdadero*.

Una vez más, lo dejó descolocado.

—¿Lo has leído?

—Pues claro. No solo eres el hermano de una buena amiga, también me gusta leer novela gráfica.

Aquello podía, y debía, ponérselo más fácil.

—Este personaje será antagonista de Ángel, primero su enemiga y luego su aliada. Es una semidemonio.

—Como Aflictivo.

—Al principio estará unida a él y se verá obligada a trabajar para él. Es solitaria y atormentada, lucha contra sus impulsos más oscuros y, resumiendo mucho, Ángel acabará por ayudarla a liberarse. Se hace pasar por humana y vive sola. Escribe historias de terror o más bien vierte en las páginas su experiencia y su historia de más de quinientos años.

—Estaré encantada de leerlo, pero no entiendo para qué ibas a necesitar mi permiso.

—Bueno… —Abrió el cuaderno de dibujo y se lo tendió—. Aquí la tienes.

—¡Pero si soy yo! Y con Resplandor.

—Sí, estabas resplandeciente.

Adrian volvió a clavarle una mirada divertida.

—Gracias, pero es el nombre del diseño, por lo de las llamas.

—Ah, vale, bueno… Lo llevabas puesto la primera vez que fui a ver la casa. Estabas de espaldas a mí y el personaje me surgió en la mente sin más. Llama Cobalto.

Fascinada, levantó la vista del boceto.

—¿Es así como nacen los personajes?

—A veces, no es lo normal. Casi nunca.

—¿Hay más dibujos? —Al tiempo que preguntaba, pasó la página—. ¡Ay, Dios, que está montada en un dragón! ¡Un dragón!

—Sí, bueno. Por lo del fuego. El fuego es su elemento. Se llama Vesta, como la diosa romana del fuego.

—Una dragona. Aún mejor. Me gusta mi aspecto. Parezco fuerte y feroz. —Siguió pasando páginas—. Oooh, y violenta y malvada. ¡Ayayay, y atormentada! ¡Me chifla!

—¿De verdad? ¿Te parece bien?

—¿Estás de coña? Soy una superheroína semidemoniaca. Bueno, primero villana y luego heroína. Todo me vale. Y voy montada en una dragona. Y llevo una lanza.

—Si la conservo, disparará llamas.

—Una lanza que dispara llamas. Cada vez me gusta más. ¿Dónde vive?

—Aquí. Es decir, en una vieja mansión como esta, pero más oscura, más lúgubre, aunque he pensado que esta casa podría ser la base.

—Ahora es Popi el que va a flipar. Vas a inmortalizar su casa y convertirla en el hogar y el escondite de una semidemonio.

—Entonces, ¿no le importará?

—¿Que si no le importará? Pero si tiene el dibujo que le hiciste lanzando masa de pizza enmarcado en su oficina.

—Ah, ¿sí?

—¿Por qué no? Admira tu talento.

Mientras Adrian continuaba estudiando los bocetos, Raylan se dio cuenta de lo mucho que significaba para él.

—Podría tener un cuarto secreto, aunque no le haga falta. Y una torre, quizás torrecillas. Ay, como si necesitaras que yo te dijera qué hacer. ¿Cómo se llama su *alter ego*?

—Adrianna Dark, y lo de la torre ya lo había pensado.

—¡Perfecto! Raylan, me siento superhalagada.

—Pues es un alivio, porque estoy listo para empezar a trabajar y no quería cambiarle el aspecto.

—Y ahora ya no puedes o me destrozarás mi frágil ego.

—No creo que sea demasiado frágil, pero no voy a cambiarle el aspecto.

—¿Me lo enseñarás? Durante el proceso, quiero decir. ¿O eres quisquilloso con tu arte?

—En Brooklyn trabajaba en un almacén reconvertido. Todo el mundo veía todo. Ahora debo irme —dijo al tiempo que miraba la hora—. Tengo que recoger a los niños en casa de Maya.

Cuando Raylan cogió el cuaderno y se levantó, Adrian también se puso en pie.

—¿Por qué no vuelves cuando Popi esté en casa? Y trae a los niños. Echa de menos tener críos correteando por aquí.

—Lo haré. Vamos, Jasper.

Este abrió los ojos y giró la cabeza al otro lado.

—Vamos, Romeo, o la próxima vez que venga te dejaré en casa.

—Sadie —dijo Adrian, y la perraza se levantó y caminó hasta su dueña, seguida de cerca por Jasper—. ¿Te parece que os acompañemos a la puerta?

—Así me ahorraré tener que arrastrarlo.

Pero no le ahorró tener que coger a Jasper en brazos para meterlo en el coche, donde empezó a aullar como un animal malherido.

—A las chicas no les gustan los lloricas, colega. Contente.

Raylan se despidió con la mano y se alejó. Al mirar por el retrovisor, vio a Adrian con su minúsculo atuendo negro y la mano apoyada en su enorme perra. Y sintió una punzada baja que no había sentido en mucho mucho tiempo. Reconoció que se trataba de deseo y decidió no hacerle caso. Se dijo que aún no estaba listo para aquello; y menos aún con una de las mejores amigas de su hermana, si es que algún día volvía a estarlo.

13

Un nuevo poema llegó una tórrida tarde de agosto con un cielo del color de la escayola antigua. Llevaba matasellos de Wichita. Adrian lo leyó en el coche, estacionado en el aparcamiento del supermercado. Era el tercero ese año.

De mi mente eres ira, de mi corazón tormento,
¿por qué tanto tiempo llevo lejos de ti?
Dulce es la espera hasta llegar el momento
delicioso en el que tu sangre derramaré al fin.

Le encogió el corazón, siempre lo lograba. Se quedó sentada un minuto más, esperando a tranquilizarse mientras oía cómo en el exterior una voz cansada le decía a otra llorosa que le compraría un helado más tarde.

Siguió su protocolo personal: guardó el poema en el sobre y el sobre en el bolso. Haría copias al llegar a casa y, como siempre, se las enviaría a la policía, a la agente del FBI y a Harry. Por supuesto, no serviría de nada. Nunca servía de nada. Y eso que el número había vuelto a aumentar. Durante muchos años había recibido uno, luego dos y ahora tres.

Sabía que el FBI lo archivaría en su expediente, igual que sabía que descartaría cualquier peligro real. Unos poemas vagamente provocadores, apenas un par de líneas, sin amenaza real ni acto alguno. Una obsesión, sí, pero una obsesión cobarde que causaba una enorme tensión mental y emocional, sin intento de agresión física. Sabía lo que pensaban los federales, la policía: era una figura pública, había elegido serlo. Y eso tenía un precio. Sabía lo que diría su madre, lo que ya había dicho. Guárdalo, olvídalo.

Adrian cogió un carro y se adentró con él en el gélido ambiente del supermercado. Abrió la lista de la compra en la aplicación del teléfono y se puso en marcha. Se recordó que debía estar agradecida por que su abuelo no hubiera insistido en acompañarla. Cuando lo hacía, tardaban el doble.

La comida, después de todo, era su pasión; seguida de cerca, en segundo lugar, por las personas. Así que hablaba con todo el mundo, examinaba cada melocotón con todo el cuidado, divisaba una verdura que inspiraría un plato y eso implicaba añadir nuevos productos a la lista para complementarlo. Cuando iban al mercado de productores, la visita se convertía irremediablemente en un maratón de análisis de alimentos, discusiones sobre comida y vida social.

Mientras iba recogiendo los artículos, con interés pero sin intensidad, no pudo evitar sonreír un poco. Hacer la compra con su abuelo llevaba mucho más tiempo, pero siempre la divertía. Marcó los lácteos en la lista y siguió adelante. Cuando llegó al pasillo de los cereales (a su abuelo le encantaban los Wheaties), iba embalada. Y entonces oyó una quejumbrosa voz masculina.

—Venga, hombre, habíamos acordado comprar Cheerios.

—Pero los Lucky Charms son mágicamente deliciosos.

Adrian vio a Bradley aferrado a una caja de cereales mientras su hermana ejecutaba una estupenda pirueta al otro lado del pasillo; Raylan parecía acorralado.

—Mágicos y deliciosos, las dos cosas son buenas —insistió Bradley—. ¿Es que no quieres que los cereales tengan cosas buenas?

«¿Cederá o se mantendrá firme?», se preguntó Adrian mientras caminaba hacia ellos.

—Hola, guapetones.

—Teníamos un trato. —Raylan se volvió a Adrian, con intención clara de buscar su apoyo—. Habíamos acordado comprar Cheerios.

—Podemos mezclar los Cheerios con los mágicamente deliciosos. Tú siempre dices que hay que ceder para llegar a un acuerdo. —Bradley se volvió a Adrian—. Siempre dice que hay que ceder para llegar a un acuerdo.

—Eres un chico listo, ¿eh?

Adrian se puso a buscar los Wheaties de Dom.

—Menudo cargamento llevas ahí. ¡Debes de comer como una lima! —Raylan esbozó una sonrisa—. ¿Un chico listo, dices?

—Sí, eso digo, y llevo un cargamento porque voy a tener la casa llena de gente unos días.

—Nosotros tuvimos la casa llena de gente porque fue mi cumpleaños. Ahora tengo ocho años. Comimos tarta de Batman.

—Siempre he pensado que el Caballero Oscuro es mágicamente delicioso.

Las palabras de Adrian la hicieron sonreír, pero entonces Mariah reclamó su turno de atención.

—Yo cumplo seis años el mes que viene y me van a hacer una tarta de bailarina. O una tarta de princesa. Aún no lo he decidido.

—¿Y por qué no las dos? ¿De princesa bailarina?

Sus ojos, verdes como los de su padre, se iluminaron.

—Eso es lo que quiero, papi. Una tarta de princesa bailarina.

—Tomo nota.

—Me gustan tus sandalias.

—Gracias. —Adrian sonrió—. También me gustan las tuyas, y me encanta tu pedicura. Qué rosa tan bonito.

—Papi me ha pintado las uñas de los pies. Tú llevas pedicura francesa. Te queda muy bien con el tono de piel.

—Muchas gracias. ¿Seis años va a cumplir? —le preguntó Adrian a Raylan.

—Cronológicamente. ¿En cuestiones de moda? Tiene unos treinta y cinco. Tengo entendido que va a venir tu equipo a grabar un nuevo DVD.

—Y gran parte del equipo son amigos, que se quedarán en casa y se comerán todo este cargamento. Mi abuelo ya está en la gloria.

Adrian vio cómo Bradley guardaba a hurtadillas la caja de cereales mágicamente deliciosos en el carrito. Sonrió al rememorar cómo una vez Mimi le había escondido unas galletas a ella.

—¿Qué tal todo por la casa nueva?

—Tengo toallas rosas en mi cuarto de baño. Las de Bradley son rojas y tenemos columpio en el jardín trasero, pero no vamos a tener una piscina, así que ya podemos ir olvidando la idea. ¿Crees que soy bastante mayor para pintarme los labios?

—¿No los llevas pintados? —preguntó Adrian al tiempo que se agachaba para mirarlos de cerca—. Habría jurado que los llevabas, porque menudos labios más bonitos y de un rosa perfecto.

—¿En serio?

—Desde luego. Qué suerte tienes de tenerlos de ese color natural.

—Impresionante —murmuró Raylan mientras Adrian se incorporaba.

—Tengo que seguir. Me alegro de veros. Saludad de mi parte y de la de Sadie a Jasper.

—Venid algún día a visitarnos —Raylan se oyó decir a sí mismo—. Jasper la echa de menos.

—Y así podrás ver mi habitación. Tengo cortinas nuevas y todo.

—Me encantaría. Hasta luego.

Mientras Raylan contemplaba cómo Adrian se alejaba con el carrito, dijo:

—Te he visto el truco con el cereal, Bradley. Pero, para que veas que sé ceder, lo aceptaré.

—¿Cómo lo has visto?

—Porque… —Raylan se dio la vuelta y exhaló como si fuera Darth Vader—. Bradley, yo soy tu padre.

Una vez en casa, Adrian colocó la compra, dejó salir a Sadie e hizo copias del poema. Como Harry y su familia llegarían la tarde siguiente, aprovecharía para darle la suya. Se planteó bajar al estudio a ensayar, pero en su lugar subió a echar un vistazo, sin necesidad, a los dormitorios.

Por la mañana iría al pueblo a comprar flores frescas, pero por el momento todo parecía en orden: la habitación que compartirían Harry y Marshall; las de sus dos hijos; la de Hector, que iría solo porque la mujer con la que llevaba viviendo el último año y medio no podía viajar esta vez, y la de Loren. Comprobó los baños, también sin necesidad, pero así tenía algo que hacer, algo que alejara su mente de aquellos malditos poemas.

Al igual que su abuelo, estaba encantada de tener la casa llena de gente. No había nada que le hiciera olvidar los problemas como los amigos y el trabajo. O una sesión de ejercicios que la hiciera sudar a base de bien, pensó mientras echaba a andar camino de su dormitorio para cambiarse. En ese momento oyó abrirse la puerta delantera y se acercó al borde de las escaleras.

—Popi, qué pronto has vuelto.

—Tienen todo bajo control. Y quería hablar contigo de un par de cosas.

—Tengo las costillas, tengo un pollo —comenzó a decir mientras bajaba las escaleras—. Todo lo que querías para el *trifle* de verano.

—No es eso. —Cuando Adrian se le acercó, le tendió las llaves de su coche—. No voy a volver a conducir. Casi me salto la señal de STOP de Woodbine, y no es la primera vez.

—Popi. —Adrian cogió las llaves y lo envolvió en un abrazo—. Sé que es duro. Yo te haré de chófer. Cuando sea y adonde sea. Te lo prometo.

—Tengo a más de media docena de personas deseosas de transportar mi viejo culo de un lado a otro. Puedes ser una de ellas. Y puedes empezar ahora mismo.

Adrian echó la cabeza atrás.

—¿Adónde quieres ir?

—Hay algo que quiero enseñarte y de lo que te quiero hablar.

—¡Misterio!

—¿Dónde está nuestra chica?

—Fuera.

—Pues que entre, que nos la llevamos de paseo.

Fueron en el coche de Adrian, ya que Dom llevaba varios años conduciendo una furgoneta que su nieta sabía que adoraba. Y como sabía que no le gustaba el aire acondicionado, abrió las ventanillas. Sadie, feliz, asomó la cabeza por una de las traseras.

—Entra en el pueblo y gira a la derecha en la calle principal.

—Hecho. Me he encontrado a Raylan y a sus hijos en el supermercado.

—Son unos buenos chicos.

—Sí que lo son —confirmó antes de contarle mientras conducía la batalla por los cereales y el debate sobre maquillaje.

—Justo antes de que me marchara, Monroe trajo a ese golfillo que tiene a comer pizza. Dijo que iban a disfrutar de un día entre hombres y así dárselo libre a Teesha. Tuerce a la izquierda en el semáforo. Y ahí —dijo haciendo un gesto— ya puedes aparcar.

—La vieja escuela.

—La vieja escuela elemental, tan vieja que es a la que yo asistí. En aquellos tiempos aún usaban la palmeta.

—Ay.

Dom se subió las gafas, sonriendo.

—Eso mismo es lo que dije yo más veces de las que quiero recordar.

El vetusto edificio de ladrillo gastado y argamasa suelta formaba un rectángulo. Lo que antaño había sido el patio estaba cubierto de asfalto agrietado y malas hierbas, y el paso estaba cortado por una vieja alambrada. Algunas de las ventanas, rotas con el tiempo por la acción de los elementos o de una piedra certera, estaban tapadas con tablones. En los canalones, o lo que quedaba de ellos, descollaban igualmente las malas hierbas.

—A lo largo de los años ha tenido distintos usos —dijo Dom—. Durante una época fue una tienda de antigüedades, pero acabó convirtiéndose en un mercadillo polvoriento. Recuerdo que también fue un taller de cortacéspedes y maquinaria de ese estilo. Nada que durase.

—No cuesta imaginar por qué. Está hecho un desastre.

—Lo han echado a perder, por eso. El dueño tenía grandes sueños, pocos escrúpulos y aún menos dinero. Iba a convertirlo en un bar. Ahora tiene que pagar una multa porque es un peligro y corren rumores de que lo derribarán.

—Bueno…

—No puede ser, Adrian. —Dom meneó la cabeza con la mandíbula apretada—. No podemos permitirlo. Este edificio tiene cien años. Tiene historia. Lo que necesita es volver a servir para algo.

Adrian entendía el sentimiento, entendía que tenía historia, pero…

—¿Quieres comprarlo?

—Quiero conocer tu opinión, porque sacaré el dinero de tu herencia.

—Popi, no seas bobo.

—Y no solo eso; cuando me una a tu abuela, pasará a ser responsabilidad tuya.

—¿El qué? ¿Qué es lo que estás pensando hacer?

—Ven a echar un vistazo. Tengo las llaves.

—¿Cómo no las ibas a tener? —farfulló. Habría querido dejar a Sadie en el coche, pero Dom ya le estaba abriendo la puerta.

—Venga, bonita. Vamos a explorar.

—¿Esto es seguro? Porque no lo parece.

—Lo bastante seguro para echar un vistazo.

El anciano, con sus bermudas caqui y el polo azul marino, las condujo acera arriba hasta las puertas delanteras que coronaban unos escalones de hormigón medio desmoronado.

—Vas a tener que usar la imaginación —le dijo a Adrian mientras sacaba las llaves.

—Y que lo digas.

Olía. La primera impresión de Adrian era que olía a telarañas, polvo, suciedad, abandono, ratones y puede que hasta ratas que hubieran usado el lugar como retrete. Pero Dom estaba radiante.

—¿Lo notas?

—Puede que note cómo algo me sube por la pierna.

El anciano le rodeó los hombros con el brazo.

—Niños, todos esos recuerdos de niños que pasaron por aquí. Ya no queda gran cosa de la carpintería original, y es una verdadera lástima, porque el imbécil del propietario vació el lugar sin planteárselo siquiera. Los cimientos siguen en buen estado —continuó mientras caminaba—; el tejado no, pero volveremos a levantarlo y añadiremos una segunda planta.

—¿En serio?

Adrian observó las viejas paredes de yeso, amarillento por el paso del tiempo, y el suelo de vinilo resquebrajado donde alguien había intentado arrancarlo. Dom apuntó hacia él.

—Ahí debajo, el suelo es de madera noble, y me apuesto algo a que se puede acuchillar y pulir de nuevo. Habrá que cambiar todas las tuberías y poner al día todo el sistema eléctrico con aisladores de porcelana para que cumpla la legislación. Habrá que limpiar el ladrillo del exterior y enlucirlo. Y fuera hay que desbrozar, limpiar, reasfaltar y poner una rampa de acceso para sillas de ruedas.

Dom se dio la vuelta para ver qué le parecía, pero Adrian no veía más que un lugar enorme y maloliente, con ventanas rotas y destartaladas.

—Le pedí a Mark Wicker, que es un constructor cojonudo, que echase un vistazo. Dice que la obra durará casi un año y costará alrededor de un millón.

—¿De dólares? ¿Un millón de dólares? Popi, creo que necesitas tumbarte. Y creo que yo también.

—Puede, pero primero escúchame. El precio de venta es, o era, disparatado. Me negué y entonces se avino a razones. Pero me eché atrás porque sé que necesita vender y es un avaricioso que vive en no sé qué mundo de fantasía. Hoy ha bajado aún más el precio, así que le he dicho que tenía que hablar con mi socia y ya le daría una respuesta.

—¿Soy tu socia?

—Eres mi todo.

Mierda. Lo quería; fuese lo que fuese, lo quería de verdad.

—Vamos fuera, porque no quiero ni pensar qué estamos inhalando ahora mismo. Y así me cuentas qué es lo que quieres hacer con un millón... Jo, es que se me corta la respiración al pensarlo, ¡un millón de dólares!

Dom salió con su nieta y volvió a alzar la vista. Luego la tomó de la mano y la condujo hasta la verja combada.

—Ahí me despellejé las rodillas más de una vez. Jugábamos al rescate y a la pelota y al rondo.

Adrian se apoyó en su abuelo.

—En aquella época no había tanta gente en el pueblo, no había tantos niños. Y muchos vivían en las granjas. Ahora es distinto. The Creek ha crecido. Es un buen pueblo, pero ¿sabes lo que no tiene, Adrian?

—¿El qué?

—Un lugar para esos niños. Un lugar al que ir después del colegio o durante el verano. Un lugar en el que puedan jugar al balón, al ping-pong, a videojuegos, hasta estudiar o simplemente pasar un rato en un lugar seguro. Hay un montón de padres que trabajan y un montón de chavales que están solos en casa. Ya ves.

—Quieres construir un centro juvenil.

—También podría haber clases. De música o de arte. Actividades, cierta estructura. —Dom le sonrió—. Tentempiés saludables.

—Ahora me estás haciendo la pelota.

—Solo un poco. Actividades extraescolares, clases de gimnasia.

—Sigues haciéndome la pelota —dijo Adrian, pero le rodeó la cintura con el brazo.

—Sophia y yo hablamos de este lugar más de una vez. Pero no teníamos la manera de hacernos con él, hasta ahora. Puede que todavía no esté a mi alcance, pero...

—No hay nada que no esté a tu alcance si te esfuerzas por lograrlo. Es verdad que da un poco de miedo, no te voy a mentir. Pero, con los ojos entrecerrados y dejando de lado todo mi sentido común, casi puedo verlo.

Y era lo que Dom quería. Lo demás no importaba. Adrian dio un paso atrás y le tendió la mano.

—A por ello, socio.

Su abuelo se la estrechó.

—*Gioia mia*, qué orgulloso me siento de ti.

Había pocas cosas que a Dom le gustasen más que cocinar para un grupo de gente, salvo el sonido y el jaleo de tener niños correteando por la casa. Con los amigos de Adrian, tenía ambas cosas.

Marinó kilos de gruesas costillas de cerdo en una salsa picante de su invención, asó verduras de verano de su propio jardín, preparó una ensalada fría de pasta colorida como un carnaval con gruesas aceitunas, tomates *cherry* y finas tiras de calabacín. Horneó *focaccias*. Lo remató con una tarta rellena de crema y fresas.

Los gruñidos de los atiborrados comensales, el parloteo de los niños y el descomunal lío que suponía preparar a la perfección una comida compleja lo hacían tremendamente feliz. Le encantaba ver a Adrian con los amigos que había hecho en el instituto. Y le encantaba ver a Harry, que había sido casi un padre para su nieta, con la familia que había formado. Las distintas generaciones a la mesa formaban una familia, un hogar.

Mientras bebían capuchinos con la tarta, se dirigió a Hunter, el hijo mayor de Harry.

—Dime qué es lo que más te gustaría tener en un centro juvenil.

—Una piscina. —Hunter, con sus ojos oscuros de gitanillo, devoraba la tarta—. Los papis dicen que… —Levantó los pulgares hacia arriba y luego los giró hacia abajo.

—Caballos para monta y un establo. —La hermana pequeña de Hunter, Cybill, metió el dedo en el relleno de crema.

—¿Y tú, Phineas?

—A mí me gustaría un planetario.

Dom asintió con seriedad antes de volver la vista hacia Adrian.

—Vamos a necesitar un edificio más grande.

—Ya te digo. ¿Y juegos? De mesa, videojuegos, una cancha de baloncesto. Manualidades, clases de música... Te estoy mirando a ti, Monroe.

Hunter agitó el tenedor en su dirección.

—¿Sabes tocar la guitarra?

—Sí. ¿Te gusta la guitarra?

—Sí. Entonces, si me regalan una por Navidad, ¿podrías enseñarme cuando venga de visita?

—Claro. Si quieres, puedes venir mañana un rato a casa y te enseñaré un poco.

—¿En serio? ¡Genial!

—Tu papá Harry tiene que trabajar mañana aquí. —Phineas miró a Harry como si lo tanteara—. Así que tu papá Marshall puede traerte. Y tú también puedes venir —le dijo cortés a Cybill—. A mí Santa Claus me va a traer un telescopio.

—¿De verdad? —preguntó Monroe antes de darle un sorbo a su capuchino.

—Sí, porque voy a ser astrónomo-astronauta y voy a descubrir vida en otro planeta. Porque la hay.

—Eso no se lo dicho yo —le dijo Monroe a su esposa—. A mí no me mires.

—Bueno, tanto matemática como lógicamente, tiene razón. Haberla, hayla.

Monroe apuntó a Teesha con el tenedor.

—¿Ves? Dom, Adrian, la comida ha sido increíble. El resto deberíamos presentarnos voluntarios a fregar todo esto.

—Me apunto. De hecho, como no me mueva, puede que eche raíces en la silla. —Hector, con sus gafas de pasta y su pequeña coleta, se puso en pie—. Siempre pienso que a Sylvie y a mí se nos da medio bien la cocina hasta que vengo a comer aquí. Es que ni nos acercamos.

—Siento que no pudiera venir —dijo Loren, levantándose a ayudar a recoger los platos. Se había cortado a cepillo la mata pelirroja y, en opinión de Adrian, tenía pinta de abogado hasta con los vaqueros y la camiseta.

—Y ella también, pero está muy ocupada haciendo las maletas, porque nos trasladamos a Nueva York.

A pesar de la barriga, Teesha se puso en pie como por resorte.

—¿Cómo?

—Sí, me estaba guardando la noticia. —Esbozó una sonrisita y se encogió de hombros—. Sylvie recibió una oferta estupenda, por lo que yo también empecé a mirar. Volvemos a Nueva York, así que mi padre está bastante contento. Especialmente desde que le pedí a Sylvie que se case conmigo.

Loren le asestó un puñetazo en el brazo.

—¡Y no nos habías dicho nada!

—Os lo digo ahora. Había pensado en subirme contigo en tu coche para mirar un par de sitios y luego volver en avión.

—¡Juntos en la carretera!

Adrian se levantó a abrazarlo.

—Eso sí que son buenas noticias. Hay que abrir el champán.

—Pero primero los platos, claro.

Harry esperó a que terminaran de fregar y a que sus hijos quemaran las energías de la tarta bajo la supervisión de Marshall. Luego cogió a Adrian de la mano.

—¿Qué te parece si damos un paseo?

—Claro. Iba a bajar a comprobar los preparativos para mañana.

—Ya se ocupa Hector —dijo, tirando de ella hacia la parte delantera de la casa.

—¿Hay algún problema? ¿Mamá y tú estáis bien?

—Yo estoy bien y ella también. Dentro de un par de días volverá a Nueva York. Y quiere hablar contigo sobre una nueva producción madre-hija. Probablemente este invierno.

—Tendrá que ser aquí. No quiero dejar solo a Popi. Además, debería venir a verlo.

Harry salió con Adrian al porche delantero.

—Menudas vistas. Hasta un urbanita convencido es capaz de apreciarlas. Dom está ilusionadísimo con este proyecto del centro juvenil.

—Y que lo digas. Nos pondremos a ello en cuanto tengamos en marcha esta producción. Ya hemos firmado el contrato, después de que Teesha hiciera que el vendedor bajase el precio otros doce mil dólares.

—Esta mujer es una maravilla.

—Sí que lo es.

Adrian observó a Harry mientras caminaban. Tan pulcro, delgado y apuesto como siempre. Tal vez incluso más con el asomo de cabello plateado en el pelo.

—¿Qué es lo que pasa, Harry?

—Lo que pasa es que me pregunto por qué no les has contado ni a Dom ni a los demás lo del último poema.

—¿Quién dice que no se lo he contado?

—Lo digo yo, Ads, porque te conozco. Vamos a pasear y a disfrutar de las últimas horas de este largo día de verano mientras me cuentas por qué.

—No vi motivo para hacerlo, Harry, ni lo veo ahora. Especialmente a Popi. Como tú mismo has dicho, está ilusionadísimo. ¿Por qué le voy a contar algo desagradable cuando no puede hacer nada al respecto? Tiene noventa y cuatro años.

—¿Y a los demás?

Adrian dejó escapar un suspiro de impaciencia.

—Tengo suerte si veo a Hector y a Loren en persona dos veces al año, ¿qué iban a hacer ellos? Y Teesha está embarazada, así que, una vez más, ¿para qué? Total, es algo que lleva pasando años.

—Está yendo a más. Tú y yo lo sabemos.

—Y presento los informes religiosamente. Sí, está yendo a más y eso me preocupa. Me da miedo y me pone de los nervios, que debe de ser precisamente lo que quiere esta persona. Pero no he recibido ninguna llamada extraña, no he sufrido vandalismo ni nadie ha intentado entrar en casa. Nada más personal que esas rimas asquerosas.

—Y llevas tres este año. Sé que tienes un sistema de alarma y una perra gigantesca, pero sigues estando muy aislada aquí, Adrian. Creo que es hora de que te plantees contar con protección personal.

Adrian, verdaderamente pasmada, se paró en seco.

—¿Quieres que me compre un arma?

Igualmente atónito, Harry se paró a su lado.

—¡No! Por supuesto que no. Hay demasiadas cosas que podrían salir mal, pero fatal. Lo que sí podrías hacer es contratar a un guardaespaldas.

—Venga ya, Harry —se rio Adrian.

—Lo digo en serio. Lina cuenta con seguridad en sus eventos y ni siquiera sufre este tipo de amenaza constante. Es una cuestión de sentido común.

—Yo no hago eventos fuera —le recordó—, porque, como ya te dicho, Popi tiene noventa y cuatro años. Y desde que tomé esa decisión, he descubierto lo mucho que me gusta trabajar desde casa, lo mucho que puedo hacer y a cuánta gente puedo llegar desde aquí.

—Lo entiendo, pero la seguridad, y con seguridad me refiero a alguien con experiencia, añadiría un nivel más de protección.

—Y acabaría con mi privacidad y la de Popi. Tenemos a la policía a cinco minutos. Quienquiera que esté llevando a cabo esto ha tenido años para hacer algo más amenazante o violento. Es puro acoso emocional.

—Y los acosadores a menudo actúan de acuerdo con su obsesión.

Desde luego, no estaba haciendo que se sintiera mejor, pensó Adrian. Pero tampoco era lo que Harry buscaba.

—No es que no lo tenga en cuenta. No me lo puedo permitir. Pero, poniéndonos en lo peor, si alguien quisiera hacerme daño, soy una mujer fuerte, ágil y rápida. No estoy indefensa, Harry.

—Nunca lo has estado.

—Detesto que estés tan preocupado, pero el hecho de que lo estés me reafirma en la decisión de no decirle nada a Popi. Haré un curso de defensa personal.

Harry puso los ojos en blanco.

—¿Dónde?

—Por internet. Si de verdad te lo propones, puedes aprender cualquier cosa por internet. Y yo me lo voy a tomar en serio. Será otro nivel de protección más.

—Está bien, vale. Sabía que no iba a servir de nada, pero tenía que intentarlo.

—Y te quiero por ello, aunque te quiero de todas formas. Voy a buscar clases y empezaré la semana que viene. Como soy una persona competitiva y orientada a los objetivos, me graduaré entre los primeros de la clase.

—No me sorprendería.

—¿Y sabes qué? Cuando haya aprendido lo suficiente, puede que haga un buen vídeo para el blog o incluso un segmento.

—Y ahí —dijo Harry mientras emprendían el camino de vuelta a casa— es donde te pareces a Lina.

Aunque le molestaba, se encogió de hombros.

—Tal vez. Un poco.

—Es una mujer hecha a sí misma, Adrian, igual que tú. Uno de los motivos es que, cuando cualquiera de las dos os topáis con un obstáculo, no imagináis la manera de hacerlo a un lado, sino de aprovecharlo para vuestro propio beneficio.

—A veces me pregunto si eso es lo que fui yo, un obstáculo.

—No. —Harry le rodeó los hombros con el brazo—. Jamás lo has sido para ella, créeme. Tú fuiste una elección.

«Tal vez», pensó de nuevo. Pero jamás había logrado entender por qué su madre la había elegido.

14

Adrian no dudó en enviarle un vídeo de fitness personalizado. A Raylan le pareció breve, sorprendente y no demasiado agradable. Suponía que debía sentirse…, ¿cómo exactamente, después de que se hubiera tomado la molestia de crear para él un programa completo para un mes? Siete días a la semana (¿en serio?) durante cuatro semanas. Con sus calentamientos y enfriamientos. Cada puñetero día.

Vio el primer segmento en el portátil, de pie en la cocina mientras se horneaban las bolitas de patata frita y los palitos de pollo congelados (había tenido un día duro y, además, lo iba a compensar con brócoli al vapor) y los niños correteaban por el jardín con el perro: una panda de locos.

Día uno: cardio. Adrian demostraba cómo trotar en el sitio elevando las rodillas y le mandaba hacerlo durante treinta segundos antes de pasar directamente a los saltos en estrella, las zancadas hacia delante y hacia atrás, las sentadillas, los *burpees* y demás. Luego, sin inmutarse siquiera, le decía que repitiese toda la serie dos veces antes de parar treinta segundos a beber agua, para luego dedicarse a los eslálones en la escalera de agilidad, los escaladores de pie y otras torturas. Treinta minutos de festival del sudor.

Si lo repetía una vez a la semana, le aseguraba que llegaría a intervalos de cuarenta segundos al finalizar la cuarta. También tenía la opción (muy recomendable) de añadir cada día una rutina de diez minutos para el *core*.

—Claro, ¿por qué no? Lo que me sobra es tiempo.

Dejó que se reprodujera mientras sacaba el brócoli y Adrian pasó al día dos: entrenamiento de fuerza. Mientras cortaba la verdura, Raylan pensó que era asombroso lo relajante que le sonaba la voz mientras empujaba a un pobre inocente a hacer *curls* de bíceps, flexiones de martillo con *press* de hombros, aperturas con mancuernas, remo y algo llamado rompecráneos. Tal vez lo fascinara ver sus músculos en movimiento... y lo usaría para dibujarla, pero no tenía pesas. Había estado ocupado.

Adrian dedicaba el día tres al *core*, y parecía igualmente doloroso. A pesar de su voz relajante y sus fascinantes músculos, apagó el vídeo. Puso el brócoli al vapor y sacó los platos. En el último momento se acordó de la colada que había metido en la lavadora esa mañana antes de lanzarse a la última jornada de su maratón de compras para la vuelta al cole.

Al tiempo que sacaba la ropa de la lavadora y la metía en la secadora, se preguntó por qué no había pedido pizza. Luego recordó que lo había hecho la noche anterior, justo después de acabar una nueva etapa del maratón.

Al menos los niños tenían zapatos nuevos y ropa para el otoño, mochilas y bolsas para el almuerzo, carpetas y archivadores y lápices nuevos con sus prístinas gomas de borrar. Todos los artilugios imaginables y aún más. Y con el entusiasmo de la novedad, del empezar de cero, los dos lo ayudaron a organizarlo todo. Así que ya tenían las mochilas, aunque sin las bolsas para el almuerzo, que añadirían por la mañana, colgadas del perchero del cuarto zapatero. Justo a tiempo, pensó, porque el autobús amarillo llegaría a las 7.20 para llevarlos al primer día del curso.

¿Era un padre de mierda por anhelar con alegría y alivio ese momento? No, no lo era, se dijo con convicción. Era realista. ¿La idea de tener la casa vacía, de disfrutar del silencio sin interrupciones? La gloria. La gloria pura, con su lagrimita bajando por la mejilla incluida.

Echó un vistazo a la cena, consideró que le quedaban unos cinco minutos y salió a la puerta a llamar a los niños. Y entonces se quedó parado, contemplándolos.

Mariah se defendía con pasos de baile contra el guerrero ninja que era Bradley mientras Jasper corría alrededor con una pelota de tenis amarilla en la boca. Los pantalones rosa pétalo de Mariah estaban manchados de hierba. A Bradley se le habían vuelto a desatar los cordones de las viejas Converse Chuck, grises de roña. Los quería tanto que dolía.

Abrió la puerta al calor y la humedad asfixiantes, que hacía que los dos niños brillasen de sudor. Cuando estaba a punto de llamarlos para que entrasen, como las personas civilizadas, sintió un impulso irresistible. Agarró la manguera del jardín, abrió el grifo a tope y los empapó. Los niños gritaban, bailaban, corrían y vuelta a empezar.

—¡Papá! —chilló Mariah mientras intentaba huir del chorro, aunque tenía la cara, al igual que Bradley, radiante de placer.

—Abajo los invasores de mi jardín. ¡Mi poderosa manguera acabará con vosotros!

—¡Eso nunca! —exclamó Bradley, fingiendo con exageración que nadaba hacia él en cuanto el chorro le dio en la barriga.

Raylan, apreciando la creatividad y, una vez que Mariah se unió al ataque, también el trabajo en equipo, se dejó derribar por los niños. La manguera cayó al suelo y Jasper empezó a saltar sobre el chorro de agua que salía disparado mientras Raylan luchaba con sus hijos. Tan empapado como ellos, se dejó caer de espaldas con un niño sujeto en cada brazo. Como había dejado la puerta trasera abierta, oyó el pitido del horno.

—La cena está lista.

Por la mañana, les hizo fotos con los rostros resplandecientes, los zapatos nuevos y las mochilas al hombro. Y cuando vio cómo aquel autobús escolar amarillo los engullía, sintió una punzada en el corazón. No duró mucho, pero la sintió antes de girarse hacia el perro.

—Nos hemos quedado solos, colega. ¿Qué te parece si tú friegas los platos del desayuno mientras yo me pongo a trabajar? ¿No? ¿No es así como funciona?

Limpió la cocina mientras oía el silencio. Sí, era la gloria, pero no dejaba de pensar en los niños. Eran los nuevos en el colegio. Habían hecho amigos durante el verano, pero a pesar de todo serían los nuevos. Cuando volvieran a casa, tendrían mil historias que contar y le traerían mil formularios que rellenar. Así que más le valía aprovechar el silencio mientras durase.

Una vez en la oficina, se sentó a la mesa de dibujo mientras Jasper, a sus espaldas, se subía a hurtadillas a lo que Raylan consideraba su sillón de pensar. Había acabado el guion, lo había editado, lo había retocado y lo había pulido. Aún podía cambiar (y era probable que todavía cambiase) alguna cosilla aquí y allí, pero le parecía que era potente.

Había empezado con buen pie las viñetas iniciales y en ese momento observaba el pliego, con sus dos páginas extendidas en el tablero. Ya había colocado los bocadillos y cartuchos, así como cualquier otra tipografía. Cogió un lápiz azul y comenzó a añadir detalles a los personajes y al fondo. Con otros colores fue destacando ciertos puntos, añadiendo luces y sombras. De vez en cuando se fijaba en los bocetos clavados en el tablero para comprobar perfiles, facciones, cuerpos.

El villano era de complexión delgada, casi delicada, y tenía un rostro romántico, artístico, poético, con ondas de cabello dorado que le llegaban a los hombros. Una fina capa que ocultaba a un monstruo malvado. Raylan inclinó ligeramente sus ojos, que casi recordaban los de un duende. Serían de un azul cristalino, hasta que se alimentase. Entonces se volverían de un demoniaco rojo sangre.

Satisfecho, pasó al siguiente pliego, a las siguientes viñetas, fue consultando el guion y la plantilla para el diseño. En el momento en el que terminó de medir y marcar las viñetas, Jasper se bajó del sofá y empezó a menear el rabo, queriendo salir. Raylan le abrió la puerta y cogió una Coca-Cola.

Comenzó, como siempre, con los bocadillos. No tenía sentido dibujar algo que luego taparía. En ese pliego habría más texto que diálogo, pensó mientras Adrianna deambulaba por su casa, tratando de resistirse a la llamada de Aflictivo; luego, en una viñeta a toda página, se rendía a él y se convertía en Llama Cobalto, con la lanza en la mano y la aflicción en los ojos. Sí, tenía que admitirlo. Estaba muy buena.

A medida que los azules iban tomando forma fue construyendo su casa, fijándose una vez más en los bocetos y en los detalles de las viñetas anteriores. La torre, con ella asomada al largo ventanal, la mirada perdida en la noche. «Sola», pensó. Preocupada. Recelosa. Atormentada. ¿A quién no le iba a gustar una heroína así? Sus pómulos eran potentes, no afilados cual diamantes como le sucedía a su amo, sino fuertes y definidos. Raylan tendría que experimentar con los colores para dar con el tono adecuado de piel entre oliváceo y dorado. Por el momento, forma, expresión, composición.

Acababa de empezar la viñeta alargada, la de su transformación, cuando oyó a Jasper aullar como un lunático y un condenado. Dejó todo y corrió a la puerta trasera. Cuando no vio al perro, le dio un vuelco el corazón, pero los aullidos volvieron a comenzar. Al seguirlos, vio a Jasper con las patas delanteras en lo alto de la valla y el rabo zigzagueando a toda velocidad, con la cabeza echada hacia atrás para lanzar un nuevo aullido.

Raylan no había oído llegar ningún coche, pero vio que Adrian sacaba una bolsa de gimnasia y lo que se parecía sospechosamente a una bolsa de yoga mientras Sadie, paciente, esperaba en el interior. Se puso en cada hombro la correa de una de las bolsas antes de ver a Raylan.

—Siento mucho el escándalo. Si te parece, puedo dejarla con él unos minutos.

—Sí, por favor. Jasper, eres una vergüenza para los de tu sexo. Y eso que…, ¿sabes…? —Raylan imitó un tijeretazo con los dedos.

—El amor no siempre tiene que ver con el sexo, ni el sexo con el amor. —Mientras lo decía, Adrian caminó hasta la verja—. Venga, Sadie, dale un respiro al muchacho. Te he traído algunas cosas.

Pensando en el vídeo de las torturas personalizadas, Raylan vio con circunspección cómo atravesaba la cancela con la perra.

—¿Que me has traído algunas cosas?

—Hay más en el coche, pero ahí ya voy a necesitar ayuda.

Jasper se puso a correr alrededor de Sadie, se revolcó en la hierba, empezó a dar saltos. Y Adrian sonrió al tenderle a Raylan la bolsa de yoga negra.

—¿Cómo va el primer día de cole?

—Hasta ahora iba bien, pero estoy empezando a preocuparme.

Le entregó la bolsa de gimnasia, que pesaba más de lo que aparentaba.

—Una esterilla, bloques y cintas, bandas de ejercicios, lastres para las muñecas y los tobillos.

—Oh, no tenías que haberte molestado.

—¿Para qué están los amigos? ¿Recibiste el vídeo?

—Sí, sí, pero…

Adrian le sonrió con aquella sonrisa de mil vatios.

—Estás superocupado.

Prácticamente irradiaba una divertida comprensión. No se fiaba ni un pelo de ella.

—¿Por qué no metemos todo esto en casa y vemos si podemos sacar las mancuernas del coche? Puedo ayudarte a bajarlo todo al sótano; entiendo que es la mejor zona para hacer ejercicio. Luego me quitaré de en medio para que puedas volver a estar superocupado.

¿Qué estaba pasando?

—¿Mancuernas? ¿Me has traído mancuernas?

—Y un mes de suscripción gratis para que puedas ver los vídeos en la web de *Hora de entrenar* cuando estés listo.

Adrian se coló con él hasta la cocina, sigilosa como una serpiente entre la hierba.

—Ay, Raylan, te ha quedado genial. Es muy alegre. Organizada y alegre —añadió—. El calendario con horarios, el corcho con los dibujos de los niños y las fotos. —Se volvió a él—. ¿Te importa si me meto donde nadie me llama y…?

—Ya lo has hecho.

Adrian se echó a reír y toda aquella mata de pelo empezó a agitarse.

—No puedo negarlo. Pero me dijiste que me pasase algún día por aquí a ver tu trabajo. Si has hecho algo con el nuevo personaje...

—Sí, estoy avanzando. —Atrapado, dejó las bolsas en la isla de la cocina—. Mi oficina está por aquí —dijo al tiempo que rodeaba la isla y la conducía hasta las puertas acristaladas, que estaban abiertas.

Adrian se detuvo en el umbral.

—¡Guau, es precioso! Mira todos los dibujos. Y qué buena luz..., imagino que eso es importante. Y tan organizadito, otra vez, con todos los lápices y pinceles, y un tablero de dibujo de verdad. Imaginaba que lo harías todo a ordenador.

—Algunos lo hacen así. A veces yo también. Pero me gusta trabajar a la vieja usanza.

—¿A esto lo llamas la vieja usanza? —Adrian se acercó al tablero y se quedó mirando el pliego—. Me encanta la casa. Es como la nuestra, pero con un toque a lo *Bitelchús*.

Eso no solo lo hizo sonreír como un tonto, sino que le llenó el corazón de orgullo.

—Sí, supongo que sí.

—Y ella parece tan... tan triste, tan sola. Atrae la compasión, así que si..., cuando haga cosas terribles, el lector seguirá simpatizando con ella. Y aquí, aquí la estás dibujando enorme, de cuerpo entero, en movimiento.

—Es su transición, sí.

—¿Estudiaste anatomía?

—Bueno, sí, en la universidad. Tienes que saber cómo se conectan las partes del cuerpo para que cobren vida en la página. La musculatura, la columna, el tórax...

—Eso lo tenemos en común. No se puede enseñar fitness, al menos bien y de forma segura, si no sabes cómo se relacionan las partes del cuerpo, cómo reaccionan. En fin, que me encanta este rincón que te has montado, y tu casa tan alegre, y algún día me encantaría que me explicaras todo este proceso. Pero estás trabajando y yo tengo que volver. Así que vamos a meter esas mancuernas.

—¿Cómo sabes que no las había comprado ya?

—Le he preguntado a Jan.

—Traicionado por mi propia madre.

Tardaron media hora, al cabo de la cual Raylan consideró que ya había hecho bastante ejercicio por aquel día. Para cuando acabó de acarrear la última pareja de pesas (cada una de quince puñeteros kilos), Adrian ya había montado el soporte doble y lo había llenado hasta los dos últimos espacios. Su sótano casi acabado daba un poco de miedo.

—De verdad que necesitas un banco.

—Para.

—Ya verás. —Adrian señaló la estancia con un gesto de la mano—. Lo bueno es que ya tiene suelo de parqué, y la luz no está nada mal. Este espacio es más que adecuado.

Estaba de pie en mitad de la pieza, con las largas piernas enfundadas en un pantalón corto de correr negro con ribetes azulones. Raylan supuso que hacía juego con la camiseta del mismo color que le dejaba lucir los brazos, largos y tonificados. Las zapatillas también hacían juego. Eran del mismo tono de azul con el discreto logotipo NG, de Nueva Generación, en color negro. «Mariah —pensó Raylan— le daría el visto bueno».

—Al principio no te gustará demasiado —dijo Adrian mientras deambulaba—. Pero al acabar la segunda semana, verás los beneficios. Dormirás mejor, te sentirás mejor. Y para la tercera habrás creado el hábito. Bajarás a hacer ejercicio igual que te duchas o te lavas los dientes. Será parte de tu día a día.

—Eso lo dirás tú.

—Sí, lo digo yo. Solo recuerda que, si algo duele, hay que parar. Si es incómodo, sigues. Pero si te duele, te paras.

—Ya me duele.

—No seas flojo, Wells —le dijo dándole un golpecito en el pecho con el dedo antes de darse la vuelta y enfilar las escaleras.

Si se quedó mirándola fue porque necesitaba la vista de espaldas para sus dibujos.

—Ah, ¿tienes una batidora?

Casi tuvo miedo de responder.

—Sí.

—Guay. En la bolsa hay una muestra de nuestro batido de superalimentos y algunas sugerencias para que te prepares otras bebidas saludables.

—Fuera de mi casa.

—Ya me voy, y me llevo a la novia de tu perro.

Cuando Adrian salió, vio a Sadie tumbada en la hierba delante de los numerosos obsequios que Jasper le había traído: palos, dos pelotas, un hueso de cuero a medio mascar, una cuerda deshilachada y un gatito de peluche.

—Caray, qué detallista, por favor. Al final Sadie caerá —predijo Adrian—. ¿Cómo va a resistirse a tanto amor? Podrías traerlo a casa de vez en cuando, ¿sabes? Así podrían pasar el rato juntos mientras trabajas.

—Tú también trabajas.

—Sí, pero el jardín es grande, la casa es grande y a Popi le encantaría.

—Vale, claro que sí.

—Genial. Vamos, Sadie. Saluda a los niños de mi parte.

—Lo haré.

Adrian rascó al pobre Jasper antes de echar a andar hacia la cancela.

—Iba a darte las gracias por el material, pero la verdad es que no te lo agradezco.

Cuando se dio la vuelta, la mata de rizos volvió a agitarse.

—Ya me lo agradecerás.

Para evitar nuevos aullidos, Raylan chantajeó a Jasper con una galleta Milk Bone. Cuando consiguió que entrara en casa, se quedó parado y meneó la cabeza.

—Entiendo que te sientas así ante ese pedazo de hembra. Lo que no está bien es que yo empiece a... a sentir esto que empiezo a sentir al ver a esa preciosa y altísima reina del fitness. Y, desde luego, no sé qué puñetas voy a hacer al respecto.

Y dado que no lo sabía, se almorzó los palitos de pollo que habían sobrado y luego volvió al trabajo.

El verano se defendió del otoño con golpes de calor durante todo el mes de septiembre. Las piscinas siguieron abiertas, los jardines floreciendo y los aires acondicionados a todo trapo. Los turistas siguieron llevando sus barquitas, lanchas y kayaks a Traveler's Creek para remojarse a la sombra de unos árboles que permanecían obstinadamente verdes.

En octubre, de la noche a la mañana, el verano se fue. El otoño llegó con su aire frío, pintando los árboles de intensos y llamativos colores que atraían a senderistas y ciclistas, y mandaban a los gansos del Canadá graznando hacia el norte.

Adrian estacionó en el aparcamiento de Rizzo's en lo que se le antojaba un perfecto día de otoño, con árboles de arrebatados colores recortándose contra un cielo furiosamente azul. Una vez que Dom y ella se apearon, abrió el portón trasero para ponerle la correa a Sadie.

—No trabajes demasiado, Popi.

—Tú tampoco. Barry me llevará en coche a casa antes de cenar. ¿Qué te parece si traigo a casa unos *manicotti*?

—¿Quién va a decir que no a eso? —preguntó antes de darle un beso y esperar un minuto más a que entrase por la puerta de atrás.

Sería la primera jornada que pasaba entera en el restaurante después de que el típico resfriado de finales de verano lo hubiera dejado postrado unos días. Era probable que lo hubiera agarrado, pensó Adrian mientras caminaba con Sadie hacia la oficina de correos, de tanto como había andado (y ella también) de acá para allá con el arquitecto, el ingeniero, el constructor y el urbanista. Había merecido la pena, pensó, ahora que estaba perfectamente recuperado y, si todo iba según lo previsto, por fin empezarían las obras del centro juvenil.

Cuando estaba a punto de atar la correa de Sadie al aparcabicis que había a la puerta de la oficina de correos, oyó un aullido desesperado.

—Vaya, vaya, parece que tu novio anda por aquí. Deja que recoja el correo y vamos a darle una alegría.

Sadie se sentó, obediente como siempre, pero volvió sus bonitos ojos hacia los aullidos. Y en ellos Adrian vio anhelo. Tal y como había predicho, Sadie había caído.

—Cinco minutos —le prometió Adrian.

Al entrar en el vestíbulo vio a Raylan con una enorme caja, hablando con la encargada en el mostrador. Una vez que lo hubo mirado de arriba abajo, asintió. Delgado, esbelto, pero no flaco, ya no. A su ojo crítico, iba camino de que los vaqueros y la sudadera le quedasen de vicio. El verano, como ya había notado, le había dejado reflejos dorados en el cabello. Sintió parte del anhelo de Sadie, lo apartó y, a continuación, asomó la cabeza a la puerta.

—Hola, señora Grimes. ¿Qué tal, Raylan? He oído a Jasper cantando la canción del amor en cuanto he atado a Sadie fuera.

—Pues más me vale irme antes de que abra la puerta del coche a mordiscos.

—Si tienes un rato libre, podemos pasearlos juntos por el parque, por la ribera del arroyo —propuso Adrian—. De todas formas, tenía previsto salir a correr con Sadie.

—Claro. Buena idea. Gracias, señora Grimes.

—Ay, no te preocupes. Ahora mismo te mando todo esto a Nueva York. Pero qué guapa estás hoy, Adrian.

—Gracias. Estoy probando mi nueva línea de mallas para correr.

—A mi nieta le encanta tu marca. Se la pone todos los días para entrenar. Corre campo a través —le dijo a Raylan —, está en el equipo universitario. Este año vamos a volver a llegar a los nacionales. Ya veréis.

—¿Qué talla usa? —preguntó Adrian.

—Es delgada como un junco y de pierna larga, como tú. Lleva una treinta y seis. A mí en una treinta y seis no me cabría ni una pierna, ni siquiera cuando tenía su edad.

—¿Cuál es su color favorito?

—Le gusta el morado.

—Le voy a traer un par de la nueva marca en ese color. A ver si le gustan.

—Pero, Adrian, no tienes por qué hacerlo.

—A ella le va a venir bien para correr y a mí para darle publicidad.

—Le va a hacer muchísima ilusión.

—Quiero su opinión sincera. Solo he venido a recoger las cartas de mi apartado de correos.

—Que tengáis un buen día los dos. Y también esos perros preciosos.

Raylan se apartó del mostrador mientras Adrian se sacaba la llave del apartado de correos de uno de los ceñidos bolsillos laterales.

—Entonces, ¿el verde es tu color favorito?

—Sí, ¿cómo…? Ah, las mallas. A este color lo hemos llamado Sombras del Bosque; el pantalón y la sudadera son de color Explosión Loden. —Le sonrió con picardía mientras introducía la llave en la cerradura—. También hacemos mallas de hombre para correr.

—No. Nunca. Por encima de mi cadáver.

Adrian abrió la caja y metió la mano para coger el montón de cartas. Raylan vio cómo se detenía y formaba un puño. Vio cómo le cambiaba la cara. La diversión se había convertido en desazón. «Y también en miedo», pensó, justo antes de que recogiera las cartas y se las metiera en el bolso que llevaba en bandolera.

—Bueno, me alegro de verte. Tengo que irme.

Raylan le agarró del brazo antes de que pudiera darse la vuelta.

—¿Qué sucede? ¿Qué había?

—No es nada. Tengo que…

—Cuéntame qué es lo que te ha alterado así —la interrumpió mientras la conducía al exterior—. Hola, Sadie.

Antes de que Adrian pudiera hacerlo, Raylan desató la correa del aparcabicis.

—Estás pensando que a mí qué me importa. —Sadie tiraba lo más educadamente posible hacia los gemidos lastimeros procedentes de la ventanilla bajada del coche de Raylan—. Y tienes razón. Pero también es verdad que tú tampoco tenías por qué meterme una tonelada de pesas en casa.

En ese momento, Jasper empezó a ladrar entusiasmado conforme se acercaban al vehículo y a saltar en el habitáculo como si llevara muelles en las patas. Raylan le devolvió la correa de Sadie a Adrian y fue al lado del acompañante para coger de la guantera la correa de repuesto. El perro, desesperado, se le echó encima antes de liberarse de su prisión y romper a correr hacia su amada.

Los perros se saludaron como si volvieran de luchar en la guerra en distintos continentes. Cuando Raylan por fin consiguió enganchar la correa al collar de Jasper, se irguió y se pasó la mano por el cabello, que se le había despeinado por completo.

—Vamos a darles un paseo a esta parejita de enamorados y así me lo cuentas.

—Y luego dicen que yo soy mandona.

—Lo eres.

—Pues tú no te quedas atrás —replicó, aunque echó a andar a su ritmo, pues los perros no le daban otra opción.

—Cuando es importante.

Como por acuerdo tácito, se encaminaron a una bocacalle en lugar de pasear por la calle principal y Raylan le dio tiempo para que se calmara. Le hacía falta, era evidente. Él sabía leer las caras, las expresiones, el lenguaje corporal. Era parte de su trabajo. Y Adrian Rizzo, normalmente tan directa y segura de sí misma, estaba agitada, asustada y silenciosa.

Esperó a dejar atrás las casas y la parte posterior de los establecimientos y llegar al bonito parque que el arroyo cruzaba serpenteante bajo el primer puente de piedra.

—Has recibido algo por carta —comenzó Raylan.

—Sí.

—¿De quién?

—No lo sé, y eso es parte del problema.

Tomaron el sendero paralelo al arroyo, que a esa altura corría lento y sosegado. Adrian sabía que detrás del parque se ensanchaba y comenzaba a hacerse más profundo. Más allá del pueblo, donde las colinas se volvían más duras y elevadas, donde los despeñaderos se alzaban como lanzas hacia el cielo, el agua aceleraba su curso. En lo profundo de aquellas montañas, sus aguas eran rápidas y turbulentas. El arroyo crecía con las lluvias de primavera, con las repentinas y violentas tormentas de verano, hasta derramarse e inundar sus orillas. Con frecuencia, con demasiada frecuencia en opinión de Adrian, lo que parecía inocente e inofensivo podía volverse mortal.

—Tengo que pedirte que no le digas a nadie lo que te voy a contar.

—Está bien.

—Sé que cumplirás tu palabra por un motivo, y es que me he cruzado contigo tres veces desde que Maya te dijo que estaba embarazada. Sé que os lo dijo a ti y a tu madre antes de que me lo contase a mí hace unos días. En ningún momento lo has mencionado.

—Me pidió que no dijese nada todavía.

—Exacto. No quiero disgustar a mi abuelo. Teesha se encuentra en las últimas semanas del embarazo y no necesita que la estresen aún más. Ninguno de los dos puede hacer nada más que preocuparse.

—¿Qué había en el apartado de correos, Adrian?

—Te lo enseñaré.

Adrian se enrolló la correa a la muñeca, metió la mano en el bolso y sacó el sobre.

—No lo has abierto.

—Pero sé lo que contiene, porque llevo recibiendo estas cartas desde que tenía diecisiete años, con la misma letra cuidadosa de imprenta, sin remitente. El matasellos de este dice… Detroit. Casi nunca se repiten. Supongo que no llevarás una navaja.

—Por supuesto que llevo una navaja. ¿Quién no va a llevar una navaja?

—Yo, y me gusta abrirlas con cuidado.

Raylan se metió la mano en el bolsillo y le tendió una navajita plegada. A pesar de todo, Adrian no pudo evitar sonreír.

—Es una navaja de Spiderman.

—La gané en una feria cuando era pequeño. Funciona bien.

—No se te pierden las cosas —murmuró al tiempo que rasgaba cuidadosamente el extremo superior del sobre.

Se detuvieron al llegar al siguiente puente de piedra para hacerles sitio a unos corredores. Y mientras dejaban que los perros se tumbasen en la hierba, Adrian extrajo la hoja de papel. Raylan la leyó por encima de su hombro:

Una nueva estación, una nueva razón para morir como el verano.
Como el otoño con su viento implacable te hago saber
que, por más que te escondas, allá donde vayas te encontraré
y, al encontrarnos, tus súplicas todas serán en vano.

—Madre mía, este tío está como una puta regadera. Tienes que ir a la policía.

—Llevo haciéndolo desde que recibí la primera. Tenía diecisiete años, hacía un mes que había sacado mi primer DVD sola. Llegó en febrero. Siempre llegaban en febrero, como una retorcida tarjeta de San Valentín.

Adrian volvió a introducir la hoja en el sobre y este en el bolso.

—Sigo una rutina, una especie de protocolo. Hago copias. El original se lo queda el FBI. Tengo asignada una agente, la tercera desde que todo empezó. Una de las copias es para el detective de la policía de Nueva York. Allí es donde comenzaron a investigar y el caso sigue abierto. Otra copia es para la policía de aquí, otra para Harry y otra para mí.

—Así que no hay ni huellas ni ADN en el sello ni pistas, dado que no se ha seguido ninguna.

—Exacto.

—Pero no estamos en febrero.

—Llegaban una vez al año hasta que me trasladé aquí. Recibí una poco después de la primera entrada de blog que publiqué con la dirección de Traveler's Creek, en mayo hizo dos años. Al año siguiente, recibí una en febrero y otra en julio. Y esta es la cuarta este año.

—Está yendo a más.

—Es lo que me han dicho. Pero siguen siendo solo poemas, siempre de cuatro versos.

—El acoso es acoso. —Raylan recorrió con la mirada el parque, lleno de hermosos árboles y senderos—. Y el abuso emocional es abuso emocional. Tiene que ser alguien que viaja, es lo más lógico.

—Tiene todas las papeletas, sí —respondió Adrian, percatándose de que la calmaba hablar con él—. El sobre es normal, de los baratos, el papel es blanco, sin nada más, y la tinta es negra, siempre negra. De bolígrafo, según los análisis. Y la letra es de imprenta, nada de caligrafía y tampoco a ordenador ni mecanografiada.

—Escribir a boli, a mano, es más personal. Más íntimo.

Adrian lo miró con el ceño fruncido.

—Eso es lo que opina el psicólogo clínico que lo evaluó. ¿Por qué lo dices?

—Suelo escribir los guiones a ordenador —Raylan se encogió de hombros—, pero lo que son los dibujos, las rotulaciones, el entintado y coloreado los hago a mano porque…

—Es más personal.

—¿Y no conoces a nadie que pueda guardarte este tipo de rencor, esta obsesión? Seguro que ya te lo ha preguntado cada policía que te haya interrogado al respecto. Te lo habrás planteado cien veces. Así que no.

Sí, pensó Adrian, la calmaba hablar con él.

—Cuando todo empezó, no conocía a casi nadie. Era nueva en el instituto y acababa de quedar por primera vez con Teesha, Hector y Loren.

—Pero la gente sí te conocía a ti, por los vídeos que hacías con tu madre y luego el que hiciste sola. Así que no tiene que ser alguien a quien tú conozcas, un tío al que dieras calabazas y que quisiera ser tu novio.

—De todas formas, cuando esto empezó no tenía novio.

—Una lástima. En cualquier caso, es poco probable que, de haber dejado a algún tío a los diecisiete, este estuviera tan colado que hubiera seguido con esto tantos años después. —Raylan se volvió a mirarla—. No es que no estés como para que alguien se cuele por ti.

—Gracias. No, las cartas no son tan personales. No son del tipo: «Yo te quería y tú me dejaste».

—Esa persona no te conoce mejor de lo que tú a ella.

Adrian lo miró extrañada. Había pensado lo mismo, pero no había dado con el motivo por el que lo creía.

—¿Por qué lo dices?

—¿Alguien que hace esto? —Le dio un toquecito con el dedo al bolso—. Yo diría que el tipo quiere que te obsesiones tanto como él lo está. Esa es la idea. Quiere, o más probablemente necesite, quedar grabado en tu memoria, destrozarte la vida, pero no lo va a conseguir. Eres demasiado fuerte.

—Ahora mismo no me siento nada fuerte.

Como ofrecer consuelo o apoyo era para Raylan tan natural como el respirar, le pasó un brazo por los hombros y le dio un breve abrazo lateral.

—En el momento en el que te llega la carta, te perturba, y serías idiota si no reaccionases. Pero no eres idiota. Sigues el protocolo, te olvidas de ella y continúas con tu vida y tu trabajo. No creo que él lo sepa, así que no debe de andar por aquí, donde podría ver cómo actúas.

—Jo, espero que no.

—No, el poema no contiene tanta rabia, tanta frustración. Cree que es listo e insidioso. Es lo bastante inteligente como para no dejar huella y escribir un par de líneas y de rimas en una página, pero no es especialmente listo. Y no es alguien que estudie la naturaleza humana. Si lo fuera, le bastaría ver tus vídeos, y me apuesto algo a que los ha visto todos, para saber que eres fuerte.

—Lo soy.

—Sabes que lo eres porque tú sí que estudias la naturaleza humana. —Con ademán ausente, le acarició el cabello con una mano—. Por eso se te da tan bien lo que haces.

Mientras Adrian seguía parada, presa de la fascinación, él recorría el parque con la mirada y, distraído, le acariciaba la espalda. Un gesto de consuelo, de apoyo.

—Por eso volviste al pueblo cuando murió tu abuela. Mi madre me contó que no creía que Dom hubiera sobrevivido ni seis meses si tú no hubieras vuelto. Lo sabías. Ahora vas a traerle las mallas esas, y probablemente el conjunto entero, a la señora Grimes porque sabes lo que eso significará para una joven deportista y para su abuela. Joder, pero si me trajiste a casa todas esas pesas porque sabías que yo no me iba a molestar en comprármelas.

—Pero ¿estás usándolas? —Con las cejas enarcadas, extendió la mano y le apretó el bíceps. Las enarcó aún más, verdaderamente sorprendida—. Sí, sí que estás usándolas.

—Bueno, estaban ahí muertas de risa. —Raylan la miró a los ojos, a esos ojos de un tono extraño y maravilloso que necesitaba colorear—. Ese tipo no te conoce. Ni siquiera conoce, pero conocer de verdad, a la Adrian Rizzo que sale en los DVD.

—No sé si eso me hace sentir mejor o peor. Mejor. —Se dio cuenta de inmediato—. No quiero que ese hijo de puta me conozca. O hija, porque podría ser una mujer. Da igual. Me has hecho sentir mejor y te lo agradezco; si no, me habría ido a casa y habría estado preocupada mucho más rato.

—Que te haga sentir mejor no quiere decir que no debas tener cuidado.

—Lo tengo. Tengo una perra enorme que va conmigo a todas partes. Me aseguro de que las puertas están cerradas con llave y la alarma activada cada noche y llevo dando clases online de defensa personal y taekwondo desde hace casi dos meses.

—¿En serio? Así que ya tienes tus armas.

—Pues claro que tengo armas. ¿Tienes planes para cenar esta noche? —Cuando Raylan parpadeó, se rio—. ¡No esas armas!

Vente a cenar con los niños y Jasper. Popi va a traer *manicotti* y le diré que lleve para todos. Ya verás qué contento se pone. ¿A tus hijos les gustan los *manicotti*?

—Llevan pasta, salsa y queso. Eso ni se pregunta.

—Venid a cenar.

—¿Por qué no? Los niños también se van a poner muy contentos.

—¿A las seis te parece demasiado tarde?

—A las seis está bien.

—Genial. Vamos, Sadie. De verdad que tengo que volver a casa —dijo Adrian al tiempo que la perra levantaba la cabeza desde donde estaba tumbada junto a Jasper—. Debería estar escribiendo en el blog. Y tú deberías estar trabajando.

—Ahora nos pondremos.

Raylan no tuvo que llamar a Jasper, puesto que echó a trotar junto a Sadie como si todos sus deseos se hubieran hecho realidad.

—Si esta noche llevo un cuaderno de dibujo, ¿podrías mostrarme esas armas que tienes? Llama es una luchadora nata, así que me vendría fenomenal ver una demostración de su prototipo.

—Ahora mismo soy más de los que se defienden que de los que luchan, pero te puedo mostrar algunos movimientos.

Raylan no estaba seguro de que Adrian no fuera una luchadora nata, pero llegó a la conclusión de que, si aún no lo era, no tardaría mucho.

15

Dom disfrutó tanto de la cena con Raylan y su familia que Adrian comenzó a celebrarlas semanalmente, rotando los invitados. Procuraba que el número de comensales fuera reducido y la cena, temprana. Pensara lo que pensase su abuelo, ella sabía que se cansaba más rápido que antes. Como la mayoría de los amigos de su edad habían muerto o se habían trasladado a lugares más cálidos, la lista de invitados presentaba cierto sesgo hacia la juventud. Pero eso solo parecía procurarle aún más energía.

Así, una vez a la semana planeaban el menú, cocinaban y recibían a sus invitados mientras octubre daba paso a noviembre y, con él, a las chimeneas encendidas y los guisos consistentes.

Con la lumbre y las velas encendidas, y con la música baja (una mezcla de los clásicos favoritos de su abuelo), Dom y Phineas mantenían un serio debate sobre Óscar el Gruñón.

—Doy gracias a Dios no solo por esta fabulosa cena —murmuró Teesha—, sino también por la paciencia inagotable de Dom. ¿A qué niño de cuatro años se le ocurre debatir sobre la gestión de la ira de un teleñeco?

—La semana pasada andaba obsesionado con las moléculas —le recordó Monroe—. Prefiero que psicoanalice a los teleñecos.

—Tu madre va a bajar, ¿verdad? —le preguntó Adrian haciendo un gesto con la copa de vino—. ¿Para ayudarte con el futurible? Al menos hará el esfuerzo de hablar sobre los teleñecos.

—Eso sí. —Teesha se limitó a beber agua mientras se acariciaba la abultada barriga—. El único problema es que la madre de Monroe también ha decidido venir.

—La Batalla de las Abuelas. —Monroe se sirvió más ternera guisada al estilo del norte de Italia mientras negaba con la cabeza—. Va a ser épica.

—Mi madre tenía previsto llegar el lunes, porque salgo de cuentas en una semana, para ocuparse de Phineas mientras yo me encargo de traer a esto al mundo.

—La idea era que mi madre viniera cuando le mandase un mensaje avisando de que Teesha estaba de parto. Pero se enteró de que la competencia ya estaría aquí, así que nos llamó para decirnos que también se presentaría el lunes.

—Y en cuanto mi madre lo supo, decidió que vendría este fin de semana.

—Ahora las dos van a venir este fin de semana.

—Rogad por nosotros —concluyó Teesha—. Aunque hay un pequeño problema con el plan —dijo mientras seguía acariciandose la barriga—. El futurible ha decidido llegar esta noche al mundo. O, como mucho, mañana.

—¿Qué? —preguntaron Monroe y Adrian al unísono.

—Que no cunda el pánico, que aún falta. Tengo las contracciones cada seis minutos.

Phineas miró a su madre desde el otro extremo de la mesa.

—Entonces, papi tiene que cronometrarlas. Esa es su responsabilidad. Tenéis que llamar a la comadrona cuando sean cada cinco minutos.

—Sé lo que hay que hacer, chavalín. —Teesha le sonrió y, de inmediato, se volvió a Monroe—. No les mandes nada todavía a tu madre ni a la mía. Estamos bien así.

—Pero, cariño, tardarán en venir.

Phineas se cruzó de brazos, su forma de mostrar rebeldía. Los ojos le brillaban desafiantes y apretaba la pequeña mandíbula.

—No quiero quedarme en casa con la yaya ni con la abuelita. Quiero ir a la maternidad. También es mi bebé.

—Esto ya lo habíamos hablado, Phin. Mamá tiene mucho que hacer y yo necesito ayudarla.

—¿Me permitís hacer una sugerencia?

—Sugiere, Dom, sugiere. Monroe, empieza a cronometrar. Voy a levantarme y a andar un poco con esta contracción.

Adrian se puso en pie al instante para acompañarla.

—¿Por qué no llevamos Adrian y yo a Phineas a la maternidad? Supongo que habrá una sala de espera.

—La hay.

—Podríamos pasar por vuestra casa a por lo que el niño necesite y luego llevarlo al hospital. Esperaremos juntos.

—Podrían ser horas. Los partos suelen ser largos.

—Yo tardé diez horas y treinta y cinco minutos en salir —afirmó Phineas con orgullo—. Y ya tenía pelo.

—Sería un honor —le dijo Dom a Teesha— y un placer.

—Ya se está yendo… Y se fue.

—Veintiocho segundos. Ahora hay que ver cuánto tarda en llegar la siguiente. Podría posponer los mensajes —se planteó Monroe—. De todas formas, no queremos que hagan el viaje por una falsa alarma.

Teesha lo miró a los ojos y sonrió.

—Desde luego que no, cómo íbamos a querer eso. Tendremos que esperar para estar seguros.

—Y yo puedo ir y esperar con Popi y con Adrian porque los recién nacidos necesitan establecer un vínculo estrecho con la familia. —Phineas se volvió a Dom con seriedad—. Lo he leído en un libro.

—Podemos empezar así, gracias. Pero si se hace muy muy muy tarde y todo el mundo está muy muy cansado no puedes quejarte si Popi y Adrian te llevan a casa a dormir.

—¿Puedo dormir aquí?

—Por supuesto.

Adrian le rodeó a Teesha lo que le quedaba de cintura con el brazo mientras caminaban.

Ocho horas más tarde, después de que las abuelas llegasen justo a tiempo, Adrian salió a la sala de espera, donde Phineas yacía acurrucado en el regazo de Dom. Los dos dormían tan plácidamente que tuvo que sacar el móvil e inmortalizar el momento antes de acercarse y tocar con suavidad el hombro de su abuelo.

—Popi.

Le acarició el brazo mientras el anciano abría los ojos y miraba sin comprender hasta que la mente se le acabó de aclarar.

—¿Cómo está Teesha?

—Fenomenal. Es una campeona.

Phineas abrió los ojos de repente.

—¿Ya está aquí el bebé?

—Has tenido un hermanito y es perfecto. Está esperando en la habitación.

—¡Vamos, Popi! Que está esperando.

—No estoy seguro de que yo...

—Teesha ha preguntado por ti —le dijo Adrian—, si no estás demasiado cansado.

—¿Demasiado cansado para conocer al nuevo bebé? Claro que no.

En la sala de partos, las dos abuelas, entre lágrimas, firmaban la tregua. Monroe se erguía después de haber depositado un beso en el bulto que sostenía Teesha.

—Ven, peque. Ven a conocer a tu hermano —dijo al tiempo que izaba al niño para que pudiera sentarse en el borde de la cama.

—Lleva un gorrito. ¿Tiene pelo igual que yo lo tenía?

—Sí, igualito que tú.

—¿Puedo cogerlo? Tengo que quitarme la camiseta del pijama porque se supone que tenemos que hacer piel con piel.

Teesha asintió con las lágrimas rodándole por las mejillas.

—Eso es. Ayúdalo, papi.

Mientras las emocionadas abuelas hacían fotos, Teesha depositó cuidadosamente al bebé en brazos de Phineas.

—¡Me está mirando! Soy tu hermano mayor y ya sé un montón de cosas. Te las enseñaré.

—Tenemos que elegir un nombre —dijo Monroe al tiempo que lanzaba una mirada de advertencia a su madre para que no soltase el que ella había escogido—. ¿Recuerdas los tres que habíamos seleccionado por si tenías un hermanito?

Phineas asintió.

—Pero no es ninguno de los otros dos. Se llama Thaddeus. Eres Thaddeus y yo voy a ayudar a cuidarte.

Monroe buscó la mano de Teesha mientras los ojos se le empañaban.

—Pues ya está.

Aquellas Navidades se le hicieron más fáciles a Raylan. La casa nueva, las nuevas rutinas, la familia cerca… Realizó un nuevo viaje relámpago a Brooklyn, y aquello también se le hizo más fácil. No cabía duda de que los niños estaban muy bien en el pueblo y eso lo aliviaba y convencía de que había tomado la decisión correcta.

Tal vez sintiera una punzada de dolor durante el recital de ballet de fin de año de Mariah. Pero su familia estaba allí, viendo con él cómo la niña bailaba con su reluciente tutú rosa. Y aunque medio odiaba reconocerlo, el ejercicio diario en el sótano estaba dando efecto. Dormía mejor y se sentía mejor. Mierda.

Para alternar, de vez en cuando tomaba una cerveza con Joe, cenaba en Rizzo's con los niños o retomaba el contacto con sus viejos amigos cuando se dejaban caer por el pueblo. El golpe que la vida le había asestado lo había empujado a cambiar de dirección. Podía estar satisfecho de que lo hubiera llevado a Traveler's Creek.

En Nochevieja, con los niños dormidos en el sofá y el perro roncando bajo la mesita de centro, Raylan levantó la cerveza en un brindis.

—Un año más, Lorilee. Te echo de menos. Pero por aquí estamos bien. No me importaría que vinieras a visitarme de nuevo. Hace tiempo ya, pero aquí me tendrás cuando estés lista.

Al mismo tiempo, a poca distancia, Adrian daba un sorbo a su solitaria copa de vino en el preciso instante en el que daban las doce. Fuera neviscaba, lo que le había servido de excusa para no ir a ninguna fiesta. No quería que su abuelo saliera de casa con ese tiempo, así que usó la falta de confianza en sus propias dotes al volante para convencerlo de que se quedaran en casa.

Cuando se quedó traspuesto antes de las once, Adrian supo que había tomado la decisión correcta. Quizás hubiera disfrutado de la compañía, pero aquello también le gustaba. El chisporroteo de la lumbre, la aguanieve contra las ventanas, el vino en la mano. En cualquier caso, ya había asistido a bastantes fiestas, y también las había celebrado, durante las vacaciones. Su madre había ido el fin de semana previo a la Navidad y se había quedado cuatro días, todo un récord.

En honor a la verdad, Lina había pasado mucho tiempo con Dom y hasta habían visitado el centro juvenil en construcción. Si prefería unas vacaciones tropicales al viento frío de las montañas, era cosa suya. Apenas habían hablado de su próximo proyecto juntas, pues ambas habían acordado tratar los detalles a principios del nuevo año. Como Adrian ya tenía sus propias ideas y una visión concreta, creía que dejar el asunto para después de las vacaciones era la decisión acertada.

Cuando la multitud reunida en Times Square celebró la llegada del nuevo año, Adrian brindó con ellos. Dio un sorbo al vino y acarició con el pie el ancho lomo de Sadie.

—Ha sido un año bastante bueno. Que el que empieza sea aún mejor.

Cuando apagó el televisor y se puso en pie, Sadie se levantó y siguió a Adrian por la casa silenciosa mientras esta comprobaba las cerraduras y apagaba las luces. E incluso cuando se quedó parada un instante delante de la ventana.

—Ha empezado a nevar, Sadie. Esto me gusta más. Mañana nos abrigaremos y daremos un paseo por la nieve. ¿Ves todas esas luces? Hay un montón de gente despierta, celebrando. Feliz Año Nuevo, Traveler's Creek. Sé que esta noche estamos los tres solos, y puede que sea una celebración algo solitaria. Pero formamos parte de algo. Podemos estar contentos. Ahora, vámonos a la cama.

Cuando enfiló las escaleras, en el teléfono sonó el tono de llegada de un mensaje de texto. Confundida, se lo sacó del bolsillo: Feliz Año Nuevo, Adrian. Díselo a Popi también. Mamá.

—Vaya, esto es nuevo.

Divertida y emocionada, le respondió: Se lo diré. Feliz año a ti también. Disfruta del sol de Aruba. Adrian.

—Este comienzo de año es distinto, Sadie. Vamos a tomárnoslo como una señal positiva.

El nuevo año llegó acompañado de vientos despiadadamente fríos y, aun cuando se detenían, el aire crepitaba con temperaturas gélidas que calaban hasta los huesos. Aunque no creía en la leyenda, cuando la marmota Phil veía su sombra, Adrian se planteaba hibernar. Pero tenía demasiado que hacer, se recordó. Además del trabajo, tenía reuniones y preguntas que plantear y responder sobre el avance del centro juvenil. Y menos mal que habían acabado con la obra exterior antes de que el frío se recrudeciese.

Tenía una perra y un abuelo de los que cuidar, nuevos detalles sobre su idea para el proyecto con su madre que concretar. Y, con el anciano a punto de llegar a los noventa y cinco, una fiesta de cumpleaños que organizar. Tenía un mes para ultimar los planes y la ferviente esperanza de que para mediados de marzo el tiempo mejorase.

Mientras se vestía (pantalón de cálida pana, camiseta térmica bajo el jersey de cachemira, botas de suela gruesa y forradas de vellón) iba repasando las tareas pendientes y el trayecto. Primero iría al centro juvenil, luego iría hasta Rizzo's para aparcar allí e ir a pie, enfrentándose a los elementos, hasta la floristería a negociar las flores para la fiesta. De allí iría a la panadería para hablar sobre la tarta y los demás postres; luego, a la oficina de correos (con miedo, pues era el momento de recibir el poema de febrero) para acabar en Rizzo's, donde fijaría el menú con Jan. Según sus cálculos, dos horas largas, si no cerca de tres. Pero luego volvería a refugiarse al calor del hogar.

Cuando bajó a la primera planta, encontró a Dom preparando un té en la cocina.

—Abrígate bien, mi niña.

—Ni lo dudes. Haré fotos a la obra para que veas el avance.

—Prefiero con mucho verlo en fotos que tener que salir con este tiempo. Estos viejos huesos míos acabarían hechos añicos. Así que mejor me paso el día aquí, sentado al fuego en la biblioteca, tomando té especiado y leyendo la novela de Stephen King que me trajiste la semana pasada.

—¿Vas a quedarte solo en casa un día de frío invierno leyendo un libro de miedo? ¿Seguro que no quieres que te deje a Sadie?

El anciano se rio.

—Los libros no me dan miedo.

—Pues ya eres más valiente que yo. Deja que te lleve todo eso.

—Adrian.

—Voy a llevarte todo eso y el plato de galletas que ibas a poner en la bandeja también.

—Me has pillado —respondió Dom, subiéndose las gafas.

—Ni que no te conociera. Venga, ponte cómodo. Yo te llevo todo.

Adrian cogió las galletas, añadió unos pedazos de manzana y peló una mandarina del frutero antes de atravesar la casa y subir hasta la biblioteca, donde ya ardía la lumbre en la chimenea. Dejó la bandeja en la mesita al lado de la butaca y le sirvió la primera taza de té antes de tapar a su abuelo con una mantita.

—Me mimas demasiado. Deberíamos hacer la maleta y coger ese vuelo.

—¿Adónde vamos?

—A Sorrento. Sophia adoraba Sorrento. Justo estábamos hablando de ello.

Adrian le acarició el pelo. A lo largo del invierno había mencionado con frecuencia haber estado hablando con su esposa.

—Me encantaría ir a Sorrento contigo.

—Te buscaremos un buen muchacho italiano. Apuesto, amable, rico y digno de ti. —Tiró de ella para darle un beso—. Y todos bailaremos en tu boda.

—En tal caso, empezaremos a hacer la maleta en cuanto vuelva.

—¿Qué iba a hacer yo sin ti?

—Lo mismo digo. Disfruta de tu libro de miedo, vuelvo enseguida.

—Cuídame a mi niña preciosa, Sadie —dijo el anciano cuando ya salían del cuarto.

Adrian se abrigó bien: chaleco térmico, abrigo, bufanda, gorro de lana y guantes. Aun así, sintió el primer golpe de viento como si fuera el Ártico. El mundo era un paisaje nevado mientras conducía camino del pueblo. Pequeños senderos abiertos con palas, inmóviles muñecos de nieve con la sonrisa petrificada, o así se lo parecía.

Una vez en el centro, las pocas personas que se habían aventurado a la calle parecían bultos en rápido movimiento, con la cabeza baja y los hombros encogidos. La nieve, recientemente apartada, brillaba en montones apilados en las aceras y las montañas refulgían de un blanco glacial.

Condujo directamente hasta detenerse a pie de obra. La piedra antigua tendría que esperar a la primavera para que la enlucieran y repararan. En cambio, la segunda planta, nueva, ya estaba bajo techo y a sus paredes de yeso solo les faltaba que llegase la primavera, tan lejana en apariencia, para forrarlas con los paneles de madera que habían elegido… después de interminables deliberaciones. Y las ventanas, todas nuevas, se veían amplias y estupendas.

Apagó el coche y encogió los hombros mientras Sadie y ella corrían hacia las nuevas puertas dobles. En el interior, la temperatura ascendía a unos gloriosos quince grados centígrados. Lo que había sido una desastrosa escombrera en ese momento constituía un espacio abierto, limpio…, siempre que no tuviera en cuenta las lonas, el serrín, las escaleras de mano o las herramientas. Por todas partes se oía el eco de la obra: la detonación de las pistolas de clavos, el zumbido de las sierras circulares…

Advirtió que las dos salas de descanso de la planta principal ya estaban delimitadas y tomó las debidas fotografías. Luego empezó a grabar, sabedora de que su abuelo disfrutaría de oír los efectos sonoros, especialmente cuando alguien en la segunda planta empezó a soltar un chorro de groserías de lo más creativas. Allí subió, seguida de Sadie, y se emocionó al ver que también se había levantado la estructura básica de otras zonas.

—Hola, Adrian. —Mark Wicker se apartó de la motosierra—. Hola, Sadie, ¿cómo está mi chicarrona? Pero qué chicarrona más bonita. —El constructor, que tampoco era precisamente pequeño, se inclinó para acariciar y rascar a la perra, que no dejaba de mover el rabo—. ¿Dónde se ha metido hoy el jefe?

—Se ha quedado delante de la chimenea, por suerte. Hace un frío que pela ahí fuera. Estoy haciendo fotos para llevárselas —dijo Adrian, agitando el teléfono—. Le van a encantar. Los trabajos han avanzado mucho desde la semana pasada, Mark.

—Ahí van. —Con semblante satisfecho, se metió los pulgares por dentro del cinturón de herramientas—. Es emocionante ver cómo este viejo edificio vuelve a la vida. Dom, desde luego, tiene visión de futuro. Esta tarde vienen el fontanero y el electricista para empezar a echar un ojo. En cuanto la inspección nos dé luz verde, nos ponemos a tope.

—Sí que estáis a tope. Nunca he hecho un proyecto como este, pero desde luego que, por lo que se ve, se oye y hasta se huele, parece un buen trabajo.

—El único que sabemos hacer.

Adrian estaba segura de ello y, cuando volvió a subirse al coche con el teléfono repleto de fotos y vídeos, ardía en deseos de enseñárselos a su abuelo. Tomó nota mental de regresar en un par de días para hacer más de los trabajos de fontanería y electricidad.

—Yo no era capaz de verlo, Sadie, ni siquiera cuando ya teníamos los planos. Popi sí, pero yo no. Ahora sí que lo veo.

Llena de energía, pasó casi una hora en la floristería. Puede que el invierno, largo y frío, tuviera que ver, pero quería llenar la casa de flores para la fiesta. Luego fue tiritando hasta la panadería y trató de mantener la presencia de ánimo al entrar en la oficina de correos.

—Tal vez haya pillado una neumonía, o se le hayan congelado los dedos y este año no me envíe nada.

Pero allí estaba, el sobre blanco barato con la letra de imprenta, en mitad de otros de color rosa, amarillo o crema. No iba a leerlo, todavía no. No dejaría que le arruinase el espíritu festivo del que había conseguido imbuirse. Así pues, lo guardó junto a los otros en el bolso y cruzó la calle hasta Rizzo's. Volvió a animarse cuando se metió con Jan en la minúscula oficina.

—Me encanta la idea de montar el bufé grande en el comedor y los puestos desperdigados por el salón, el cuarto de estar y la biblioteca. Creo que podemos disponer tres barras: una de bebidas no alcohólicas, otra de vino y cerveza, y otra de cócteles. Y un puesto para los cafés.

—Ya sabes que podemos poner camareros, los de aquí precisamente.

—No. Nadie de Rizzo's trabajará esa noche. También es su fiesta. Teesha me está ayudando a prepararlo todo.

—¿Cómo está el bebé?

—Gordito y feliz, y Phineas sigue encandilado con él. Maya ya se va acercando. Está estupenda.

—Gordita y feliz —repitió Jan—. Collin tiene dudas con lo de tener una hermanita. Como Phineas tiene un hermano, insiste en que Maya tiene que cambiarla por un niño.

—Parece razonable.

—Me recuerda a Raylan. No entendía por qué tenía que tener un hermana. Pero luego estaba encantado, hasta que empezó a meterse en sus cosas. Te diré que había momentos en los que creía que serían enemigos de por vida. Y luego, como quien pulsa un interruptor, se hicieron amigos.

Se quitó las gafas de cerca y las dejó colgando de la cadenita que llevaba al cuello.

—A veces echo de menos las peleas, esas caritas de enfado. Pero aún las veo de vez en cuando en Bradley y Mariah.

—Tus hijos han dado unos hijos estupendos.

—Eso es verdad. Entonces, ¿hemos terminado o quieres que Dom meta mano en el asunto?

—No, nada de que meta mano. He querido esperar a que terminásemos con los preparativos para hablarle de la fiesta, así que se lo diré al llegar a casa. Fingirá que son demasiadas molestias, pero disfrutará de cada minuto. Así que me voy. Llevo fuera más tiempo del previsto. Gracias por todo, Jan.

—Sinceramente, es un placer. Gran parte de la vida que llevo se la debo a Dom y a Sophia. ¿Noventa y cinco? Es un hito importante. Estoy deseando celebrarlo con él.

—Tiene pensado venir mañana, así que hazte a la idea de que intentará sonsacarte el menú.

Al ponerse en pie, Jan hizo el gesto de cerrarse los labios con una cremallera.

«Un día bastante productivo», pensó Adrian mientras regresaba a casa en coche. Había dejado hechas un montón de cosas esa mañana. Si su abuelo aún no había preparado nada para almorzar, y sospechaba que se habría quedado dormido con el libro, cocinaría algo para los dos. Luego le contaría lo de la fiesta de cumpleaños.

—Es lo que se conoce como un *fait accompli*, Sadie.

Cuando aparcó y fue por el bolso, se acordó de la carta.

—Me niego a pensar en ella todavía. No, no y no. Que le den a ese gilipollas, ¿verdad?

Sadie y ella entraron en casa, y Adrian desactivó la alarma y colgó la ropa de abrigo.

—¡Ya estoy aquí! —exclamó mientras dejaba el bolso en la mesa junto a las escaleras, para ocuparse de él más tarde, y se encaminó hacia la biblioteca—. Lo que sospechaba —murmuró al ver a Dom con el libro en el regazo, la cabeza gacha con las gafas caídas y los ojos cerrados.

Se dio la vuelta y echó a andar. Haría la comida y luego…
Pero Sadie fue a su lado, le posó la cabeza en el regazo y comenzó
a gañir.

—¡Chisss! Déjalo dormir.

Cuando se acercó a toda prisa para apartar a la perra, su mano
rozó la de Dom.

—Estás frío. Estás muy frío.

Al ir a taparlo con la mantita, el brazo le cayó flácido del
reposabrazos. Y se quedó colgando.

—Despiértate ahora mismo —le exigió—. No, no, no, no.
Popi, despiértate. —Le tomó la cara entre las manos para levan-
társela. Estaba fría, muy fría—. Por favor, por favor, despiértate.
Por favor, no me dejes. No me dejes sola.

Pero la había dejado, Adrian sabía que la había dejado, y
empezó a temblarle todo el cuerpo. Cuando la enorme aldaba de
bronce sonó en la puerta delantera, dio un respingo y echó a
correr.

—Quédate con él —le ordenó a Sadie—. Quédate con él.

Corrió hasta la puerta, alguien la ayudaría, y la abrió de golpe.
A Raylan se le borró la sonrisa al instante. Entró y la agarró de
los hombros.

—¿Qué sucede? ¿Qué ha pasado?

—Popi. Es Popi. En la biblioteca. —Corrió como un rayo e
hincó las rodillas junto a la butaca—. No puedo despertarlo. No
se despierta.

Aunque era evidente que Dom ya no estaba con ellos, Raylan
lo tocó con dos dedos para tomarle el pulso y no notó sino su
piel fría.

—Tiene que despertarse. ¿Puedes despertarlo? Por favor, des-
piértalo.

Sin mediar palabra, Raylan la puso en pie y la rodeó con los
brazos. Cuando Adrian se aferró a él y rompió a sollozar, se
limitó a sostenerla.

—Lo he dejado solo —dijo al fin con voz trémula y entrecor-
tada—. No debería haberlo dejado solo. He estado fuera demasiado rato. Tendría que haber…

—Para. —Comprendía su dolor ciego y desgarrador, por lo que confirió dulzura a su voz y a sus manos—. Está sentado delante de la chimenea, en casa, con un libro, con la foto de su esposa como marcapáginas. Tiene una bandeja de galletas, té y fruta, que me apuesto algo a que le has traído tú. Está tapado con una mantita. Y seguro que eso también ha sido cosa tuya.

—Pero...

—Adrian. —Raylan se echó atrás un poco—. Se ha marchado tranquilo, mirando la fotografía de su mujer. Ha vivido una vida larga, bella y generosa, y el destino le ha dado un final amable.

—No sé qué hacer. —Apretó la cara contra su hombro—. No sé qué hacer.

—No pasa nada. Yo voy a ayudarte. Vamos.

—No quiero dejarlo solo.

—Pero no está solo. Está con Sophia.

16

En lugar de una fiesta de cumpleaños, Adrian organizó un homenaje póstumo. En lugar de luchar contra el dolor, lo aprovechó para permitirse tomar decisiones que no se basaran en la lógica o la utilidad, sino en la pura emoción. A cada momento se preguntaba qué habría querido su abuelo, qué habría sido importante para él. Y su corazón conocía las respuestas. Acabó celebrando el acto en el parque del pueblo el día en el que habría cumplido noventa y cinco años.

El arroyo corría, raudo por el deshielo, bajo los arcos de los puentes de piedra. El sol penetraba entre las ramas desnudas de los árboles, haciendo brillar los retazos de nieve que trataban de esconderse entre las sombras.

Monroe y dos de sus amigos músicos formaban un trío y, subidos al templete, tocaban piezas dulces y suaves para los asistentes. A pesar de los fríos vientos de marzo, acudieron cientos de personas, y decenas de ellas subieron al estrado para compartir un recuerdo o un momento especial. Al final, Adrian ocupó su lugar en el estrado y contempló la multitud de rostros reunidos.

—Quiero daros las gracias a todos por venir, por formar parte de este tributo a una vida realmente hermosa. Sé que muchos habéis hecho un largo viaje para estar aquí y eso demuestra claramente a cuántas vidas llegó Dom Rizzo. Para mi abuelo,

Traveler's Creek no era solo un pueblo, igual que Rizzo's no era solo un negocio. Ambos eran su comunidad, su hogar, su corazón. Él y su adorada Sophia se dedicaron en cuerpo y alma a la comunidad, al hogar y al corazón. Hoy queda demostrado el buen trabajo que hicieron.

Adrian tuvo que detenerse un momento cuando vio cómo Jan se volvía a Raylan y hundía el rostro en su hombro.

—Era mi corazón —continuó—, mi ancla, mis alas. Y, aunque lo echaré de menos, me reconforta ver cuántas personas lo amaban y me consuela saber que estará con el amor de su vida. Me da fuerza saber que espera que continúe con lo que construyeron y aquello por lo que lucharon mi abuela y él. Siempre le estaré agradecida por el legado que ha puesto en mis manos.

»Vivió una vida hermosa y plena, y la vivió aquí. Lo que él comenzó sigue en pie. Gracias.

Cuando bajó del estrado, Hector estaba allí, justo allí, para tomarle la mano y sostenerla. Decenas y decenas de amigos fueron a la casa, que se llenó de flores enviadas en expresión de apoyo. Había comida de sobra por todas las mesas y ahí Jan había desobedecido a Adrian. El personal de Rizzo's se encargó de prepararla y servirla.

La presencia de tanta gente brindaba cierto consuelo y se advertían risas entre las lágrimas. Monroe puso música de fondo, los viejos clásicos que tanto le gustaban a Dom. Ayudaba ver a tantas generaciones de personas cuyas vidas se habían visto influidas de alguna manera por él.

Lina se acercó a Adrian y le posó la mano en el brazo.

—Has hecho un trabajo maravilloso, Adrian. Con todo.

—Tú también has ayudado.

Su madre negó con la cabeza.

—Tú tenías una visión clara y yo no siempre la entendía. Me parecía demasiado, demasiado abierto. Pero tenías razón. Incluso con lo de la fotografía ampliada de él haciendo malabares con la masa de pizza.

—¿Es que había algún lugar donde fuera más feliz que lanzando la masa?

—Tenía un montón de lugares felices. Pero ese ocupaba uno de los primeros puestos en la lista.

Lina calló cuando Raylan llegó con sus hijos. Cada uno de ellos llevaba un capullo de rosa blanca.

—Sentimos lo de Popi. Era tu abuelito. Siempre fue muy amable. —Bradley le tendió la flor a Adrian—. Decía que me iba a contratar como pizzero cuando fuera lo bastante mayor.

—Muchas gracias. —Adrian se agachó para darle un abrazo—. Y, cuando seas lo bastante mayor, estás contratado.

—Papi dice que está en el cielo con Nonna y con mamá. —Mariah miró a Lina y le tendió otra rosa—. Esta es para ti porque era tu papi.

Lina necesitó un momento antes de poder hablar y aceptar la flor.

—Gracias. Es muy amable por tu parte. Y ahora, si me disculpáis, voy a por un jarrón.

—¿Cómo estás? —le preguntó Raylan a Adrian.

—Mejor. De verdad que hoy… —Miró a su alrededor, tanta gente, tantas voces, tantos vínculos—. Sí, mejor. Me gustaría hablar contigo, pero en otro momento, más tranquilos.

—Claro. Entretanto, si necesitas algo…

—Sé que puedo contar contigo. Ya lo has demostrado.

Adrian se acercó y le besó la mejilla. Iba a decir algo más, pero alguien la llamaba y se alejó.

La multitud fue reduciéndose y poco a poco volvió a reinar el silencio. Monroe se llevó a Phineas y al bebé a casa, y Sylvie, la pareja de Hector, se fue a ayudarlo. Maya, bastante cansada al encontrarse en la última fase del embarazo, le dio a Adrian un fuerte abrazo antes de marcharse con su familia. Adrian se quedó un rato en el salón con Teesha, Hector y Loren.

—No conozco a nadie que tuviera una despedida mejor. —Hector estiró el brazo y le apretó la mano a Adrian—. Dom estaría orgulloso.

—No conozco a nadie —añadió Loren—, o a nadie normal, que atrajera a tantas personas que quisieran venir a decirle adiós. Pero… ¿estás segura de que estarás bien en este caserón?

—Sí, no solo es un caserón. Es mi hogar.

—Ya lo sé, pero… pensaba que Harry y Marshall se quedarían un par de días más.

—Sus hijos tienen colegio —le recordó Adrian—, y mi madre está aquí, por el momento.

—¿Va a quedarse?

Adrian miró a Teesha y se encogió de hombros.

—La verdad es que no lo sé. No me ha dicho nada.

—¿Todavía sigue en pie la producción de principios de mayo? —se preguntó Hector.

—Eso me gustaría. Tengo que…, tengo que hablar con ella y rematar algunas cosas. Me he olvidado de ello, y de muchas otras cosas, estas últimas semanas.

—Tienes que darte un respiro.

—Me lo doy, Teesh. De verdad. Pero tengo que volver el trabajo, los Rizzo somos así. Eso me va a ayudar. Igual que me ha ayudado teneros a todos aquí.

—Queríamos a Dom. Y a ti también. —Loren se inclinó y le dio un beso—. ¿Sabes, Ads? Estos dos ya están pillados. ¿Qué te parece si, en caso de que no encontremos a nadie digno de nosotros, nos comprometemos a casarnos el uno con el otro? Vamos a darnos de plazo hasta los cuarenta.

—Me parece bien.

—Lo que me demuestra que Rizz está tan agotada que el cerebro se le ha ido a dormir. —Teesha se puso en pie—. Me llevo a estos dos a casa. Y tú, descansa un poco.

Adrian le acarició la cabeza a Sadie.

—Lo haré. Puede que primero le dé un paseíto a mi amiga aquí presente.

Una parte de ella quería que se quedaran, que se quedaran todos tal y como antaño habían acampado en la casa. Quería posponer el momento de quedarse sola y en silencio, sabiendo que a la mañana siguiente se despertaría sin tener nada que planificar, sin todos esos detalles que la habían tenido tan ocupada desde la muerte de su abuelo; pero la gente tenía una vida a la que volver, y ella, por muy duro que le resultara imaginarlo, también.

Atravesó la cocina, donde les dio las gracias a Jan y a su equipo, y cogió un abrigo en el cuarto zapatero. Al rodear la casa con Sadie, encontró a su madre sentada en el patio trasero, con una copa de vino y a la luz de varias velas encendidas. De repente se sintió culpable, pues se había olvidado completamente de Lina.

—Hace demasiado frío para estar sentada aquí fuera.

—Quería disfrutar del aire y del silencio, pero tienes razón. Acabo de oír los coches. ¿Ya se han ido tus amigos?

—Sí.

—Espero que no creyesen que no podían quedarse por mi culpa.

—No, claro que no; pero con todo el lío les pareció más lógico quedarse con Teesha y Monroe.

—Harry se habría quedado más si hubiera podido. Y Mimi también.

—Lo sé, pero tampoco podíamos posponerlo indefinidamente. Lo de volver a… hacer cosas —concluyó Adrian.

—No, no podemos. Sé que es probable que estés cansada, pero quería hablar contigo. Dentro. Tienes razón con lo del frío.

—Vale. Voy a darle una última vuelta a Sadie.

—Estaré en la cocina.

—¿De qué crees que se trata? —Adrian apagó las velas y echó a andar—. Espero que no esté enfadada porque el abuelo me ha dejado la casa y el negocio. Esta noche de verdad que no quiero lidiar con rencores.

Adrian acabó de dar el paseo y entró por el cuarto zapatero. Su madre estaba sentada en el rincón del desayuno con dos copas de vino y un plato de queso y fruta. Se percató de que se la veía agotada. A la fuerte luz de la cocina, los signos de cansancio eran evidentes.

—Tú también has tenido un día muy largo. Podemos hablar por la mañana.

—He estado aplazando este momento. No quería hablar de ello hasta que hubiera pasado el acto en memoria de mi padre. Hasta que… estuviéramos aquí.

Adrian se sentó.

—Si se trata de la casa o de Rizzo's…

—¿Qué? Qué va, por Dios. —Lina casi se rio—. Él sabía que no quería ninguna de las dos cosas, que no sabría qué demonios hacer con ellas. Traveler's Creek no es mi hogar, Adrian. Es de donde vengo, que es distinto. Me ha dejado ese cuadro que pintó mi abuela, el del campo de girasoles, porque siempre me gustó. No es una pintura muy buena, pero me llama. También me ha dejado el reloj de su padre porque mi *nonno* me dejaba jugar con él cuando era pequeña. Me ha dejado cosas así, cosas que sabía que significaban algo para mí. Yo lo quería, Adrian.

—Pues claro que lo querías.

—No, no. —Lina negó con la cabeza y cogió la copa de vino—. Los quería a los dos, pero vivíamos en mundos diferentes. Yo elegí otro mundo. Y ellos nunca trataron de retenerme. —Respiró hondo—. Cuando murió mi madre, fue algo abrupto, inmediato. Me enfadé muchísimo. Se suponía que no iba a suceder así, sin más, una carretera resbaladiza en una noche oscura; pero esto, de alguna manera, es distinto. Lo vi cuando estuve aquí durante las vacaciones. A papá se lo veía más viejo, estaba más lento. Podía ver el momento en el que ya no estaría aquí y me dio miedo. Siempre fue invulnerable. Era eterno. Siempre habría tiempo para compensar el poco que había pasado aquí. —Cuando la voz se le quebró, se detuvo y le dio un sorbo al vino—. Iba a venir para su cumpleaños y estaba organizándome para quedarme quizás una semana. Luego empezaría a venir de visita cada dos meses o así, un día o dos. Para compensar tanta ausencia. Y entonces… me llamaste y ya no había más tiempo.

—Estaba orgulloso de ti. Los dos estaban orgullosos de todo lo que has conseguido.

—Eso también lo sé. Aquí siempre me sentí atrapada, encerrada. —Miró a su alrededor—. Este viejo caserón en lo alto de la colina y el pueblecito allí abajo no eran para mí. Yo necesito multitud, movimiento. Esto es otra cosa. —Se detuvo y presionó los dedos contra los ojos—. Justificarse es una mierda. —Dejó las manos sobre la mesa—. Igual que lo es procrastinar, que es justo lo que estoy haciendo. He sido un desastre de madre.

—Tú... ¿qué?

—¿Crees que no sé lo mal que lo he hecho en ese sentido? Quería lo que quería e iba a por ello; costase lo que costase y sin tener en cuenta lo que dejaba atrás. Dejé atrás un montón de cosas. El caso es que no se me dan bien los niños.

—Vale. —Adrian levantó las manos, confusa—. Nunca me faltó de nada.

Lina dejó escapar una carcajada.

—Menudo listón más bajo. Si no te faltó de nada fue porque Mimi y Harry cubrían el hueco. Y sobre todo porque tus abuelos te dieron un hogar. He perdido a mis padres —dijo lentamente—. Los he perdido a los dos. Y eso me ha hecho darme cuenta de lo mala madre que he sido.

—Me enseñaste disciplina y esfuerzo, me hiciste comprender el valor de trabajar en pos de mi pasión. Si no me hubieras allanado el camino, no tendría Nueva Generación.

—Ese camino lo emprendiste tú sola, con esos amigos que acaban de irse. No viniste a pedirme ayuda, porque ¿para qué ibas a hacerlo? En aquel momento lo vi, lo supe, pero, ya sabes, estaba ocupada. Lo siento.

Adrian sintió algo que la sorprendió, así que lo dijo:

—Creo que eres demasiado dura contigo misma.

—No, no lo soy. Sabes que no lo soy, pero ahora mismo te doy un poco de pena. Voy a aprovecharlo y a pedirte que me des una oportunidad para hacer las cosas mejor. Eres una mujer adulta, lo entiendo, y he perdido todo este tiempo, pero me gustaría intentar hacerlo mejor. Como madre. Te quiero. Me cuesta demostrarlo, pero eso no significa que no lo sienta.

Adrian no recordaba un solo momento en toda su vida en el que Lina le hubiera pedido nada. Ordenaba, dirigía, corregía; pero nunca pedía nada.

—¿Te importaría responderme a una pregunta?

Con una sonrisa entre tierna y burlona, Lina dio un par de vueltas a la copa.

—Esta noche he bebido más vino del que normalmente tomaría en una semana, así que este es el momento de hacérmela.

Adrian se lo tomó con calma, bebió un poco de vino.

—¿Por qué me tuviste? Podías elegir.

—Ah, eso. —Lina inspiró y dejó salir el aire lentamente—. No te voy a mentir, no te voy a decir que no me lo planteé. Era joven, ni siquiera había terminado aún la universidad. Descubrí que el hombre al que creía amar y que supuestamente me amaba no solo se acostaba con otras, sino que tenía una mujer de la que no se iba a divorciar.

—Fue horrible para ti.

Después de vacilar un momento, Lina se inclinó hacia delante.

—Esa es una de las mayores diferencias entre tú y yo. Tú lo ves, lo entiendes. No necesitas nada más para empatizar. Mi nivel de empatía está muy por debajo del tuyo. Saltó una generación. —Volvió a recostarse en el asiento—. Fue tremendo. Aunque Mimi me ayudó un montón. Siempre lo ha hecho. Sabía que seguiría a mi lado hiciera lo que hiciera, así que, bueno, quizás no fue tan horrible. Sentía que tenía que decírselo a Jon. Había dejado de verlo, claro. Esto ya te lo ha contado, pero me sentía obligada a confesárselo. Así que fui a su despacho en la facultad y… la cosa no fue bien. —Con el ceño fruncido y los ojos ardiendo, Lina clavó la mirada en la mesa—. Guardaba una botella en el escritorio, y era evidente que había bebido antes de que yo llegase. Eso tendría que haberme servido de aviso, pero quería dejar el tema zanjado. —Volvió a alzar la vista—. Me llamó mentirosa y puta; me acusó de querer arruinarle la vida, de querer atraparlo y todo eso. Le dije que no quería nada de él, que no tenía la intención de decírselo a nadie, pero no sirvió de nada. Me exigió que me librase del bebé, que me encargase de solucionarlo o haría que me arrepintiese. Yo estaba tan enfadada que le respondí que ya decidiría yo qué haría con mi cuerpo y que él no era quién para meterse.

»Entonces se me abalanzó. Fue muy rápido, me empujó contra la pared. Recuerdo que fue tan violento que se cayeron varios objetos de las estanterías. Y me golpeó una vez, y otra más con los puños. —Se llevó la mano al estómago—. Golpeó el germen de ti sin dejar de gritar que era él quien decidiría. Que se libraría de aquello allí mismo. Adrian, yo había visto cómo era cuando rompí con él, pero en ese momento vi a quien luego iría a la casa de Georgetown tantos años después. Vi una violencia asesina. No estoy segura de lo que podría haber sucedido, pero se abrió la puerta. Era la alumna con quien sabía que se estaba acostando en esa época. Él se dio la vuelta y le gritó que se largara de allí, así que conseguí zafarme y escabullirme.

Volvió a levantar la copa.

—Así fue como tomé la decisión. Tal vez lo hiciera sin reflexionar o por despecho, pero no dejaba de pensar que nos había atacado. Nos. Así que nos elegí. Debería haber acudido a la policía, y me arrepiento de no haberlo hecho, pero lo único que quería era alejarme de él. Y cuando volví a casa, cuando me senté en esta misma cocina con mamá y papá y se lo conté, cuando les conté todo, se pusieron de mi parte. De nuestra parte.

—Debiste de pasar muchísimo miedo.

—No después de volver a casa, no después de volver a trabajar. La verdad es que disfruté del embarazo. Era un reto y tenía un objetivo. A fin de cuentas, así es como funciono.

—Así es como funcionamos los Rizzo —la corrigió Adrian.

—Hasta cierto punto, por descontado. —Lina volvió a negar con la cabeza—. En cualquier caso, de ahí, de nosotras salió Bebé Yoga. No obstante, después de que nacieras no tardé mucho en darme cuenta de que ni tenía un gran instinto maternal ni se me daban especialmente bien los bebés y los niños. Podía asegurarme de que estuvieras sana, segura, protegida, pero para ello tenía que afianzar mi carrera y mi negocio. Así es como lo veía yo. Y tenía a Mimi para ocuparse del resto. Y a tus abuelos, y luego a Harry. Ellos me dejaban el camino libre para hacer lo que quería. —Volvió a bajar la vista hasta la mesa—. Hice lo que quería —murmuró—. Y tú estabas sana, bien cuidada y bien educada. Ibas a un buen colegio, viajabas, tenías talento… Ay, menudo talento tenías. ¿Y acaso no me aseguré de que los demás cubrieran mis carencias? Ya habría tiempo, más tarde, para lo que fuera. No tenía tiempo para mimos y carantoñas, ni tampoco inclinación.

—Levantó las manos—. Así que todo ese tiempo lo perdí.

Antes de que Lina pudiera volver a bajar las manos, Adrian le cogió una.

—¿Sabes cuál es uno de mis recuerdos más vívidos, uno de los más profundos y potentes que tengo de ti? ¿De mi madre?

—Tengo miedo de preguntarte.

—Cuando le pegó a Mimi, me quedé tan impactada y tenía tanto miedo que eché a correr buscándote, gritando tu nombre. Y entonces él me agarró y me hizo daño. Me hizo mucho daño. Y ahí saliste tú, llena de fuerza y calma.

—En absoluto, no estaba nada calmada.

—Sí. Trataste de convencerlo de que me soltase. Hablabas y hablabas, intentando que él me soltara. Ese era tu objetivo. Yo era tu objetivo. Y cuando me tiró, cuando trató de arrojarme escaleras abajo, me hizo mucho daño. El dolor era abrumador, pero te vi. Vi cómo reaccionabas, la ira en tu rostro, la furia, la forma en la que te abalanzaste sobre él. Por mí. Para salvarme. Él te golpeó, te hizo daño, pero tú no paraste. Estabas sangrando, pero no paraste. Te habría matado, nos habría matado a todas, pero tú no se lo permitiste. Y, cuando cayó, corriste hacia mí. Por mí. Me abrazaste, con sangre y lágrimas en la cara. —Adrian le tomó la otra mano a su madre, unidas las dos sobre la mesa—. Sé que me querías. En el día a día eres un asco a la hora de demostrarlo.

La carcajada de sorpresa que soltó Lina acabó en un medio sollozo.

—Sí que lo soy.

—Pero cuando las cosas se ponen feas, feas de verdad, ahí estás. Siempre lo he sabido. Lo que no supe ni entendí en aquel momento fue que, al dejarme aquí ese verano, te llevaste toda la tensión, las consecuencias, lo desagradable, y me dejaste donde podía ser simplemente yo.

—En gran parte fue así; voy a colgarme la medalla y diré que en gran parte fue así, pero también había cierto cálculo. Necesitaba aprovechar lo que había sucedido en mi beneficio, para evitar que hundiera lo que había construido.

—Has tomado mucho vino esta noche.

—Lo siento mucho, Adrian. Ojalá te pudiera decir que lo voy a hacer mejor, que voy a ser mejor. Quiero intentarlo, es mi meta. Espero que no sea la primera meta que no logro alcanzar. Te pareces demasiado a ellos como para no darme una oportunidad. De eso también me voy a aprovechar.

Adrian soltó la mano de su madre para coger la copa de vino.

—Sigue bebiendo —le dijo, y Lina rompió nuevamente a reír.

—Vale, te voy a responder a las claras. Me gusta mi vida. Estoy orgullosa de lo que he conseguido y creo, de hecho sé, que con mi trabajo he cambiado algunas vidas para mejor. Me gusta ser el centro de atención. Me gustan las ventajas económicas, los viajes, todo. Me gusta la libertad, uno de los motivos por los que nunca me he casado. Sin embargo, al final sé que soy lo bastante inteligente y lo bastante organizada como para haber encontrado tiempo para ti y para mis padres. Y el tiempo con ellos es algo que ya no podré recuperar.

»En cambio… —levantó la copa—, tú eres mejor de lo que yo nunca he sido. Eres más cercana, más amable, más equilibrada en ese sentido. Tienes buena cabeza para los negocios; ahí te gano, pero sigues teniendo buena cabeza; y te rodeas de gente de talento, gente como tú, gente a quien le gustas. Más equilibrio. Y tienes más talento natural que yo. Otra vez, voy a colgarme la medalla de haberte dado la base, pero tú has construido el tuyo propio a partir de ahí. Y eso merece mi respeto. —Lina dio un sorbo al vino y observó a su hija—. Creía que te estabas echando a perder al volver aquí. Me equivoqué. Te ha servido para expandir ese talento y ese atractivo que tienes. A mí me habría sofocado, pero a ti te ha dado alas. —Dio otro sorbo y miró a su alrededor—. ¿Qué vas a hacer en esta casa tan grande y tan vieja?

—Para empezar, voy a vivir. Y a trabajar. Ya iré viendo.

—Si no te importa, me gustaría quedarme unos días más.

—A mí también me gustaría que te quedaras. Te enseñaré cómo avanza el centro juvenil. Tal vez se te ocurra alguna idea.

—¿La aceptarías?

—Tal vez. —Adrian sonrió—. Si me cuadra. Y me gustaría que volvieras en mayo, la primera semana de mayo. —Hizo algunos cálculos—. Posiblemente la segunda semana de mayo, para nuestro proyecto conjunto. Ya tengo casi todo organizado.

—Pero si ni siquiera hemos… ¿Cómo que organizado? Pensaba que lo íbamos a hacer en Nueva York.

—Tengo un planteamiento distinto. —Lina Rizzo no era la única que sabía cómo aprovechar el momento, pensó Adrian—. El gimnasio del instituto de Traveler's Creek. Contaremos con alumnos y profesores; ya he pedido los permisos. Será una caja de dos discos.

—¿En el gimnasio de un instituto… y de una ciudad pequeña? ¿Con niños?

—Serán los jóvenes a punto de graduarse, con permiso médico y paterno. Seis alumnos y seis profesores. Los iremos guiando. Rutinas de treinta a treinta y cinco minutos: cardio, entrenamiento de fuerza, trabajo en esterilla, yoga y una combinación de todo. Les proporcionaremos vestuario; tal vez Bebé Yoga para los profes y NG para los chicos.

—¿Una competición?

—Eeeh, amigable.

—*Primero de Fitness.*

Adrian frunció el ceño.

—Mierda, ese título es mejor que el que yo tenía pensado.

—¿Cuál es?

—Da igual. Usamos la localidad en la que yo vivo y tú te criaste, y la ponemos en valor. Usamos el instituto al que fuiste, y le añadimos un toque de nostalgia.

—Pero prohibido mencionar el año en el que me gradué.

Madre e hija intercambiaron una sonrisa.

—Ni de coña.

—Ibas a hacerlo conmigo o sin mí.

—Sí. Pero, si no te gusta, haré contigo el proyecto que quieres en otro momento. Aunque creo que esto podría generar mucho interés y un montón de ventas.

—Quiero ver las rutinas.

—Aún no las tengo todas afinadas.

—Bien. Yo también tengo algunas ideas. Si nos ponemos de acuerdo, es trato hecho.

Lina le tendió la mano a Adrian; después de estrechársela, se la apretó.

—Voy a hacerlo mejor.

—Ya lo estás haciendo.

Adrian tenía una bolsa llena de cartas de pésame que leer. Quería responder al mayor número posible y lo más rápido posible. Unos habían enviado sus condolencias a casa, otros al restaurante.

Salió a correr temprano con Sadie para darle a su madre tiempo para usar el gimnasio. Luego se sentó a desayunar con un batido ante la encimera de la cocina para empezar a clasificar las cartas. Muchas las guardaría simplemente en una caja de recuerdos, pues ya había hablado con el remitente en persona. Pero otras habían llegado de cada rincón del país: un montón de gente cuyas vidas su abuelo había tocado de una u otra forma. Una vez abiertas y clasificadas todas, intentó redactar las respuestas.

Un hombre le daba el pésame desde Chicago y mencionaba que Dom le había dado su primer trabajo. Una mujer en Memphis escribía que se había prometido en Rizzo's y Dom le había llevado personalmente una botella de espumoso a la mesa. Otros hablaban de haber celebrado un cumpleaños en el restaurante o de haber ido a Rizzo's con su equipo después de ganar o perder algún partido. Cartas y más cartas, y cada una de ellas le llegaba al corazón.

Entonces este se le paró al descubrir aquella letra de imprenta ya conocida. Reparó en que no era el sobre de siempre, lo que explicaba que hasta ese momento no la hubiera visto. Era más grande, más grueso y blanco, y con matasellos de Filadelfia.

Cuando la abrió cuidadosamente, se encontró con una tarjeta con una fotografía en blanco y negro de un gato con los ojos abiertos de par en par y el pelaje despeluzado.

La abrió y leyó el poema:

Tu abuelito ha muerto, qué pena me das.
Has llorado mucho, pero este no es el final.
Pronto lo verás, y verás cuán estupendo
es el reencuentro con su nietita en el infierno.

—Esto ya pasa de castaño oscuro, joder. —Llena de rabia, comenzó a rasgar la tarjeta para hacerla pedazos. Sin embargo, se detuvo, cerró los ojos y trató de controlarse—. No vas a utilizarlo, no vas a utilizar a mi abuelo.

Se puso en pie y echó a andar, porque notaba que estaba temblando. Estaba demasiado enfadada para pensar, pero eso era precisamente lo que tenía que hacer: pensar. Abrió la puerta del frigorífico de un tirón y sacó una Coca-Cola. Le acababa de dar el primer trago cuando entró Lina.

—¿En serio? Resulta que vamos a intentar conectar la una con la otra y tú… ¿Qué sucede?

Adrian se limitó a apuntar hacia la tarjeta. Lina la leyó y se sentó.

—Si no te vas a beber ese batido, lo haré yo.

—No te cortes.

—Te diría que son más chorradas, pero a mí tampoco me lo parece. Alguien que haya seguido tu blog y haya leído cualquiera de tus entrevistas sabe lo unida que estabas a Popi, así que esto es deliberadamente cruel.

—Ya lo sé. Está pensado para que me sienta exactamente como me siento ahora mismo.

—No, Adrian, está pensado para ponerte triste, para aumentar tu dolor y asustarte. Pero lo que ha hecho es cabrearte. Ese hombre o mujer no te conoce.

Adrian se detuvo y volvió la vista a su madre.

—Eso mismo fue lo que dijo Raylan.

—¿Se lo has contado a Raylan Wells?

—Sucedió sin más. Estaba en la estafeta, me vio sacar una de las cartas de mi apartado de correos y vio cómo reaccionaba. Así que se lo conté.

—Bien. Cuanta más gente que se preocupa por ti lo sepa, mejor. Ahora bien, ¿qué quieres hacer?

Por un instante, a Adrian la descolocó que su madre, quien guardaba bajo llave las cuestiones personales, aceptase que hubiera abierto su círculo más próximo.

—No lo sé.

—Me gustaría contratar a un investigador. Ni la policía ni el FBI van a implicarse tanto como alguien a quien pagues para investigar este asunto específico. No tienen tiempo.

—No sé qué podría hacer un investigador privado.

—Lo averiguaremos. Puede que nada, pero lo averiguaremos. Déjame hacer esto por ti. Déjame encontrar a la persona adecuada y que empiece a estudiar el caso. Tendría que haberlo hecho hace años, pero tenía la impresión, siempre la he tenido, de que este tipo de cosas no son más que un desagradable efecto secundario de estar en el candelero.

—Es lo que cree todo el mundo.

—Bueno, pues ahora creo que yo y todos los demás nos equivocamos. Vamos a probar.

—Está bien. —Adrian asintió con la cabeza—. Es mejor que no hacer nada y esperar a que llegue la siguiente carta.

O esperar a que llegase el poeta, pensó Adrian. ¿Cuánto tiempo más se conformaría con escribir unos pocos versos?

17

Raylan estaba sentado en el coche delante de la casa de Brooklyn. Tenía el mismo aspecto, por supuesto que tenía el mismo aspecto, pero no era la misma casa. Había pasado casi un año desde que dejara aquella vida. Nada era exactamente lo mismo. Pero su amiga, su socia, había traído una nueva vida a aquella casa. Era hora de entrar, se dijo. Era hora de sanar.

Cogió las flores y el gigantesco dragón de peluche con los colores del arcoíris y cargó con ellos hasta la puerta delantera. Era extraño, por supuesto que era extraño llamar a la puerta de la que había sido su casa. Pero al cabo de un momento sonrió, y sonrió de verdad, cuando Pats la abrió.

Allí estaba, una mujer alta y de hombros fuertes con una mata de pelo castaño alborotado y ojos azules y vivos. Abrió los brazos de inmediato y lo envolvió en un alegre abrazo de oso.

—¡Ya estás aquí! Ay, cuánto me alegro de verte, Raylan.

—Enhorabuena, mamá.

—Es que no me lo creo. Podría estar mirándola todo el día. Es tan bonita… Entra, entra a conocer a nuestra Callie Rose. ¡Un dragón! ¡Un dragón arcoíris! ¡Me encanta!

—Pero bueno, ¿es que tú también quieres uno? Las flores para las mamás y el dragón para la bebé. Para que la defienda.

—Un dragón guardián. Solo a ti se te ocurriría.

Pats le cogió las flores y la mano; la aferró con fuerza mientras él tardaba un instante en hacerse a la idea. La pintura era distinta y también había algunos muebles nuevos, mezclados con los suyos que la pareja se había quedado. Un vigilabebés, un columpio lleno de volantes, un parque con su cuna, un paquete de pañales, un contenedor al que tirarlos… El aire olía a flores (no había sido el único en traérselas) y a recién nacido. Una vida suave y cremosa. «Una nueva vida», pensó. Que no era la suya. Y se sorprendió al notar que no le dolía.

—¿Todo bien, colega?

—Sí. —Volvió la cabeza y le besó la mejilla—. Todo bien.

—Ven a la cocina. ¿Te apetece una Coca-Cola?

—Venga. Qué bonito está todo, Pats. Lo digo en serio. Es un hogar feliz y eso hace que todo esté bien.

—Nos encanta la casa. No solo tiene una buena estructura; tiene buenas vibraciones. Bick acaba de subir con Callie a cambiarla. Sí, resulta que somos ese tipo de madres. Queríamos ponerle uno de estos vestiditos ridículamente adorables para que la conocieras. ¿Cómo están los niños? ¿Y todos los demás?

—Genial. Encantados de dormir en casa de la yaya: «¿Cuándo te vas, papi?». Y a Maya le queda un suspiro para que tengamos otro bebé en la familia. Vosotras hicisteis lo de tener a la niña en casa, ¿no?

—Sí, y no me avergüenza reconocer que estaba cagadita de miedo. —Vertió la Coca-Cola en un vaso con hielo—. Pero todo fue como la seda. Bick es una guerrera. Se me saltan las lágrimas, perdona.

—No te preocupes.

—Se enfrentó a todo como si tal cosa, y Sherri, nuestra comadrona, estuvo genial. Y de repente ahí estaba, la criatura más bonita del mundo, chillando y agitando los puñitos en plan: «Pero ¿qué coño es todo esto?».

Pats llenó otro vaso y ambos brindaron.

—Aquí llegan.

Bick bajó las escaleras con la recién nacida, ataviada con un vestidito rosa lleno de ringorrangos y una cinta a juego en la cabeza.

—Me da la impresión de que habríamos necesitado efectos de luces —dijo Bick—, música y puede que una banda. Tengo el honor de presentarte a la última maravilla del mundo: Callie Rose.

Tenía la mirada de los recién nacidos, como si acabara de emerger de algún lugar misterioso, con unos ojazos almendrados que dominaban la carita del color del polvo de oro sobre chocolate, la boquita perfecta de un duendecillo y nariz de botón.

—Vale. Es preciosa. Bien hecho, Bick.

—He hecho todo lo que podía. ¿Quieres cogerla?

—Pues claro. —Dejó la Coca-Cola a un lado y tomó a la recién nacida en brazos. El corazón se le derritió—. Siempre tendré caramelos para ti, me da igual lo que digan tus madres. Cuenta con ello.

Callie se quedó mirándolo como si le interesase la propuesta. Entonces le regurgitó en la camisa.

—Retiro lo dicho.

—Lo siento, lo siento —se disculpó Bick entre risas al tiempo que se quitaba el paño para eructos que llevaba en el hombro.

—No pasa nada. De verdad que no pasa nada.

—Te podemos lavar la camisa —le dijo Pats—. Ahora mismo vamos encadenando una lavadora con la siguiente.

—No pasa nada —repitió—. Estás estupenda, Bick. Y no solo teniendo en cuenta que diste a luz hace una semana.

—Vamos durmiendo a trompicones, aún tengo los pezones en estado de shock y hemos descubierto que una humana de tres kilos puede cagar media tonelada al día. Es el mejor momento de nuestra vida. ¡Nos has traído un dragón!

—Se lo he traído a Callie, que no se te olvide.

Se sentó con la niña mientras Bick se acomodaba y ponía los pies en alto. Se había cortado el pelo al estilo *pixie* de Halle Berry y, a sus ojos, lucía tan adorable como su hijita.

—¿Qué tal está tu madre?

—Está bien, aunque está siendo duro. Dom era como un padre para ella. Tener a los niños con ella hoy, y esta noche, le va a hacer bien.

—¿Solo una noche?

—Sí, vuelvo mañana. Mo tiene el recital del baile de primavera este fin de semana. Maya sale de cuentas en nada. Luego iré a la sede de la empresa. —Mientras hablaba le acariciaba la mejilla a la bebé con un dedo—. Soltaré algo más de trabajo y me pondré al día con todo el mundo.

—Sabes que *Llama Cobalto: la transformación del demonio* lo está petando, ¿no? Gracias, cariño —dijo Bick cuando su mujer le trajo un vaso de zumo de naranja.

—Su relación cambiante con Ángel le da profundidad y emoción. Además, ya sabes, batallas. Me ha hecho pensar una vez más en el equipo del que habíamos hablado.

—Nuestro club de superhéroes.

—Justo, que no se limite a los cruces entre universos que ya hemos hecho. La Vanguardia.

—La Vanguardia. —Bick trazaba círculos con el pie mientras cavilaba—. Una cosa bélica. En cierto modo política. Me gusta. Necesitamos un argumento para crearla, algo que una a los personajes que queremos que formen el núcleo. Y necesitamos la infraestructura. ¿Dónde está el cuartel general? ¿Qué aspecto tiene? Vas a querer un malo malísimo que los incite a formar equipo y a mantenerse unidos.

—Sí, he estado dándole vueltas. Tengo algunas notas y un par de bocetos iniciales. He pensado en hablar con Jonah y luego podríamos hacer una videoconferencia.

—Bick, cariño, ¿por qué no te vas a la oficina con Raylan? —Pats levantó la mano antes de que su mujer pusiera alguna objeción—. Sabes que quieres ir. Tengo un montón de leche en el frigorífico. Además, le diste de comer hace una hora, así que ahí no va a haber problemas. Tómate un par de horas.

—¿De verdad? ¿Estás segura?

—¿De tener la oportunidad de disfrutar de la niña yo sola? Claro que estoy segura. Raylan puede llevarte y traerte, porque aún te queda demasiado lejos para ir andando. Pero luego, a la vuelta, podemos ir a dar un paseíto. Así le da el aire a Callie. Tú vete.

—Dos horas. Estará bien. Dos horas —se repitió y miró a su hija—. Hasta ahora no me he separado de ella ni dos minutos. No estoy segura de si debería... No, no voy a ser ese tipo de madre. ¿Lo soy? No. —Respiró hondo—. Vale. Vamos a la casa de locos a hablar de la Vanguardia.

Para alegría de Jan y de los niños, Raylan acabó quedándose dos noches en Nueva York para que la lluvia de ideas fuera cogiendo ritmo. Una de ellas cenó pizza para llevar del mismo establecimiento al que solían llamar Lorilee y él, y en la misma vieja mesa de comedor, mientras discutía las tramas con sus socios o las rechazaban.

—Mira, visualmente me convence la idea de tener el cuartel general en una caverna enorme. —Jonah le dio otro mordisco a la pizza, repleta de carne—. Estalactitas, estalagmitas, pasadizos... Pero se parece demasiado al de los semidemonios.

—Odio cuando tienes razón. —Bick cogió uno de los bocetos desparramados sobre la mesa—. Porque a mí me chifla esta gigantesca mesa de piedra luminosa.

—Lo importante es que sea un lugar remoto. Nadie tiene aún a los militares tras de sí.

—De todas formas, podríamos usar una caverna —especuló Jonah—, aunque no bajo tierra. Quizás una cueva excavada en la montaña. ¿En los Andes?

Hubo un tira y afloja con respecto a la caverna mientras Jonah comía con una mano y dibujaba con la otra. La niña se despertó llorando.

—Eso es que tiene hambre. Yo me ocupo —dijo Bick antes de que Pats se hubiera levantado—. ¿Y el Himalaya? Es misterioso.

Sacó a la niña de la cuna y volvió a sentarse con ella a la mesa antes de abrirse la camisa y darle el pecho.

—No sé por qué os empeñáis en meterlos en una caverna o en una cueva. —Pats se encogió de hombros—. Es todo muy oscuro. Y ellos siempre luchan contra las fuerzas oscuras. Podríais ponerlos en una isla, en una isla tropical y remota. Sol y playa. —Durante diez largos segundos, nadie abrió la boca—. Lo siento, vosotros sois los expertos.

—No. —Raylan negó con la cabeza—. Estamos todos pensando: «¿Por qué coño no se me ha ocurrido antes? La Isla de la Vanguardia».

—Alejada de las rutas de navegación —continuó Jonah—. Exuberante e intacta. ¿Y nadie sería capaz de hacer desaparecer una isla, que no apareciera en las imágenes por satélite ni al sobrevolarla?

—Yo me encargo.

—Una isla que surgió del mar hace mucho, en las lejanas brumas del tiempo. —Bick le dedicó una sonrisa enorme a Pats—. Ahora mismo te adoro. Quiero una cascada.

—Y un volcán —añadió Raylan—. Necesitamos un volcán. El cuartel general debería ser de cristal, transparente, como si no estuviera.

—Es la hostia, me encanta… Y tú también, Pats —dijo Jonah mientras comenzaba un nuevo boceto.

«Un viaje de lo más productivo», pensó Raylan mientras conducía bajo el puente cubierto camino de Traveler's Creek. Con el debut de Llama en plena producción, sentadas las bases de la Vanguardia y la siguiente aventura de Nadie en marcha, el trabajo iba viento en popa. En lo personal, sabía que por fin había aceptado plenamente que la casa de Brooklyn ahora pertenecía a sus amigas y hasta podía celebrar la vida que se habían construido allí.

Cenaría en casa de su madre, como esta ya le había hecho saber, y le pondría al día de todo lo sucedido durante las vacaciones en casa de la yaya. Una vez de vuelta en su hogar con los niños y después de bañarlos y meterlos en la cama, se pondría a trabajar. Las ideas brotaban y le bullían en la cabeza.

Entonces vio a Adrian, corriendo tranquilamente con la perra al otro lado de la calle. El pantalón ceñido, del color de las violetas silvestres, le llegaba a la mitad de la pantorrilla y dejaba ver claramente el contorno de los músculos de las piernas. La camiseta, amplia y abierta en la espalda, ondeaba al mismo ritmo que la cascada de rizos. Volvió a sentir aquella punzada, aquel tirón, pero esta vez no se sintió culpable; aunque hizo una mueca de vergüenza cuando casi se pasó la casa de su madre. Dio un volantazo para acceder a la entrada y, al salir del coche, vio a Adrian y a la perra doblar la esquina camino de casa.

Ella tenía idea de volver a casa corriendo, pero se descubrió tomando un desvío. Aún no estaba lista para el silencio, así que se dirigió a casa de Teesha. Advirtió que el coche de Raylan aún no estaba en la entrada. Las malas lenguas del pueblo decían que se había ido un par de días a Nueva York. Llevaba sin verlo desde el homenaje a su abuelo. Habían pasado muchas cosas.

Cuando estaba a punto de subir hasta la puerta, oyó gritos y risas en el jardín trasero, así que volvió a desviarse. Phineas y Collin estaban dando buen uso a los columpios; con las mejillas de un color tan vivo como las sudaderas, trepaban los escalones del tobogán. Adrian abrió la cancela y soltó a Sadie. La perra salió disparada hacia los niños, quienes al verla también echaron a correr.

—¡Sadie, hola!

Prácticamente se abalanzaron sobre ella.

—¡Hola, Adrian!

—Hola, chavales. Hace un domingo estupendo, ¿verdad? ¿Queréis jugar un rato con Sadie?

—Mamá dice que Sadie es mi perra subrogada, que quiere decir «sustituta», hasta que Thaddeus tenga como mínimo un año. Entonces podremos adoptar un cachorro. Aún quedan doscientos dieciocho días.

«Solo a Phineas se le ocurriría algo así», pensó Adrian.

—A Sadie le encanta ser tu perra subrogada. ¿Cómo está tu madre, Collin?

—Va a tener una niña. Las niñas no tienen pene.

—Eso tengo entendido. Vas a ser el hermano mayor, igual que Phin.

—Ya. Pero él tiene un hermano, con pene.

—Bueno, yo no he podido ser hermana mayor porque no he tenido ni hermanos ni hermanas, así que los dos tenéis suerte. Voy a ir a saludar a tu madre, Phin.

—Nos ha dicho que jugáramos fuera porque iba a dar de comer al bebé y a acostarlo para que se echase una siesta. Le da de comer leche de las tetas. Los chicos eso no podemos hacerlo.

—Lo que se aprende con vosotros…

Adrian fue hasta la puerta de la cocina y se asomó. Teesha, sentada frente a la encimera, la invitó a entrar con la mano.

—Es la primera vez que me siento en no me quiero ni imaginar cuántas horas. El bebé está dormido, los niños juegan fuera y Monroe está componiendo.

—Eso he oído.

—Y vamos a pedir comida para cenar porque lo digo yo. Toma lo que quieras.

—Ya tengo «lo que quieras» —dijo, dándole una palmadita a la botella—. Pareces cansada.

—A Thad le están saliendo los dientes. Que rápido se nos olvida. Con tu madre, ¿qué tal? ¿Ya se ha marchado?

—Hace un par de horas. Ha sido… interesante.

—¿La…, llamémosla «tregua», sigue en pie? Ya sé que ha pasado un par de días en D. C., pero, que yo sepa, es la vez que más tiempo se ha quedado por aquí.

—Es un nuevo récord. No lo llamaría una tregua. —Adrian se sentó—. Es más bien una nueva dirección. Y por ahora se mantiene. Quiere intentarlo, de verdad. Y yo quería decirte que ha accedido a participar en la producción. Hemos estado retocando alguna cosa, pero por ahora funciona. Te mandaré todo por e-mail por si quieres ir poniéndolo en marcha ya.

—Habrá que hacerlo si sigues convencida de grabar la segunda semana de mayo.

—Quiero hacerlo antes de la graduación, así que sí.

—Me pondré a ello. Tú también pareces cansada.

—Puede que un poco. Esta mañana he estado con el jefe de obra y con el inspector. Quiero que Kayla se encargue de diseñar el interior, así que hemos estado intercambiando ideas por e-mail y mensajes. Ya sé que Jan y tú tenéis Rizzo's bajo control, pero tampoco quiero desentenderme. Dom no lo habría querido.

—A lo que hay que añadir lo que estás omitiendo. ¿Hablaste con la investigadora privada?

Adrian desenganchó la botella de agua y bebió un gran trago.

—Sí, y parece buena e inteligente. De hecho, cree que podría rastrear la última tarjeta. No es como las demás cartas; aparece el nombre del fabricante.

—Y eso también es preocupante. Ha vuelto a saltarse el patrón.

—Quería asestarme un golpe cuando peor estaba y lo consiguió. Pero la investigadora privada, Rachael McNee, dice que ha cometido un error. Antes no había forma de seguirle la pista. Ahora sí. Puede que tenga razón. En cualquier caso, mi madre quiere hacerlo y yo le voy a dejar. —Miró a través de las puertas de cristal y sonrió—. Sadie está en la gloria.

—Igual que los niños. Me encanta que Phineas tenga un buen amigo. Los cerebritos realmente necesitan alguien que los entienda y ahora los dos pueden hacer el panoli juntos.

—Collin sigue decepcionado porque su hermanita no vaya a tener pene.

—Lo menciona a menudo.

—Siento no poder quedarme a ver al hermanito con pene de Phin, pero tengo que irme.

—Podrías quedarte y unirte al festín.

—Podría, pero tengo que volver a coreografiar un par de cosas.

—¿Estarás bien tú sola?

—Sí, esa casa es mi hogar. Y tengo a Sadie.

—Si cambias de idea, vente. Y no te preocupes por lo demás. Pondré todo en marcha y fijaré las fechas.

Adrian se puso en pie.

—Por cierto, Raylan aún no ha vuelto, ¿no?

—Maya me ha dicho que volvería esta noche para la cena familiar. —Teesha se reclinó en el taburete—. ¿Por qué no tomas la iniciativa?

—¿Qué? —Adrian se echó atrás—. ¿Raylan? No. Sería... raro.

—¿Por qué? Es muy mono y, desde luego, no es un psicópata drogadicto violador que te vaya a asesinar con un hacha. Está soltero.

—Soy amiga de su hermana y, ahora, la jefa de su madre. Conocía a su mujer. Y me caía bien. Todavía lleva la alianza. Y encima hace bastante tiempo que no tomo la iniciativa. Seguro que estoy oxidada.

—El otoño pasado quedaste un par de veces con el tío aquel.

—¿Wayne? Dos veces y la iniciativa la tomó él, yo simplemente me dejé llevar. Y no conectamos en nada. Una tiene que conectar. —Se detuvo y suspiró. Luego exhaló lentamente—. Echo de menos el sexo, no te voy a mentir, pero no tanto como para tomar la iniciativa con un amigo o salir con alguien con quien no conecto. —Volvió a engancharse la botella de agua—. Quizás podrías prestarme a Monroe un par de horitas.

—Se le da bien el tema, pero no. Búscate a tu propio hombre.

—Puede que más adelante. Dale un beso al niño de mi parte. Es hora de que una servidora y la perra subrogada de Phin se vayan a casa.

Teesha se rio.

—¿También te ha contado eso? Tuve que inventarme algo, porque empezó a darme datos estadísticos sobre niños y perros. No voy a ponerme a educar a un cachorro cuando el mayor no tiene ni cinco años y el pequeño está echando los dientes.

—No tienes por qué justificarte. Te mandaré la agenda final y el itinerario.

Teesha se puso en pie para acompañarla hasta la puerta y le soltó:

—¿Sabes? Monroe y yo primero fuimos amigos.

—¿Cuánto? ¿Cinco minutos?

—Ocho. Conseguimos aguantar ocho minutos. Piénsatelo.

Adrian se limitó a despedirse con un gesto de la mano, le puso la correa a Sadie y echó a correr.

A finales de la semana siguiente, mientras el mes de abril pugnaba por florecer en las breves pausas que quedaban entre la lluvia fría y las noches gélidas, Rachael McNee se sentó con Adrian en el salón de su casa.

La mujer, una cuarentona de constitución robusta, bebía café solo y vestía un jersey de cuello alto azul marino con un traje gris marengo. La expolicía, con el cabello corto y liso del mismo color que el traje, parecía más una amable bibliotecaria que una investigadora privada con su propia agencia. Tal vez ese fuera el motivo por el que Adrian se sentía a gusto con ella.

—No esperaba que hubiera noticias tan rápido.

—Le he escrito un informe, pero he pensado que preferiría saber de los avances cara a cara.

—Tampoco esperaba que hubiera avances tan pronto.

—Lleva mucho tiempo lidiando con este problema sin avanzar —dijo Rachael con empatía evidente—. Hasta ahora, su acosador usaba papel y sobres blancos de los baratos, y sellos con la bandera estadounidense, fáciles de obtener. Es lo bastante listo como para no lamer el sello antes de pegarlo. Escribe a mano con letra de imprenta, de modo que no podemos rastrear ningún software ni máquina de escribir.

—Y escribir los poemas a mano es más personal.

Rachael enarcó una ceja y asintió.

—Sí. Siempre usa el mismo tipo de tinta: de bolígrafo, normal y corriente. Creo que usa siempre la misma marca de boli. Es un animal de costumbres. Pero esta vez se las ha saltado.

—¿Ha sido capaz de rastrear la tarjeta?

—Sí. Y, en cuanto pueda ponerse a ello, también lo conseguirá la agente del FBI asignada a su caso. Ahora mismo, es usted mi única cliente. Su madre fue muy clara a ese respecto.

—Es su forma de ser.

—Ya veo. Lo que quiero decir es que pude ponerme a rastrear el mensaje enseguida. Y explotar su error. El acosador podía haber elegido una tarjeta de amplia distribución, publicada por una empresa grande. Sin embargo, optó por algo barato y de poco alcance.

—¿De poco alcance?

—La empresa se llama Tarjetas del Club del Gato. La lleva una mujer en Silver Spring, Maryland, y no empezó a comercializar y publicitar las tarjetas hasta el 18 de febrero de este año. Es una cosa de poca monta, señorita Rizzo.

—Llámeme Adrian.

—Y a mí Rachael. La mujer lleva el negocio desde casa; les hace fotos a sus gatos, tiene seis. Me dice que su marido la ayuda de vez en cuando.

—¿Fue ella quien vendió la tarjeta?

—No. No las vende desde casa, o no lo hacía hasta que abrió una página web y empezó con el comercio online. Pero eso fue la semana pasada. Su hermana tiene una tienda de papelería en Georgetown y puso a la venta un surtido de tarjetas. El 18 de febrero. La señora Linney, la mujer de los gatos, colocó sus tarjetas en otros tres establecimientos a lo largo de las dos semanas siguientes. Uno en el centro de Silver Spring, adonde va normalmente de compras, que las puso a la venta el 21. Y dos tiendas efímeras, una en Bethesda, Maryland, y otra en el noroeste de D. C., las pusieron en venta el 2 de marzo.

—Así que la tarjeta que me enviaron tenía que venir de una de esas tiendas.

—Sí. Y eso ha acotado bastante la zona. Las tarjetas se vendían individualmente o en una caja de ocho con ilustraciones variadas. La hermana cogió seis paquetes de tarjetas variadas y veinticuatro tarjetas individuales, incluida la que tú recibiste. Vendió dos paquetes y diez tarjetas sueltas, incluida la de «¿Tienes un mal día?», antes de la fecha en la que se franqueó la tuya. Entre todos los demás establecimientos se vendieron un total de ocho paquetes y seis tarjetas de esa versión en concreto.

—O sea, que vive en la zona.

—O pasaba por allí. Ninguno de los establecimientos tiene grabaciones de seguridad que se remonten hasta el día que necesitamos. Algunas de las transacciones se pagaron con tarjeta de crédito y otras en efectivo. Cuando entrevisté a los propietarios y dependientes, ninguno recordaba a nadie raro o que llamase la atención. —Rachael dejó a un lado el café y se puso unas gafas de cerca para consultar sus notas—. La cronología es la siguiente: el último poema enviado de la forma habitual se franqueó el 10 de febrero en Topeka, Kansas. Dices que cogiste las cartas de tu apartado de correos el 13 de febrero y que viste el sobre, pero no lo abriste en aquel momento. —Levantó la vista y dirigió a Adrian una mirada compasiva—. Fue el mismo día en el que murió tu abuelo.

—Sí.

—Su obituario, así como un artículo sobre él, su esposa y su familia, apareció en los periódicos de la zona el 17 de febrero y se enlazó a la página web de Traveler's Creek ese mismo día.

—Sí. —Adrian se recostó en el asiento—. Y al día siguiente la tarjeta salió a la venta en Georgetown. Pocos días después apareció en Silver Spring y más tarde en las tiendas efímeras.

—Correcto. La tarjeta tenía fecha del 16 de marzo, diez días antes del homenaje póstumo, que apareció en los periódicos y en la página web del pueblo. Esta tarjeta, en lugar de enviarla a tu apartado de correos, la dirigió al restaurante y tú la abriste el día después de la ceremonia.

Cuando Adrian se levantó, Sadie alzó la cabeza para ver si la necesitaba. Siguió observándola mientras caminaba.

—También apareció un artículo en el periódico de Kitty Hawk. Mis bisabuelos abrieron un Rizzo's cuando se trasladaron allí, antes de que yo naciera. Mis abuelos lo vendieron cuando sus padres murieron. No podían llevar los dos restaurantes al mismo tiempo. El acosador pudo haber leído sobre la muerte de mi abuelo en muchos sitios.

—Es cierto. Yo creo que ojea los periódicos locales de tu zona y busca cualquier mención sobre tu familia. Básicamente, puede estar vigilándote de lejos. Puede acceder a tu blog, ver tus vídeos de ejercicios y comprar tus DVD. Los tendrá todos, Adrian. Los verá a menudo.

Esta tuvo que reprimir un escalofrío.

—La policía y el FBI coinciden en que no se trata de una obsesión sexual.

—Estoy de acuerdo. El acosador podría ser asexual. De hecho, podría tratarse de una mujer heterosexual; nunca ha habido indicio alguno de obsesión sexual en los poemas. Ejerce su poder y su control sobre ti de otra forma: la coherencia y la brevedad de los poemas, la amenaza de hacerte daño. Esta persona disfruta demasiado perturbando tu vida como para parar.

—¿Hasta ahora?

Rachael se limitó a abrir las manos.

—Que esté yendo a más no es buena señal. Y aunque nunca ha cumplido ninguna de sus amenazas veladas y puede que nunca lo haga, deberías plantearte contar con seguridad personal. Podría hacerte algunas recomendaciones.

—Tengo a Sadie y un sistema de alarma. He estado dando clases online de defensa personal y artes marciales. No me planteo tener un guardaespaldas. ¿Cuánto tiempo? Esto podría alargarse fácilmente diez o doce años más. Esa es parte de la tortura, ¿no? No saber si parará algún día y, ¡madre mía! Preguntarte qué hacer si algún día parase. Qué significaría. —Volvió a sentarse—. Quiero darte las gracias por todo lo que has hecho. Es la información más detallada que he obtenido desde que esto empezó.

—Ay, pero si aún no he terminado. Todavía tengo un par de hilos de los que tirar. Tu madre quiere que sea exhaustiva, Adrian, y a mí se me da muy bien lo de ser exhaustiva. —Rachael sacó de su maletín un gran sobre de color beis—. Aquí tienes una copia por escrito de mi informe. Le he mandado otra tu madre. Si tienes cualquier duda, si te llega otro poema, ponte en contacto conmigo, por favor.

—Lo haré. ¿Puedo preguntarte por qué dejaste el cuerpo de policía?

—Cuando tuve a mi segundo hijo, mi marido y yo lo hablamos. Es un trabajo peligroso. Investigar no se parece a lo que se ve en la televisión o las películas. Se trata de indagar, caminar mucho, hacer informes. Además —dijo al tiempo que se levantaba—, quería mi propio negocio. Quería ser yo quien tomara las decisiones.

—Lo entiendo.

Rachael le tendió la mano.

—Usa la cabeza y ten cuidado. Seguimos en contacto.

Adrian llevó la taza y el platillo a la cocina y los fregó. Tenía trabajo que hacer; siempre había trabajo que hacer. Pero, si se quedaba en casa, leería el informe y repasaría todo lo que ya le había dicho. Sería como cuando duele una muela, que es imposible pensar en otra cosa.

—Para variar ha salido sol, Sadie. ¿Qué te parece si me cambio y vamos a la calle a correr un ratillo?

Sadie conocía las palabras «calle» y «correr», así que se fue directa al cuarto zapatero, donde estaba colgada su correa, y dio un único ladrido a modo de afirmación.

—Dame cinco minutos para ponerme la ropa de deporte y nos ponemos en marcha.

18

Cuando fue a visitar la obra a la semana siguiente, se maravilló al ver las paredes con las placas de cartón yeso ya enlucidas y lijadas. Se volvió hacia Kayla, que estaba de vuelta en casa por las vacaciones de primavera.

—Qué pasada, ¿verdad?

—Está fenomenal. Este sitio… —Enfundada en unos tejanos desgastados y con la sudadera de la universidad, Kayla giró sobre sí misma—. Decíamos que estaba encantado.

—Podría haberlo estado. Pero, si hay fantasmas, diría que ahora estarán más contentos. Y quiero que sepas lo mucho que aprecio que te pases las vacaciones en una obra.

—No me podía creer que quisieras que te ayudase a diseñar el nuevo centro juvenil. Me moría por hacer algo así cuando estaba en el instituto. Siento mucho lo de tu abuelo, Adrian. Era alguien muy querido por todo el mundo. Y me siento muy honrada de formar parte de esto.

—Bueno, me alegro, porque necesito ayuda. —Le rodeó la cintura con el brazo—. Creo que soy una persona decidida, no tengo mal ojo y mi gusto es razonablemente bueno; pero, ¿al ver todo esto? No sé ni por dónde empezar.

—Vale, decías que querías algo acogedor, alegre y fácil de mantener. Nada delicado ni aburrido, y que quieres respetar la historia del edificio.

—¿Crees que puedes hacer algo?

—Tengo muestras y paneles de inspiración en el coche; ¿te los traigo?

—¿Paneles, en serio? Venga, sí. Te ayudaré.

Antes de que pudiera hacerlo, Mark la llamó desde lo alto de la nueva escalera.

—Ey, Adrian, ¿puedes subir y echar un vistazo aquí? Hola, Kayla. ¿Qué tal le va a nuestra universitaria?

—Genial, señor Wicker. ¿Cómo están Charlie y Rich?

—Creciendo como la mala hierba. Kayla a veces cuidaba de mis hijos.

En Traveler's Creek todo el mundo estaba relacionado de una u otra forma, pensó Adrian.

—Subo enseguida. Kayla tiene unas cosas en el coche que tenemos que traer.

—No te preocupes, ya lo hago yo.

—Oye, Derrick, baja a ayudar a Kayla a traer sus cosas, ¿te importa?

—Voy. —Derrick, desgarbado y anguloso, bajó corriendo las escaleras con sus botas de obra—. ¿Qué tal todo, Kayla?

Adrian subió a valorar la idea, que resultó ser buena, de introducir un cambio en los armarios. Cuando bajó, Kayla tenía las muestras dispuestas en un tablero montado sobre un par de borriquetas y tres paneles con elementos de diseño agrupados.

—Una vez más, me dejas alucinada.

—Necesitas tener donde elegir. Todas las imágenes y vídeos que me enviaste me han servido de mucho. Pensé que querrías que los colores y tonos fluyeran. ¿Quizás quedarte dentro de una familia cromática? Aunque creo que necesitas tener zonas definidas, pero que fluyan. Y necesitas incorporar un toque antiguo por lo del aspecto histórico, así que estaba pensando en este suelo para los baños y las zonas de comida.

—Parece ladrillo.

—Pero es un tipo de baldosa antideslizante y fácil de limpiar. O puedes utilizar linóleo en un color neutro, quizás opuesto a una pared con ladrillo visto. En los muebles puedes jugar con el color, para dar alegría, pero con frentes planos y fáciles de limpiar. Y tirar por lo rústico en los herrajes.

—Ya veo un verde oscuro que me encanta para los armarios. Me gusta el verde.

—Lo recuerdo. Puedes ponerles encimeras blancas; esta está hecha a mano y no hay que sellarla porque es antimanchas. Y puedes redondear las esquinas: queda bonito y es más seguro para los niños. Quizás con tiradores de bronce antiguos.

Adrian observó cómo Kayla reorganizaba los grupos de muestras.

—Sigue hablando.

Antes de que acabaran, Adrian había elegido la mayoría de los materiales y apartado varias muestras para llevárselas a casa y volver a echarles un vistazo. Mark bajó para estudiar algunos de los materiales escogidos.

—Me gusta lo que veo. Vaya, vaya —dijo, dándole un empujoncito a Kayla en el brazo—, estás hecha toda una profesional.

El hermano de Mark, el ex tipo duro, se acercó igualmente.

—Muebles verdes. Qué chic. —Le guiñó un ojo a Kayla y, volviéndose, le dedicó una enorme sonrisa a Adrian—. No sabía que te ibas a pasar por aquí esta noche. Me habría puesto el sombrero elegante.

Adrian recordó que se llamaba Paul y le sonrió.

—Pensaba que ese era el elegante.

—¿Este vejestorio?

—Paul, ¿por qué no ayudas a las señoritas a llevar todo esto a los coches?

—Encantado. Desde luego, es un placer contribuir a que este viejo edificio vuelva a la vida. —Al cargar los paneles se pavoneó un poco—. A ver si viene pronto el buen tiempo; estoy deseando que se note la primavera. De vez en cuando te veo corriendo por ahí con la perra. Sois dignas de ver.

—A Sadie le encanta salir a correr, y a mí también. —Abrió la puerta del coche para que la perra saltase al interior—. Aquí solo el panel de arriba, Paul, gracias.

—Mason va a empezar a limpiar y enlucir el ladrillo la semana que viene, si aguanta sin llover. —Se apoyó en el coche de Adrian un minuto—. Ya verás qué diferencia cuando lo haga. Y también cuando coloquemos las planchas exteriores en la segunda planta. —Se frotó el mentón—. Danos un par de semanas buenas y quedará niquelado.

—Qué ganas de verlo. Gracias de nuevo.

—De nada. Esta noche iba a pasarme por Rizzo's a por una cerveza y unos pedazos de pizza. Cuando quieras te invito a lo mismo y así hablamos de la obra.

—Gracias. Si no, te veré por aquí en unos días.

Se llevó la mano a la visera.

—Cuídate —se despidió antes de volver al edificio con sus andares ufanos.

—Qué manera de ligar contigo.

—Ya me he dado cuenta.

—Es muy mono y está mazado. Barry salió un tiempo con su hermana. Es majo. Barry dice que tuvo una época un poco salvaje, pero es majo.

—Sí, bueno… —Adrian emitió un sonido ambiguo.

—¿No hay chispa?

—Creo que no. Está mazado, eso hay que tenerlo en cuenta. En cuanto a lo demás, tomaré la decisión final esta noche. O mañana. Sé que tenemos que hablar del menaje antes de que se te acaben las vacaciones.

—Tengo varias ideas.

—Cuento con ello. Hasta luego.

«No, nada de chispa», pensó Adrian mientras se alejaba con el coche. No habían conectado. Claro que tampoco le había dado una oportunidad. Siempre podía probar lo de tomarse una cerveza con él en Rizzo's y… ya vería.

—Ahora mismo hasta para eso me falta energía, Sadie. Tal vez cuando nos hayamos quitado la producción de encima y el centro esté acabado. Entonces me lo pensaré.

Se desvió hacia casa de Teesha, deseosa de enseñarle las muestras sobre las que aún estaba indecisa. El coche familiar no estaba en la entrada de su casa, lo que significaba que dicha familia se había ido a alguna parte a hacer cosas de familias. Lo que sí vio fue el de Raylan en la suya, así que aparcó detrás. Aún no había tenido tiempo ni ocasión de hablar con él desde el homenaje póstumo. Interrumpiría su jornada laboral, pensó mientras dejaba salir a Sadie, pero no se demoraría mucho. La perra echó a trotar feliz, meneando todo el cuerpo.

—Llevaba tiempo sin traerte a ver a tu novio. Lo siento. —Adrian llamó a la puerta y le dio una palmadita en la cabeza a la perra—. Tienes que cortarte un poco, ¿sabes? Y hacerte la dura antes de…

Raylan, con el teléfono en la oreja, abrió la puerta. Los perros se abalanzaron uno sobre el otro y acabaron rodando en una delirante montaña de amor sobre el suelo del salón.

—… O no —murmuró Adrian.

Raylan le hizo un gesto para que entrase. Llevaba un pantalón de chándal gris y una sudadera de Nadie. Era evidente que llevaba uno o dos días sin afeitarse y, en opinión de Adrian, estaba extrañamente adorable.

—Sí, es la novia de mi perro. Sí, mi perro tiene novia. —Raylan se hizo a un lado para esquivar la melé canina—. Qué gracioso. No; será cojonudo, en serio. Mi madre se los quedará y tendremos la noche para nosotros. Sí, hace demasiado. Claro, nos vemos en un par de semanas. —Raylan colgó y se guardó el teléfono en el bolsillo—. Hola.

—Hola. Siento haberte interrumpido.

—No pasa nada. —Observó a los perros, que se lamían la cara el uno al otro—. Hemos tenido alejados a los amantes.

—Es evidente que debemos hacer las cosas mejor.

—¿Qué te parece si los saco al jardín trasero para que nos den un poco de privacidad?

—Claro, pero no quiero entretenerte. Probablemente estés trabajando.

—Ya me pondré luego. Venga, tortolitos. —Atravesó la casa con ellos y les abrió la puerta trasera, por la que salieron disparados a correr por el césped—. ¿Te apetece beber algo? ¿Coca-Cola, agua, zumo de tetrabrik?

—Estoy bien, gracias.

La cocina resultaba acogedora y familiar. Un calendario fijado en el frigorífico con el plan del mes, un corcho en el que Raylan había clavado dibujos infantiles y algunas tarjetas de visita, un frutero casi vacío en la encimera...

—No había vuelto a verte desde el homenaje —dijo Adrian— y hay un par de cosas de las que quería hablar contigo.

—¿Cómo estás?

—Bien. Bien, de verdad. Cuando murió Nonna, solo venía de visita. Muchas prolongadas, pero al fin y al cabo no eran más que eso. La echaba de menos, pero estaba más preocupada por Popi. Luego me vine a vivir aquí. Más de dos años. Algunas mañanas me levanto pensando que me toca llevarlo a trabajar o espero oler su café matinal cuando bajo a la cocina. Y entonces me acuerdo de que ya no está.

—La mitad del tiempo yo aún espero verlo tras la barra de Rizzo's. Era una parte fundamental de muchas vidas.

—Sí que lo era. Lo que quería decirte... Ya sé que te di las gracias por todo lo que me ayudaste aquel día, por estar allí, justo allí. Pero quería que supieras lo mucho que significó lo que me dijiste. Me dijiste que había vivido una vida larga, bella y generosa. Y que el destino le había permitido marcharse con un final amable. En aquel momento horrible, me ayudó oírlo; pero, sobre todo, me he repetido esas palabras cuando las necesitaba y me han ayudado a seguir adelante. Todo lo demás, lo de hacer esas llamadas por mí, lo de cogerme de la mano cuando llamé a mi madre, todo eso fue importante. Pero, ¿las palabras? Esas son para siempre.

—Y ahora me has dejado sin ellas.

—En aquel momento no podía pensar, pero luego sí. ¿Por qué estabas allí? ¿Justo en el momento en el que te necesitábamos?

—Me había pasado para enseñarte la maqueta de la novela de Llama.

—¿Ya está acabada?

—Sí. Prácticamente ya lo estaba. Preparé una maqueta y, como su aspecto se basaba en ti, te la traje para que la vieras.

—¿Todavía la tienes?

—Claro.

—¿Puedo verla ahora?

—Claro —repitió—. Está en mi oficina.

Adrian lo siguió y, mientras Raylan rodeaba la mesa de dibujo para abrir una cajonera, examinó los bocetos en la pared y en el tablero.

—Estás trabajando en otra historia sobre Nadie. ¡Ey! —exclamó acercándose—. Y lo vas a enfrentar a Divina la Hechicera. Me encanta. Tienen una tensión sexual increíble aun cuando tratan de destruirse el uno al otro. —Se movió y dio un toquecito con el dedo a otro boceto—. Esto es distinto. ¿Es como una fortaleza de cristal? No, no es cristal —se corrigió—. Es alguna especie de material transparente impenetrable, ¿verdad? Mola, mola muchísimo. ¿Es una isla? Parece una isla. Sí, una isla. ¡Con un volcán! ¿A quién no le va a gustar un volcán? —Se dio la vuelta y lo vio parado de pie, mirándola estupefacto—. Es un cuartel general, ¿a que sí? Tiene que ser el de los buenos, porque es transparente. Dime que por fin vas a formar un equipo de héroes. Vas a hacer tus propios Vengadores, tu Liga de la Justicia.

—La Vanguardia. Son la Vanguardia.

—La Vanguardia —repitió en voz baja, con cierto aire reverencial—. Es perfecto. Aprovecharán sus fortalezas, unirán sus misiones y sumarán sus poderes para aliarse contra el mal.

—Puede que queramos usar esas mismas palabras.

—Habrá fricciones, tiene que haberlas. Y Reina Violeta y Cuervo de Nieve ya tuvieron líos en *Gambito de dama*.

—La hostia. —Anonadado, Raylan no podía más que mirarla.

—Pero Cuervo de Nieve y Nadie formaron un buen equipo en *Sin cuartel* y su secuela, *Todos a una*. ¿Llama Cobalto será miembro del equipo? ¿Confiarán en ella lo suficiente?

—Creemos que Ángel Verdadero la patrocinará y, después de algunas discusiones, la admitirán en periodo de prueba. Los has leído de verdad.

—Me gusta el conflicto, el emocional, y las batallas también. El bien contra el mal, la soledad de llevar una doble vida y arriesgarlo todo. Y me gusta lo que el tío Ben le dijo a Peter: «Un gran poder conlleva una gran responsabilidad». —Adrian vio el libro en la mano de Raylan—. ¿Es ese?

Él se lo tendió y sonrió al ver cómo se ponía a dar saltitos.

—Ay, Dios mío, es que lo mola todo.

—No es más que una maqueta; el papel y la encuadernación son más baratos.

—Es alucinante. Es precioso. —Con cuidado, fue pasando las páginas—. Se la ve tan solitaria y atormentada cuando está sola...; luego es soberbia y magnífica a lomos de su dragona. Y mira el contraste entre ella y Ángel. Va más allá de lo físico. —Levantó la vista—. Me estoy comportando como una fan loca, Raylan, pero es que tu arte es alucinante.

—Ey, ¿quieres quedarte a vivir en la oficina y repetirme eso una vez por hora?

—Los que somos buenos en lo que hacemos y nos esforzamos por serlo sabemos que somos buenos en lo que hacemos. Así que seguimos esforzándonos. —Con un suspiro le devolvió el libro—. Gracias por dejarme verlo.

—Puedes quedártelo.

—¿Que puedo...? —Le dio un pequeño puñetazo en el brazo—. ¿En serio?

—Sí. —Se frotó el brazo con cuidado—. Eres muy fuerte.

—¡Jo! ¡Fírmamelo, fírmamelo, fírmamelo!

—Lo haré si no vuelves a pegarme.

—Dado que he halagado tu arte, y con sinceridad —dijo mientras Raylan elegía un rotulador rojo—, hay algo más de lo que te quería hablar. El centro juvenil avanza según lo previsto y nos gustaría tenerlo abierto en septiembre. Parte de lo que esperamos ofrecer son distintas demostraciones y lecciones prácticas. Manualidades, deportes, música, de la que se encargará Monroe, danza, arte... Me gustaría reclutarte para que, cuando puedas, hagas alguna demostración y enseñes arte e ilustración.

—¿Por qué no?

—Vaya, ha sido fácil.

—Mis socios y yo hacíamos ese tipo de cosas de vez en cuando en colegios, ferias y jornadas de orientación. Es divertido y fue como encontramos a uno de nuestros becarios de verano el año pasado.

—En tal caso, estás contratado. Te pagaremos agradeciéndotelo mucho y con firmes apretones de manos.

—Es lo que suelo cobrar por estas cosas.

—Gracias, Raylan. —Adrian cogió el libro y lo abrazó—. Y gracias por esto. Lo último, y ya te dejo tranquilo. Voy a retomar la tradición de las cenas en casa de los Rizzo. Esa casa necesita gente. ¿Qué te parece si los niños y tú venís a probar mis habilidades culinarias el viernes?

—Suena…; se me había olvidado. El viernes se quedan con mi madre. Van a hacer un maratón de cine y se quedarán a dormir. Yo no estoy invitado.

—Ay, vaya. Entonces, ¿vienes tú? A menos que prefieras disfrutar del silencio y la soledad, cosa que Teesha dice que es mejor que el champán y el caviar.

—El caviar no es lo mío —caviló—. En ese sentido, soy como Tom Hanks en *Big*. Pero, claro, ¿por qué no? ¿Comida gratis y sin tener que cocinar?

—Genial. Serás mi primera víctima. Es decir, mi primer invitado. No sacaré el caviar. ¿A las siete?

—Sí, a las siete está bien.

—Allí te veo. Voy a salir a buscar a Sadie e iremos directas al coche. ¿Quieres que meta a Jasper en casa?

—Tiene que quedarse fuera hasta que deje de lloriquear. Lloriquea cuando Sadie se va a casa.

—No te olvides de traértelo el viernes.

Raylan se quedó parado mientras Adrian salía por la puerta trasera. Salía, se recordó, tal y como haría una amiga cualquiera. Amigos. No era una cita. Los había invitado a él y a los niños, y al perro, a cenar. Que los niños no pudieran ir no quería decir que fuera una cita. ¿Y lo más triste? No estaba seguro de recordar cómo funcionaba lo de las citas. Así que era bueno que no lo fuese.

Y como no lo era se llamó imbécil al aparcar delante del caserón el viernes por la noche. Se había obsesionado con qué ropa ponerse, qué vergüenza. Había optado por tejanos (una apuesta segura) y, después de pillarse a sí mismo dilucidando si era mejor meterse la camisa por dentro o dejarla por fuera, por un jersey ligero de entretiempo. Había escogido una botella de vino bueno porque era lo que uno hacía en esos casos, pero se cortó antes de ir a la floristería a por flores. Demasiado. Con Jasper a punto de abalanzarse contra la puerta del asiento trasero, se tomó un último instante.

—No está interesada de ese modo, nunca lo ha estado —se dijo—, así que olvídate de ello. Y, aunque lo estuviera, no sabrías cómo responder, así que olvídate de ello.

Abrió la puerta y dejó que Jasper saliera de un salto y corriera hacia la casa. Lo siguió con paso más lento mientras respondía al teléfono, que en ese instante le sonó en el bolsillo. Era Jonah, llamándolo por FaceTime.

—Jonah.

—Ey, tío, ¿tienes un minuto? Quería presentarte una idea a ver qué te parece.

—Bueno, la verdad, ya te llamo yo en otro momento. Estoy a punto de cenar.

—Ah, claro. No oigo a los niños. Siempre oigo a los niños cuando estás a punto de cenar.

—Están donde mi madre.

—Guay. Pues come mientras te lo voy contando. Yo creo que puede darle tirón, pero tendríamos que mover algunas fichas.

—No estoy en casa. Voy a cenar con una amiga.

—¿A cenar con una amiga? ¿Qué amiga? Un momento. Te has afeitado. Tienes una cita.

—No, no es una cita.

—Eh, ese es Jasper. ¿Por qué está lloriqueando así? ¡Espera! Tienes una cita con Llama. La de la perra que tiene loco a Jasper. ¡La hostia!

—No es una cita. Cállate.

—Es la buenorra de la reina del fitness, ¿a que sí? ¿Está ya contigo? ¿Vas a cocinarle? No, has dicho que no estabas en casa, pero llevas al perro. ¡Estás en su casa! Va a cocinar para ti. *Oh là là!*

—Recuérdame que la próxima vez que te vea te dé una patada en los huevos.

—Claro, claro. Ey, mándame un mensaje luego. Quiero saber todo sobre…

Raylan colgó. Se figuró que la conversación que acababa de mantener podrían haberla tenido un par de adolescentes hormonales. Por algún motivo, eso lo calmó. Dejó que la enorme aldaba golpease con fuerza la puerta.

Adrian llevaba tejanos (una apuesta segura) y una camisa amarillo pálido encima de una camiseta blanca ceñida. Se había recogido su fabulosa melena en lo alto de la cabeza.

—Justo a tiempo —dijo mientras Jasper la esquivaba e iba directo a Sadie. Cogió la botella de vino—. Una elección perfecta. Le irá bien al menú de esta noche. Vamos a la parte de atrás y lo estrenamos.

Tenía música puesta. Dom también tenía siempre música, baja, un leve murmullo de fondo. ¿Y qué más le pareció igual? Los aromas.

—No sé cuál será el menú, pero huele fenomenal.

—Sí, y espero que también lo sepa. Popi me dejó en su testamento la receta secreta de su salsa de tomate. En sobre cerrado. —Le sonrió de oreja a oreja mientras descorchaba el vino con habilidad—. Cerrado y lacrado con cera, como te lo digo. Tengo que memorizar la receta, volver a guardarla en el sobre, lacrarlo y guardarlo a buen recaudo. Y legársela a mis hijos cuando sean dignos de ello, si lo fueran. —Sacó un par de copas—. Sé que tu madre la tiene; imagínate hasta qué punto confiaba en ella.

—Y con razón. Nunca la ha divulgado ni ha hecho la salsa de Rizzo's en casa.

—Esta noche la he hecho yo. Vamos a cenar lasaña, que hasta ahora nunca había preparado sola. Si no está tan rica como huele, miénteme. —Le sirvió el vino y añadió—: Gracias por venir. Para mí es como una prueba de conducción. Cocinar sola, que venga alguien a probarlo, imaginar cómo volver a abrirme a esta parte de mi vida...

Raylan tomó el vino que le ofrecía y chocó su copa con la de Adrian.

—Por el éxito en las pruebas de conducción.

—*Salute.* ¿Por qué no te sientas? Podemos tomar los entrantes aquí antes de pasar al salón para el plato principal.

—Una cena en serio.

—Una cena italiana. —Cogió la bandeja alargada y trasladó algunos de los *peperoncini*, tomates *cherry*, garbanzos, aceitunas y demás, todo marinado en la vinagreta de su abuela, a unos platitos—. Sobre los entrantes y el postre no tengo dudas, porque Nonna me enseñó. Tú también cocinarás, teniendo dos niños.

—No podemos vivir a base de comidas de Rizzo's, por mucho que les gustaría. La parrilla y el wok están siempre disponibles, pero la verdad es que se me da bien el pollo asado. Además, uno no se cría con mi madre y no aprende a cocinar.

—Me lo imaginaba.

—Si ando con prisas... Te diría que no me juzgues, pero siendo tú me juzgarás. Saco los palitos de pollo y las bolitas de patata frita.

—Mimi los preparaba de vez en cuando si mi madre estaba fuera de la ciudad. Era nuestro secreto. Y yo no juzgo. —Comió un poco de provolone—. Yo educo. Mi madre juzga, pero está intentando hacerlo menos.

—¿Y eso?

—Estamos..., podrías decir que en una prueba de conducción. La muerte de Popi la dejó tocada. Así que se está replanteando las cosas. O incluso de antes. En Nochevieja me mandó un mensaje, justo después de las campanadas, para desearme feliz Año Nuevo. Nunca lo había hecho. Y, sin que tuviera que insistirle demasiado, ha aceptado grabar nuestro nuevo DVD en un instituto.

—Algo he oído. El pueblo anda revolucionado.

—Yo también ando revolucionada. Me encanta la idea de contar con dos generaciones. Dos y media —se corrigió—, ya que ya hace mucho que yo dejé el instituto.

—¿Van a participar deportistas? Esto está de vicio, por cierto.

—Gracias. Tenemos a una animadora, a un defensa del equipo de fútbol americano, al entrenador y a un profesor de Educación Física, así que los deportistas están representados. También tenemos a ratas de laboratorio, frikis de las matemáticas, miembros del grupo de teatro, un alumno aceptado en Virginia Tech… —Sonrió por encima de la copa de vino—. Es un grupo diverso en todo lo imaginable: sexo, edad, raza, en forma o no tan en forma. Montar un buen programa para todos ha sido un reto.

—Me apuesto algo a que te ha encantado.

—Desde luego. Mi madre vuelve dentro de unas semanas para poder ensayar, asegurarnos de que todo funciona y medir los tiempos con todos los participantes. Luego llegará el equipo, lo montará todo y grabaremos durante el fin de semana, dos días largos, con un tercero de reserva, después del horario escolar, si fuera necesario. ¿Listo para la gran prueba?

—Si tuviera que pasar mucho más tiempo oliéndolo sin probarlo, la cosa podría ponerse fea.

—Crucemos los dedos. ¿Por qué no sacas a los perros al jardín trasero y enciendes las velas de la mesa? Yo me ocupo del resto.

Estaba siendo más fácil de lo que pensaba, reconoció Raylan. Siempre había sido fácil hablar y estar con ella. Y, si uno no era capaz de relajarse en aquella casa, tenía un problema.

Adrian sacó la lasaña, gruesos colines de pan tierno (una especialidad de Rizzo's) y un plato de tomates *cherry* asados con aceite y hierbas aromáticas.

—Si te parece, voy a servir.

—No escatimes.

—Espero que luego no te arrepientas.

Adrian sirvió generosas porciones cuadradas de lasaña con el acompañamiento mientras Raylan rellenaba las copas de vino. Se sentó y pinchó un pedazo con el tenedor.

—Allá vamos.

Tomaron el primer bocado al mismo tiempo. En el rostro de Adrian se fue dibujando una sonrisa antes de que enarcara las cejas un par de veces en rápida sucesión.

—El legado de los Rizzo continúa —dijo Raylan antes de tomar otro bocado.

—Jo. Nunca seré la cocinera apasionada y congruente que eran mis abuelos, pero sienta bien saber que no los he dejado en mal lugar. Ahora que he superado el miedo escénico, te diré que he leído tu libro. Dos veces.

—Estoy demasiado ocupado comiendo como para tener miedo escénico.

—Bien, porque habría sido una pérdida de tiempo, y así te lo puedes guardar para un momento más apropiado. Tengo que admitir que durante la primera lectura me distraía al verme en la página, en la historia. Era raro y maravilloso. En la segunda lectura ya no era yo, era ella, pero seguí sintiendo su lucha. Está muy atormentada. Su atracción y repulsión por Aflictivo. Su admiración y sus celos por Ángel Verdadero. —Cogió la copa de vino y señaló con ella a Raylan antes de darle un sorbo—. Y aunque ya lo había leído y sabía lo que iba a pasar, el momento en el sótano bajo el club nocturno, bajo Estigia, cuando Ángel está herida e indefensa y Aflictivo empuja a Llama a que acabe con ella, a que encienda la chispa que destruirá la ciudad, pone los pelos de punta. Si mata a Ángel Verdadero y le entrega su alma a Aflictivo, se librará de él. Quedará condenada a la oscuridad, pero la oscuridad le es familiar. Así que cuando dirige su poder, su fuego, a Aflictivo para salvar a Ángel, para salvar a unas personas que la temen y la odian, es emocionante.

—Empiezo a preguntarme cómo ha sobrevivido mi ego sin ti.

—No estoy haciéndote la pelota. Podría haber salido mal, porque Llama está un poco loca. Se deja llevar por las emociones y Ángel es todo lo que ella cree que jamás será, así que le tiene una envidia insana. —Pinchó un tomate—. Destruir a Ángel Verdadero le habría brindado todo lo que creía que deseaba… y que creía merecer.

—Se habría desprendido de su parte humana de manera completa y definitiva.

—Y, en cambio, eligió su humanidad. ¿A tus hijos no les flipa lo que hace su papi?

—En gran medida es simplemente lo que hago, y Bradley sigue obsesionado con Batman.

Divertida, Adrian le dio un sorbo al vino.

—Seguro que es una fase.

—Cuando pintamos huevos de Pascua, en uno dibujó la máscara de Batman. Bastante bien hecha. Vivo con ello y le cubro las espaldas cuando puedo con mi socio Jonah, que se lo toma a la tremenda.

—¿Lo echas de menos? —le preguntó—. ¿Estar con la gente con la que trabajas?

—En parte sí. Hay una energía, un rollo especial que se pierde con las videoconferencias. Es probable que de este modo saque adelante más trabajo sin que me interrumpan, pero se echan de menos las charlas diarias. ¿Y tú? ¿Añoras Nueva York?

—Creía que me pasaría, pero no. De todas formas, la mayoría del trabajo lo hago sola. Ahora tengo aquí a Teesha y a Monroe, y para mí eso es enorme, pero en lo que a trabajo se refiere el mío no es colaborativo como el tuyo, o al menos no hasta que me acerco a las últimas fases.

—Monroe. —Raylan untó el último colín en el platillo de aceite—. Cuando me mudé a la puerta de al lado no tenía ni idea de que había escrito el diez por ciento de las canciones de mi lista de reproducción.

—Es un tío discreto.

—Sí que lo es, sí. A veces se sienta en el jardín y toca la guitarra o el teclado. O el saxo. Una vez le pregunté por qué no interpretaba sus canciones.

—Y te respondió: «Me gusta el anonimato».

—Justo. Adrian, esto estaba riquísimo. Pero riquísimo de verdad.

—Aún no hemos terminado. Tenemos *zabaglione*. Era una apuesta segura, porque Nonna me reveló su secreto para hacerla hace años. Voy a recoger la mesa. ¿Capuchino?

—Claro. Voy a ayudarte.

Los dos se levantaron y empezaron a recoger los platos.

—Por cierto, hoy he visto a Maya —empezó a decir Adrian mientras llevaba los platos a la cocina—. Acababa de salir de la revisión semanal. Todo sigue bien.

—Eso me han dicho. Mamá está como loca con lo de tener una niña. Joe está contento. Collin no tanto, y me ha confesado que cree que están cometiendo un gran error porque las niñas son tontas.

—¿Y qué le has respondido?

—Hasta cierto punto le di la razón, para establecer una base de confianza. Luego crucé las fronteras de múltiples universos para mostrarle chicas que no son tontas: la Power Ranger rosa, la Mujer Maravilla, la princesa Leia, Tormenta, Reina Violeta, su madre, su yaya... No mencioné a su prima porque ahora mismo Mariah ejemplifica lo que él define como «tonta».

—Chico listo.

Adrian se volvió hacia la máquina de capuchinos al tiempo que él se acercaba a colocar los platos. Y se chocó de frente con él. Alzó la vista. Ojos verdes. ¿Por qué tenía que tener los ojos verdes? Se inclinó hacia él, hacia ese anhelo. Y, al darse cuenta, se echó hacia atrás súbitamente.

—Lo siento. ¡Joder! Raylan, lo siento. Es que...

Él cerró la mano suavemente alrededor de su brazo para detenerla.

—¿Por qué ibas a sentirlo?

19

No lograba poner en orden sus pensamientos. No lograba dar con uno coherente con el que empezar la frase.

—Es solo que no pretendía... Todo esto no lo organicé para... No te traje para... Ay, jo.

—Veamos si los dos lo sentimos o no.

Aquello cambiaría las cosas; los grandes momentos cambiaban las cosas. Así que Raylan se tomó su tiempo en atraerla y aún más en acercarla otro poco antes de cubrir él la distancia restante y su boca con la suya. Lento, suave, dulce. Apenas una muestra, una prueba de la que cualquiera de los dos podría retirarse sin dañar una amistad larga e importante.

Atraída por lo lento, lo suave, lo dulce, Adrian volvió a acercarse a él. Como una llave en una cerradura. Sintió esa conexión que tanto tiempo la había eludido y se sumergió en el beso, en el momento. Aquello cambiaba las cosas. Le posó la mano en la mejilla; luego deslizó los dedos hacia arriba, entre su cabello, y aquello cambió las cosas.

¿Fue él quien aumentó la intensidad del beso o fue ella? No lo sabía, solo sabía que todo en su interior pedía más. Raylan se echó hacia atrás, sin apartar sus ojos de los de Adrian.

—¿De verdad que lo sientes?

—No, no lo siento en absoluto.

—Yo tampoco.

Esta vez, Adrian enlazó los brazos alrededor de su cuello y el murmullo de su interior le subió hasta la garganta cuando él le agarró de la cadera.

—Lo inteligente —acertó a decir antes de volver a besarlo—, lo inteligente sería darnos unos días.

—Ah, ¿sí? —Raylan subió las manos por su costado antes de volver a bajarlas. —¿De verdad?

—O simplemente podríamos subir y ahorrarnos tiempo.

—La gestión del tiempo está infravalorada. Voto por subir.

Adrian le agarró la mano e inspiró hondo. Salieron juntos de la cocina.

—No esperaba que esta noche acabase así.

—Una parte de mí tampoco. Pero sí lo he pensado.

Se detuvo al pie de las escaleras.

—¿En serio?

—Sigue subiendo. Menos riesgo de que cambies de idea.

El aleteo que Adrian sentía en el vientre le ascendió hasta el pecho.

—Eso no va a suceder.

—Tengo algo que decirte: no he estado con nadie después de Lorilee, así que estoy oxidado.

—Yo también llevo mucho sin estar con nadie. Nos refrescaremos la memoria el uno al otro.

Lo condujo hasta su dormitorio, donde, como siempre, había dejado la bonita lámpara junto a la ventana encendida al mínimo. Entonces se giró hacia él. Quería ese calor, esa euforia, ese estremecimiento.

—Esta parte la recuerdo —murmuró Raylan contra su boca al tiempo que sus manos comenzaban a recorrerla.

Cuando empezó a quitarle las horquillas del pelo, ella se llevó las manos instintivamente.

—Ay, esto va a ser…

—Alucinante. Tienes muchísimo. —Sin dejar de pasarle los dedos entre los rizos, le dio la vuelta en dirección a la cama—. Ya voy recordándolo todo.

Con un movimiento limpio que le dio un vuelco al corazón, la cogió en brazos y la tumbó de espaldas en la cama.

—Bien hecho. De diez.

—Gracias. —Se detuvo un instante y estudió el juego de luces y sombras que se formaba en su rostro. La había dibujado innumerables veces, conocía cada ángulo. Y sin embargo… —.¿Quién habría pensado que acabaríamos aquí?

Cuando volvió a unir su boca a la de ella, se acabó el tiempo de pensar. Había desatendido tanto tiempo sus necesidades que estaba redescubriendo la maravilla de sentir cómo se desplegaban y lo atravesaban. Desear de nuevo y sentirse deseado le parecía un milagro y, al tiempo, gloriosamente normal. Ella lo necesitaba. No sabía si algún día sería capaz de explicar lo que significaba que alguien lo necesitara de nuevo. Lo que significaba que una mujer despertase sus propias necesidades y se ofreciera a satisfacerlas.

Le apartó la camisa de los hombros y dejó que sus manos recorrieran aquellos músculos trabajados, aquel contraste entre los largos brazos de bailarina y la piel de satén. Cuando le quitó la camiseta, ella se arqueó para ayudarlo. Luego deslizó las manos sobre sus pechos, un roce leve, leve, antes de posar sencillamente la cabeza sobre el redoble de su corazón.

Adrian se sentía… preciada. Las manos de Raylan sobre su piel, casi reverentes, sus labios demorándose en ella, como si saborearla fuera tan vital como el respirar. Se preguntó cómo era posible que encajaran tan bien, tan llanamente, después de tantos años conociéndose, después de que sus caminos se hubieran separado y vuelto a encontrar.

Su boca le provocaba nuevas sensaciones, sensaciones casi olvidadas que hacían que el cuerpo le trepidase y el corazón se le derritiera. Sus manos le avivaban el fuego, pequeñas hogueras que ardían en su sangre. Más de él, lo único que sabía era que quería más. Le quitó el jersey y, con un murmullo de aprobación, recorrió su pecho con las manos, le rodeó los hombros. Cuando sus ojos se encontraron entre las sombras, sonrió.

—No pongas esa cara, presumida.

—El mérito es tuyo —repuso—. Yo solo te di unas indicaciones.

—Algunos días te odiaba y maldecía tu nombre. De manera creativa.

—Eso significa que los dos hemos hecho bien nuestro trabajo.

«Sus ojos», pensó Adrian mientras le acariciaba la mejilla con los dedos. Siempre había estado medio enamorada de sus ojos.

—Raylan —murmuró antes de atraer su boca de vuelta a la suya.

Este sintió el cambio, la urgencia repentina. La forma en la que su cuerpo vibraba debajo del suyo, la forma en la que sus manos lo agarraban, lo acariciaban y masajeaban. Aun así, trató de mantener la calma, de bajar el ritmo. La magia no estaba hecha para consumirla de un trago.

Mientras se desnudaban el uno al otro, contuvo las prisas con un beso largo y delicioso. Cuando se apretó contra él, ofreciéndose, abriéndose, exigiéndole, usó las manos sobre su cuerpo tan cálido, tan húmedo, tan suave, para brindarle una primera y jadeante liberación. Cuando su cuerpo, aquel milagro de fuerza femenina, quedó desmayado, se sintió como un dios.

Solo entonces se tomó la revancha, saboreando su piel, mordisqueándola a un ritmo palpitante, resonante, dejando que sus manos la recorrieran por completo, poseyéndola por entero hasta que el deseo ya no le permitía ni respirar.

Cuando se introdujo en ella, lenta, lenta, lentamente, fue como si la última llave entrase en su cerradura. Por un momento, bajó la frente hasta tocar la de ella, tratando de centrarse de nuevo. Pero ella le tomó el rostro entre las manos y, cuando lo miró a los ojos, se perdió en los suyos. En ella. Se dejó ir, tomándola, montándola mientras ella se movía a su ritmo, mientras lo envolvía con su cuerpo. Cuando cruzó el límite, por fin, por fin, enterró la cara en su cabello para inhalar su aroma.

Adrian se quedó inmóvil largo tiempo, jadeante y anonadada, como si hubiera corrido un maratón en el calor del desierto y, tras cruzar la meta, hubiera llegado a un oasis iluminado por la luna. Y en ese momento se sumergía en un cálido y silencioso estanque por el que su cuerpo habría llorado de gratitud si le hubieran quedado energías. Entonces, con un suspiro, le acarició la espalda de arriba abajo.

—Definitivamente, nos acordábamos.

—Aún no he decidido si debería decirte gracias o guau. Así que guau, gracias.

Raylan rodó y quedaron cadera contra cadera. Adrian sonrió para sí, pues juraría que prácticamente oía girar los engranajes de su cabeza.

—Un par de cosas —dijo Raylan—. Quiero que sepas que no soy de los de una vez y ya.

La sonrisa de Adrian se amplió.

—¿En serio?

—No, yo… —Entonces se oyó y soltó una breve carcajada—. No me refiero a ahora mismo. Aunque… Me refiero a una noche y ya. Voy a querer volver a verte.

Adrian se puso de lado para poder mirarlo.

—Me parece bien, y lo del «aunque» también.

—Excelente noticia. Probablemente deberíamos salir, tener una cita o algo así.

—Las citas están sobrevaloradas.

Aquellos fascinantes ojos verdes se entrecerraron.

—Ahora estás intentando engatusarme.

—Vaya, esa es una palabra que no se oye todos los días, y no. Aunque… —Adrian bajó la cabeza y le dio un beso sin más—. En cualquier caso, ir a ver una peli, a cenar algo, todos esos tradicionales conceptos sociales están bien, claro. Es la obligación de tener que salir juntos a algún sitio un sábado noche lo que está sobrevalorado. Si dos personas muy ocupadas quieren salir una noche, fenomenal. Si dos personas muy ocupadas quieren quedarse en casa y darse al sexo salvaje, fenomenal también.

—Ni siquiera tienes que intentar engatusarme. Lo tuyo debe de ser un talento natural.

—Que ahora me siento obligada a ir perfeccionando. Habías dicho que eran un par de cosas.

—Sí, eso he debido de decir. La otra se me ocurrió después de que demostráramos que la memoria nos funciona a la perfección. Había dicho que quién habría imaginado que íbamos a acabar aquí, pero después me he dado cuenta de que, tal vez, siendo sincero, sí te había mirado un par de veces con algo parecido a la atracción.

—Ah, ¿sí? —Adrian se apartó el pelo de los ojos y se apoyó en su pecho—. Sé más preciso y no escatimes en detalles.

—Tampoco hay muchos detalles que escatimar, solo… El primer verano que te quedaste en el pueblo, cuando Maya y tú os hicisteis amigas. Reparé en que existías, no había atracción ni nada. Eras amiga de Maya, así que ni me había fijado. Hasta que hablaste de mis dibujos. Conocías a Iron Man y a Spiderman. De inmediato te convertiste en alguien interesante. Fue solo un minuto, luego volví a pasar de ti porque, como bien sabe Collin, las niñas son tontas.

—Ahora te confesaré que me quedé tan impresionada que después probé a dibujar. —Arrugó la frente un momento, tratando de recordar—. ¿Qué fue lo que intenté dibujar…? Ah, sí, a Viuda Negra. Quería ser Viuda Negra, así que intenté dibujarla. Y me frustró mucho no conseguirlo.

Raylan enroscó uno de sus mechones alrededor del dedo.

—¿Natasha o Yelena?

—Natasha.

—Podría enseñarte a dibujar.

—Sinceramente, lo dudo. —Volvió a besarlo—. ¿Y cuándo te fijaste en mí con algo parecido a la atracción?

—El verano después de mi primer año en la universidad. Lo recuerdo porque trabajaba a tiempo parcial en Rizzo's y tú llegaste con Maya y otras chicas. Supongo que tendrías unos quince años. Y estabas buena. Estabas muy buena. Así que tuve un momento de «mmm». Antes de cortarme al recordar que eras la nieta del señor Rizzo, la amiga de Maya y prácticamente una niña, mientras que yo era universitario.

—A mí me pasó el verano anterior.

—¿Te pasó el qué?

—Que sentí algo parecido a la atracción. Estabas cortando el césped en casa de tu madre y te habías quitado la camiseta. Estabas todo sudoroso y flacucho.

—Yo no estaba flacucho.

—Siempre fuiste flacucho, ahora eres delgado y larguirucho; el caso es que estabas flacucho y tenías el pelo mojado del sudor y se te empezaba a rizar y tenías reflejos dorados como un surfero. A mí me entró un hormigueo por dentro. Sobre todo porque sabía que tenías los ojos verdes, aunque llevabas gafas de sol. Siento debilidad por los ojos verdes.

—Ese dato me lo guardo.

—El caso es que tuve que recordarme que estaba comprometida en cuerpo y alma con Daniel Radcliffe.

—¿Harry Potter? —La agarró de los hombros para incorporarse un poco ambos—. ¿Saliste con Harry Potter?

—No, nunca llegué a conocerlo, pero lo deseaba fervientemente porque no tenía duda de que se enamoraría de mí y seríamos felices para siempre. Por lo que parece, me gustan los frikis.

—Otro dato que me guardo.

—A Peter Parker también lo tengo en la lista, y no me importaría pasar un minuto siendo esclava por amor de Tom Holland.

—Las cosas de las que uno se entera estando desnudo.

—Cierto. —Le apretó el bíceps izquierdo—. ¿Cuántos *curls* estás haciendo ya?

—No empieces.

—Yo soy así. Tengo que diseñarte un programa nuevo.

—Me suscribí a vuestros vídeos online. Tengo todos los puñeteros programas.

—Bien por ti.

—Es probable que haya acabado aquí por verte casi todos los días con esa ropita mínima.

—Así que te he engatusado sin darme cuenta. ¿Casi todos los días? —preguntó, enarcando las cejas.

—Voy alternando. He empezado a hacer pesas con Hugo el Percutor. Da miedo.

—Es el tío más dulce del mundo.

—Lo siguiente que me dirás es que ese otro, ¿cómo se llama? El del moño y la tableta de chocolate afilada como el diamante, es un cielo.

—Supongo que te refieres a Vince Harris y no, es peor que una víbora y, además, una diva. Pero es muy bueno en lo suyo. Tienes que probar con Margo Mayfield, la de *Veinte repeticiones*. Te va a dejar muerto, pero en el buen sentido. —Le besó los pectorales—. Y de tanto hablar sobre hacer ejercicio me ha entrado hambre. ¿Te apetece un postre?

—Vale —respondió, colocándose encima de ella.

—No me refería a ese postre. —Riendo, lo envolvió en su abrazo—. Aunque...

Se quedó a pasar la noche, para sorpresa de ambos y regocijo de los perros, que durmieron juntos en la cama de Sadie. Adrian también se sorprendió cuando Raylan se levantó a la misma hora que ella.

—Voy a sacar a los perros —le dijo—. Puedes seguir durmiendo un rato más.

—Ya estoy despierto. Costumbre. Los niños. —Cogió los pantalones—. A su edad, los fines de semana no afectan a su reloj interno.

—¿A qué hora vas a ir a buscarlos?

—Dijimos sobre las diez.

—Genial, tenemos tiempo de sobra. Hacemos ejercicio y luego desayunamos.

—No he traído ropa de deporte.

Adrian cogió su camisa y se la lanzó.

—Ya me ocupo yo. Sadie, Jasper, vamos.

—Espera. No. —Raylan experimentó un pánico profundo y sincero—. No voy a ponerme unos pantalones de esos pegados.

—Te he dicho que yo me ocupo —replicó mientras seguía caminando—. En el armario del cuarto de baño hay un cepillo de dientes extra.

—Joder, ¿por qué no podemos tener sexo de nuevo? —murmuró—. Es ejercicio.

Pero entró en el cuarto de baño y cogió el cepillo de dientes. Y se vio en el espejo. Se le veía que acababa de tener sexo. Un montón de sexo, y del bueno. Su madre se daría cuenta. Igual que se había dado cuenta la primera vez que lo hizo, con Ella Sinclair, en su tercer año de instituto. Recordó que lo único que le había preguntado fue si había usado protección («Buah, pues claro») y que aun así se había sentido abochornado. Más le valía borrárselo de la cara o se lo notaría. Y sería igual de bochornoso.

Para cuando salió del cuarto de baño, Adrian se había puesto uno de sus conjuntos: un minúsculo pantalón negro y uno de esos sujetadores deportivos con un motivo de damero blanco y negro. Aunque a ella le quedaba excepcionalmente bien, él no iba a ponerse un pantalón corto ceñido negro. Jamás.

—¿Qué te parece si firmo con sangre que haré ejercicio en cuanto llegue a casa?

Sin mediar palabra, Adrian le tendió un par de lo que él consideraba pantalones de gimnasia normales, amplios y largos hasta la rodilla aproximadamente, con una camiseta de Nueva Generación.

—Tienes más o menos la misma talla que Popi. Aún no he recogido todas sus cosas. Me digo una y otra vez que tengo que hacerlo.

«Ya no hay forma de escapar», pensó Raylan.

—Estos me servirán. Y, si quieres, puedo ayudarte. Sé que es duro.

—Lo es. Gracias, pero ya veré si lo consigo este fin de semana. No dejo de repetirme que debería trasladarme al dormitorio principal. Tiene muy buen ambiente, además de la terraza y las vistas. Voy a empezar por ahí.

Raylan se puso el pantalón y ajustó los cordones. No es que estuviera flacucho, se recordó. Era larguirucho. Eso no le importaba. Resignado, bajó con ella.

—¿Ayer levantaste pesas? ¿Trabajaste el tren superior?

—No.

—Bien, yo tampoco. Hoy es el día.

En cuanto llegaron a su estudio, puso los brazos en jarras.

—¿Prefieres un programa o entrenamiento personal?

—Vas a matarme. Ya lo siento.

—Vale, entrenamiento personal. —Cogió un mando a distancia, puso música y sonrió—. Vamos a calentar.

Raylan sabía que era una entrenadora sobresaliente, llevaba meses viendo sus vídeos de ejercicios, pero el entrenamiento individual lo abordaba de otra forma. Le corrigió la postura y, con su estilo alegre pero intenso, fue exigiéndole más (tenía que admitirlo) de lo que se exigía él. Cuando fue a coger las mancuernas de diez kilos, como era su costumbre, Adrian negó con la cabeza y le tendió las de doce.

—Desafíate. Si empiezas a perder forma, baja el peso. Ahora vamos a hacer sentadilla, flexión de martillo, sentadilla, *press* de hombros. —Le hizo una demostración—. Usa todo el cuerpo. ¿Lo tienes?

—Sí, sí.

Fue hablándole mientras hacían el ejercicio; su energía parecía inagotable. «Aprieta, respira, saca pecho, mete los glúteos». Cuando empezó a sudar, no quiso darle la satisfacción de reconocer que era agradable. Casi placentero. Especialmente cuando lo sometió a una sesión de cardio y, acto seguido, a otros tremendos diez minutos de *core*.

—¡Genial! Muy bien. Y ahora, el premio. Un poquito de yoga para estirarnos y enfriar.

El yoga siempre lo hacía sentirse torpe y desmañado, pero volvió a corregirle la postura (hombros, caderas) y lo empujó a mantenerlas más tiempo del que habría aguantado él solo.

—Tienes buena flexibilidad, Raylan.

Tal vez, pero, como en ese momento ella tenía las piernas en línea prácticamente recta con las caderas (algo que debería ser imposible) y todo el tronco apoyado en el suelo, no creía de su postura del ángulo abierto fuera nada de lo que presumir. Acabaron uno frente al otro, sentados en las esterillas con las piernas cruzadas.

—Namasté. Buen trabajo. Acabemos haciendo rodar los hombros: les has dado una buena tunda. Y dos minutos para enfriar.

Él se movió con rapidez y la tumbó de espaldas sobre la esterilla.

—No quiero enfriar.

Llegó a recoger a los niños con algo de retraso. Y, al ver cómo su madre alzaba las cejas y esbozaba una rápida sonrisa, se dio cuenta de que no había logrado quitarse la cara de «hombre que acaba de practicar sexo».

Dos semanas después, su hermana dio a luz a Quinn Marie Abbott. Collin se quedó mirando largo rato a la niña mientras su madre la tenía en brazos. Luego se encogió de hombros y agachó la cabeza para ocultar la sonrisa que se le había dibujado. Dijo: «Puede que no esté tan mal».

Adrian llegó con un ramo de flores rosas justo cuando Jan, con lágrimas en los ojos, le tendía la recién nacida a Raylan. Al acercarse para verla, le oyó susurrarle:

—Caramelos. Cuenta con ello.

Y al ver cómo acariciaba con uno de sus largos dedos aquella mejilla dulce y aterciopelada, temió que se hubiera enamorado un poquitín de él.

Kentucky

Viajar en primavera. ¿Acaso hay algo mejor? Brisas suaves, campos en flor. Caballos por los prados masticando pasto azul. Tanto que ver, tanto que hacer…

Birla una porquería de camioneta Honda en Indiana (¡Arriba los Hoosiers!), cámbiale las matrículas y baja tranquilamente hasta Louisville; «Luavil» para los palurdos de la zona.

Enseguida se llegaba a Derby y en el aire se respiraba la locura. Olía bien. La locura siempre olía bien. En aquellos bonitos suburbios flanqueados de árboles de las afueras vivía el objetivo. La zorra que se hacía pasar por madre devota de dos hijos, enfermera abnegada y esposa fiel. Una vida de mentiras, a punto de terminar. ¿Observarla un puñado de días? Un placer sencillo. ¿Acabar con ella? Simple y delicioso.

Tuvo que renunciar a la idea de golpearla hasta la muerte en cuanto se presentó la ocasión propicia. Ni tiempo suficiente ni suficiente privacidad. Una lástima, ya que tal método provocaba una emoción profunda, oscura y única.

Pero con la camioneta robada estacionada a un kilómetro de distancia, en el aparcamiento del supermercado abierto veinticuatro horas, caminar hasta el aparcamiento de empleados del hospital a la una de la madrugada fue coser y cantar.

La espera fue breve, la verdad, enseguida salió arrastrando la suela de goma de los zuecos. No hubo más que plantarse de un salto (¡Buuu!) y cortarle el cuello. ¡Caray, la sangre salió a chorro!

Chof, chof, glu, glu.

Quítale las llaves, el bolso, métela debajo del coche de al lado.

Tenía un bonito Subaru último modelo. Como probablemente nadie la encontraría hasta dentro de un par de horas como mínimo, y como no tardaría mucho en cambiar las matrículas, era perfecto para proseguir con la siguiente etapa de aquel viaje primaveral.

Sube la música, baja las ventanillas. Tómate una pastilla para tener cuerpo y mente a tono durante el viaje. El Subaru lo alejaría ciento sesenta kilómetros, o más, antes de que nadie la echase de menos.

Adrian siempre disfrutaba de la presencia de invitados en casa. Hector y Loren se quedarían una semana, así como su madre, que en realidad no podía considerarse una invitada en sentido estricto. Con Harry y con Mimi, era como una minirreunión. La prometida de Hector bajaría en tren para pasar el fin de semana, al igual que el marido de Harry, una vez que tuviera bajo control el calendario de los niños. Aunque el resto del equipo de producción se iba a quedar en una posada del pueblo, tendría la casa llena. Y eso le gustaba.

A pesar de que consideraba sus habilidades culinarias superiores a la media (al fin y al cabo, lo llevaba la sangre), encargó a Rizzo's la comida de bienvenida, así como el servicio de catering durante la grabación.

La semana anterior a su llegada, se ocupó del dormitorio de sus abuelos. Vio que no era tan doloroso como había imaginado. Se descubrió sonriendo al toparse con uno de los jerséis favoritos de Dom o las viejísimas y baqueteadas babuchas que se había negado a tirar. Su cepillo del pelo; Popi estaba muy orgulloso (de forma justificada, en opinión de Adrian) de no haber perdido el pelo de la cabeza, por lo que lo apartó para guardarlo de recuerdo, igual que dejó su chaqueta verde favorita en el armario. Cuando lo necesitase, podría envolverse en ella. Dom había conservado un frasco del perfume de Sophia, por lo que Adrian también lo apartó junto con su loción para después del afeitado. Cositas pequeñas, pequeños recuerdos, pequeños consuelos.

Guardó en cajas y bolsas, separó los objetos que pensó que a alguien podrían hacerle ilusión y bajó todo al coche antes de sacar los productos de limpieza. La cuadrilla de limpiadores se ocuparía del resto de la casa, pero eso necesitaba hacerlo ella como muestra de respeto, afecto y gratitud a las dos personas que tantas noches habían pasado allí.

Abrió las puertas del porche al aire primaveral y Sadie salió para tumbarse ovillada al sol. Lo dejaría hasta más tarde, caviló mientras frotaba, pulía y aspiraba, diciéndose que el cuarto era demasiado grande para ella sola. Pero la verdad era que le encantaba, que siempre le había encantado aquel espacio amplio y generoso, el techo de cajetones con los cuadrados de color crema destacados sobre el blanco del fondo, el brillo de los suelos de madera noble, hasta el suave y apacible gris azulado de las paredes.

Sintiéndose nostálgica, colocó los frascos de perfume (de él y de ella) en la repisa de la chimenea y añadió un trío de candeleros de cobre de su abuela. Cambió las sábanas de la cama grande, con sus gruesos y altos postes tallados en espiral, extendió la colcha blanca y añadió una montaña de cojines y una mantita a los pies. Se tomó su tiempo en hacer suyo el dormitorio, con sus bonitos frascos y cestillos en los anaqueles del baño en suite, mullidas toallas limpias y más velas. Su ropa en la zona del vestidor, junto con una esterilla de yoga, y la cama de Sadie en la zona de estar.

Con el tiempo quizás contratase a Kayla para que le echase un vistazo y pensase si cambiar los esquemas cromáticos para darle un nuevo aire. Pero por el momento, al mirar a su alrededor, veía suficientes recuerdos mezclados con su propia personalidad, suficientes elementos nuevos como para sentirse cómoda.

Así pues, salió el porche, desde donde podía otear las colinas y los árboles, los jardines, los recodos del arroyo y, a lo lejos, las montañas. Sus abuelos se lo habían dado y ella lo atesoraría y lo cuidaría. Luego se sentó en el suelo del porche y abrazó a la perra.

—Estamos bien, ¿verdad, Sadie? Y vamos a estar muy bien.

Por la mañana les cedió la casa a los limpiadores y terminó de plantar las flores que había seleccionado en macetas para los porches y el patio. Ya había probado por su cuenta con las verduras y hierbas aromáticas en la parte trasera, igual que habían hecho siempre sus abuelos. Cruzaba los dedos por que prosperasen. Pero la casa ya estaba lista (o pronto lo estaría) para recibir a las visitas y aún le quedaba energía que quemar.

Entró a lavarse, se puso unas mallas y una camiseta con sostén y cogió la correa.

—Vamos a correr.

Empezó con un trote ligero para calentar los músculos y disfrutar del movimiento y del modo en el que la primavera extendía sus alas con cornejos silvestres y ciclamores del Canadá, de los parterres recién abonados, del olor del césped cortado. Pero le pesaba pensar en el día, la fecha que era. Igual que sabía que le pesaría a Raylan.

Giró hacia su casa y, al pasar delante de la de Teesha, oyó la música de Monroe (una melodía rápida y brillante al piano) por las ventanas abiertas al aire fresco. Y oyó el cortacésped que Raylan movía por el jardín delantero. Ya no estaba tan flaco como recordaba al muchacho que había sido. Puro músculo era lo que tenía en aquellos brazos, ella lo sabía bien. Seguía sin cubrirse el pelo dorado por el sol.

Pero esta vez, a diferencia de aquella de hacía tanto tiempo, la vio. Se detuvo y apagó el cortacésped. Y un instante después, Jasper lanzó un quejumbroso aullido desde el jardín trasero.

—Voy a soltarla un minuto en la parte de atrás, ¿te parece?

—Más te vale, antes de que los vecinos llamen a la policía.

Adrian le abrió la cancela a Sadie y dejó que pasase para reunirse con su amante canino. Cuando regresó a la parte delantera, Raylan estaba sentado en los escalones del porche, bebiendo directamente de una botella de Gatorade. Se sentó a su lado y desenganchó su botella de agua.

—¿Conque haciendo las faenas del sábado un lunes?

—No conseguía concentrarme en el trabajo, así que supuse que era el momento de ponerme con algo físico.

—Yo también. Ayer y hoy. Un par de días difíciles para los dos.

—Sí. —Le cubrió la mano con la suya. Los dos se entendían—. Ayer hizo tres años en tu caso, y hoy en el mío. He comprado un arbusto de estos. ¿Un laurel de montaña? Voy a plantarlo con los niños después del cole.

—Suena exactamente a lo que había que hacer. Es curioso, porque yo he plantado flores hoy, en esas preciosas macetas italianas que le encantaban a Nonna. Y ayer... —Dejó escapar una larga exhalación—. Me he trasladado al dormitorio principal. Y tuve la sensación de que era lo correcto.

—El tiempo ayuda —dijo Raylan cuando Adrian giró la mano y entrelazó los dedos con los suyos—. A Lorilee le encantaba visitar Traveler's Creek, pero este no era su hogar. Había tenido una niñez horrible, entrando y saliendo de casas de acogida; jamás había tenido su propio hogar.

—Me contó un poco de aquello. En las cartas que me escribía —aclaró Adrian cuando Raylan alzó la vista.

—No solía hablar demasiado del tema, lo hacía con muy poca gente.

—Escribir cartas, cartas de verdad, es distinto. Hay una suerte de extraña intimidad. Me contó que jamás había tenido un verdadero hogar hasta que comprasteis la casa de Brooklyn.

—Se enamoró de ella. La llamaba su «hogar para siempre jamás».

Adrian dejó que el silencio reinara un instante.

—Pero vas a plantar el laurel de montaña por ella, aquí en el pueblo, y eso es importante.

—A mí me lo parece. —Se volvió y miró a Adrian—. Y tú vas a tener la casa llena de gente y una semana muy ocupada.

—Estoy lista. La mayoría del grupo debería llegar sobre las tres; iremos al instituto a hacer un ensayo de corrido. Luego volveremos a casa a cenar y a hablarlo.

—Sí, Monroe y yo vamos a hacer cosas de hombres con los niños, hamburguesas a la parrilla, mientras vosotros estáis a lo vuestro.

—Podemos haceros sitio a todos.

—Gracias, pero mañana hay cole. —Le dio otro trago al Gatorade—. Como soy el adulto tengo que decirlo, y hasta decirlo en serio, lo que a menudo es una mierda. Con suerte, los enanos estarán en la cama antes de que hayáis acabado con el plato principal.

—Organizaremos una cena cuando no haya clase al día siguiente. O una cena más especial el domingo, y podemos prepararla lo bastante pronto como para que no afecte a las normas respecto a los días de cole. —Cuando vio que él se la quedaba mirando, se encogió de hombros—. ¿Qué? Me gustan tus hijos. Me gustan los niños.

—Ya lo sé. La gente cree que puede fingir lo de que le gusten los niños en general o alguno específico. Pero no es así.

—Podemos hacerlo el domingo de la semana que viene, si te parece. Este fin de semana…

—Clase de gimnasia —acabó Raylan.

—¿Qué te parece si disfrutamos de nuestra noche de viernes y luego cenamos el domingo con los niños?

—Creo que cuadra con nuestro calendario social.

Las noches de viernes con Adrian se habían convertido en una costumbre. Compartían la cena y luego la cama.

—No cocines el viernes. Llevaré la cena.

—Me parece bien. Ahora tengo que volver.

Cuando Adrian se levantó, él hizo lo mismo, sin soltarle la mano. Luego le cogió la otra y se inclinó para besarla.

—Gracias por pasarte, por contribuir a que un par de días difíciles lo sean un poco menos.

—Para mí también —respondió antes de apretarle las manos y dar la vuelta a la casa para llamar a Sadie desde la verja.

Cuando Raylan agarró el cortacésped, oyó el gemido lastimero de Jasper y cómo Adrian le prometía entre risas que pronto volvería a traerle a su novia. La vio echar a correr con su trote suave, el cabello al viento, las piernas al aire. Pensó en el laurel de montaña que iba a plantar con sus hijos, en los recuerdos que arraigarían con él, en la vida que brotaría de él. Y, mientras la alegre música de Monroe danzaba por el aire, pensó en los recuerdos y la vida aún por venir.

20

El taxi, toda una rareza en Traveler's Creek, se detuvo delante de la casa. Tan poco común era ver uno por allí que provocó que Sadie diera un ladrido de advertencia.

—Está bien. —Adrian posó la mano en la cabeza de la perra al tiempo que se asomaba a la ventana—. ¡Está mucho mejor que bien! ¡Es Mimi! Sadie, contenta —añadió, a lo que la perra respondió moviendo el rabo. Salió corriendo y envolvió a Mimi en un abrazo—. ¡Ya estás aquí! ¡Y has venido en taxi! Ay, cómo me alegro de que hayas venido. Mi Mimi.

—Ha habido un pequeño cambio de planes.

La mujer le besó las mejillas. Tomó el bolso de viaje que le entregaba el conductor y le dio las gracias.

—¿Eso es todo lo que traes? —le preguntó Adrian—. ¿Para una semana? Ay, dime que te vas a quedar toda la semana.

—Sí, sí. Mi maleta la tienen tu madre y Harry; ellos vienen en coche porque tenían una entrevista en D. C. y yo preferí coger el tren. Llegarán en nada, es que yo no quería salir tan pronto ni desviarme.

—Entra, entra. Voy a servirte una copa de vino.

—¡Pero si no son ni las cuatro!

—Los días de viaje no cuentan. Simplemente deja el bolso en las escaleras; ya nos ocuparemos de él más tarde. Sadie, contenta —repitió Adrian y Sadie movió el rabo y se pegó a las piernas de Mimi.

—¿Ha crecido? —preguntó Mimi, aceptando la pata que Sadie le ofrecía—. Juraría que está más grande.

—Puede que un poco. Jo, se te ve bien —dijo Adrian al tiempo que atravesaba la casa con Mimi hasta la cocina.

—Vine durmiendo en el tren. No he trabajado nada. Estuve leyendo un libro hasta que me quedé traspuesta; ha sido estupendo.

Realmente se la veía bien, pensó Adrian, relajada, con sus vaqueros y la camisa de un vivo color rojo, el cabello en una maravillosa media melena rizada.

—Siéntate, ponte cómoda.

—Ya he estado sentada bastante, corazón. Bien lo sabe mi culo.

—Entonces toma este vino. Vamos fuera. ¿Cómo está Issac? ¿Cómo están tus hijos?

—Todo el mundo está fenomenal. Como este vino. Natalie ha conseguido unas prácticas de verano. En Roma.

—¿Qué? ¿Cuándo? ¡Guau!

—Nos enteramos ayer. Está loca de contenta. Dios, voy a echarla de menos, pero… —Riendo, Mimi alzó la copa de vino—. Para ella es maravilloso.

—Es genial; lo va a hacer genial.

—Mi hijo, estudiante de Medicina y, ahora, mi hija, haciendo prácticas en Roma para trabajar en finanzas internacionales. La mitad del tiempo no sé de qué me habla ninguno de los dos, pero me siento muy orgullosa de ambos.

—No se te nota para nada.

Mimi rodeó la cintura de Adrian con un brazo y la atrajo para darle un apretón de lado.

—Mis niños, los tres, no paran de crecer. Mira lo que has hecho tú con este jardín. Tienes unas flores preciosas y ¿tomates?

—Tomates, pimientos, pepinos, zanahorias, calabazas, calabacines, hierbas y más hierbas.

Mimi se subió las gafas de sol y observó los surcos.

—Prácticamente una granja.

—Chica de ciudad, esto no es más que un huerto en el jardín.

—Para mí es lo mismo. ¿Lo has hecho tú sola?

—Por ahora me basta. Quería probar. Nonna y Popi plantaban verdura todos los años. Voy a intentar seguir la tradición. Es relajante y tengo tiempo de sobra cuando no estoy trabajando activamente.

—Que es casi siempre.

—Media jornada cuando no estoy en pre, pos o mitad de producción. —Estudió las plántulas con considerable orgullo—. Llevo mi propio ritmo, y me gusta. Dejé de viajar cuando me trasladé aquí por Popi y no tardé en darme cuenta de que no me gusta andar por la carretera. Entiendo lo que dice Monroe cuando la gente le pregunta por qué se limita a componer y no interpreta. A mí también me gusta la tranquilidad.

—Nunca te gustó viajar, la verdad es que no.

—No —reconoció Adrian—, la verdad es que no.

—A Lina le encanta. Y antes de que llegue voy a preguntarte algo y quiero una respuesta sincera. Conozco su punto de vista, pero ahora quiero el tuyo. Y esto queda entre nosotras. ¿Cómo van las cosas entre tu madre y tú?

—Espero que su punto de vista sea que nos va mejor, porque es así. Nos entendemos mejor y ella se lleva mejor con los adultos. Tú fuiste la madre de mi infancia.

—Ay, cariño. Siempre te ha querido, Adrian.

—Eso también lo entiendo mejor ahora. —Adrian cogió la pelota que Sadie había soltado a sus pies y la lanzó lejos—. ¿El hecho de que accediera a esta producción sin demasiadas pegas y en el instituto? Es una enorme concesión por su parte, y lo aprecio.

—Está nerviosa al respecto.

—¿Cómo? —Adrian rompió a reír antes de verle la cara a Mimi—. ¿En serio? ¿Lina Rizzo, nerviosa?

—Sí, Lina Rizzo, nerviosa por tener que volver a su instituto y porque a dos de los profesores los conoce de cuando vivía aquí. Incluso salió con uno de ellos un par de veces.

—Estás de coña. ¿Cómo es que no lo sabía?

—Imagino que no lo mencionó. Me dice que no fue nada serio, porque al final acabó saliendo con este granjero del equipo de fútbol americano.

—¿Un granjero futbolista? ¿Mamá?

—Un chaval de una granja que jugaba al fútbol. Por lo que se ve, fueron en serio mientras duró.

«Fascinante», pensó Adrian. Las cosas que una aprendía cuando su madre por fin empezaba a considerarla adulta. Simplemente fascinante.

—Nunca habla de aquellos tiempos conmigo.

—¿Hablas tú con ella sobre los chicos o los hombres con los que has salido?

—Por supuesto que no —respondió antes de volver a lanzar la pelota.

—Antes le has dicho «contenta» a Sadie. Tú también pareces contenta, Adrian

—Lo estoy. Tengo mi trabajo y mi casa. He plantado un jardín. Tengo grandes amigos y una perra estupenda. Soy feliz.

—Y no quiero ser yo quien te lo estropee, pero ¿has vuelto a oír algo de la investigadora?

—Está siguiendo una pista en Pittsburgh; o la estaba siguiendo hace unos días. Y no me lo estropeas. Siento que al ponerlo en sus manos me lo he quitado de encima.

Sadie corrió hacia ellas y ladró.

—Ha oído un coche. Deben de ser Harry y mamá, aunque pronto llegarán todos los demás. Y aquí estamos, bebiendo vino antes de las cuatro.

Con una carcajada, Mimi le rodeó la cintura con el brazo.

—Más nos vale sacar más copas.

El viernes por la tarde, Adrian estaba en mitad del gimnasio del instituto con su madre, sus amigos y el equipo. Hector y su asistente trajinaban con las cámaras, mirando dónde colocar las fijas y los posibles movimientos de las dos de mano. El director de iluminación se afanaba con los electricistas y maquinistas en montar soportes, tender cables y escoger viseras y filtros.

—El espacio es bueno —le dijo Adrian a su madre.

—Supongo que sí.

—¿Recuerdos?

Lina se encogió de hombros.

—Ni jugaba al baloncesto ni me interesa demasiado.

—Pero tengo entendido que aquí también se celebraban los bailes.

—Sí. —En el rostro de Lina se dibujó un amago de sonrisa—. Con orquestas en vivo. Muy de la vieja escuela. Vamos a ver el vestuario.

—A nosotras nos toca en el de las chicas.

Una vez allí, Lina lo recorrió con la mirada.

—Al menos lo han modernizado un poco en las últimas décadas. Y ya no huele a sudor, humedad y Love's Baby Soft, un perfume popular en los ochenta —añadió cuando Adrian la miró sin comprender.

—Que tú no usabas.

—No, yo no. ¿Cómo lo has sabido?

—Porque tú nunca ibas a ser una más. Tú tenías que destacar y te asegurabas de hacerlo. No es una crítica.

—No me lo tomo como tal.

—Ese es el tuyo —dijo Adrian señalando el burro que le había preparado el personal de vestuario—. Este es el mío. Como ya habíamos hablado, coordinaremos o complementaremos los colores según el segmento. También han preparado la ropa del elenco: las chicas aquí, los chicos en el otro vestuario. Las chicas llevarán mallas o pantalón pirata. Tenemos la talla de todo el mundo. —Agitó la mano mientras su madre echaba un vistazo a las prendas que había elegido—. Los chicos llevarán pantalón corto o de chándal, y en «chicos» y «chicas» incluyo también a los profesores. Ellas, sujetador de deporte o camisetas y tops variados; ellos, camisetas con o sin mangas. Las partes de arriba llevarán el logo de Bebé Yoga o NG. He pensado que podríamos mezclarlos. Tenemos calcetines, zapatillas de deporte, cintas para la cabeza, botellas de agua, muestras de nuestra bebida Máxima Energía… Todo con el logo. Los participantes pueden quedarse con lo que usen y, además, estamparemos una sudadera con el apellido de cada uno. Idea de Harry.

—Siempre está pensando. Empezamos con la intro y con cardio —comentó Lina—, así que ¿por qué no vamos de rojo? Yo me pondré el top escarlata con las mallas negras de la llama ascendente.

—Yo me pido el sujetador rojo con el top rojo y el pantalón pirata rojo y negro. —Una vez escogidos, echó un vistazo por encima—. Luego nos toca entrenamiento de fuerza.

—Elige tú.

«Cambios», pensó Adrian mientras decidía qué ponerse. Los cambios eran posibles, igual que era posible reparar las pequeñas brechas en las relaciones.

El sábado por la mañana, muy pronto y con mucha luz, Adrian se sentó en las gradas y repasó una última vez el guion mientras Teesha, a su lado, hablaba con Monroe por teléfono.

—Sí, parece que esta vez vamos a empezar a la hora prevista. Adrian y su madre ya tienen cerrada la introducción principal. Si los traes en, digamos, una hora, daré el pecho a Thad durante el descanso y Phin podrá hacerle al equipo los diez millones de preguntas que tiene. Eres un tío decente, Monroe. Te veo en una hora más o menos. —Se guardó el teléfono—. Anda, tu madre está medio ligando con el profe ese.

Sorprendida, Adrian levantó la mirada y vio a su madre, al otro lado del gimnasio, con un hombre de cabello castaño entrecano y gafas de pasta. Los dos se encontraban en la zona de vestuario y realmente parecían estar medio ligando.

—Es el tipo con el que salió un par de veces cuando estaba en el instituto.

—Vale. ¿Por qué estás susurrando?

—No lo sé. Nunca la había visto medio ligar siquiera. Es muy raro.

—Puede que eche una canita al aire mientras está en el pueblo.

—Puaj. ¿En serio? Pero si está casado, con hijos… y con nietos. Me lo ha dicho.

—Tal vez por eso solo sea medio ligar. Un coqueteo nostálgico. En cambio, Loren está ligando a tope con esa profesora que está tan buena.

Adrian desvió la mirada hasta la canasta de baloncesto, bajo la cual Loren flirteaba claramente con la rubia de la cola de caballo.

—No está casada ni tiene hijos. Allyson… o Ally. Veintisiete, profesora de Biología; hace ejercicio cinco días a la semana y le encanta el yoga.

—¿Los has memorizado a todos?

—No tengo tu cabeza para los números ni para las curiosidades, pero ¿nombres y caras? Una parte esencial de la producción. —Entonces vio a un asistente guiando a los chicos y al resto de los profesores. El nivel de ruido aumentó de inmediato—. Tienes razón. Vamos a empezar sobre la hora —dijo Adrian antes de darle una palmadita en la pierna a su amiga y entregarle el guion.

Bajó de las gradas al tiempo que salían las chicas y se acercó a Hector, que comprobaba una vez más la cámara dispuesta sobre el trípode.

—¿Estás listo?

—Desde luego. —Miró por la cámara mientras los asistentes alineaban a los participantes en sus marcas para ese segmento—. Tiene buena pinta.

Adrian observó el monitor.

—Esto es justo lo que quería. Voy a darles unas palabras de ánimo, algún recordatorio y luego podemos presentar el segmento y lanzarnos a ello.

Su mirada se cruzó con la de su madre y ambas se encaminaron hasta el centro del gimnasio.

—Ha sido tu idea —susurró Lina—, así que habla tú.

—Vale. ¡Muy bien, gente! —Adrian levantó las manos hasta que las voces, las risitas y las carcajadas nerviosas se apagaron—. Lina y yo queríamos daros las gracias de nuevo por formar parte de esto. Durante los próximos días os vamos a apretar las tuercas. —Sonrió al oír algunos gruñidos—. Y os vais a divertir. O eso espero. Primer recordatorio…

—Cuando digas izquierda, quieres decir derecha —vociferó uno de los muchachos.

—Correcto. La cámara invierte la imagen. Si os confundís, simplemente seguid. Si tenéis que frenar, o incluso parar, hacedlo, pero ¡no seáis perezosos! Mandy se ocupará de las modificaciones en el primer segmento, así que siempre podéis seguirla y modificar vuestro ejercicio. Las botellas de agua tienen una etiqueta con el nombre. Usad la vuestra.

Miró a su madre para que acabase ella.

—Hector y Charlene irán desplazándose con las cámaras. Si queréis mirar a cámara, está bien, pero ¡no dejéis de moveros! Adrian y yo también iremos moviéndonos de vez en cuando para corregir las posturas y empujaros a que apretéis un poco más o sugeriros que aflojéis. A mitad del segmento descansaremos un minuto, y he dicho un minuto, para beber agua. Después de enfriar, pararemos para que os sequéis, os cambiéis y nos reagrupemos. ¿Alguna pregunta?

Cuando acabaron de responder a todas, Adrian y Lina se situaron en sus marcas y miraron a cámara.

—No os olvidéis de respirar, gente —dijo Adrian y esperó a que Hector le diera la señal.

—Esto es *Primero de fitness*, cardio —comenzó Lina—. Prepárate para sudar.

—Y estos son los alumnos y profesores de la *alma mater* de mi madre, el instituto de Traveler's Creek. Están muy motivados. —Miró hacia atrás—. ¿Estáis motivados? —Aunque le respondieron con algunos síes, se llevó la mano a la oreja—. No os oigo. ¿Estáis motivados? —Esta vez, rugieron entusiasmados. Adrian se volvió a la cámara—. En tal caso, a calentar.

Cuarenta minutos después, Lina cogió la botella de agua.

—Ha estado bien.

—Sí que lo ha estado. Quiero ver la reproducción, pero…

—Ha estado fenomenal. Escucha, me preocupaba que los chicos empezaran a hacer el tonto, a pincharse unos a otros o a reírse de los que habías escogido, alumnos y profesores, que no están tan en forma.

—Solo nos queda un segmento, pero no creo que lo hagan.

—Yo tampoco. Y si seguimos así de bien, con las dos horas para almorzar y la recuperación después del siguiente segmento puede que acabemos según horario. Una cosa.

—Dime.

—Ese chaval, ¿Kevin? No quiero dedicarle demasiada atención. Se nota que le da vergüenza, pero mira a ver si le interesaría trabajar con él de forma individual. Parte de la vergüenza se debe a que tiene un poco de sobrepeso y no está muy en forma. Ha sido valiente al participar.

—Siempre haces estas cosas —murmuró Adrian.

Lina se puso súbitamente rígida.

—¿Cómo?

—Te fijas en alguien que necesita y quiere ayuda, pero no se atreve a pedirla. Siempre he admirado eso en ti. Es lo que hace que seas tan buena en lo tuyo.

—Yo… Vaya, gracias.

—Ya he hablado con él precisamente de eso, porque por lo que parece salgo a mi madre. Le he diseñado un programa que puede hacer en casa, él solo, y sus padres lo apoyan. Luego vendrá a mi estudio una vez a la semana para evaluar sus avances.

—Con nutrición incluida.

—Por supuesto. Empezó hace una semana. Y yo ya veo que ha mejorado. ¿Quieres que te tenga al día sobre sus progresos?

—Me gustaría. —Lina no era dada a la cercanía, no era su forma de ser, pero preguntó—: ¿Estamos mejor?

—Sí, mamá. —Y como sí era la forma de ser de Adrian, se inclinó y le besó la mejilla—. Estamos mejor.

El domingo por la tarde, después de dos jornadas enteras, sudorosas y productivas, Adrian se sentó en la esterilla con las piernas cruzadas y las manos sobre las rodillas con las palmas hacia arriba.

—Unid las manos en posición de oración e inclinaos hacia delante para agradecer la práctica que acabamos de terminar. Namasté. —Sonrió—. Enhorabuena a todos. Acabáis de graduaros en *Primero de fitness*. Y lo habéis hecho fenomenal.

Los participantes empezaron a mezclarse y a chocar los cinco, incluso a abrazarse.

—Gracias por asistir a esta sesión —dijo Lina a cámara—. Y recuerda, sigue esforzándote y sigue bien. —Rodeó a Adrian con el brazo—. Cada día es una nueva oportunidad. Yo soy Lina Rizzo.

—Y yo soy Adrian Rizzo. Vuelve y haz ejercicio con nosotras siempre que quieras.

Entonces se dieron la vuelta; más saludos, más abrazos.

—¡Y corten! —exclamó Hector—. Buen trabajo, gente.

Para cuando hubieron acabado de desmontar el set y recoger el equipo y el vestuario extra, la tarde estaba cayendo.

Lina se detuvo cuando, al salir, oyó que alguien la llamaba. Adrian vio a un hombre entre las sombras y el corazón se le aceleró. Formó un puño con la mano derecha y apoyó el peso sobre las puntas de los pies. Él simplemente dio un paso adelante, con una gorra en la mano y una leve sonrisa en los labios. Aunque su cara le sonaba de algo, apoyó la mano en el brazo de su madre, por si acaso; pero esta dejó escapar una carcajada de sorpresa.

—¿Matt? ¡Matt Weaver! Pero… ¡madre mía! Matthew.

Y avanzó hasta rodearlo con los brazos y estrecharlo. Adrian vio cómo él cerraba los ojos un instante y exhalaba.

—Adrian, este es un viejo amigo mío. Matt, esta es mi hija, Adrian.

—Encantado de conocerte. Te pareces un montón a tu madre. ¿Cómo es posible que tengamos hijos adultos, Lina?

—A saber.

—Lo primero que quiero decirte es que siento mucho lo del señor Rizzo. Estuve en el homenaje, pero había mucha gente y no quería molestarte.

—Nunca te han gustado las multitudes.

—Y sigo así. Esto…, el caso es que el hijo de mi primo, Cliff, ha estado aquí con vosotros.

—Cliff, claro, el jugador de fútbol. Como tú.

—Qué tiempos aquellos. —Cuando el hombre sonrió, se le formó un hoyuelo junto a la comisura derecha de la boca—. No quiero entretenerte. Pero me preguntaba si te apetecería ir a comer algo y ponernos al día.

—Ay, vaya, tenemos una fiesta de despedida en el restaurante.

Matt asintió, dando vueltas a la gorra entre las manos.

—En otro momento, entonces. En otro momento.

—La verdad es que el equipo va a ocupar toda la parte trasera y probablemente algo más. Pero puedo conseguir una mesa para nosotros. Tengo buena mano con la dueña.

Adrian sonrió.

—Me aseguraré de ello.

—Nos vemos allí, Adrian —se despidió su madre—. ¿Sigues conduciendo una camioneta, Matt?

—He traído el coche, porque recuerdo que no te gustaba demasiado montar en camioneta.

Adrian se quedó pensando mientras caminaba hacia el suyo. Mandíbula cuadrada, cabello pajizo que blanqueaba en las sienes, la cara afeitada, ojos tímidos y amables. Aquella sonrisa con su hoyuelo. Interesante.

Aún más interesante fue lo que pasó al acabar la noche, cuando Adrian fue a pagar la cuenta.

—Ya me los llevo, Jan. Lo siento, sé que es casi la hora de cerrar.

—No te preocupes por mí. Me gusta que vengan grupos grandes de gente contenta y con hambre.

—Pues todo eso lo cumplíamos. —Miró a su alrededor y vio que solo quedaban un par de mesas ocupadas en el salón principal—. No veo a mi madre ni a su amigo.

—Ya, bueno. Se marcharon hará como media hora. Me pidió que te dijera que iba a echarle un vistazo a la granja de Matt. —Jan le entregó a Adrian la tarjeta de crédito y el recibo—. Yo que tú no la esperaría despierta.

—Gracias, yo… ¿Cómo?

Ahogando una carcajada, Jan se inclinó por encima del mostrador.

—Cuando llevas trabajando en un restaurante tanto tiempo como yo, sabes leer a la gente: el lenguaje corporal, las expresiones, el tono, los gestos, todo eso. Y lo que vi era… Yo diría que dos personas a punto de culminar un final romántico. Los viejos amores, cariño.

—Sí, pero…

—Conozco a Matt desde hace mucho. Es un buen hombre. Y añadiré que los dos parecían contentos y con mucho de lo que hablar.

—Bueno, ya es… algo. No tengo claro el qué. Me llevaré a los rezagados. De todas formas, la mayoría se viene a casa.

Adrian decidió no mencionárselo ni siquiera a Harry y a Mimi. Era demasiado raro. Cuando llegaron a casa y Harry comentó que parecía que Lina ya se hubiera ido a la cama, Adrian ahogó una carcajada incómoda y dijo:

—Supongo que sí.

Por la mañana se levantó pronto e hizo una tabla de ejercicios rápida mientras el resto de la casa seguía durmiendo. Entró en la cocina y preparó *frittatas* como desayuno de despedida, las metió en el horno y cruzó mentalmente los dedos. Comprobó que la cafetera tuviera agua, añadió granos frescos y se preparó un batido para ella. Se sentó a la encimera con el batido y la tableta para echar un vistazo a los mensajes de correo electrónico de los espectadores. Cuando oyó abrirse y cerrarse la puerta delantera, se figuró que alguno de sus invitados había salido a tomar el aire mañanero. Pero, al alzar la vista, vio a su madre caminar hacia la cocina. Había supuesto que Lina habría llegado tarde, pero no se esperaba que hubiera pasado la noche fuera. Después de pensárselo un momento, se dejó llevar por el instinto.

—Está usted castigada, señorita.

—Qué graciosa.

Cuando Lina cogió una taza y programó la moderna cafetera, las cejas de Adrian se levantaron disparadas por la incredulidad.

—¿Café? ¿Tú?

—De vez en cuando. Se trata de moderarse y tomar buenas decisiones, no de pasarlo mal.

—Ya me habría gustado que le hubieras dicho eso a la chiquilla que se moría por una Coca-Cola.

Lina se quedó mirándola.

—A mí también.

—No era eso lo que quería decir. Olvídalo. Y voy a tomarme una Coca-Cola. —Se levantó y sacó una del frigorífico—. Vaya, vaya, conque tú y Matt Weaver.

—No es nada serio. Ninguno de los dos buscamos eso.

Con la taza llena de café solo, Lina se sentó a la encimera con Adrian.

—Así que no habido chispa.

—O la ha habido a montones. —Lina se atusó la melena lisa—. La hubo entonces y la hay ahora. Ha sido bonito volver a verlo y ponernos al día con el pasado; madre mía, tres décadas. En la granja trabajan él y su hijo pequeño. El mayor estudió Derecho y ejerce en el condado vecino. Su hija es enfermera y vive a algunos kilómetros de aquí. Lleva divorciado más de diez años y tiene cinco nietos. —Le dio un sorbo al café—. Pero, ahora igual que antes, él sigue atado a la granja y yo a mi carrera. Siempre hubo algo entre nosotros y soy consciente de que siempre lo habrá. Pero queremos cosas distintas de la vida. Tuvimos sexo por los viejos tiempos y fue precioso. —Lina sonrió—. Y hemos acordado que, cuando venga al pueblo y siempre que ambos estemos libres, cosa que ambos parecemos querer, tendremos más sexo por los viejos tiempos.

—Sexo sin compromiso. Mi madre.

—No llevo treinta años sin mantener relaciones sexuales, Adrian. Simplemente sé elegir y ser discreta. Algo huele fenomenal por aquí.

—Estoy haciendo *frittatas*.

—*Frittatas*. —Lina contempló a Adrian por encima de la taza de café—. Parece que el gen de los Rizzo ha arraigado en ti.

—También estoy cultivándolo, lo cual me recuerda una cosa. Me preguntaba si deberíamos escribir un libro de cocina. Con recetas saludables, pero ricas. Rizzo y Rizzo, *Cocina en forma*. O algo así.

—Podríamos estudiarlo. Ambas sabemos que no soy una buena cocinera, pero… deja que me lo piense y ya hablaremos la próxima vez que venga al pueblo. Pero, ahora mismo, voy a llevarme mi café arriba y a cambiarme. ¿A esto aún se lo llama el «paseo de la vergüenza»?

—Sobre todo de broma, entre amigos.

—Entonces tendré que evitarlo.

Divertida, Adrian volvió a sacar la tableta y vio un nuevo mensaje de correo electrónico de la investigadora privada en su cuenta personal:

Adrian:

Estoy de vuelta en D. C. y, si fuera posible, me gustaría quedar contigo esta semana. Te enviaré un informe por escrito, por supuesto, pero me gustaría hablar personalmente.

Dime qué día y a qué hora te vendría mejor y me organizaré para que nos veamos.

Un saludo,
Rachael

Adrian comprobó su calendario. tomó nota de las horas a las que tenía citas en la obra, con Teesha por trabajo o para evaluar los avances de Kevin. Respondió indicándole que no podía quedar en esas fechas y horas, pero que estaba disponible el resto de la semana. Podría organizarse con el trabajo para estar libre cuando ella se lo pidiera. Era lo bueno de ser su propia jefa, pensó. Apartó la tableta y se olvidó de ella. Los desayunos de despedida no eran el momento de albergar pensamientos oscuros.

TERCERA PARTE

Legados

El futuro se compra en el presente.

Samuel Johnson

21

Adrian leyó el siguiente poema a mediados de semana, horas antes de la reunión que tenía prevista con Rachael. El poeta había vuelto a enviar una única hoja en un sobre blanco sencillo. El matasellos era de Omaha. Lo leyó sentada en el porche delantero con Sadie a sus pies, observándola.

—Estoy bien. No te preocupes.

Tu último verano ya casi está aquí.
Mi espera al cabo ha terminado.
Muy pronto nos veremos por fin
y con tu muerte mi vida habrá culminado.

—Yo estoy bien —repitió—, pero quien está haciendo esto se encuentra a años luz de lo que es estar bien. De ti, de mí, de la gente normal. ¿Qué mierda es esta?

Se puso en pie y comenzó a caminar por el porche mientras un colibrí, cual joya alada, se alimentaba en el comedero que había colgado en la rama de un árbol.

—Y esa última línea, ¿qué quiere decir? Me mata y alcanza un objetivo. ¿O es un rollo tipo asesino suicida? ¿Me mata y luego se mata él? Claro que ¿cómo voy a intentar comprender a un pirado? —Se apretó los ojos con los dedos—. Haría falta alguien que lo entendiese.

Dejó caer las manos, contempló la pendiente de las colinas, verdes y exuberantes, los árboles llenos de hojas, la gigantesca azalea del lateral preñada de grandes flores rosadas.

—En una cosa tiene razón. Ya casi es verano. ¿Y sabes qué? Que yo también estoy harta de esperar.

Tal vez fuera impulsivo, tal vez fuera imprudente, pero le daba igual. En ese momento, simplemente le daba igual. Entró en casa y subió a ponerse ropa de gimnasia. Se maquilló cuidadosamente. Después de darle algunas vueltas, se puso un poco de producto en el cabello y se lo sujetó en un recogido alto.

—Sexy pero informal, ¿eh, Sadie? ¿Quién dice que una no debe lucir lo mejor posible para arrojar el guante? Vamos a hacer una puñetera declaración de intenciones.

La perra bajó con ella al estudio y se acomodó junto a la chimenea mientras Adrian se preparaba para grabar. Lo publicaría en el blog. Estaba clarísimo que seguía su maldito blog. Y luego lo subiría a todas sus redes sociales, de propina.

—A ver si te gusta, gilipollas.

Pulsó el botón de grabación y sonrió de oreja a oreja.

—Hola a todos. Soy Adrian Rizzo y he pensado que esta semana podíamos hacer una pequeña ronda extra. Para liberar energía y estrés rápidamente cuando os haga falta. Va a ser durilla. Y quiero dedicársela especialmente al poeta. ¡Ya sabes tú quién eres! Es fácil dejar las cosas para después, pero ¿qué logramos con eso? Nada de nada, ¿verdad? Terminas descontento y estresado porque lo que deseas es entrar en acción y conseguir lo que realmente quieres. Puedes echarle la culpa a otro, puedes echarle la culpa al mundo entero, pero al final todo se reduce a ti y a lo que tienes dentro.

Se llevó la mano al corazón.

—Cuando os sintáis así de mal, así de tristes, así de enfadados, levantaos y moveos. Vais a ver que lo de hoy no es para principiantes, pero es que el poeta lleva siguiéndome mucho tiempo, así que esta rutina extra es para la gente con experiencia. Tres series de tres, cada una de treinta segundos. Vamos a hacer zancadas alternas y sentadillas.

Dio un paso atrás para hacer la demostración.

—Derecha, izquierda, sentadilla. Y vamos a hacerlas rápido. Pensad cuál es vuestro estado de forma: tened precaución, pero esforzaos.

Volvió a bajar en la zancada.

—La rodilla alineada con el tobillo, el peso hacia delante, aproxima la rodilla trasera al suelo. Y luego cambiamos. Que la caída sea suave. Ahora sentadilla. Luego hacemos la pica y la araña, con la pierna derecha, y arriba otra vez para las tijeras alternas. Lo repetimos todo una segunda vez, araña con la pierna izquierda, y una tercera con piernas alternas.

Demostró cada ejercicio y se echó atrás la coleta.

—Para esta rutina hace falta resistencia, fuerza, arrestos. ¿Os animáis? Nueve minutos. Concentración total. Cronómetro en marcha y allá vamos.

Fue acelerando sin apartar los ojos de la cámara conforme iba nombrando los ejercicios.

—Si llegáis al máximo, parad y coged fuerzas. Mentalizaos y retomad el ejercicio. No es una vergüenza llegar al límite, la vergüenza está en no intentarlo. Sacad pecho y levantad la cabeza. ¡Abajo esa sentadilla, ese culo! ¡Bajamos! Pica, araña, pica, araña. ¡Nos movemos! Me han dicho que el verano ya casi está aquí, así que vamos a poner ese cuerpo en forma. El mío, el tuyo, el de todos. ¡Estamos listos! Y ahora, ¡saltamos!

No podía parar, no iba a parar. Por fin le iba a demostrar de lo que era capaz.

—Segunda serie; si alguien ve que no llega, descansa y a por ello otra vez. Te reto a llegar hasta el final.

El corazón le latía tanto por la satisfacción como por el esfuerzo. El sudor hacía que le brillase la piel, pero siguió mirando a la cámara mientras avanzaba por la tercera serie, mirando a quien sabía que la estaría viendo.

—Y así completamos los nueve minutos. Enfriamos y nos estiramos. Enhorabuena a todo el que lo haya intentado. Ahora, haced vuestros ejercicios de enfriamiento favoritos: baja ese ritmo cardiaco, estira esos músculos bien trabajados. Y recuerda…

»Mi vida es solo mía y voy a vivirla a tope. No puedes detenerme, así que no te equivoques. No pienso tener dudas, no pienso tener miedo, porque este es mi destino y hago lo que quiero. —Se rio—. Bah, la rima es malilla, pero demuestra que todo el mundo es poeta. Hasta la próxima, soy Adrian Rizzo. Y ya sabéis: en forma y con fuerza.

Vio una vez el vídeo entero y luego lo publicó en el blog con el título «El desafío de la ronda extra» antes de añadirlo a sus redes sociales.

—Anda que no te va a fastidiar esto. Bien. —Se hidrató y estiró—. Vamos fuera, Sadie, y dejemos el teléfono aquí. Porque en cuanto Teesha vea el vídeo, y es probable que sea la primera de un montón de gente, se va a cabrear pero bien. Así que vámonos a ver cómo van esos tomates.

Teesha tardó menos de veinte minutos en atravesar en tromba la cancela. Rodeó la casa hasta el jardín trasero, donde Adrian le tiraba la pelota a una pletórica Sadie.

—No responder al teléfono es el equivalente de taparte los oídos y cantar «habla, chucho, que no te escucho».

—Puede, sí, pero necesitaba un rato para sosegarme. Has sido rápida.

—Quiero que lo borres, todo. Sabes que puedo hacerlo yo, que tengo autorización, pero...

—Sabes que es mi elección. Y yo elijo dejarlo subido.

—Pues eliges mal.

—Ah, ¿sí? ¿Y aguantar todos estos años es elegir bien? ¿Dejar que otras personas se hagan cargo cuando se dirige a mí? ¿Eso es elegir bien?

—La policía, Rizz, el FBI, ahora una investigadora privada. Profesionales. Sí, eso es elegir con cabeza.

—Y aun así hoy he recibido otro.

—Me lo imaginaba. —Teesha se frotó la cara con las manos—. Y lo siento. Sabes que lo siento, pero ¿para qué va a servir desafiarlo así?

—Es un cobarde y un matoncillo, y ya va siendo hora de que se entere.

—¿Qué decía esta vez?

Adrian cerró los ojos, rememoró el poema y lo recitó.

—¡Puto psicópata! —Con los brazos en jarras, Teesha comenzó a caminar en círculos—. ¿A qué hora llega la investigadora?

—A las cuatro, puede que a las cuatro y media.

—Vale, te vienes a casa conmigo y la esperas allí. Podría estar a un kilómetro, Adrian.

—O podría estar en Omaha, maldita sea. Y es exactamente por eso por lo que tenía que hacer algo. No puedo seguir así. Al menos hasta cierto punto ha conseguido lo que quería. Me mina la moral. Tengo miedo a la correspondencia. Y sí, claro, podría cerrar el apartado de correos, pero la conclusión es que encontraría otra forma de llegar a mí.

—Pero podría cometer un error con esa otra forma.

—Sí, tal vez. Pero seguiría apareciendo mi nombre, así que acabarían llegando a la oficina de correos. No hay remitente. No sería una respuesta. Tampoco sé si esto lo es, pero me siento mejor. Siento que he hecho algo para devolverle el golpe.

Teesha resopló y sacó el teléfono cuando este empezó a sonar.

—Es Harry. Hola. Sí... Espera... Sí, lo sé. Estoy con ella ahora mismo. Ajá, ajá. —Le tendió el teléfono a Adrian—. Es para ti.

—Mierda.

Adrian dejó que le echara la bronca.

—No, no lo voy a borrar y ¿qué más da, si ya tiene más de doscientas visualizaciones? Es probable que una sea la de él, o ella, o lo que sea. No me arrepiento de haberlo hecho porque, joder, tenía que devolverle el golpe. No, espera. —Respiró hondo—. Os voy a decir esto a Teesha y a ti, a los dos. Siento que os moleste y que os preocupe. Siento que vaya a molestar y a preocupar a mi madre y a todo el mundo. Pero... la tarjeta que me envió cuando murió Popi me dejó tocada. Y esta ha colmado la poca paciencia que me quedaba. Estoy harta, Harry, harta. Ahora voy a darle su teléfono a Teesha.

Una vez que se lo hubo entregado, echó a andar, cogió la pelota y la volvió a lanzar. Minutos después, Teesha la envolvió con sus brazos desde atrás.

—Te queremos, Adrian.

—Lo sé, y por eso siento que esto os preocupe. De verdad que sé que no ha sido la reacción más razonable y segura. Pero, Teesha, necesitaba devolverle el golpe, por fin. Necesitaba sentir por lo menos que recuperaba parte del control.

—Lo entiendo, te entiendo; llevamos demasiados años siendo amigas como para no entenderte.

—Lo mismo digo, así que de verdad que siento haber añadido una nueva preocupación. Solo recuerda que hemos hecho todo lo razonable: la policía, el FBI, la investigadora, el sistema de seguridad, las clases de autodefensa, la perra enorme...

Sadie dejó caer la pelota a los pies de Adrian y la miró con adoración.

—Sí, es temible. En fin. —Teesha estrechó una última vez a Adrian y dio un paso atrás—. Si te digo la verdad, no sé si habría aguantado tanto como tú. Y cuando devuelves el golpe, lo devuelves pero bien. El imbécil ese va a necesitar primeros, segundos y terceros auxilios de la tremenda hostia que le has dado. Ahora tengo que irme. Te veo mañana cuando te torture con el presupuesto de amueblar el centro juvenil.

—El Centro Juvenil Familia Rizzo.

—Vale. Así que ya has elegido el nombre.

—He estado dándole muchas vueltas. ¿Debería llamarlo como mis abuelos, o como Popi, ya que la idea fue suya? Pero él compartía aquella visión con Nonna. Aun así, no habrían llegado hasta aquí, no habrían contado con medios, si no hubiera sido por sus padres. Yo no habría podido convertirla en realidad sin todos ellos, incluida mi madre. Así que se llamará «Familia Rizzo», y ya puedes ir añadiendo la placa al presupuesto.

—Ya lo hablaremos. —Teesha miró a Sadie, que esperaba paciente—. Y tú aprende a gruñir al menos.

Mientras Teesha se alejaba, Adrian volvió a coger la pelota.

—Gruñir no es tu estilo, ¿verdad, cariño?

Lanzó la pelota una y otra vez hasta que hubo decidido cómo le diría a Rachael lo que acababa de hacer.

—Otro sermón, Sadie. Creo que me van a echar otro sermón. ¿Por qué los sermones son peores que una bofetada?

Cuando Rachael le escribió para avisar de que llegaría algo tarde, Adrian le respondió que no se preocupase. Se acomodó en el porche delantero con la tableta y empezó a buscar placas: tamaños, materiales, formas, tipos de letra… No quería una enorme y llamativa, sino algo sutil, elegante, acorde con el edificio. Quería lo mismo que habrían querido sus abuelos. Cuando había reducido las opciones a tres modelos, recibió un nuevo mensaje: **Adrian, estoy en un atasco. Llegaré sobre las seis. Si es muy tarde, cambiamos la cita.**

Adrian miró la hora y se dio cuenta de que la investigadora ya había recorrido más de la mitad del trayecto.

No es demasiado tarde para mí. Esta noche no tengo planes.

—¿Verdad, Sadie? Solo estamos tú y yo.

Genial, le respondió Rachael, **nos vemos en media hora.**

Habían pasado casi cuarenta minutos cuando Adrian vio el coche ascender por la colina, pero había aprovechado bien el tiempo, pues había escogido la placa y preparado una tabla de queso y un decantador de vino. Sadie esperó hasta que Rachael se apeó y, una vez que hubo reconocido a la visitante, empezó a mover el rabo.

—Lo siento mucho —comenzó Rachael, pero Adrian le quitó importancia con un gesto de la mano.

—No te preocupes. He hecho todo lo que quería terminar hoy. Y estoy a punto de tomarme una copa de vino. Sé que luego tienes que conducir un buen rato, pero a menos que prefieras otra cosa diría que te la has ganado.

Rachael miró el decantador y soltó un suspiro.

—Me vendría fenomenal. Gracias. Dos colisiones menores —dijo mientras se sentaba—, una avería y el tráfico totalmente parado. —Cogió la copa de vino que Adrian le ofrecía y se recostó un momento en la silla. Llevaba gafas de sol de cristales color ámbar y una chaqueta azul claro sobre una camiseta blanca—. Lo que tienes aquí es un pequeño paraíso.

—Estoy haciendo todo lo posible por conservarlo. Este año estoy probando a cultivar un pequeño huerto en la parte trasera y estoy loca de contenta porque están saliendo tomates y pimientos. Y me muero de miedo por si los mato.

—Sulfato de magnesio diluido en agua.

—¡Sí! —Sorprendida, Adrian rio—. El remedio favorito de mi abuela. ¿Te gusta la jardinería?

—Soy urbanita, así que solo tengo macetas y jardineras. No hay nada como comerse un tomate recién cortado. Entonces...

—Antes de empezar, tengo algo que decirte y que enseñarte. Esta mañana he recibido otro poema. —Cogió la carpeta que había dejado en la silla de al lado—. Trae matasellos de Omaha. He copiado el texto de la nota y el sobre.

Rachael se puso las gafas de cerca y leyó el poema.

—Es más directo de lo normal y establece un marco temporal.

—El verano, y está a punto de llegar. Tengo que decirte que he reaccionado.

Rachael la miró por encima de las gafas.

—¿Cómo?

Adrian se limitó a abrir la tableta, acceder al vídeo y, girándola para que Rachael pudiera verlo, pulsar el botón de reproducción. Esta dio sorbos al vino y lo contempló sin abrir la boca hasta el final.

—Esto lo has publicado hoy.

—Sí, y también está en mis redes sociales. He comprobado los comentarios un par de veces, pero hasta ahora no hay nada fuera de lo común.

Rachael asintió y, quitándose las gafas, las dejó colgando de su cadenita mientras le clavaba la mirada a Adrian.

—Eres una mujer inteligente, por lo que sabías que un desafío directo como este podía provocar una escalada y hasta un enfrentamiento. Por eso lo has hecho.

—Sí.

—Yo no estoy aquí para darte órdenes, solo puedo ofrecerte consejo. Así que diré que habría preferido que esperases a que tuviéramos esta reunión.

—Llevo esperando desde los diecisiete años. En vez de mejorar, la cosa ha ido a peor.

—Eso es cierto. Y, dado que no has esperado, evaluaremos la situación tal cual es. Si este vídeo lo lleva a amenazarte en los comentarios de alguna red social, podremos seguir su dirección IP. Cosa que tú ya sabías.

—Sí, y estoy segura de que él también lo sabe, pero podría publicar algo movido por la rabia. La gente lo hace. Hasta la gente que no está enferma y obsesionada.

—Cierto, así que estaremos pendientes. Puedo hablar con la agente que se ocupa de tu caso para que haga lo mismo.

—Te lo agradecería.

—Entretanto, te he traído un informe. —Introdujo la mano en el bolso—. He avanzado un poco y tengo algunas teorías.

—Has ido a Pittsburgh.

—Sí. El reportero que sacó la noticia sobre tu parentesco se trasladó allí hace años. Trabaja para un sitio web de cotilleos.

—¿No creerás que es quien está detrás de esto?

—No, y ya lo han interrogado desde que empezaste a recibir los poemas. El ataque de Georgetown y la muerte de Jonathan Bennett generaron mucha atención de los medios. Antes de eso, tu madre y, por extensión, tú atraíais cierta atención, sobre todo positiva, pero también negativa, claro. Siempre sucede.

—Algunos la criticaban por estar soltera, insinuaban que era una persona promiscua, la forma suave de llamar a algunas de las cosas que decían, porque se negaba a dar el nombre del padre. —Adrian cerró la tableta y la dejó a un lado—. En aquel momento yo no me enteraba de nada. Después de que saliera el artículo, después de lo de Georgetown, algunas de las críticas se endurecieron bastante. En algunos medios salieron cosas muy feas. Tampoco me enteré porque mi madre me trajo aquí e hizo que me quedase hasta que el tema se agotó o dejó de interesar.

—Calmada y serena, Adrian bebió un poco de vino—. Me protegió, a su manera, y se desquitó e impulsó su carrera. Nada la iba a detener. Hubo un tiempo en el que eso me dolía. Ahora lo admiro.

—Las historias volvían a resurgir de cuando en cuando. Este reportero en concreto, Dennis Browne, trató de resucitar el tema, pues le había dado un empujón temporal a su carrera.

—Lo sé, pero era fácil hacerles caso omiso. Mi madre es una fuerza de la naturaleza y simplemente se negaba a abordarlo en las entrevistas. O a abordarlo, punto. Cuando Lina Rizzo cierra una puerta es prácticamente imposible echarla abajo.

—Estoy de acuerdo contigo, por eso fui a Pittsburgh. Lina había cerrado con llave la puerta relativa a tu padre biológico, pero alguien había abierto un resquicio. ¿Cómo y por qué? No me gusta que las preguntas queden sin respuesta. ¿Era una cuestión antigua y zanjada o no? Quería averiguarlo.

—¿Y lo conseguiste? ¿Averiguarlo?

—Son muchos años de proteger una fuente, especialmente cuando esa fuente no solo se ha secado, sino que ya no es viable. Y puedo emplear métodos que la policía no. El hombre está divorciado dos veces y tiene que pagar la pensión alimenticia de tres hijos. Sus ingresos se han visto, digamos, gravemente mermados. Y le gusta el bourbon.

Entendiendo lo que quería decir, Adrian esbozó una sonrisa.

—Lo chantajeaste.

—Lo hice, con permiso de tu madre, que es quien paga. Mil dólares: tenía permiso para subir hasta cinco, pero era un cutre; los mil dólares lo animaron. La botella de Maker's Mark terminó de soltarle la lengua. —Como lo tenía ahí delante, Rachael se untó un poco de queso en una tostada delgada como el papel—. Madre mía, esto está riquísimo. ¿Qué es?

—Rústico con pimiento rojo.

—Delicioso. El caso es que, después de pagarle y que se tomara un par de chupitos de bourbon, me enteré de todo. Su fuente fue Catherine Bennett.

—No..., no lo entiendo.

—La mujer sabía que a Bennett le gustaban las colegas jóvenes y atractivas. Hasta entonces había mirado a otro lado, preservando así su estilo de vida, su familia, su posición en la universidad y en la comunidad. Pero se enteró de tu existencia.

Había tenido una hija y, por lo que se ve, eso la sacudió por dentro. Por lo que he logrado reconstruir, en lugar de enfrentarse a él y arriesgarse a divorciarse, empezó a automedicarse…, o a automedicarse aún más. Tomaba Valium, Xanax y otros fármacos en el día a día, pero entonces aparecisteis tu madre y tú. Bebé Yoga estaba a punto de convertirse en una marca de referencia, o quizás ya lo era. La mujer podía tolerar las aventuras, pero no el recordatorio constante de que había tenido una hija fuera del mundo que ella tanto se había cuidado de mantener.

—Así que reveló la historia —reflexionó Adrian—. Él nos culpó a mi madre y a mí, jamás a sí mismo, pero fue su mujer quien lo arruinó.

—Según ella, sería la víctima. Y él pagaría por haberla humillado. Tu madre pagaría y tú también. No sabría decir si fue algo impulsivo o calculado. Pero fue a Browne. Tenía nombres, fechas, le dio los nombres de otras mujeres… y él les hizo un seguimiento, sacó un patrón. En aquel momento, Bennett tenía una aventura con otra estudiante. De veinte años. Puede que eso colmara la paciencia de Catherine, no lo sé. Pero tu madre y tú erais su objetivo y el titular. Que un profesor de universidad se líe con las alumnas no basta para indignar a nadie, la verdad, salvo a los implicados. Pero ¿que ese mismo profesor tenga una hija ilegítima con una mujer que ha lanzado su carrera con esa niña? Browne creyó que sería el billete a la gloria periodística.

—Así que, en lugar de separarse, decide destruirnos a nosotras y a él.

—No hay nada más peligroso que una mujer despechada, especialmente cuando lleva aguantando más de diez años. Pero a tu madre y a ti no os destruyó. Las dos sobrevivisteis y prosperasteis. ¿Jonathan Bennett? No solo acabó destruido, sino muerto. Muerto después de atacar a una niña; a dos mujeres y a una niña, su hija biológica. Así que, en vez de una víctima estoica y con el corazón roto, se convirtió en la mujer de un mujeriego en serie, un borracho violento y agresivo y un maltratador de niños. Y esa misma luz se proyectó sobre ella de un modo cruel.

—¿Crees que ella está detrás de esto? ¿Es ella quien me está enviando los poemas?

—No, porque murió. Se suicidó con una sobredosis de pastillas hace casi catorce años. Pero tienes dos medio hermanos.

—Dios mío… —Adrian tuvo que levantarse y echar a andar, abrazándose con fuerza.

—Nikki, de treinta y siete años, y Jonathan Junior, de treinta y cuatro. ¿Quieres que paremos?

—No, no. Sigue.

—Aún no he podido entrevistarme con ninguno de los dos. Junior está desaparecido desde hace unos diez años, cuando se hizo con su parte de la herencia…, una herencia considerable, ya que sus abuelos maternos eran ricos, y básicamente se esfumó. Estoy trabajando en ello. Nikki es consultora. Viaja para visitar a los clientes y diseñar planes de negocio, revisar los actuales, racionalizar gastos o maximizar beneficios. Lleva quince años trabajando para Ardaro Consultores. Está muy solicitada.

—Viaja.

—A menudo y por todo el país.

—Omaha. El último llegó de Omaha.

—En este viaje tiene previsto pasar por San Diego, Santa Fe y Billings, y vuelve a su casa de Georgetown a finales de la semana que viene. Quiero hablar con ella. No tiene antecedentes, nunca se ha casado ni tiene hijos. Por lo que parece vive sola en la casa en la que se criaron su hermano y ella. Una casa comprada con el dinero de la madre. Se la describe como callada, trabajadora y agradable. No tiene amigos íntimos, que yo haya podido averiguar, ni enemigos.

—Una mujer solitaria. ¿No es lo que se dice siempre?

—Es lo que se suele decir. El hermano ha cometido algún delito, pero de poca monta: embriaguez y alteración del orden público, conducción en estado de embriaguez, un par de agresiones; pero se retiraron los cargos. Soltero y sin hijos. Tenía su domicilio en la casa de Georgetown hasta hace diez…, casi once años. Lo describen como antipático y asocial. Ha tenido numerosos trabajos, pero en ninguno ha durado más de un año, normalmente menos. Sí que tenía algún amigo, y uno de ellos, alcohólico en rehabilitación, me dijo que en su momento siempre hablaba de construirse una cabaña en el bosque, quizás en la ribera de un río o lago, y que le dieran por culo al mundo. Puede que haya hecho precisamente eso. Estoy trabajando en ello.

Adrian volvió a sentarse.

—Tengo que reconocer que no veo a los Bennett como mis medio hermanos.

—Lógico.

—Hay una conexión biológica mínima y fortuita, nada más. Tú crees que uno de ellos, y dirías que la hija, por lo de los viajes, me guarda rencor. Igual que la madre.

—Es muy probable que contribuyera a inculcárselo.

—Sí, lo entiendo. Y su padre murió, deshonrado, porque mi madre nos protegió a Mimi, a mí y a sí misma. Así que podría echarnos la culpa de ello. Su madre murió e imagino que también nos podría culpar de eso. Murió poco antes de que los poemas empezasen a llegar.

—Es posible que sufriera una crisis mental tras esa última pérdida. Y hay que sumarle la publicación de tu propio DVD. Desde luego, el momento en el que empezaron a llegar tiene importancia en mi teoría. Sin embargo, aunque creo firmemente que esto es cosa de uno de ellos, si no de los dos, tengo que hacer más entrevistas. Porque creo que hay algo más que los poemas. Tardé más en salir de D. C. porque fui a entrevistar a otra de las mujeres con quien Bennett tuvo una aventura. Vive en Foggy Bottom. Según la cronología que manejo, se lio con ella un año antes que con tu madre. Se mostró muy comunicativa y, durante la entrevista, le pregunté si había recibido amenazas o poemas anónimos. Si le había pasado algo que le hiciera sentirse amenazada, etcétera.

»Ni cartas ni llamadas telefónicas —continuó Rachael, cogiendo otra tostada—. Pero se mudó hace años porque alguien allanó su casa y se produjo una tragedia. Poco después de divorciarse, se marchó de puente, una escapadita improvisada con un nuevo novio, y su hermana se quedó en su casa. En principio para cuidársela, pero sobre todo para ofrecerle a la hermana un cambio de aires, porque la acababan de despedir del trabajo. Alguien entró en la casa y le disparó varias veces mientras dormía. Se llevó algunos objetos, de valor, en lo que pareció un mero robo que salió mal.

—Tú no lo crees.

—No. Fui a Foggy Bottom porque había hablado con la madre de otra mujer cuyo nombre aparecía en la lista de Catherine, la lista que le dio al reportero. —Rachael, con ademán ausente, untó queso en otra tostada—. Te diré que va a costar localizar a cada mujer de la lista. Matrimonios, divorcios, traslados a otras ciudades… En este caso, la madre vivía en Bethesda, así que era fácil ponerse en contacto con ella. Sabía que su hija había tenido una aventura con un hombre mayor cuando estaba en la universidad. Un hombre casado. Un rollo, nada más. Hablé con la madre porque a la mujer la habían matado a puñaladas unos años antes mientras daba su paseo matinal de costumbre. La habían atacado en un sendero del norte de California, donde vivía con su marido y sus dos hijos.

Con mucho cuidado, Adrian levantó la botella de vino y rellenó su copa.

—Las dos tuvieron una aventura con Jon Bennett.

—Sus nombres aparecían en la lista que Catherine le dio al reportero. Así que, se liaran o no con Bennett, su mujer así lo creía. La policía no tenía esa lista ni ningún motivo para asociar un homicidio con arma de fuego durante un allanamiento en D. C. con uno con arma blanca en California. La única relación es que la dueña de la casa donde dispararon a la primera víctima era una mujer, al igual que la segunda víctima, que había ido a la Universidad de Georgetown. En promociones distintas. Quería darte esta información cuanto antes. Empezaré a comprobar los demás nombres de la lista de inmediato.

Adrian tomó un lento sorbo de vino.

—Mi madre aparece en esa lista.

—Ya me he puesto en contacto con ella y va a tomar precauciones. No puedo decirte que esté fuera de peligro, pero es más probable que esta persona, hombre o mujer, se haya centrado en ti. Por supuesto que es posible que tenga pensado hacerle algo después, pero es a ti a quien envía los poemas y a quien se ha dirigido siempre. Le reconcome tu sola existencia. El mero hecho de tu nacimiento le quitó algo, devaluó su estatus. Y te responsabiliza de la muerte de su padre y del posterior suicidio de su madre. A la luz de esta teoría, si lees los poemas, la acusación y el resentimiento son evidentes.

—Sí —concedió Adrian—, sí que lo son.

—¿Quieres más? Tienes éxito en tu campo, disfrutas de cierta popularidad. No has tenido que pagar por el insulto de tu nacimiento. Además, eres una mujer joven y muy atractiva con una considerable seguridad económica y un legado familiar admirable. Su legado es el adulterio, el maltrato, el suicidio y la humillación pública.

—Eso no va a cambiar aunque me haga daño, pero entiendo la lógica de tu teoría. ¿Ahora qué? ¿Vas a llevarle todo esto al FBI, a la policía?

—Lo haré, pero si es posible primero me gustará contactar con otras mujeres. O con todas las que logre localizar. Y quiero hablar con Nikki Bennett. Si consigo que la teoría tenga una base sólida, las fuerzas y los cuerpos de seguridad estarán mucho más convencidos de interrogarla y de localizar a su hermano. Y, si logran relacionar a esta persona con una de las muertes o las dos, de inculparla.

—Vale, vale —repitió Adrian, asintiendo con decisión—. Porque creo que tienes razón. Es terrible, pero tiene sentido. Ya has averiguado más en unas semanas que los demás en años.

—Me encantaría ponerme la medalla, pero he llegado con el tema muy avanzado y con ojos frescos. Y sin una pila de expedientes en el escritorio. He podido centrarme en este caso y solo en este. Además, he tenido suerte con los tiempos. Dennis Browne estaba listo para hablar. Una vez que lo hizo, me dio hilos consistentes de los que tirar.

—No me importa. —Adrian acompañó sus palabras con un gesto con la copa—. Lo único que sé es que, por primera vez, tengo un motivo para todo esto y puedo creer de verdad que va a terminar. Esas mujeres, esas dos mujeres... —Cerró los ojos—. Puede haber más.

—Sí, puede haber más.

—¿Cuántas aparecen en la lista?

Rachael se tomó un momento y bebió el vino que le quedaba.

—Treinta y cuatro en los catorce años previos a su muerte. Que ella documentara. Su media superaba las dos por curso.

—¿Treinta y cuatro? Suena más a adicto al sexo que a mujeriego. Y a su esposa la tendría mortificada. Sería inevitable, por mucho que ella tratara de normalizarlo. Los niños saben cuándo las cosas no van bien en casa. Lo notan.

—Estoy de acuerdo. ¿Los psicópatas nacen o se hacen? Hay un montón de teorías al respecto. En este caso me inclino a decir que son las dos cosas. Voy a ir marchándome, a menos que necesites algo más de mí.

—No, no. Eres tú quien me ha dado mucho que digerir.

—El informe incluye detalles más específicos. Si tienes alguna duda, ponte en contacto conmigo. Entretanto, ten cuidado.

—Lo haré. Espero que el viaje de vuelta a casa sea menos problemático que el de venida —añadió Adrian mientras se ponían en pie.

—Sería casi imposible que no lo fuese. Gracias por el vino... y por ese queso.

—Espera, te voy a poner un poco.

—No tienes por qué...

Pero Adrian ya se había metido en casa. Al momento volvió, envolvió el queso en plástico transparente, puso tostadas y unas aceitunas que había visto a Rachael mordisquear en un recipiente con tapa y añadió una botella pequeña de San Pellegrino.

—Mi madre es quien te paga. Pero esto es de mi parte.

—Me lo llevaré, gracias. Seguimos en contacto, Adrian.

Vio alejarse a Rachael y, a continuación, puso la mano sobre la cabeza de Sadie.

—Siento hasta náuseas. Náuseas. No había vuelto a pensar en sus hijos en..., la verdad es que ni siquiera sé si alguna vez pensé en ellos. —Como las piernas le flaqueaban, se sentó y se inclinó para abrazar a Sadie y reconfortarse en su presencia—. La idea de que hayan pensado tanto en mí, y de una forma tan enfermiza, me da náuseas.

Se quedó así hasta sosegarse. Luego permaneció un poco más, repasándolo todo de nuevo. Tenía que leer el informe, no había otra. Y como en ese momento ni siquiera soportaba la idea de comer, se preparó un batido… y luego se obligó a bebérselo. Después…

Cuando Sadie se puso alerta, a Adrian se le hizo un nudo en el estómago, pero ya al ponerse en pie reconoció el sonido del coche de Raylan. Y todo se calmó. Incluso consiguió esbozar una sonrisa cuando se apeó. Y cuando Sadie y Jasper corrieron el uno hacia el otro.

—¿Te has escapado de los niños?

—Solo un momento. No puedo quedarme. Monroe está dándole a Bradley una clase de guitarra y Mariah se ha dignado a jugar con Phin. Pero no puedo quedarme.

—Si has venido a soltarme un sermón sobre mi comportamiento temerario, voy a necesitar otra copa de vino, y ya me he bebido una y media.

—No voy a hacerlo.

Al subir las escaleras del porche, olía a césped y a primavera.

—Has estado cortando el césped.

—Sí, estoy un poco sudado, pero… —Le rodeó el rostro con las manos y la besó. Con suavidad, pensó Adrian, como besaría a un enfermo leve—. Teesha ya me ha puesto al tanto.

—Sigue cabreada conmigo.

Raylan le quitó importancia con un gesto de la mano.

—Tengo entendido que te ha echado la bronca, y Harry también. En cualquier caso, yo mismo he visto el vídeo. Un día vas a tener que explicarme cómo eres capaz de hacer la plancha y luego el salto ese sin romperte nada importante. Y, vale, puede que fuera un impulso imprudente, pero… ha sido la leche.

—¿El qué?

—Querías asestarle una patada en los huevos y has acertado de pleno, pero sin dejar de ser tú misma en ningún momento.

En plan: «Simplemente te mando una rutina de ejercicios extra si eres lo bastante fuerte, lo bastante duro». Querías darle un golpe y lo has hecho. Ahí te apoyo.

—Ahí me apoyas.

—¿Que habría preferido que no lo hubieras hecho? —Se pasó los dedos por el pelo, un poco sudado también—. ¿Que no hubieras recibido otro poema? ¿Que jamás hubieras recibido el primero? Claro que sí. Pero por mucho que frotes una lámpara no va a salir el genio. Hay que aceptar las cosas como son.

Adrian se quedó mirándolo y rompió a llorar.

—Venga… —La atrajo hacia sí—. Has tenido un día de mierda.

—De mierda de verdad. Has venido. Has venido y me has dicho justo lo que necesitaba.

Entonces se dejó llevar, dejó rodar las lágrimas, porque él había venido.

—Has tenido compañía —murmuró—. Dos copas de vino y dos platitos.

—Rachael McNee. La investigadora privada.

—¿Y ha hecho que tu día fuera aún más de mierda?

—Ni te lo imaginas.

—Deja que pregunte a Teesha si puede hacerse cargo de los niños otra media hora. Y así me lo cuentas todo.

Adrian apretó el rostro contra su hombro.

—Sí, por favor.

22

Primero entró a echarse algo de agua en la cara, luego sacó un par de vasos de limonada. Mejor que el vino en ese momento, pensó. Luego se sentó y se lo contó todo.

—Para empezar, parece que tu madre ha encontrado a una investigadora privada que es un hacha.

—Sí, sí que lo es. No pierde en ningún momento la calma y… me da la impresión de que le importa cómo me siento. Los hechos importan más, pero no desdeña mis sentimientos. Y eso ayuda.

—Claro que ayuda. Para continuar, no hace falta que te diga que, si su teoría se cumple, lo de la motivación es una chorrada. Y no hace falta que te lo diga porque no eres ni idiota ni de la clase de persona que disfruta haciéndose la mártir.

—Bueno…, eso también me hacía falta oírlo. Lo sé, Raylan, pero, una vez más, ayuda, ayuda oírselo en voz alta a alguien. Hace mucho, pero mucho tiempo, que me desvinculé del factor biológico de mi ascendencia. Ese hombre no ha sido ni es nada para mí y, más allá del ADN básico, no creo que esté en mí. Para nada. Habría sido mucho más difícil de gestionar sin mis abuelos y, echando la vista atrás, mi madre. Sin Mimi y Harry, Teesha, Hector y Loren. Sin Maya y tu madre. Sin todo esto —dijo, señalando con un gesto el pueblo en la distancia—. Como pude hacerlo, como tenía todo esto, jamás pensé en sus hijos, en su mujer, en nada de aquello.

—Porque no forman parte de tu vida —respondió simplemente, y eso también ayudó—. ¿Por qué iba a ser así? Si alguno de ellos, o los dos, hubiera tratado de ponerse en contacto contigo, si por el motivo que fuera hubieran intentado establecer una relación, podría ser distinto. Pero ninguno lo hizo. O sí lo hizo, pero no como en los programas de reencuentros en la tele.

—Desde luego que no. Raylan, si alguno de ellos, o los dos... Esas dos mujeres.

Él le cubrió la mano con la suya.

—Esas dos mujeres no lo sabían. No estaban alerta. Por el motivo que sea, quiere que tú sí lo estés. Ahí está la clave.

Se llevó su mano a los labios en un gesto que a Adrian le habría derretido el corazón por su romanticismo en otras circunstancias.

—Es un asesino —concluyó Adrian—. Es un asesino violento, obsesionado y loco, y quiere acabar lo que su padre comenzó cuando intentó tirarme por las escaleras.

Raylan volvió a besarle las manos sin dejar de mirarla con aquellos ojos verdes.

—Pero no acabará nada. Esa hacha de investigadora privada que tienes va a reunir suficientes pruebas para que lo arresten. Entretanto, podrías hacer un viaje, ir a algún lugar tranquilo, privado y seguro hasta que eso suceda.

—¿Adónde? ¿Una cabaña en la montaña, una casa en la playa, un apartamento en París o qué? Raylan, estaría sola. Sola de verdad. ¿Qué es lo que le sucede siempre a la mujer en peligro cuando va a esconderse del malo en algún lugar remoto, supuestamente seguro y secreto?

—Eso es ficción.

—Que a menudo se basa en la realidad. El malo encuentra a la mujer y ella está sola. Si esa persona va a por mí, tendrá que venir aquí. Aquí, donde tengo a la policía a cinco minutos y a buenos amigos y amantes a menos que eso. Donde conozco cada rincón de la casa. Aquí no me siento sola, y me siento más segura que en ningún otro lugar. Además, creo que Rachael va a hacer exactamente lo que ha dicho que haría. Conseguirá pruebas suficientes para que lo arresten.

—No puedes esperar que me guste la idea de que te quedes aquí sola.

—No, pero las alternativas son peores.

—Puede. Y ese «puede» es lo que hace que no te lo discuta. ¿Qué te parece esto? En cuanto acabe el colegio, nos vamos a alguna parte.

—Ah, ¿sí?

Raylan sonrió y su sonrisa era un desafío.

—¿No me digas que te da miedo ir de vacaciones de verano con un par de niños y dos perros?

—No le tengo miedo a nada. Hace mucho que no me voy de vacaciones de verdad.

—Pues ya va siendo hora. Yo voto por la playa, y los niños también, así que tu voto no vale nada. Ya veré qué se me ocurre. Ahora tengo que volver a casa.

—Que mañana es día de escuela.

—Sí, justo. —Pero tiró de ella al ponerse en pie y esta vez no la besó como se besaría a un enfermo leve—. Cierra con llave, ¿vale? Luego da una vuelta por la casa para asegurarte de que has echado el pestillo en todas las puertas y pon la alarma. Y luego mándame un mensaje antes de irte a la cama.

—Está bien. Me has hecho sentir mejor que el batido de kale que voy a prepararme para cenar.

—Joder, eso espero. —Le dio un beso rápido y bajó las escaleras—. Jamás me beberé uno de esos. Vamos, Jasper.

—Están sorprendentemente ricos.

—Eso es una mentira cochina. —Tuvo que obligar a un reacio Jasper a meterse en el coche—. Indigna de ti.

—Puede que sea un gusto adquirido.

Raylan negó con la cabeza.

—Solo por eso, me voy a comer una bolsa de Cheetos cuando los niños estén en la cama. Mándame un mensaje.

Lo haría, pensó al darse la vuelta para recoger los platos de la mesa del porche. Cerró con llave, comprobó las puertas y puso la alarma. Y durmió mejor, bien lo sabía, porque él había ido a verla y le había dicho lo que necesitaba oír.

Llenó de actividades el resto de la semana, casi hasta desbordarla. Además de trabajar de lo suyo y de ver la primera edición que Hector había preparado de *Primero de fitness*, mantuvo una larga conversación con su madre por FaceTime en la que, como esperaba, la sermoneó y luego debatieron, con sus concesiones por parte de ambas, la edición del vídeo.

Empezó a comprar en serio las lámparas, griferías, pinturas y juegos para el centro juvenil. Aun con la ayuda considerable de Kayla, se prometió a sí misma no volver a participar jamás en una remodelación a gran escala. Mantuvo la mente totalmente ocupada con cosas normales hasta que Rachael la contactó el viernes por la tarde.

Había localizado a otras tres mujeres. Por lo que parecía, una había muerto de causas naturales tras una larga batalla contra el cáncer. A otra la habían encontrado muerta a palos después de que le robasen en un callejón de Nueva Orleans, donde regentaba un bar. A la tercera le habían disparado en la nunca dentro del coche después de dejar en la habitación de un motel al hombre con el que mantenía una relación extramatrimonial. La policía de Erie, Pensilvania, había investigado largo y tendido al marido, pero su coartada se había demostrado sólida.

«Cuatro por el momento —pensó Adrian—, como mínimo cuatro». Miró la hora. Raylan llegaría en breve, eso era bueno. Él le llenaría la cabeza y ella la vaciaría de lo que acababa de descubrir. No sabía qué tenía previsto traer de cena, pero, fuera lo que fuese, lo comerían en el porche, al aire libre. Como había estado lloviendo toda la mañana, olía a fresco y limpio. Decidiría qué platos usar cuando viera lo que iban a cenar. Y lo mismo con el vino.

Con poco que hacer, se cambió y se puso un vestido sencillo, primaveral, divertido y femenino. Se recogió el cabello en una coleta baja y dejó que escaparan algunos rizos. Descalza, se giró rápido delante del espejo y consideró que estaba perfecta para una cena informal al aire libre en casa. Oyó el ladrido de Sadie antes que el ruido del coche, pero al salir al porche de la segunda planta vio a Raylan subiendo camino de casa.

Y él la vio a ella. «Menudo espectáculo», pensó al contemplar a aquella mujer con el vestido ondeante junto a la barandilla del porche, con una enorme perra a su lado y flores rebosando las macetas a su alrededor. Sería suya toda la tarde, toda la noche. Saberlo le parecía algo increíble.

—¿Qué hay para cenar?

—Baja y lo sabrás.

Adrian corrió escaleras abajo, pues, siguiendo órdenes, las puertas estaban cerradas a cal y canto. Cuando abrió la delantera, Jasper se precipitó al interior para dar comienzo a una alegre y energética reunión con Sadie.

—¿Tú crees que algún día se limitarán a actuar en plan: «Ey, me alegro de verte»? —preguntó Adrian.

—No.

—Pues voy a seguir sus pasos.

Rodeó a Raylan con los brazos y lo besó hasta que prácticamente se le pusieron los ojos en blanco.

—Definitivamente, el perro es el mejor amigo del hombre. Estás preciosa.

—He decidido celebrar el regreso del sol poniéndome un vestido. Casi nunca lo hago. Y eso no parece una bolsa de comida para llevar.

—Porque no lo es. Voy a encender la parrilla y prepararte un chuletón.

—¿Un chuletón?

—Cualquiera que beba batidos de kale necesita un chute de carne roja de vez en cuando.

—¿Tú sabes cuánto hierro tiene el kale?

—No, y tampoco me importa. —Dejó la bolsa en la encimera, sacó los chuletones y dos gigantescas patatas—. ¿Y qué sería un chuletón sin una patata del tamaño de un balón de fútbol al lado?

—Con una de estas se puede alimentar una familia de cuatro miembros. —Sopesó una—. Pero podemos hacer algo interesante con ellas.

Raylan agarró la segunda patata como si fuera a defenderla.

—¿Implica el uso de kale?

—No. Pero implica el uso de mantequilla, hierbas aromáticas, especias y la parrilla.

—En tal caso, tú te encargas de las patatas. —Sacó una bolsa de ensalada mixta—. No vale emitir juicios de valor.

—Me los reservaré si consigo mejorar esta ensalada tuya con un par de cosas que tengo a mano.

—Que así sea. Tengo experiencia en el área. Puedes fiarte de mí. —Le tendió la segunda patata—. Voy a dejar estas en tus capaces manos y a poner en marcha la barbacoa.

Cuando volvió a entrar, la encontró junto a la encimera, envolviendo las patatas en papel de aluminio.

—Tu jardín da gusto. Nosotros hemos plantado alguna cosa. Las flores tienen buena pinta y las verduras no están mal. Pero no da gusto verlas, como a las tuyas.

—¿Compostas?

—Siempre lo digo, pero no lo hago.

—Pues deja de decirlo y hazlo de una vez. —Subrayó sus palabras con dos firmes golpecitos en su pecho—. Contribuye a salvar el planeta, hazlo, úsalo y ya verás como también dará gusto ver tu jardín. —Le tendió las patatas—. Ponlas en la parrilla, porque, dado su tamaño, van a tardar una semana o dos en hacerse. Voy a abrir una botella buena de tinto. Podemos sentarnos en el porche de atrás y disfrutar de mi jardín, que me han dicho que da gusto. He recibido un informe de Rachael. Me gustaría contártelo para dejarlo hecho y no volver a pensar o hablar de ello en toda la noche.

—Vale. —Se inclinó hacia delante y le besó la frente—. Ya nos encargaremos de que todo esté bien.

Ahí, pensó, era el padre el que hablaba. Ofrecía confort y tranquilidad. Adrian no creía tener ningún trauma paternal: su abuelo había desempeñado tal papel en todos los aspectos. Y también había tenido a Harry. Pero esa faceta de Raylan le resultaba muy atractiva.

Este volvió a entrar, metió la carne y la ensalada en el frigorífico y cogió la botella de vino abierta.

—Vamos a sentarnos.

Adrian sacó un cuenco de aceitunas y otro más pequeño de almendras. Si el gen paternal formaba parte de él, el de alimentar el alma formaba parte de ella. Respiró hondo mientras servía el vino.

—Tienes razón con lo del jardín. Siempre disfrutaba ayudando, estando ahí fuera con mis abuelos, incluso de niña. Ahora que lo hago sola, sigo disfrutando de ello.

—Yo solía quejarme y lloriquear cuando me tocaba arrancar las malas hierbas y demás. Ahora, en cuanto se les pase la ilusión de la novedad, me tocará oír quejarse y lloriquear a Bradley y Mariah.

—Y algún día recordarán haber trabajado en el jardín contigo y plantarán sus propias verduras.

—Eso me gusta pensar. —Se volvió en la silla y la miró a los ojos—. Cuéntamelo.

—Rachael ha encontrado a otras tres mujeres de la lista. Muertas. Una, claramente por causas naturales; perdió la batalla contra un cáncer de huesos. Pero las otras dos…

—No naturales.

Adrian negó con la cabeza.

—No naturales. A una la mataron a golpes en un callejón detrás del bar del que era propietaria en Nueva Orleans. Quien la mató se llevó el reloj y el bolso.

—Para que pareciera un robo, un atraco.

—Sí. A la otra la mataron en Erie, Pensilvania. Estaba en el coche, estacionada. Alguien le dio un tiro en la nuca desde el asiento trasero. Fue aposta. Había estado en un motel con un hombre que no era su marido.

—¿A él lo investigaron?

Adrian asintió, pensando que estaban allí sentados, hablando de asesinatos mientras la barbacoa humeaba, las mariposas danzaban alrededor de las flores y los perros correteaban por el jardín.

—Estaba de viaje de negocios, fuera de la ciudad; su coartada es sólida. También investigaron si había contratado a alguien para hacerlo. ¿La conclusión después de mucho investigar? Ni siquiera sabía que su mujer le era infiel. En cualquier caso, los dos asesinatos se produjeron con años de diferencia y a miles de kilómetros de distancia, siguiendo métodos distintos. No había motivo alguno para relacionarlos.

—Hasta ahora. Así que tenemos a cuatro de, ¿cuántas eran? Treinta y cuatro. Un 8,5 por ciento.

Adrian soltó una carcajada.

—Eres de los de Teesha. Otro amante de las matemáticas.

—Las matemáticas son la verdad. Ese porcentaje lo acerca al territorio de los asesinos en serie. ¿El umbral no estaba en tres asesinatos?

—Lo sé. Pero Rachael piensa que es probable que encuentre más. Jo. —Se estremeció y bebió un poco de vino—. A la primera mujer la encontraron hace más de doce años, menos de un año después de mi primer poema.

—Así que bajó de tres años a dos, que la investigadora haya descubierto; aunque es poco probable que parase cinco años. Lo siento. —Le tomó la mano—. Suena frío, pero…

—No, no, eso es exactamente lo que quiero ahora mismo. Pensar en frío, con lógica, sin chorradas. Nikki Bennett está en la carretera; vuelve a casa de su último trabajo, así que Rachael tendrá que esperar para hablar con ella. De todas formas, solo tendrá un par de días, pues Nikki suele visitar otros proyectos, comprobar cómo avanzan, darles un empujón o lo que sea. Es parte de su método. Entretanto, Rachael está revisando la lista.

—Detesto cuando la gente me dice cómo hacer mi trabajo, pero ¿no debería llevarle la información al FBI o a la policía?

—Va a hacerlo. Cree que en una semana habrá reunido bastante material como para llevárselo y presentar argumentos sólidos para que investiguen. Ya ha establecido una relación, que todas aparecían en la lista de Catherine, pero vivían y trabajaban en diferentes lugares, no se conocían entre sí y fueron asesinadas con procedimientos distintos. Ninguna de ellas, hasta donde averiguaron las investigaciones, había recibido amenaza alguna. Ni poemas.

—Tiene que convencerlos. Lo entiendo. A mí ya me ha convencido.

Adrian cogió la botella y rellenó la copa de Raylan y luego la suya. Una barbacoa humeante, mariposas, perros, vino… Normalidad con la que compensar el horror.

—Lo que la investigadora no ha dicho, y tú tampoco, es que no recibieron ningún poema porque no eran el verdadero objetivo. Ellas no son el motivo por el que su padre fue expuesto, por el que murió, por el que su madre se suicidó. Tal vez sean una forma terrible de practicar, o un modo de liberar el estrés y de prolongar el acto final.

Raylan no dijo nada durante unos instantes, simplemente tomó la mano de Adrian con la suya.

—Sé que tú no sientes ningún vínculo hacia ellos, ¿por qué ibas a sentirlo? Pero creo que quien esté escribiendo esos poemas sí lo siente hacia ti. Eres de su sangre, eres una hermana. Eres más importante. Quería o necesitaba tu atención, que fueras consciente de su existencia.

—Pero yo no sabía quién enviaba los poemas.

—Esa será la gran revelación. Cuando escribes, y especialmente cuando escribes del bien contra el mal y de la brecha entre ellos, tienes que buscar las motivaciones, las acciones, las reacciones. ¿Por qué tal personaje toma tal decisión en un momento determinado? Sí, solo son cómics, pero…

—No digas eso. Escribes historias potentes con personajes complejos y multidimensionales.

—Vaya, gracias. Eso no me convierte en Freud o Jung o quien sea, pero sí que es algo que te hace pensar, o debería hacerte pensar, no solo en lo que hace de alguien un héroe, también en lo que hace de alguien un villano. ¿Qué es lo que busca esa persona? ¿Qué es lo que necesita? En este caso, y desde mi punto de vista, parece evidente que culpa a la mujer. A las mujeres.

Adrian frunció el ceño y levantó la copa de vino mientras reflexionaba.

—¿La mujer como especie?

—Eso creo, sí. Piensa en la mujer del motel. Esta persona espera en el coche y la mata. Pero no va a por el tipo con el que estaba teniendo una aventura. ¿Dónde estaba?

—El informe de Rachael dice que seguía en la habitación cuando sucedió. Declaró que se dio una ducha, se vistió y, al salir, vio que el coche de ella seguía allí. Se acercó y la vio. Dio la alarma. También lo investigaron.

—Así que el asesino, si hubiera querido, podría haber ido a la habitación, llamado a la puerta y disparado al hombre. Si la cuestión fuera la infidelidad, ¿por qué no? Pero se trata de las mujeres, ellas tienen la culpa. No el padre por tener aventuras una y otra vez, sino las mujeres con las que era infiel.

—Misoginia homicida. Así que crees que es el hijo.

—No necesariamente. Hay un montón de mujeres que odian a las mujeres.

—Cierto —admitió Adrian—, triste pero cierto.

—Y es ella quien tiene un trabajo que le exige viajar, así que podría echar el poema al correo en distintos lugares. Podría ser cualquiera de ellos, o los dos. Pero creo que tu investigadora va por el buen camino para resolverlo y que dejes este asunto atrás.

Adrian permaneció sentada en silencio, tomó un sorbo de vino y contempló la parrilla humeante.

—Esto es lo que creo —acabó por decir—. Creo que tener a alguien dispuesto a hablar de esto conmigo en lugar de intentar dejarlo de lado para protegerme me ayuda a dejarlo de lado. Y creo que tener a alguien convencido de que lograré dejarlo atrás me ayuda a creerlo. —Luego se encogió de hombros—. Y, hay que fastidiarse, a las mujeres llevan culpándonos desde Eva. Me pregunto si sabe que su madre fue quien lo empezó todo.

—Si lo sabe, entonces no fue un suicidio.

Adrian dio un respingo.

—¿Cómo?

—Lo siento, he ido demasiado lejos.

—No, espera. Me cago en la leche. —Se sentó y trató de calmarse—. Es horrible, pero tiene sentido. Ella, la madre, la mujer, traicionó al padre. Si nos ceñimos a no culparlo de su infidelidad, sino a las mujeres con las que era infiel, ella lo traicionó. Si hubiera seguido mirando a otro lado, su padre habría seguido allí, su vida habría seguido igual; todo habría seguido como si tal cosa. ¿Y lo fácil que sería darle pastillas alguien que ya tiene una adicción? Solo había que darle más y más hasta que muriera.

—Se va a dormir, pero para siempre. Una muerte silenciosa. Sin violencia, porque sigue siendo su madre. Sangre de su sangre.

—Comienza con un lazo de sangre y acaba con otro. Conmigo. No cambia nada, pero de algún modo ayuda ver cómo podría haber empezado, como podría haber tomado forma.

—Podría estar completamente equivocado.

—Ahora mismo, me da una base sólida a la que agarrarme. Cuando alguien quiere matarte, quieres saber por qué. Voy a hablar con Rachael de todo esto. Mañana. Ahora mismo, y sé que es mucho pedir, vamos a dejarlo a un lado.

—Y seguirá a un lado hasta que tú quieras volver a hablar de ello. No es posible criar hijos, llevar un negocio y encontrar espacio para la vida personal sin compartimentar. Así que ¿qué te parece si te hablo de una casa en la playa en Buck Island, Carolina del Norte?

Adrian todavía tardó un minuto en que su cabeza cambiara de tema.

—¿De verdad has encontrado algo con tan poca antelación?

—Tengo enchufe. ¿Te acuerdas de mi amigo Spencer?

—Más o menos.

—Mentiré y le diré que te acuerdas de él, y con cariño. En cualquier caso, ahora vive en Connecticut con su mujer. Tienen una casa de vacaciones chulísima en Buck Island y normalmente pasan casi todo el verano allí, pero da la casualidad de que la señora Spencer espera su primer hijo en julio. Ahora mismo están allí y tienen previsto regresar a su casa en un par de semanas. Si todo va bien, quieren volver tal vez en agosto e ir rotando con la familia. Pero podemos ir a pasar dos semanas a partir del 5 de julio. Por cierto, la casa acepta perros, porque ellos tienen dos carlinos. ¿Te apetece?

—¿Dos semanas? —No había creído que Raylan fuera capaz de encontrar algo. Y dos semanas... —. ¿Qué hago con todo esto?

Raylan se quedó mirando el jardín, igual que ella.

—Diría que conocemos a suficiente gente que puede hacerse cargo, especialmente si le das permiso para llevarse tomates o lo que sea.

—No he estado fuera dos semanas seguidas... nunca. Nunca he pasado tanto tiempo en un solo lugar a menos que fuera por trabajo.

—Allí puedes trabajar, y yo también, cuando haga falta. Tiene gimnasio.

—Te estás quedando conmigo.

—Tiene piscina privada y vistas al mar. Es una zona tranquila, a la que se va por la playa y las vistas. Si quieres fiesta, tienes que bajar a Nags Head o a Myrtle Beach.

—No necesito fiestas. Suena fenomenal.

—Hay un posible inconveniente. En coche queda lejos, bastante lejos. Y habría que ir con dos niños y dos perros.

—Me gustan los niños y los perros.

—Ya me he dado cuenta.

—¿A tus hijos les va a parecer bien?

—Les gustas. Además, es la playa.

—Me encantaría.

Dos semanas de playa y... nada más. No podía ni imaginárselo.

—Si a ellos no les importa, pero de verdad, me apunto. Si fuera un problema, tienes que llevarlos a ellos de todas maneras. Es demasiado bueno como para perdérselo.

—Hablaré con ellos. Conozco a mis hijos. No van a tener ningún problema.

—Entonces, muy bien. Voy a ver cómo van esas patatas.

—Yo me ocupo de la ensalada. Y ¿cómo te gusta el chuletón?

—Si voy a comerme un bloque de carne, quiero que esté poco hecha.

—Así se habla.

Prepararon su primera comida juntos y se la comieron en el porche mientras el sol se escondía entre las montañas por el oeste. Hablaron de sus hijos, del centro juvenil, del trabajo de él y del de ella. Adrian descubrió lo maravilloso que era hablar de las cosas importantes del día a día.

—A partir de ahora siempre te vas a encargar de las patatas —dijo Raylan, ahíto, al tiempo que se arrellanaba con la copa de vino.

—Estoy impresionada con tus habilidades con la parrilla y la ensalada. Y, viniendo de una Rizzo, no es poca cosa.

—Espera a probar mis macarrones con queso. Solo los como precocinados cuando hay prisa —añadió cuando Adrian entrecerró los ojos—. Es la receta de mi madre.

—Que recuerde, Jan prepara unos macarrones con queso excepcionales.

—¿Ves? Los añadiré al menú de la playa. —Se sirvió el vino que quedaba sin dejar de mirarla—. Me gusta tu cara.

Divertida, Adrian apoyó la barbilla en la mano.

—Ah, ¿sí?

—Por motivos evidentes, me interesan los rostros y los cuerpos. Una vez te lo dibujé, el rostro, cuando éramos pequeños.

—¿En serio?

—Para practicar. A Maya la dibujaba mucho. Normalmente le ponía cuernos de demonio o una lengua bífida. Y a tus abuelos; tenían muy buena cara. A veces, cuando a mamá le tocaba trabajar, me sentaba en Rizzo's después del colegio y dibujaba la cara de la gente que entraba. Era más fácil dibujar personajes con máscaras, así que quería practicar. Me pregunto si aun entonces ya tenía cierta debilidad.

—¿Por el arte? Pues claro.

—No, por ti. Tal vez una debilidad mínima. Creo recordar que dibujé a Cassie, ¿te acuerdas de Cassie? Con forma de serpiente, porque era un poco viborilla. No es que me pareciera mal; era admirable. Pero a ti te dibujé el rostro. Así que puede que tuviese cierta debilidad. Desde luego, mi debilidad por ti ahora es enorme.

Adrian le cogió la mano.

—Pues es un alivio, porque yo también tengo debilidad por ti.

—Me gusta pensar en ti cuando no estás. «¿Qué estará haciendo ahora? Tal vez mire por la ventana y me la encuentre de visita en casa de Teesha. O tal vez vaya a hacer la compra y la vea corriendo por la calle». No creía que pudiera volver a sentirme así. No creía que quisiera volver a sentirme así.

A Adrian le dio un vuelco el corazón. Se levantó y, cuando él la imitó, le apretó la mano.

—Quizás deberíamos meter los platos y apilarlos para ocuparnos de ellos más tarde.

—Más tarde me parece bien.

—Y podemos darles a estos perros tan majos un hueso de cuero para que lo masquen mientras nosotros subimos arriba.

—Se lo merecen.

—Y… —Adrian se acercó a él y levantó la cara hacia la suya—. Más tarde, podemos ocuparnos de los platos antes de tomarnos un capuchino en el porche delantero, contemplar las luces de Traveler's Creek y escuchar el silencio antes de volver a subir.

—Me apunto a todo —murmuró antes de besarla—. Tengo la bolsa en el coche.

Adrian sonrió.

—Ya la cogerás más tarde. Nos ocupamos de los perros y los platos, y luego quiero estar contigo. Solo contigo, Raylan.

23

Cuando Adrian despertó por la mañana, acurrucada contra Raylan en mitad de la cama, fuera lloviznaba mansamente. El murmullo incesante sonaba a música. La luz, de un gris suave y tímido, parecía flotar como una cortina de gasa que titilaba con la brisa que soplaba a través de las ventanas abiertas.

Cualquier otro día, el tiempo le habría parecido deprimente, húmedo y deprimente sin más. Pero en ese momento le resultó tan romántico como Camelot. Así que se pegó a él, cuerpo a cuerpo, piel con piel, y deslizó los labios sobre su rostro, sobre la incipiente barba del cuello. Y sintió cómo iba endureciéndose contra ella mientras sus ojos, verdes y adormilados, se abrían.

—Buenos días —murmuró.

—Es posible que lo sean.

—Es probable —lo corrigió antes de agarrarlo del cabello para atraer su boca a la suya.

Quería su calor, así que le dio el suyo, dejó que se expandiera, brasas vivas que echaban chispas. Chispas que encendían una llama lenta y suave. Rodó sobre él para tomar la iniciativa, para tomar el control, para darse placer igual que sabía que se lo daba a él. Cuando aquellas manos fuertes comenzaron a recorrerla, se le aceleró el pulso, repiqueteando con la música de la lluvia. Unos labios en busca de otros labios, deslizándose más y más hacia las profundidades, le aceleraron el corazón, haciéndose eco del suyo.

Quería saborearlo; quería saborear su mentón, su garganta, la dura línea de su hombro.

Entonces, de nuevo, su boca, un milagro de sensaciones en el que las lenguas lamían, los dientes mordisqueaban. Un rápido mordisquito para provocarla; un gemido entrecortado como respuesta. Y su sabor fue llenándola hasta que cada uno de sus sentidos se fundieron en una oleada de placer.

Adrian clavó la mirada en sus ojos verdes y, sin mediar palabra, se movió. Cuando lo montó, lo tomó de forma lenta, lenta, profunda, profunda, para prolongar el placer. Y vio cómo lo iba conquistando al tiempo que a ella la desbordaba. Lo había sacado de un sueño para introducirlo en otro, repleto de dulzura, y calor, y belleza embriagadora. Perdido en ella, completamente perdido en ella, se rindió a su cuerpo, al momento, a lo que estaban haciendo.

En la luz neblinosa de la mañana, su cuerpo, esbelto y ágil, se elevó sobre el de él y adoptó un ritmo lánguido y único mientras el sonido de la lluvia los envolvía en un mundo propio, alejado de todo y de todos, solo de ellos dos. La mirada de Adrian lo horadaba, lo traspasaba con aquellos ojos entornados, dorados y verdes. Raylan vio placer, poder, conocimiento, todo lo que hacía a una mujer imponente, peligrosa, irresistible.

Cuando ella se rompió, dejándose llevar por una ola arrasadora, echó la cabeza atrás, su cuerpo se arqueó, sus brazos se elevaron y sus manos agarraron y mesaron aquella mata hermosa y salvaje de cabello. Gimió, suspiró; una mujer que aceptaba su poder, que asumía su triunfo sin dejar de moverse en ningún momento, sin bajar aquel ritmo lento y uniforme.

Raylan tuvo que agarrarle las caderas, sujetarse a ellas para impedirse perder el control y encontrar la liberación cuando ella agitó la melena y, bajando la mirada, le sonrió. Sin una palabra, sin haber pronunciado aún una sola palabra.

Mientras lo contemplaba, la respiración se le entrecortó en breves y rápidos gemidos, deslizó las manos por su propio cuerpo, deteniéndose en sus pechos hasta que Raylan casi podía paladearlos, habría jurado que podía paladearlos, para luego volver a bajarlas. Luego las unió con las suyas. Volvió a moverse, se inclinó para tomarle la boca con la suya. Raylan la sintió estremecerse, oyó cómo ahogaba un grito al experimentar una nueva oleada de placer. Ese sonido, ese mínimo sonido fue el que quebró su resistencia.

—No puedo. Necesito…

De un movimiento certero la puso de espaldas y le alzó las caderas. Deshecho, completamente deshecho, se introdujo en ella, medio loco cuando lo envolvió con sus largas piernas. Esta vez, la fuerza de la nueva oleada los hizo sucumbir a ambos.

Adrian yacía desmadejada, preguntándose si el corazón acabaría por salírsele del pecho.

—Quedémonos así un minuto —sugirió—. O una hora. Tal vez un día, hasta que nuestros signos vitales vuelvan a su ser.

—¿Qué? ¿Has dicho algo? No te oigo con la sangre que aún me bombea en los oídos.

—No es ahí donde bombeaba hace un minuto.

Raylan soltó una carcajada, una risita disimulada, una nueva carcajada. Luego alzó la cabeza y sonrió a Adrian.

—Me destrozas.

—Esa era la idea. No soy fan de los sábados lluviosos, pero este ha empezado de lujo.

—Me alegro por mí, porque voy a tener que pasarme el resto del día lidiando con dos niños y un perro metidos en casa. —Bajó la cabeza y enterró la nariz en su cuello—. Esto debería darme fuerzas para soportarlo.

—¿Los traerás mañana para cenar?

—Están deseándolo. Mo ya ha elegido qué ponerse. Claro que elige qué ponerse hasta para comerse un sándwich.

—Me gusta su estilo.

—Tiene estilo para dar y regalar. Lorilee decía que en el útero ya estudiaba y reseñaba la *Vogue*. —Se quedó cortado, preguntándose si aquel momento, tumbado desnudo junto a Adrian, era el más apropiado para mencionar a su esposa fallecida—. En fin… ¿Te importa si me doy una ducha?

—Claro que no. Voy a bajar y a abrirles la puerta a los perros; además, necesito preparar algo de desayuno.

—¿Necesitas?

—Sí, lo necesito. Después de tanto ejercicio, me muero de hambre.

Mientras se duchaba, Raylan se preguntó qué debía hacer con aquello que le estaba sucediendo. Si es que debía hacer algo. Y, en tal caso, cómo debía hacerlo. La noche anterior le había dicho la verdad. No habría imaginado que volvería a sentirse así de nuevo, pero así era. Alzó la mano y se miró la alianza. Llevaba tanto tiempo en su dedo que formaba parte de él, pero ¿era justo, era correcto seguir llevándola cuando estaba acostándose con otra mujer? ¿Cuando era evidente que estaba enamorado de otra mujer? No era solo sexo. Tal vez se hubiera medio convencido de que podía serlo, de que lo era, pero se conocía demasiado bien.

¿Qué era lo que Adrian había dicho aquel día…, el día que le llevó las dichosas mancuernas? El amor no siempre tenía que ver con el sexo, ni el sexo con el amor. Cierto, muy cierto; pero cuando se unían los dos era milagroso. Y lo sabía porque había experimentado dos milagros en su vida. No obstante…, no sabía cuáles eran los sentimientos de Adrian. Estaba claro que le importaba, sí, y que le gustaba mucho, sí. Pero es que Raylan iba con el paquete completo. «Dos niños y un perro», pensó de nuevo. Había mucha gente que no tenía interés en aceptar el paquete completo.

Podía preguntarle cómo se sentía, qué sentía. En general, era de los que preferían decir las cosas a las claras. Pero, y era un «pero» más, ¿era justo o correcto insistir cuando ella ya tenía problemas graves y de verdad? Un acosador pirado la amenazaba. No necesitaba que Raylan la presionara cuando ya tenía más presión de la que nadie merecía.

«Paso a paso», se dijo mientras se secaba con la toalla. La ayudaría a superar el problema en la medida en que pudiera. Pasaría tiempo con ella cuando pudiera. Haría que los niños pasasen con ella todo el tiempo que quisiera. Y ya vería qué pasaba luego.

Cuando bajó, tenía a los perros desayunando pienso de un comedero doble.

—Justo a tiempo. ¿Sabes usar la cafetera? Voy a preparar todo esto.

—En primer lugar, ¿qué es «todo esto»?

—Vas a desayunar un huevo escalfado en un *bagel* integral con tomate y espinacas, y un yogur griego con frutos rojos y muesli. Lo tiene todo.

—Vale. La verdad es que no suena terrorífico. Puedo hacerte café, pero yo prefiero una de las Coca-Cola que he visto en el frigorífico. Esa es la cafeína que suelo tomar por las mañanas.

—¿En serio? —Dejó lo que estaba haciendo y se quedó mirándolo. Le hacía café automáticamente los sábados por la mañana porque había dado por sentado que era lo que quería—. Es lo que más me gusta del mundo. Una Coca-Cola fría por la mañana. Pero solo me permito beberla una vez a la semana.

—¿Por qué una vez a la semana?

—Por muchos motivos, pero si tú te la tomas yo también. —Dispuso la comida en los platos—. Este desayuno se lo preparaba a mi abuelo..., si lograba llegar a la cocina antes que él. Entre semana normalmente tomaba cereales, pero el fin de semana bajaba y preparaba tortitas, torrijas, beicon y más beicon.

—El beicon es el dios de los alimentos. —Raylan se sentó a su lado y tomó un bocado de la alternativa saludable—. Pero esto está buenísimo. No se me habría ocurrido combinarlos así. Puedo probar a dárselo a los niños, pero con huevos revueltos.

—¿No sabes escalfar un huevo?

—Ni idea, pero ¿imaginas a un niño de ocho años comiéndose uno con su hermana pequeña? Sería: «Eh, mira, Mo, ¡es un ojo!». Y luego lo apuñalaría una y otra vez. «Oooh, plaf, plaf, tiene la sangre amarilla». Y Mo no volvería a comer un huevo en su vida.

—Entiendo que lo sabes porque tienes una hermana y, de pequeño, hacías las mismas guarradas.

—Era mi responsabilidad, y los Wells nos tomamos las responsabilidades en serio.

—Y pensar que de pequeña quería tener hermanos. Aunque, bien pensado...

Raylan le puso una mano en el brazo.

—No, no lo pienses.

—No te preocupes. Hoy tengo bastante que hacer como para mantener el cerebro ocupado. Primero ejercicio, luego las tareas domésticas que dejo para el fin de semana y luego le echaré otro vistazo al primer montaje de Hector del vídeo del instituto. Además, tengo que empezar a trabajar en el contenido del próximo vídeo sola.

Raylan ya sabía cómo mantenerle el cerebro ocupado.

—¿Cómo se te ocurre? ¿El contenido?

—Hay que ir mezclando. La gente se aburre de hacer siempre las mismas rutinas. Puede que vuelva a alguna que le gustase especialmente, pero quiere tener cosas distintas que probar. He de estar al día de lo que se lleva, lo que es seguro, lo que es bueno para los principiantes o lo que les funciona a los más experimentados. Y además hay que añadir algo para que sea divertido. Y un desafío también. Es como un desayuno saludable. Acaba aburriendo si no es más que muesli y quinua. —Sonrió al ver cómo Raylan se lo acababa—. ¿Quieres más?

—No, gracias. Pero ha sido una sorpresa. Deberías escribir un libro de cocina.

—Es lo que le he dicho a mi madre —respondió, hincándole un dedo en el hombro—. Estoy empezando a darle vueltas a la idea.

—Lo harías fenomenal. —Le besó la mejilla—. Yo me encargo de los platos. Espero esquivar algunos de los lamentos por que llueva en sábado al contarles a los niños lo de la playa. Todo será alegría y regocijo —dijo mientras empezaba a poner los platos en el lavavajillas—. Y entonces Mariah anunciará que necesita ropa de playa nueva.

—Bueno, es lo normal.

Raylan la miró fijamente por encima del hombro.

—No necesita que la animes. Me enfrentaré a lo que los padres a lo largo y ancho del país más temen: una jornada de compras.

—Puedo llevarla yo.

Raylan se giró completamente.

—¿Qué?

—Yo también voy a necesitar ropa de playa nueva. La llevaré conmigo. Una jornada de chicas: iremos de compras, almorzaremos y charlaremos. Será divertido.

—No tienes ni idea de lo que dices. En serio.

Adrian dio un trago a la Coca-Cola.

—Reto aceptado. Ya lo hablaremos Mariah y yo durante la cena, y elegiremos un día cuando se haya acabado el curso.

—Necesito que me jures algo, aquí y ahora.

—Por el amor de Dios, Raylan, no voy a dejar que cruce la calle sin mirar ni que juegue con cerillas.

—No es eso. Quiero que me jures solemnemente que, después de esa experiencia, seguirás teniendo sexo conmigo. Suceda lo que suceda.

Adrian se trazó una cruz sobre el pecho con el dedo.

—Lo juro.

—Me voy antes de que recuperes el juicio. Y luego te haré una encerrona, porque en cuanto mencione lo de ir de compras, y lo hará, voy a decirle que la vas a llevar tú.

—Me parece bien. —Adrian se levantó y le rodeó la cintura con los brazos—. Hombres. Cómo os ponéis por un ratito de compras.

—Sí, y no me avergüenzo. No trabajes demasiado, ¿vale?

—Solo lo justo.

Raylan la besó y la estrechó un momento entre sus brazos.

—Te veo mañana. Jasper, dale un beso a tu enamorada, que nos tenemos que ir.

Cuando llegó a casa de su madre, Raylan vio que la yaya mágica tenía a los niños haciendo un puzle en la mesa del comedor, y sin rechistar. Entretanto, ella estaba subida a una escalera de mano, limpiando los estantes superiores de la cocina.

—Bájate de ahí. ¿Qué haces subida a una escalera?

—Como no poseo el don de la levitación, me ayuda a llegar a estos estantes.

—Bájate —repitió—. Ya lo haré yo. No deberías subirte a esas escaleras.

La mujer, con un bote de limpiamuebles en una mano y un trapo en la otra, bajó la mirada y la clavó en su hijo.

—¿Porque estoy vieja?

—No, porque eres mi madre.

—Buena respuesta. De todas formas, ya he acabado.

Mientras Jan descendía, bajo la atenta vigilancia de Raylan, este advirtió los paños atrapapolvo que tenía dispuestos en los estantes. Los libros de cocina estaban en el inferior; siempre a mano, recordó.

—Ten cuidado —le ordenó—. Ya colocaré yo todo eso en su sitio, tú ve dándomelo. Pero ten cuidado.

La mujer se puso en jarras.

—De todas formas, tengo que pasarles un paño o fregarlos. ¿Y desde cuándo crees que puedes darme órdenes?

—Desde que te he visto subida a una escalera. Tú espera y ya lo hago yo.

Raylan entró en el comedor y, posando una mano sobre la cabeza de cada uno de sus hijos, examinó el puzle.

—Una confitería, muy chulo. Casi habéis acabado.

—Está lloviendo, papi. —Mariah probó a colocar una pieza colorida en casi todos los huecos posibles hasta que encontró dónde encajaba—. La yaya dice que tiene otro que podemos llevarnos a casa si la lluvia no se va.

—Puedes ayudar con esa de ahí, pero no con esta. —Bradley, con la lengua atrapada entre los dientes, encontró la pieza central de una bolsa gigante de M&M's.

—En tal caso, me limitaré a observar.

Mientras lo hacía, vio cómo Bradley, con el puzle casi acabado, se guardaba dos piezas en una mano antes de alcanzar otra. Cuando llegaron a las últimas piezas, Raylan estaba a punto de darle un toque a su hijo cuando su madre, desde la cocina y mirando hacia otro lado, simplemente volvió la cabeza. Jamás se había creído el mito de que las madres tuvieran ojos en el cogote. Hacía mucho mucho tiempo que él lo llamaba «la mamá leementes». En efecto, Jan le lanzó a Bradley «la mirada». Este se amilanó, tal y como haría cualquier otro humano, mamífero, ave, pez o criatura sobrenatural.

—¡No hay más piezas! ¿Dónde están las piezas?

Mientras su hermana las buscaba incluso bajo la mesa, Bradley le deslizó una.

—Aquí está. Las dos últimas. Hacemos como dijo la yaya, ¿vale?

Acalorada de la emoción y, por suerte, ignorante del golpe fallido, Mariah cogió la pieza.

—¡A la de tres! ¡Una, dos y… tres!

Entonces colocaron las dos piezas al mismo tiempo.

—¡Viva! Mira, papi, lo hemos hecho nosotros solos. ¡Yuju, yuju, un dulce!

—La yaya dijo que, si acabábamos sin pelearnos, podíamos comernos una barrita de chocolate Hershey's. —Bradley miró a su padre—. ¿Podemos?

—Si lo dice la yaya…, pero primero subid y coged todas vuestras cosas. Yo voy a ayudar a la abuela a terminar esto y luego tenemos que irnos.

Los niños echaron a correr seguidos de Jasper. Raylan cogió un paño y empezó a secar los cacharros.

—Le dan luz a mi vida —dijo Jan.

—Y tú a la suya. Quería decirte una cosa ahora que no nos oyen. Entiendo que, con tus superpoderes, ya sabrás que Adrian y yo estamos haciendo puzles juntos.

Jan sonrió y le tendió la antigua tetera de Delft que había pertenecido a su abuela.

—También he llegado a la conclusión de que hacer puzles juntos os hace felices.

—Sí, lo somos. Ya sabes la movida que tiene encima.

—Sé lo suficiente para que me preocupe, sí. Maya me ha contado que ella, o Lina, ha contratado a una detective.

—Y la detective está avanzando. Pero, entretanto y con idea de darle un respiro y ver cómo nos va, Spencer me va a dejar su casa de la playa dos semanas en julio. Y le he pedido a Adrian que venga conmigo y con los niños.

—Entonces es algo más que hacer puzles. Toma. Empieza por el estante de arriba. No te cuestiones los sentimientos —le dijo mientras le tendía la tetera—; tú solo siéntelos. Tienes un corazón bueno y fuerte, con espacio de sobra.

—Debo hablar con los niños. Tienen que estar de acuerdo.

—Por supuesto. Estás criando unos corazones buenos y fuertes, con espacio de sobra. —Le tendió un bote de galletas de vidrio de los años de la Gran Depresión—. Cuidado con eso. —Luego le puso una mano en la pierna—. Quería a su madre como a mi propia hija. También le daba luz a mi vida.

—Lo sé.

—El amor no es finito, Raylan. Siempre hay espacio para más.

Pensó en ello mientras conducía a casa con los niños sin parar de hablar de lo que habían hecho donde la yaya. Habían construido un fuerte con ropa de cama, habían preparado sándwiches de nubes de azúcar con chocolate, habían jugado a *The Game of Life*, a los dados y a las cartas.

Les apetecía seguir haciendo puzles, por lo que quisieron ponerse con otro en cuanto entraron por la puerta. Raylan lo dispuso en la mesa y se sentó con ellos mientras la lluvia golpeaba las ventanas. Jasper decidió que era un momento tan bueno como cualquier otro para echarse una siesta.

—¿Cuántos días quedan para que acabe el cole, Bradley?

—¡Trece! ¡Solo quedan trece días de clase hasta la libertad!

—Perfecto. He estado elaborando una lista de tareas para el verano.

—¡Papá! —Bradley se dejó caer con dramatismo en la silla mientras Mariah buscaba sistemáticamente las piezas de los bordes.

—Pues sí, y la primera es poner una canasta de baloncesto. Llevaba tiempo queriendo hacerlo. Y hay que barrer el porche, regar las plantas, limpiar las habitaciones… Tengo una lista larga.

—El verano es para divertirse.

—Estoy en ello. Jugar al baloncesto, el reto de lectura veraniega, montar en bici, salir con los amigos, ir al parque, un par de semanas en la playa, comidas al aire libre…

—¡La playa! —chilló Mariah—. ¡Vamos a ir a la playa! ¿Podemos ir a la misma casa que la última vez?

—Bueno, no —comenzó a decir Raylan mientras Bradley se levantaba de un salto a celebrarlo con un baile enloquecido—, porque vamos a ir a una playa distinta.

—¿Y por qué? —inquirió Bradley—. Aquella playa estaba bien.

—Sí, y esta también. Vamos a ir a un estado completamente distinto: Carolina del Norte. Os lo mostraré en el mapa. Mi amigo Spencer nos va a dejar usar su casa de la playa, pegadita al mar, y tiene piscina.

—¡Piscina! —Bradley empezó a bailar de nuevo, pero Mariah aún se reservaba su opinión.

—¿Es una casa bonita como la otra?

—Es una casa muy bonita.

—¿Tendré mi propia habitación y no tendré que compartirla con un chico apestoso?

—Sí. —Raylan decidió no hacer caso de la ristra de pedorretas que había empezado a hacer Bradley—. Es una casa grande con un montón de habitaciones. Así que, si no os importa, he invitado a Adrian a que venga con nosotros.

Las pedorretas pararon y Bradley se lo quedó mirando.

—Dos chicas y dos chicos. —Mariah asintió—. Es maja. Una vez me ayudó a hacer la voltereta lateral.

—Eso no lo sabía.

—Fue a ver a Teesha cuando yo estaba con Phin y me ayudó a hacer bien la voltereta lateral. Ella puede hacer un montón seguidas y huele muy bien. Me gusta su ropa. Phin dice que te vio darle un beso en la boca. ¿Es tu novia?

«Mierda —pensó Raylan—. Se acabó lo de ir poco a poco».

—Es una chica, es mi amiga y nos gustamos. —Volvió la vista a Bradley—. A ti te gusta, ¿no?

—Sabe andar sobre las manos. Eso mola. Y habla normal, no en plan: «Aaay, cuánto has crecido» —canturreó con un excelente falsete antes de poner los ojos en blanco—. Sabe cosas, como que el Joker es la némesis de Batman.

—Cosas esenciales.

—Me gusta.

—Entonces, ¿os parece bien si ella y Sadie se vienen con nosotros a la playa?

—Jasper quiere a Sadie. Sadie, desde luego, es la novia de Jasper. —Mariah se levantó de un salto—. Necesito ropa de playa, papi. Necesito ropa nueva para ir a playa. ¿Podemos ir de compras?

—Qué casualidad que me lo preguntes. Adrian ha dicho que, si se viene con nosotros, necesitará ropa de playa nueva y que tal vez podríais ir las dos juntas de compras.

Mariah se quedó boquiabierta y con los ojos como platos.

—¿Puedo ir de compras con una chica? ¿Solo con una chica?

—Si quieres. Mañana vamos a ir a cenar a su casa, así que podéis hablar de ello.

—Quiero ir de compras con Adrian. Tengo que subir a mi habitación ahora mismo y ver qué me hace falta. Necesito sandalias y chanclas y tres trajes de baño.

—Echa el freno. ¿Cómo que tres?

—No puedes ponerte el mismo todos los días. —Esta vez puso los ojos en blanco—. Tienes que aclararlo para quitar la sal del mar y las cosas de la piscina, y necesitas tres. Voy a subir ahora mismo. ¡Puedo hacer una lista!

La idea de una jornada de compras le dio alas, así que su pequeña fashionista se fue volando. Bradley volvió a sentarse.

—Tengo que hablar contigo. En privado.

—Dime.

—¿Vas a tener sexo con Adrian?

Algo explotó en la cabeza de Raylan. Tuvo que pasarse una mano por el pelo para asegurarse de que las llamas eran metafóricas.

—Guau. Esto no me lo esperaba.

—La has besado en la boca.

—Eso es verdad. Pero una cosa no implica la otra. —Sin embargo, cuando Bradley se quedó mirándolo, imaginó que tendría que ir al grano—. El sexo es algo complicado e íntimo. Y así debería ser. Pero, dadas las circunstancias…, siento algo por Adrian y los dos somos adultos. Así que… sí.

—Tú besabas a mamá en la boca. Un montón. Y tenías sexo con ella, porque hay que tener sexo para tener bebés.

—Sí, así era. Queríamos teneros a Mo y a ti. Pero… uno no siempre tiene relaciones sexuales para tener bebés, así que…

«Solo tiene ocho años», pensó Raylan. Pronto cumpliría los nueve, claro, pero daba lo mismo. ¿Cuánta información era demasiada?

—Yo quería a tu madre, mucho.

—Pero ¿ya no la quieres?

A Raylan se le encogió el corazón.

—Ay, Bradley, claro que sí.

Raylan se dio cuenta de que necesitaba seguridad. El niño quería que le diera seguridad, no una lección de biología.

—Siempre la querré. —Levantó a Bradley de la silla y se lo sentó en el regazo—. Y lo único que tengo que hacer es mirarte a ti o a Mo para verla. Está en ti y adoro verla en ti.

—Mo no la recuerda tanto, porque prácticamente era una bebé. Pero yo sí. En mi cabeza aún hablo con ella a veces.

—Yo también.

Bradley alzó la vista.

—¿En serio?

—Sí. Siempre la echaré de menos, pero lo único que tengo que hacer es miraros a ti y a Mo para verla a ella. La quiero. Y es maravilloso que os tuviéramos a ti y a Mariah.

En ese momento recordó las palabras de su madre como si se las hubiera dicho en ese preciso instante.

—El amor hace sitio para más, Bradley. Siempre hay más sitio para el amor.

Después de un día largo y lluvioso, de una tarde de juegos y de un maratón de películas que, por su propia salud mental, también tenían su aprobación, Raylan echó un vistazo a los niños una última vez. Dormían como siempre, Mariah acurrucada con su animal de peluche de la semana y Bradley despatarrado en una cama llena de figuras de acción. Fue a su dormitorio, se sentó en el borde de la cama y se quedó mirando la alianza. Cuando ella se sentó a su lado, apenas murmuró su nombre.

—Lorilee.

—Sería triste que no me conservaras en un rincón de tu corazón.

—Siempre vivirás en él.

—Lo sé, y tú también. Los niños lo saben. Y apuesto algo a que Adrian también. Me gusta mucho. Eso también lo sabes.

—No creía que fuera a suceder algo así. Que volvería a sentir algo así por nadie. Jamás.

—Pero lo sientes. Me alegro de ello.

Raylan la miró largo y tendido, tan bella, tan real.

—¿De verdad?

—¿Por qué crees que querría que te quedaras solo? No podría quererte y querer eso. Es hora de que te la quites, mi amor. Es hora. Quitártela no implica que me olvides. Vas a construir una nueva vida, para ti y para los niños. Es una buena casa, Raylan, es una casa feliz. En su momento supiste que era hora de hacerlo. Ahora es hora de hacer esto.

—Sí, lo sé.

—Guárdala en la caja de recuerdos que tienes en el cajón, la caja que contiene los mechones de cabello de los niños, las fotos de las ecografías, todos esos pequeños recuerdos. Guárdala ahí.

Raylan asintió, se levantó a abrir el cajón y sacó la caja. Cuando empezaba a quitarse la alianza, se volvió a Lorilee.

—No voy a volver a verte; no volveré a verte después de esto, ¿verdad?

—Así no. Pero, como tú mismo dijiste, basta con que mires a los niños.

—Lorilee, cambiaste mi mundo.

—Los dos cambiamos el mundo del otro.

—Recuerdo la primera vez que te vi, cuando entraste a la clase de Bellas Artes. Me robaste el aliento. Recuerdo la última vez que te vi cuando… te fuiste con el coche. Y recuerdo muchos momentos entre esa primera y esa última vez, Lorilee. Pero ahora puedo recordar muchos de ellos y sonreír, puedo sentirme bien y afortunado de haberlos vivido contigo.

Lorilee se llevó la mano al corazón.

—Guárdame un rinconcito ahí. No me importará tener compañía, tesoro. Será una alegría.

Raylan bajó la vista a la alianza y cerró los ojos un instante. Luego se la quitó.

—Se nota dónde la llevaba, porque la piel está más blanca donde no le daba el sol.

—La marca se borrará con el tiempo. Solo hace falta luz.

Raylan depositó la alianza en la caja de recuerdos. Y ella se fue.

24

Una soleada tarde de junio, Adrian estaba sentada en la oficina de Teesha con el bebé en brazos mientras su asesora contable revisaba los informes financieros, los problemas presupuestarios y los planes de marketing de Rizzo's y el centro juvenil. Thaddeus, regordete por la leche materna, agitaba el mordedor que sostenía en la manita mientras Phineas, en el suelo, parecía construir una ciudad futurista con piezas de Lego. Entretanto, del piso superior llegaban las notas del piano de Monroe de lo que Adrian suponía que sería una balada sobre corazones rotos.

—Por fin Jan ha presentado una propuesta sólida y bien argumentada para ascender a Barry —concluyó Teesha—. Dado que Bob-Ray, el subgerente *de facto* durante el último año o así, se jubila, le gustaría que te plantearas convertir a Barry en su subgerente oficial, con una subida de sueldo y beneficios acorde al puesto. Aquí tengo la carta de recomendación. Y yo la apoyo.

—Y yo la leeré, pero voy a aprobarla porque conozco a Barry, conozco su trabajo, su lealtad y su amor por Rizzo's. ¿No te parece? —preguntó a Thaddeus mientras lo hacía saltar sobre las rodillas.

—Genial. Se lo diré a Jan. Por otro lado, cuando Kayla y tú volváis a ir de compras, ceñíos al presupuesto.

—Sí, señora. Tampoco nos pasamos tanto al comprar las lámparas y griferías.

—Te pasas un poco por aquí, otro poco por allá y, antes de que te des cuenta, te has pasado un montón por todas partes. Y os pasasteis un 1,6 por ciento con las lámparas y un 2 por ciento con las griferías.

—Tu madre es muy estricta —dijo Adrian al tiempo que volvía a hacer saltar al bebé.

—Papi no lo es. —Phineas escogió con cuidado un nuevo bloque—. Dice que a veces uno tiene que pelear, aunque sea hora de irse a la cama.

—Alguien tiene que hacer de árbitro, caballerete mío. ¿Qué andas construyendo esta vez?

—Estoy levantando Phinville. Cuando sea mayor, construiré mi propia ciudad y seré el jefe de todo el mundo.

—¿Cómo vas a ser astronauta y jefe de Phinville?

El niño le dedicó a su madre la más paciente de las miradas.

—Voy a construir Phinville en el espacio.

—Por supuesto. ¿En qué estaría pensando?

—No tengo guardería en todo el verano, pero después empiezo el cole. Iré en autobús con Bradley y Mariah, y le guardaré un sitio a Collin, porque el bus pasa por nuestra casa primero.

—¿Cómo sabe que pasa primero por aquí? —se preguntó Adrian.

—Porque, después de recoger a Mo, recoge a su amiga Cissy y Cissy vive enfrente de Collin, así que le guardaré un sitio porque es mi mejor amigo. En Phinville no harán falta autobuses escolares. Todo el mundo se teletransportará.

Adrian se quedó mirando sus preciosos rizos oscuros, sus hermosos ojazos marrones y volvió a enamorarse de él.

—Muy eficiente y rápido.

—Los autobuses usan gas, que no es bueno para el aire. Y en Phinville tenemos que fabricar el aire porque está en el espacio. ¡Mira, papi! Estoy construyendo Phinville.

Monroe entró tranquilamente, se agachó y se quedó mirando con seriedad la ciudad en construcción.

—Vas a vivir ahí —dijo, dando un toquecito en una torre—, porque es el edificio más alto. Así puedes mirar y asegurarte de que toda la ciudad está en paz. —Luego le dio una buena rascada a Sadie, que estaba repantigada a los pies de Adrian—. Cambio de turno. Lo siento, no te oí entrar, Adrian; si no, me habría hecho cargo de los niños antes.

—Así he podido tener al bebé en brazos y ver cómo se levanta Phinville. Por cierto, me encantó lo que estabas tocando hace nada. ¿Ya tienes la letra?

—Estoy en ello. Esta vez la música ha salido primero. Vamos a darle un paseo a Thad, Phin, y así nos da el aire. A mamá no le importará que dejes la ciudad un rato ahí, ¿verdad, mamá?

—No; adelante, pero puede que haya que cambiar a Thad.

—Todo bajo control, ¿verdad, Phin?

Monroe cogió en brazos al bebé, que en ese momento daba saltitos él solo. Y Adrian abrió los suyos para acoger a Phineas.

—Ey, chico guapo, necesito un achuchón.

Este se lo dio, bamboleándose a un lado y a otro de aquella forma que a Adrian le resultaba tan enternecedora.

—Tú también puedes vivir en Phinville.

—Cuento con ello.

Mientras se alejaba con su padre, se le oyó susurrar:

—¿Vamos a ir a por helado, papi?

—Chaval, que me vas a meter en problemas. Tu madre tiene un oído muy fino.

Adrian negó con la cabeza.

—No se te ve tan estricta como para prohibir comer helado en una tarde de junio.

—A ellos les gusta hacer el teatrillo y a mí también. Aún tenemos que repasar algunos números de NG, pero, aprovechando que no hay más oídos en la sala, voy a pasar a lo personal. Primero lo difícil: ¿has vuelto a saber algo de la investigadora?

—La verdad es que sí. Ha localizado a otras catorce mujeres, todas sanas y salvas. Ha hablado con todas menos una; va camino de Richmond, y a estas horas probablemente ya haya llegado, para hablar en persona con ella.

—Vale. —Teesha asintió lentamente—. Eso está bien. Muy bien. Es algo más de un 41 por ciento de mujeres sanas y salvas.

—Puedes estar segura de que me ha aliviado un montón.

—Y debería. Por otro lado, si sumamos las que encontró que no estaban precisamente sanas y salvas a esas catorce, le queda ese mismo porcentaje que localizar. Lo hará. Es exhaustiva.

—Sí que lo es. Nikki Bennett todavía no está de vuelta en D. C. Por lo que parece, se ha desviado para ir a ver a otro cliente. Y no ha habido suerte localizando al hermano, al menos por ahora. La detective ha hablado con varios vecinos. Nadie lo ha visto desde hace años.

—Puede que la hermana lo matara y lo enterrase en el sótano.

—Menudo optimismo.

—No es más que una hipótesis. De todos modos, me siento mejor sabiendo que ninguno de ellos anda por aquí y que tu investigadora está indagando. Quiero que esta mierda se acabe. Bastante tiempo has aguantado ya. Caso cerrado. —Dio una palmada—. Así podrás irte a la playa con mi vecino sexy y disfrutar sin más.

—¿Estás segura de que no te importa ocuparte del jardín?

—Son dos semanas, Adrian, no dos años. Nos apañaremos. Y ahora, lo bueno. ¿Qué tal os va a ti y al susodicho vecino sexy?

—Es… La cena con los niños fue genial. Mariah ya tiene organizada la agenda, empezando por la excursión de compras. ¿Sabes? Pensaba: «Pues claro que puedo llevar a una niña de compras, no es para tanto». Pero nunca he hecho algo así. Tal vez podrías…

—Eh, eh, eh. —Teesha agitó el dedo adelante y atrás—. Primero, ya sabes que solo voy de compras cuando no me queda otro remedio y, segundo, está flipada con la idea de ir contigo. Es una oportunidad para que conectéis. Aprovéchala. Es una niña muy buena. Los dos lo son. Cuando vives en la puerta de al lado, lo sabes.

—Pero ¿le doy rienda suelta, le pongo límites o qué?

—Estás hablando con la árbitra, ¿recuerdas? Así que me voy a mantener neutral. Confía en tu instinto y deja de buscar obstáculos.

—No los busco, exactamente. Es solo que… se ha quitado la alianza.

—Ay. —Teesha resopló y se reclinó sobre el respaldo—. Eso es fuerte.

—Sí. No sé exactamente qué significa. No sé si debería decirle que me he dado cuenta o no. No me esperaba, cuando empezamos lo que empezamos, que acabáramos así.

—¿Por ti o por él?

—Por los dos. Me conoces desde siempre, Teesh. Nunca he tenido una relación seria.

—Porque las evitabas.

—Puede. No, «puede» no —admitió cuando Teesha le clavó la mirada—; sí, las evitaba. Pero esto ha sucedido y ya. ¿Cómo vamos a...? Los dos tenemos nuestro negocio, una carrera exigente. Él, además, tiene dos niños. Y yo tengo Rizzo's y ahora también el centro. ¿Cómo vamos a compatibilizarlo todo? No sé cómo os las ingeniáis Monroe y tú para poder con todo.

—La clave radica en el ritmo y en el trabajo en equipo. ¿Estás buscando una forma de escaquearte?

—No, y eso es lo que me preocupa. Y yo no soy de las que se preocupan, la verdad es que no. Simplemente pienso qué necesito o quiero y voy a por ello. —Era lo que había hecho siempre. Y creía que era lo que siempre haría—. No sé lo que necesito ni lo que quiero exactamente a este respecto. Nunca he tenido que pensar en nada similar. Y es probable que esté exagerando, cosa que normalmente tampoco hago.

Teesha ladeó la cabeza y se quedó mirando al techo.

—Recuerdo que te reíste de mí cuando llegué a casa jurando que me iba a mudar a Sudamérica la primera vez que Monroe me pidió que me casara con él.

—La primera vez que te dijo que te quería, solo ibas a mudarte a la Costa Oeste.

—Cierto. Ambos casos ilustran que muchas veces hasta las personas sensatas se preocupan y reaccionan de forma exagerada cuando se enamoran.

—¡Jo! No era esto lo que buscaba ni lo que esperaba. No es algo que puedas organizar e incluir en un programa, no puedes programarlo ni decidir cuál será el siguiente paso y luchar por conseguirlo.

—Te cuesta dejar que las cosas evolucionen. Has estado mucho tiempo pilotando tu propio barco, Adrian; pero —añadió levantando un dedo— también sabes virar el rumbo cuando hace falta. Lo hiciste cuando te conocí, y eso cambió tu vida. Y la mía. Volviste a hacerlo cuando te trasladaste aquí. Tal vez, por el momento, podrías probar a compartir el timón con alguien más y disfrutar de las vistas.

—De verdad que hasta ahora no estaba nerviosa con este tema.

—Porque llevaba la alianza y su mujer era una especie de escudo.

—Caray, Teesha, tampoco quería pensar en ella de ese modo.

—Supongo que, hasta cierto punto, él también lo hacía. Pero se dio cuenta antes que tú de que había llegado el momento. Relájate, Rizz, y disfruta de las vistas.

—Supongo que tendré que intentarlo, porque no puedo venir a verte y no permitirle a Sadie ir a visitar a su novio. Y ahora, abúrreme con tus números. Haz que mi cerebro desconecte.

—Los números son la vida, la luz y la verdad.

Una hora más tarde, con el cerebro frito por dichos números, Adrian llamó a la puerta de al lado. «No le des importancia; actúa con confianza, tranquila —se dijo—. No es más que una paradita rápida para que Sadie y Jasper se vean. Y es más que probable que Raylan esté enfrascado en el trabajo».

Pero, incluso antes de llamar, oyó música fuerte y vio luces que se proyectaban contra las ventanas. Que ella supiera, jamás había trabajado con ese tipo de ruido, pero era posible que estuviese probando una escena. Habría llamado, pero Jasper profirió un aullido, y Sadie le respondió con una sucesión de tres rápidos ladridos.

Cuando Raylan abrió la puerta, la música lo inundaba todo y las luces de colores giraban por el cuarto de estar, donde sus hijos, a quienes Adrian creía en el colegio, bailaban como locos. Raylan llevaba gafas de sol de cristales multicolores, una gorra del revés y un chaleco de lentejuelas morado encima de la camiseta.

—Vaya —dijo Adrian—. Esto sí que no me lo esperaba.

Mariah corrió hacia ella. Llevaba alas de hada, tutú y una tiara de plástico.

—¡Es una fiesta con baile! Ven a bailar.

—¿Una fiesta con baile?

—Una fiesta con baile de verano para celebrar que el curso ha terminado —le dijo Raylan—. Bradley, baja un momento la música.

—Oh, tampoco hace falta.

Pero este, que llevaba una peluca verde, una camiseta de Batman y una máscara con ojos de gato, la bajó hasta que solo se oía un murmullo.

—¡La ha preparado papá! Cuando bajamos del bus ya lo tenía todo listo. Es Club Vacaciones.

Raylan había apartado todos los muebles para hacer sitio a lo que era, obviamente, la pista de baile, y una suerte de máquina de efectos luminosos proyectaba luces de colores en las paredes. Del techo colgaban globos y serpentinas. Todas las preocupaciones de Adrian se disolvieron, convertidas en deleite.

—No se puede participar en una fiesta con baile sin vestirse para la ocasión —añadió Raylan.

—Tú sabes bailar. —Mariah le tiró a Adrian de la mano—. Sí que sabes.

—Me temo que no estoy vestida de fiesta.

—¡Tenemos un montón de cosas! —Corrió hasta un baúl, lo abrió de golpe y volvió con otra tiara y una boa rosa.

—Guau. ¿Quién puede resistirse a una tiara? No quiero colarme en vuestra fiesta familiar...

—Club Vacaciones está abierto a todo el mundo —le dijo Raylan mientras Bradley la miraba.

Adrian estaba a punto de buscar otra excusa cuando el niño se le acercó.

—Tú sabes andar con las manos. ¿Puedes bailar sobre ellas?

—¿Que si sé bailar sobre las manos?

—¿Sabes hacer el espagat? —preguntó Mariah.

—Ah, ya veo. —Asintiendo, se colocó la tiara y se enrolló la boa al cuello—. Es una audición. Muy bien, Bradley, dale.

—¿Que dé el qué?

—Quiere decir que vuelvas a subir la música.

Cuando lo hizo, Adrian, agradecida por llevar mallas, se quitó los zapatos. Movió un par de veces las caderas, sacudió los hombros y, a continuación, se inclinó, apoyó las manos en el suelo y levantó las piernas. Siguió el ritmo, caminando adelante y atrás y de un lado al otro. Abrió las piernas mientras caminaba en círculo, luego hizo el puente, calculó el espacio para dar un salto y cayó haciendo el espagat. Una vez en el suelo, levantó los brazos con un gesto dramático.

Mientras los niños aplaudían, se echó por encima del hombro el extremo suelto de la boa.

—¿He superado la audición?

—Ha estado superguay —respondió Bradley.

—Mi más sincera enhorabuena. —Raylan le tendió la mano—. Diría que estamos bailando.

Mientras Adrian bailaba, Rachael estaba sentada en el pulcro cuarto de estar de la elegante casa que Tracie Potter tenía en el centro de Richmond.

Al comprobar sus antecedentes, había averiguado que Tracie entró un año más tarde que Lina en la Universidad de Georgetown, donde se había graduado en Periodismo y Comunicación. Había ido ascendiendo hasta convertirse en presentadora del centro territorial de la NBC, donde en esos momentos conducía los informativos de las seis y las once. Era una celebridad local, que se había casado al final de la veintena, tenido dos hijos y divorciado a los treinta y tantos. Y se había vuelto a casar a los cuarenta con un promotor inmobiliario. Tenía tres nietos, uno de su hija mayor y dos de su hijastro. Su esposo y ella pertenecían al club de campo, les gustaba el golf y poseían una segunda vivienda en San Simeon.

Incluso de cerca, Rachael habría dicho que la mujer aparentaba cuarenta, lo que implicaba un excelente trabajo aun cuando tuviera a su favor unos genes de primera. Su cabello, espeso y expertamente teñido de un rubio medio, ondeaba alrededor de una cara de piel cremosa con penetrantes ojos azules y unos labios perfectamente pintados de rosa intenso. Cruzó las piernas, enfundadas en unos tejanos blancos, y se arrellanó en el asiento con una taza de café Wedgwood.

—Puedo concederle unos treinta minutos —comenzó—. Quería tener esta conversación aquí y no en mi oficina. Es agua pasada, pero preferiría no alimentar habladurías.

—Le agradezco que se haya reunido conmigo.

—Curiosidad. ¿Qué tiene que ver mi aventura con Jon Bennett, una aventura antigua, imprudente y breve, con la actualidad?

—Sabrá que el profesor Bennett murió mientras atacaba a Lina Rizzo, su hija menor de edad y su amiga en Georgetown hace un par de décadas.

—En aquel momento salió en todos los noticiarios. Soy periodista. Aun cuando no me hubiera acostado con él unos diez años antes, me habría enterado. También sé que la niña era su hija biológica. Sé que agredió físicamente a las dos mujeres y a la niña. ¿Le he mencionado ya que fue una aventura imprudente?

—Sí. ¿Me permite preguntarle si ya la consideraba imprudente antes de dicho incidente?

—La consideré imprudente en el momento en el que vi a Jon agredir físicamente a Lina Rizzo, aunque en aquel momento no sabía quién era, en su oficina. Yo iba a verlo para echar un polvete rápido. —Dio un sorbo al café—. Me sorprendió. Admito que no debería, al verlo con la mano alrededor de su cuello, empujándola contra la pared. Fue solo un instante, pero le vi la cara llena de rabia y violencia. Decidí no arriesgarme a que estas se volvieran contra mí y corté la relación. Que tampoco era una relación.

Tracie calló; Rachael esperó.

—Tenía diecinueve años y era estúpida, pero no tanto. Lo bastante estúpida como para mantener relaciones sexuales con un hombre casado en mitad, según decía él, de un divorcio complicado, cosa que era mentira, pero no tanto como para arriesgarme a que me dieran una tunda por un buen rato de sexo ilícito. ¿Por qué le ha dado Lina Rizzo mi nombre después todo este tiempo?

—No lo ha hecho. Diría que o no la conoce o no la recuerda. Usted aparece en una lista, señora Potter.

—¿Qué tipo de lista?

—Una lista de mujeres, como usted, que se acostaron con Jonathan Bennett. Aparecen treinta y cuatro nombres. Cuatro de esas mujeres están muertas, víctimas de homicidio o asesinato. Cuatro que haya localizado y confirmado.

Tracie bajó la taza. Rachael admiró que no ahogase un grito ni diera un respingo. Simplemente la miró con dureza durante un largo instante.

—Quiero verificarlo. Extraoficialmente. Acaba de decir que aparezco en una especie de lista de mujeres a las que asesinar.

—Le daré la información de que dispongo. ¿Ha recibido alguna amenaza?

—No. Bueno, siempre hay quien desbarra a diestra y siniestra en internet si no le gustan las noticias que das. Pero nada de ese estilo, no. ¿Y esto cuándo sucedió?

—¿Las muertes? A lo largo de los últimos trece años.

—¿Trece años? ¿Lo dice en serio? Usted era policía; la he investigado antes de que nos viéramos. La gente muere, muere asesinada. Cuatro personas a lo largo de todo ese tiempo…

—En la misma lista. Y aún me quedan más que localizar.

—Entiendo que Lina Rizzo está en esa lista. Entiendo que es su cliente.

—Está en la lista. ¿Alguna vez se ha visto o ha estado en contacto con la esposa o los hijos de Jonathan Bennett?

—No, ¿para qué? Tuve un rollo con él, señorita McNee, una cosa de semanas. Cuando lo pienso, y que conste que lo he pensado, me digo que debería haberlo denunciado. Igual que debería haberlo denunciado Lina Rizzo.

—¿Por qué no lo hizo?

—En el momento en el que lo vi, en el que lo vi tal y como era, me dio miedo. Y aquello sucedió un montón de tiempo antes del #MeToo. ¿A quién cree que habrían echado la culpa si hubiera trascendido? ¿Al profesor titular, y otros miembros del claustro tenían que saber cómo era, o a la joven estudiante que se había acostado con él, y voluntariamente?

—Lo entiendo. Sé que esto es perturbador. No solo es mi obligación para con mi cliente, sino también para con cualquier mujer con la que logre contactar de esa lista, advertirles que tomen precauciones.

—Ese hombre lleva muerto mucho tiempo. ¿De dónde ha salido esa lista? No me fastidie —espetó Tracie—, ¿cómo voy a tomar precauciones cuando no sé a lo que me enfrento?

—Su mujer elaboró la lista. Ella lo sabía.

—Vale —añadió Tracie—, entonces no era tan discreto como pensaba. ¿Y usted cree que su mujer, después de todo este tiempo, está matando a las mujeres con las que se acostó?

—Su mujer murió por sobredosis de somníferos. Hace unos trece años.

—Ah. —Dejó la taza un lado—. ¿Había vuelto a casarse? ¿Tenía familia? ¿Hermanos o hermanas?

—No.

—Es evidente que, vistas las fechas, se trata de alguien relacionado con su mujer. ¿Tenía hijos? ¿De qué edad? Si en algún momento lo supe, ya no lo recuerdo.

—Lo bastante mayores. Señora Potter, teniendo en cuenta su profesión, estoy segura de que dispone de recursos sustanciales, pero, una vez más, voy a prevenirla. Tengo intención de hablar tanto con la hija como con el hijo del profesor Bennett lo antes posible. Luego tengo intención de presentarles mis hallazgos al FBI y a los departamentos policiales correspondientes.

—¿Su nombre aparece en la lista?

—No.

—Entonces para usted es un trabajo. Para mí es un poquitín más.

—Si se pone en contacto con esas personas o las alerta de mi línea de investigación, podrían huir. Y sería peor para usted.

Espero reunirme con la hija, al menos, en cuestión de días. Voy a hacer todo lo posible por proteger a mi cliente y, con ello, a usted y al resto de las mujeres de esa lista.

—No dudo que lo hará. Tiene usted una reputación excelente. Le agradezco que me haya advertido y, desde luego, tomaré precauciones. Ahora tengo que cambiarme e ir al estudio.

No había nada que hacer, pensó Rachael mientras se encaminaba al coche para volver a casa. La mujer se pondría a husmear. Gajes del oficio. Solo esperaba que, al hacerlo, no disparase ninguna alarma.

El verano, para un padre solo, suponía un nuevo mundo y precisaba de una atenta revisión de los horarios. Ya no había que levantar a los niños, vestirlos, alimentarlos y meterlos en el autobús para luego consagrarse al trabajo en soledad y silencio durante un buen puñado de horas. Tampoco tenía que ajustar su reloj interno a su vuelta para, al menos, intentar dejar todo listo y prepararse para el rato de la merienda, el de la charla y el de los deberes.

Los largos días de verano implicaban esperar que los niños jugaran juntos sin derramamiento de sangre, a pesar de que a veces se daba. U organizarse para que jugasen en casa de amigos; lo que suponía, por ley parental, que él debía responder de igual manera. Implicaban asegurarse de que comieran bien y de que no acabaran pasando la mayor parte del día delante de una pantalla.

Su madre, por supuesto, estaba encantada de quedárselos unas horas si tenía la mañana o la tarde libre. Una vez a la semana, por iniciativa propia, se los llevaba al trabajo un par de horas. Lo llamaba «enseñarles cómo funcionan las cosas». Y una vez a la semana se los quedaba Maya. A veces tenía el jardín trasero llenito de niños, lo cual era justo, dado que sus propios niños a veces llenaban otros jardines. Y a veces echaba una hora jugando con ellos al baloncesto con la canasta que había bajado a su altura.

Rezando por que no estuviera cometiendo un error garrafal, plantó una tienda de campaña en el jardín trasero para Bradley y sus dos mejores amigos. Tres niños de casi nueve años, pensó, de camping en el jardín trasero, ¿qué podía salir mal? Muchas cosas; pero, igual que su madre había hecho por él, levantó una tienda y los proveyó de golosinas, bebidas y linternas.

Mariah, que había fruncido la nariz ante la mera idea de dormir en una tienda de campaña, estaba en su tan deseada excursión de compras. ¿Y ahí? ¿Qué podía salir mal? No quería ni pensarlo.

—Phin va a traerse su telescopio un rato para que podamos mirar la luna y otras cosas.

Con la lengua entre los dientes, Bradley intentaba clavar una piqueta. Raylan se cuestionó una vez más la sentimentalidad de usar su vieja tienda en lugar de comprar una nueva de las que simplemente se desplegaban.

—Si tuviéramos una hoguera, podríamos asar perritos calientes y nubes de azúcar.

—Ni la tenemos ni vamos a hacerla.

—Si pudiéramos usar el hornillo de camping del papá de Ollie...

—Una vez más, no; tal vez cuando tengas diez años. Si quieres perritos calientes, los prepararé dentro.

—No es lo mismo. Comeremos pizza, como habíamos dicho.

—Bien.

—Podemos comer perritos calientes cuando vayamos al partido el sábado por la noche.

Aquello también le hizo recordar su niñez. Una cálida noche de verano, un partido de béisbol, sentado tan cerca de los jugadores de segunda que casi parecía que estuviera en el campo. Se detuvo y le revolvió el cabello a su hijo.

—Atracón de perritos.

—Y de nachos. Y de patatas fritas.

—Me estás dando hambre. Creo que ya lo tenemos, chaval. Vamos dentro a por el colchón hinchable.

—Los vaqueros dormían en el suelo.

—¿Tú quieres dormir en el suelo?

—No, yo no soy un vaquero. —Bradley se arrastró sobre el vientre hasta el interior de la tienda y se tumbó en la colchoneta—. Pero podemos estar toda la noche despiertos si queremos. Lo dijiste.

—Efectivamente. Pero no tenéis permiso para salir del jardín.

—Lo sé, lo sé.

Él también lo sabía, pensó Raylan, pero eso no evitó que Spencer, Nick y él se hubieran escabullido para dar un paseo nocturno por el bosque. Acabaron cagaditos de miedo, recordó. Y Spencer se había tropezado y raspado la barbilla, que le sangró a chorro durante un buen rato. Los buenos tiempos.

—Un niño en un campamento… —canturreó Monroe al otro lado de la valla.

—Un campamento a la antigua. Si se ponen como fieras, abre la ventana y arrójales algo.

Tal y como suelen hacer los vecinos y amigos en los que se habían convertido, Monroe saltó la valla y se agachó para coger a Phineas y pasarlo por encima. Ambos se quedaron de pie, estudiando la tienda de campaña.

—Los murciélagos salen por la noche —dijo Phineas, solícito—, pero no te molestarán. Lo que buscan son bichos.

—¿Murciélagos? —repitió Bradley.

—Batman te gusta, así que puedes buscar murciélagos. ¿Puedo tirar a canasta?

—Claro.

Raylan vio cómo el niño se acercaba al balón, lo cogía, daba un paso atrás y tiraba. Canasta.

—Nunca falla —dijo, negando con la cabeza.

—El chaval vale. ¿Y tenéis listas las historias de fantasmas? —le preguntó Monroe a Bradley.

—Yo tengo una buenísima.

—Los fantasmas son, quizás, personas atrapadas temporalmente en el cont…, ¿cómo se dice?

—Continuo —respondió Monroe.

—Eso, en el continuo espacio-tiempo —dijo Phineas antes de volver a hacer canasta.

—¿Como en *Star Trek*?

—Me gusta *Star Trek*. —Phineas miró a Bradley antes de volver a lanzar el balón—. Se atreven a ir adonde no ha ido nadie antes. Eso es lo que yo voy a hacer. Mi favorito es Spock.

—Qué sorpresa. —Raylan tuvo que reírse. Y Sadie ladró—. Las chicas deben de estar de vuelta. —Miró la hora—. ¿Te hace una cerveza?

—Por qué no.

—¿*Ginger-ale*, Phin?

—El *ginger-ale* me gusta, gracias. «Ale» es un tipo de cerveza, pero el *ginger-ale* no.

Canasta. Raylan volvió a negar con la cabeza.

—Más tarde vamos a cenar pizza, por si queréis sumaros.

—La pizza nunca falla. Voy a consultarlo con la jefa, pero suena bien. Da la casualidad de que vamos a preparar *sundaes*.

—¿Con nata montada? —inquirió Bradley.

Monroe soltó una carcajada.

—Si no lleva nata montada, no es un *sundae*, hijo mío, es un helado mondo y lirondo.

—No os mováis.

Raylan entró a por las bebidas y a ver qué tal les había ido a las señoritas. Una vez dentro, vio a Adrian y a Mariah acarreando un cargamento de bolsas.

—Guau, parece que ha sido un éxito —dijo, advirtiendo que a Adrian no se la veía pálida, compungida ni conmocionada.

—¡Mira mis sandalias nuevas, papi! —Mariah se balanceó sobre un pie para mostrarle unas sandalias de color morado brillante con una tira de flores rosas y blancas—. Y tengo un par blancas y también chanclas de dedo, azules con una mariposa y moradas con flores, y otras normales, y voy a elegir unas zapatillas de las que hace Adrian y me las va a regalar.

—Guau otra vez. Si las matemáticas no me engañan, esos son seis pares de zapatos.

Adrian soltó las dos bolsas que llevaba.

—¿Y?

—Y me he comprado pantalones cortos y vestidos y tops y faldas pantalón…

Mientras su hija continuaba la cháchara, Raylan reparó en que era un hombre que sabía lo que era una falda pantalón.

—Me lo he probado todo y ¡todo me quedaba perfecto! Almorzamos en un bistró y bebí agua con burbujas en una copa de vino. Luego nos hicimos la manicura y la pedicura; llevo las uñas de los pies moradas a juego con mis nuevas sandalias y las de las manos, rosas.

—Ya veo, muy bonitas.

—Voy a coger todos mis zapatos nuevos y a guardarlos. —Se dio la vuelta y abrazó a Adrian—. Me ha encantado ir de compras contigo. Me lo he pasado como en la vida.

—Yo también.

Mariah echó a correr escaleras arriba con dos bolsas rebotando.

—Hay otras dos bolsas en el coche. Voy a cogerlas yo, porque sé cuál es cuál.

—Espera. ¿Dos más? Es así de pequeña; ¿cuántas prendas así de pequeñas caben en seis bolsas?

—Da gracias por que te haya conseguido algo de tiempo antes de que se perfore las orejas.

—¿Cómo? Eeeh, ¡¿cómo?!

—Me debes una —dijo Adrian antes de volver a salir, seguida de Raylan.

—Tiene seis años.

—Cumplirá siete en un par de meses, como ella misma señaló con firmeza cuando nos cruzamos en el salón de belleza con una de sus amigas a quien le acababan de hacer los agujeros. —Adrian cogió las dos bolsas y se las pasó a Raylan—. Te espera una ardua batalla.

No quería ni pensarlo. Lo que sí hizo fue observar el número de bolsas que quedaban en el coche.

—Todas esas son tuyas.

—Menos esta. —Sacó una bolsa más—. Que son, a insistencia de tu hija y gracias a ella, nuevos bañadores, camisetas y chanclas para ti y para Bradley. Algunas prendas las compramos por altruismo —continuó—, pero la mayor parte las compramos para que no nos avergoncéis en la playa. Me han advertido que Bradley y tú lleváis ropa que no pega entre sí, hasta el punto de poneros bañador rojo con camiseta morada. Después de tal confesión era difícil disfrutar del almuerzo, pero lo dejamos de lado por pena.

—Te lo has pasado bien.

—A Teesha hay que azuzarla con una pica para que vaya a comprar algo que no sea básico. A Maya le gusta ir de tiendas, pero ¿Mo? Es una diosa de las compras. Es admirable.

—Mientras la admiras, ¿te apetece un vino?

—Debería seguir los designios de la diosa e ir a guardar mis cosas. Pero primero me tomaré una copa de vino.

—Tómate algo más. —Raylan cogió las bolsas en una mano para poder tomarle la otra—. Bradley ha invitado a un par de amigos a dormir en la tienda de campaña que hemos plantado en el jardín trasero.

—¿Una tienda en el jardín? ¿Por qué?

—Chicas. —Negando con la cabeza, Raylan la condujo a casa—. Teesha, Monroe y los niños van a venir a cenar. Vamos a pedir pizza. Y corre el rumor de que habrá *sundaes*. Quédate.

—Vino, pizza y helado, o la ensalada de tallarines tailandeses que tenía previsto prepararme. Ganáis vosotros.

—La pizza siempre gana. —Raylan se detuvo en la puerta, con las manos aún unidas—. Entonces quédate. Quédate a dormir.

Vio claramente que no se lo esperaba. Él tampoco se esperaba pedírselo. Pero sentía que era algo natural; sentía que estaba bien.

—No estoy segura, con los niños…

—Pronto iremos todos juntos a la playa —repuso—. Y ya saben que te beso en la boca. Phineas, que todo lo ve y que todo lo sabe, se chivó. Y no les parece mal. Así que quédate.

—Tal vez solo quieras refuerzos para enfrentarte a los campistas del jardín.

Raylan sonrió y la atrajo hacia sí.

—Podría ser un factor; no el más importante, pero definitivamente un factor.

—Imagino que podría echarte una mano, dado que voy a cenar pizza y helado.

Sabiendo que aquel era un gran paso, el siguiente paso, Raylan la besó en la boca.

25

En el jardín de su estudio, Adrian trabajaba en una rutina de yoga con mancuernas ligeras. Su objetivo era que durase quince minutos, así que la estaba cronometrando. Tenía el concepto para un nuevo programa solo de yoga (quizás se estaba adentrando un poco en el territorio de su madre), con segmentos de quince minutos y cuatro enfoques distintos.

Creía que serían una buena incorporación a sus programas en *streaming*. Y sería divertido si podía hacerlos todos en el exterior, pensó mientras hacía *press* de hombros en la postura del árbol. Tenía las puertas de cristal abiertas para que Sadie pudiera deambular dentro o fuera a voluntad. Cuando sonó el cronómetro, estaba en la postura del puente sobre la esterilla, haciendo *press* de pecho.

—Vale, mierda, demasiado largo.

Se levantó y dejó las mancuernas para estudiar el guion en la tableta y hacer los ajustes necesarios. Volvió a ajustar otros quince minutos en el cronómetro y empezó de nuevo. Esta vez, cuando sonó la alarma, estaba sentada con las piernas cruzadas en la esterilla, las manos extendidas a los lados y las palmas hacia arriba. Las unió en postura de oración y se inclinó hacia delante.

—Perfecto. Así está bien.

Como podía, se estiró hacia atrás y contempló cómo un jirón de nube blanca se desplazaba por el cielo azul estival. Sadie se acercó y se tumbó junto a ella. Oía el canto de los pájaros, el rumor de la brisa. Olía el césped, el romero, los heliotropos de la maceta cercana. «Ojalá todo pudiera seguir así», pensó. Bello, silencioso, cálido y resplandeciente. O como la noche que había pasado en casa de Raylan: todo ruido y alegría, niños corriendo, amigos charlando, Monroe tocando el banjo. Así, todo estaba bien en el mundo. Pero no duraría, y no todo estaba bien en el mundo.

Sabía que Rachael había localizado a cuatro mujeres más. Tres vivas y una asesinada en el aparcamiento del hospital en el que trabajaba. Sabía que eso volvía a alterar los porcentajes, pero no iba a intentar calcularlos. También sabía que Rachael tenía previsto entrevistar a Nikki Bennett al día siguiente. Una vez que la mujer hubiera vuelto a su oficina, Rachael iría allí, le expondría la situación y exigiría respuestas. Si es que las había.

Tenía que haberlas. Tenía que llegar el momento en el que todo volviera a estar bien en el mundo. Porque quería ser capaz de estirarse en la hierba con su perra bajo el cielo azul y no pensar en que alguien, a quien jamás había conocido, quisiera hacerle daño. Y por qué.

—¿Y sabes qué más? —dijo mientras acariciaba a Sadie—. Mamá viene la semana que viene. No me importa, de verdad que no. Es solo una cosa más, pero tengo que acabar esta rutina antes de que llegue y empiece a sugerir cambios. —Suspiró—. Porque es probable que sus sugerencias sean buenísimas. Además, estoy de mal humor porque Raylan se va a Nueva York mañana. Solo va a pasar una noche, pero me fastidia. ¿Alguna vez me has visto penando por un hombre? No, nunca me has visto así. —Se giró y se acurrucó contra la perra—. Así que voy a parar y me voy a poner a pensar en la parte de los abdominales.

Se puso en pie y apartó las mancuernas antes de consultar la tableta para refrescarse la memoria. Sin embargo, cuando estaba a punto de encender el cronómetro, Sadie profirió un ladrido de los amigables y salió disparada, rodeando la casa. Al seguirla, Adrian vio a Teesha y Maya salir de los coches.

—Vaya, menuda sorpresa.

Maya extendió los brazos.

—¡Estamos libres de niños!

—Ya veo.

—Mi madre se ha quedado con Collin y Phineas, cosa que ya estaba prevista. Luego ha insistido en quedarse con su nieta. Como ya le había dado de comer, se la he encasquetado.

—Yo ya tenía la comida de Thad lista; hoy le toca a Monroe, así que le he mandado un mensaje diciéndole que iba a hacer doblete.

—Y hemos venido para reventarte la jornada laboral y que hagas el vago con nosotras —concluyó Maya al tiempo que llegaban a la parte trasera.

—Me parece bien. De todas formas, ya tenía casi todo hecho.

—Enrolla esa esterilla, colega —le dijo Teesha—. Vamos a servirnos algo frío.

—Ojalá fueran margaritas. —Maya cerró los ojos y suspiró—. Ojalá pudiéramos pasarnos la tarde bebiendo margaritas helados en copas como peceras con los bordes impregnados de lima y sal. ¿Te acuerdas de los margaritas, Teesha?

—Me acuerdo, y con cariño. El año que viene nuestras tetas volverán a ser nuestras y nos pasaremos el día bebiendo margaritas helados.

—Esta mañana he hecho limonada —reflexionó Adrian—, pero ahora quiero poner tequila en el mío.

—No nos tientes. Limonada. ¿Tienes galletas? —se preguntó Teesha.

—No, lo siento, lo que tengo es…

—No digas humus —replicó Maya, con un dedo levantado—. No digas verduras crudas. No queremos hacerte daño.

—Buscaré algo más. ¿Porche delantero o trasero?

—Aquí fuera se está bien. Nos quedaremos en este. —Maya enlazó el brazo con el de Teesha—. Así no tendrás que llevar los tentempiés, que no serán humus, muy lejos.

Adrian guardó todo y abrió la puerta de la cocina que daba al porche. Teesha cogió vasos, Maya la jarra y Adrian hizo acopio de snacks que cumplieran sus requisitos. Tenía guacamole, patatas fritas, tostadas de hierbas y gouda del bueno, uvas y frutos del bosque frescos.

—Qué bien. —Maya se sentó y se echó hacia atrás la cola de caballo rubia antes de murmurar de placer—. Hacía un montón que no disfrutaba de una tarde de chicas, solo con vosotras. Tenemos que ingeniárnoslas para repetir; una vez al mes. Sin niños ni hombres, solo nosotras.

—Un club de chicas en vez de un club de lectura. —Teesha cogió una cucharada de guacamole—. Adoro a mis hijos, pero…

—Estoy contigo, hermana. —Maya hizo chocar su vaso con el de Teesha—. Un par de horas sin que nadie me llame, sin que nadie necesite que lo limpien, lo cambien, lo alimenten… Y eso que tú y yo no tenemos que hacerlo solas, como hizo mi madre. Jo, y como hace Raylan. —Maya sonrió a Adrian—. Y tengo entendido que llevaste de compras a la reina de la moda. ¿Qué tal os fue?

—Me convenció de comprar, para mí, dos veces más de lo que tenía previsto o necesitaba. No dejaba de pensar: «Pero si me paso en chándal o en ropa de deporte el noventa por ciento de mi vida. No necesito esos adorables pantaloncitos capri». Pero entonces dijo algo de que si la ropa hace que te veas bien te sentirás bien. Y que cuando te sientes bien eres más agradable con la gente. Así que me compré los capri, por la humanidad.

—Yo, como tía devota suya que soy, me alegro de que tenga a alguien cerca capaz de apreciar sus habilidades innatas. Y ahora…, ¿qué tal las cosas contigo y Raylan?

Adrian se tomó su tiempo en escoger el arándano perfecto.

—Las cosas van bien.

—Una respuesta muy vaga. —Maya se volvió hacia Teesha—. ¿No crees que esa respuesta es muy vaga?

—Una triste y egoísta ausencia de detalles, habida cuenta de que aquí estamos dos mujeres con una vida sexual limitada por el corretear de los niños, el amamantar, el andar de aquí para allá, el llevar una empresa y el cambiar pañales.

—Y el responder preguntas, el reparar juguetes, el secar lágrimas… —continuó Maya—. ¿Cuándo fue la última vez que tuviste la energía o la oportunidad de practicar sexo ininterrumpido, con sus preliminares incluidos y su bis?

—¿Con su bis? Ay, ay, ay. —Teesha se recostó sobre el asiento y elevó los ojos al cielo—. Creo que fue cuando, durante un puente, las abuelas se llevaron a Phineas a Hersheypark. Y fue cuando encargamos a Thaddeus. Estoy segurísima de que fue el bis.

—Mi madre se quedó con los dos una noche hace un par de semanas, a pesar de que la niña aún pide teta o biberón sobre las dos de la mañana. Joe y yo conseguimos completar la primera ronda, pero luego nos quedamos como troncos unas diez horas. Tendremos que intentarlo de nuevo. —Entonces sonrió a Adrian—. Te toca. —Cuando esta negó con la cabeza, la apuntó con un dedo—. No es justo. Cuando Joe y yo empezamos a salir, te cayó una avalancha de detalles.

—Y conmigo y con Monroe, igual.

—Ninguno de ellos era mi hermano —puntualizó Adrian antes de comerse una uva—. Hablar con mi amiga de cómo practico sexo con su hermano se pasa de raro y entra dentro de lo turbio.

—No es mi hermano. —Teesha señaló su vaso con un gesto de la mano mientras cortaba queso con la otra—. Maya puede salir a dar un paseo y así me lo cuentas; ya se lo retransmitiré yo a ella más tarde.

—¿Qué os parece si os digo que, dado que Raylan tiene dos hijos mayores que los vuestros, aún os queda esperanza en cuestiones íntimas?

—Sigue siendo vago —reflexionó Maya—, pero al menos levanta el ánimo.

—Hasta ahora, Raylan no ha tenido problemas para levantar nada.

Teesha soltó un aullido.

—Ahora sí que has dicho algo. —Estiró las piernas—. Jo, qué bien se está. Punto para ti por habérsete ocurrido, Maya. Iba de vuelta a casa a ponerme a trabajar.

—Yo iba camino de la tienda a terminar de actualizar la página web. Me encanta la tienda. Me encanta trabajar con artesanos, con artistas, de cara al público; me encanta hablar con la gente todos los días. Pero hay que reconocer que puede convertirse en una rutina que te absorbe hasta olvidar quién eres fuera del trabajo, del matrimonio y de la maternidad. —Levantó el vaso—. Por que nunca olvidemos qué es ser una amiga.

—Las dos sois las mejores que jamás haya tenido. —Adrian hizo chocar su vaso con el de ellas—. Las dos representáis momentos clave de mi vida. Aquel primer verano aquí, cuando me hiciste un sitio en tu grupo, Maya, realmente necesitaba una amiga.

—Te voy a contar una cosa que no te había contado nunca. Cuando mi madre se enteró de lo que había sucedido y de que ibas a pasar el verano en el pueblo, me cogió, me lo explicó y me dijo que muchos niños te acribillarían a preguntas. Algunos hasta se reirían de ti o te dirían cosas feas. Y me preguntó cómo me sentiría si me lo hicieran a mí. Yo le respondí que me harían sentir mal y avergonzada. Entonces me dijo que tenía razón y que sabía que yo no lo iba a hacer, que se apostaría algo a que te hacía falta una amiga.

—Adoro a tu madre —murmuró Teesha.

—Es la mejor. Por supuesto, le dije: «¿Y qué pasa si es mala o estúpida o no me cae bien?». Me respondió que tendría que averiguarlo. Y lo averigüé. Y aquí estamos.

—Me preguntaste si quería ir a tu casa y ver tus Barbies, y eso cambió lo que creía que iba a ser un verano triste y solitario. Y aquí estamos. Y tú también. —Se volvió a Teesha—. Estaba cabreadísima con mi madre por haberme metido en aquel instituto en el que no conocía a nadie y en el que no quería estar. Era hora de mostrarle lo que era capaz de hacer, de tomar las riendas de mi vida. Caminé hasta aquella mesa de la cafetería buscando gente para hacer un vídeo. Y lo que encontré fue mucho más.

—Nos dejaste de piedra. La chica nueva, la que tendría que haberse ido con los populares, los deportistas o los esnobs, claro, viene derechita a nosotros y se sienta en nuestra mesa. Fuiste valiente. Siempre has sido valiente.

—Cabreada y resuelta, más bien. Y aquí estamos. —Soltó el vaso y les tomó las manos a sus amigas, que era lo que le pedía el cuerpo—. La próxima vez habrá galletas.

Rachael entró en las oficinas de Ardaro Consultores, en el noroeste de Washington D. C., con un plan en mente. Un plan que podría ir modificando de distintas formas en caso necesario. Unos días antes, había llamado a la oficina afirmando que formaba parte del comité para la reunión de antiguos alumnos del instituto de Nikki Bennett. Se había mostrado charlatana y animada y, a pesar de que la asistente de Nikki había sido demasiado profesional como para informarla de su paradero exacto, le había sugerido que volviera a llamar al cabo de dos días, cuando Nikki hubiese vuelto a la oficina.

Ese día tenía previsto arrinconar a Nikki en el trabajo haciéndose pasar por la agotada propietaria de una librería independiente de Bethesda, Maryland, que necesitaba ayuda para reestructurar su negocio. Al menos hasta que entrase en su despacho y la tuviera enfrente.

Se vistió de forma acorde: pantalón gris con sus mejores zapatos de salón negros, un top de escote redondo a juego y una americana azul pálido. Había tomado prestados los pendientes de diamantes de su hermana, se había puesto un par de pulseras brillantes y había sustituido su sencilla alianza por una llamativa circonita que creía que daría el pego. Una mujer de posibles. Una mujer que podía permitirse contratar a una buena consultora, experta, con experiencia y de una empresa potente, para reflotar su querido negocio.

Entró en el vestíbulo decorado con gusto, adoptó una expresión agradable, aunque ligeramente arrogante, y se encaminó hacia la recepcionista.

—Buenos días. ¿Puedo ayudarla?

—Desde luego, espero que sí. Me gustaría hablar con… —Levantó un dedo y sacó el teléfono móvil de un bolso Max Mara, también prestado—. Sí, Nikki Bennett.

—¿Tiene concertada una cita?

Rachael la miró por encima del hombro.

—Me la han recomendado muchísimo. Estaba en el edificio para otro asunto. Me gustaría robarle cinco minutos. Por favor, dígale que la señora Salina Mathias la espera. Tal vez haya oído hablar de mi hermano, el senador Charles Mathias.

—Lo siento mucho, señora Matías.

—Mathias.

—Señora Mathias, en estos momentos la señora Bennett se encuentra fuera de la oficina, visitando a un cliente. Será un placer remitirla a otro de nuestros asesores o pedirle a la asistente de la señora Bennett que le concierte una cita.

—Vaya, ¿y cuándo vuelve a la oficina?

—Mañana. Después de la reunión, tiene previsto trabajar desde casa.

—¿Trabajar desde casa? —Rachael soltó una carcajada breve y desdeñosa—. Ya veo que he perdido el tiempo.

Sin más, se marchó. Y se preguntó qué decía de ella el que hubiera disfrutado actuando como una pija engreída a la que la recepcionista no tardaría en poner verde con alguna otra compañera durante su descanso.

De vuelta en el coche, cambió los zapatos por unas zapatillas y salió del aparcamiento cubierto rumbo a Georgetown. Se detuvo para comprar chucherías y vaciar la vejiga, y luego aparcó a media manzana, en la acera de enfrente de la digna vivienda de los Bennett. Se quedaría vigilando la casa (aunque no fuera ni por asomo tan divertido como hacerse pasar por una imbécil) hasta que Nikki regresara.

Un vecindario bonito, pensó, tranquilo, cómodo. Acomodado. Si alguien decidía denunciar la presencia de un coche extraño, hablaría con los policías que fueran a echar un vistazo. Después de todo, había sido uno de ellos. Anotó los movimientos que había realizado aquella mañana y el tiempo invertido; luego se puso los auriculares y se dispuso a escuchar el audiolibro que la ocupaba aquellos días.

Se pasó la siguiente hora en las tierras altas escocesas mientras comía Fritos, toda una debilidad. Una vez que el rudo jefe del clan y la arrojada mujer a la que amaba concluyeron su aventura, llamó a su marido y a la oficina y luego empezó a buscar nuevas opciones de audio.

El sobrio Mercedes negro aparcó junto a la casa elegante. Nikki Bennett, con el cabello castaño corto ondeando en la brisa, salió del vehículo. Llevaba un traje veraniego de color gris pálido y salones gris marengo de tacón corto y grueso. Se colgó del hombro una cartera negra antes de sacar de la parte trasera una bolsa de la compra de tela. Rachael esperó a que llegara a la puerta antes de salir del coche, cerrarlo con llave y cruzar la calle. Llamó al timbre. Al cabo de un momento, Nikki abrió y estudió a Rachael con ojos cansados y desconfiados.

—¿Sí?

—Señora Bennett, soy Rachael McNee —dijo, mostrándole su identificación—. Me gustaría hablar con usted unos minutos. ¿Puedo entrar?

—No. ¿De qué se trata? He estado fuera de la ciudad. No me he enterado de que hubiera habido ningún problema en el vecindario.

—Que yo sepa no ha habido ninguno. Su nombre ha surgido en un asunto que estoy investigando.

—¿Qué asunto?

—Poesía.

Nikki la atravesó con la mirada.

—No sé de qué me habla. Tengo trabajo.

Antes de que pudiera cerrar la puerta, Rachael se movió lo suficiente como para impedírselo.

—Señora Bennett —comenzó antes de nombrar a varias mujeres de la lista y acabar con las cinco asesinadas.

—No conozco a ninguna de esas personas. Si son clientes mías o de mi empresa, concierte una cita con mi oficina. Esto es mi casa.

—Adrian Rizzo.

Ese nombre sí provocó una reacción, un leve parpadeo de sus ojos cansados.

—Si es usted periodista y busca desenterrar todo el asunto, yo no...

—No soy periodista. —Una vez más, Rachael le mostró su identificación—. Estoy investigando una serie de amenazas y una serie de muertes, todas ellas relacionadas con su padre.

—Mi padre lleva más de veinte años muerto. Ahora, si no se marcha, voy a llamar a la policía.

—Está bien; si no habla conmigo, es allí adonde voy, a hablar con las autoridades. Puedo entrar para que usted responda a unas preguntas, y así dejamos todo el asunto zanjado, o puede hablar con la policía.

—Usted no va a entrar en mi casa. —Pero Nikki dio un paso adelante y se cruzó de brazos delante de la puerta abierta—. Era una niña cuando mi padre murió. Mi hermano y yo éramos niños.

—Adrian Rizzo también lo era. De hecho, era menor que ustedes dos.

—Tampoco es que nada de eso tuviera o tenga que ver conmigo. Sin embargo, pagamos igualmente por ello. Perdimos a nuestro padre. Vivimos con el escándalo, con la prensa, con las preguntas. Pagamos. Mi madre acabó rindiéndose y se suicidó. Pagamos y asunto concluido.

—Hay alguien que no cree que sea así. Cinco de los nombres que le he dado, cinco de esas mujeres, han muerto por medios violentos. Asesinadas. Todas esas mujeres y otras tuvieron una aventura con su padre.

En ese momento, los ojos de Nikki se movieron a izquierda y derecha antes de volver al frente. Estaba nerviosa.

—Eso no tiene nada que ver conmigo.

—¿No le resulta curioso?

—La gente muere. Mi padre murió. Mi madre también.

—Asesinadas, Nikki, y esas mujeres aparecen en una lista que su madre elaboró.

—Es usted una mentirosa —respondió la mujer, acalorada—. Mi madre no sabía nada. No sabía que había otras mujeres. No tenía una lista.

—Le llevó esa lista al reportero que publicó la noticia el día antes de que su padre atacase a Lina y Adrian Rizzo, y a Mimi Krentz.

—Eso es mentira —replicó. Pero volvió a parpadear.

—No tengo motivos para mentir. Usted viaja mucho.

—¿Y qué? No es asunto suyo. —Su tono de voz se volvió más agudo—. Es mi trabajo. Me he forjado una carrera, me he forjado una vida. No voy a permitir que venga aquí y trate de arruinarla por algo que mi padre hizo cuando yo era una niña.

—¿Escribe usted poesía, Nikki?

—Ya he tenido bastante de esta conversación y de usted.

—Desde hace trece años, justo después de que su madre muriera, Adrian Rizzo ha estado recibiendo poemas anónimos amenazantes. Los matasellos varían, lo que indica que esta persona viaja. Su padre enseñaba poesía, entre otras materias.

—Yo no escribo poesía. Yo no envío amenazas anónimas. —Pero su respiración se volvió pesada y laboriosa—. Mi padre está muerto porque creía que podía engañar a mi madre con impunidad. Está muerto porque se emborrachó y se puso violento. Está muerto porque embarazó a una de esas zorras y engendró una bastarda, pero no fue capaz de encararlo como un hombre.

—Y a usted aquello le dolió. Le dolió y, cuando su madre se suicidó, le volvió a doler. Todavía más. Todas esas mujeres le hicieron daño a su madre, mucho daño. Y esa niña que engendró era un recordatorio constante de ese dolor. Ha dicho que ustedes ya han pagado. ¿Cree que ellas también deberían pagar?

—Por mí, como si se pudren en el infierno. Es que ni pienso en ellas. No son nada para mí.

—El último poema llegó desde Omaha. ¿Ha pasado por Omaha en su reciente viaje, Nikki?

—No. Pero no es asunto suyo. Salga de mi propiedad ahora mismo o la denunciaré por allanamiento y acoso.

—¿Dónde está su hermano, Nikki?

—Ni lo sé ni me importa. ¡Váyase al infierno!

Volvió a meterse en casa y cerró de un portazo. Rachael sacó una de sus tarjetas de la cartera y la deslizó por debajo de la puerta. Una nunca sabía. Pero sí sabía una cosa, se corrigió de camino al coche: Nikki Bennett era una mentirosa y no muy buena.

Al otro lado de la puerta, Nikki comenzó a temblar, sobre todo de ira. No permitiría que ningún aspecto de su vida volviera a verse alterado por unas personas que no le importaban, por lo que el borracho y mujeriego de su padre había hecho cuando ella era una adolescente; por Dios que no lo permitiría. Y no creía ni por un minuto que su madre hubiera sabido de todas aquellas zorras a las que su padre se tiraba.

Solo que sí sabía de ellas. Sí lo sabía, admitió antes de cubrirse la cara con las manos. Todos aquellos años, mentiras y más mentiras. Mentiras, traiciones, alcohol y pastillas. Toda su vida, construida sobre una base de mentiras. No, no, no, no su vida. Maldita sea, ella se había forjado su propia vida. Al infierno con todos los demás.

Cuando bajó las manos, abrió los ojos como platos al descubrir a su hermano bajando por la elegante curva de las escaleras.

—Hola, hermanita. ¿Estás triste?

—JJ. —Apenas lo reconoció con la barba descuidada y el pelo que le rozaba los hombros. Con aquellas gastadas botas de vaquero y el cinturón de cartuchera, parecía un cruce entre un paleto y un iluminado, al que había que añadir un leve parecido a su padre—. ¿Qué estás haciendo aquí? ¿Cómo has entrado?

—Ahora mismo te lo digo —respondió. Y le estampó el puño en la cara.

Rachael paró en una estación de servicio Sheetz a llenar el depósito, comprar una bebida fría y, una vez más, vaciar la vejiga. De vuelta en el coche, llamó a Adrian.

—Soy Rachael. Quería decirte que acabo de hablar con Nikki Bennett.

—¿Qué ha dicho?

—Afirma que no sabe de lo que hablo, que no conocía a ninguna de las mujeres de la lista que he mencionado. Muchas negativas, mucha indignación y alguna que otra mentira entre medias. Sea o no responsable directa de las amenazas que has recibido y de los asesinatos, sabe algo.

—Y ahora ¿qué?

—Lo que me gustaría es echar un vistazo a los datos de sus viajes estos últimos años para ver si puedo situarla cerca de alguno de los asesinatos. Añadiría mucho peso a mi teoría.

—¿Puedes hacerlo?

—Soy investigadora privada, así que no puedo conseguir una orden de registro. Tampoco tengo claro que hubiera podido conseguirla si siguiera en la policía. —Comprobó la hora—. Ahora tengo que irme a casa. Tengo un compromiso familiar dentro de un par de horas, pero, con tu permiso, me gustaría contarle lo que he descubierto a mi tío. Él sigue en el cuerpo.

—Haz lo que creas que puede ayudarnos. Lo que haga falta.

—Entonces le pediré que me eche una mano. Aún tengo amigos y contactos dentro, pero mi tío tiene muchos más. Le contaré que la intuición me dice que Nikki Bennett está implicada y que está nerviosa. Te pondré todo esto por escrito, con mis comentarios e impresiones.

—La he buscado en la página web de la empresa. No iba a hacerlo, pero necesitaba verla. Parece tan…

—¿Normal? —propuso Rachael.

—Sí. Una mujer profesional de aspecto agradable y nada más. No he conseguido encontrar ninguna foto de su hermano, salvo en un par de refritos de la historia de Georgetown, y eran de cuando era pequeño. Simplemente parecía un niño vestido para la foto del colegio.

—Ya no es un niño. Ninguno de los dos lo es. Si uno de ellos o los dos están detrás de esto, lo averiguaré.

«Porque hubo algo en ella que me escamó —pensó Rachael—. Algo que me activó el radar».

—Me alegro de que estés de mi parte.

—No lo dudes. Deja que hable con mi tío y compartamos ideas. Volveré a llamarte.

Algo iba a romper, se dijo Rachael mientras salía del aparcamiento. Había visto y había notado olas de ira, de miedo y de culpabilidad en Nikki. Y esas olas no iban a tardar en romper.

26

Le dolía todo. No podía pensar a través del dolor y el cuerpo le temblaba de la consternación. «Una terrible pesadilla —pensó Nikki—. Despierta. Despierta». Conforme se abría camino entre las capas desgarradas y desgarradoras que la envolvían, notó el sabor de la sangre en la boca. ¿Era posible saborear en sueños? Se trataba de un sabor metálico y desagradable que le dio ganas de toser y escupir. Pero la cara, Dios mío, la cara le palpitaba y percutía. La cabeza le martilleaba, por dentro y por fuera, mientras pugnaba por abrir los ojos y despertar.

Se encontró en el suelo, tumbada sobre las baldosas, las frías baldosas, bajo una luz demasiado brillante. Hacía que le dolieran y le lloraran los ojos. Trató de sentarse, de incorporarse, pero tenía el brazo derecho inmovilizado. Con la visión aún borrosa, doble, se fijó en el grillete que le rodeaba la muñeca. Asustada, vio el grillete unido a la cadena y esta a un grueso perno que perforaba el alicatado de la pared. Era el baño de debajo de las escaleras, el bonito baño con sus bonitas toallas para invitados, invitados que jamás recibía.

Presa del pánico, trató de liberar el brazo, pero lo único que consiguió fue que el grillete se le clavara en la muñeca y le doliera aún más. Entonces gritó; a pesar de la explosión que le provocó en la cabeza, gritó. Oyó los pasos, trató de agazaparse, porque en ese momento ya lo recordaba. Madre de Dios, claro que lo recordaba.

JJ apareció en la puerta. Llevaba una de sus cajas para material de oficina, que depositó en el suelo. Se acuclilló y le sonrió.

—Uuuy, diría que te he roto esa nariz de sabelotodo que tienes, Nik. Te van a salir un buen par de moratones bajo los ojos.

—Me has pegado.

—No tan fuerte como podría. Deberías darme las gracias.

—¿Qué estás haciendo? ¿Qué estás haciendo?

Su hermano le sonrió justo de aquella forma que recordaba: los labios muy abiertos, los ojos fríos como el invierno.

—No voy a matarte. Ya me darás las gracias más tarde. Si hubieras dejado que esa puta fisgona entrase, habría acabado con las dos; pero le paraste los pies, Nik, así que lo haremos así.

—¿Qué has hecho, JJ?

—Ya sabes —respondió agitando un dedo en el aire—. Y si no lo sabías antes, lo sabes ahora. Igual que sabrás que puedes gritar hasta que los pulmones te sangren, porque nadie va a oírte. Es un cuarto interior, hermanita, con gruesas paredes de yeso, así que... —Metió la mano en la caja y sacó un frasco de Advil y una botella de agua. Se los pasó deslizándolos sobre el suelo—. Yo que tú me tomaría cuatro.

—Mataste a esas mujeres de las que hablaba la detective.

—Se lo merecían. Se lo merecen todas, y ya les llegará su hora. He estado tomándomelo con calma, pero veo que voy a tener que ponerme las pilas. Menuda suerte que estuviera aquí cuando esa zorra vino a darte la brasa. Había venido a pedirte algo más de dinero, darme una buena ducha y comerme un par de comidas decentes. Pero me ha tocado un regalazo extra.

—¿Por qué? ¿Por qué? ¿Por qué? —Los ojos, hinchados, comenzaron a llorarle de nuevo—. Él la engañó, la...

—¡No digas ni una puta palabra más sobre él! Se le abrían de piernas, ¿no? —Le propinó un puñetazo al pequeño mueble del lavabo—. ¿Cuántas veces tengo que decirte que son ellas las culpables? Un hombre coge lo que se le ofrece, está en su naturaleza. Ellas son el motivo por el que está muerto, por el que crecimos rodeados de vergüenza. No merecen estar en este mundo, ¡y deberías saberlo! Especialmente esa hija de puta a la que no mataron en el vientre materno. Ella asesinó a nuestro padre. Ella es la culpable de todo.

Le había oído decir eso mismo un sinfín de veces, por lo que sabía que no había forma de razonar con él. Máxime cuando una parte de ella, una parte terrible que la avergonzaba, estaba de acuerdo con sus palabras. Con manos temblorosas abrió la botella de agua y el frasco de pastillas. Tenía que calmar el dolor y pensar.

—¿Has estado enviándole poemas? ¿A la Rizzo esa?

—Siempre se me han dado bien, ¿verdad? Papá siempre lo decía. Mamá también, pero papá sabía de lo que hablaba. Estaba orgulloso de mí. Más de mí que de ti. —Se sentó en el suelo, bajo el dintel, y miró por encima de su cabeza—. Él me quería. Mamá se pasaba más de la mitad del tiempo dándome la tabarra, pero él me quería. «Déjalo en paz», le decía. «El chaval tiene cojones. Los chicos son así».

Así era, pensó Nikki, su padre decía esas cosas aun después de haber descubierto que JJ había robado algo de una tienda, o había iniciado una pelea, o se había escapado de casa por la noche.

—Mamá solo intentaba que no te metieras en líos.

—Era débil. «Tómate otra pastilla, Catherine». Eso también se lo decía cuando se le empezaba a poner pesada. Además, ella no le daba lo que necesitaba; si no, no lo habría buscado en todas aquellas zorras, ¿no?

—Sé que era débil —dijo Nikki con cautela—. Tomaba pastillas. Pero yo cuidaba de ti, JJ. Intenté cuidar de ti, y lo sabes. Me aseguré de que tuvieras que comer cuando ya nadie trabajaba para nosotros. Te ayudaba con los deberes y te lavaba la ropa.

—Esperabas que siguiera tus reglas. Esperabas que limpiase el suelo y fregase los platos.

—No podía hacerlo todo yo sola. —Trató de sonreírle, pero, caray, cómo dolía—. Necesitaba tu ayuda.

—Te fuiste a la universidad, ¿no? Me abandonaste.

—Vivía en casa, pero tenía que sacarme un título. Tenía que conseguir un buen trabajo.

—Mentirosa. Teníamos dinero de sobra.

—Era el dinero de la familia. —«Una vez más, cuéntaselo todo una vez más; no pierdas la calma», pensó—. Pero mamá no estaba estable, JJ. Tú sabes que no lo estaba y que era ella quien controlaba el dinero. —«Tú tampoco estabas estable. Lo sabía, siempre lo he sabido. ¡Yo hice lo que pude! No es culpa mía».

Tuvo que respirar con cuidado para no escupir las palabras que se le agolparon en la garganta.

—Viví en casa durante la carrera. Seguí viviendo en casa cuando conseguí trabajo. Quería que fueras a la universidad, JJ, que salieras, que empezaras a vivir tu vida, pero…

—Estudiar es de pringados. Y tú te largaste a viajar por ahí toda trajeada.

—Te llevaba conmigo siempre que podía, especialmente después de que mamá muriera.

—Antes me dejaste con ella un montón de veces. Me dejaste a que limpiase su mierda, a que le escondiese las pastillas, a que la aguantara cuando se ponía a despotricar. Tú no estabas aquí para oírle despotricar de papá cuando le daba una de sus neuras. Tú no estabas cuando se ponía a reír sin parar y decía que cómo se alegraba de que estuviera muerto. Cómo se alegraba de haber contribuido a que el mundo se enterase de que era un cabrón infiel. Cómo se reía sin parar y lloraba sin parar.

Nunca había tenido una cita, pensó Nikki. Nunca había ido a clubes ni al cine. De clase a casa y, después, del trabajo a casa. ¿Los viajes? A menudo pensaba que los viajes que exigía su trabajo le habían permitido conservar la cordura. Pero tenía que tranquilizarlo, tenía que convencerlo de que la soltase.

—Lo siento, JJ. Siento no haber estado aquí todo el tiempo, pero…

—No estabas aquí cuando me dijo que siempre lo había sabido, que tenía una lista entera de las mujeres a las que se había follado. Que ya podía dejar de idolatrarlo si quería ser un hombre de verdad. Además, guardaba la lista. Y la sacó y me la restregó por la cara. Me dijo que si tanto me había querido mi padre tendría que haber cumplido los votos matrimoniales. Dijo cosas terribles, no paraba de decirlas. Podría haberla estrangulado en aquel mismo momento, pero no lo hice.

Nikki sintió el frío en lo profundo del estómago. Ya no era solo miedo.

—¿Qué hiciste?

—Le di lo que quería. Pastillas y más pastillas. La ayudé a subir y a meterse en la cama, y le di aún más. Luego la vi morir, me fui y me tomé un par de cervezas.

—Era nuestra madre.

—Era una puta drogadicta que había matado a nuestro padre. Lo mató igual que todas las demás. Y tú llegaste a casa y la encontraste, llamaste a urgencias, me llamaste mientras estaba tomándome aquellas cervezas. Llorabas por ella, llorabas como si no hubiera sido durante años una cadena a nuestro cuello. —Volvió a sonreír—. Y conseguimos el dinero, ¿no?

Alcanzó la caja, sacó un paquete de cereales Frosted Mini-Wheats y comenzó a comer.

—Me iba de viaje contigo porque quería ver algo del país, por si encontraba un lugar que me llamase. Y tú dándome la tabarra sin parar con la universidad o la escuela de negocios o con que consiguiera un buen trabajo. Era bueno con las manos, decías, y ahí tenías razón. Las usaba para entrar y salir de las casas, para coger lo que quería si quería. Pero no dejaba de pensar en aquella lista. —Se metió cereales en la boca—. Robar era divertido, claro, pero no tenía un verdadero propósito. Un hombre ha de tener un propósito en esta vida. Pensé en matar a quienes habían matado a mi padre. ¿Y qué vi un día en la televisión cuando estaba muerto de aburrimiento mientras tú andabas tratando de hacer que la gente hiciera lo que querías que hiciera? Vi a aquella putita dándose aires en no sé qué mierda de programa de entrevistas. Hablaba de una nueva generación y no sé qué chorradas más. Así que me senté y le escribí un poema. «Que te jodan, deberías estar muerta. Y un día te mataré»; en ese plan, pero poético.

Le pareció divertidísimo, así que rompió a reír a carcajadas. Nikki pensó que se parecía mucho a su madre.

—Quería matarla de inmediato, pero sabía que algo así de dulce exige cierta espera. No era solo un plato que se sirviera frío, sino uno que podía volver a calentarse en el momento perfecto. Así que maté a una de las otras. La sensación fue genial. Me valió durante un tiempo. Y me gustaba escribir los poemas. Al principio uno al año. Supongo que así sabrá lo que le espera y no dejará de tener miedo.

—JJ, por favor, escúchame.

No la escuchaba, no la oía. Solo oía sus propios pensamientos.

—Pero siguió haciendo aquellos malditos DVD, siguió haciendo lo que le daba la gana. En fin... —Volvió a cerrar el paquete de cereales—. Por poco tiempo ya.

—JJ, tienes que soltarme.

Volvió a dedicarle aquella sonrisa, la que helaba la sangre.

—¿Después de las molestias que me he tomado en fijar ese perno a la pared? Iba a utilizarlo con ella cuando estuviera listo. Imaginaba que tendría una larga y bonita conversación antes de matarla a palos. Así es como quiero acabar con ella.

—JJ, sabes que no se lo contaré a nadie. Siempre he cuidado de ti.

—Cuidabas de mí cuando te convenía.

—Eso no es verdad y lo sabes. Tengo miedo por ti. Tienes que parar o te cogerán. No es culpa tuya, pero tienes que parar. No saben dónde estás, así que puedes volver y decir simplemente basta. Yo jamás les diría dónde encontrarte. Eres la única familia que me queda.

—¿Familia? Y una mierda. —Sonrió con desdén ante la palabra y los ojos le brillaron. Le brillaron demasiado—. Aunque también es verdad que, si no fueras familia, te habría matado ya. En cambio, aquí estás. Tienes un retrete y un lavabo en el que beber agua. Y en esta caja te he puesto comida. —Le dio un toquecito y un empujón para acercársela—. Y no te preocupes por la oficina. Les he enviado un mensaje de texto desde tu móvil. Les he dicho que habías salido de la ciudad por una urgencia y que necesitabas cogerte tus dos semanas de vacaciones. Ah, sí, también le he mandado mensaje al servicio de limpieza para que no venga nadie durante las próximas semanas.

Nikki comenzó a respirar demasiado rápido, entrecortado y rápido.

—Por favor, por favor, por favor, no me dejes aquí encadenada. Veo borroso, JJ, y estoy mareada. Podría tener una conmoción cerebral.

—Sobrevivirás. —JJ se puso en pie—. Ahora voy a darme esa buena ducha caliente. He estado un tiempo en la carretera. Luego voy a coger lo que quiera, porque todo lo que hay en esta casa es tan mío como tuyo. Como he dejado la camioneta que robé en Kansas en un barrio chungo, imagino que ya la habrán limpiado entera. Así que voy a llevarme tu coche.

—No hagas esto. No lo hagas. Soy tu hermana.

—Llegas de sobra al lavabo y al retrete. Volveré cuando haya terminado por esta zona del mundo.

—JJ, por favor, no me dejes así.

Él simplemente cerró la puerta tras de sí. Nikki tuvo que taparse la boca con la mano para ahogar un grito. Podía volver y pegarle. O algo aún peor. Y ese algo peor acabaría haciéndolo, ya no lo dudaba. Porque había visto y había aceptado lo que siempre había sabido. Ninguno de sus progenitores había sido estable. Y su hermano estaba loco. Lloró un rato e intentó ahuyentar las voces que en su cabeza le decían que ya lo sabía, que siempre había sabido que su hermano no estaba bien. No sabía lo de que había matado a su madre, no lo sabía. Aunque sí se lo había preguntado. La voz de su hermano cuando lo llamó para contárselo había sonado fría y despreocupada. Y, cuando llegó a casa, fingiendo que le importaba, sus ojos estaban vacíos. Pero no lo sabía. Y no era culpa suya.

Aunque su madre en alguna ocasión había rabiado y despotricando sobre lo infieles que eran los hombres, sobre lo imposible que era confiar en ellos, nunca lo había sabido a ciencia cierta. Aunque su madre hubiera mencionado un número, aunque hubiera arrojado algún nombre, no sabía que había hablado con un reportero. No lo sabía. No era culpa suya.

No era ella quien tenía que pagar. No era ella quien tenía que sufrir. No era ella quien debería tener miedo. Ella había hecho lo que podía. Se había esforzado por resolver los problemas de los demás. Había encubierto a su hermano innumerables veces, y así era como le correspondía. Lloró y lloró amargas lágrimas de autocompasión hasta que los sollozos y el pitido de los oídos le hicieron vomitar en el retrete.

Agotada, se durmió, aunque volvió a despertarse súbitamente cuando oyó cerrarse de golpe la puerta delantera. Entregada a la histeria, tiró de la cadena hasta que la muñeca le sangró. Luego gritó hasta quedarse sin voz. No la oyó nadie. No acudió nadie.

Normalmente, cuando JJ mataba, se pasaba días, y en ocasiones meses, familiarizándose con su presa, observándola, registrando sus costumbres, analizando sus puntos débiles. Para él, era un hito clave del proceso.

Se consideraba un intelectual. Después de todo, bastaba con mirar a su padre. Profesor en una de las universidades más prestigiosas del país. A él, sin embargo, ni le había hecho falta ni había querido pasar tantos años en las aulas. ¡Qué aburrimiento! Todas esas normas, toda esa estructura habría ahogado su intelecto innato en lugar de fomentarlo. ¿Acaso no había aprendido, casi por sí mismo, a abrir cerraduras y desactivar sistemas de alarma para robar coches? Y, lo más importante de todo, cómo desaparecer a plena vista. Sabía cómo camuflarse, cómo convertirse en parte del paisaje. Lo cual significaba, pensó mientras conducía exactamente cinco kilómetros por hora por encima del límite de velocidad, que necesitaba afeitarse y cortarse el pelo.

Los últimos años había llevado la vida de un solitario preparacionista en mitad de los bosques de Wyoming. Apartado de todos, sin llamar la atención. Otro survivalista más, tenaz y patriotero (cuando tocaba), que vivía de su pedazo de tierra y cuyas visitas al poblacho de mala muerte más cercano para conseguir víveres eran escasas, infrecuentes e insignificantes. No había hecho amigos ni enemigos.

Cuando emprendía una de sus largas excursiones para llevar a cabo lo que consideraba su misión en la vida, a nadie le llamaba la atención ni le importaba. Se integraba allá donde hacía falta. Aquí era un hípster, allá un hombre de negocios, tal vez un simple viajero por el camino de la vida. Sabía cómo parecer inofensivo. Un hombre blanco de estatura y peso medios sin rasgos distintivos. En todo momento contaba con dos juegos de identificación falsos. Después de pagar una tarifa desorbitada la primera vez que salió de circulación, aprendió a fabricárselos él mismo. Los guardaba junto con dinero en efectivo en una caja de acero ignífugo bajo las planchas del suelo de su cabaña. Allí escondía también las fotografías de cada mujer a la que había asesinado; las tomadas durante la fase de vigilancia, empleando un teleobjetivo, y las impresas de redes sociales o artículos en los medios.

Después de matar a la mujer que no era en Foggy Bottom, había empezado a hacer una fotografía tras la muerte para asegurarse de no volver a cometer el mismo error. Uno nunca dejaba de aprender. A menudo se planteaba volver para rectificarlo, pero era el propio error lo que lo molestaba.

Para este viaje contaba con su identificación, sus carnets de conducir, una tarjeta Visa, una inscripción en el censo y sus permisos de armas. No esperaba que lo parasen, pero a veces había accidentes, porque la gente era idiota. El problema en este caso, por supuesto, era que conducía el coche de su hermana. O más bien habría sido un problema si no hubiera invertido tiempo y esfuerzo en fabricar una matrícula falsa que daría el pego si la policía lo paraba sin más. «Cuestión de previsión —pensó— y de adaptación».

Su idea inicial había sido poner rumbo al noroeste desde Washington D. C. y pasar una temporadita de acampada cerca de Traveler's Creek. Como había pasado años observando a Adrian Rizzo, había calculado permanecer allí una semana como máximo antes de acabar con ella. Aquella zorra lo había desafiado. Había grabado aquella mierda de vídeo, arrogante y absurdo, para burlarse de él, y eso era intolerable.

Había previsto esperar hasta agosto, hasta aquellos días de pereza, para hacerse cargo de ella, pero había adelantado el calendario. Había sido una buena idea y, desde luego, la suerte estaba de su lado. Si no hubiera bajado antes, si no hubiera estado en casa cuando la idiota de su hermana le había abierto la puerta a aquella gilipollas, no se habría enterado de que alguien había empezado a atar cabos. No se habría enterado de que alguien tal vez lo estuviera buscando. No acertaba a figurarse cómo lo había descubierto, y eso lo preocupaba. Había sido listo; había sido cauteloso. Tenía que haber sido culpa del reportero, pero ¿por qué volver a aquella cuestión después de tantos años? Tendría que preguntarle a aquel hijo de puta antes de matarlo; pero en ese instante lo que necesitaba era un subidón.

La detective, probablemente bollera, había dicho varios nombres de la lista. Y uno de ellos correspondía a una periodista, no demasiado lejos, por lo que, por el momento, le valdría como sustituta del cerdo de Pittsburgh. No había llevado a cabo más que una investigación básica sobre Tracie Potter, pero sabía lo suficiente y ya se enteraría de más.

Así, puso rumbo al sur, a Richmond. Se quedaría un día o dos en una habitación barata de motel; como mucho tres, uno si la suerte seguía sonriéndole. Pero, ya fueran uno o tres, la mujer estaría muerta antes de que él se marchara de Richmond. Y, dado que la bollera había dejado su puta tarjeta de visita, la visitaría también de camino hacia Traveler's Creek.

Se tomaría su tiempo con Adrian. Oh, sí, había esperado años, por lo que se tomaría su tiempo con la zorra que había matado a su padre y le había arruinado la vida. Y cuando hubiera acabado de golpearla hasta la muerte, el único método válido, regresaría a Washington D. C. Para entonces, suponía que ya habría decidido qué hacer con Nikki. Dejarla o dispararle en la cabeza. Se figuraba que la segunda opción tenía más peso, porque bien sabía Dios que no se podía confiar en una mujer.

Cuando tomó conciencia de que iba a matar a cuatro mujeres, incluida la furcia que lo había empezado todo, en cuestión de un par de semanas, se sintió más feliz de lo que había sido en meses.

¡Un nuevo récord! ¡La máxima puntuación! Si localizaba a Browne en Pittsburgh, podía rematar la faena allí (¡cinco de cinco!) antes de regresar a Wyoming. Ya decidiría de qué o de quién ocuparse después.

Adrian, disfrutando en el porche de una tarde de verano perfecta, repasaba en la tableta los enlaces de muebles y decoración que Kayla le había enviado. Tenía una copa de vino, un cuenco de ácidas uvas verdes y la perra dormitando a sus pies. «Casi perfecto», pensó justo antes de que Sadie levantase la cabeza y ladrase. Entonces vio el coche de Raylan subiendo la colina y cambió de opinión: «Ahora sí que es perfecto». Por lo que parecía, Sadie estaba de acuerdo, dado que su rabo empezó a golpetear el suelo. Vio cómo Raylan se apeaba y Jasper se bajaba de un salto.

—¿Dónde están los demás?

—Bradley en clase de guitarra. Mariah está de cumpleaños y se va a quedar a dormir con su segunda mejor amiga. La primera, junto a otras seis, también asistirá. Ruego por sus padres a los dioses de la salud mental.

Subió al porche mientras Sadie y Jasper se lamían la cara.

—Jasper quería ver a su chica. Yo quería ver a la mía y darle esto. —Depositó la novela gráfica en la mesa—. Recién salida, como quien dice, del horno.

—Madre mía, la novela de verdad. ¡Es preciosa! —La agarró y deslizó un dedo sobre la imagen de cubierta de Llama Cobalto, con la lanza en la mano y montada en su dragona—. Me encanta. Pero de verdad. —La hojeó—. Ay, Raylan, los dibujos son fantásticos. Voy a devorar cada página una y otra vez.

Adrian levantó la cabeza y atrajo la de Raylan para besarlo.

—Estamos superorgullosos de ella y la preventa está que arde.

—Voy a traerte una copa de vino y brindamos.

—Que sea una Coca-Cola. Yo la traigo. Solo tengo media hora. Bradley y yo vamos a disfrutar de una noche de chicos después. Voy a pedir pizza. Y luego habrá palomitas y maratón de pelis de *X-Men*.

—Cuánto me alegro de que antes vinieras por aquí. Yo me pasaré mi noche de chicas leyendo el debut de Llama Cobalto.

—¿Quieres que te rellene la copa de vino, ya que entro?

—No, estoy bien.

Mientras Raylan entraba en la casa, Adrian abrió la primera página y leyó los créditos; cuando salió, se quedó mirándolo.

—Has puesto mi nombre en los créditos: «Adrian Rizzo, la inspiración». No me dijiste que ibas a hacerlo. No aparecía en la maqueta. Me siento... honrada. Realmente honrada.

—Si no fuera por ti, no existiría. —Se sentó y estiró las piernas—. Creo que es uno de nuestros mejores trabajos, de verdad, y ha permitido lanzar a la Vanguardia.

—¿Cómo va?

—Algunos obstáculos y un par de cambios de rumbo, pero avanza firme. ¿Y tú?

—Todo bien. Estaba mirando más opciones para el centro juvenil. Tiene muy buena pinta, Raylan. Ahora mismo están trabajando en el exterior: el patio, las canchas... Y tengo el nuevo concepto para el programa de *streaming* de otoño ya controlado. Así que todo bien.

Raylan le cubrió una mano con la suya.

—¿Todo?

—Bueno —respondió tras soltar un suspiro—, Rachael por fin ha tenido un cara a cara con Nikki Bennett y no cree que esta le dijera toda la verdad. Quiere hablar con su tío, que es policía, para ver por dónde sigue, si con lo que tiene basta, no sé, para interrogarla oficialmente o registrar la casa; si no, a ver qué demonios pueden hacer. —Vaciló por un momento—. Todo esto es..., siento como si de algún modo no estuviera relacionado conmigo. Sé que sí lo está, pero así es como me siento. No la conozco. No conozco a su hermano. Y me veo aquí, disfrutando de esta tarde estupenda después de un día muy productivo, y no tengo la sensación de que esté relacionado conmigo.

—No debería estarlo.

—Pero lo está. Lo sé.

—Estabas aquí sentada, cuando cualquiera podría subir esa colina.

—No puedo quedarme encerrada en casa. No insistas. Tengo a mi madre empeñada en que vaya a Nueva York y me encierre en su apartamento. No lo voy a hacer, así que viene ella. Y tengo a Teesha o a Maya o a Monroe o a Jan dejándose caer por aquí prácticamente cada día. Y luego a ti.

—Te queremos. Te quiero.

—Raylan...

Este le aferró la mano con fuerza.

—Nunca pensé que podría enamorarme o que me enamoraría de nuevo. Pero así ha sido.

—Te has quitado la alianza.

—Sí. Si fuera solo sexo, todavía la llevaría. Pero eso ya lo sabes.

—La cuestión es que... —No sabía exactamente cómo decir lo que sentía o lo que quería decir—. Nunca he...; siempre he evitado, de forma deliberada y cuidadosa, tener una relación seria. Así que nunca la he tenido.

—Pues ahora la tienes. Y lo sabes.

—No sé si se me dará bien.

—Por ahora no se te da mal.

—Estamos empezando, ¿no? —puntualizó—. Aún no me has visto los defectos.

—Sí te los he visto.

Adrian se echó el cabello atrás con un golpe de cabeza y le clavó la mirada.

—Ah, ¿sí?

—Claro que sí. Eres impulsiva, especialmente cuando estás cabreada o dolida. De ahí el vídeo que grabaste con toda tu mala uva y llevada por un impulso para el gilipollas de tu poeta. Estás tan centrada en los objetivos que das miedo. Y, con la excusa del «deja que te ayude», eres una mandona. Del tipo: «Ey, aquí tienes una pequeña guía de ejercicios solo para ti, y además te he traído todo este material». Además, te empeñas en hacer las cosas tú sola. Me imagino que eso se debe a que tu madre te controlara tanto y a que tú te liberases, de manera impulsiva, en cuanto tuviste la ocasión. Tampoco te culpo.

Adrian le dio un sorbo al vino sin inmutarse.

—Algunas personas verían todo eso como rasgos positivos.

—Algunas sí. —Se encogió de hombros—. Igual que algunos verían mi obsesión con programarlo todo como, ya sabes, una obsesión. O mi tendencia a llegar tarde a pesar de programarlo todo de manera obsesiva como descuido. Hay quien pensaría que hablar con mi esposa muerta sobre lo de quitarme la alianza significa que estoy loco.

Adrian suspiró.

—Dado que yo también soy obsesiva con la programación, no me parece un defecto. Jamás me ha parecido que seas descuidado y tampoco es una locura que hables con Lorilee. Aun así…, no sé si valgo para llevar una relación de verdad. Si valgo para hacer el esfuerzo, y sé que exige esfuerzo.

—Exige trabajo en equipo; esfuerzo individual por ambas partes —añadió—, pero un montón de trabajo en equipo.

Qué ojos tenía, pensó Adrian, y qué corazón.

—Sé que nunca he sentido por nadie lo que siento por ti. Igual que sé que tengo una necesidad profunda y firme de ser realmente buena en lo que hago, cosa que me niego a ver como un defecto. Y sé que tú tuviste a alguien que era verdaderamente buena en esto de lo que estamos hablando, probablemente perfecta. Es algo que intimida.

—Era verdaderamente buena en esto de lo que estamos hablando; pero, y ya sé que es un cliché, nadie es perfecto. —Se detuvo un momento y bebió algo de Coca-Cola—. Va a ser muy duro contarte esto que te voy a confesar sobre ella.

Sinceramente consternada, Adrian levantó las manos.

—No, no lo hagas. Raylan, no te estoy pidiendo que nos compares para aplacar de alguna forma mis dudas.

—Creo que necesitas oírlo. Te ayudará a comprender que hay cosas, por muy duras que sean, que aprendes a encarar en una relación, que aprendes a tolerar e incluso a entender, si quieres a esa persona. Lorilee… —Se interrumpió y negó con la cabeza—. Voy a soltarlo y ya está. En todos los años en los que estuvimos juntos, y por mucho que hablamos de ello, nunca fue capaz…, joder, nunca fue capaz de distinguir *La guerra de las galaxias* de *Star Trek*.

Por un segundo, Adrian se lo quedó mirando. Sintió cómo una carcajada le subía por la garganta, pero la reprimió.

—Dios mío, Raylan, eso es… No sé cómo pudiste soportarlo.

—La quería. Intentó compensarlo de todas las formas posibles, pero… la verdad es que llamaba «doctor Spock» a Spock. Todo el tiempo. Creo que lo hacía adrede, para torturarme.

—¡No! —Adrian levantó una mano y giró la cabeza—. No sé si puedo oír nada más.

—Una vez traje a casa una espada láser de juguete para Brad y a ella le pareció muy dulce que le hubiera llevado un regalo de *Star Trek*. O, una vez, estábamos un grupo debatiendo la historia y las capacidades del Halcón Milenario y ella nos preguntó si era la nave del capitán Kirk. Fue humillante.

—No digas más. Ya basta.

—Podría seguir, pero no lo haré. Lo que quiero subrayar es que el amor compensa los defectos. La quise. Y te quiero. Imagino que eso me convierte en un tío con suerte.

—Esta no es una conversación que esperase tener aquí en el porche esta noche.

—Tendré que dejarme caer con más frecuencia entre las clases de guitarra y la pizza. —Echó un vistazo al reloj y se puso en pie de un salto—. Mierda, mierda, mierda. Voy a llegar tarde a casa. ¿Ves? Sabía exactamente cuánto tiempo tenía, lo programé todo y, aun así, voy a llegar tarde a recoger a Bradley de casa de Monroe.

Cuando se inclinó y la besó, ella le agarró la mano.

—Si te digo que yo también te quiero, ¿llegarás todavía más tarde?

Raylan se detuvo y le cogió la cara entre las manos.

—Tengo que irme, pero dímelo de todos modos.

—Yo también te quiero.

Con los ojos abiertos y sin dejar de mirarla, la volvió a besar.

—Ya lo sabía, pero está muy bien oírtelo decir.

—Y ahí tienes otro defecto: eres un listillo.

—En cualquier caso, me tengo que ir. ¡Jasper! Nos vamos. Joder, ¿por qué no pedí la pizza mientras estaba aquí sentado? ¡Venga, Jasper!

—¿Qué es lo que quieres? —le preguntó mientras echaba a correr hacia el coche—. Yo te la pediré.

—Una pizza grande de *pepperoni* y salchichas italianas. No juzgues nuestro consumo de carne. Somos hombres. Al coche, Jasper. —Tuvo que darle un empujoncito al perro, que se hacía el remolón. Luego volvió a detenerse—. Les prometí a los niños que los llevaría a las atracciones que han montado en el recinto ferial pasado mañana. Vente.

—Me gusta la feria.

—Comeremos buñuelos, patatas fritas en aceite de cacahuete y minihamburguesas, y tendrás que aguantarte.

Adrian volvió a sentarse mientras Raylan se montaba en el coche. Le pediría la pizza, pensó mientras cogía el teléfono para llamar, además de una ensalada de verano para dos. Y se aguantaría, porque eso era lo que se hacía cuando se quería a alguien.

27

Después de hablarlo con su tío, Rachael decidió llevar lo que tenía a la policía de Washington D. C. Sabía que no bastaba para conseguir una orden de registro, ni siquiera para forzar a Nikki a que fuera a la comisaría para que la interrogasen, pero le pidió a un detective que conocía que fuera a la casa. Una placa de la policía tenía más peso más que una licencia de investigadora privada. El agente, que había trabajado con Rachael hacía años, convino en que algo olía mal en cuanto vio el expediente. No sería su principal prioridad, y eso tendría que aceptarlo, pero le dijo que su compañero y él echarían una ojeada. Sobre todo después de que les hiciera saber que tenía programada otra entrevista con la agente del FBI que llevaba el caso de Adrian. Nada como un poco de competencia con los federales para que las cosas se movieran.

Así pues, Nikki recibiría a lo largo de los próximos dos días la visita de un agente de la policía y de otro del FBI. «Agita el árbol —pensó Rachael—, que algo caerá.»

Después de las reuniones, puso rumbo a su despacho en mitad de un tráfico espantoso para redactar el informe correspondiente. Llovía a mares cuando llegó al edificio que albergaba las oficinas de un pequeño bufete de abogados, que a menudo les derivaba trabajo, y un estudio de fotografía. Subió las escaleras hasta la segunda planta y atravesó la puerta de vidrio esmerilado que conducía a la zona de recepción. Esta contaba con tres sillas de asientos y respaldos tapizados en cuero pegadas a las dos paredes laterales, así como un pequeño hueco con espacio para colgar abrigos. Una sansevieria, tan alta como Rachael, brotaba de una maceta azul brillante junto a la ventana doble. Estaba lozana gracias a los cuidados de la recepcionista. El negocio estaba suscrito a un puñado de revistas, incluidas *Forbes* y *Vanity Fair*. Rachael había escogido personalmente los tres dibujos a carboncillo de una artista local que estaban enmarcados y colgados en las paredes de color café con leche. Una zona de recepción de clase alta, le había dicho su marido experto en marketing, atraía a clientes de clase alta. En los años transcurridos desde que abriera las puertas de Investigaciones McNee, había demostrado tener mucha razón.

—Menudo tráfico. —Rachael puso los ojos en blanco al tiempo que colgaba el paraguas en el rincón de los abrigos—. Ni os lo imagináis. Está diluviando.

—Acaban de decir que la borrasca se está desplazando hacia el sur, pero lentamente. La hora punta va a ser tremenda.

—Qué suerte. Deseandito estoy que llegue.

De camino a su despacho, se detuvo brevemente a conversar con sus dos colegas para ponerse al día y se encaminó a la pequeña zona de descanso a por café. Tras otra conversación algo más larga con su administrativa, salpicada de alegres planes de boda, se sentó en su oficina. Se recostó en la silla, le dio un sorbo al café, cerró los ojos y dejó que la tensión de batallar con el tráfico de Washington D. C. en mitad de un chaparrón veraniego se diluyera. La lluvia también implicaba que el partido de sóftbol de su marido se cancelaría, por lo que o ella o él tendría que pensar en la cena. Decidió que pedirían comida. A los dos les parecería bien, especialmente porque ambos tendrían que lidiar con el tráfico para volver a casa. Y si ninguno de los dos se había llevado trabajo que hacer, podrían abrir una botella de vino bueno y disfrutar de una tranquila cena familiar donde ninguno tuviera que cocinar. E incluso incluir algo de sexo antes de que ambos se quedaran fritos. Lo cual implicaba que, para que todo aquello sucediera, más le valía acabar el trabajo.

Redactó un informe y lo adjuntó a un mensaje de correo electrónico para Lina, pues era como lo prefería quien le pagaba. Le envío a su administrativa las horas que habría que facturar a dicha clienta. Antes de coger el teléfono para llamar a Adrian (el método que ambas preferían) y ponerla al día, este sonó.

—Investigaciones McNee, Rachael McNee al habla.

—Señora McNee, soy Tracie Potter.

—¿Qué puedo hacer por usted?

—Tal vez sea yo la que puede hacer algo por usted. He investigado un poco...; ya sé que me sugirió que no lo hiciera, pero es mi trabajo. En cualquier caso, al hacerlo, se me despertaron ciertos recuerdos. Una de las cosas que he recordado fue que escuché una conversación telefónica entre Jon y su mujer. Y sí, puse la oreja.

—Yo habría hecho lo mismo, dadas las circunstancias. —«O cualquier otra», admitió Rachael para sí. La curiosidad formaba parte del ADN del detective.

—Recuerdo que la trató con sumo desprecio. Era algo de los niños, o uno de ellos. Que no, que no podía dejarlo todo e ir a casa. Que tenía trabajo que terminar. Que debería hacerse cargo ella. Y entonces recordé que le saltó: «Si no puedes hacerle frente, te tomas otra pastilla y ya. Llegaré a casa cuando llegue». O algo por el estilo.

—Vale.

—Reconozco que me resultó divertido. Yo estaba en el umbral del dormitorio del apartamentito que tenía para sus aventuras. Le dije algo del tipo «¿Problemas en casa?» o «¿Problemas en el paraíso?». Y recuerdo su respuesta, porque coincidía punto por punto con mis intenciones en aquel momento: «Nunca te cases y, si lo haces, nunca tengas críos». —Tracie lanzó una breve carcajada—. Tenía diecinueve años. En cualquier caso, siguió despotricando un rato, cosa que me sorprendió, porque nunca hablaba de su familia. Y yo tampoco. Pero los dos habíamos tomado un par de copas.

—¿Recuerda lo que dijo?

—Recuerdo la esencia de la conversación. Dijo que su mujer era quien había querido tener a los dichosos críos y que debería haberla obligado a deshacerse de ellos antes de nacer. Y que, a pesar de tener a alguien que iba a casa a limpiar y cocinar, no era capaz de controlarlos. —Tracie se detuvo un momento—. A mí sus problemas familiares no me interesaban, pero recuerdo que me pregunté cómo podía permitirse la ayuda doméstica con su salario. En aquel momento yo no sabía que el dinero era de ella, así que me sorprendió. Como la mayor parte de la conversación me aburría, le dije algo como: «¿Por qué no vienes a la cama y me controlas a mí?». Y eso fue todo.

—Interesante.

—A mí también me lo parece. Se me ocurre que Lina Rizzo podría no haber sido la única compañera de cama a la que embarazó, ya que se resistía a usar protección.

Rachael ya se había planteado la misma posibilidad y había seguido esa línea de investigación.

—Entiendo que no fue su caso.

—No. Pero, una vez más, nuestra relación fue breve. Tomaba anticonceptivos e insistía en usar condón. Él no quería, se quejaba y se resistía, pero para mí era una condición imprescindible. Puede que esté influida por mis propias impresiones, pero me pareció que no sentía sino desprecio por su mujer y que consideraba a sus hijos una carga. Lo cual me lleva a un segundo recuerdo, algo vago.

—Adelante.

—Sinceramente, no reconocí ningún nombre en la lista que me mostró, pero la universidad fue hace mucho. Sin embargo, este recuerdo me hizo pensar en una chica del Club Shakespeare, que Jon dirigía. Yo no me borré porque, a pesar de todo, era un profesor excepcional y sus observaciones sobre Shakespeare eran brillantes. Por mucho que lo he intentado, no he conseguido acordarme de su nombre. Sí sé que era una novata de primero y que yo entonces debía de estar en tercero o cuarto.

—Cree que Jon y ella tuvieron una aventura.

—En mi opinión, Jon tenía un tipo de estudiante. Le gustaban jóvenes, inteligentes, atractivas y con buen cuerpo. Ella lo tenía todo. Era más bien tímida, pero en aquel club era otra, destacaba. Y como yo ya había tenido un rollo con él, reconocí las señales.

—¿Qué es lo que le ha llamado la atención de ella ahora?

—Dejó de venir de repente, y como ya le digo allí sobresalía. Supuse que la relación había acabado mal y que tenía el corazón roto o estaba abochornada. Le dije algo a una amiga que, casualmente, vivía en la misma residencia. Taimada, ya lo sé. Y entonces fue cuando me enteré.

»La chica se llamaba Jessica; lo sé porque me he puesto en contacto con mi vieja amiga de la universidad, que recordaba su nombre. Una noche Jessica volvió a la residencia después de que le hubieran dado una paliza. Es información de tercera mano, porque, aunque mi amiga vivía en el mismo edificio, ni siquiera estaba en la misma planta. Pero oyó que Jessica había llegado dando tumbos, con moratones por toda la cara, un ojo hinchado y, lo que es más, los pantalones empapados de sangre. Un aborto.

Rachael rodeó el nombre de Jessica en las notas que estaba tomando y subrayó «aborto».

—¿Hay denuncia? ¿Informes médicos?

—Lo que se dice es que afirmó que la habían atracado y que no sabría reconocer al atracador. En cualquier caso, no lo denunció. Se negó a que sus compañeras llamaran a una ambulancia o a la policía; cosa que, por supuesto, deberían haber hecho de todas formas. Según mi amiga, dejó la carrera.

—Me gustaría que me pasase el nombre y los datos de contacto de esta amiga.

—Le he preguntado y me ha dicho que preferiría no dárselos, a menos que sea claramente relevante.

—Forma parte de la investigación, señora Potter.

—Estoy de acuerdo, pero una fuente es una fuente. Le insistiré, pero por ahora no puedo proporcionarle esa información. Y tampoco puedo decirle dónde vivía esta Jessica en aquella época ni darle su apellido. No obstante, quiero decirle que estoy segura, aunque de hecho solamente esté segura al setenta por ciento, de que fue en la misma época en la que Jon llegó a clase con la mano derecha vendada. Bromeó diciendo que los profesores de lengua y literatura jamás deberían probar a reparar nada en casa. Todos nos reímos y asunto concluido.

—Su información es muy útil.

—¿Hay alguna Jessica en la lista?

—En realidad hay dos. Es un hombre bastante común. ¿Recuerda qué aspecto tenía?

—Eh… Morena, y la recuerdo joven, fresca, bonita. Delgada pero con curvas. Y ya. No la reconocería si la viera ahora, lo siento. Coincidíamos en el club, pero fue una vez a la semana durante unos meses.

—¿Recuerda cuándo sucedió?

—Estoy casi segura de que fue en mi tercer año, después de las vacaciones de invierno. Sé que hacía frío y que nos habíamos trasladado a una casa compartida fuera del campus. Espere, sí, ahora que lo pienso, estoy segurísima de que fue a primeros de enero. La primera o tal vez la segunda reunión del club después de las vacaciones. Creo que la primera.

Rachael, asintiendo para sí, anotó el año probable y lo rodeó con el boli.

—Está bien.

—Si la localiza, me gustaría enterarme. Podría haberle advertido, pero no lo hice. Puede que no me hubiera escuchado, pero podría haberle dicho cómo era Jon. Ahora he de irme a maquillaje. Tengo un par de promos que hacer antes de las noticias de las cinco.

—Si se acuerda de algo más, me gustaría que me lo contase. Gracias por facilitarme esta información.

Rachael se recostó en la silla y se puso a pensar. Había conseguido localizar a las dos Jessicas de la lista. Una, cuya relación con Bennett había sido anterior a la de Lina, vivía en Londres. Era nacida y criada en Inglaterra, por lo que no le cabía duda de que Tracie habría recordado su acento. Además, la aventura había sido anterior. La segunda Jessica cuadraba por la edad. Había negado con vehemencia haber tenido ninguna relación sexual con Bennett, lo que había sonado a una furiosa mentira incluso durante la breve conversación telefónica que habían mantenido.

Rachael sacó sus notas. Sí, Jessica Kingsley, de soltera Peters, casada desde hacía veinticuatro años con Robert Kingsley, pastor de la Iglesia del Salvador, madre de cuatro hijos, establecida en su ciudad natal de Eldora, Iowa. «Su primera vez lejos de casa, tímida e ilusionada —meditó Rachael—. Se enamora del profesor encantador. Vuelve a casa por Navidad y descubre que está embarazada. Se lo cuenta a Bennett, que reacciona como hizo con Lina Rizzo, pero esta chica no sabe defenderse. Avergonzada y conmocionada, logra regresar a la residencia mientras sufre un aborto. Se inventa una historia y vuelve a casa. Es probable que se culpe de lo sucedido, oculte el incidente y lo entierre. ¿Se lo cuenta a su futuro esposo antes de la boda, si es que se lo llega a contar? Es poco probable. Temería que no la perdonase. En su lugar, hizo su vida en su pequeña localidad y lo dejó enterrado».

Tracie había dicho: «Podría haberle advertido». Y aunque Rachael ya lo había hecho, o al menos lo había intentado, sabía que tenía que intentarlo de nuevo. Sacó una botella de agua del minifrigorífico y, mientras bebía directamente de ella, se encaminó a su despacho cavilando. Si no la ponía sobre aviso y a Jessica Kingsley le pasaba algo, cargaría sobre su conciencia. Y era algo que no quería. Cerró la puerta del despacho (señal para que no la molestasen), se sentó y consultó el número de teléfono en su expediente. La mujer respondió, claramente distraída.

—Un momento. Estoy sacando una tarta del horno. —Rachael oyó ruidos, zumbidos, pasos—. Lo siento. Dígame.

—Señora Kingsley, soy Rachael McNee. Hablamos hace unas semanas.

—Ya le dije que no era de mi incumbencia y que no volviera a llamarme.

—Por favor, no cuelgue. No tiene que decir nada. Solo le pido que me escuche un minuto: pasara o no pasara algo en Georgetown, su nombre aparece en una lista. Lo que yo no sabía cuando hablamos la última vez, pero ahora he confirmado, es que cinco mujeres de esa lista están muertas. Las mataron. Necesito que lo sepa, que sepa que podría haber más que aún no he localizado. La policía y el FBI lo están investigando, y es posible que se pongan en contacto con usted. Mi conciencia no quedaría tranquila si no compartirse con usted esta información y le advirtiese que tomara precauciones.

—¿Por qué iba a creerla?

—¿Por qué iba a mentirle?

—Que yo sepa, usted podría ser una periodista que tratase de divulgar noticias falsas, como hacen todos.

Rachael se limitó a cerrar los ojos.

—Puede buscar en Google mi nombre y el nombre de mi agencia. Solo quiero que sea consciente de que alguien está matando a mujeres que fueron a la Universidad de Georgetown y cuyos nombres aparecen en una lista. Y que también aparece el suyo.

—Bien. Ya me lo ha dicho. Ahora déjeme en paz.

Rachael negó con la cabeza cuando la mujer le colgó el teléfono de golpe. Por lo que parecía, Jessica no solo había enterrado aquel suceso, sino que lo había metido en un búnker de hormigón, lo había llenado de negación y lo había hundido en lo más profundo del océano.

«He hecho lo que he podido», reflexionó.

Le quedaba una hora antes de tener que lidiar con el tráfico de vuelta a casa, porque quizás la lluvia fuera a desplazarse hacia el sur, pero no parecía tener prisa en hacerlo. La pasaría tratando de localizar un nombre más de la lista. Solo uno más esa noche. Tardó casi dos horas, lo que significaba que la vuelta a casa sería una batalla campal, pero localizó dos: una de las mujeres estaba viva, una profesora del Boston College que no solo admitió la relación, sino que tomó a Rachael en serio; la otra estaba muerta, una abogada a quien habían apuñalado repetidamente en el aparcamiento de un supermercado a pocos kilómetros de su casa, en Oregón. Como no se encontraron ni su bolso ni su reloj, y el coche se localizó más de una semana después en el norte de California, se concluyó que el motivo había sido el atraco y el robo del coche.

«Si se llevó el coche, ¿cómo llegó al aparcamiento? Tuvo que haberla seguido en otro vehículo. ¿Robado también? Yo diría que sí, pero vamos a averiguarlo. —Echó un vistazo al reloj y lanzó un improperio—. Más tarde».

Recogió sus cosas y apagó el ordenador. Se percató de que, una vez más, era la última en salir de la oficina. Realmente tenía que dejar de hacer eso. Cogió el paraguas y cerró con llave. Llamó a su marido para decirle que ya iba de camino. Y que pidiera pizza. Y que abriera una botella de vino.

Cenó en familia, bebió vino e incluso consiguió darse un rápido (y silencioso) revolcón con su marido. Pero sabía que no iba a dormir. Se bajó de la cama, se puso un chándal y se metió en su oficina. Se oía el televisor encendido en el cuarto de estar, por lo que cerró la puerta. Puede que fueran las once en Washington D. C., pero aún no habían dado las ocho en Oregón. Con suerte, encontraría a alguien lo bastante cuidadoso como para haber comprobado si se recuperó algún coche robado en el aparcamiento donde Alice McGuire, de soltera Wendell, había sido asesinada hacía cinco años.

Aproximadamente al mismo tiempo que Rachael empleaba sus poderes de persuasión con un detective del Departamento de Policía de Portland, Tracie Potter se quitaba en su minúsculo camerino los restos del maquillaje que llevaba cuando salía por televisión y que, después de las noticias de las once, le pesaba como si superase los veinte kilos. Cuando se aplicó la crema hidratante, habría jurado oír cómo su piel, agradecida, la sorbía ruidosamente.

Como llovía a cántaros, prefirió quitarse el traje que tan bien daba en televisión y cambiar los tacones por las botas de agua que tenía a mano para las noches como esa. Se maldijo por haber aparcado en el extremo más alejado del complejo, como hacía siempre que no había alcanzado sus diez mil pasos al día; cosa que, reconoció, le sucedía casi siempre. Cuando llegase a casa, su marido estaría como un tronco y ¿cómo culparlo? Pero pensó que tal vez se relajase con una copa de brandi antes de unírsele.

Su equipo se había marchado hacía rato, así que les dio las buenas noches a los rezagados que quedaban por allí. Salió por la puerta trasera y, por precaución, esperó a que se cerrase a su espalda antes de abrir el paraguas. Aun con las luces de seguridad, apenas veía más allá de un par de metros, debido a la lluvia que caía en ráfagas empujadas por el viento. Dio gracias por llevar las botas y, mientras la lluvia le salpicaba las piernas, se congratuló por haberse tomado antes la molestia de ponerse unos vaqueros.

Tenía la llave en la mano y pulsó el botón para desbloquear las puertas. Las luces parpadearon. No oyó el habitual chasquido de las cerraduras, pero es que llovía con fuerza. Recorrió la distancia que la separaba del coche a paso rápido y, cerrando el paraguas, se metió a toda prisa en su interior.

—Madre de Dios —murmuró al tiempo que extendía la mano para pulsar el botón de encendido.

No tuvo tiempo de gritar. Le tiraron tan fuerte del pelo que echó la cabeza hacia atrás. El cuchillo se le hundió en el cuello al deslizarse por la garganta. Emitió un gorgoteo mientras trazaba círculos con la mirada y agitaba los brazos.

—Como un pez en el anzuelo —dijo JJ entre risas.

La empujó hasta el asiento del acompañante y, vestido con su equipo desechable de pintor, con gorro, guantes y cubrezapatos incluidos, saltó desde la parte trasera. Le dio un empujón más fuerte (había dejado de gorgotear) y se acomodó en el asiento del conductor.

—Lo has puesto todo perdido —le dijo mientras arrancaba—, pero no importa. Tampoco vamos lejos.

Se felicitó por haber sabido con toda seguridad que aquella noche era la noche. La lluvia, la señal perfecta, la tapadera ideal. Abandonaría el coche en el aparcamiento del centro comercial a un par de manzanas de donde había dejado el de su hermana. Metería la ropa de protección en una bolsa y se desharía de ella en algún lugar de camino a Washington D. C. Un área de servicio cualquiera le valdría. Volvió la vista a Tracie y pensó: «¡Una zorra menos, ya solo quedan tres!».

Adrian solía utilizar a Maya o a Teesha como conejillos de Indias. Ese día, Teesha le serviría para perfeccionar un segmento de baile de cardio para un proyecto.

—Venga, Teesh, se supone que tiene que ser divertido.

—Un bebé que está en plena dentición, una madre que no pega ojo, unas tetas que duelen por la lactancia…

—Una sesión de cardio como esta te pone la energía a tope. Ahora, un paso triple. Derecha, izquierda, derecha. ¡Mueve las caderas! Trabaja ese *core*. ¿Dónde está ese ritmo? Que eres una chica negra.

—¡No me vengas con estereotipos! —Teesha se rio—. En cuanto a mi ritmo, está desesperado por echarse una siesta.

—*Chassé*, un paso atrás, derecha, izquierda, derecha. Ahora una vuelta. No te olvides de esas caderas, ¡alegría!

—Voy de culo, Adrian.

—Pues para el culo también es bueno, sí.

Siguió azuzando a su amiga, picándola, animándola a acabar.

—Va a quedar genial.

—No quiero ni ver la grabación.

—Es solo para que yo la revise. Creo que tengo que subirle un poco el nivel. Puede que la rutina sea demasiado sencilla.

—Como ya te he dicho, yo voy de culo.

Cuando Teesha se dejó caer en una de las butacas del estudio, Adrian le trajo una bebida energética.

—Arriba ese ánimo. Luego tengo que ponerme con el yoga de resistencia.

—Conmigo no cuentes.

—De todas formas, primero hay que dejarlo afinado. Quiero que todo el programa esté montado antes de que llegue mi madre. Tengo casi una semana. Pero hoy no voy a trabajar todo el día: me voy a la feria con Raylan y los niños.

—¿A la feria con niños? Estás hasta las trancas, Adrian.

—La verdad es que sí. Hace un par de días se pasó por aquí media hora, una cosa llevó a la otra…

—Cuéntamelo todo —dijo Teesha, inclinándose hacia delante.

—No me refiero a eso. Jo, contigo todo es sexo, sexo y más sexo.

—Qué más quisiera. Monroe y yo hemos bajado a 1,6 polvos a la semana.

—¿Y ese coma seis?

—*Coitus interruptus*. Ahora mismo, nuestra media es de 1,6. Nos hemos prometido subir a un promedio de dos enteros, y seguir subiendo una vez que Phin, gracias, Dios mío, empiece la guardería a finales de agosto. Una vez a la semana podremos echar uno rápido a la hora de la siesta.

—Vaya, pues es un plan.

—El sexo espontáneo está sobrevalorado…, creo recordar. En fin, ¿cómo que una cosa llevó a la otra?

—Me dijo que me quería. Me cagué de miedo. Sabía que iba a suceder, no soy estúpida, pero aun así me cagué de miedo.

—Qué bonitooo.

Adrian la detuvo levantando las dos manos.

—Tendrías que haberme visto farfullando excusas o motivos, o poniendo impedimentos, y él con toda su paciente determinación. ¿O sería con toda su determinada paciencia? Las dos cosas, y además tan tranquilo, tan firme, tan seguro de sí mismo. Y de mí. De los dos. Señaló mis defectos.

—Pues qué romántico, ¿no?

—Sí que lo fue. Porque los ve, los conoce y los acepta. Enumeró algunos de los suyos y lo único que yo podía pensar era que también los aceptaba. Y yo… le dije que lo quería. Porque es verdad.

—Así que os hicisteis la gran confesión. Ay, el amor, la mayor palabra de cuatro letras que existe. ¡Viva! Ya era hora.

—¿Cómo que ya era hora? Teesh, solo llevamos juntos unos meses. Ni eso.

Teesha desdeñó sus palabras con un ademán.

—Os conocéis desde siempre. Y a ti siempre te ha gustado.

—Eso no es verdad.

—Sí que lo es —repuso, agitando el índice con decisión mientras la apuntaba—. Y no hagas que suene como Phin. Hace mucho, cuando me hablaste de Maya, mencionaste a su hermano mayor. Y ya había una chispa…

—No.

—Sí. Y de eso hace más de diez años. Tenías muchísimo que decir sobre él.

—¿En serio?

—Su arte, sus ojos verdes…

—Ay, madre. —Se sentó y se rio de sí misma—. Tienes razón. Es verdad. Ahora que lo pienso, me pillé el día en el que vi los dibujos en las paredes de su cuarto. Y luego me miró de una manera, con esos ojos, cuando le dije que realmente me gustaban… ¿Cuántos años tenía? ¿Siete? ¡La leche! —Tan sorprendida como divertida, se llevó las manos a la cara y sacudió la cabeza—. Entonces me dio con la puerta en las narices, como cualquier chaval de diez años que se respete habría hecho. Creo que nunca dejé que aflorara. Especialmente después de que conociera a Lorilee.

—Porque en el flujo incesante del continuo espacio-tiempo este era el momento y el lugar.

—Seguro, eso lo explica.

—El caso es que sí. Juntos estáis bien, Adrian, y eso es lo primero, porque para un montón de gente que se enamora no es el caso. Y ahora tengo que irme. —Se puso en pie—. ¿Sabes? Los hijos de Raylan van a decirle a Phineas lo de la feria. Así que ya veo que acabarán arrastrándome hasta allí.

—¡Sí! Podemos quedar allí. Será divertido. Voy a enviarle un mensaje a Maya para ver si ella, Joe y los niños quieren sumarse.

—¿Pretendes ocultar tu amor entre la multitud?

—No. Todos merecemos divertirnos. Y, ey, es la feria.

Mucho antes de que el sol estival se pusiera, la música atronaba, las atracciones daban vueltas y revueltas, y los niños, además de numerosos adultos, chillaban. El aire, cargado de los aromas del azúcar tostado, la carne asada y el aceite frito, irradiaba calor y humedad. Las casetas diseminadas por el recinto atraían a incautos dispuestos a pagar veinte dólares por tener la oportunidad de ganar un muñeco de dos. Las campanas tintineaban, las ruedas giraban y las pistolas de aire comprimido restallaban. En cuanto aparcaron en el terreno repleto de decenas de coches, Bradley le agarró la mano a Raylan.

—¡Vamos, papá! Me muero de hambre. Quiero dos perritos calientes y patatas fritas y buñuelos y helado y…

—Como te comas la mitad de todo eso antes de subirte a las atracciones, acabarás devolviendo.

—No, no.

—Sí, sí. Súbete a un par primero, luego comes y luego vamos a las casetas antes de montar de nuevo.

—Quiero montarme en el Explorer y en la ola y en la noria.

—Entusiasmada, Mariah realizó una bonita voltereta lateral.

—¿Estás lista? —le preguntó Raylan a Adrian.

—Desde luego.

En la taquilla, Raylan compró cuatro entradas de acceso completo. Luego echó un vistazo al laberinto de casetas y atracciones.

—Diría que el Explorer es el primero.

—Este año ya me puedo montar —dijo Mariah, dándole la mano a Adrian—. El año pasado no era lo bastante alta, pero he crecido. Me he medido y todo. Ahora solo tengo que montarme en las atracciones para peques si quiero.

—¿Qué te parece si montamos juntas, Mo?

—¿Puedo montar con Adrian, papi? Las chicas juntas.

—Estaremos bien —le aseguró Adrian.

Y lo estuvieron, sentadas una junto a la otra en el cubículo, dando vueltas cada vez más rápido hasta que el mundo se volvió borroso. A su lado, Mariah chillaba, reía como loca y volvía a chillar. Cuando la atracción frenó, sonrió a Adrian de oreja a oreja.

—¡No me había divertido tanto en la vida!

—Pues aún hay más.

En cuanto bajaron al suelo, la niña se subió de un salto en brazos de Raylan.

—¿Podemos montarnos otra vez? ¿Porfa?

—Mi chica valiente. —Le rozó la mejilla contra la suya—. Claro, pero ¿por qué no probamos otra atracción primero?

—Mensaje de Teesha. Están aparcando y Maya y Joe llegan justo detrás.

—¿Por qué no les dices que nos vemos delante de la ola?

—¿Podré tomar algodón de azúcar cuando comamos?

Sin dejar de caminar, Raylan miró a Mariah y luego a Adrian.

—Puede que quieras ponerte anteojeras —le advirtió a esta última.

—Vamos a los aros, papá. Cuando ganes, ¿me pides una navaja?

—Cuando tengas trece años —le dijo Raylan a Bradley.

—Pero ¡queda muchísimo!

—Entonces ¿cómo es que el otro día dijiste que casi eras un adolescente?

Bradley cruzó los pies y realizó un giro de ciento ochenta grados a la perfección.

—Casi lo soy, así que debería tener una navaja.

—Eso no cuenta.

Pero Raylan se detuvo delante de la caseta de los aros y compró tiques. Vio una bonita navaja rosa y lanzó el aro. Rodeó la botella correspondiente.

—¿Cómo lo has hecho? —preguntó Adrian.

—Cuestión de coordinación mano-ojo y algo de física básica. —Le tendió el premio—. Tú sí eres lo bastante mayor. Úsala con responsabilidad.

Luego ganó un llamativo collar para Mariah y un bolígrafo multicolor para Bradley.

—Lo que acabas de hacer ni siquiera debería ser posible —comentó Adrian de camino a la siguiente atracción.

—Sí, eso mismo es lo que suele decir el tipo de la caseta.

Cuando se unieron al resto, Phineas contemplaba la ola con pesar.

—No soy lo bastante alto.

—Lo serás el año que viene —lo consoló Mariah—. Yo hasta ahora no podía.

—No pasa nada, chaval. Yo soy bastante alto, pero no me meto en esas fábricas de vomitonas. —Monroe ya tenía al bebé dando patadas en la sillita—. Thad, tú y yo vamos a probar otras atracciones. ¿Por qué no me pasas a la pequeñaja, Maya, y se viene con nosotros?

—¿Tres contra uno? —Esta le dio una palmadita en el trasero a Quinn, a quien llevaba en una mochila al frente, y sacudió la cabeza—. Mejor nos unimos a ti.

—Yo me rotaré contigo. —Joe se inclinó y le dio un beso a su mujer. Luego le acarició la mano—. A mí me chiflan estas fábricas de vomitonas. ¿Estás listo para tu primera experiencia, Collin? Ya eres lo bastante alto.

El niño se mordió el labio.

—Supongo…

—No tienes por qué montarte. Puedes venir con nosotros —le dijo Maya.

—No, puedo hacerlo.

Y lo hizo, aunque, a diferencia de Mariah, salió apabullado. Consiguió subirse en otras dos atracciones con los ojos como canicas de vidrio azul.

—Dejemos que se monte ahora mamá, ¿te parece? Ayudaremos a Monroe con los pequeños.

—Sí, me parece justo. —Algo mareado, le dio la mano a Joe mientras se encaminaban hacia las atracciones infantiles—. No he devuelto.

—Estómago de acero.

Tras la primera ronda, comieron lo que a Adrian le pareció una cantidad absurda de carne, azúcar y grasa; luego pasearon lo que pudieron por el recinto mientras el sol se ponía y las luces empezaban a encenderse. Como si fuera magia, pensó. Y, como si fuera magia, Raylan explotó globos con dardos para conseguirle a Mariah un enorme unicornio de peluche. En la caseta de tiro, derribó sin fallar lobos, gallos, osos y coyotes mientras daban vueltas, por lo que consiguió un robot para Bradley.

—No, en serio —exigió saber Adrian—, ¿cómo lo haces?

Raylan se limitó a encogerse de hombros.

—Es mi superpoder. Ahí hay una caseta para tirar pelotas —dijo señalándola—. ¿Ves algo que te guste?

—Ten piedad de los feriantes, Rey de las Atracciones.

—A mí me gusta ese pulpo —le dijo Phineas—. «Octo» quiere decir ocho, porque tiene ocho tentáculos.

—Veré lo que puedo hacer.

Le consiguió el pulpo a Phineas y una serpiente de peluche a Collin.

—Yo me pido este —dijo Joe, señalando el martillo de fuerza—. Anda que no he dado martillazos yo. Voy a hacer sonar esa campana.

Le entregó a Maya la espada con luz que había ganado y echó atrás los hombros. Levantó el martillo y lo dejó caer. Cuando se quedó a un pelo de la campana, afirmó que había sido la ronda de práctica y compró nuevos boletos. A la segunda, la campana sonó y se encendieron las luces.

—Pero ¡qué fuerte es mi chico! —exclamó Maya agitando las pestañas al tiempo que recibía una vaca de peluche con ojos enormes.

—A mí no me miréis. —Riéndose, Monroe agitó las manos en el aire—. Ya he ganado de chiripa estos cristales mágicos. Lo mío es la música, no emular a Thor.

Antes de que Raylan pudiera animarse, Adrian levantó la mano.

—Probaré yo.

El dueño de la atracción le sonrió.

—Buena suerte, señorita.

El martillo pesaba más de lo que habría imaginado, pero plantó los pies en el suelo, lo levantó y lo dejó caer. La pesa se detuvo a veinticinco centímetros de la campana.

—Ha sido un buen intento, princesita —dijo el feriante, entregándole una cinta del pelo con alegres flores iluminadas.

Adrian se la puso, echó los hombros atrás y los hizo rodar hacia delante.

—Una vez más.

Raylan compró los boletos. Adrian agarró el martillo, adoptó una buena postura y ladeó la cabeza a derecha e izquierda. Inspiró. Espiró. Inspiró de nuevo y, al exhalar, golpeó con fuerza. La pesa subió disparada, hizo sonar la campana y las luces empezaron a parpadear.

—Las princesitas no tienen de esto —replicó, mostrándole los bíceps.

El feriante rio.

—Imagino que no.

28

Más o menos mientras Adrian hacía sonar la campana, Rachael había encontrado otras dos mujeres muertas, por lo que el total ascendía a ocho víctimas. «Más del veinte por ciento», pensó. Nadie podía desdeñar esa cifra. Nadie.

Redactó el informe y envió una copia al policía a cargo en Washington D. C. y a la agente del FBI. También les dejó un mensaje de voz, exhortándolos a interrogar a Nikki Bennett. «Y al diablo con todo», pensó. Iba a intentar localizar a otra más. Le envió un mensaje a su marido: Lo siento. Lo siento. De verdad que lo siento. Ya sé que voy supertarde, pero hay una cosa más que tengo que mirar. Puede que me lleve entre una hora y una hora y media más.

En el momento en el que cerraba la oficina vacía, recibió la respuesta: Trabajas demasiado, Rach. Por aquí está todo bajo control. Maggie va a quedarse a dormir en casa de Kiki. Sam me ha ganado dos veces al *Fortnight,* así que voy a consolarme con un libro. Si tienes tiempo, pilla helado Butter Crunch. Puede que lo necesite para consolarme también.

Le provocó una sonrisa mientras cerraba la puerta con llave.

Ya sacaré yo tiempo para consolarte también. Un beso.

Cuando le sonó el teléfono móvil, vio que el número aparecía bloqueado en el identificador de llamadas. En un trabajo como el suyo, era algo que no podía dejar pasar.

—Rachael McNee.

—Señora McNee, soy el detective Robert Morestead, de la Unidad de Delitos Graves del Departamento de Policía de Richmond.

—Richmond —repitió al tiempo que se le helaba la sangre.

—Su nombre y número de teléfono han aparecido en la agenda de Tracie Potter.

Rachael se apoyó en la puerta cerrada.

—¿Podría darme su número de placa para que pueda comprobar que es quien dice ser? —Mientras le daba la información, incluido el nombre de su teniente, volvió a abrir la puerta y encendió las luces—. Espere un minuto, por favor. —De vuelta en el despacho, usó el teléfono fijo para asegurarse. Luego se echó atrás un minuto y cerró los ojos—. Detective Morestead, me puse en contacto con Tracie Potter y hablé con ella dos veces en relación con una investigación que estoy llevando a cabo. ¿Qué le ha sucedido? Estuve trabajando en el cuerpo, en D. C., diez años. Puede comprobarlo. Ahora mismo colaboro con los detectives Bower y Wochowski, del Departamento de Policía Metropolitana, y la agente especial del FBI Marlene Krebs. —Mientras hablaba, se levantó a por una botella de agua nueva—. Si es de Delitos Graves, entiendo que Tracie Potter está herida o muerta.

—El asesinato de la señora Potter ha salido en todas las noticias por aquí.

—Estoy en D. C., no en Richmond. —Joder, pensó. Joder, ya eran nueve—. Potter es la novena víctima de homicidio de una lista que tengo de treinta y cuatro mujeres. Haga esas llamadas, detective, deme un número de contacto al que pueda enviarle los datos y las pruebas que he recabado hasta ahora. Y cuando haya hecho esas llamadas, consiga que los cuerpos de seguridad muevan el culo de una vez. Les he dado el nombre de mi principal sospechosa, pero aún no la han interrogado.

—¿De dónde ha sacado esta lista?

—Voy a enviarle copias de todos mis archivos e informes. Son muy detallados. —Se volvió al ordenador y esperó a que encendiera—. Los asesinatos se han producido a lo largo de varios años, con métodos distintos y en diferentes jurisdicciones de todo el país.

—¿Y el vínculo?

—Venganza. Responderé a todas sus preguntas una vez que haya leído los archivos y hecho las llamadas.

—Haré las llamadas. Le daré una dirección a la que enviar los archivos. Y voy a hacerle preguntas. Ya estamos en camino y llegaremos adonde se encuentra en menos de dos horas.

Ya eran las nueve y media, pensó. Bueno, pues qué bien. Había que joderse.

—Está bien. Aún estoy en mi oficina, pero tengo que volver a casa en breve. Podrán hablar conmigo allí. —Le facilitó su dirección—. Tengo una pregunta más, detective. Me gustaría saber cómo la asesinaron. Me bastará con lo que le hayan dicho a la prensa.

—La víctima fue asesinada entre las 20.00 y las 00.00 de anoche. El cuerpo fue descubierto en el aparcamiento de un pequeño centro comercial a pocas manzanas de su estudio a aproximadamente las 8.00 de esta mañana. Parece un robo de vehículo que ha salido mal.

—No lo es. ¿Me pasa el contacto? —En cuanto se lo dio, comenzó a enviarle archivos—. De camino hacia aquí, echen un vistazo a estas personas: Jonathan Bennett Júnior y Nikki Bennett, hermanos. Los veré dentro de un par de horas.

Colgó, asqueada, furiosa. No habría consuelo esa noche, pensó. Ni volvería a visitar a Nikki Bennett para presionarla. Tenía que volver a casa, calmarse y prepararse para hablar con Richmond. Antes de hacerlo, redactó un resumen de la conversación telefónica, anotó el nombre del detective de Richmond y de las fechas y horas. Luego buscó rápidamente al detective Morestead. Veintidós años en el cuerpo, los últimos nueve en Delitos Graves. Todo en orden. Buscó los periódicos de Richmond y, tratando de no sentirse culpable, leyó los datos del crimen.

—¿Robo de vehículo? Y una mierda —murmuró.

Supuso que Morestead también lo sabía. Pero no la conocía a ella, imaginó. Y, en su lugar, ella también habría sido discreta.

Se había subido al coche y había esperado dentro, igual que con Jayne Arlo, en Erie. La había matado sin más, ¿para qué arriesgarse? Pero había movido el coche del aparcamiento del estudio al del centro comercial. Así se tardaría más en encontrarla, concluyó Rachael. Y eso le daba más tiempo para poner distancia de por medio. La había dejado en el interior, así que tenía coche propio, probablemente estacionado en el mismo aparcamiento. Se había montado y se había ido.

Hizo copias de los artículos de periódico para incluirlos en sus archivos antes de apagar el ordenador y cerrar la oficina. Ya eran nueve, pensó. Al menos nueve mujeres muertas. Pero por sus ovarios que iban a acabar con el asunto. Iban a cortar de raíz esa espiral de venganza asesina. Se planteó llamar a su tío, pero decidió esperar a llegar a casa y sosegarse un poco. Ya eran más de las diez, pero estaría despierto. Y pararía a comprar el dichoso helado. Era lo mínimo que podía hacer, ya que se pasaría la mitad de la noche en vela, y encima tendría a la policía en casa.

Tratando de luchar contra la culpabilidad y la ira, salió del edificio y se encaminó hacia el coche. Vio el destello, sintió el dolor del agudo aguijonazo en el hombro. Se giró y agarró las llaves para pulsar el botón de pánico. El dolor se le extendió por el pecho, por el hombro. Al trastabillar, se golpeó la cabeza con la puerta del coche y notó cómo empezaba a desvanecerse.

Él se aproximó. Había usado un rifle semiautomático del calibre 22 para no hacer demasiado ruido. Pero sabía que primero debería haberse acercado más, ¡un calibre 22 no daba para mucho! Tenía que admitir que era mejor con el arma blanca que con la de fuego. Sin embargo, le gustaba el modo en el que el rifle bramaba en las manos, el modo en el que las balas impactaban en la gente.

Sangraba de sobra, pero le daría un tiro en la oreja, por seguridad. Sin embargo, conforme se acercaba, oyó una fuerte carcajada y voces fuertes. La dejaría morirse, pensó mientras se agachaba y retrocedía. La dejaría allí para que se desangrara tirada en el suelo por ser una puta fisgona.

—Dos zorras menos —musitó.

Retrocedió con cautela; luego aprovechó la oscuridad para dar un amplio rodeo al edificio antes de echar a andar por la acera y alejarse silbando.

«No te duermas —se ordenó—. No te desvanezcas. Ay, Señor. Ay, Dios. Ethan, los niños». No, no, no, no iba a hacerles eso. No iba a morirse así y dejarlos. Trató de pedir ayuda, pero apenas le salía un hilo de voz. Temblorosa, se movió lo suficiente (¡joder, cómo dolía!) para sacarse el teléfono del bolsillo. Se le escapaba de los dedos (sudor, sangre, susto, temblores), pero volvió a sujetarlo. Pulsó el nueve, el uno y el uno.

—Nueve, uno, uno. ¿Cuál es la emergencia?

—Disparos. Disparos. Oficial caída. No, no, ya no soy oficial. Me han disparado. Me han disparado. En un aparcamiento.

Le indicó la dirección al tiempo que los dientes comenzaban a castañetearle.

—Acabo de enviar a la policía y una ambulancia al lugar. Quédese conmigo. Quédese conmigo. ¿Cómo se llama?

—Soy Rachael McNee. Me han disparado, tres tiros. Puede que cuatro. Creo que cuatro. Me ha dado en la cabeza. ¿Un disparo en la cabeza? No lo sé. Lo peor es el pecho. Estoy perdiendo sangre. El sospechoso es…

—Quédese conmigo, Rachael. La ayuda va en camino.

—Ho-hombre, caucásico. Lo he visto, lo he visto. De unos treinta y tantos. Un metro setenta y cinco aproximadamente. Setenta kilos. Rubio, con barba, corta. Y… no me acuerdo. Me duermo.

—Quédese conmigo, Rachael. Puedo oír las sirenas desde su teléfono. No se vaya.

—No puedo… —Y entonces se desvaneció.

Se despertó brevemente mientras el mundo daba vueltas a su alrededor. Luz, demasiado brillante. Voces, demasiado fuertes. No podía pensar por encima de ellas. «Callaos —pensó—. Callaos para que pueda pensar».

Agitó una mano y alguien, un desconocido, se inclinó sobre ella.

—Te tenemos. Aguanta.

—Bennett —dijo, arrastrando las sílabas. No sentía la lengua—. Júnior. Me disparó.

—Bien. Está bien. Aguanta.

Pero había vuelto a desvanecerse.

Nikki permanecía acurrucada en el cuarto de baño. A veces tenía tanto frío que tiritaba. A veces tenía tanto calor que sudaba a mares. Apestaba. Había intentado lavarse, pero apestaba igualmente. No alcanzaba el interruptor de la luz. A veces rezaba por que las bombillas se fundieran para poder disfrutar de algo de oscuridad. Luego temblaba ante la idea de quedarse a oscuras.

La muñeca derecha, magullada y sanguinolenta, le dolía. La cara le palpitaba donde la había golpeado. Tomó las pastillas que JJ le había dejado y de algo sirvieron. En su mente visualizó cómo algunos animales se arrancaban la pata a mordiscos para liberarse de alguna trampa. ¿Sería capaz de hacerlo? ¿Debería intentarlo? La idea hizo que volviera a vomitar. No sabía cuánto tiempo había transcurrido. ¿Un día? ¿Una semana?

Comió cereales secos, galletas. Una manzana. Un plátano. Comenzó a temer que se le acabara la comida y que, a continuación, se muriera de hambre. Temió que él no volviera. Temió que sí volviera. Lo sabía. Cada vez que se echaba a llorar, admitía que sabía cómo era. No estaba bien, nunca había estado del todo bien. Era propenso a la maldad y a la violencia, y lo había tapado con sonrisas de adoración hacia su padre.

Siempre la había odiado; eso también lo sabía de antes. Porque, como una vez le había dicho, en el orden de nacimiento ella iba primero. Porque le había robado parte del amor y la atención de su padre, que por derecho eran de él. Y, aun así, lo había protegido, ¿no? Había mentido por él cuando se escapaba por las noches. Lavaba la sangre de su ropa antes de que nadie pudiera verla. Distraía a su madre (ay, que fácil de hacer) siempre que empezaba a echarle la bronca.

Había matado a su madre. ¿Eso llegó a saberlo? No, no, no creía que hubiera llegado a saberlo. Tal vez lo hubiera sospechado. Un poco. Pero saberlo no. Le había enviado dinero cuando le hacía falta. Nunca le hacía preguntas. No quería conocer las respuestas. Estaba aliviada de que la mayor parte del tiempo estuviera lejos. Ella tenía su propia vida, ¿no? ¿No? ¿No?

Se acurrucaba, sollozaba, reía, gemía, temblaba, oía los sonidos inconexos de su propia voz al hablar con nadie. Temía estar perdiendo la cabeza por querer tener una vida.

Tampoco sabía lo de los poemas. Ni lo de los asesinatos, lo de las mujeres a las que había matado. Pero sí había sabido que era verdad en cuanto la detective había ido a casa. Lo había sabido y había cubierto las espaldas a su hermano. Su padre le había dicho una y otra vez, una y otra vez, que ese era su trabajo. Ella solo quería hacer su trabajo. No quería morir por hacer su trabajo.

El detective Morestead leyó los archivos de Rachael mientras su compañera conducía. Morestead, un tipo pulcro y detallista, llevaba la corbata cuidadosamente anudada y los zapatos perfectamente lustrosos. Acumulaba veintidós años en el cuerpo y casi una década en Delitos Graves. Llevaba el pelo muy corto y la cara, de mentón cuadrado, afeitada al milímetro. Siempre había sido y siempre sería un hombre de detalles. Y en el informe de Rachael había muchos.

Su compañera desde hacía cinco años, Lola Deeks, presentaba un aspecto más informal. Llevaba el pelo corto al estilo tazón, pero él sabía, porque ella se lo había dicho, que era para que le dejase más tiempo para las cosas importantes. Como dormir. Llevaba chaquetas y americanas, pero apostaba por los colores fuertes. Normalmente con una camiseta debajo en lugar de camisa. Y siempre, salvo en lo más crudo del invierno, cuando había nieve, calzaba zapatillas. Imaginaba que siempre tenía a mano al menos una docena. Si él era un hombre de detalles, ella era de panorámicas.

Mientras subían por la interestatal 95, le fue leyendo fragmentos. Discutían y debatían.

—Aquí hay un caso que se parece al nuestro, salvo por el arma homicida. Calibre 22, tiro en la nuca; pero en el interior del coche, desde atrás.

—Así que ya estaba en el coche, igual que reconstruimos en el caso de Potter. Antes de sumar a Potter, ¿ya llevaba ocho de treinta y cuatro? Eso no es solo mala suerte, Bobby. La mujer, si es que la investigadora privada tiene razón en lo de Nikki Bennett, viaja por trabajo. Escoge un objetivo, da el golpe y se va de la ciudad.

—Estadísticamente...

—Sí, sí. —Lo miró de soslayo—. No son ni las armas ni los métodos habituales empleados por mujeres. Y las asesinas en serie son una *rara avis*. Pero a veces se caza alguna, Bobby.

—Eso es cierto. La investigadora ha solicitado a los locales una orden judicial para examinar el calendario de viajes de Bennett. Ahí habrá que hacer presión también. —Se tiró de la oreja—. El motivo no tiene mucho peso.

—No es cuestión de peso, sino de estar como una cabra. La venganza directa se enfoca en las Rizzo: la madre, la hija y la niñera. La pirada decide que todas las mujeres que se tiraron a su papi son cómplices, así que tienen que pagar por ello.

—Son un montón de años, Lola. Un montón de paciencia. Por no hablar de que la única que recibe poemas o amenazas es la menor de las Rizzo.

—Tiene unos treinta, Bobby. De menor nada, amigo mío. Es la que más importa, así que es la que recibe los poemas.

—Los lazos de sangre.

—Establece la conexión y la atormenta un poco. Es una estupidez, pero también es cuestión de ego. En breve saldremos de esta dichosa carretera.

—Voy a ponerme en contacto con el investigador principal en D. C. Tal vez tengamos que ir a hablar allí también, ya que hemos subido.

Localizó el número de teléfono en el expediente. Le sorprendió que el policía de Washington respondiera al primer tono.

—Detective Bower.

—Detective Bower, soy el detective Morestead, del Departamento de Policía de Richmond. Estamos investigando un homicidio y creemos que podría estar conectado con un caso en el que están trabajando. Vamos de camino a hablar con una investigadora privada en Georgetown. Rachael McNee.

Lola miró a su compañero cuando este echó los hombros hacia atrás. Conocía su lenguaje corporal. Había pasado algo y no era nada bueno.

—¿Cuándo? —Comenzó a anotar algo en el cuaderno que llevaba en el regazo y que usaba para tomar notas personales sobre los expedientes—. ¿Dónde está ahora? Nos vemos allí. —Miró el GPS y recalculó—. Quince minutos.

—¿Ha habido otra? —preguntó Lola en cuanto Morestead colgó.

—A la investigadora privada le han dado cuatro tiros a la puerta de su oficina. Puede que media hora después de que hablara con ella.

—¿Ha muerto?

—Todavía no. Voy a meter el hospital en el GPS. Está en quirófano.

JJ hizo una parada en el aeropuerto nacional Ronald Reagan para soltar el coche en el aparcamiento de larga estancia y robar otro. Tiró la bolsa de basura con las prendas de protección ensangrentadas a una papelera. Aunque odiaba tener que renunciar a su cómoda conducción, los putos polis tenían el nombre de su hermana, así que disponían de la descripción del coche. Era hora de cambiar.

Tuvo suerte con una furgoneta básica y algo vieja, sin alarma. La abrió y trasladó sus bolsas, sus armas y sus herramientas. Como hacerle el puente a esa tartana de mierda era un juego de niños, en cosa de diez minutos volvía a salir del aparcamiento.

Vio que tenía que repostar. También encontraría un lugar más seguro para cambiar las matrículas. ¡Más valía prevenir que lamentar! Tal vez se detendría en un área de servicio o de descanso, pillaría algún tentempié y echaría una cabezadita. Aún le quedaban un par de sus pastillas, tan útiles para levantar el ánimo, pero tenía tiempo, así que la cabezadita no estaría mal. Tampoco tenía prisa y quería disfrutar de aquellos momentos. La poli, como había demostrado una y otra vez, era demasiado estúpida para relacionar el cortecito de una periodista (o lectora de noticias, pues más que eso no había sido) en Virginia con el pimpampum de una investigadora en D. C. Andarían como pollo sin cabeza mientras él subía hasta el poblacho de mierda y pasaba un rato estupendo con la bastarda de su padre. La asesina de su padre.

Buscó en el móvil un área para camiones a lo largo de la ruta. Le gustaban especialmente las áreas donde paraban camioneros de larga distancia. Más de una vez le había pedido a alguno que le franquease una carta a su novia la próxima vez que parara. Un jueguecito que tenían entre ellos, le decía antes de pagarle el café. Esta vez no tenía poema que enviar. Aunque puede que escribiese uno. Un poema final, que dejaría junto al cuerpo roto y ensangrentado. Eso haría, sí. ¡Eso era justo lo que iba a hacer! Y ese poema aparecería publicado en periódicos y en internet. Otras zorras de la misma calaña que la que acababa de matar lo recitarían con solemnidad por la televisión. Sería famoso. ¡Enorgullecería a su padre! Así que esta vez lo firmaría. No con su nombre, por supuesto. Con un título. «El Bardo», pensó. Su padre amaba a Shakespeare como a un hermano, por lo que sería una forma de honrar a su viejo.

Se pillaría un bistec con huevos, unas tortas de patata, un café fuerte y delicioso, de bar de camioneros, y escribiría su mejor poema. Se lo leería a la muy puta antes de acabar con ella. Cuando hubiera terminado, haría unas buenas fotos de su cadáver, de su cara de zorra, y luego se daría una vueltecita rápida por el viejo hogar para lidiar con la hermana número uno. Para ella no habría poema, pensó. Solo una bala en el cerebro. Rápido y sencillo. Una lástima que se le agotara aquella fuente de la que sacar dinero cada vez que le hacía falta, pero sabía demasiado. Y las mujeres eran incapaces de mantener la puta boca cerrada y no ir cacareando. Además, en la casa había un montón de objetos de valor que llevarse.

Luego, como un camionero de larga distancia, pondría rumbo a Wyoming, y ya se iría encargando del resto de las zorras de la lista a su ritmo. Las distanciaría, como siempre había hecho. Uno no se apresuraba con la obra de su vida.

Mientras JJ daba cuenta de su bistec con huevos, Morestead y Deeks se montaban en el ascensor del hospital. Ambos reconocieron a un policía en el hombre que caminaba impaciente a varios metros de ellos. Morestead se sacó la placa.

—¿Detective Bower?

—No. —El hombre corpulento, con camiseta y vaqueros anchos, los miró con seriedad—. Soy el sargento Mooney. La que está en el quirófano es mi sobrina, la hija de mi hermana. Bower y Wochowski han salido.

—Sentimos lo de su sobrina, sargento —comenzó diciendo Deeks antes de dar sus nombres—. ¿Sabe cuál es su estado?

—No sabemos una puñetera mierda salvo que le han dado cuatro tiros. Le han sacado las balas y las tienen como prueba. Dos en el pecho. —Se dio un golpe en el suyo—. Ella misma llamó a los de emergencias, eso hizo; de eso es de lo que está hecha.

—¿Hay algún sospechoso?

Su mirada dura se tornó ardiente al volverse a Morestead.

—No se quede ahí preguntando chorradas. Han venido a hablar con ella porque han juntado las piezas. O las ha juntado ella por ustedes. Como ustedes, muchachitos de Homicidios, no consigan una orden judicial para registrar la casa de Bennett, iré yo mismo a despertar a un juez y a conseguirla, me cago en la puta.

—Sargento —dijo Deeks con dulzura; una de sus habilidades—, hace menos de dieciocho horas que tenemos este caso entre las manos. Parece que mi compañero fue la última persona en hablar con su sobrina antes de que sucediera esto. Sí, ella juntó piezas por nosotros, y, mientras veníamos aquí, hemos leído los documentos que nos envió. Si Bower y Wochowski no consiguen una orden para interrogar a Nikki Bennett y registrar su casa, su oficina y su vehículo, lo haremos nosotros.

Mooney levantó una mano y resopló.

—Siento haber saltado. Tenía que salir de esa sala de espera. El marido de Rachael, sus dos hijos, mi hermana, mi cuñado, mi mujer, el hermano de Rachael, la hermana, joder, la mayoría de la familia, y somos un montón, están ahí metidos o fuera tratando de dar un paseo para calmarse.

—A mi hermano le dieron un tiro. Iba a Virginia Tech… en 2007. No era más que un chiquillo. Jamás he pasado tanto miedo en la vida como sentada en aquella sala de espera. Por eso me hice policía.

—¿Sobrevivió? —le preguntó Mooney.

—Sí. Fue el primero de mi familia en graduarse en la universidad.

—Me alegro de oírlo. —Se pasó la mano sobre el cabello gris—. Vamos a cogerles unos cafés.

Las puertas del ascensor volvieron a abrirse.

—Bower, Wochowski: estos son Morestead y Deeks.

Mooney esperó a que todo el mundo se hubiera estrechado la mano.

—¿Lo tienen?

—Estamos en ello, sargento —respondió Bower—, estamos en ello. Van a sacar a un juez de la cama. —Se rascó la coronilla—. Wochowski ha hablado con el teniente mientras yo hablaba con la fiscal… y la sacaba de la cama.

—Vamos a formar un equipo —les dijo Wochowski a los demás—. Un equipo de busca y captura, y otro de investigación. Bower y yo vamos a interrogarla. Son todos ustedes bienvenidos a venir a observar. La mujer tiene dinero —añadió—, así que puede permitirse un buen abogado. Necesitamos pruebas contundentes, pruebas materiales.

—Si la mujer esta ha disparado a Rachael —continuó Bower—, vamos a empapelarla pero bien. Se lo prometo, sargento. Necesitamos un equipo de investigación para que dé con algo que la relacione con Rachael o con cualquiera de las otras mujeres a las que cree que mató.

—¿Sigue en el quirófano? —preguntó Wochowski, a lo que Mooney se limitó a asentir—. Cuando salga, cuando vuelva en sí, nos ayudará a conseguirlo.

—Estamos moviéndonos. —Bower se dio un golpecito con el puño en el muslo—. Hoy mismo vamos a ir a hablar con Bennett. Hasta ahora no podíamos. Y luego nos hemos topado con este doble crimen.

Mooney lo exculpó con un gesto de la mano.

—Yo tampoco vi que fuera una prioridad. Pero tendría que haberlo visto y no lo vi. —Se interrumpió y se alejó en cuanto vio a una de los médicos en pijama quirúrgico. El corazón le percutía en la garganta y en los oídos—. Usted estaba operando a Rachael McNee. Soy su tío. Yo…

—Lo recuerdo. —La mujer, de ojos cansados y voz sosegada, asintió—. Soy la doctora Stringer. Su sobrina está estable. Es fuerte y está estable. Está grave, así que vamos a vigilarla de cerca las próximas doce horas. Pero ha salido bien del quirófano.

—¿Puede decírselo a la familia? Van a querer verla. Sé que toda esa gente no puede entrar, pero su marido, sus hijos, su madre. Necesitan verla.

—Pasará la noche sedada, pero sí, nos encargaremos de ello.

—No se van a mover de aquí hasta que despierte.

—La cafetería está abierta veinticuatro horas. Puedo encargarme de que le traigan una cama supletoria al marido en cuanto la señora McNee salga de recuperación. Las heridas del hombro y del brazo eran leves. Las del pecho son más graves, como ya hemos hablado. También tiene un corte en la nuca, por la caída, creo. Le diré que es un milagro que permaneciera consciente y fuera capaz de llamar a emergencias.

—Eso es que no conoce a Rachael.

La doctora sonrió.

—Ahora ya sí. Espero que encuentren a quien le ha hecho esto.

—Cuente con ello. Toda la familia está aquí. O la mayoría.

—Se volvió a los policías—. Denme cinco minutos con la familia, luego me uniré al equipo.

—Sargento...

—No me venga con jodiendas, Bower. Llevo en el cuerpo casi los mismos años que tiene usted, maldita sea. No voy a hacer nada que ponga en peligro el caso contra la persona que ha llevado a mi sobrina al hospital. Y voy a estar allí cuando la detengan.

—Cinco minutos. Tenemos que volver a comisaría, cambiarnos y darle la información al equipo.

—Ahí estaremos. —Morestead esperaba que le pusieran mala cara—. Solo para observar y asistirlos. La captura es suya, detectives. Pero tendremos que interrogar a la sospechosa en relación con nuestra víctima.

—Me parece justo. Cinco minutos, Mooney. ¿Sargento? Me alegro mucho de que Rachael haya salido de esta.

Deeks se quedó mirando la sala de espera, desde donde llegaba sonido de llanto.

—Son lágrimas de alivio —dijo—. Suenan distintas a las de dolor. Es bueno oírlas.

29

Como el dolor no se iba, Nikki tomó pastillas. Entraba y salía del duermevela, así que tomó más. Los oídos le pitaban y, aunque parecía imposible, la cabeza le dolía aún más. Como martillos neumáticos que le perforaran el cerebro. Dada la longitud de la cadena, solo podía ponerse en cuclillas, pero cuando lo intentaba le daba vueltas la cabeza y tenía que sentarse de nuevo. O volver a vomitar. Así que tomo más pastillas.

En ocasiones oía, pero, cuando aguantaba la respiración para gritar pidiendo ayuda, se daba cuenta de que las voces eran suyas. Nadie sino JJ podía entrar en casa, y él no la ayudaría.

Volvió a salir a la superficie, mareada y temblorosa, con los ojos llorosos y los oídos zumbándole. Golpes. En su cabeza, por supuesto, en su cabeza, pero algo más. ¿Alguien llamaba a la puerta? No podría entrar, no, no podría entrar, pero tal vez, si gritaba, la oyera. Si pudiera ponerse en pie, o casi, llenaría los pulmones y gritaría. Tal vez.

Lo intentó, sollozando mientras se esforzaba por alzarse sobre las piernas trémulas y hormigueantes. Inspiró y, al tiempo que lanzaba un gemido oxidado, el mareo la arrolló como una ola. Cayó hacia delante y se golpeó de cara con la tapa del retrete. La sangre fresca salió en torrente de la nariz rota. Los dos incisivos centrales se le clavaron en el labio antes de partirse. El dolor, salvaje y feroz, apenas duró un instante antes de que, flácida, resbalara hasta el suelo.

Fuera de la casa, Bower volvió a aporrear la puerta.

—No se ven luces dentro. —Deeks subió corriendo—. El coche tampoco está en la entrada. Tiene una berlina Mercedes, nueva, registrada a su nombre.

—Podría haber huido. —Bower dio un paso atrás y asintió al hombre uniformado que había tras él—. Derribadla.

El ariete embistió una vez, dos, y a la tercera echó abajo la pesada puerta de caoba.

—¡Policía! —exclamó Bower al tiempo que sus oficiales penetraban en la casa—. Tenemos autorización de entrar en la vivienda. Salgan con las manos en alto.

Deeks encendió las luces.

—Mierda, parece que aquí hay sangre. —Se acuclilló—. Hay sangre seca en el suelo. Tal vez no haya huido.

—Aclarémoslo.

—Las casas viejas, como esta, son un laberinto de habitaciones —señaló Mooney mientras Bower ordenaba a un equipo que registrara la segunda y la tercera planta.

Con el arma lista, Deeks abrió un ropero mientras Morestead se adentraba a la parte trasera de la casa, sin dejar de anunciar la presencia policial. Wochowski comprobó el cuarto de estar y la salita lateral mientras Mooney se dirigía a la puerta bajo las escaleras. «Otro armario —pensó—, tal vez un aseo». Lo olió en el momento en el que asió el picaporte. Sangre, vómito.

—Aquí hay algo —avisó a sus compañeros antes de abrir la puerta de golpe—. Hostia puta. ¡Necesito una ambulancia! —Enfundándose el arma, entró en el cuarto y se agachó. Le puso a Nikki los dedos en el cuello—. Está viva. Desmayada. Joder, lleva aquí un tiempo.

Fue Deeks quien se acercó y miró por encima del hombro de Mooney.

—Parte de esa sangre es fresca. ¡Que alguien traiga una cizalla!

—Ha perdido un par de dientes. Y de eso también hace poco. —Mooney la puso de lado para que no se ahogara con su propia sangre—. Se ha dado en la cabeza con el váter. Mira la salpicadura. Se ha dado pero bien, aunque también tiene contusiones anteriores y me apuesto algo a que esa nariz ya estaba rota antes de que se cayera de morros.

—Hay comida en esa caja. Cereales, galletas, varios corazones de manzana de aspecto nauseabundo, cáscaras de plátano. Un frasco casi vacío de Advil. Quienquiera que la encadenase a la pared no quería matarla.

—Tiene un hermano.

En ese momento llegó Bower.

—Joder, está hecha un cristo. La ambulancia viene de camino. Acabo de poner una orden de búsqueda del coche a todas las unidades.

—Tal vez también deberías emitir una orden de búsqueda del hermano —dijo Mooney.

Bower se fijó en la mujer inconsciente, la cadena, la caja con provisiones. Asintió.

La mujer recuperó parte de la consciencia en la ambulancia. Abrió los ojos, brillantes como el vidrio, y miró hacia arriba y a los lados.

—Ya está, Nikki. —Bower se inclinó hacia ella mientras el paramédico comprobaba sus constantes vitales—. Ya estás a salvo. Soy policía y vamos de camino del hospital.

—¿Por qué? —musitó antes de gemir—. Ay, mi cara. No siento la cara.

—Te hemos dado algo para que no te duela tanto —le dijo el paramédico—. Está conmocionada, detective.

—Ya veo. Casi hemos llegado, Nikki; enseguida van a ocuparse de ti. ¿Puedes decirme qué ha pasado? ¿Puedes decirme quién te ha hecho esto?

Se sentía flotar, y algo mareada, y entumecida, y tenía mucho frío. Pero hizo su trabajo. No parecía poder evitarlo.

—No lo sé. Un hombre vino a la puerta. Me empujó. Me pegó. Y de repente estaba en el aseo. La cadena.

Se permitió llorar.

—¿Lo reconociste? ¿Lo conocías?

—No. Me pegó. ¿Por qué? —Cerró los ojos y trató de pensar—. ¿Experimento? —probó a decir—. ¿Lo dijo? No me acuerdo. Se rio. Me hizo daño. Me duele todo.

—¿Qué aspecto tenía? ¿Lo recuerdas?

Rememoró al chico que le gustaba en la universidad, el que le había sonreído con condescendencia cuando intentó atraerlo. El que la había hecho sentir fea y estúpida. Y lo describió.

—Alto. Joven. Cabello castaño, ondulado. Ojos azules. Muy azules. Lo recuerdo. Un rostro bonito. Hoyuelos al sonreír. Acento. Del sur, dulce, sureño. Me hizo daño. Estoy cansada.

Cerró los ojos y, aunque permaneció despierta, se dejó llevar. Allí JJ no podría hacerle nada, pensó. Volvería a su vida normal. Pronto. No le importaba si hacía daño a alguien más. Ella ya había pagado bastante. No era culpa suya.

En el hospital, Bower se reunió con su compañera, con Mooney y con los dos detectives de Richmond.

—Ha dicho que no conocía al tipo que la encerró. Estaba hecha polvo, y drogada, pero me dio una descripción medio decente. No se parece en nada a la última foto que tenemos del hermano. Se desvaneció antes de poder darme más detalles, pero se trata de alguien joven, alto, de pelo castaño, ondulado, y ojos azules. Con hoyuelos y acento sureño.

—O sea que un desconocido entra en su casa, la noquea, la encierra, le roba el coche…, ¿pero le deja comida y analgésicos? ¿Y dos días antes a mi sobrina le disparan? —Mooney frunció el ceño—. Menuda sarta de chorradas.

—Volveremos a preguntarle para obtener más detalles y, si son chorradas, le apretaremos las tuercas hasta que se vea. Pero la descripción le salió sin pensar. Ha dicho algo de un experimento, pero en forma de pregunta, como si no estuviera segura.

—Tenemos una orden de búsqueda del hermano y estamos buscando el coche —apuntó Wochowski—. Y, aunque puede que esté con Mooney en lo de que son chorradas, tenemos que preguntarnos: ¿por qué iba a mentir? Si tu hermano te zurra y te encadena, ¿para qué vas a mentir al respecto?

—Puede que la familia entera esté loca. —Morestead se encogió de hombros—. También es cierto que su historial no cuenta nada raro. El caso es que no dice nada. También podemos preguntarnos si no estará metida en el ajo. ¿Los dos trabajan juntos y han tenido una desavenencia?

—Entiendo lo que quieres decir. —Deeks asintió—. Y me gusta ese punto de vista. Pero ¿por qué no lo acusaría directamente? ¿Por qué no dice: «Ay, Dios mío, mi hermano, ¿qué ha hecho? Ha dicho esto, lo otro, se le ha ido la cabeza. ¡No tenía ni idea!»? ¿Quién no va a empatizar con una mujer cuyo hermano le da un puñetazo en la cara, la encadena y luego la deja con unas cajas de cereales durante, al menos, dos o tres días, por lo que parecía?

—Volveremos a hablar con ella en cuanto la hayan tratado. —Miró la hora—. Mierda. Oíd, voy a preguntar cómo está. Según lo veo yo, deberíamos intentar dormir un par de horas y retomarlo una vez frescos. Los de Richmond, ¿os quedáis?

—Nos quedaremos hasta hablar con ella —dijo Morestead mirando a Deeks, que asintió.

—Hay un cuartito en comisaría, pero no os lo recomendaría si las dietas os dan para una habitación en algún motel.

—Yo voy a sentarme con Rachael. Esperaré a que nos comuniquen su estado, y quiero estar en la habitación si habláis con Bennett, pero ahora me voy con mi familia... Mira que acabar en el mismo hospital, qué puñetera casualidad, ¿eh? —Mooney volvió la vista a las puertas de la sala de emergencias—. Una cosa sí que sabemos: ella no fue quien le disparó a mi sobrina, pero eso no significa que no esté implicada.

—Tenemos al equipo de investigación en la casa. Si hay algo que la implique, lo encontrarán. Voy a ver cómo está.

Bower escuchó lo que consideraba el típico discursito de los médicos: que la paciente necesitaba descanso y silencio. También le confirmaron que las lesiones faciales tenían más de cuarenta y ocho horas, y que las laceraciones y abrasiones de la muñeca tenían la misma antigüedad, con lo cual era imposible que hubiera participado en el asesinato de Richmond. Además de la nariz rota, la mejilla herida y las lesiones graves en la boca y la muñeca derecha, tenía una conmoción cerebral. Y era probable que sintiera confusión y tuviera lagunas de memoria.

Después de empeñarse, y mucho, le concedieron cinco minutos con ella, que se propuso prolongar. El médico insistió en que después tendría que descansar ocho horas. Para jugar limpio, se llevó consigo a Mooney y Deeks, esperando que esta contribuyese con su punto de vista femenino. Se puso la cara de oficial amable al acercarse al pie de la cama.

—¿Cómo estás, Nikki?

—No lo sé. Muy cansada. Estoy en el hospital.

—Y estás a salvo. Nadie te va a hacer daño. Vine contigo en la ambulancia y hablamos un poco. Soy el detective Bower.

—¿Ambulancia? No me acuerdo.

—No pasa nada. Me hablaste de la persona que te hizo daño. Tengo que hacerte unas preguntas y luego te dejaré descansar. Dijiste que era joven. ¿Puedes explicarnos qué querías decir?

—¿Esos quiénes son? —Sus ojos, hinchados, se posaron en Mooney y Deeks—. ¡No los conozco!

—Son policías como yo. Estamos aquí para ayudarte, para mantenerte a salvo. ¿Cuántos años dirías que tiene la persona que te hizo daño?

—El hombre. —Volvió a cerrar los ojos. Estuvo a punto de decir que veinte, pues tenía aquella edad cuando lo conoció. Pero le preocupó que fuera demasiado joven—. No estoy segura. Casi treinta. O puede que más. Lo siento.

—Está bien, está bien. ¿Un hombre blanco?

—Sí.

—¿Qué llevaba puesto?

—No estoy… ¿Uniforme? No, no creo… Puede que sí. No, no me acuerdo. Lo siento.

—¿Podrías describirlo de nuevo, hasta donde puedas?

—Yo… Era alto.

—¿Cómo de alto?

—Más que usted, creo. Un poco. Fuerte. Creo que era fuerte. Cabello castaño ondulado y unos bonitos ojos azules. Muy guapo, encantador. Los hoyuelos, el acento. Como un actor de cine.

—Cuando te encuentres un poquitín mejor, ¿colaborarías con un dibujante de la policía?

—Puedo intentarlo. Ahora estoy muy cansada.

—Hablaste de un experimento. ¿Te lo dijo él?

—¿Experimento? ¿Dijo eso? Yo lloraba. Yo lloraba y él se reía. Tenía el cuarto de baño, ¿no? Podía beber agua, ¿no? «Ahí tienes comida. Tómate esas pastillas. Volveré».

—¿Dijo que volvería?

—Creo que… sí. Tenía miedo de que no volviera. Tenía miedo de que volviera. Tenía miedo.

—¿Y volvió?

—Creo que… No lo sé. A veces creía oír voces. Pero no lo sé.

—¿Dónde sueles dejar las llaves? ¿Las de casa, las del coche?

—En el plato que hay encima de la mesa junto a la puerta. Si las dejas ahí, siempre sabes dónde están. Ahora quiero dormir. Solo dormir.

Mooney se le acercó un poco más.

—Cuando Rachael McNee fue a verte, ¿el hombre estaba en tu casa?

Nikki notó cómo el miedo le bajaba por la espalda.

—¿Quién?

—Rachael McNee. Fue a verte. Es investigadora privada.

—Sí, sí. No. Recuerdo que vino alguien. ¿Acababa de llegar a casa? Creo que acababa de llegar a casa. Llevaba la compra. ¿Por qué vino? ¿Qué quería? Mi padre. —Nikki cerró los ojos—. No quiero hablar de mi padre. Nada de aquello fue culpa mía. Yo era una niña. Quería que se fuera. Me disgustaba. No la dejé entrar, ¿verdad? Y entonces se fue. ¿El hombre estaba con ella? Creo que llegó justo después. Poco después. Pensé que era aquella mujer de nuevo, quería que se fuera. Estaba enfadada. Abrí la puerta, pero no era ella. Él sonrió y me pegó.

—¿Te pegó en la puerta —inquirió Deeks—, cuando le abriste la puerta?

—Yo… —«¿Qué era lo que había dicho antes? ¿Cómo iba a acordarse?»—. No estoy segura. Está borroso. Parecía tan simpático… No entiendo por qué se portó tan mal conmigo. Quiero dormir. Tengo que dormir.

—Está bien, Nikki. —Bower le dio una palmadita en la mano—. Descansa un poco.

Con cierta renuencia, Mooney salió del cuarto.

—Joder, qué bien le viene recordar unas cosas con tanta claridad y otras no, ¿no?

—No te quito razón, pero es algo que puede suceder con los traumas. Sea cierto o no lo que dice, el traumatismo es real.

—Que tenga un traumatismo no quiere decir que no esté mintiendo —señaló Deeks—. Y yo creo que miente.

—Yo también. ¿Tú por qué?

—Hay algo casi soñador en la forma en la que describe al tipo. Como si le gustase. Y si no lo conoce, si nunca había estado en su casa, ¿cómo es que eligió un cuarto sin ventana, un cuarto interior? ¿Cómo sabía qué longitud exacta debía tener la cadena para que llegase al lavabo para beber agua, pero no a la puerta? Estoy con Mooney, menuda sarta de chorradas. ¿Que por qué se portó tan mal con ella? Te revienta la cara y te encadena a la pared ¿y lo llamas «portarse mal»? Hay algo que no cuadra.

—Llevas razón. Puede que tuviera un novio, las cosas salieran mal y le pasase esto. Pero hoy ya no vamos a sacarle nada más. En cuanto amanezca, tendremos a los compañeros peinando el barrio, llamando a las puertas. Comprobaremos si alguien ha visto al tipo este. Nikki empezó a decir que iba de uniforme, pero enseguida se corrigió. Puede que se hiciera pasar por un mensajero, un técnico o un policía para no llamar la atención.

—Y mañana volveremos a preguntarle por todo. Puede que esta noche aún tengamos suerte con lo del coche. Pero llevo de guardia casi veinticuatro horas, joder. Necesito descansar un par. Y los demás también. Podemos vernos en comisaría a las ocho y la interrogaremos otra vez en cuanto podamos. Si antes surge algo más, nos pondremos con ello. Mientras tanto, vamos a apostar un guardia a la puerta. No va a entrar nadie que no deba ni ella va a salir.

—Voy a ver cómo está Rachael.

—Si se despierta antes de las ocho y recuerda algo, házmelo saber. Estamos contigo, sargento.

JJ estacionó la furgoneta en un viejo camino forestal a medio kilómetro de Traveler's Creek. Al vehículo no le gustó demasiado la idea, pero tampoco la iba a necesitar mucho más. Tenía que dormir un poco y no quería que algún imbécil de la policía o algún buen samaritano se acercase al vehículo detenido en el arcén. Se había planteado entrar en casa de Adrian mientras dormía, pero gracias a su estúpido blog sabía que tenía una perra. Y grande. Y sospechaba que tendría un sistema de alarma. Suponía que el sistema podría desactivarlo, pero los perros ladraban y mordían, así que más le valía esperar y ocuparse de la perra cuando estuviera fuera.

Como ya había pergeñado un plan, podía dormir un poco y poner la alarma del teléfono, por ejemplo, media hora antes de que saliera el sol. Entonces se echaría la mochila con las herramientas a la espalda y caminaría por el bosque; como a la tía le encantaba hacer sus mierdas de fitness en el exterior, tenía estudiado de sobra el terreno. Encontraría un buen lugar desde el cual vigilar la casa y, una vez que se hubiera encargado de la perra, él y la zorra de su hermanita disfrutarían de un reencuentro largo y precioso. Llevaba años preparándose para aquello, pensó al acostarse. Y le entregaría el último poema en persona.

Adrian no durmió bien. Tenía demasiadas cosas en la cabeza, admitió en el momento en el que se rindió y se levantó, al amanecer. Se había enamorado y no sabía cómo afrontarlo. Y, eso sí que lo sabía, cuando no sabía cómo afrontar algo, no paraba de darle vueltas hasta encontrar una solución, una forma de atajarlo. Sin embargo, esta vez no se trataba de un programa, una receta o un peinado. El amor era una circunstancia singular.

Encima, su madre iba a visitarla. Tendría que hacer frente a las nuevas complejidades de su relación e ir con pasos de plomo. Y era posible que también acabaran abordando aquella circunstancia singular. Nunca había hablado con su madre de algo parecido, jamás se había planteado compartir algo así con ella. Conque ¿cómo lidiar con aquello?

Cogió el teléfono y desconectó la alarma para poder abrir las puertas del porche. Salió, contempló el fuego del sol saliente sobre los bosques del este y posó la mano en la cabeza de Sadie cuando la perra se colocó a su lado.

—Bonita mañana, Sadie; eso ya es algo.

Tenía una docena de decisiones, grandes y pequeñas, que tomar en relación con el centro juvenil. Debía quedar perfecto. Debía quedar exactamente como sus abuelos habrían querido. ¿Les importaría que eligiera el motivo de damero en lugar de un único color para las baldosas de seguridad del área de juegos? Probablemente no, pero era algo que se había preguntado a las cuatro de la madrugada. Se lo había preguntado igual que se había preguntado por las plantas de base o el estilo del bar de zumos. Al preocuparse por aquello y por mucho más, evitaba centrarse en que tenía dos medio hermanos que tal vez quisieran matarla.

Aquello escapaba de su control, pensó, y odiaba tener nada que escapara a su control. Ahí dependía de Rachael, y esperaba tener noticias de ella antes de que acabase el día.

—Ya nos llamará cuando sepa algo, ¿verdad? —Se inclinó para rascar a Sadie—. No nos queda más que esperar. Vamos a saludar al sol, ¿te parece? A pensar en otra cosa.

Se puso unos pantalones de yoga y una camiseta y se recogió el pelo con una cinta. Descalza, bajó a la cocina con la esterilla. Hubiera dormido o no aquella noche, le encantaba madrugar, el silencio a primera hora de la mañana, el aire, la sensación de que todo a su alrededor dormía salvo ella, Sadie y los pájaros. Le cambió el agua al cuenco de la perra, se llenó una botella para ella y dejó las puertas del porche abiertas para que entrase aire mientras bajaban el patio. Sadie, viendo como una señal el que su ama desenrollarse la esterilla, se fue a deambular por el jardín.

Adrian se quedó parada un momento, mirando la luz rosa y dorada por encima de la línea de los árboles. En algún lugar, un pájaro carpintero se afanaba con su picoteo procurándose el desayuno y un halcón volaba en círculos en busca del suyo. Los tomates maduraban en las matas y las exuberantes hortensias que sus abuelos habían plantado años atrás ya estaban echando unos ramos que pronto se tornarían de un azul desaforado. «Una mañana preciosa», pensó de nuevo. Y un nuevo comienzo. Con las manos en actitud de oración, inspiró hondo antes de levantar los brazos.

Desde su posición elevada en el bosque, la observaba. Era fascinante. ¡Allí estaba! No en una pantalla, no en mitad de una multitud, como cuando, años atrás, había viajado hasta Nueva York tras enterarse de que aparecería en el *Today Show*. En persona y sola. ¡Qué manera de empezar el día!

No se esperaba que saliera tan pronto. Y había dejado la puerta abierta. Casi gritó de alegría cuando salió al porche de la segunda planta y se quedó allí parada, oteando precisamente hacia donde él se escondía. Tal vez la perra era más grande de lo que había creído, pero se haría cargo de ella. Sadie, recordó del blog. Una perra para otra perra. Al él le gustaban los perros. No soportaba los gatos y, en sus tiempos, había acabado con un buen número de ellos, pero los perros le gustaban. Quizás se hiciera con uno cualquier día de estos, pensó mientras cargaba el rifle. Pero no una hembra, y ni de coña permitiría que le cortaran las pelotas a su perro. Un hombre ha de ser un hombre, ¿no?

Mientras la perra vagaba junto a la linde del bosque, JJ se llevó el rifle al hombro. «Un poco más cerca, grandullona», pensó. Pero en cuanto Sadie levantó la cabeza y husmeó el aire, tal vez oliéndolo a él, disparó. El sonido, poco más que un chasquido amortiguado, no le llegó a Adrian, quien en ese momento descendía para adoptar la postura de *chaturanga*. JJ vio cómo la perra daba un paso vacilante y otro más antes de desplomarse. «Buenas noches».

Con la mente despejada y la respiración tranquila, Adrian siguió moviéndose con fluidez. Los músculos iban calentándose;

su mal humor, aplacándose. Sostuvo el guerrero I, dejó que el estiramiento hiciera su magia y luego se deslizó hasta adoptar el guerrero II. Profundizó en la postura, por lo que su cuerpo gimió. Con la mirada fija en la mano derecha estirada, vio al hombre salir del bosque.

Todo se detuvo y, en ese instante de inmovilidad, retrocedió años atrás hasta Georgetown. Era imposible. Era imposible porque ella lo había visto precipitarse por la barandilla, lo había visto caer. Lo había visto morir. Pero allí estaba, aproximándose, sonriendo con aquella sonrisa terrible.

«¡Corre!», oyó que una voz gritaba dentro de su cabeza. Pero, cuando estaba a punto de girarse para subir los escalones, él le apuntó con un arma.

—Da un paso más y disparo. No te mataré, pero te derribaré.

Por detrás de él, justo a la izquierda, vio a Sadie tendida en el suelo. Con o sin advertencia, el terror y la angustia se apoderaron de ella.

—¡Sadie!

Justo cuando iba a echar a correr hacia la perra, él se le plantó delante.

—Un paso más y te disparo en la rodilla. Te dolerá de la hostia y no podrás volver a correr. La perra solo está dormida. —Le sonrió de nuevo con la cara de aquel hombre muerto y, durante un instante horrible, Adrian volvió a tener siete años, volvió a sentirse indefensa—. Yo no mato perros. ¿Por quién me has tomado? Le disparé un tranquilizante. Lo compré precisamente para ella, precisamente para hoy. Ahora vas a subir y te vas a meter en casa para que tengamos algo de intimidad. —Esbozó de nuevo aquella sonrisa—. Tenemos mucho con que ponernos al día, hermanita.

No es el hombre, entendió. Su hijo. Casi su viva imagen. Aunque en ese momento ya advertía algunas diferencias. El hijo era de complexión más delgada y no tenía las sienes plateadas. El pelo como tal estaba cortado de cualquier manera, sin estilo. Pero los ojos, ay, los ojos eran los mismos; a pesar de la sonrisa, en ellos vivían la rabia y la locura. Y ella no tenía siete años. No estaba indefensa.

—Eres Jonathan Bennett.

—Llámame JJ.

—Has estado enviándome poemas durante mucho tiempo.

—Tengo otro para ti, pero tendrá que esperar. Vamos dentro.

Si conseguía quedarse allí fuera, quizás encontrase una forma de huir. O Sadie tal vez despertase, si es que le había dicho la verdad.

—No éramos más que niños. Tú, tu hermana, yo. No hicimos nada.

—El niño sale al padre, o a la puta de la madre, según.

—¿Tu hermana también ha venido? ¿Quiere hablar conmigo?

—Estamos solos tú y yo. ¿Nikki? A ella le gusta levantar muros, aislarse. En eso es como nuestra madre, pero sin las pastillas y el alcohol. Bueno, pues ahora mismo está entre cuatro paredes, y ahí se va a quedar.

Lo que oyó en su voz era deleite. Nada de rabia ni de furia, sino un deleite casi ensoñador. Tal vez pudiera razonar con él.

—No sé nada de ti, ni de ella. Yo solo…

—Ya te enterarás de sobra. Venga, sube las escaleras despacito y con cuidado. Si intentas darte la vuelta, te reviento la rodilla. ¡Hale! —Y aquella rabia, aquella furia, destelló en sus ojos ardientes—. Si no, te pego un tiro y te arrastro mientras te desangras.

Lo haría, Adrian veía que lo haría. Se encaminó hacia las escaleras, intentando pensar, solo pensar, a pesar de que el miedo la atenazaba. Conocía cada centímetro de la casa, y él no. Un momento de distracción, eso era todo lo que necesitaba. Había un montón de lugares donde esconderse, un montón de formas de contraatacar; pero necesitaba una distracción y no podía arriesgarse con un arma apuntándole por detrás. Tenía que conseguir el teléfono, que estaba cargándose en el dormitorio. Tenía que conseguir el teléfono y pedir ayuda.

Entró en la cocina, vio el bloque de cuchillos. Tal vez, tal vez, si surgía la oportunidad.

—Cierra las puertas, echa la llave.

Obedeció, pero no dejaba de pensar. Si hubiera querido matarla sin más, ya estaría muerta. Primero quería hablar. Quería contarle su historia, o descargar su ira sobre ella, o ambas cosas. Quería hacerle daño antes de matarla. Eso le daría tiempo, y, con el tiempo, llegarían oportunidades y distracciones.

—Menuda casa —comentó—. Un casoplón. Yo crecí en una casa grande, pero llevo tiempo apañándome en una pequeña cabaña en el bosque. Al piso de arriba.

—¿Al piso de arriba?

—Allí también has dejado las puertas abiertas. Pensabas que aquí estarías perfectamente a salvo, ¿no? En este casoplón tuyo.

«Al piso de arriba», pensó. Donde estaba cargándose el teléfono. Mientras caminaba, pensaba en los lugares donde podría esconderse, las zonas donde podría luchar, las armas que podría usar. Una lámpara, un jarrón pesado, un sujetapapeles, un abrecartas.

—¿Por qué poemas? ¿Por qué me enviabas poemas?

—Porque soy muy bueno escribiéndolos. Incluso de niño. Mi padre estaba orgulloso de mis poemas.

—Fue duro para ti perderlo.

—No lo perdí. Tú lo mataste. —Le clavó la punta del arma en las lumbares—. Si tú no hubieras nacido, él estaría vivo.

El entrenamiento surtía efecto, así que usó la respiración para calmarse.

—No supe de su existencia hasta ese día. Mi madre nunca me habló de él. Nunca se lo dijo a nadie.

—Me importa una putísima mierda a quién se lo dijera y a quién no. Él está muerto porque tú estás viva.

Adrian miró la estatua de bronce que había sobre una mesa en el descansillo del piso superior. Era pesada. Pasó a su lado y entró en el dormitorio.

—Cierra la puerta y echa el pestillo.

El teléfono estaba en el cargador, a pocos metros. Necesitaba una distracción. Se volvió hacia él y dejó que todo el miedo le temblase en la voz.

—No sé por qué estás haciendo esto. No entiendo por qué…

La abofeteó con la mano izquierda, lo bastante fuerte como para tirarla al suelo y que el dolor se le extendiera por toda la cara.

—Echa el pestillo. Haz lo que te diga cuando te lo diga o la próxima vez te sacaré los dientes.

Se puso en pie, cerró las puertas y giró el pestillo. Cuando él se movió a un lado y cogió el teléfono, sus esperanzas se desvanecieron. Lo arrojó al suelo y lo pisoteó.

—¡Ups! —dijo con una sonrisita. Luego señaló el canapé y el sillón de lectura con un movimiento con la pistola—. Siéntate, ¡ahora! A no ser que quieras que te pegue otra vez.

La próxima estaría lista; sabía cómo contraatacar. Le sacaba como mucho cuatro o cinco centímetros y ella tenía las extremidades más largas. Estaba fibroso, sí, pero serían sus músculos contra los de ella. Debía hacerlo. Pero él seguía teniendo un arma.

Se sentó en el borde del canapé más cercano a la puerta. Él se quitó la mochila, la dejó en el suelo y se acomodó en el sillón.

—Pues ya estamos todos tan a gusto.

30

En el jardín, bajo el sol cada vez más fuerte, las patas de Sadie comenzaron a agitarse. Sus ojos se abrieron. Cuando trató de ponerse en pie, no la sostuvieron, por lo que permaneció tendida, jadeante, confusa. Vomitó todo lo que llevaba en el estómago y gimió. Quería a Adrian y agua fresca. Cuando consiguió levantarse, dio algunos pasos tambaleantes. Luego volvió a vomitar. Lenta, como borracha, se encaminó hacia la casa. Quería volver a dormirse, pero aún más quería a Adrian y el agua.

Se detuvo ante la esterilla de yoga, la olisqueó y sintió cierto confort al notar el aroma de Adrian. Pero había otro más, uno que había olido antes de que algo le hiciera daño, antes de ponerse enferma. Humano, pero no familiar. No le gustaba. La hizo gruñir.

Llegó a las puertas del patio, pero estaban cerradas y no vio a Adrian dentro. Le costó subir los peldaños. Tardó mucho, pero había agua, y bebió un montón. La escudilla estaba vacía, pero no quería comer. Adrian no llegó a abrirle la puerta, así que esperó, tal y como le había enseñado. Volvió a gemir, esperanzada. Luego miró las escaleras. No quería subirlas, quería entrar. Pero se dirigió hacia ellas y, con un suspiro canino, emprendió el ascenso.

En el dormitorio, JJ sostenía la pistola con firmeza.

—Menudo casoplón para una mujer tan poca cosa.

—Es la casa familiar.

—Los abuelos la palmaron, ¿eh? La abuela hecha papilla en un accidente y el abuelo de puro viejo. El de las putas pizzas, ¿no? Tal vez pille una cuando hayamos acabado aquí. Te crees especial. Te crees importante, con todos tus DVD y los vídeos en *streaming* y el blog, diciéndole a la gente cómo vivir, qué comer, haciendo que peguen saltitos y compren tus mierdas carísimas. Mi padre sí que era importante. El doctor Jonathan Bennett. Mi padre, ¿me oyes?

—Sí. Era profesor. Muy importante.

—Era inteligente, más inteligente que tú. Más inteligente que nadie. Solo se quedó con la drogata de mi madre por mí. Me quería.

—Sé que te quería.

—Me protegía.

—Por descontado. Eres su hijo.

—Y está muerto por tu culpa. Porque la zorra de tu madre se preñó y trató de engañarlo. No veo nada de él en ti, jamás lo he visto, así que es probable que fuera mentira. Pero no cambia lo que sucedió. Se le ofreció, como todas las demás. Un hombre que no coge lo que se le ofrece es tonto, y mi padre no era tonto.

«Deja que cuente su historia», se dijo Adrian, sentada con las manos inmóviles en el regazo. Mientras tanto, iba considerando las posibles armas en la habitación. Los candelabros de su abuela: pesados, fáciles de agarrar y de blandir. El cuenco de cobre que había comprado en la tienda de Maya: tenía un peso respetable y se podía arrojar. El abrecartas del escritorio, las tijeras en el cajón intermedio: con buen filo. Que siguiera hablando.

—Ninguna de las otras tuvo hijos con él ni… fingió tenerlos. ¿Por qué las mataste?

—Aquella puta fisgona a la que contrataste fue al imbécil del reportero, ¿no? Él lo lamentará. Ella ya lo lamenta.

El frío se apoderó de Adrian y le puso la carne de gallina. Se le hizo un nudo terrible en el estómago.

—¿Qué quieres decir?

—Creía que era inteligente, también, pero no tanto como yo. Yo soy hijo de mi padre. La maté anoche, la dejé desangrándose en la calle.

—¡Dios mío! —Adrian, agarrándose los codos, comenzó a balancearse.

—Se lo buscó al venir a casa e intentar que mi hermana cotillease sobre mí. —JJ sonrió de oreja a oreja—. Pues bien, Nikki no va a cotillear.

—¿Has… matado a tu hermana?

—Todavía no. —Soltó una risita sardónica y volvió a sonreír—. Pero cuando lo haga también será culpa tuya. Tú contrataste a la fisgona, tú metiste a Nikki en esto. Así que tú las mataste a las dos, igual que mataste a mi padre. Me arruinaste la puta vida, pedazo de zorra, te llevaste a la única persona en este mundo que me quería. Jamás deberías haber nacido.

—Nada de esto traerá de vuelta a tu padre.

—¡Ya lo sé! —Golpeó con el puño el reposabrazos del sillón—. ¿Te crees que no lo sé, cojones? ¿Crees que soy estúpido?

A Adrian el corazón le retumbaba en la garganta, tan salvaje como la furia en los ojos de JJ.

—No, pero no entiendo qué quieres conseguir matándolas. Intento entender.

—Lo estoy vengando, idiota. Eso es lo que un hijo, un verdadero hijo, hace cuando han matado a su padre.

No, no había forma de razonar con él, entendió Adrian. Pero podía ganar tiempo.

—¿Crees que él hubiera querido que hicieras esto? ¿Qué te pasases la vida haciéndolo? Has dicho que él te protegía. Que quería lo mejor para ti. Podrías haberte convertido en profesor, como él. O en poeta. Tus poemas son imponentes.

—Él me enseñó a hacerme valer. —Se apuntó al pecho con el pulgar—. Estoy haciéndome valer, por mí y por él. Los poemas son un homenaje a mi padre. Y me he guardado el mejor para el final. —Con la mano izquierda, abrió el compartimento superior de la mochila y sacó una hoja de papel cuidadosamente doblada—. ¿Qué te parece si te lo leo?

Adrian no dijo nada, pero se preparó. Había decidido que iba a abalanzarse sobre él. Si le disparaba, no sería mientras permanecía sentada como una pobrecita indefensa. JJ carraspeó.

—Cuando por fin nos veamos tú y yo, se hará verdadera justicia, la mía. Cuando expires con tu último estertor, tu muerte será mi alegría. Y con tu sangre en mis manos derramada gritaré y danzaré al son de la alborada. —Prorrumpió en carcajadas mientras dejaba el papel a un lado—. ¡Cantaré y danzaré al son de la alborada! A este le he añadido un par de versos más, porque quería acabar con tono alegre. Hoy es un día feliz para mí, joder, ¡un día de fiesta! Y también quería algo de ironía, porque tú sí que vas a gritar.

JJ se puso en pie; Adrian cogió aire, preparada para arrojarse sobre él. Pero fue Sadie quien se abalanzó sobre las puertas de cristal con una explosión de ladridos y gruñidos. «Una distracción», pensó Adrian. Con un miedo atroz tanto por la perra como por ella, le propinó a JJ una patada en la mano que sostenía el arma. También logró asestarle un puñetazo, aunque le dio en el hombro en lugar de en la cara, mientras la pistola rebotaba por el suelo de la habitación. Entonces echó a correr.

—¡Corre! —le gritó a la perra—. ¡Corre, Sadie, corre!

Adrian habría querido llegar a las escaleras, pero ya oía a JJ tras ella, así que se ocultó en uno de los dormitorios. «Lugares donde esconderse —se recordó—. Formas de contraatacar».

—Ahora sí que te voy a hacer daño. Ahora va a ser mucho peor.

Adrian agarró un abrecartas antiguo del escritorio de la habitación de invitados, se escabulló por el cuarto de baño que conectaba con el siguiente dormitorio y penetró en él con sigilo. A ver si lograba atraparla.

Como se había levantado temprano, Raylan decidió que haría algo de ejercicio antes de que los niños se despertaran y su día se dispersara como las pelusas del diente de león.

Mariah quería quitarle los ruedines a su bici, por lo que estaba muerto de miedo. Pero su hermano montaba sin ellos y ella estaba resuelta a hacer lo mismo. Así que le había prometido que le enseñaría. Como ese día tenía que trabajar, se puso unos tejanos y una camisa antes de encaminarse a la cocina, donde se planteó si tomaría café o una Coca-Cola. Normalmente ganaba la Coca-Cola, y ese día no fue la excepción.

Dejó salir a Jasper mientras disfrutaba de pie del primer golpe de cafeína y del silencio en la casa. Siguiendo una rutina bien establecida, preparó el desayuno del perro, tostó un *bagel* y dejó que volviese a entrar para que ambos pudieran desayunar en paz. Había dado el primer mordisco cuando Jasper levantó la cabeza de la escudilla como por resorte y aulló.

—Calla, hombre, que vas a despertar a los niños. ¡Dame una hora! —Se apresuró hacia la puerta—. Hoy han debido de madrugar para echar una carrerita. Venga, vale.

Jasper aulló y, fuera, Sadie empezó a ladrar como una loca. Raylan abrió la puerta para que pudiera salir como una flecha.

—Los dos necesitamos ver a la novia, lo sé. Pero cállate, por Dios, callaos los dos.

Dio la vuelta hasta la cancela, donde Sadie, que pocas veces lanzaba nada más que un ladrido, estaba aupada sobre las patas traseras sin parar de ladrar.

—Ey, ey, tranquila, bonita. —Al tiempo que abría la cancela con una mano, posó la otra en la cabeza de la perra para acariciarla—. Estás temblando. ¿Dónde está Adrian?

Mientras los dos perros aullaban, vio que Sadie no llevaba la correa. Adrian jamás salía a correr sin ponérsela.

—Mierda, mierda, mierda. —Completamente aterrorizado, se apresuró a coger el teléfono y las llaves, que estaban en casa. Sin dejar de correr, pulsó el número de llamada rápida de Monroe y Teesha.

—Ey, ¿qué tal? —respondió esta, alegre—. Sí, Phineas, yo también oigo a los perros.

—La tiene. Creo que tiene a Adrian. Llama a la policía, vigílame a los niños. Voy para allá.

—¿Qué? ¿Cómo? Monroe, Raylan dice que el cabrón ese tiene a Adrian. Ya va de camino. Ahora mismo llamo, Raylan. Yo me ocupo de los niños. Corre. Mierda, Monroe también va para allá. Ahora mismo llamo al novecientos once.

Los dos perros se subieron al coche antes que Raylan. Monroe abrió de golpe la puerta delantera, vestido con una camiseta y pantalón corto de gimnasia. Estaba descalzo y llevaba una gorra de béisbol.

—Pero ¿qué coño ha pasado? —preguntó Monroe al tiempo que se metía casi de cabeza en el vehículo.

—Sadie... Está temblando y no está con Adrian ni lleva correa. Eso es todo lo que sé. —Metió marcha atrás para desaparcar y giró visto y no visto—. Y tengo un mal presentimiento.

—Sadie no se habría escapado sin más. —Monroe volvió la cabeza y vio a la perra jadeando y gruñendo; tembloroso, llamó al teléfono de Adrian—. No responde, y ahora yo también tengo ese mal presentimiento. Dale.

En la cama del hospital, Rachael emitió un sonido a medio camino entre un gruñido y un suspiro. Sus ojos parpadearon. Al pie de la cama, su marido le apretó la mano.

—Venga, cariño, vuelve en ti.

Abrió los ojos y se quedó con la mirada perdida un largo instante antes de enfocarlos.

—¿Ethan?

—Sí, por fin has vuelto. —Se llevó sus manos a los labios e hizo un esfuerzo por no llorar—. Aquí estás. Estás bien, mi amor. Todo va a salir bien.

—No hay manera de acabar con un Mooney. —Su tío se acercó al otro lado de la cama y se inclinó a depositarle un beso en la frente—. Voy a avisar a la enfermera.

—Espera, espera. —Le buscó la mano—. Disparó. Me disparó. Jonathan Bennett. Se parece a su padre. Lo vi antes de que disparase. Lo vi.

—Ya lo estamos buscando. No te preocupes.

—Espera. Me llamaron unos policías de Richmond. Iba a comprar helado, pero me llamaron de Richmond. No recuerdo los nombres. Allí había matado a Tracie Potter. Y venía a por mí.

—Los policías de Richmond están aquí, en un hotel a un par de manzanas. Voy a avisarlos de que has despertado.

—Dijo algo. Algo. —Tuvo que pensar. Poco a poco iba despertando, y al despertar todo le dolía una barbaridad—. Dijo algo, algo de que iba a acabar conmigo; no sé por qué no lo hizo. ¿Quizás lo creyó? Dijo... Dos menos. Dos zorras menos. —Abrió los ojos de repente—. Potter, yo. Va a por Adrian Rizzo. En Traveler's Creek. Tenemos que notificar a...

—Estoy en ello —respondió su tío, saliendo de la habitación.

Una vez que se cerró la puerta, Rachael volvió la cabeza hacia Ethan.

—¿Y los niños?

—Estaban aquí, todo el mundo estaba aquí. Están bien y van a estar muchísimo mejor cuando les diga que has despertado.

—Ahora mismo unos calmantes de los buenos me vendrían de perlas. —Esbozó una sonrisa—. Al final no compré el helado. Lo siento, mi amor.

Llevándose la mano de su esposa a la cara, dejó que las lágrimas fluyeran.

No era capaz de callarse. Adrian sabía dónde estaba y la dirección que tomaba porque no era capaz de callarse. La maldecía y la tentaba, mientras ella, descalza y controlando cuidadosamente la respiración, se movía en silencio. Sabía que había regresado por la pistola porque ella había intentado hacer lo mismo, pero él se había adelantado. No había encontrado la manera de llegar a las escaleras y bajar sin exponerse, pero calculó cuánto tardaría en alcanzar las puertas que conducían al porche. Girar el pestillo, abrir las puertas..., imposible hacerlo en completo silencio. ¿Cuánto tardaría en salir y esquivar una bala? La sola idea hacía que la piel se le perlara de sudor por el miedo. Era rápida, pero nadie lo era tanto.

Aun así, lo intentaría, tendría que intentarlo si no le quedaba más remedio; pero tuvo otra idea. Sin soltar el abrecartas, agarró un pequeño cuenco y lo lanzó hacia la habitación al otro lado del pasillo. Cuando lo oyó acudir presuroso al sonido, se deslizó hasta otro cuarto. Comenzó a retroceder sobre sus pasos, sigilosa, y esta vez le llevaba la delantera. Con el sudor del estrés bajándole por la espalda, hubo de esperar, respirar, escuchar mientras él se abría camino de un cuarto a otro. «Ahora es más cuidadoso —pensó—, más concienzudo».

Era hora de marcharse, hora de moverse. Se armó de valor y salió del escondrijo, exponiéndose los pocos segundos que tardó en regresar a su dormitorio. Giró el pestillo de las puertas del porche y las abrió. El chirrido de las bisagras sonó como un grito.

Después de unos segundos, o después de lo que parecieron segundos, JJ se precipitó en la habitación con los ojos desorbitados y blandiendo el arma. Cuando apuntó a las puertas y al porche, buscándola, ella lo asaltó desde atrás. Le clavó la punta del abrecartas entre los omóplatos. Cuando gritó de dolor y se dio la vuelta, Adrian bloqueó la mayor parte del golpe. Pero la que la alcanzó lo hizo sobre el pómulo ya dolorido.

Usó el dolor para luchar. Le agarró la mano de la pistola, tiró de ella hacia arriba y le clavó las uñas con fuerza en la carne. Descubrió que era más fuerte de lo que aparentaba, pero estuvo a punto de echarle la zancadilla mientras se aferraban el uno al otro. JJ trató de asestarle un puñetazo con la izquierda, pero solo le rozó el hombro. Adrian elevó la rodilla como un violento pistón. Aunque le alcanzó más en el cuádriceps que en las pelotas, vio cómo una oleada de dolor se le extendía por la cara. Y con los rostros pegados, asió la empuñadura de la pistola. Esta disparó dos veces al techo.

Raylan saltó del coche antes de que se hubiera detenido del todo. Arremetió contra la puerta delantera. Después se volvió a la ventana. Rompió el cristal con el codo y, haciendo caso omiso de los fragmentos afilados, alcanzó el cerrojo, lo abrió y se precipitó al interior. No le hizo falta gritar su nombre. Se oían golpes y estrépito en el piso superior. Mientras volaba escaleras arriba, se oyeron los disparos. No fue terror lo que sintió, no en ese momento, sino una rabia ciega y ardiente.

Adrian se arriesgó a retirar una mano de la pistola y usarla para propinarle un rápido puñetazo en la garganta a JJ. Este se atragantó y sintió náuseas, pero antes de que Adrian pudiera asestarle un segundo elevó el codo. El golpe bajo la barbilla hizo que su cabeza saliera disparada hacia arriba. Vio las estrellas, miles de ellas. Y JJ consiguió lanzarla, como tantos años atrás había hecho su padre, por lo que aterrizó sobre el suelo del porche.

Gracias al instinto, a la memoria muscular, bajó las manos y alzó las piernas. Él trató de retroceder con habilidad, trató de apuntar con la pistola. Entonces Raylan cayó sobre él.

Adrian oyó el horrible sonido de los nudillos contra el hueso, vio cómo pugnaban por el control de la pistola mientras ella sacudía la cabeza para aclarar la mente. Vio sangre, la sangre de Raylan, y se obligó a levantarse, cerrando los puños, que se preparaban para adentrarse en la pelea.

—¡Corre!

Adrian enseñó los dientes.

—Y una mierda.

Emitió un alarido y agarró el abrecartas ensangrentado que se le había caído de la espalda a JJ. La pistola volvió a dispararse y la bala atravesó la madera de la barandilla. El sonido aún resonaba en sus oídos cuando los perros atravesaron la puerta en tromba, como una sola masa rugiente y mordedora. JJ chilló cuando los dientes se le hundieron en la pantorrilla, la corva, el hombro. Mientras retrocedía, Raylan le arrebató la pistola. JJ chocó con la barandilla. El sonido de la madera al partirse restalló como un disparo cuando la inercia lo mandó, igual que le había sucedido a su padre, al vacío.

Monroe, con un bate en las manos listo para dar el golpe definitivo, lo dejó caer y tiró de Adrian hacia el interior.

—La policía está de camino. Ya los oigo. Vamos a llamar a una ambulancia. No mires, tesoro.

—Estoy bien. Estoy bien.

—Pues claro que sí. —La abrazó con fuerza antes de volverse a Raylan—. La próxima vez abre la puerta, hermano.

—Lo siento.

Envolviendo a Adrian con sus brazos, apretó el rostro contra su pelo.

—No te preocupes. Voy a bajar a ver cómo está y a llamar a Teesha. Andará muerta de preocupación.

Como los perros seguían gruñendo y enseñando los dientes asomados al porche, Adrian los llamó:

—Tranquilos. Muy bien. Sentaos. Aquí, Jasper. Aquí, Sadie. —Miró a Raylan—. Aquí, tú también.

—No me voy a mover de tu lado.

—Tiene pulso —les dijo Monroe desde abajo—. Se ha dado un buen golpe, pero respira. Traeré a la policía hasta aquí.

—Gracias a Dios. —Dejó caer la cabeza sobre el hombro de Raylan—. No quiero que muera. No quiero que muera así y en esta casa. No en esta casa. ¿Cómo supiste que tenías que venir? ¿Cómo supiste que te necesitaba?

—Me lo dijo Sadie.

—Sadie —repitió, y eso la rompió, rompió la cadena de su autocontrol y las lágrimas brotaron.

Raylan la tomó en brazos, le besó el cabello cuando apoyó la cabeza en su hombro y la llevó al piso de abajo.

Al cabo de menos de veinticuatro horas, Adrian volvía a tener la casa atestada. Su madre, Mimi, Harry, Hector y Loren habían acudido para sumarse a lo que ella llamaba «la brigada de Traveler's Creek». La cuadrilla del centro juvenil le envió flores, al igual que el personal de Rizzo's. Otros llamaron o se pasaron a verla. Los perros recibieron numerosos regalos: huesos de cuero, pelotas y cajas de galletas. «Amigos y familia», pensó. Amigos que eran familia.

Se sentía una mujer con suerte, una mujer bendecida. Por fin se sentía completamente a salvo. Mantuvo una larga conversación con Rachael y lloró bastante.

Jonathan Bennett Júnior se recuperaría de las heridas. De la puñalada entre los omóplatos, del ojo morado, de la contusión en la garganta que le había provocado. De la nariz que Raylan le había roto y de los mordiscos de los perros. Del traumatismo craneal, del codo destrozado y de las lesiones internas por la caída.

Le habían asegurado que pasaría el resto de su vida en la cárcel. La hermana se derrumbó durante el interrogatorio y prestó una larga y detallada declaración desde la cama del hospital, incluida la confesión que JJ le había hecho de haber matado a su madre. Dadas las circunstancias, no se presentaron cargos contra Nikki Bennett. Y, dadas las circunstancias, Adrian consideró que había tenido una inmensa suerte por haber sobrevivido al encuentro con tan solo algunos golpes, magulladuras y rasguños.

Habló, habló y habló un poco más con la policía, con el FBI, y, al menos por el momento, se negó a responder a los medios. Lo único que quería era dejarlo todo atrás y vivir.

Se sentó en el extremo opuesto de la casa adonde la cuadrilla reconstruía la barandilla del porche superior y reemplazaba las planchas manchadas de sangre del inferior. Les estaba aún más agradecida, pensó, pues simplemente habían acudido sin que nadie se lo pidiera en cuanto la policía hubo acabado su trabajo.

En ese momento la acompañaban sus dos amigas más antiguas, cón las que bebía limonada. Jan y Mimi estaban en la cocina, preparando a saber qué para lo que Monroe había decretado que sería la parrillada más brutal del mundo. Monroe, pensó, el dulce amigo a quien jamás había oído levantar la voz más que para cantar, había caminado literalmente sobre cristales rotos en su auxilio. Alzó la vista por encima de la pendiente de césped, hacia las montañas, y contempló los tejados y los puentes cubiertos de Traveler's Creek.

—Creo que este debe de ser el lugar más bello del mundo.

—Uno de los mejores —convino Teesha—. Y te repito que Hector y Loren pueden quedarse esta noche en mi casa para dejarte algo de espacio y tranquilidad.

—Me gusta tenerlos aquí. Me encanta que se presentaran sin más, que supieran que podían hacerlo, que necesitaran verme.

—Miró a Maya y negó con la cabeza—. Y no me puedo creer que Joe los convenciera para ir de pesca.

—Le impactó hasta lo más profundo de su ser que ninguno de los dos hubiera llegado a lanzar nunca una caña. Jura que esta noche asaremos un par de truchas frescas.

—Y se merece el cielo por haberse llevado también a Phin, Collin y Bradley —añadió Teesha.

—También se habría llevado a Mo, pero la niña dijo que... —Maya puso su mejor cara de incredulidad—. «¿Para qué voy a querer ir, Joe? Los gusanos son babosos». Ay, es que me encanta esa cría.

—A mí también. —Adrian suspiró—. Y me encanta nuestro mundo. —Volvió la vista adonde Sadie y Jasper sesteaban acurrucados—. Todo él.

Lina salió en ese momento con un vaso de hielo en la mano. Se acercó a la mesa y se sirvió de la jarra.

—Me han expulsado de la cocina —dijo mientras se sentaba—. Me han considerado inepta e inadecuada. A Mariah la han aceptado y está ayudando a hacer galletas con forma de corazón. Me siento rechazada.

—Menos mal que no te gusta cocinar.

—Pues sí —asintió Lina—, menos mal. También han aceptado a Monroe y, después de cierta discusión de gravedad, lo han dejado a cargo de los huevos rellenos.

—Hace los mejores huevos rellenos de la historia de los huevos rellenos.

—Mimi, Jan y él andaban debatiendo las distintas formas de hervirlos para garantizar un pelado fácil. —Lina se rio—. ¡Cómo me alegro de que me hayan expulsado!

Maya y Teesha intercambiaron una mirada.

—Vamos a ver cómo están los niños —dijo Maya al tiempo que ambas se levantaban y Teesha cogía el vigilabebés.

Lina se quedó mirándolas mientras entraban en la casa.

—Son buenas amigas. Y sé lo que es tener buenos amigos. Mimi lleva a mi lado casi toda la vida. Harry y Marshall también, pero ¿Mimi? Una amiga de siempre. —Entonces miró a Adrian y le acarició la mejilla magullada—. No voy a volver a sacar el tema. Sé que has tenido que hablar una y otra vez de ello, igual que sucedió después de lo de Georgetown, pero he de decirte que estoy muy agradecida por tu fortaleza, tu valentía y tu inteligencia.

—En gran parte te las debo a ti.

—Pero las hiciste tuyas. Aquel día en Georgetown, pensé: «Esto no va a definirla. A mí tampoco, pero sobre todo a ella: no lo permitiré». Y no te ha definido, aunque tampoco es algo que pudieras dejar atrás. Espero que ahora sí puedas.

—Puedo hacerlo y lo haré.

—Todas esas mujeres, Adrian, todas ellas y tú casi también. Me he preguntado una y otra vez qué podría haber hecho de otra forma para impedir todo lo sucedido.

—Nada, mamá. —Posó la mano sobre la de Lina—. Nada. No es solo que se parezca a su padre, tiene la misma carencia, el mismo retorcimiento que él. Lo vi, lo vi en ambos. Lo que los enfurecía era el hecho de que yo existiese. JJ me dijo algo, que no veía nada de su padre en mí. Y yo tampoco lo veo. Soy una Rizzo al cien por cien.

—Sí que lo eres.

En ese momento Sadie levantó la cabeza. Jasper imitó el movimiento un instante después.

—Es el coche de Raylan. Dijo que tenía un par de cosas que hacer. Espero que ya haya terminado.

Cuando el coche llegó a lo alto de la colina, Lina se levantó y atravesó el jardín. Se acercó a Raylan y lo rodeó con los brazos. Le besó ambas mejillas y luego se alejó. Él se quedó parado un momento, confuso y conmovido, antes de encaminarse al porche.

—Ella no es de las que abrazan, así que ese momento ha sido especial —le dijo Adrian.

—Así me lo ha parecido. —Con dulzura le cogió la barbilla en la mano y le estudió el rostro—. Menudo golpe te han dado, Llama Cobalto.

—Y a ti también, Rey de las Atracciones.

—Pero le dimos su merecido al malo. Con un poco de ayuda de nuestros amigos, así que esto es para ellos.

Se sentó y sacó de la bolsa que llevaba dos collares para perros. Uno de un intenso rojo y el otro de un intenso azul. Se los tendió a Adrian, que leyó las inscripciones.

—Señora Sadie Wells. Señor Jasper Rizzo.

—Pensé que nos gustaría hacerlo oficial y compartir los apellidos.

—Creo que es lo más dulce que he visto nunca. Ven, Sadie, vamos a ponerte tu nueva alhaja.

—Y ahora nos toca a ti y a mí —continuó Raylan mientras Adrian les ponía los collares—. Creo que es hora de hacerlo oficial.

—¿Cómo? —Levantó la vista con una sonrisa; luego parpadeó al ver que no dejaba de mirarla a los ojos—. ¿Cómo? —repitió.

—Tenía pensado darte más tiempo; mucho más, pero no puedo. Los momentos son importantes y cambian las cosas. No quiero perder ni uno más. Te quiero. Quiero todo lo que supones. Quiero todo lo que eres. Necesito todo lo que eres. Así que cásate conmigo. Deja que me case contigo. Seamos una familia.

—Ay, Raylan, si aún estamos acostumbrándonos a...

—Uno nunca se acostumbra a estar enamorado. No de verdad. Yo soy un hombre de familia, Adrian. Se me da bien lo de estar casado.

—Sí que se te da, sí. O se te daba. O se te da. No sé cómo se me daría a mí.

—Aprendes rápido. Ya sé que vengo con el paquete completo, igual que sé que ese paquete está loco por ti. También podemos ampliarlo, si quieres.

—¿Más niños?

—Si quieres. A los dos se nos dan bien, pero tienes que quererlos.

—Ahora mismo necesito... —Se levantó, caminó hasta la barandilla y miró a lo lejos. Una casa para la gente. Una casa construida para una familia, para unos niños, y que era suya. Su legado—. Siempre he querido tener hijos —murmuró.

—Comparte los míos. Ten otros conmigo. Conviértete en la señora Adrian Wells y yo seré el señor Raylan Rizzo.

—Nadie como tú para hacerme reír en un momento así. —Cerró los ojos—. Cuando Sadie no pudo ayudarme, supo adónde acudir. A ti y a Jasper. Necesitaba ayuda y sabía dónde conseguirla. Yo también sé dónde acudir cuando lo necesite. —Se volvió a él—. Siempre estarás ahí.

Raylan se levantó y, acercándosele, le tomó las manos.

—Podemos casarnos mañana o dentro de un año. Puedes planear la boda que quieras.

Se metió la mano en el bolsillo, extrajo una cajita, la abrió y sacó un anillo. No era llamativo, pensó Adrian. Él sabía que no querría nada llamativo. Una sencilla hilera de brillantes engarzados en oro blanco.

—Lo único que deseo ahora mismo es un sí. El resto son detalles. Y esos también se nos dan bien a los dos.

—Tenías que ir y escoger el anillo perfecto para alguien como yo. Para alguien que hace lo que yo hago, que es quien yo soy.

—Sé quién eres. Amo a quien eres. Di que sí.

—Yo también amo a quien eres. —Miró aquellos maravillosos ojos verdes y le posó la mano en la mejilla, magullada como la suya—. Me dijiste que no habrías creído que pudieras volver a sentirte así de nuevo. Yo no creí que pudiera sentirme así nunca.

—¿Eso es un sí?

—Primero tengo una pregunta.

—Dime.

—¿Cuándo podrías trasladarte aquí con los niños y Jasper?

Sonriendo, le cogió el rostro entre las manos.

—¿Qué te parece mañana?

—Primero tendrás que preguntarles.

—Ya se lo he preguntado, mientras tú hacías ejercicio esta mañana. —Le besó la frente y luego las manos—. Ellos te quieren. Yo te quiero. Di que sí, Adrian. Simplemente sí.

Se dio cuenta de que, en realidad, era sencillo. Era perfecto. Porque siempre sería él. Tal vez siempre hubiera sido él.

—Y yo los quiero. Te quiero. Sí, Raylan. Simplemente sí.

Cuando Raylan la besó, con firmeza y placidez, y cuando le puso el anillo en el dedo, Adrian sintió que su vida encajaba. Y cuando ella lo estrechó entre sus brazos, lo pensó de nuevo: aquel era el lugar más bello del mundo.

«Y ahora es nuestro».